Une prière pour Owen

« Si je suis condamné à me souvenir d'un garçon à la voix déglinguée — ainsi commence ce roman de John Irving —, ce n'est ni à cause de sa voix, ni parce qu'il fut l'être le plus petit que j'aie jamais connu, ni même parce qu'il fut l'instrument de la mort de ma mère. C'est à lui que je dois de croire en Dieu ; si je suis un chrétien, c'est grâce à Owen Meany. »

Âgé de onze ans, Owen en paraissait six à peine. Mais sa frêle enveloppe dissimulait une volonté de fer, une foi absolue et une conviction profonde qu'il était l'instrument de Dieu.

Bien des années plus tard, depuis le Canada où il s'est installé, John Wheelwright évoque avec nostalgie le puzzle de sa jeunesse, dans une petite ville du New Hampshire : la vie de collégien, les premiers émois amoureux, la quête du père inconnu, les débuts sournois de la guerre du Vietnam ; et par-dessus tout l'amitié parfaite avec Owen — l'irrésistible Owen — qui s'était voué à la double tâche de réparer le tort causé à John et de sauver le monde.

Roman initiatique où alternent le burlesque et le tragique, tableau d'une génération sacrifiée, chronique insolite au délire soigneusement contrôlé, John Irving est ici plus que jamais inspiré par l'ange du Bizarre. Un ange qui pourrait bien s'appeler Owen Meany.

Né en 1942 à Exeter (New Hampshire), John Irving a étudié aux universités de Pittsburgh, du New Hampshire et de l'Ohio, séjourné, à Londres, à Vienne et en Grèce, puis enseigné la littérature anglaise aux États-Unis.

Auteur de sept romans, il en avait déjà publié trois — Liberté pour les ours ! Un mariage poids moyen *et* L'Épopée du buveur d'eau *— lorsque le public et la critique acclamèrent unanimement* Le Monde selon Garp. *Depuis lors, John Irving accumule les succès sans perdre pour autant l'estime de la critique. Il partage son temps entre Toronto et la Nouvelle-Angleterre.*

Du même auteur

AUX MÊMES ÉDITIONS

Le Monde selon Garp
roman, 1980
coll. « Points Roman », n° 44

L'Hôtel New Hampshire
roman, 1982
coll. « Points Roman », n° 110

Un mariage poids moyen
roman, 1984
coll. « Points Roman », n° 201

L'Œuvre de Dieu, la Part du Diable
roman, 1986
coll. « Points Roman », n° 314

Une prière pour Owen
roman, 1989

Liberté pour les ours !
roman, 1991

John Irving

Une prière pour Owen

roman

TRADUIT DE L'AMÉRICAIN
PAR MICHEL LEBRUN

Éditions du Seuil

CET OUVRAGE A ÉTÉ ÉDITÉ
SOUS LA DIRECTION D'ANNE FREYER

TEXTE INTÉGRAL

EN COUVERTURE :
Illustration Yvette Cathiard

Titre original : *A Prayer for Owen Meany*
Éditeur original : William Morrow, New York
ISBN original : 0-688-07708-0
© Garp Enterprises, 1989

ISBN 2-02-013307-5
(ISBN 2-02-010712-0, 1re publication française)

© Éditions du Seuil, pour la traduction française, mai 1989

*Ce livre est pour
Helen Frances Winslow Irving
et Colin Franklin Newell Irving,
ma mère et mon père.*

REMERCIEMENTS

L'auteur reconnaît sa dette envers Charles H. Bell, auteur de *History of the Town of Exeter, New Hampshire* (J. E. Farwell & Co., Boston, 1888) et de *Phillips Exeter Academy in New Hampshire : A Historical Sketch* (William B. Morrill, News-Letter Press, Exeter, NH, 1883) ; toutes les références dans mon roman à l'*Histoire de Gravesend, New Hampshire,* de Wall, proviennent des sources ci-dessus. Un autre livre de référence précieux pour moi fut le *Vietnam War Almanac* (Facts on File Publications, New York, 1985) par Harry G. Summers, Jr. ; je remercie aussi le colonel Summers pour son utile correspondance. La révérende Ann E. Tottenham, directrice de la Bishop Strachan School, me fut d'un grand secours ; merci pour son attentive lecture du manuscrit. Je suis également redevable aux élèves et professeurs de Bishop Strachan ; à d'innombrables occasions, ils se montrèrent patients à mon égard et prodigues de leur temps. Je suis un lecteur reconnaissant de *Your Voice,* par Robert Lawrence Weer (Keith Davis, New York, 1977), revu et corrigé par Keith Davis ; professeur de chant et de diction justement réputé, M. Davis supporta avec stoïcisme mes tentatives d'amateur pour « placer ma voix ». Les conseils offerts par le personnage fictif de « Graham McSwiney » proviennent, *verbatim et literatim,* de l'enseignement de M. Weer ; je remercie M. Davis de m'avoir initié à ce sujet. Je reconnais, par-dessus tout, combien je dois aux écrits de mon ancien maître Frederick Buechner, entre autres *The Magnificent Defeat* (Harper & Row, New York, 1966), *The Hungering Dark* (Harper & Row, New York, 1969) et *The Alphabet of Grace* (Harper & Row, New York, 1970). La correspondance du révérend Buechner, ses critiques du manuscrit et la constance de ses encouragements sont d'un grand prix pour moi ; merci, Fred. J'ai aussi une dette envers trois vieux amis — spécialistes et lecteurs attentifs : le Dr Chas E. (« Skipper ») Bickel, le maître ès granits ; le général de brigade Charles C. (« Brute ») Krulak, mon héros ; et Ron Hansen, qui « escorte ». A mes cousins germains du « pays du Nord », Bayard et Curt, un grand merci.

N'entretenez aucun souci, mais en tout besoin recourez à l'oraison et à la prière, pénétrées d'action de grâce, pour présenter vos requêtes à Dieu.

Épître de saint Paul
aux Philippiens

L'un de mes problèmes, non des moindres, est que j'imagine difficilement quelle sorte d'expérience religieuse probante je pourrais éprouver sans m'en trouver détruit. Comment Dieu pourrait-il se révéler de façon irréfutable ? S'il n'y avait pas de place pour le doute, il n'y aurait pas de place pour moi.

Frederick Buechner

Tout chrétien qui n'est pas un héros est un cochon.

Léon Bloy

1

La balle perdue

Si je suis condamné à me souvenir d'un garçon à la voix déglinguée, ce n'est ni à cause de sa voix, ni parce qu'il fut l'être le plus petit que j'aie jamais connu, ni même parce qu'il fut l'instrument de la mort de ma mère. C'est à lui que je dois de croire en Dieu ; si je suis chrétien, c'est grâce à Owen Meany. Je ne prétends pas vivre dans le Christ, avec le Christ, et certainement pas *pour* le Christ, comme le proclament certains zélateurs. Ma connaissance de l'Ancien Testament est plutôt sommaire, et je n'ai pas relu le Nouveau Testament depuis l'époque du catéchisme, exception faite des passages qu'on récite à l'église. Les extraits de la Bible qu'on trouve dans les anciens livres de prières me sont beaucoup plus familiers. Mon missel, je l'ouvre souvent, et la bible uniquement les jours saints — le missel est tellement plus pratique !

J'ai toujours fréquenté l'église de façon régulière. Au début, j'étais congrégationaliste — on m'a baptisé dans cette religion —, puis, après plusieurs années de fréquentation des épiscopaliens (on m'a également confirmé dans la confession épiscopalienne), ma religion est devenue assez indécise ; adolescent, je me suis intéressé à une « Église non confessionnelle ». Plus tard, je devins anglican ; l'Église anglicane du Canada m'a gardé — depuis mon départ des États-Unis, il y a une vingtaine d'années. Un anglican ressemble beaucoup à un épiscopalien — à tel point qu'il m'arrive de me demander si je ne suis pas simplement redevenu épiscopalien ! Quoi qu'il en soit, j'ai laissé tomber une fois pour toutes les congrégationalistes et les épiscopaliens — en même temps que mon pays.

Quand je mourrai, je souhaite être enterré au New
Hampshire, auprès de ma mère, mais c'est l'Église anglicane qui fera le service funèbre *avant* que ma dépouille ne
subisse l'indignité de franchir en fraude les douanes américaines. Mes instructions pour le rituel du service des morts
sont parfaitement conventionnelles, telles qu'on peut les
trouver dans le bon vieux livre de prières [1] où je les ai lues
— mais pas de chants. Les passages de saint Jean commen-
çant ainsi : « Celui qui vit et croit en moi ne mourra
jamais », puis : « Il y a beaucoup de chambres dans la
maison de mon père ; s'il n'en était ainsi, je vous l'aurais
dit » sont familiers à la plupart de mes connaissances. En
outre, j'ai toujours apprécié l'évidente logique de ce
passage de la première épître de saint Paul à saint
Timothée : « Nous sommes arrivés nus en ce monde, et
nous le quitterons de même. » Mon service funèbre anglican suivra le texte à la lettre, même si mes anciens frères
congrégationalistes doivent s'agiter sur leurs bancs ; attention, je ne prétends pas être particulièrement pieux ; ma foi
est du genre fouillis et nécessite un peu de ménage tous les
dimanches. Mais cette foi que j'ai, je la dois à Owen
Meany, un garçon avec qui j'ai grandi. C'est Owen qui a
fait de moi un croyant.

*   *   *

Au catéchisme, nous avions mis au point un jeu consistant à embêter Owen Meany. Il était si petit qu'assis sur
une chaise ses pieds ne touchaient même pas le sol ; ses
genoux n'atteignaient pas le bord de son siège, si bien qu'il
gardait les jambes étendues droit devant lui, comme les
jambes d'une poupée. C'était comme si Owen Meany était
né sans articulations véritables.

Owen était si menu que nous adorions le soulever ; plus
exactement, nous ne pouvions résister à l'envie de le
soulever. Nous pensions que sa légèreté tenait du miracle.

---

1. Il s'agit du *Book of Common Prayer*, le livre du rituel anglican
(NdÉ).

Elle était d'autant plus incongrue que la famille d'Owen était dans le granit. Les carrières de granit Meany étaient une grosse entreprise ; le matériel pour faire sauter puis découper les blocs de rocher était colossal et inquiétant ; le granit, en soi, est déjà une roche rude et massive. Mais la seule aura granitique qui environnât Owen était cette poussière granuleuse, cette poudre grisâtre qui s'envolait de ses vêtements quand nous le soulevions. Il avait la couleur d'une pierre tombale ; sa peau, comme la nacre, absorbait et reflétait simultanément la lumière, de sorte que parfois il semblait translucide — particulièrement autour des tempes, où se dessinaient des veines bleues (comme si, outre son extraordinaire petitesse, il était né de toute évidence prématuré).

Ses cordes vocales ne s'étaient pas totalement développées, à moins que sa voix n'eût été abîmée par la poussière de roche. Peut-être avait-il le larynx atrophié ou une malformation de la trachée ; peut-être avait-il été atteint à la gorge par un éclat de granit ? Pour se faire entendre, Owen était obligé de crier, d'une voix nasale.

Nous l'adorions, surtout les filles — « la petite poupée », l'appelaient-elles, tandis qu'il se débattait pour leur échapper ; ainsi qu'à nous tous.

Comment l'idée de le soulever nous était-elle venue ? Je ne m'en souviens pas.

Ça se passait à l'église du Christ, l'église épiscopalienne de Gravesend, New Hampshire. Notre prof de catéchisme était une femme guindée, à l'air triste, Mrs. Walker[1]. Nous pensions que ce nom lui allait bien, car sa méthode d'instruction comprenait beaucoup de marche hors de la classe. Mrs. Walker nous lisait un passage édifiant de la Bible, puis nous demandait d'y réfléchir sérieusement — « Sérieusement et en silence, c'est comme ça que je veux voir réfléchir », disait-elle. « Je vais vous laisser seuls avec vos pensées, maintenant », ajoutait-elle d'un ton sinistre, comme si nos pensées risquaient de nous attaquer traîtreusement. « Je veux que vous réfléchissiez intensément »,

---

1. *Walker* : marcheur *(NdÉ)*.

disait Mrs. Walker. Puis elle disparaissait de notre vue. C'était une grande fumeuse, je pense, et elle s'interdisait la cigarette en notre présence. « Quand je reviendrai, disait-elle, nous en discuterons. »

Mais, le temps qu'elle revienne, bien sûr, nous avions tout oublié du sujet, quel qu'il fût, car dès qu'elle avait quitté la classe, nous nous mettions à chahuter frénétiquement. Rester seuls avec nos pensées n'ayant rien de follement drôle, nous nous emparions d'Owen Meany et nous nous le passions de l'un à l'autre au-dessus de nos têtes. Nous devions accomplir cette opération en restant assis — ce qui constituait la difficulté du jeu. Quelqu'un — j'ai oublié qui avait commencé — se levait, saisissait Owen, se rasseyait avec lui, le passait à son voisin, qui faisait de même et ainsi de suite. Les filles participaient au jeu ; quelques-unes se montraient des plus enthousiastes. Tout le monde pouvait soulever Owen. Nous demeurions prudents ; nous ne l'avons jamais laissé tomber. Bien sûr, ça froissait quelque peu sa chemise. Sa cravate était si longue qu'Owen la rentrait dans son pantalon — sinon elle lui aurait pendu jusqu'aux genoux — et son nœud de cravate s'en trouvait souvent distendu ; parfois, des pièces de monnaie tombaient de ses poches (sur nos têtes), mais nous les lui rendions toujours.

S'il avait ses photos de base-ball sur lui, elles glissaient aussi de ses poches. Ça le mettait en rogne, car il les rangeait par ordre alphabétique ou selon un autre système — les champs intérieurs ensemble, par exemple. Nous ne connaissions pas son système, mais Owen en avait un, car lorsque Mrs. Walker rentrait dans la pièce — Owen ayant retrouvé sa place, ses piécettes et ses photos de champions —, il reclassait ses cartes avec une rage froide.

Il ne jouait pas bien au base-ball, mais, comme il avait une toute petite allonge, il servait souvent de remplaçant — non qu'il parvînt à frapper la balle avec quelque précision (on lui avait interdit d'essayer de la toucher), mais on pouvait lui faire confiance pour déstabiliser l'adversaire. Lors de nos matchs de minimes, il se fâchait de se voir ainsi exploité, jusqu'à refuser un jour de venir sur le terrain, à moins qu'on lui permette d'exercer ses talents de batteur. Mais il n'existait aucune batte assez petite pour qu'il pût la manier sans se faire mal, sans qu'elle lui retombe lourdement sur les reins, l'éjectant de sa marque et l'envoyant mordre la poussière. Si bien que, après l'humiliation d'avoir frappé quelques balles, de les avoir manquées et de s'être à demi assommé, Owen Meany s'infligeait cette autre humiliation de rester immobile, accroupi, sur le carré du gardien pendant que le lanceur pointait la balle dans sa direction... et de la rater la plupart du temps.

Pourtant, Owen affectionnait sa collection de photos de base-ball — et, pour des raisons obscures, le jeu lui-même, bien qu'il se montrât cruel à son égard. Les batteurs adverses le menaçaient, lui disant que, s'il ne ripostait pas à leurs lancers, ils lui enverraient la balle dans la figure. « Ta tête est plus grosse que ta zone de but, mon pote », lui dit l'un d'eux. Alors Owen Meany, après avoir reçu quelques balles douloureuses, se résigna à jouer première base.

A ce poste, il devint une vedette. Personne ne pouvait courir de base en base comme lui. Si notre équipe conservait le jeu assez longtemps, Owen Meany pouvait voler la partie. On l'utilisait aussi comme coureur suppléant dans les tours de batte ; remplaçant les autres — et lui-même. En milieu de terrain, il n'était bon à rien. Il avait peur de la balle ; il fermait les yeux dès qu'il la sentait s'approcher. Et si, par miracle, il parvenait à s'en emparer, il ne pouvait pas la lancer ; la balle était trop grosse pour sa petite main. Mais il n'était pas un râleur ordinaire ; s'il se plaignait, sa voix avait des intonations si particulières qu'on trouvait ses protestations mignonnes comme tout.

Au catéchisme, quand nous le faisions voltiger dans les airs, il récriminait si drôlement ! Je pense que nous ne le torturions que pour le plaisir d'entendre sa voix ; à l'époque, je pensais qu'elle venait d'une autre planète. Aujourd'hui, je suis convaincu que sa voix n'était pas totalement de ce monde. « LÂCHEZ-MOI ! lançait-il emphatiquement, avec sa voix de fausset étranglée. ARRÊTEZ ÇA ! JE VOUS INTERDIS DE RECOMMENCER ! LÂCHEZ-MOI, ÇA SUFFIT. TROP, C'EST TROP ! BANDE DE TROUS DU CUL ! »

Mais nous nous le passions, encore et encore. Il finissait par devenir fataliste, en prenait son parti. Son corps se faisait rigide, il ne se débattait plus. Un jour que nous le tenions en l'air, il croisa avec défi les bras sur sa poitrine, menaçant le plafond du regard. Parfois, Owen s'agrippait à sa chaise à l'instant où Mrs. Walker sortait ; il s'y cramponnait comme l'oiseau à son perchoir, mais il était facile de le déloger : il était chatouilleux. Une fille, Sukey Swift, était particulièrement experte en chatouillements ; à l'instant, Owen lâchait tout et se retrouvait en voltige. « PAS DE CHATOUILLES ! », criait-il.

Mais c'était nous qui faisions les règles du jeu. Nous n'écoutions jamais Owen.

Inévitablement, Mrs. Walker rentrait dans la pièce au moment où Owen était dans les airs. Étant donné la nature biblique de ses recommandations (« réfléchir intensément »), elle aurait pu s'imaginer que, par une communion suprême de nos pensées les plus intenses, nous avions réussi à faire léviter Owen Meany. Elle aurait pu soupçonner avec esprit qu'Owen montait vers le royaume des Cieux parce qu'elle nous avait laissés seuls avec nos pensées.

Mais la réaction de Mrs. Walker était toujours la même — stupide, épaisse et prosaïque.

« Owen ! Owen Meany, à votre place ! Voulez-vous descendre de là ? »

Que pouvait-elle nous enseigner de la Bible, Mrs. Walker, si elle était assez bête pour croire qu'Owen Meany s'était propulsé tout seul dans les airs ?

Owen restait toujours digne. Il ne disait jamais : « C'EST EUX QUI M'ONT FAIT ÇA ! ILS LE FONT TOUT LE TEMPS ! ILS ME JETTENT EN L'AIR, ILS ÉPARPILLENT MES SOUS, ILS MÉLANGENT MES PHOTOS DE BASE-BALL… ET ILS NE ME REPOSENT JAMAIS QUAND JE LE LEUR DEMANDE ! QU'EST-CE QUE VOUS CROYEZ, QUE JE PEUX VOLER ? »

Car si Owen se plaignait à nous, il ne se plaignait jamais de nous. S'il pouvait se montrer stoïque dans les airs, il savait aussi l'être quand Mrs. Walker l'accusait de comportement puéril. Il ne nous accablait jamais. Owen n'était pas un cafard. Semblable aux images de nos livres de piété, il se voulait la vivante illustration du martyr.

Il n'était pas vindicatif. Bien que nous lui réservions la plupart de nos attentats pour le catéchisme du dimanche, il nous arrivait de le soulever à d'autres moments — plus spontanément. Un jour, quelqu'un l'accrocha par le col à un portemanteau du cours élémentaire ; même alors, même là, Owen ne lutta pas. Pendouillant en silence, il attendit qu'on voulût bien le décrocher. Une autre fois, après la classe de gym, quelqu'un le suspendit dans son vestiaire et ferma la porte. « C'EST PAS DRÔLE ! C'EST PAS DRÔLE ! » Ainsi cria-t-il et cria-t-il encore, jusqu'à ce que quelqu'un tombe d'accord avec lui et le libère en détachant ses bretelles — de la taille lance-pierres.

Comment aurais-je pu savoir qu'Owen était un héros ?

* * *

Pour commencer, il faut savoir que je suis un Wheelwright — une famille importante dans notre ville, les Wheelwright. Et des Wheelwright n'ont aucune raison de sympathiser avec des Meany[1]. Nous étions une famille matriarcale, mon grand-père étant mort en pleine jeunesse et ayant laissé ma grand-mère assurer l'intérim, ce qu'elle fit de façon grandiose. Je descends de John Adams par ma grand-mère (son nom de jeune fille était Bates, et sa famille était venue en Amérique sur le *Mayflower*) ; pourtant, dans notre ville, c'était le nom de mon grand-père qui avait la cote ; ma grand-mère se l'appropria si bien qu'on la considérait comme une Wheelwright *et* une Adams *et* une Bates.

Son prénom était Harriet, mais presque tout le monde lui donnait du « Mrs. Wheelwright » — et certainement tous les membres de la famille Meany. Je pense que, pour ma grand-mère, quelqu'un qui se nommait Meany ne pouvait être que George Meany, le syndicaliste au cigare. La combinaison cigare-syndicat ne cadrait pas très bien avec

1. *Meany* signifie — en à-peu-près — « minable » *(NdT)*.

Harriet Wheelwright. (A ma connaissance, ce George
Meany n'a rien à voir avec la famille Meany de chez nous.)

J'ai grandi à Gravesend, New Hampshire, une ville qui
ne comptait aucun syndicat — des amateurs de cigares mais
pas de syndicalistes. Ma ville natale avait été achetée en
1638 à un sachem indien par le révérend John Wheelwright, dont je porte le nom. En Nouvelle-Angleterre, on
appelait les chefs indiens et les notables des « sagamores » ;
pourtant, le seul sagamore que j'aie rencontré dans mon
enfance était le chien d'un voisin, un labrador nommé
« Sagamore » — non en raison d'ancêtres indiens mais de
l'ignorance de son maître. Le maître de Sagamore,
Mr. Fish, m'a toujours dit qu'il avait baptisé son chien du
nom d'un lac où il allait nager tous les étés « quand il était
jeunot ». Pauvre Mr. Fish ; il ignorait que le lac tenait son
nom des dignitaires indiens, et qu'appeler « Sagamore »
son idiot de labrador risquait de lui attirer une malédiction
ancestrale. Ce qui finit par se produire, comme vous le
verrez.

Mais les Américains ne sont pas très forts en histoire, de
sorte que, pendant des années, me fiant à mon voisin, je
crus que « sagamore » signifiait « lac » en dialecte indien...
Le Sagamore canin fut écrabouillé par un camion de
livraison de couches à domicile et je suis convaincu que les
esprits hantant les eaux glauques de ce lac discrédité en
furent responsables. Évidemment, l'histoire serait meilleure si c'était Mr. Fish qui avait été aplati sous le camion
de couches, mais toute étude quelque peu approfondie des
dieux révèle que leur vengeance se porte toujours sur un
innocent. (Cela est un élément de ma foi personnelle, qui
se heurte à l'incrédulité de mes amis congrégationalistes,
épiscopaliens et anglicans.)

Pour en revenir à mon ancêtre John Wheelwright, il
débarqua à Boston en 1636, juste deux ans avant d'acquérir
notre ville. Il venait du Lincolnshire, Angleterre — du
hameau de Saleby, pour être précis — et personne ne sait
pourquoi il a baptisé notre ville « Gravesend »... Il n'avait
aucun rapport connu avec la ville anglaise de Gravesend,
bien qu'elle soit certainement à l'origine du nom de notre

ville. Wheelwright était diplômé de Cambridge ; il avait
joué au football avec Oliver Cromwell — lequel avait de
Wheelwright (en tant que footballeur) une opinion tout à la
fois idolâtrique et paranoïaque. Oliver Cromwell considérait Wheelwright comme un joueur brutal, vicieux même,
qui avait porté à son apogée l'art de faire des croche-pieds à
ses adversaires, avant de se laisser tomber sur eux de tout
son poids. Gravesend (le Gravesend anglais) se trouve dans
le Kent, à bonne distance du champ d'action de Wheelwright. Peut-être avait-il un ami originaire de là, qui avait
voulu accompagner Wheelwright aux Amériques et en
avait été empêché — ou était mort durant la traversée.

Si l'on en croit l'*Histoire de Gravesend, New Hampshire,*
de Wall, le révérend John Wheelwright avait été un bon
pasteur de l'Église anglaise, avant de commencer à « mettre en question l'autorité de certains dogmes » ; il se fit
alors puritain et fut conséquemment « étouffé par le
pouvoir ecclésiastique pour non-conformisme ». Je pense
que ma propre errance religieuse et mon obstination
doivent beaucoup à mon ancêtre, lequel, non content
d'avoir souffert des critiques de l'Église anglicane avant de
partir pour le Nouveau Monde, fut dès son arrivée rejeté
par ses frères puritains de Boston ! Tout comme la fameuse
Ann Hutchinson [1], le révérend Wheelwright fut banni du
Massachusetts pour avoir « troublé l'ordre public » ; en
réalité, il ne fit rien de plus séditieux que d'émettre
quelques opinions hétérodoxes sur la situation du Saint-
Esprit — mais le Massachusetts le jugea avec rigueur. Privé
de ses armes, il s'embarqua de Boston pour la Grande Baie
avec sa famille et quelques fidèles ; ils durent passer par
deux avant-postes du New Hampshire : ce qu'on appelait à
l'époque la « rive des Fraises », à l'embouchure du Pasca-
taqua (aujourd'hui Portsmouth), et la colonie de Dover.

Quittant la Grande Baie, Wheelwright descendit la
Squamscott River et poursuivit son voyage jusqu'aux

---

1. Ann Hutchinson (1591-1643), religieuse libérale qui fut condamnée et bannie du Massachusetts pour avoir prêché la foi en Dieu hors
de toute Église *(NdT).*

chutes, où l'eau douce se mêlait à l'eau salée. A l'époque, les forêts étaient denses ; les Indiens avaient dû lui
apprendre que la pêche était miraculeuse. Selon l'*Histoire de Gravesend,* il y avait « de vastes étendues de
prairies naturelles » et des « marécages avoisinant les
eaux ».

Le sagamore local s'appelait Watahantowet ; en guise de
signature, il dessinait son totem sur les actes de vente : un
homme sans bras. Par la suite, il y eut des discussions —
fort peu intéressantes — au sujet du contrat avec les
Indiens, et des hypothèses un peu plus intéressantes sur la
signification du totem sans bras. Les uns disant qu'il
symbolisait l'état d'esprit du sagamore se voyant ainsi
dépouillé de sa terre — comme si on l'amputait des deux
bras —, les autres faisant remarquer que, sur les précédentes « signatures » de Watahantowet, le bonhomme,
toujours dépourvu de bras, tenait une plume dans sa
bouche, indiquant ainsi la frustration du sagamore de ne
pas savoir écrire. Mais, dans d'autres versions du totem
gribouillé par Watahantowet, l'effigie a un tomahawk dans
la bouche et l'air complètement zinzin ; ou encore il peut
signifier la paix : pas de bras, tomahawk dans la bouche,
Watahantowet ne se bat pas... Quoi qu'il en soit de ces
diverses interprétations, vous pouvez être sûrs que les
Indiens se firent posséder jusqu'au trognon.

Toujours par la suite, notre ville tomba sous l'autorité du
Massachusetts — ce qui peut expliquer pourquoi aujour-
d'hui encore les habitants de Gravesend détestent les gens
du Massachusetts. Mr. Wheelwright alla s'installer dans le
Maine. A quatre-vingts ans, il prit la parole à Harvard,
cherchant des mécènes pour reconstruire une partie du
collège détruite par le feu — montrant qu'il portait moins
de rancune aux citoyens du Massachusetts que d'autres
résidents de Gravesend. Wheelwright mourut presque
nonagénaire à Salisbury, Massachusetts, dont il était chef
spirituel et religieux.

Mais écoutez les noms des pères fondateurs de Gravesend : vous n'y trouverez pas le moindre Meany.

Barlow
Blackwell
Cole
Copeland
Crawley
Dearborn
Hilton
Hutchinson
Littlefield
Read
Rishworth
Smart
Smith
Walker
Wardell
Wentworth
Wheelwright

Je me demande parfois si c'est parce qu'elle était une Wheelwright que ma mère ne renonça jamais à son nom de jeune fille ; je pense que ma mère ne plaçait pas sa fierté dans ses ancêtres Wheelwright, et qu'elle aurait conservé son nom de jeune fille même si elle était née Meany. Et je n'ai jamais souffert de porter son nom ; j'étais le petit Johnny Wheelwright, né de père inconnu, et — à l'époque — ça me convenait très bien. Je n'eus jamais à m'en plaindre. Il m'arrivait de penser qu'un jour elle me raconterait tout, quand je serais assez grand pour savoir. Ce ne fut qu'à sa mort — sans qu'elle m'ait jamais dit qui était mon père — que je me sentis frustré d'une information que j'avais le droit de connaître ; ce ne fut qu'après sa mort que je lui en voulus un peu. Même si l'identité et l'histoire de mon père faisaient de la peine à ma mère, même si leur relation avait été dégradante au point que sa seule révélation eût pu jeter une lumière défavorable sur mes parents, ma mère n'avait-elle pas fait preuve d'égoïsme en ne me révélant rien sur mon père ?

Évidemment, ainsi que me le fit remarquer Owen Meany, je n'avais que onze ans quand elle mourut, et elle n'en avait que trente. Elle pensait avoir tout son temps pour me révéler toute l'histoire. Elle ne pouvait pas *savoir* qu'elle allait mourir, m'affirma Owen Meany.

Owen et moi jetions des cailloux dans la Squamscott, la rivière salée — ou plutôt *je* lançais des cailloux ; ceux d'Owen atterrissaient dans les bords vaseux, car la marée était basse et l'eau trop éloignée pour le petit bras faible d'Owen Meany. Nos cailloux avaient dérangé les mouettes argentées qui fouillaient la vase et s'étaient réfugiées dans les marais, au-delà de la rive opposée.

C'était un jour d'été chaud et moite ; l'odeur de la vase à marée basse était plus saumâtre que d'habitude, presque méphitique. Owen Meany me dit que mon père, ayant appris la mort de ma mère, viendrait sûrement se faire connaître — quand je serais assez grand.

« S'il est vivant, dis-je en lançant un caillou. S'il est vivant et s'il se soucie de moi ! Et s'il sait seulement qu'il est mon père ! »

Sans que je m'en aperçoive ce jour-là, c'est à ce moment qu'Owen Meany entreprit le long processus destiné à me faire croire en Dieu. Owen lançait des pierres de plus en plus petites, sans jamais réussir à atteindre l'eau ; c'était quand même agréable d'entendre les cailloux s'enfoncer dans la vase, mais le bruit de l'eau était bien plus gratifiant. Avec une sorte de désinvolture, d'un ton confiant qui détonnait avec sa frêle apparence physique, Owen Meany m'affirma que mon père était vivant, qu'il savait qu'il était mon père, et que *Dieu* savait qui était mon père ; même si mon père ne venait jamais à se faire connaître, me dit Owen, *Dieu* me le désignerait.

« TON PÈRE PEUT SE CACHER DE TOI, MAIS IL NE PEUT SE CACHER DE DIEU. »

Ayant ainsi parlé, Owen Meany poussa une exclamation quand le caillou qu'il lançait tomba dans l'eau. Je fus aussi étonné que lui ; ce fut le dernier caillou de la journée et nous regardâmes se former puis s'effacer des cercles concentriques à la surface ; les mouettes, certaines que nous avions cessé de troubler leur univers, rallièrent alors notre rive de la Squamscott.

* * *

Dans le temps, sur notre rivière, était installée une fructueuse pêcherie de saumons ; on n'y aurait jamais trouvé un poisson mort. A présent, le seul saumon qu'on pourrait capturer dans la Squamscott serait mort ou malade. Les aloses abondaient aussi, autrefois, quand j'étais gamin ; Owen Meany et moi en attrapions beaucoup. Gravesend ne se trouve qu'à une quinzaine de kilomètres de l'océan. Bien que la Squamscott ne soit pas la Tamise, les gros voiliers réussissaient à la remonter jusqu'à Gravesend ; au fil des ans, le chenal s'est tellement obstrué de rochers et de sable qu'aucun bateau de quelque importance ne peut plus l'emprunter. Et bien que Pocahontas, la bienaimée du capitaine John Smith, ait achevé sa triste vie en terre anglaise, dans le cimetière paroissial de la Gravesend originale, le manchot spirituel Watahantowet ne fut jamais enterré dans *notre* Gravesend. L'unique sagamore qui fût jamais officiellement inhumé dans notre ville fut le labrador noir de Mr. Fish, ratatiné dans Front Street par un camion de couches, puis enterré — avec toute la solennité voulue — en présence d'un groupe de gosses du voisinage, dans la roseraie de ma grand-mère.

Pendant plus d'un siècle, la grande industrie de Gravesend fut le bois, comme dans le reste du New Hampshire. Bien qu'on surnomme le New Hampshire « l'État de granit », le granit — destiné aux maisons, routes, pierres tombales — venait après le bois ; il ne connut jamais le même essor que celui-ci. Quand tous les arbres auront disparu, certes, il restera toujours la pierre ; mais dans le cas du granit, la plus grande partie est enfouie sous terre.

Mon oncle travaillait dans le bois — l'oncle Alfred, de l'Exploitation forestière Eastman. Il avait épousé Martha Wheelwright, la sœur de ma mère, autrement dit ma tante. Quand j'étais petit et que nous allions visiter mes cousins dans le Nord, je rencontrais des quantités de glissières à troncs et d'embâcles de grumes ; il m'arriva même de participer à des concours de roulage, mais je manquais par trop d'entraînement pour rivaliser avec mes cousins. Aujourd'hui que l'affaire de mon oncle Alfred est revenue à ses enfants — l'affaire de mes cousins, devrais-je dire —, c'est une agence immobilière. Dans le New Hampshire, quand on a coupé tout son bois, c'est la seule chose qui reste à faire.

Mais il restera toujours du granit dans l'État de granit, et la famille du petit Owen Meany était dans le granit, situation peu prisée dans notre petite communauté côtière, bien que les Carrières Meany fussent situées sur ce que les géologues appellent du pluton d'Exeter. Owen Meany avait coutume d'affirmer que nous autres, habitants de Gravesend, vivions sur l'affleurement d'une sérieuse intrusion de roche pyrogène. Il prononçait ces mots avec un respect implicite, comme si ce gisement de pluton d'Exeter était le filon mère d'une mine d'or.

Ma grand-mère, peut-être par atavisme ancestral hérité du *Mayflower,* était plus attirée par les arbres que par les rochers. Pour des raisons qui me restent mystérieuses, Harriet Wheelwright trouvait le commerce du bois propre et celui du granit sale. Comme mon grand-père fabriquait des chaussures, je m'y perdais ; mais mon grand-père étant mort avant ma naissance, sa fameuse décision de ne pas *syndiquer* son commerce n'est pour moi qu'un ouï-dire. Ma grand-mère vendit la fabrique avec un bénéfice considérable, et je grandis en partageant son opinion que ceux qui tuaient des arbres pour les vendre étaient des élus, alors que ceux qui taillaient la roche faisaient partie des maudits. Nous avions tous entendu parler des barons du bois — mon oncle Alfred Eastman était l'un d'eux —, mais connaissait-on un seul baron de la pierre ?

Les Carrières Meany de Gravesend sont aujourd'hui désaffectées ; le sol, troué comme un gruyère, impropre à toute construction, a perdu toute valeur marchande — il n'en avait jamais eu, d'après ma mère, qui n'avait jamais vu les carrières en activité pendant toute sa jeunesse à Gravesend ; puis, lorsque Meany avait repris l'exploitation, c'était sporadiquement et sans grand espoir. Tout le bon granit, disait ma mère, avait été extrait avant l'arrivée de la famille Meany à Gravesend. (Quant à l'époque de leur arrivée, on me l'a toujours située ainsi : « A peu près quand tu es né. ») De plus, seule une infime quantité du granit souterrain vaut la peine d'être extraite ; le reste est défectueux, ou, quand il est noble, il est enterré si profond qu'il est très difficile de l'extraire sans le casser.

Owen parlait tout le temps de dalles et de monuments — un monument CONVENABLE, disait-il, expliquant qu'il nécessitait un gros bloc de granit sans défaut, lisse, minutieusement taillé. La sensibilité avec laquelle Owen décrivait la chose, jointe à sa propre délicatesse physique, contrastait de façon absurde avec les énormes quartiers de roc brut qu'on pouvait voir sur les plates-formes des camions, le vacarme étourdissant de la carrière, les rugissements de la tronçonneuse — qu'Owen appelait la machine à découper le jambon — et la dynamite.

Je me demandais comment Owen n'était pas devenu sourd ; que sa voix et sa taille fussent anormales surprenait encore davantage quand on savait son ouïe parfaite. Travailler le granit est littéralement assourdissant.

Ce fut Owen qui me fit découvrir l'*Histoire de Gravesend* de Wall, bien que je n'aie achevé sa lecture qu'en dernière année d'université, dans le programme d'histoire ; Owen l'avait lue avant d'avoir dix ans. C'est lui qui m'apprit que le livre était BOURRÉ DE WHEELWRIGHT.

* * *

Je suis né dans notre maison de famille à Front Street ; et je me suis souvent demandé pourquoi ma mère avait décidé de m'avoir, sans fournir d'explication, pas plus à sa propre mère qu'à sa sœur — ou à moi-même. Elle n'était pourtant pas effrontée de nature. Sa grossesse et son refus d'en discuter devaient avoir d'autant plus durement frappé les Wheelwright qu'elle était plutôt timide et pudique.

Elle avait rencontré un homme sur la ligne de chemin de fer Boston & Maine : elle n'avait rien dit d'autre.

Ma tante Martha terminait ses études supérieures et était déjà fiancée quand ma mère déclara qu'elle ne comptait pas s'inscrire à l'université ! Mon grand-père, mourant, monopolisait l'attention de ma grand-mère, ce qui l'empêcha d'exiger de ma mère ce qu'elle avait exigé de Tante Martha : des études supérieures. De surcroît, ma mère avait argué qu'elle serait plus utile à la maison, auprès de son père malade, et de sa propre mère pour la décharger de ses soucis et de son fardeau. De plus, le révérend Lewis Merrill, pasteur de l'Église congrégationaliste et chef de chorale, avait convaincu mes grands-parents que l'organe vocal de ma mère était digne de cours de chant professionnels. Se lancer dans l'étude sérieuse du chant serait pour elle un « investissement » beaucoup plus profitable que des études supérieures.

A ce stade, j'ai toujours senti une contradiction dans les motivations de ma mère. Si l'étude du chant avait eu à ses yeux une telle importance, pourquoi s'était-elle contentée d'une seule leçon par semaine ? Et si mes grands-parents avaient admis l'opinion de Mr. Merrill sur la voix de ma mère, pourquoi avaient-ils tellement renâclé à l'idée qu'elle passe une nuit par semaine à Boston ? Il me semblait qu'elle aurait dû *s'installer* à Boston pour y prendre des leçons quotidiennes ! Mais je suppose que l'origine de cette contradiction fut la maladie fatale de mon grand-père — ma mère désirant aider à la maison, et ma grand-mère ayant besoin de la savoir à ses côtés...

La leçon de chant se déroulait tôt le matin, c'est pourquoi il lui fallait passer la nuit précédente à Boston, située à une heure trente de Gravesend par le train. Son professeur de chant et de diction étant très demandé, le seul moment qu'il pût consacrer à ma mère était le matin. D'après le révérend, elle avait eu de la chance qu'il accepte de s'occuper d'elle ; en principe, il ne prenait que des professionnels. Bien que ma mère et ma tante Martha aient passé bon nombre d'heures dans la chorale congrégationaliste, Maman n'était pas « professionnelle ». Mais comme elle avait une voix superbe, elle se laissa convaincre — elle si timide et effacée — de la travailler.

Sa décision d'abréger ses études fut plus facilement admise par ses parents que par sa sœur ; ma tante Martha (qui est une femme adorable) non seulement désapprouva, mais en voulut un peu à ma mère. Ma mère possédait la plus belle voix et était la plus jolie. Quand elles avaient grandi dans la vaste demeure de Front Street, c'était Martha qui ramenait à la maison les étudiants de l'Institut de Gravesend pour les présenter à mes grands-parents. En tant qu'aînée, elle était la première à avoir des « soupirants », comme disait ma mère. Mais à peine avaient-ils vu ma mère — même avant qu'elle ne fût pubère — qu'ils perdaient tout intérêt pour Tante Martha.

Et maintenant, voilà : une grossesse inexpliquée ! Selon Tante Martha, mon grand-père « était déjà ailleurs », si proche de la mort qu'il ne sut jamais ma mère enceinte, « bien qu'elle ne prenne guère la peine de le cacher », disait Tante Martha. Je cite ses propres mots : « Ton pauvre grand-père est mort en se demandant pourquoi ta mère prenait du poids. »

A l'époque de ma tante Martha, vivre à Gravesend, c'était mépriser Boston, la cité maudite. Et bien que ma mère y ait couché dans une pension pour jeunes filles seules dûment surveillée, elle avait réussi à « s'offrir un caprice », comme disait Tante Martha, avec l'homme qu'elle avait rencontré dans le train.

Ma mère prenait avec une telle indifférence critiques ou calomnies qu'elle ne vit rien de répréhensible à l'expression de sa sœur ; je l'ai même entendue la prononcer avec tendresse : « Mon caprice, m'appelait-elle parfois avec une immense tendresse. Mon petit caprice ! »

C'est par mes cousins que j'appris que ma mère était considérée dans la famille comme « un peu simplette », information qui leur venait de leur propre mère — ma tante Martha. Mais lorsque j'entendis cette insinuation (« un peu simplette »), il était trop tard pour que je me fâche ; ma mère était morte depuis plus de dix ans...

Pourtant, ma mère était bien plus qu'une beauté naturelle dotée d'une belle voix et d'une jugeote discutable ; Tante Martha avait de bonnes raisons de penser que mes grands-parents l'avaient trop gâtée. Pas seulement parce qu'elle était la cadette ; c'était son caractère ; elle n'était

jamais grognon ni maussade, jamais sujette à la colère ou
au chagrin. C'était une enfant si douce qu'il était impossible de lui en vouloir. Elle ne semblait jamais en faire à sa
tête ; elle agissait tout bonnement à sa guise, puis disait de
sa voix séductrice : « Oh ! J'ai terriblement honte de vous
avoir fait de la peine, et je vais vous inonder de tant
d'affection que vous me pardonnerez et m'aimerez autant
que si je n'avais pas fait de bêtises ! »

Et ça *marchait !* Du moins, ça marcha jusqu'à ce qu'elle
soit tuée — sans plus pouvoir promettre d'éviter de faire de
la peine, hélas !

Et même après m'avoir donné la vie, sans explications, et
m'avoir donné le nom du père fondateur de Gravesend —
même après avoir réussi à rendre la situation acceptable
pour sa mère, sa sœur et toute la ville (y compris l'Église
congrégationaliste, où elle continua de chanter dans la
chorale et de participer aux diverses activités paroissiales)... même après avoir fait avaliser ma naissance
illégitime (à la satisfaction générale, du moins en apparence), elle *continua* de prendre le train pour Boston
chaque mercredi, elle *continua* de passer une nuit par
semaine dans la cité maudite afin d'être en forme le matin
pour sa leçon de chant.

Quand je fus un peu plus grand, je lui en voulus —
parfois. Quand j'attrapai les oreillons, et plus tard la
varicelle, elle annula son voyage pour rester auprès de moi.
Puis il y eut cette autre fois, où j'étais allé pêcher des aloses
avec Owen dans le canal qui débouchait dans la Squamscott
sous la bretelle autoroutière de Swasey, où je glissai et me
cassai le poignet ; elle ne prit pas le train cette semaine-là.
Mais toutes les autres fois — jusqu'à ce que j'aie dix ans et
qu'elle épouse l'homme qui m'adopterait légalement et
deviendrait un père pour moi —, elle continua d'aller à
Boston une fois par semaine. Jusque-là, elle continua à
chanter. Personne n'a jamais su me dire si ses leçons de
chant lui avaient profité.

* * *

Voilà pourquoi je suis né dans la maison de ma grand-mère, ce monstre de bâtisse nordiste en brique. Quand j'étais enfant, on la chauffait au charbon ; la glissière à charbon se trouvait sous l'aile où j'avais ma chambre. Comme on livrait toujours le charbon très tôt le matin, j'étais fréquemment réveillé par sa dégringolade dans la glissière. Quand, par coïncidence, la livraison se déroulait un jeudi matin (ma mère étant à Boston), tiré du sommeil par le vacarme, j'imaginais qu'à ce moment précis ma mère commençait à chanter. L'été, avec les fenêtres ouvertes, je m'éveillais au chant des oiseaux dans la roseraie de ma grand-mère. Et voici une autre conviction de ma grand-mère, prenant racine à côté de celle concernant les roches et les arbres : n'importe qui pouvait cultiver des fleurs ou des légumes ordinaires, mais seul un vrai jardinier savait faire pousser des roses : Grand-Mère était un vrai jardinier.

L'auberge de Gravesend était la seule autre bâtisse en brique qui pût rivaliser par la taille avec la maison de ma grand-mère dans Front Street ; en effet, de nombreux touristes la prenaient souvent pour l'auberge, se fiant aux indications qu'on leur avait données en ville : « Après l'Institut, vous verrez une grande maison en brique sur votre gauche. »

Ça irritait toujours ma grand-mère, qu'on puisse prendre sa demeure pour une auberge. Aux voyageurs égarés et surpris, qui s'étaient attendus à voir une personne plus accorte les accueillir et prendre leurs bagages, elle déclarait :

« Ici, ce n'est pas un hôtel. C'est ma maison ! » Elle ajoutait, avec un geste explicatif : « L'auberge est plus loin par là. »

« Plus loin par là » est une indication plutôt précise, considérant la façon dont on renseigne les gens dans le New Hampshire ; nous n'aimons guère jouer les guides, par chez nous ; nous sommes enclins à penser que si vous ne savez pas où vous allez, vous n'êtes pas dignes de voyager. Au Canada, nous renseignons les gens plus volontiers, quels qu'ils soient, où qu'ils aillent.

Dans notre demeure nordiste de Front Street, il y avait aussi un passage secret ; une bibliothèque dissimulant une porte qui menait par un escalier à un réduit de terre battue, totalement indépendant de la cave où se trouvait la chaudière. Ce n'était rien d'autre : une porte-bibliothèque donnant sur un endroit où absolument rien ne se passait. Rien qu'un coin pour se cacher. De *quoi* ? me demandais-je. Que ce passage secret vers nulle part existât dans notre maison ne me rassurait pas ; au contraire, il m'incitait à imaginer ce qui pouvait être assez *terrible* pour vouloir s'en cacher... Rien de vraiment rassurant à imaginer.

Un jour, j'ai emmené le petit Owen Meany dans ce passage, et je l'y ai abandonné dans le noir, lui flanquant une frousse épouvantable. Je faisais ça à tous mes copains, bien sûr, mais faire peur à Owen Meany était beaucoup plus satisfaisant qu'à tout autre. C'était sa voix, cette voix mutilée, qui rendait sa trouille exceptionnelle. Ça fait plus de trente ans que j'imite en petit comité la voix d'Owen Meany, et cette voix m'a toujours interdit d'*écrire* sur lui, car, sur le papier, le son de sa voix est impossible à transmettre. De même, je n'ai jamais songé à raconter *oralement* son histoire, la simple idée d'imiter sa voix en public me paralysant. Il m'a fallu plus de trente ans pour oser partager la voix d'Owen avec des étrangers.

Ma grand-mère fut si bouleversée par la voix d'Owen Meany, criant à la traîtrise dans le passage secret, qu'elle m'en parla, après le départ d'Owen :

« Je t'interdis de me raconter — ne me le dis jamais — ce que tu as fait à ce pauvre garçon pour le faire crier comme ça ; mais si jamais tu recommences, je t'en prie, mets-lui la main sur la bouche ! » Puis elle ajouta : « Tu as déjà vu des souris prises dans la souricière ? Je veux dire tuées, leurs petites gorges brisées, absolument mortes ? Eh bien, la voix de ce gamin pourrait les ressusciter ! »

Aujourd'hui, j'ai bien l'impression que la voix d'Owen était celle de toutes ces souris assassinées, revenant à la vie — assoiffées de vengeance...

Non que ma grand-mère fût insensible. Elle avait une servante, Lydia, native des îles du Prince-Édouard, qui nous servit de cuisinière et de gouvernante pendant de longues années. Quand Lydia fut atteinte du cancer et qu'on lui amputa la jambe droite, ma grand-mère embaucha deux autres servantes, dont une à l'usage exclusif de Lydia. Lydia n'eut plus jamais à travailler. Elle avait sa propre chambre, des parcours réservés pour son fauteuil roulant dans toute la maison, et devint l'invalide totalement assistée que ma grand-mère elle-même avait pensé devenir un jour — avec une personne comme Lydia pour s'occuper d'elle. Il arrivait fréquemment que des livreurs ou des invités prennent Lydia pour ma grand-mère, tant elle avait l'air royal dans son fauteuil d'infirme ; de plus, elle était sensiblement du même âge. Tous les après-midi, elle prenait le thé avec ma grand-mère et jouait aux cartes avec ses partenaires de bridge — ces mêmes vieilles dames auxquelles elle avait si souvent servi le thé. Peu avant la mort de Lydia, ma tante Martha elle-même fut frappée par la ressemblance qu'elle offrait avec ma grand-mère. Pourtant, aux divers invités et livreurs, Lydia disait toujours, de ce ton indigné qu'elle empruntait à ma grand-mère : « Je ne suis *pas* Missus Wheelwright, je suis l'ancienne domestique de Missus Wheelwright ! » Du ton exact dont Grand-Mère proclamait que sa maison n'était pas un hôtel.

Ma grand-mère, donc, ne manquait pas d'humanité. Et si elle portait des robes de cocktail pour jardiner dans sa roseraie, c'est qu'elle n'avait plus l'intention de les mettre pour sortir. Même dans son jardin, elle refusait d'avoir l'air négligé. Quand les robes devenaient trop sales, elle les jetait. Lorsque ma mère lui suggéra de les faire nettoyer, elle lui dit : « Comment ? Pour que tous les employés du pressing se demandent ce que j'ai fait de mes robes pour qu'elles soient si crasseuses ? » De ma grand-mère, j'ai appris que la logique est une notion relative.

Mais cette histoire est seulement celle d'Owen Meany et de sa voix, à laquelle je me suis finalement habitué. Sa voix de dessin animé, qui a fait sur moi une impression encore plus forte que la sagesse impérieuse de ma grand-mère.

Vers la fin, la mémoire de Grand-Mère commença à lui manquer. Comme beaucoup de personnes âgées, elle se souvenait plus nettement de sa propre enfance que de la vie de ses enfants, petits-enfants et arrière-petits-enfants. Plus le souvenir était récent, moins elle s'en souvenait.

« Je me souviens de toi petit garçon, me dit-elle naguère, mais quand je te regarde en ce moment, je ne sais plus qui tu es. »

Je lui expliquai que j'éprouvais parfois le même sentiment à mon propre égard. Lors d'une conversation sur les éclipses de sa mémoire, je lui demandai si elle se rappelait le petit Owen Meany.

« Le syndicaliste ?

— Non, *Owen* Meany.

— Non, non, je ne vois pas.

— Les gens du granit. L'exploitation de granit, tu te rappelles ?

— Granit ! fit-elle avec dégoût. Certainement pas. »

Alors, pour la première fois, je m'efforçai d'imiter la voix d'Owen Meany devant un auditoire.

« Sa voix te dira peut-être quelque chose », dis-je à ma grand-mère, laquelle allait avoir cent ans.

Mais je l'agaçais. Elle secoua la tête. Je lui rappelai :

« J'avais éteint la lumière dans le passage secret pour lui faire peur...

— Tu faisais tout le temps ça, dit-elle indifférente. Tu l'as même fait à Lydia, quand elle avait encore ses deux jambes.

— " ALLUME LA LUMIÈRE ! fit Owen Meany. QUELQUE CHOSE ME FRÔLE LA FIGURE ! ALLUME, BON SANG ! C'EST UNE LANGUE ! QUELQUE CHOSE EST EN TRAIN DE ME LÉCHER ! — Ce n'est qu'une toile d'araignée, Owen, lui avais-je dit. — C'EST TROP MOUILLÉ POUR UNE TOILE D'ARAIGNÉE ! JE TE DIS QUE C'EST UNE LANGUE ! RALLUME LA LUMIÈRE ! "

— Tais-toi ! lança ma grand-mère. Je me rappelle, je me rappelle... Pour l'amour de Dieu, ne fais plus jamais ça ! »

Ce fut grâce à ma grand-mère que je compris pour la première fois que je pouvais imiter Owen Meany. Même quand sa mémoire se fut totalement éteinte, Grand-Mère se souvint de la voix d'Owen ; si elle l'identifiait à ce qui avait causé la mort de sa fille, elle n'en dit jamais rien. Approchant de sa dernière heure, Grand-Mère ne se rappelait même plus que j'étais devenu anglican... et canadien.

* * *

Selon les termes de ma grand-mère, les Meany n'étaient pas de souche *Mayflower*. Ils ne descendaient pas des pères fondateurs, ne remontaient pas à John Adams. Ils étaient issus d'immigrants plus tardifs, des Irlandais de Boston. Les Meany arrivaient de Boston, et non d'Angleterre ; ils avaient aussi vécu à Concord, dans le New Hampshire, et à Barre, dans le Vermont — agglomérations beaucoup plus populeuses que Gravesend et qui constituaient les véritables capitales du granit en Nouvelle-Angleterre. Ma grand-mère était convaincue que mines et carrières impliquaient un travail rampant et que, par conséquent, carriers et mineurs tenaient davantage de la taupe que de l'homme. La petite taille d'Owen l'entretenait dans cette idée, bien que tous les autres membres de la famille Meany fussent de grandeur normale.

Pour se venger de toutes les sales blagues que nous lui faisions, il lui suffit d'une seule. On nous permettait de nager dans l'une des carrières de son père, à condition de le faire à tour de rôle, attachés par une corde solide. On ne nageait pas vraiment dans ces trous d'eau, qu'on prétendait aussi profonds que l'océan, et qui étaient bien aussi froids, même au cœur de l'été ; l'eau y était aussi noire et épaisse que de l'huile de vidange. On voulait en sortir aussitôt après y être entré, non tant à cause du froid que de la profondeur insondable ; on ignorait à quelle distance on était du fond, et on avait peur de ce qui pouvait y grouiller.

Le père d'Owen était intraitable pour la corde, le bain express, et jamais plus d'un à la fois, l'une des rares règles parentales de mon enfance qui demeurèrent scrupuleusement observées, sauf une fois — par Owen. Une règle qu'aucun de nous n'eut jamais envie de contourner ; nul ne se fût risqué à dénouer la corde et à plonger, sans espoir de secours, vers le fond mystérieux.

Mais, par une belle journée d'août, Owen Meany, sous l'eau, détacha la corde, puis nagea jusqu'à une anfractuosité cachée du rivage rocheux, tandis que nous attendions qu'il revienne à la surface. Comme il ne remontait pas, nous tirâmes sur la corde. Convaincus qu'il ne pesait pratiquement rien, nous refusions de croire ce que nos muscles nous disaient : qu'il n'était pas au bout de la corde. Ce n'est qu'en voyant la corde dénouée sortir de l'eau que nous comprîmes qu'il avait disparu. Quel silence il se fit ! (rompu seulement par le clapotis des gouttes tombant de la corde).

Personne ne cria son nom ; personne ne plongea pour le chercher. Dans cette eau, personne ne pouvait rien voir ! J'aimerais croire que nous aurions fini par y aller — s'il nous avait laissé quelques secondes de plus pour reprendre nos esprits —, mais Owen avait trouvé notre réaction trop indifférente, trop paresseuse. Il jaillit en nageant de sa cachette de l'autre côté du trou, se mouvant avec la légèreté d'une puce d'eau à travers cet espace terrifiant qui — nous en étions certains — rejoignait le centre de la terre. Il nagea vers nous, plus furieux que nous l'ayons jamais vu :

« Moi qui vous prenais pour des amis, bravo ! Qu'est-ce que vous attendiez ? Des bulles ? Vous me prenez pour un poisson ? Personne n'allait *essayer* de me sauver ?

— Tu nous as fait peur, Owen », dit l'un de nous.

Nous étions trop épouvantés pour songer à nous défendre, si tant est que nous l'ayons pu.

« Vous m'avez laissé me noyer ! Vous n'avez rien fait ! Vous m'avez regardé me noyer ! Je suis déjà mort !... N'oubliez jamais : vous m'avez laissé mourir ! »

* * *

Ce que je me rappelle le mieux, c'est le catéchisme du dimanche à l'église épiscopalienne. Owen et moi y étions des nouveaux venus. Quand ma mère épousa le *deuxième* homme qu'elle avait rencontré dans le train, nous changeâmes de religion, elle et moi ; nous quittâmes l'Église congrégationaliste pour celle de mon père adoptif, qui était épiscopalien, et, bien que je n'aie jamais constaté qu'il fût particulièrement pieux, ma mère tint à rallier *son* Église. Ce chamboulement contraria ma grand-mère, les Wheelwright ayant appartenu à l'Église congrégationaliste depuis qu'ils avaient abandonné les puritains (« Presque abandonné les puritains », disait ma grand-mère, car, d'après elle, le puritanisme n'avait pas totalement relâché son emprise sur nous, les Wheelwright). Outre notre père fondateur, plusieurs Wheelwright avaient appartenu au clergé.

Le changement contraria *aussi* le pasteur de l'église congrégationaliste, le révérend Lewis Merrill ; c'est lui qui m'avait baptisé, et il était catastrophé à l'idée que ma mère ne joindrait plus sa voix à sa chorale. Il la connaissait depuis son enfance et l'avait toujours soutenue quand elle avait, avec une calme obstination, refusé de révéler le secret de mon origine.

Le changement ne me convenait pas davantage — comme vous allez voir. Mais Owen Meany, qui avait l'art d'entretenir le mystère en tout, ne cessait de faire allusion à des choses trop sombres et terribles pour être révélées. Il changeait de religion, disait-il, POUR ÉCHAPPER AUX CATHOLIQUES — ou, du moins, c'était son père qui défiait les catholiques en envoyant Owen au catéchisme du dimanche, pour se faire confirmer dans la religion épiscopalienne. Quand les congrégationalistes, m'expliqua Owen, se changeaient en épiscopaliens, il n'y avait rien de mal ; cela représentait une *ascension* dans l'échelle religieuse : un tour de passe-passe. En revanche, que des catholiques se fassent épiscopaliens était une dégringolade impliquant la damnation éternelle. Owen disait, gravement, que son père serait certainement damné pour avoir pris l'initiative du changement, mais que les catholiques avaient commis un OUTRAGE INQUALIFIABLE, qu'ils avaient irréparablement insulté son père et sa mère.

Comme je rechignais devant la génuflexion, une nou-veauté pour moi, sans parler de la profusion de litanies et de prières qu'on devait réciter durant les services épiscopa-liens, Owen m'affirmait que je n'y connaissais rien. Non seulement les catholiques s'agenouillaient et récitaient inlassablement toutes sortes de prières, mais ils rituali-saient à tel point tout espoir de contact avec Dieu qu'Owen s'en trouvait handicapé dans son besoin de s'adresser DIRECTEMENT à Dieu. Et la confession, en plus ! Je rouspétais pour de malheureuses génuflexions, mais qu'au-rais-je dit s'il m'avait fallu confesser mes péchés ? Owen me dit que la contrainte de se confesser, pour un catholique, était si pesante qu'il lui arrivait de commettre volontaire-ment des péchés rien que pour pouvoir se les faire absoudre !

« Mais c'est complètement idiot ! », lançai-je.

Owen en convint. Je lui demandais toujours le motif de la rupture de Mr. Meany avec le catholicisme. Il ne me l'expliqua jamais, se bornant à répéter que le dommage était irréparable ; il ressortait toujours l'OUTRAGE INQUA-LIFIABLE, rien de plus.

C'est peut-être ma tristesse d'avoir changé de pratiques religieuses — s'ajoutant à la satisfaction d'Owen d'avoir ÉCHAPPÉ aux catholiques — qui me rendit si plaisant notre jeu de soulever Owen Meany dans les airs. Il m'apparaît à présent que nous avions tous tort de croire qu'Owen n'avait été mis au monde que pour nous servir de jouet, mais, dans mon cas particulier, je me sentais coupable de l'envier. En participant aux brimades du catéchisme, je lui témoignais mon hostilité d'être tellement différent de moi ; il était plus croyant que moi ; je l'avais toujours su, mais, à l'église, c'était encore plus visible. J'en voulais aux épiscopaliens de dépasser dans leur foi les congrégationalistes ; et parce que ma propre foi était du genre tièdasse, je m'étais senti plus à l'aise chez les congrégationalistes, qui se contentaient d'un minimum de participation pour leurs ouailles.

Owen n'aimait pas non plus les épiscopaliens, mais les préférait aux catholiques ; les uns comme les autres *croyaient* moins que lui — mais les catholiques avaient davantage contrecarré ses rites personnels. C'était mon meilleur ami et, entre amis, nous fermons les yeux sur les petites divergences ; ce ne fut qu'en fréquentant le même catéchisme et la même église que je fus obligé d'admettre chez lui une ferveur religieuse, sinon dogmatique, du moins bien plus évidente que chez tout autre, tant congrégationaliste qu'épiscopalien.

J'ai tout oublié des cours de catéchisme congrégationaliste, bien que ma mère se souvînt qu'à ces occasions je ne cessais de m'empiffrer, de même que dans les autres activités paroissiales. J'ai un vague souvenir de cidre doux et de biscuits ; mais je me rappelle avec une totale précision, vive comme un soleil hivernal, la chapelle recouverte de bardeaux blancs, le clocher noir, et les services religieux qui se déroulaient au deuxième étage dans une atmosphère de joyeux désordre. Par les hautes fenêtres, on voyait le faîte des arbres. Au contraire, les services épiscopaliens se déroulaient dans une ambiance de cave sinistre. L'église était en pierre, avec un sol dallé et moisi encombré d'un bric-à-brac de boiseries noirâtres, de tuyaux d'orgue ternis, le tout vaguement éclairé par des ouvertures aux vitraux teintés, à travers lesquels il n'était pas question de voir quoi que ce fût.

En me plaignant du décor, je me plaignais de tout ce qui déplaît aux enfants, la claustrophobie, l'ennui. Owen, lui, se plaignait au plan religieux : « LA FOI D'UN HOMME LUI EST PERSONNELLE. L'ENNUI, À L'ÉGLISE, C'EST LA CÉRÉMONIE. UNE CÉRÉMONIE EST FAITE POUR UNE AUDIENCE DE MASSE. DÈS QUE JE COMMENCE À AIMER LE CANTIQUE, TOUT LE MONDE S'AGENOUILLE POUR PRIER. A PEINE AI-JE COMMENCÉ D'ÉCOUTER LA PRIÈRE, TOUT LE MONDE SE LÈVE POUR CHANTER. ET QU'EST-CE QUE CES SERMONS IMBÉCILES ONT À VOIR AVEC DIEU, HEIN ? QUI SAIT SEULEMENT CE QUE DIEU PENSE DES ÉVÉNEMENTS EN COURS ? TOUT LE MONDE S'EN FOUT ! »

A ces critiques, comme à toutes les autres, je ne pouvais répondre qu'en saisissant Owen Meany et en le brandissant au-dessus de ma tête.

* * *

« Tu le taquines trop », disait ma mère. Le taquiner ? Je
me contentais de le soulever, comme d'habitude. A moins
que ma mère n'ait voulu me faire comprendre à quel point
Owen était sensible ; il se sentait insulté par n'importe
quelle plaisanterie. N'avait-il pas lu l'*Histoire de Gravesend,* de Wall, avant d'avoir dix ans ? Ce n'était pas une
lecture facile pour un enfant. Il avait aussi lu la Bible — pas
avant ses dix ans, bien sûr ; mais il est quand même allé
jusqu'au bout.

Il y avait aussi l'affaire de l'Institut[1] de Gravesend ; la
question se posait pour tous les natifs de la ville. L'Institut
n'admettait pas les filles à l'époque. J'étais un élève pauvre
et, bien que ma grand-mère eût les moyens de payer mes
études, j'étais destiné à ne pas quitter l'école secondaire —
jusqu'à ce que ma mère épouse un membre du corps
enseignant et qu'il m'adopte légalement. Les enfants de
professeurs — les chouchous, comme on disait — pouvaient automatiquement accéder à l'Institut.

Quel soulagement ce dut être pour ma grand-mère ! Elle
avait toujours regretté que ses propres enfants ne puissent
entrer à l'Institut — elle n'avait eu que des filles ! Ma mère
et Tante Martha avaient dû se contenter de l'école secondaire. De l'Institut de Gravesend, elles ne connaissaient
que le côté flirt, ce que Martha sut mettre à profit : elle
épousa un étudiant de l'Institut (l'un des rares qui n'aient
pas préféré ma mère), ce qui fit de mes cousins des fils
d'ancien élève et favorisa leur admission à l'Institut de
Papa. Sauf ma cousine, qui ne put bénéficier de la
chouchou-connection...

Owen Meany, quant à lui, était un candidat légitime à
l'Institut de Gravesend. C'était un brillant sujet, le genre
d'élève qu'on s'attend à voir aller à l'Institut. Il lui suffisait

---

1. En américain *academy* ou *preparatory school* : école privée où
l'on entre généralement à l'âge de quinze ans pour y suivre les quatre
dernières années d'études secondaires et se préparer à l'université
(NdÉ).

de postuler pour être admis et bénéficier d'une bourse complète ; l'exploitation de granit Meany n'ayant jamais été florissante, ses parents n'auraient pas eu les moyens de payer ses études. Or, un jour que ma mère nous emmenait à la plage — Owen et moi avions dix ans —, elle dit à Owen :

« J'espère que tu continueras à aider Johnny pour ses devoirs, parce que, quand vous irez à l'Institut tous les deux, les devoirs deviendront de plus en plus difficiles, surtout pour Johnny.

— MAIS JE N'IRAI PAS À L'INSTITUT.

— Bien sûr que si. Tu es le meilleur élève du New Hampshire... et peut-être même de tout le pays !

— L'INSTITUT N'EST PAS POUR DES GENS COMME MOI. LES GENS COMME MOI VONT À L'ÉCOLE SECONDAIRE. »

Qu'entendait-il par « les gens comme moi » ? Les gens petits ? L'école secondaire était-elle réservée aux gens plus petits que les autres ? Mais ma mère, qui voyait plus loin que moi, dit :

« Tu seras boursier, Owen. J'espère que tes parents le savent. Tes études seront absolument gratuites.

— IL FAUT METTRE UN COSTUME ET UNE CRAVATE. LA BOURSE NE FOURNIT PAS LES VÊTEMENTS.

— Ça peut s'arranger, Owen », dit ma mère.

Dans son esprit, ça signifiait qu'elle s'occuperait de tout ; en cas de besoin, elle lui achèterait tous les costumes et cravates nécessaires.

« ET LES CHEMISES HABILLÉES, ET LES SOULIERS. QUAND ON VA À L'ÉCOLE AVEC LES RICHES, ON NE VEUT PAS AVOIR L'AIR DE LEURS DOMESTIQUES ! »

Sous cette apostrophe, ma mère dut reconnaître les arguments de Mr. Meany senior concernant la politique de classe.

« Tout ce dont tu auras besoin, Owen, sera pris en charge. »

Nous étions dans Rye Street, après la première église, et la brise marine soufflait déjà fort. Un type qui trimbalait une grosse pile de lattes de charpente dans une brouette avait beaucoup de mal à les empêcher de s'envoler ;

l'échelle appuyée au toit de la sacristie menaçait également d'être emportée. L'homme avait manifestement besoin d'un aide — ou d'une deuxième paire de mains.

« NOUS DEVRIONS NOUS ARRÊTER POUR AIDER CET HOMME », observa Owen.

Mais ma mère poursuivait son idée et n'avait rien remarqué d'inhabituel en conduisant.

« Voudrais-tu que je parle de ça à tes parents, Owen ?

— IL Y A AUSSI UN PROBLÈME DE TRANSPORT. POUR ALLER À L'INSTITUT, IL FAUDRA PRENDRE LE BUS. JE N'HABITE PAS AU CENTRE-VILLE, VOUS SAVEZ. COMMENT IRAIS-JE LÀ-BAS SI JE SUIS EXTERNE ? PARCE QUE MES PARENTS NE ME LAISSERONT JAMAIS EN PENSION, ILS ONT BESOIN DE MOI À LA MAISON. ET LES DORTOIRS, C'EST L'ENFER ! ALORS COMMENT LES EXTERNES FONT-ILS POUR ALLER À L'INSTITUT ET RENTRER LE SOIR, VOUS POUVEZ ME LE DIRE ?

— Quelqu'un les emmène, dit ma mère. Je pourrais te conduire, Owen, au moins jusqu'à ce que tu passes ton permis.

— NON, ÇA NE MARCHERA PAS. MON PÈRE EST TROP OCCUPÉ ET MA MÈRE NE SAIT PAS CONDUIRE. »

Non seulement Mrs. Meany ne conduisait pas, ce que nous savions, mais elle ne sortait jamais de chez elle. Même en plein été, les fenêtres de la maison restaient toujours closes. Owen nous avait expliqué que sa mère était allergique aux poussières. Chaque jour de l'année, Mrs. Meany restait assise derrière ses fenêtres, larmoyante, les muqueuses enflammées par la poussière de grès environnant la carrière. Elle portait un vieux casque à écouteurs (d'où pendaient des fils électriques sectionnés) pour amortir le bruit de la scie à découper et des ciseaux à pierre. Quand le vacarme devenait trop violent, elle faisait jouer un phono à pleine puissance, de grands orchestres symphoniques, avec parfois l'aiguille qui dérapait pendant les explosions de dynamite.

C'est Mr. Meany qui faisait les courses. Il conduisait Owen au catéchisme, puis le ramenait, en évitant d'assister aux services religieux épiscopaliens. Il s'estimait suffisamment vengé des catholiques en y envoyant Owen, soit qu'il trouvât sa propre présence inutile, soit qu'il ait enduré un tel outrage de la part des catholiques qu'il en était devenu insensible aux enseignements de toute autre Église.

Ma mère le savait plutôt réfractaire au sujet de l'Institut de Gravesend. « Il y a les intérêts de la communauté, avait-il déclaré lors d'une réunion annuelle du conseil de ville, et il y a les intérêts particuliers ! » Il faisait allusion au projet de l'Institut d'élargir la rivière salée et de draguer un tirant d'eau plus important pour faciliter les compétitions de canotage des étudiants sur la Squamscott ; de nombreux canots s'enlisaient dans les fonds boueux à marée basse. Le tronçon de rivière que l'école souhaitait élargir bordait l'Exploitation de granit Meany ; bien que ce terrain marécageux fût totalement inutilisable, il appartenait à Mr. Meany, lequel n'avait aucune intention de s'en laisser déposséder par l'Institut « dans un but récréatif », disait-il.

« Nous parlons de vase, non de granit, avait fait remarquer un représentant de l'Institut.

— Moi, je parle de *nous* et de *vous !* », avait vociféré Mr. Meany, lors de ce conseil de ville désormais historique.

A Gravesend, pour qu'un conseil de ville devienne historique, il doit s'achever en victoire pour le canotage. La Squamscott fut élargie, ses fonds dragués. Comme ce n'était que de la vase, la municipalité décréta qu'il importait peu à qui elle appartînt.

« Tu iras à l'Institut, Owen, dit ma mère. Tu dois y aller. Si jamais un étudiant doit y aller, c'est toi. Cet endroit est fait pour toi, ou alors pour personne !

— ON A RATÉ UNE BONNE ACTION, fit Owen morose. CET HOMME QUI RÉPARE LE TOIT DE L'ÉGLISE... IL AVAIT BESOIN D'UN COUP DE MAIN.

— Ne discute pas avec moi, tu veux ? Tu iras à l'Institut, même si je dois t'adopter. J'irai jusqu'à te kidnapper s'il le faut ! »

Mais nul sur cette terre n'était aussi buté qu'Owen Meany ; il attendit qu'on ait parcouru deux kilomètres de plus, pour répliquer :

« NON. ÇA NE MARCHERA PAS. »

* * *

L'Institut de Gravesend fut fondé en 1781 par le révérend Emery Hurd, pur disciple des premiers fondateurs vénérés par les Wheelwright, un puritain sans enfants particulièrement doué, selon Wall, pour ses « harangues en faveur de l'Étude, qui tend heureusement à développer la Vertu et la Piété ». Qu'aurait bien pu penser le révérend d'Owen Meany ? Hurd avait imaginé une école où « aucun garçon corrompu, capable de contaminer ses condisciples, ne pourrait rester plus d'une heure » ; grâce à quoi « l'étudiant pourrait progresser en toute quiétude dans la quête du Savoir ».

Ce qui restait de sa fortune, Emery Hurd en fit don « pour l'éducation et la christianisation des Indiens d'Amérique ». Dans son grand âge — toujours attentif à ce que l'Institut de Gravesend poursuive sa mission pieuse et charitable —, le révérend Hurd patrouilla sans relâche dans les rues de la ville basse, en quête de délinquants juvéniles, à savoir les jeunes garçons qui n'ôtaient pas leur chapeau sur son passage et les filles négligeant de lui faire la révérence. Il se faisait un devoir de leur passer un savon ; ça dura jusqu'à ce que le savon eût fondu, comme son cerveau.

J'ai vu ma grand-mère agir de la sorte dans sa décrépitude ; âgée au point de ne presque plus rien se rappeler, surtout pas Owen Meany et moi, il lui arrivait de réprimander toute l'assistance :

« Pourquoi ne salue-t-on plus dans la rue ? hululait-elle. Rétablissons la révérence ! Rétablissons la courtoisie !

— Oui, Grand-Mère, disais-je.

— Oh, qu'est-ce que tu en sais ? demandait-elle. Et d'abord, qui es-tu ?

— C'EST VOTRE PETIT-FILS, JOHNNY ! », disais-je en imitant de mon mieux Owen Meany.

Alors ma grand-mère s'écriait :

« Mon Dieu ! Il est encore là ? Ce drôle de petit gamin est toujours ici ? L'as-tu enfermé dans le passage, Johnny ? »

* * *

Vers la fin de l'été de nos dix ans, Owen m'apprit que ma mère était allée voir ses parents à la carrière.

« Et qu'est-ce qu'ils en ont dit ? », demandai-je.

Ils ne lui avaient pas parlé de cette visite, mais il savait qu'elle était venue.

« J'AI RECONNU SON PARFUM. ELLE DOIT ÊTRE RESTÉE UN BON MOMENT, PARCE QU'IL Y AVAIT PRESQUE AUTANT DE SON PARFUM QUE DANS TA MAISON. MA MÈRE NE SE PARFUME JAMAIS. »

Précision inutile. Non seulement Mrs. Meany ne sortait jamais, mais elle refusait même de *regarder* au-dehors. Quand je l'apercevais derrière l'une des diverses fenêtres de sa maison, elle se tenait toujours de profil, bien déterminée à ne rien voir du monde extérieur. Il y avait là, pourtant, une équivoque : en s'asseyant de profil, peut-être entendait-elle suggérer qu'elle n'avait pas totalement tourné le dos au monde. C'était probablement la faute des catholiques ; quoi qu'ils lui aient fait, cela faisait certainement partie du fameux OUTRAGE INQUALIFIABLE si mystérieusement évoqué par Owen Meany. Il y avait quelque chose dans l'opiniâtre claustration volontaire de Mrs. Meany qui sentait à plein nez la persécution religieuse, sinon la damnation éternelle.

« Comment ça s'est passé chez les Meany ? demandai-je à ma mère.

— Ils ont dit à Owen que j'étais venue ?

— Ils ne lui ont rien dit. Il a reconnu ton parfum.

— Tiens, tiens », dit-elle avec un sourire satisfait.

Elle devait avoir remarqué qu'Owen en pinçait pour elle, comme tous mes autres copains. Et si elle avait vécu jusqu'à ce qu'ils atteignent l'adolescence, nul doute que leur niveau d'engouement pour elle eût crû, empiré jusqu'à devenir insupportable, tant pour eux que pour moi.

Bien que ma mère résistât à la tentation que nous subissions tous — elle s'interdisait de soulever Owen Meany —, elle ne pouvait s'empêcher de le toucher. On était obligé de tripoter Owen. Il était mignon à en mourir, exerçant l'attraction d'un petit animal à fourrure — exception faite pour ses oreilles, d'une nudité quasi transparente, émergeant de son visage mince comme celles d'un rongeur. Ma grand-mère le comparait à un embryon de renard ! En caressant Owen, on évitait ses oreilles, comme si elles devaient être froides au toucher. Pas ma mère ; elle faisait pénétrer sa chaleur dans ses oreilles caoutchouteuses. Elle l'étreignait, l'embrassait, frottait son nez contre le sien, tout cela aussi naturellement qu'avec moi ; mais elle ne faisait rien de tel à mes autres amis, ni même à mes cousins. Et Owen lui rendait ses caresses avec usure ; il lui arrivait de rougir, sans jamais cesser de sourire. Son air généralement renfrogné disparaissait, remplacé par une béatitude embarrassée.

Je le revois, debout tout contre ma mère ; sur la pointe des pieds, le sommet de sa tête lui atteignait la poitrine. Quand elle était assise et qu'il venait vers elle pour se faire toucher et caresser, son visage arrivait juste au niveau de ses seins. Ma mère affectionnait les sweaters ; elle avait une silhouette ravissante, le savait et portait ces sweaters à la mode qui la mettaient en valeur.

Quand nous parlions entre nous des mères de nos copains, Owen se montrait d'une totale sincérité ; il parlait de la mienne sans détour, et je ne lui en voulais pas parce que je connaissais son sérieux. Owen ne plaisantait jamais.

« TA MÈRE A DE PLUS BEAUX NICHONS QUE LES AUTRES MÈRES. »

Personne d'autre n'aurait pu me dire ça sans déclencher une bagarre.

« Tu le penses vraiment ?

— ABSOLUMENT. LES PLUS BEAUX.

— Et ceux de Mrs. Wiggin ?

— TROS GROS.

— Ceux de Mrs. Webster ?

— TROP BAS.

— Ceux de Mrs. Merrill ?

— TRÈS RIGOLOS.

— Ceux de Miss Judkins ?

— J'EN SAIS RIEN. IMPOSSIBLE DE M'EN SOUVENIR. MAIS CE N'EST PAS UNE MÈRE !

— Miss Farnum ?

— TU TE MOQUES DE MOI ! disait-il avec humeur.

— Caroline Perkins ?

— PEUT-ÊTRE UN JOUR, dit-il sérieusement. MAIS ELLE N'EST PAS ENCORE MÈRE.

— Irene Babson ?

— TU VAS ME FAIRE VENIR DES BOUTONS ! », grinça Owen. Il ajouta avec admiration : « TA MÈRE, C'EST LA MIEUX ! ET ELLE SENT MEILLEUR QUE TOUTES LES AUTRES. »

J'étais obligé d'être d'accord : ma mère sentait délicieusement bon.

Le buste de votre mère est un curieux sujet de conversation avec un ami, mais ma mère était réputée pour sa beauté et Owen d'une telle sincérité qu'on lui faisait volontiers confiance.

Elle nous servait fréquemment de chauffeur. Elle m'emmenait à la carrière pour jouer avec Owen ; elle allait chercher Owen pour venir jouer avec moi, puis le reconduisait chez lui. L'exploitation de granit se trouvait à environ cinq kilomètres du centre-ville, assez près pour y aller à bicyclette, mais le chemin montait tout le temps. Alors Maman m'emmenait souvent là-bas avec mon vélo dans la voiture et je rentrais à bicyclette ; ou Owen venait en ville à vélo et elle le ramenait en voiture. Elle faisait ça si souvent qu'on aurait pu croire qu'elle avait deux enfants, et Owen pouvait avoir de bonnes raisons de penser qu'elle était plus *sa* mère que sa propre mère !

Quand nous jouions chez Owen, c'était rarement dans la maison. Nous nous poursuivions entre les blocs de roche, autour des trous, le long de la rivière, et le dimanche nous rôdions autour des machines silencieuses, nous imaginant que nous dirigions l'entreprise — ou que nous faisions la guerre. Owen semblait trouver l'intérieur de sa maison aussi bizarre et oppressant que moi. Par mauvais temps, on se retrouvait chez moi, et puisque le temps est presque toujours détestable dans le New Hampshire, nous jouions la plupart du temps chez moi.

Nous ne faisions que jouer, me semble-t-il. Nous avions onze ans l'été où ma mère mourut. C'était notre dernière saison en minimes et nous en avions plus que marre. Je trouve déjà le base-ball ennuyeux ; et la dernière saison en équipe minimes ne sert que de prélude aux interminables périodes de base-ball qui menacent d'innombrables Américains. Pour mon malheur, les Canadiens affectionnent aussi le base-ball, tant comme joueurs que comme spectateurs. C'est un jeu avec de longs moments d'attente, un jeu où l'on espère avec une exaspération grandissante une action d'une exaspérante brièveté. Au moins, dans les équipes minimes, les gosses jouent beaucoup plus vite que les adultes, grâce à Dieu ! Nous ne passions pas notre temps à cracher ou à nous gratter les aisselles ou le pubis, mimiques apparemment essentielles à la bonne marche d'une partie adulte. Mais il faut tout de même attendre entre les lancers, attendre le bon vouloir de l'attrapeur, laisser l'arbitre examiner la balle après chaque coup — et attendre que l'attrapeur trottine jusqu'au monticule pour chuchoter au lanceur ses instructions pour le lancer de la balle, puis attendre que l'entraîneur se traîne sur le terrain afin de supputer avec le lanceur et l'attrapeur les possibilités du prochain lancer...

Ce jour-là, lors du dernier tour de batte, Owen et moi attendions stoïquement que le match s'achève, nous ennuyant à tel point que l'idée ne nous vint pas qu'une vie humaine allait s'achever aussi.

Notre équipe engageait ; nous étions battus, et de loin ; nous avions pris des remplaçants à la place des titulaires, puis remplacé les remplaçants si souvent et dans une telle pagaille que je ne reconnaissais même pas la moitié de nos joueurs, et je ne savais plus très bien quand ce serait mon tour de manier la batte ; j'étais sur le point de le demander à Mr. Chickering, notre gros directeur-entraîneur, quand il se tourna vers Owen Meany :

« Owen, tu vas remplacer Johnny à la batte.

— Mais j'ai oublié mon tour », dis-je.

Mr. Chickering ne m'entendit pas ; il regardait de l'autre côté du losange. La partie l'ennuyait, lui aussi, et il attendait que ça finisse, comme tout le monde.

« JE SAIS QUAND TU DOIS JOUER », dit Owen.

Ça m'irritait toujours qu'il conserve le souvenir de ce genre de détails. On ne le laissait que rarement jouer à ce jeu stupide, mais il enregistrait absolument tout, néanmoins.

« SI HARRY CONTINUE, JE RESTE AU BANC. SI C'EST BUZZY QUI JOUE, JE ME LÈVE.

— C'est ta chance ! Il n'y en a qu'un en retrait ?

— DEUX EN RETRAIT. »

Sur le banc des remplaçants, tout le monde regardait de l'autre côté du terrain, même Owen, aussi je portai mon attention sur leur pôle d'intérêt. Alors je la vis : ma mère. Elle venait d'arriver. Elle était toujours en retard ; le jeu l'embêtait aussi, et elle avait le don d'arriver juste à temps pour nous ramener, Owen et moi. Même l'été, elle arborait un sweater, car elle affectionnait les jupes légères en jersey ; elle était joliment bronzée, moulée dans une simple jupe blanche avec le fameux sweater assorti, et avait noué autour de ses cheveux un foulard rouge dont les pointes reposaient sur ses épaules. Elle n'observait pas la partie. Debout derrière la ligne de hors jeu du champ gauche, au-delà de la troisième base, elle regardait dans les travées, comme si elle cherchait quelqu'un parmi les rares places occupées.

Je m'aperçus que tout le monde avait les yeux fixés sur elle, ce qui n'avait rien de nouveau pour moi. On regardait toujours ma mère, mais l'examen semblait particulièrement approfondi ce jour-là ; je m'en souviens peut-être avec une telle acuité parce que ce fut la dernière fois que je la vis vivante…

Le lanceur surveillait son coussin de but, l'attrapeur attendait la balle ; je suppose que le batteur l'attendait aussi, mais tous les hommes de champ avaient tourné la tête pour reluquer ma mère. Sur notre banc, on la regardait aussi, Mr. Chickering particulièrement ; ensuite Owen, avec une moindre intensité ; moi enfin — mais je la

connaissais mieux que tout le monde. Dans les travées
aussi, les spectateurs fixaient ma mère, laquelle les observait.

C'était la prise quatre. Le lanceur ne devait pas être à
ce qu'il faisait. Harry Hoyt s'écarta. Buzzy Thurston le
remplaça et Owen se leva pour prendre son tour. Quittant
le banc, il sélectionna la batte la plus légère. Buzzy frappa
une balle basse, évidemment hors jeu, sans que ma mère
daigne tourner la tête pour suivre le match. Elle se mit à
marcher parallèlement à la ligne de troisième base, qu'elle
dépassa ; elle regardait toujours en direction des travées
quand l'intercepteur bloqua la balle basse de Buzzy. Arrêt
de jeu.

Au tour d'Owen.

Pour illustrer l'ennui mortel que dégageait cette partie,
depuis longtemps perdue pour notre équipe, Mr. Chickering dit à Owen de frapper en chandelle, signe qu'il voulait
rentrer chez lui au plus vite.

D'habitude, il disait : « Ouvre l'œil, Owen », ce qui
signifiait : « Contente-toi de marcher. Garde ta batte sur
l'épaule. N'essaie surtout pas de frapper quoi que ce soit. »

Mais, ce jour-là, Mr. Chickering dit :

« Renvoie la balle, gamin.

— Épluche-nous cette pastille, Meany ! », cria quelqu'un en étouffant de rire.

Owen regardait le lanceur, avec dignité.

« Fais-le courir, Owen ! lançai-je.

— Renvoie-la, Owen, reprit Mr. Chickering. Renvoie-
la ! »

Sur notre banc, tout le monde fit chorus : il était grand
temps de rentrer. Laissons Owen frapper, rater les trois
essais suivants, et ensuite nous serons libres. En outre,
nous guettions l'amusant spectacle de ses coups faibles et
désordonnés.

La première balle était si manifestement hors jeu qu'O-
wen la laissa filer sans bouger.

« Frappe ! cria Mr. Chickering. Renvoie-la !

— ELLE ÉTAIT MAUVAISE ! »

Owen Meany citait ses sources. Il observait le règlement

à la lettre, Owen Meany. Il faisait tout selon les règles.

Le lancer suivant lui arriva en pleine figure et il n'eut que le temps de s'aplatir sur le sol, dans la terre entourant le monticule. Balle deux. On s'esclaffa à le voir épousseter sa tenue, en faisant jaillir un nuage de poussière ; il prit tout son temps pour se nettoyer.

Ma mère tournait le dos au coussin de but ; elle venait de reconnaître quelqu'un dans les travées et lui adressait un signe de la main. Elle se trouvait derrière la troisième base, assez près du carré du batteur, quand Owen Meany s'apprêta à frapper. Il sembla amorcer son coup avant que la balle n'ait quitté la main du lanceur. C'était une balle rapide, telle qu'elles le sont dans les parties de minimes, mais comme la batte d'Owen avait pris son élan avant l'arrivée de la balle, la violence de l'impact fut stupéfiante. Je n'avais jamais vu Owen frapper une balle avec une telle force, et seule la violence du choc permit à Owen de rester sur ses pieds. Pour une fois, il ne tomba pas.

Le claquement de la batte, exceptionnellement sec et bruyant pour un match d'enfants, réussit à capter l'attention distraite de ma mère. Elle tourna la tête vers le but — se demandant, je pense, quel joueur avait frappé avec une force pareille — et la balle percuta sa tempe gauche, la faisant pivoter si vite qu'un de ses hauts talons se brisa net ; puis elle tomba en avant, face aux travées, les genoux écartés. Son visage heurta le sol en premier ; ses mains n'avaient pas quitté ses hanches, même pour amortir la chute, ce qui fit supposer par la suite qu'elle était morte avant de toucher le sol.

J'ignore si sa mort fut *aussi* instantanée ; mais le temps que Mr. Chickering la rejoigne, elle était morte. Il arriva le premier auprès d'elle. Il souleva sa tête, puis tourna son visage dans une position plus logique ; on me dit plus tard qu'il lui avait fermé les yeux avant de reposer sa tête sur le sol. Je me rappelle qu'il rabattit sa jupe, qui était remontée à mi-cuisses, et lui rapprocha les genoux. Il se releva ensuite pour ôter son blouson molletonné, qu'il tint devant lui comme un torero tient sa cape. Je fus le premier joueur à franchir la ligne de troisième base, mais pour un si gros homme, Mr. Chickering était agile. Il m'attrapa et jeta son blouson sur ma tête. J'étais aveuglé, incapable de me débattre efficacement. « Non, Johnny, non, Johnny ! disait Mr. Chickering. Tu ne dois pas la voir, mon petit. »

La mémoire est un monstre : vous oubliez ; elle, non. Elle se contente de tout enregistrer à jamais. Elle garde les souvenirs à votre disposition ou vous les dissimule, pour vous les soumettre à la demande. Vous croyez posséder une mémoire, mais c'est elle qui vous possède !

Plus tard, je me rappellerais les moindres détails. En évoquant l'instant où ma mère mourut, je revois tous ceux qui assistaient à la scène, ceux qui n'y assistaient pas, et ce que chacun me dit ou ne me dit pas. Mais ma toute première impression fut avare de détails. Je me souviens du chef Pike, notre policier local — je fréquenterais sa fille des années plus tard. Le chef Pike ne retint mon attention que par la question stupide qu'il posa et sa manière encore plus absurde de la formuler :

« Où est la balle ? », demanda le chef de la police, une fois qu'on eut dégagé les alentours, comme ils disent.

On avait emporté le corps de ma mère, et j'étais blotti sur le banc, dans le giron de Mr. Chickering, la tête toujours recouverte de son blouson — mais, cette fois, c'était moi qui l'y avais mise, ne voulant plus rien voir.

« La balle ? disait Mr. Chickering. Vous voulez cette foutue balle ?

— Eh bien, c'est l'arme du crime, en quelque sorte », disait le chef Pike. Son prénom, c'était Ben. « L'arme du crime, répétait Ben Pike. C'est comme ça qu'on dit.

— L'arme du crime ! », fit Mr. Chickering en me serrant contre lui.

Nous attendions que quelqu'un vienne me chercher, ma grand-mère ou le second mari de ma mère.

« L'arme du crime ! Mais nom de Dieu, Ben, c'était une simple balle de base-ball !

— Eh bien, où est-elle passée ? insistait le chef Pike. Puisqu'elle a tué quelqu'un, il est indispensable que je la voie. C'est une pièce à conviction, il me la faut !

— Sois pas con, Ben ! dit Mr. Chickering.

— Est-ce qu'un de tes mômes l'a prise ?

— T'as qu'à leur demander », dit notre gros entraîneur.

On avait parqué tous les joueurs dans les travées de sièges pendant que les policiers prenaient des photos de ma mère. Ils y étaient encore, fascinés par le lieu du crime, mêlés à plusieurs habitants de la ville, pères, mères et ardents supporters de base-ball. Plus tard, je réentendrais la voix d'Owen, me parvenant dans l'obscurité du blouson molletonné : « JE SUIS DÉSOLÉ ! »

Au fil des années, tout le puzzle me reviendrait, morceau par morceau : tous ceux qui se trouvaient là, derrière les sièges, et tous ceux qui étaient rentrés chez eux.

Mais alors, j'arrachai le blouson de ma tête, et tout ce que je vis, c'est qu'Owen Meany n'était plus là. Mr. Chickering dut faire la même constatation et appela :

« Owen !

— Il est rentré chez lui, répondit quelqu'un.

— A bicyclette », précisa quelqu'un d'autre.

Je l'imaginai facilement, montant en danseuse l'escarpement de Maiden Hill Road, d'abord pédalant, puis zigzaguant avec effort, ensuite mettant pied à terre pour pousser son engin, en vue de la rivière. A l'époque, nos tenues de sport étaient en épais lainage qui grattait, et je me représentais son pull alourdi de sueur, orné d'un numéro 3 trop grand pour lui. Quand il rentrait le pull dans son pantalon, il y enfouissait la moitié du numéro 3, si bien que les passants pouvaient croire qu'il avait le numéro 2.

Je pense qu'il n'avait aucune raison d'attendre, puisque ma mère ne pourrait pas le ramener chez lui comme d'habitude avec sa bicyclette...

Bien sûr, pensai-je, c'est Owen qui a gardé la balle. Il était collectionneur dans l'âme, il n'y avait qu'à voir ses photos de base-ball. Des années plus tard, Mr. Chickering dirait : « Après tout, c'est l'unique fois où il ait jamais touché la balle. Et elle était mauvaise ! Sans compter qu'elle a tué quelqu'un... »

Qu'est-ce que ça peut faire si Owen a gardé la balle ? me disais-je. Mais à ce moment-là, c'est surtout à ma mère que je pensais ; je commençais déjà à lui en vouloir de ne m'avoir jamais dit qui était mon père.

Je n'avais que onze ans à l'époque. J'ignorais qui d'autre avait assisté à cette partie de base-ball et à cette mort — et qui avait eu ses raisons de subtiliser la balle lancée par Owen Meany.

2

L'armadillo

Ma mère avait pour prénom Tabitha, mais personne sauf ma grand-mère ne l'appelait comme ça. Grand-Mère détestait les surnoms et diminutifs ; faisant une exception pour moi, elle continua de m'appeler Johnny bien après que je fusse devenu John tout court pour notre entourage. Pour tous, ma mère était Tabby. Je me rappelle une occasion où le révérend Merrill dit « Tabitha », mais en présence de ma grand-mère, et au cours d'une discussion — ou plutôt d'un procès — ayant pour origine la décision de ma mère de quitter l'Église congrégationaliste pour l'épiscopalienne. C'est alors que le révérend, s'adressant à ma grand-mère comme si ma mère était ailleurs, proféra :

« Tabitha Wheelwright est la seule voix vraiment angélique de la chorale, et, si elle nous abandonne, le chœur n'aura plus d'âme ! »

A la décharge du pasteur Merrill, je dois préciser qu'il ne s'exprimait pas toujours avec cette emphase byzantine, mais notre changement de confession le bouleversait à tel point qu'il parlait comme en chaire.

Quand j'étais petit, dans le New Hampshire, Tabby était un nom répandu pour les chats domestiques, et indéniablement ma mère offrait des ressemblances avec eux, non par ses défauts : attitude sournoise ou furtive, mais par ses qualités toutes félines : propreté soyeuse, assurance, manières câlines. Bien différemment d'Owen Meany, ma mère attirait la caresse ; la plupart des gens avaient envie, ou besoin, de la toucher. Je ne parle pas que des hommes, bien que, même à mon âge, j'aie souvent remarqué que leurs mains frémissaient à sa proximité. Je veux dire que tout un chacun aimait la toucher ; selon ce qu'elle éprouvait pour son frôleur, la réaction de ma mère était totalement féline. Elle pouvait se montrer d'une si glaciale indifférence que le contact cessait aussitôt ; elle avait des réflexes étonnamment vifs et savait esquiver comme un chat, éviter d'une pirouette ou d'un rapide pas en arrière la main tripoteuse, aussi instinctivement que nous respirons. Dans l'autre sens, elle réagissait aussi comme un chat ; elle pouvait s'épanouir sous la caresse, onduler sans vergogne, presser davantage son corps contre la paume affectueuse jusqu'à ronronner de plaisir (du moins, c'est ce que j'imaginais).

Owen Meany, qui ne mâchait pas ses mots et avait l'habitude de lâcher abruptement des réflexions comme des pièces dans un bassin — réflexions s'enfonçant, telle la vérité, jusqu'au fond pour y demeurer, intactes —, Owen me dit un jour : « TA MÈRE EST TELLEMENT SEXY QUE J'EN OUBLIE QU'ELLE EST TA MÈRE. »

Quant aux insinuations de Tante Martha, divulguées à mes cousins qui me les répercutèrent une dizaine d'années plus tard, selon lesquelles ma mère « était un peu sim-plette », j'y vois l'effet de la pure jalousie, mitigée d'incom-préhension, entre sœurs. Tante Martha passait à côté de la caractéristique essentielle de ma mère : elle était née dans un corps fait pour une autre. Tabby Wheelwright avait l'air d'une starlette, pulpeuse, fantasque, facilement en confiance, elle semblait avide de plaire, ou « un peu simplette » ; elle avait l'air caressable. Mais je suis ferme-ment convaincu que son caractère était foncièrement opposé à son physique. Moi, son fils, j'affirme qu'elle était une mère presque parfaite ; son unique imperfection ayant été de mourir avant de m'avoir révélé le nom de mon père. Outre sa quasi-perfection maternelle, je sais qu'elle était heureuse, et une femme vraiment heureuse a le don d'affoler tous les hommes, et même certaines femmes. Si son corps semblait brûlant, elle ne l'était pas. Elle était comblée, encore une caractéristique féline. Elle n'attendait rien d'autre de la vie qu'un enfant et un mari aimant ; *au singulier*. Elle ne voulait pas *des* enfants, elle me voulait,

moi, rien que moi, et elle m'eut ; elle ne voulait pas
d'hommes dans sa vie, mais un seul homme, le bon ; et, peu
avant de mourir, elle le trouva.

J'ai dit que ma tante Martha était une femme adorable,
et je le pense ; elle est chaleureuse, séduisante, pudique,
aimable, remplie de bonnes intentions — et m'a toujours
beaucoup aimé. Elle aimait aussi ma mère, mais ne la
comprit jamais, et, pour peu qu'à l'incompréhension se
mêle une pointe de jalousie, bonjour les problèmes !

J'ai décrit ma mère comme une *sweater girl,* ce qui est en
contradiction avec sa tenue généralement effacée : elle
mettait son buste en valeur, mais n'exhibait jamais sa peau,
exception faite de ses épaules athlétiques et saines. Ses
vêtements n'étaient ni voyants, ni impudiques, ni négligés ;
elle portait des couleurs austères, et je ne vois rien dans sa
garde-robe qui ne fût noir ou blanc, sauf quelques accessoires — elle avait une passion pour le rouge, en foulards,
chapeaux, chaussures, gants, ceintures. Elle ne portait rien
qui pût coller aux hanches, mais aimait montrer sa taille
fine et sa somptueuse poitrine. N'avait-elle pas LES PLUS
BEAUX NICHONS DE TOUTES, selon Owen ?

Je ne crois pas qu'elle aimait flirter ; elle n'allumait pas
les hommes, mais qu'aurais-je pu en savoir à mon âge ?
Peut-être flirtait-elle un peu, mais j'imaginais qu'elle
gardait ça pour le Boston & Maine, et que dans tous les
autres endroits du monde, y compris Boston, la cité
maudite, elle n'était rien d'autre que la Mère absolue ; dans
le train, c'était autre chose. On ne pouvait expliquer
autrement qu'elle y ait rencontré l'homme qui deviendrait
mon père ! Et, quelque six ans après, qu'elle rencontrerait
dans le même train celui qui deviendrait son époux ! Les
secousses rythmiques du convoi sur les rails la troublaient-
elles au point de lui faire perdre sa réserve ? Était-elle
différente en voyage, quand ses pieds ne reposaient plus
sur la terre ferme ?

Je n'exprimai cette théorie absurde qu'une seule fois, à
Owen Meany. Il s'en montra fort choqué :

« COMMENT PEUX-TU PENSER UNE CHOSE PAREILLE DE
TA PROPRE MÈRE ?

— Mais tu dis toi-même qu'elle est sexy! C'est toi qui délires sur ses nichons!

— JE NE DÉLIRE PAS!

— Bon, d'accord... Je veux dire que tu l'aimes. Tous les hommes, tous les gosses, tout le monde l'aime...

— OUBLIE CETTE HISTOIRE DE TRAIN. TU AS UNE MÈRE PARFAITE. ELLE EST INCAPABLE DE FAIRE QUOI QUE CE SOIT DANS UN TRAIN! »

Ma foi, bien qu'elle ait dit avoir « connu » mon père dans le Boston & Maine, je n'avais jamais imaginé qu'elle ait pu m'y fabriquer; pourtant, le fait est qu'elle a rencontré son futur mari dans ce train. Cette histoire n'a jamais été démentie. Combien de fois lui ai-je demandé de me raconter cet événement historique! Elle n'a jamais hésité, elle aimait à raconter cette histoire et la répétait toujours dans des termes identiques. Et, après sa mort, combien de fois ai-je demandé à son mari de me la raconter, ce qu'il faisait avec enthousiasme, exactement de la même façon.

Il s'appelait Dan Needham. Combien de fois ai-je prié Dieu pour qu'il soit mon véritable père!

* * *

Ma mère, ma grand-mère, moi et Lydia — moins une de ses jambes — étions en train de dîner un jeudi soir du printemps 1948. Le jeudi, ma mère rentrait de Boston et nous avions toujours droit à un repas de gala. Je me rappelle que c'était peu après l'amputation de Lydia, car ça faisait une drôle d'impression de la voir attablée avec nous, dans son fauteuil roulant, tandis que les deux nouvelles bonnes effectuaient le travail que nous avions l'habitude de lui voir faire. Le fauteuil roulant était encore tout nouveau pour Lydia, qui m'interdisait de le pousser; seules ma mère, ma grand-mère et l'une des nouvelles servantes avaient le droit d'y toucher. J'ai oublié tous les rituels mécaniques entourant la manœuvre du fauteuil roulant; quoi qu'il en soit, nous achevions notre dîner, et la

présence de Lydia à table était une innovation. C'est alors
que ma mère dit :

« J'ai rencontré un autre garçon dans ce bon vieux
Boston & Maine. »

Elle n'avait nulle intention machiavélique, mais cette
phrase produisit un effet immédiat de stupeur sur les
convives. Le fauteuil roulant de Lydia s'écarta brusquement de la table, entraînant la nappe et bousculant
l'ordonnance des assiettes, verres et couverts. Les chande-
liers vacillèrent. Ma grand-mère porta la main à la grosse
broche qui fermait le col de sa robe, comme si elle
s'étouffait, et je mordis jusqu'au sang un grand bout de ma
lèvre inférieure.

Nous pensions tous que ma mère s'exprimait par euphémisme. J'étais évidemment absent lorsqu'elle avait
annoncé sa *première* rencontre dans le train avec un
homme. Avait-elle dit : « J'ai rencontré un garçon dans ce
bon vieux Boston & Maine et je suis enceinte » ? Avait-elle
dit : « J'attends un enfant suite au caprice que je me suis
offert dans ce bon vieux Boston & Maine avec un parfait
inconnu que je ne reverrai sans doute jamais » ?

Si je peux tenter d'imaginer cette première déclaration,
la seconde produisit un effet pour le moins spectaculaire.
Nous crûmes tous qu'elle était à nouveau enceinte — d'un
autre homme !

Pour montrer à quel point l'idée de Tante Martha sur la
« simplicité d'esprit de ma mère » était erronée, ma mère
saisit instantanément le fond de notre pensée, éclata de rire
et s'empressa de dire :

« Non, non ! Je n'attends pas de bébé ! J'ai déjà mon
bébé, et je n'en veux pas d'autre. Je veux simplement vous
dire que j'ai fait la connaissance d'un homme et que je
l'aime.

— Un homme *différent*, Tabitha ? fit ma grand-mère,
tripotant toujours sa broche.

— Bien sûr ! Qu'est-ce que vous croyez ? »

Elle rit à nouveau, rire qui ramena prudemment le
fauteuil roulant de Lydia auprès de la table.

« Tu veux dire un homme que tu aimes, Tabitha ?

— Je n'en aurais pas parlé si je ne l'aimais pas, dit ma mère. Je veux que vous fassiez tous sa connaissance.

— Tu es sortie avec lui ? s'enquit ma grand-mère.

— Non, je l'ai seulement rencontré. Aujourd'hui même ! Dans le train du retour !

— Et tu l'aimes déjà ? fit Lydia d'une voix si semblable à celle de ma grand-mère que je dus vérifier qui avait parlé.

— Eh bien, oui, dit ma mère avec gravité. Ce sont des choses qui arrivent, ça ne prend qu'un instant.

— Combien de fois as-tu éprouvé ces *choses*, avant ? demanda ma grand-mère.

— C'est la première fois, sincèrement. C'est pourquoi je le sais. »

Lydia et ma grand-mère me lancèrent le même coup d'œil instinctif, peut-être pour s'assurer que je comprenais bien les propos de ma mère : que la fois d'avant, celle du caprice qui avait abouti à moi, ma mère n'avait pas éprouvé de sentiment aussi fort envers celui qui l'avait fécondée et qui était mon père. J'avais une tout autre impression. Je pensais que ce nouvel homme était vraiment mon père, que c'était peut-être la première fois qu'ils s'étaient retrouvés dans le train, qu'il avait appris mon existence et voulait me connaître — et que des circonstances impérieuses l'avaient retenu au loin pendant mes six années d'existence. Après tout, il y avait eu la guerre quand j'étais né, en 1942...

Mais venant contredire une fois de plus l'opinion de Tante Martha, ma mère parut aussitôt comprendre les pensées qui m'agitaient, puisqu'elle dit :

« Johnny, je t'assure que cet homme n'a absolument rien à voir avec l'homme qui est ton père. C'est un monsieur que j'ai vu aujourd'hui pour la première fois, et je l'aime. C'est tout. Je l'aime simplement, et je crois que tu l'aimeras aussi.

— OK », dis-je sans oser la regarder.

Je fixais les mains de Lydia, agrippées aux accoudoirs du fauteuil roulant, et celles de ma grand-mère, jouant avec sa broche.

« Que fait-il, Tabitha ? », demanda ma grand-mère.

C'était une question typiquement Wheelwright. Pour ma

grand-mère, ce que l'on « faisait » était en rapport étroit avec les « origines » de la famille, qu'elle espérait toujours anglaises et remontant au XVIIe siècle. La courte liste des professions qu'elle pût approuver était aussi spécifique que l'Angleterre du XVIIe siècle.

« Il est dans le théâtre, dit ma mère. Disons un acteur, mais pas vraiment.

— Un acteur sans travail ? »

Avec ou sans travail, un acteur ne semblait pas le gendre idéal, vu le ton de ma grand-mère.

« Non, il ne cherche pas d'engagement ; il est acteur amateur. »

J'évoquai ces gens dans les gares qui font des marionnettes ou des acrobaties — des sortes de chanteurs de rue, bien qu'à six ans le vocabulaire pour exprimer cette notion me manquât.

« Il enseigne l'art dramatique et met des pièces en scène.

— Un metteur en scène ? fit ma grand-mère avec une lueur d'espoir.

— Pas vraiment, dit ma mère en se rembrunissant. Il est venu chercher un emploi à Gravesend.

— Je n'arrive pas à croire qu'il puisse travailler dans un théâtre ici !

— On lui a proposé quelque chose à l'Institut. Un travail d'enseignant ; l'histoire de l'art dramatique, quelque chose comme ça. Les élèves montent leurs propres spectacles, tu sais, Martha et moi en avons vu beaucoup. C'était trop drôle quand ils jouaient des rôles de femmes ! »

Pour moi, c'étaient les moments les plus comiques de ces spectacles, et je n'aurais jamais cru que monter de telles pantalonnades puisse être un *métier*.

« Comme ça, il est professeur ? »

A la rigueur, c'était une situation acceptable pour Harriet Wheelwright, bien qu'elle fût une femme d'affaires trop sagace pour ignorer que les émoluments d'un professeur (fût-ce dans une école préparatoire aussi huppée que Gravesend) ne cadraient pas exactement avec ses souhaits.

« Oui, il est professeur, dit ma mère d'une voix mourante. Il a enseigné l'art dramatique dans une école privée de Boston. Avant ça, il étudiait à Harvard, promotion 45.

— Doux Jésus ! exhala ma grand-mère. Pourquoi n'as-tu pas commencé par là ?

— Parce que pour lui c'est sans importance. »

Mais Harvard millésime 45 avait suffisamment d'importance pour que ma grand-mère recouvre son calme ; abandonnant sa broche, ses mains revinrent sagement sur ses genoux. Après un silence poli, Lydia prit sur la table la petite cloche d'argent et l'agita — cette même cloche qui avait appelé Lydia si souvent ; presque jusqu'à la veille, semblait-il. Le tintement eut pour effet de nous libérer de la tension paralysante que nous venions d'éprouver, mais pour un bref moment. Ma grand-mère avait oublié de demander le nom du jeune homme ! De son point de vue, nous les Wheelwright avions le droit de savoir le nom d'un futur membre de la famille. Plût à Dieu qu'il ne s'appelle ni Cohen, ni Calamari, ni Meany ! Les mains de la vieille dame remontèrent jusqu'à sa broche.

« Il s'appelle Daniel Needham », dit ma mère.

Ouf ! Avec quel soulagement redescendirent les mains de ma grand-mère ! Needham était un bon vieux nom, presque un nom de père fondateur, un nom qu'on pouvait faire remonter aux colons du Massachusetts, sinon tout à fait à Gravesend. Et Daniel, prénom biblique, aussi Daniel que Daniel Webster[1], était le meilleur prénom que des Wheelwright pussent souhaiter.

« Mais on l'appelle Dan », ajouta ma mère, oublieuse du fait que ma grand-mère détestait les diminutifs.

Si elle n'était jamais arrivée à changer « Tabitha » en « Tabby », ce n'était pas pour appeler « Dan » un « Daniel ». Mais Harriet Wheelwright pouvait se montrer assez intelligente et large d'esprit pour céder un peu de terrain sur un point mineur.

« Vous avez pris rendez-vous ?

— Pas exactement. Mais je suis certaine de le revoir.

---

1. Daniel Webster (1782-1852), homme d'État, sénateur, candidat malheureux à la présidence des États-Unis. L'une des gloires du New Hampshire *(NdT)*.

— Vous n'avez pas fait de projets ? » L'imprécision agaçait ma grand-mère. Elle ajouta : « S'il n'obtient pas son poste à l'Institut, tu peux très bien ne jamais le revoir !

— Je sais que je le reverrai, s'obstina ma mère.

— Oh ! Tu crois toujours tout savoir, Tabitha Wheelwright, fit ma grand-mère avec humeur. Je ne comprends pas pourquoi les jeunes gens refusent toujours d'envisager l'avenir ! »

Cette opinion, comme presque tout ce que disait ma grand-mère, Lydia l'approuva sagement de la tête ; son silence signifiait qu'elle avait été sur le point de dire exactement la même chose, mais avait été prise de vitesse.

C'est alors qu'on sonna à la porte.

« Dieu du Ciel, qui est-ce ? »

Ma grand-mère et Lydia me regardèrent de conserve, comme si seuls mes amis pouvaient être assez grossiers pour surgir après dîner à l'improviste. Grand-Mère et Lydia consultèrent ostensiblement leurs bracelets-montres — il n'était même pas encore 8 heures en ce délicieux soir de printemps, et il faisait encore jour. Quittant la table, ma mère se dirigea vers la porte :

« Je parie que c'est lui ! »

S'adressant un bref regard approbateur dans le miroir surmontant la desserte où le rôti refroidissait, elle se précipita dans le vestibule, poursuivie par les questions de ma grand-mère :

« Alors vous vous étiez donné rendez-vous ? Tu l'avais invité ?

— Pas exactement, lança ma mère, mais je lui avais donné mon adresse !

— Les jeunes gens ne disent rien *exactement*, soupira ma grand-mère, s'adressant plus à Lydia qu'à moi.

— C'est bien vrai ! », opina Lydia.

Je les avais assez entendues ; je les écoutais depuis des années. Je suivis ma mère jusqu'à la porte, suivi par ma grand-mère qui poussait le fauteuil de Lydia. La curiosité, qui, disait-on à l'époque dans le New Hampshire, tuait le chat, s'était emparée de nous tous. Nous savions que ma mère refuserait de nous livrer le moindre indice concernant le premier homme rencontré dans le train, mais, le second, nous allions le connaître ! Dan Needham se tenait sur le seuil du 80 Front Street, Gravesend.

Bien sûr, ma mère n'avait jamais manqué de « soupirants » mais elle n'avait jamais dit d'aucun qu'elle souhaitait nous le présenter, qu'elle l'aimait et qu'elle savait qu'elle le reverrait. Nous étions donc conscients que ce Dan Needham était exceptionnel.

Tante Martha aurait probablement dit qu'une des caractéristiques de ma simplette de mère était son attirance pour les hommes plus jeunes qu'elle ; dans cette formule, elle était simplement en avance sur son époque ; il lui arrivait fréquemment de sortir avec des garçons un peu plus jeunes, des étudiants de dernière année, alors qu'elle avait plus de vingt ans et un fils illégitime. Avec ces garçons, elle se contentait d'aller danser ou de se rendre au spectacle.

Il m'était arrivé de voir quelques tocards dans la bande, je dois l'admettre ; ils ne savaient jamais comment se comporter en ma présence, n'ayant aucune idée de ce que pouvait être un gamin de six ans. Ils m'apportaient parfois des canards en caoutchouc pour le bain ou d'autres jouets de bébé. D'autres m'offraient *Le Bon Usage de l'anglais moderne,* de Fowler, comme si un enfant de six ans devait s'y plonger avec délices. Et quand ils me découvraient, qu'ils étaient confrontés à ma robuste petite présence, au fait que j'étais trop vieux pour les coin-coin et trop jeune pour *Le Bon Usage,* ils brûlaient stupidement de m'impressionner par leur connaissance des individus hauts comme trois pommes. Ils proposaient alors une partie de chat perché dans l'arrière-cour et me balançaient une balle en pleine figure ; ou alors ils palabraient en langage bébé pour que je leur montre mon jouet favori, histoire de savoir quoi m'apporter la prochaine fois. Il y avait rarement une prochaine fois. L'un d'eux demanda même à ma mère si j'étais propre ! Sans doute trouvait-il cette question judicieuse, avant de me prendre sur ses genoux pour jouer à « A dada sur mon bidet ». « TU AURAIS DÛ DIRE OUI, me dit Owen Meany, ET ENSUITE TU LUI AURAIS PISSÉ DESSUS ! »

Le point commun des « soupirants » de ma mère était leur beauté. De sorte que, de ce point de vue superficiel, je n'étais pas préparé pour Dan Needham, grand dégingandé aux cheveux carotte frisés et aux lunettes trop petites pour son visage en forme d'œuf — les verres ronds lui donnaient l'expression craintive et égarée d'un grand hibou mutant. Après son départ, ma grand-mère devait dire que, pour la première fois dans l'histoire de l'Institut de Gravesend, on avait engagé un professeur paraissant plus jeune que ses élèves. En outre, il était fichu comme l'as de pique, veston trop étroit, manches trop courtes et pantalon si ample que le fond pochait plus près de ses genoux que de ses fesses d'une rondeur féminine — la seule partie rembourrée de son individu.

J'étais encore trop jeune et écervelé pour déceler sa vraie gentillesse. Avant même d'avoir été présenté à quiconque, il me regarda bien en face et dit :

« C'est sûrement toi Johnny. J'en ai encore plein les oreilles d'avoir entendu parler de toi une heure et demie d'affilée dans le Boston & Maine, et je sais qu'on peut te confier un paquet très important. »

Il s'agissait d'un grand sac d'épicerie en papier kraft, dans lequel un autre sac semblable était enfoncé. Ouille, pensai-je, nous y voilà ! Le chameau gonflable qui flotte et crache... Mais Dan Needham ajouta :

« Ce n'est pas pour toi, ce n'est pas de ton âge. Mais je te fais confiance pour le ranger en sécurité, là où personne ne risque de marcher dessus et hors d'atteinte de ton chien ou de ton chat, si tu en as un. Tu ne dois laisser aucun animal s'en approcher. Et, quoi qu'il arrive, n'essaie pas de l'ouvrir. Dis-moi seulement si ça bouge. »

Puis il me le tendit ; ce n'était pas assez lourd pour être *Le Bon Usage de l'anglais moderne* de Fowler et, du moment que je devais l'éloigner des animaux et lui dire si ça bougeait, c'était quelque chose de *vivant* ! Je fourrai en vitesse le sac sous la table de l'entrée — la table à téléphone, comme nous disions — et me postai à mi-chemin de l'entrée et du salon, d'où je pourrais voir Dan Needham évoluer.

S'asseoir dans le salon de ma grand-mère n'avait rien d'une partie de plaisir, car la plupart des sièges libres n'étaient pas faits pour s'asseoir ; c'étaient des antiquités que ma grand-mère conservait pour des raisons historiques ; s'asseoir dessus les aurait abîmés. Donc, bien que le salon fût littéralement encombré de fauteuils et divans confortables, très peu étaient praticables, de sorte que tout hôte, les genoux déjà pliés pour s'asseoir, se figeait soudain au cri d'alarme de ma grand-mère : « Oh, pas là, pour l'amour de Dieu ! Asseyez-vous ailleurs ! » Alors, l'interpellé interloqué tentait d'atteindre le siège suivant, lequel, ma grand-mère en était persuadée, tomberait en miettes ou éclaterait en flammes au contact d'un postérieur iconoclaste. Ma grand-mère avait remarqué la haute stature et le large derrière de Dan Needham, qui lui autoriseraient encore beaucoup moins de sièges libres qu'à tout autre. Cependant, Lydia, encore malhabile dans le maniement de son fauteuil roulant, bouchait le passage ici et là, car ni ma mère ni ma grand-mère n'avaient encore acquis le réflexe de la pousser de côté.

De sorte que le salon offrait une scène de confusion burlesque, Dan Needham zigzaguant d'une vénérable pièce de musée à une autre, plus vulnérable encore, ma mère et ma grand-mère se heurtant au fauteuil roulant, tandis que Grand-Mère aboyait telle ou telle instruction contradictoire concernant qui devait s'asseoir et où. Je m'adossai au chambranle, observant toute cette panique et gardant un œil sur l'inquiétant sac en papier, me figurant qu'il venait de bouger imperceptiblement ou qu'un mystérieux animal de compagnie allait subitement se matérialiser à côté de lui pour le dévorer — ou se faire dévorer par son contenu. Nous n'avions jamais eu de chien ou de chat, ma grand-mère estimant que les propriétaires d'animaux tombaient dans la plus basse déchéance, se ravalant volontairement au niveau animal. Quoi qu'il en soit, surveiller ce sac me rendait nerveux ; j'attendais qu'il remue ; et ma nervosité s'accrut à voir la folie furieuse que provoquait chez les adultes le rituel des sièges au salon. Progressivement, je consacrai toute mon attention au fameux sac ; m'éloignant

de la porte du salon, je progressai dans l'entrée et m'assis
en tailleur sur la carpette proche de la table à téléphone.
Les bords du sac respiraient presque, et il me sembla
percevoir une odeur étrangère à l'espèce humaine.
L'impression de cette odeur m'incita à me rapprocher du
sac, au point de m'accroupir sous la table, l'oreille collée au
sac ; je voulus ensuite regarder à l'intérieur, mais l'autre sac
me bouchait la vue.

Dans le salon, la conversation portait sur l'histoire : Dan
venait d'être affecté au département d'histoire. Il avait
suffisamment étudié cette matière à Harvard pour pouvoir
l'enseigner à Gravesend. Ma mère se montra ravie qu'il ait
obtenu le poste. Son enseignement avait pour originalité
d'utiliser l'histoire de l'art dramatique — il déclara à ce
propos que le théâtre de chaque époque la caractérisait
autant que les prétendus événements politiques, mais je
perdis le sens de son discours, tant j'étais absorbé par le
contenu du sac en papier kraft. Saisissant le sac, je le plaçai
entre mes genoux et attendis qu'il se mette à bouger.

Outre son entrevue avec les membres du département
historique et avec le principal, disait Dan, il avait demandé
une tranche horaire pour s'adresser aux étudiants intéressés par le théâtre — et aux professeurs dans le même
cas. Dans ce cours, il s'efforcerait de démontrer que l'étude
de certaines techniques dramatiques, de certains procédés
narratifs, peut élargir nos connaissances non seulement des
rôles d'une pièce, mais d'un lieu et d'une époque donnés.
Pour ce genre de cours, Dan Needham utilisait toujours un
« accessoire », objet propre à capter et retenir l'attention
des étudiants ou à les distraire de ce qu'il leur démontrerait
à la fin. Il voyait très loin, pensai-je.

« Quels accessoires ? demanda ma grand-mère.

— Oui, quels accessoires ? », appuya Lydia.

Il leur expliqua que l'accessoire pouvait être n'importe
quoi, une balle de tennis ou un oiseau en cage.

On y était ! exultai-je, ayant senti au toucher que le
contenu du sac était dur et immobile : comme la cage d'un
oiseau. L'oiseau, bien sûr, je ne pouvais pas le toucher.
Mais maintenant, je voulais le voir ; aussi, avec excitation

— et aussi silencieusement que possible, afin que les raseurs du salon ne puissent entendre les froissements du papier —, j'ouvris un tout petit bout du sac à l'intérieur du sac.

La face qui m'apparut n'était pas celle d'un oiseau et nulle cage n'empêchait cette créature de me bondir au nez, ce que la créature en question semblait capable et même avide de faire ! L'expression était féroce ; le museau, mince comme celui d'un renard, était braqué sur moi comme un pistolet ; les yeux, sauvages et luisants, étaient remplis d'intrépidité et de haine ; les griffes, d'une longueur préhistorique, s'apprêtaient à me déchirer. Ça ressemblait à une belette en carapace ou un furet couvert d'écailles…

Je hurlai. Oubliant que j'étais sous la table à téléphone, je bondis, renversant la table et emmêlant mes pieds dans le fil téléphonique. J'étais capturé ; quand je me précipitai vers le salon, j'entraînai derrière moi le téléphone, la table et l'horrible bête dans son sac, avec le vacarme qu'on imagine. Je hurlai de plus belle.

« Doux Jésus ! », s'exclama ma grand-mère.

Mais Dan Needham dit triomphalement à ma mère :

« Je vous l'avais bien dit, qu'il ouvrirait le sac ! »

D'abord, j'avais pensé que Dan Needham était un idiot comme les autres, ignorant tout des enfants de six ans ; car dire à un enfant de six ans de ne *pas* ouvrir un sac était une incitation à l'ouvrir. Mais il connaissait à merveille les réactions des enfants ; à sa décharge, Dan Needham était resté quelque part un enfant de six ans lui-même.

« Au nom du Ciel, qu'y a-t-il donc dans ce sac ? demanda ma grand-mère quand, enfin libéré du fil téléphonique, je me fus blotti contre ma mère.

— Mon accessoire », fit Dan Needham.

Tu parles d'un accessoire ! C'était un armadillo[1] empaillé ! Pour un gamin du New Hampshire, un armadillo était un dinosaure miniature — dites-moi qui, dans le New Hampshire, a jamais entendu parler d'un rat de soixante centimètres affublé d'une carapace et de griffes aussi

---

1. Plus connu en français sous le nom de tatou *(NdÉ)*.

gigantesques que celles d'un tamanoir ? Les armadillos sont insectivores, mais je n'avais aucune raison de le savoir. Il avait simplement l'air de pouvoir — et de vouloir — me boulotter !

Dan Needham m'en fit cadeau. Ce fut l'unique présent d'un « soupirant » de ma mère que je gardai. Pendant des années, bien longtemps après qu'il eut perdu ses griffes, que sa queue fut tombée en poussière, que son rembourrage eut disparu, que son nez fut parti par morceaux, que ses yeux de verre se furent égarés, je conservai les plaques cornées de sa carapace.

J'adorais cet armadillo, Owen Meany aussi, bien sûr. Nous allions jouer dans le grenier, martyrisant l'antique machine à coudre de ma grand-mère ou nous déguisant avec les habits de mon défunt grand-père, et abruptement Owen lançait : « ALLONS CHERCHER L'ARMADILLO ! ON VA LE MONTER ICI ET LE CACHER DANS LA PENDERIE ! »

La penderie, qui renfermait la garde-robe de mon grand-père, était aussi vaste que mystérieuse, remplie de recoins, d'étagères et d'innombrables rangées de souliers. Nous dissimulions l'armadillo dans le gilet d'un vieux smoking, à l'intérieur d'une cuissarde ou sous un chapeau melon ; nous le suspendions à une paire de bretelles. L'un de nous le cachait et l'autre devait le retrouver dans la penderie obscure avec une petite torche électrique. Bien que nous connaissions cet armadillo par cœur, tomber dessus dans l'obscurité, la lumière éclaboussant tout à coup sa face distordue par une haine meurtrière, nous flanquait toujours une sainte frousse. Celui qui le trouvait se mettait à hurler.

Les cris d'Owen avaient le don d'attirer ma grand-mère, laquelle ne se hasardait pas volontiers dans l'escalier branlant pour se battre avec la trappe du grenier. Elle restait au pied des marches et criait : « Pas si fort, les enfants ! »

Elle ajoutait parfois des recommandations concernant la vieille machine à coudre et les vêtements de Grand-Père, qu'elle pourrait avoir à vendre un jour : « Cette machine à coudre est une pièce de musée, vous savez ! »

Et alors ? Au 80 Front Street, presque tout était pièce de musée, et presque rien ne serait jamais vendu, du moins du vivant de ma grand-mère. Elle adorait ses antiquités, témoin le nombre grandissant de sièges sur lesquels on n'avait pas le droit de s'asseoir.

Quant aux innombrables rebuts du grenier, Owen et moi savions qu'ils n'en sortiraient jamais. Et chercher le terrifiant armadillo parmi ce fouillis de reliques — cette bête semblant elle-même la relique d'un monde animal disparu, d'une époque où l'homme risquait sa vie dès le seuil de sa caverne —, traquer ce monstre empaillé au milieu des objets Art nouveau de ma grand-mère était l'un des jeux préférés d'Owen Meany.

« JE N'ARRIVE PAS À LE TROUVER, lançait-il de la penderie, J'ESPÈRE QUE TU NE L'AS PAS MIS AU MILIEU DES SOULIERS, J'AI PAS ENVIE DE MARCHER DESSUS ! ET J'ESPÈRE QUE TU NE L'AS PAS MIS SUR L'ÉTAGÈRE DU HAUT, TU SAIS QUE J'AIME PAS LE SENTIR AU-DESSUS DE MA TÊTE... J'AI TOUJOURS L'IMPRESSION QU'IL ME SURVEILLE DE LÀ-HAUT. ET C'EST INTERDIT DE LE POSER EN ÉQUILIBRE POUR QU'IL ME TOMBE DESSUS. SI JE TOUCHE AUTRE CHOSE, ÇA FAIT TROP PEUR. ET S'IL EST DANS UN TIROIR, C'EST PAS JUSTE NON PLUS, PARCE QUE JE DOIS ENFONCER MA MAIN...

— Oh, boucle-la et trouve-le, Owen !

— T'AS PAS LE DROIT DE LE PLANQUER DANS LES CARTONS À CHAPEAUX ! poursuivait-il en fourrageant parmi les chaussures. ET C'EST PAS JUSTE QUAND IL ME SAUTE À LA FIGURE PARCE QUE TU TENDS LES BRETELLES... AAAAAHHHHH ! ÇA COMPTE PAS ! »

* * *

Avant que Dan Needham n'introduise dans ma vie l'exotisme de l'armadillo et le sien propre, mes relations avec l'insolite se cantonnaient à Owen Meany et aux vacances d'été, où ma mère m'emmenait « dans le Nord » rendre visite à Tante Martha et à sa famille.

Pour les populations côtières du New Hampshire, « dans

le Nord » pouvait indiquer n'importe quel endroit de l'État, mais Tante Martha et Oncle Alfred vivaient dans les White Mountains, que tout le monde appelait « le pays du Nord » ; quand eux-mêmes disaient qu'ils allaient « dans le Nord », ce pouvait être un saut de puce vers n'importe quelle localité située un peu plus au nord, Bartlett ou Jackson, là où on pouvait faire du ski. Durant l'été, Loveless Lake, où nous allions nager, se trouvait également au nord de Sawyer Depot, où vivaient les Eastman. Sawyer Depot était le dernier arrêt du Boston & Maine, avant la gare de North Conway où descendaient la plupart des skieurs. Aux vacances de Noël et de Pâques, ma mère, moi et nos skis descendions du train à Sawyer Depot ; de là, nous pouvions aller à pied chez les Eastman. L'été, le bout de chemin était encore moins long, sans nos skis.

Ces parcours en chemin de fer — un peu plus de deux heures au départ de Gravesend — me donnaient l'occasion d'imaginer ma mère, alors qu'elle empruntait le même train en sens inverse pour se rendre au sud, à Boston, où je n'étais jamais allé. Mais les voyageurs faisant route vers le nord, à ce que je croyais, étaient très différents de ceux qui allaient à la ville : skieurs, grimpeurs, touristes. Pas du genre à courir à des rendez-vous ou à des convocations. Le rituel ferroviaire de ces escapades dans le Nord m'est inoubliable, bien que j'aie tout oublié des retours vers Gravesend ; un retour, d'où que ce soit, m'incite toujours à de sombres pensées ou à un sommeil de plomb.

Mais, chaque fois que nous prenions le train pour Sawyer Depot, ma mère et moi soupesions les avantages de nous asseoir à gauche dans le wagon, d'où nous pourrions voir le mont Chocorua, ou à droite, d'où nous découvririons le lac Ossipee. Chocorua nous servait de baromètre, nous indiquant quelle quantité de neige nous attendait, mais il y a davantage d'activité autour d'un lac que sur une montagne, aussi, parfois, nous « options pour Ossipee », selon l'expression que nous avions inventée. Nous avions aussi inventé un jeu consistant à deviner à quelle station descendrait tel ou tel voyageur, et j'engloutissais toujours beaucoup trop de ces petits sandwiches qu'on vendait à

bord, triangles de pain de mie dont on avait ôté la croûte ;
cette suralimentation me permettait de justifier mon inévitable visite à cet orifice trépidant, où je sentais des rails
défiler en dessous de moi à toute vitesse et le souffle du
violent courant d'air sur mes fesses nues.

Ma mère disait toujours : « Nous sommes presque à
Sawyer Depot, Johnny. Si tu pouvais attendre d'être rendu
chez Tante Martha, ce serait plus confortable... »

Oui et non. J'aurais pu attendre, en effet ; mais j'éprouvais la nécessité de vider ma vessie et mes intestins avant
d'affronter mes cousins. J'avais besoin de tester mon
courage en m'asseyant, dénudé, sur ce trou dangereux,
imaginant des escarbilles et des fragments pointus de voie
ferrée qui, à tout moment, viendraient meurtrir mes
œuvres vives. Il me fallait vider intestins et vessie, car un
traitement brutal m'attendait sitôt arrivé ; mes cousins
m'accueillaient toujours à grand renfort de démonstrations
acrobatiques, aux limites de la violence, et je tenais à
m'endurcir auparavant, à me faire un peu peur, pour me
préparer à toutes les trouilles que ces vacances me réser-
vaient.

Non que mes cousins fussent des brutes ; c'étaient de gais
lurons campagnards, turbulents et casse-cou, qui voulaient
sincèrement que je m'amuse — mais, dans le pays du Nord,
l'amusement différait radicalement de celui auquel j'étais
habitué avec les femmes du 80 Front Street, à Gravesend.

Il ne m'arrivait jamais de lutter avec ma grand-mère ni
de boxer avec Lydia, même quand elle possédait encore ses
deux jambes. Je jouais plutôt au croquet avec ma mère,
mais ce n'est pas vraiment un sport de contact. Et, puisque
mon meilleur compagnon était Owen Meany, il ne
m'entraînait guère dans la voie des jeux de mains-jeux de
vilains. Ma mère aimait beaucoup sa sœur et son beau-
frère ; chez eux, elle se sentait spécialement bien accueillie
— moi aussi, en un sens — et elle appréciait manifestement
ces quelques jours loin de la sourcilleuse autorité de ma
grand-mère.

Grand-Mère venait passer Noël à Sawyer Depot et y
faisait une apparition solennelle chaque été pour un week-

end, mais le pays du Nord n'était pas sa tasse de thé ; et, bien qu'elle tolérât parfaitement mon absence du 80 Front Street (qui la reposait de mes jeux bruyants avec Owen dans la grande maison), elle ne supportait que difficilement le désordre causé dans une maison par *l'ensemble* de ses petits-enfants. Les Eastman venaient en effet à Gravesend pour Thanksgiving, une perturbation de ses habitudes telle qu'elle la qualifiait par la suite d' « accident », plusieurs mois après leur départ.

Mes cousins étaient des athlètes combatifs infatigables, que ma grand-mère surnommait « les guerriers », et, en leur compagnie, je vivais une vie différente. Je les adorais autant qu'ils me faisaient peur ; je ne pouvais refréner mon impatience à l'idée de les voir bientôt, mais, au bout de quelques jours, j'aurais tout fait pour leur échapper ! Je regrettais la tranquillité de mes jeux habituels et Owen Meany me manquait. Même la sévérité opiniâtre de ma grand-mère me manquait.

Mes cousins, Noah, Simon et Hester (par rang d'âge décroissant), étaient tous plus vieux que moi. Hester de moins d'un an, bien qu'elle fût la plus grande de tous, Simon de deux ans, Noah de trois. Ce ne sont pas de grandes différences, certes, mais elles furent sensibles jusqu'à mon adolescence, car chacun de mes cousins était plus fort que moi, dans tous les domaines.

Comme ils avaient grandi dans le pays du Nord, tous étaient des skieurs émérites. Moi, j'étais du genre circonspect, modelant mes évolutions à ski sur celles de ma mère — la méthode gracieuse mais prudente du stem christiania ; bonne skieuse de niveau moyen, elle ne perdait jamais le contrôle de ses mouvements, ne considérant pas la vitesse comme l'essentiel du sport ; elle ne défiait pas la montagne. En revanche, mes cousins se poursuivaient sur les pistes vertigineuses, se coupaient la route, s'entrechoquaient et ne restreignaient jamais leurs descentes aux pistes balisées. Ils m'entraînaient dans la poudreuse, dans la profonde, dans la collante en plein milieu des bois, et, dans mes efforts pour rester à la hauteur, j'oubliais tout ce que ma mère m'avait enseigné et me retrouvais à enfourcher des

arbres, à embrasser des murs de neige, à perdre mes
lunettes protectrices dans des ruisseaux gelés.

Mes cousins s'efforçaient sincèrement de m'apprendre à
garder mes skis parallèles — et à sauter à ski —, mais un
skieur-vacancier ne vaudra jamais un enfant du pays du
Nord. Ils avaient fixé de telles limites à la témérité que, par
la suite, accompagner ma mère ne m'amusa plus. Je me
sentais coupable de la laisser partir sans moi, mais ma mère
ne restait jamais longtemps seule. On la voyait revenir le
soir à côté d'un moniteur, le plus souvent bénévole, qui ne
la lâchait pas d'une semelle...

Ce qui me revient de ces courses à ski avec mes cousins,
c'est une longue série de chutes spectaculaires, après
lesquelles ils récupéraient mes bâtons, mes moufles et mon
bonnet, dont je me trouvais immanquablement séparé.

« Tu te sens bien ? s'enquérait Noah. C'était plutôt
duraille, non ?

— C'était extra ! », disait Simon.

Simon adorait tomber ; il skiait essentiellement pour
s'écraser quelque part.

« Continue comme ça et tu deviendras stérile ! », lançait
Hester, pour qui le moindre événement de notre enfance
prenait des connotations sexuelles.

* * *

L'été, nous pratiquions le ski nautique sur Loveless
Lake. Les Eastman louaient un chalet sur le lac, dont le
premier étage était décoré comme un pub anglais. Oncle
Alfred admirait les Anglais. Ma mère et Tante Martha faisaient des promenades sur l'eau, mais Oncle Alfred pilotait le bateau à moteur comme une voiture de formule 1,
une bière dans sa main libre. Ne pratiquant pas le ski
nautique, il pensait que la responsabilité du pilote était de
rendre la course du skieur aussi périlleuse que possible. Il
se rabattait alors au milieu d'une courbe, de sorte que la
corde tombait molle, et que le skieur s'emmêlait dedans. Il
dessinait des huit monstrueux ; il aimait vous surprendre en
vous tirant dans le sillage d'un bateau ou d'un autre skieur.

Quelle que soit la cause de votre chute, Oncle Alfred s'en accordait le mérite. Que quiconque, halé par son canot, explosât dans une gerbe d'écume, puis se laissât traîner en rase-mottes, skis arrachés, tête immergée ou non, et Oncle Alfred criait : « Bingo ! »

Je suis la preuve vivante que les eaux de Loveless Lake sont potables, car j'avalais personnellement la moitié du lac chaque été pendant mes paisibles vacances avec mes cousins. Une fois, je frappai la surface de l'eau avec une violence telle que ma paupière droite s'en trouva roulée d'une drôle de façon à l'intérieur de l'orbite ! Mon cousin Simon me dit que je l'avais perdue et ma cousine Hester ajouta que perdre une paupière menait inévitablement à la cécité. Mais Oncle Alfred réussit à localiser la partie manquante, à mon vif soulagement.

Dans la maison, la vie avec mes cousins n'était pas moins mouvementée. De sauvages batailles de polochons me laissaient hors d'haleine, et il y avait un jeu consistant, pour Noah et Simon, à m'enfermer dans le panier à linge d'Hester, où elle finissait toujours par me trouver ; alors elle m'accusait de renifler ses sous-vêtements... Je sais qu'Hester attendait impatiemment mes visites, car elle souffrait d'être toujours inférieure à ses frères — sans qu'ils la traitent brutalement. Vu qu'ils étaient des garçons et ses aînés, j'estime qu'ils se comportaient plutôt bien, mais la moindre de leurs activités tournait à la compétition, et ça enrageait Hester de perdre tout le temps, tant ses frères la surclassaient en tout. Elle était donc ravie de ma présence, qui lui permettait de se montrer meilleure qu'un autre, même quand nous allions jouer à la scierie et y rouler des troncs. Un autre jeu consistait à prendre possession d'une montagne de sciure — les tas atteignaient trois ou quatre mètres de haut, et leur base, en contact avec le sol humide, était souvent gelée et rugueuse. L'objectif était de devenir roi de la Montagne et de précipiter les assaillants jusqu'en bas, ou de les enterrer dans la sciure.

Le plus ennuyeux, quand nous étions enterrés jusqu'aux épaules, c'était le chien des Eastman, un boxer baveur, amicale bestiole dotée d'une haleine évoquant des cadavres

arrachés à leurs tombes... On ordonnait au chien à
l'haleine putride de venir nous lécher la figure. Ainsi
enterré, dépourvu de ses bras comme le bon vieux totem de
Watahantowet, il était impossible de repousser le bestiau.

J'aimais quand même être avec mes cousins ; leur
fréquentation hautement stimulante me frappait d'insom-
nie nerveuse ; je restais éveillé des nuits entières, attendant
qu'ils s'abattent sur moi à tout moment ou introduisent
Firewater, le boxer, dans ma chambre où il me lécherait à
mort ; j'essayais aussi de prévoir quelles épreuves harassantes m'attendraient le lendemain.

Pour ma mère, nos séjours à Sawyer Depot étaient des
périodes sereines : du grand air, des bavardages de filles
avec Tante Martha, et sans doute un dérivatif nécessaire
après la claustration de Front Street. Maman devait avoir
terriblement besoin de sortir de chez elle. Presque tout le
monde a envie, parfois, de s'évader ; c'est souvent indispensable. Mais, pour moi, Sawyer Depot était un camp
d'entraînement. L'exercice physique en lui-même n'était
pas l'aspect le plus terrifiant de la vie avec mes cousins.
Beaucoup plus angoissante était la tension présexuelle que
j'associais à nos joutes incessantes et à la présence d'Hester
en particulier.

Aujourd'hui encore, il m'arrive de discuter avec Noah et
Simon, pour déterminer si Hester avait été façonnée par
son entourage (à savoir Noah et Simon), ce qui est *mon*
opinion, ou si elle était née avec un trop-plein d'agressivité
sexuelle et d'animosité envers les siens, ce qu'affirment
Noah et Simon... Nous convenons tous que Tante Martha,
en tant qu'exemple féminin, était moins spectaculaire
qu'Oncle Alfred en tant qu'homme. Abattre des arbres,
défricher une terre, scier des troncs, c'était un métier
d'homme.

La maison de Sawyer Depot était spacieuse et cossue ;
ma tante avait hérité le bon goût de ma grand-mère et
apporté une jolie dot dans le mariage. Mais Oncle Alfred
faisait plus d'argent que nous, les Wheelwright, n'en
possédions. Oncle Alfred personnifiait la virilité triom-
phante, en ce sens qu'il était riche, mais s'habillait comme

un bûcheron ; qu'il passât le plus clair de son temps dans un bureau ne modifiait pas son apparence. Même s'il n'effectuait que des visites éclairs à la scierie — il ne s'aventurait guère que deux fois par semaine dans la forêt pour vérifier les coupes —, il ne détonnait pas. Bien qu'il fût doué d'une force herculéenne, je ne l'ai jamais vu mettre la main à la pâte. Il rayonnait de santé, et, malgré le peu de temps qu'il passait sur le terrain, sa chevelure en bataille était toujours saupoudrée de sciure, on trouvait des copeaux coincés dans ses lacets et d'odorantes aiguilles de pin piquées dans la toile de ses jeans. Je soupçonne que, le soir, il rangeait sciure, copeaux et aiguilles de pin sur sa table de nuit pour les réutiliser le lendemain...

Quelle importance ? Quand il se bagarrait pour rire avec nous, Oncle Alfred se montrait un joyeux cogneur, et l'arôme de son rude travail, le véritable parfum des bois, l'imprégnait agréablement. J'ignore pourquoi Tante Martha tolérait ça, mais Firewater dormait souvent dans le lit conjugal, entre mari et femme, manifestation supplémentaire de la virilité d'Oncle Alfred : quand il n'honorait pas son épouse, il se prélassait avec son gros toutou.

Je trouvais Oncle Alfred formidable : un père merveilleux. Pour des garçons, il représentait ce que les imbéciles appellent aujourd'hui « le modèle à suivre ». Hester aurait bien voulu le suivre aussi, mais elle n'était qu'une fille ; elle lui vouait une telle vénération que, par réaction, elle réservait à Tante Martha un mépris ostensible et injustifié.

Je sais ce que Noah répliquerait à ça : « Hester est une conne », que sa mère était un modèle de tendresse et de dévouement — c'était vrai, et je n'y reviendrai pas ! —, et qu'Hester était née avec cet antagonisme, née pour combattre à coups d'hostilité l'amour de ses parents ; l'unique façon pour elle de s'affirmer sur ses frères, c'était de faire fuir leurs petites copines... et de rendre chèvres tous les garçons de sa connaissance — ce qu'elle réussit à faire.

La vieille légende selon laquelle nous sommes conditionnés par notre milieu est d'une rare stupidité, car elle schématise tous les mystères de la naissance à l'adolescence.

Personnellement, j'éprouve plus d'indulgence pour Hester que sa propre famille. Je crois qu'elle souffrait d'un complexe qui s'aggrava quand ses frères m'obligèrent à l'embrasser, après avoir spécifié qu'il s'agissait d'une punition, de la pénalité du jeu : embrasser Hester signifiait qu'on avait perdu !

Je ne me rappelle pas exactement à quel âge nous fûmes obligés de nous embrasser, Hester et moi, mais c'était peu de temps après la rencontre de ma mère avec Dan Needham, puisque Dan passait les vacances de Noël avec nous. C'était avant le mariage, puisque Maman et moi habitions encore 80 Front Street. Quoi qu'il en soit, Hester et moi étions encore préadolescents, présexuels, si j'ose dire ; bien qu'avec Hester l'expression soit douteuse, mais elle est exacte en ce qui me concerne.

Le dégel était venu dans le pays du Nord, avec des pluies, puis une tempête de neige qui avait gonflé les torrents. Cette neige avait la texture du gros sel, ce qui rendait le ski encore plus excitant pour Noah et Simon, mais hors de question pour moi. Noah et Simon s'en allèrent donc braver les éléments, et je restai dans la maison douillette des Eastman ; Hester y resta aussi. Peut-être était-elle d'humeur maussade ou voulait-elle simplement flemmarder. Donc, nous étions là ensemble, et, quand les sportifs rentrèrent dans la soirée, ils nous trouvèrent dans la chambre d'Hester en train de jouer au Monopoly. J'*exècre* le Monopoly, mais même ce jeu capitaliste m'était un repos bienvenu après les activités exténuantes auxquelles m'avaient soumis mes cousins ; de son côté, Hester était dans un de ses rares moments de calme, loin de Noah et Simon, en compagnie desquels tout calme était exclu.

Nous étions vautrés sur un épais et doux tapis, avec de vieux jouets en peluche en guise de coussins, quand les garçons, rouges de froid, nous attaquèrent. Ils chamboulèrent le Monopoly si radicalement qu'il eût été vain de remettre en place nos billets, nos maisons et nos hôtels.

« Ouah ! cria Noah. Voyez-moi ces petits cachottiers, qu'est-ce qu'ils mijotent ?

— On ne mijote rien du tout, fit aigrement Hester.

— Ouah ! cria Simon. Fais gaffe à Hester la Mégère !

— Sortez de ma chambre ! hurla-t-elle.

— Le dernier arrivé devra embrasser Hester la Mégère ! », lança Noah, avant de prendre sa course avec son frère.

En pleine panique, je regardai Hester, puis me lançai à leur poursuite. « Le dernier arrivé » signifiait que nous devions traverser successivement les chambres de derrière, celle de Noah, celle de Simon et la chambre d'amis, qui était la mienne, dévaler le petit escalier, faire le tour du rez-de-chaussée par la chambre de bonne, où May, la servante, nous insultait de bon cœur, puis la cuisine communicante — May faisant fonction de cuisinière. Nous nous pourchassions ensuite à travers cuisine et salle à manger, salon et véranda, et à travers le bureau d'Oncle Alfred — à condition qu'il n'y soit pas —, puis on grimpait l'escalier principal, on traversait les deux chambres d'amis de devant, la chambre de mes oncle et tante — à condition qu'ils soient ailleurs —, puis la chambre précédant la salle de bains d'Hester. La ligne d'arrivée se trouvait à notre point de départ : la propre chambre d'Hester.

Bien sûr, May jaillit de sa chambre pour engueuler mes cousins qui dévalaient l'escalier, mais c'est moi qui surgis à point pour l'engueulade, ce qui m'obligea à ralentir pour m'excuser. Puis ils bloquèrent la porte battante entre cuisine et salle à manger, et il me fallut du temps pour la rouvrir. Oncle Alfred n'était pas dans son bureau, mais Dan Needham s'y était installé pour lire, et je perdis quelques précieuses secondes à lui dire bonjour. En haut du grand escalier, Firewater me barra le passage ; il devait être endormi quand Noah et Simon l'avaient enjambé, mais à présent il était suffisamment réveillé pour vouloir jouer. Il réussit à mordre le talon de ma chaussette pendant que j'essayais de le contourner, ce qui ralentit quelque peu ma course, car il se laissait traîner. Je dus lui abandonner ma chaussette.

C'est pourquoi je fus « le dernier arrivé ». Comme toujours ; en foi de quoi, je dus payer le tribut du vaincu en

embrassant Hester. Afin de mener à bien ce rapproche-
ment forcé, Noah et Simon avaient dû empêcher Hester de
s'enfermer dans les cabinets en l'attachant à son lit, ce qui
ne se fit pas sans une lutte violente, au cours de laquelle
l'une des précieuses peluches d'Hester perdit la tête — déjà
endommagée parce que Hester en avait frappé ses frères.
Je la trouvai donc immobilisée sur son lit, menaçant de
déchiqueter les lèvres de quiconque oserait l'embrasser.
Cette idée m'emplit d'une telle trouille que Noah et Simon
durent utiliser tout un rouleau de corde de varappe pour
me ligoter sur le corps d'Hester ! Ficelés en un face-à-face
inconfortable, poitrine à poitrine, ventre à ventre, pour
rendre notre humiliation plus complète. Nous ne serions
libérés qu'après l'acte !

« Embrasse-la ! me cria Noah.
— Laisse-le t'embrasser ! », dit Simon.

Il m'apparaît aujourd'hui qu'Hester était encore bien
moins enthousiaste que moi, mais sur le moment sa bouche
éructante me semblait à peu près aussi appétissante que
celle de Firewater ; nous dûmes comprendre au même
moment que l'éventualité de rester unis dans cette posture
conjugale jusqu'à la fin des temps, sous le regard narquois
de Noah et Simon, nous ferait beaucoup plus souffrir que
de nous adonner à un seul baiser. Fous que nous étions de
croire que nos tortionnaires seraient assez magnanimes
pour se contenter d'un unique baiser ! Nous nous en fîmes
un, furtif, mais Noah protesta :

« C'était pas sur la bouche ! »

Nous en tentâmes un petit, rapide, à bouche fermée,
sans aucun risque d'y perdre le souffle ; je fus surpris par la
fraîche haleine de ma cousine ; j'espère aujourd'hui que la
mienne n'était pas trop méphitique.

Aussi brusquement qu'ils avaient imaginé ce jeu, mes
cousins décrétèrent qu'il était fini. Par la suite, lors des
nombreuses répétitions du « dernier arrivé embrasse Hester », ils se montrèrent moins emballés ; peut-être avaient-
ils compris que je m'ingéniais à perdre ? Ils en avaient eu
confirmation le jour où, alors qu'ils nous déliaient, Hester
m'avait dit :

« J'ai senti que tu bandais.

— Jamais de la vie ! avais-je protesté.

— Tu as bandé. D'accord, c'était pas énorme, mais je l'ai bien senti.

— C'est pas vrai !

— C'est vrai. »

C'était vrai ; il n'y avait pas de quoi pavoiser, certes, mais j'avais bel et bien eu une érection.

Noah et Simon comprirent-ils jamais le danger de ce jeu ? Leur manière de skier, sur neige ou sur eau — et plus tard de piloter leurs voitures —, démontrait que rien n'était dangereux pour eux. Mais Hester et moi représentions un danger. C'est par Noah et Simon que tout commença.

* * *

Owen Meany vint à mon secours. Comme vous le verrez plus tard, Owen me secourait toujours ; mais il entama son long parcours de sauveteur en me sauvant d'Hester.

Owen se montrait extrêmement irrité de me voir passer tant de temps avec mes cousins. Plusieurs jours avant mon départ pour Sawyer Depot, il faisait la gueule. Et ça continuait plusieurs jours après mon retour de vacances. Bien que je m'ingénie à lui décrire mon séjour comme affreux, physiquement et moralement, Owen restait maussade ; je crois qu'il était jaloux.

« Je pensais à un truc. Quand tu me demandes de passer la nuit chez toi, je suis presque toujours d'accord, et on s'amuse bien, non ?

— Bien sûr, Owen.

— Eh bien, si tu me demandais de vous accompagner à Sawyer Depot, je viendrais probablement... sauf si tu penses que je ne plairai pas à tes cousins ?

— Bien sûr que tu leur plairas ! Seulement, je ne sais pas si eux te plairont ! »

Je n'osais le lui dire, mais j'étais sûr qu'il passerait des moments épouvantables avec mes cousins ! Si, *nous*, nous le soulevions pour nous le passer de main en main à l'école du dimanche, je tremblais d'imaginer ce que mes cousins pourraient inventer pour jouer avec Owen Meany ! Je lui dis :

« Tu ne sais pas faire de ski, ni de ski nautique. Et je ne crois pas que ça te plairait de rouler des troncs ou de te faire enterrer dans la sciure. »

J'aurais pu ajouter : « ... et d'embrasser Hester », mais impossible de l'imaginer faisant ça. Mon Dieu, pensais-je, mes cousins le tueraient !

« Eh bien, ta mère pourrait peut-être m'apprendre à skier. Et on n'est quand même pas obligé de rouler des troncs si on n'aime pas ça, hein ?

— C'est qu'avec mes cousins il faut que tout aille très vite. On n'a pas toujours le temps de dire oui, ou non, à quoi que ce soit.

— Ouais, mais si tu leur demandais d'être moins brutaux avec moi, pour me laisser le temps de m'habituer ? Ils t'écouteraient ? »

Inimaginable. Owen avec mes cousins ! Il me semblait que, rien qu'à sa vue, ils deviendraient cinglés, et dès qu'il ouvrirait la bouche, dès qu'ils entendraient cette *voix* pour la première fois... Je ne pouvais leur imputer qu'une seule réaction : ils prendraient Owen comme projectile ; il leur servirait de volant pour jouer au badmington ; ils l'attacheraient à un ski, le lanceraient du haut de la montagne, puis le suivraient à la course jusqu'en bas. Ils le feraient asseoir dans un saladier et le remorqueraient à toute vitesse à travers Loveless Lake. Ils l'enterreraient dans la sciure si profond qu'ils ne pourraient jamais le retrouver. Firewater n'en ferait qu'une bouchée...

« Le problème, dis-je, c'est que mes cousins sont plutôt difficiles à manœuvrer.

— Tu parles d'eux comme s'ils étaient des fauves.

— C'est pas loin du compte.

— Pourtant, tu t'amuses bien avec eux ! Pourquoi pas moi ?

— Je m'amuse... oui et non. Je crois simplement que mes cousins sont trop durs pour toi.

— Je vois ! Tu penses qu'ils me prendraient pour un jouet.

— Je ne te prends pas pour un jouet, Owen, protestai-je.

— OUI, MAIS TES COUSINS ?

— Je n'en sais rien.

— TU POURRAIS ME LES PRÉSENTER CHEZ TOI, QUAND ILS VIENDRONT POUR THANKSGIVING, suggéra-t-il. C'EST DRÔLE QUE TU NE M'INVITES JAMAIS QUAND ILS SONT LÀ.

— Ma grand-mère pense qu'il y a déjà trop de gosses dans la maison quand ils viennent. »

Mais Owen se montra tellement fâché que je lui demandai de rester pour la nuit, ce qui lui plaisait toujours. Il sacrifia au rituel consistant à appeler son père pour lui demander la permission, mais son père était toujours d'accord ; Owen passait si souvent la nuit au 80 Front Street qu'il avait une brosse à dents dans la salle de bains et un pyjama dans mon placard.

Quand Dan Needham m'eut donné l'armadillo, Owen s'attacha presque autant que moi au petit animal et à Dan. Quand il couchait dans l'autre lit jumeau de ma chambre, avec la table de nuit entre nous, nous disposions méthodiquement l'armadillo sous la lampe de chevet ; exactement de profil entre nous deux, la créature regardait vers les pieds de nos lits. La veilleuse, accrochée à l'un des pieds de la table, éclairait vers le haut, illuminant la gueule étroite et les narines dilatées de l'armadillo. Owen et moi discourions jusqu'à tomber de sommeil ; mais, au matin, je remarquais toujours que l'armadillo avait été déplacé, de manière à regarder davantage Owen que moi. Et un jour, en m'éveillant, je vis qu'Owen était déjà réveillé ; regardant l'armadillo, il souriait. Je ne fus donc guère surpris, quand survint la première occasion pour moi d'aller à Sawyer Depot, qu'Owen en profitât pour exprimer son souci du bien-être de l'armadillo :

« D'APRÈS CE QUE TU M'AS DIT DE TES COUSINS, JE NE CROIS PAS QUE TU DEVRAIS EMMENER L'ARMADILLO À SAWYER DEPOT. »

Cette idée ne m'avait jamais traversé, mais Owen avait manifestement réfléchi aux conséquences tragiques d'un tel événement.

« Tu pourrais l'oublier dans le train, ou leur espèce de chien pourrait le boulotter... Comment il s'appelle, ce chien ?

— Firewater.

— Firewater, c'est ça. Il me semble dangereux pour l'armadillo. Et si tes cousins sont aussi chenapans que tu le dis, qui sait ce qu'ils peuvent inventer comme jeu ? Ils sont capables de le couper en morceaux ou de le perdre dans la neige !

— Oui, tu as raison.

— S'ils emmenaient l'armadillo faire du ski nautique, tu pourrais les en empêcher ?

— Probablement pas.

— C'est bien ce que je craignais. Il vaut mieux ne pas emmener l'armadillo.

— D'accord.

— Tu devrais me le confier. Je le prendrais chez moi et je m'en occuperais en ton absence. Si tu le laisses ici, les bonnes pourraient faire une bêtise... Il peut y avoir un incendie !

— J'ai jamais pensé à ça.

— Eh bien, avec moi, il ne risquerait rien. »

Bien sûr, j'étais d'accord. Il reprit :

« J'ai pensé à autre chose. Au prochain Thanksgiving, quand tes cousins viendront, tu ferais mieux de me laisser l'armadillo aussi. J'ai dans l'idée qu'il pourrait lui arriver malheur avec eux. Son museau est très fragile... Et la queue, c'est du verre ! Ce serait une mauvaise idée de montrer à tes cousins comment nous jouons avec l'armadillo dans la penderie. Ils sont bien capables de marcher sur l'armadillo dans le noir ! »

Ou même de le flanquer par la fenêtre, pensai-je.

« Je suis d'accord.

— Parfait. Alors, tout est réglé. Je veillerai sur l'armadillo en ton absence, et aussi quand tes cousins viendront te voir au prochain Thanksgiving... quand tu m'inviteras pour me les présenter, d'accord ?

— OK, Owen.

— BRAVO ! »

Il semblait ravi, bien qu'un tantinet nerveux. Quand il vint prendre l'armadillo pour la première fois, il apporta une boîte capitonnée de coton, un carton de transport si solide et si parfaitement conçu qu'on aurait pu sans aucun risque expédier l'armadillo par la poste à l'autre bout du monde. Owen m'expliqua que cette boîte avait servi d'emballage à des outils de gravure — pour sculpter des monuments funéraires —, d'où sa solidité à toute épreuve. Mr. Meany, s'efforçant d'améliorer le rendement de la carrière, avait investi dans les tombeaux et mausolées. Owen m'expliqua que son père détestait céder ses meilleurs blocs de granit à des fabricants de pierres tombales, sur lesquelles ils prenaient des bénéfices excessifs. Il avait donc ouvert en ville un macabre magasin de marbrerie funéraire, à l'enseigne « Tombeaux Meany », dont la vitrine ressemblait moins à une vitrine qu'à un cimetière autour duquel on aurait édifié un magasin. « C'est à vous glacer le sang, disait ma grand-mère avec indignation. Un cimetière en magasin ! »

Mais Mr. Meany débutait dans le commerce des tombes ; peut-être avait-il besoin d'un peu de temps pour rendre son étalage plus affriolant...

Quoi qu'il en soit, l'armadillo fut emballé dans la caisse destinée aux outils qu'Owen appelait « bouchardes et plats-coins », et il promit solennellement que la petite bête n'y courrait aucun danger. Apparemment, Mrs. Meany en avait peur et Owen s'était gardé d'informer ses parents que l'armadillo venait prendre pension ; il prétendit par la suite que cette petite surprise empêcha sa mère d'entrer à l'improviste dans sa chambre. La chambre d'Owen (que je n'avais qu'entr'aperçue) était aussi nette et protégée qu'un musée. Cela m'a longtemps donné à penser que la balle qui avait tué ma mère devait y trôner en bonne place, comme une pièce unique.

* * *

Je n'oublierai jamais les vacances de Thanksgiving où je présentai Owen Meany à mes casse-cou de cousins. La veille de leur arrivée à Gravesend, Owen se pointa au 80 Front Street, pour prendre l'armadillo.

« Mais ils n'arrivent que demain, objectai-je.

— ET S'ILS VIENNENT PLUS TÔT ? UN MALHEUR EST VITE ARRIVÉ, INUTILE DE PRENDRE UN RISQUE. »

Il avait l'intention de venir voir mes cousins aussitôt après le repas de fête, mais je préférai le lendemain de Thanksgiving : à la fin du repas de Thanksgiving, tout le monde se sentait alourdi par la bonne chère et les activités s'en trouvaient ralenties.

« JUSTEMENT, JE PENSAIS LES TROUVER PLUS CALMES EN SORTANT DE TABLE », dit Owen.

Je m'amusais, je l'avoue, de sa nervosité. Ça m'aurait ennuyé qu'il découvre mes cousins sous un jour amoindri, voire débonnaire ; et, bien qu'il fût convaincu que j'exagérais leur sauvagerie pour éviter de l'emmener à Sawyer Depot, je tenais à ce qu'il les voie dans leur état normal. Je voulais que mes cousins aiment Owen autant que moi — c'était mon meilleur ami —, mais, d'un autre côté, je ne tenais pas à ce que cette rencontre fût agréable au point d'avoir à inviter Owen à Sawyer Depot. J'étais sûr que ce serait désastreux. Je craignais que mes cousins ne prennent Owen pour tête de Turc, et j'avais peur qu'Owen ne me fasse honte... Aujourd'hui encore, je regrette amèrement ces pensées.

En bref, Owen et moi étions aussi nerveux l'un que l'autre. Nous eûmes un dernier entretien téléphonique le soir de Thanksgiving.

« ILS SONT RÉELLEMENT DÉCHAÎNÉS ? me demanda-t-il.

— Pas spécialement.

— A QUELLE HEURE SE LÈVENT-ILS ? A QUELLE HEURE DOIS-JE VENIR DEMAIN ?

— Les garçons se lèvent à l'aube, mais Hester dort un peu plus longtemps et traînasse dans sa chambre.

— C'EST NOAH L'AÎNÉ ? demanda pour la centième fois Owen.

— Oui.

— ET SIMON VIENT JUSTE APRÈS LUI, BIEN QU'IL SOIT AUSSI GRAND ET AUSSI BRUTAL QUE NOAH ?

— Oui, oui, fis-je patiemment.

— ET HESTER EST LA PLUS JEUNE, MAIS ELLE EST PLUS GRANDE QUE TOI. ELLE EST JOLIE, MAIS PAS TELLEMENT, N'EST-CE PAS ?

— Exact. »

Hester, à la distribution, n'avait pas reçu toute la beauté des Eastman, beauté essentiellement masculine que Noah et Simon avaient héritée de mon oncle Alfred : larges épaules, forte ossature, menton volontaire ; de ma tante Martha, ils avaient la blondeur et la noblesse. Mais les épaules carrées, les gros os, le menton massif étaient moins séduisants chez Hester, également dépourvue de blondeur et d'aristocratie. Elle était noire de poil comme Oncle Alfred, avec des sourcils touffus se rejoignant au-dessus de l'arête du nez, et avait les mêmes mains, des mains pattues.

Elle avait pourtant du sex-appeal, comme nombre de grandes et fortes filles de l'époque. Un corps long et musclé — elle aurait un problème de poids un peu plus tard —, une peau blanche, des rondeurs bien placées ; sa bouche agressive projetait des éclairs de solides dents blanches et son regard sarcastique brillait d'une inquiétante malice. Sans parler de son épaisse crinière bouclée.

« J'ai un ami... », dis-je à Hester ce soir-là. Je commençais par elle, pour tenter de me la concilier avant de parler d'Owen avec Noah et Simon ; mais, bien que je lui aie parlé à voix basse, Noah et Simon, occupés à chercher une station à la radio, m'entendirent et se montrèrent aussitôt intéressés :

« Quel ami ? demanda Noah.

— Eh bien, c'est mon meilleur ami, dis-je prudemment, et il aimerait beaucoup vous connaître.

— Chouette, au poil ! Alors, où est-il ? Comment il s'appelle ? demanda Simon.

— Owen Meany, dis-je le plus naturellement possible.

— Comment ? »

Ils éclatèrent de rire tous les trois.

« Quel nom ringard ! lança Simon.

— Qu'est-ce qui ne va pas avec lui ? s'enquit Hester.

— Mais tout va très bien, fis-je, un peu trop sur la défensive. Il est seulement un peu petit.

— Un peu petit, répéta Noah d'un ton précieux.

— C'est pas un nain, des fois ? dit Simon, imitant son frère.

— Non, c'est pas du tout un nain ! Il est simplement petit. Et il a une drôle de voix, laissai-je échapper.

— Une drôle de voix ! piailla Noah d'une drôle de voix.

— Alors c'est un petit mec avec une drôle de voix, résuma Hester. Et alors ? Qu'est-ce que ça a de si extraordinaire ?

— Rien, absolument rien, affirmai-je.

— Ça t'intéresse tellement, Hester ? demanda Noah.

— Hester a peut-être envie de le " mol-hester " ! s'exclama Simon.

— La ferme, Simon ! dit Hester.

— Fermez-la tous les deux, décréta Noah. Je voudrais savoir pourquoi Hester trouve tout le monde anormal !

— Noah, tous tes copains sont anormaux ! Et tous ceux de Simon aussi ! Voilà pourquoi je suis prête à parier que les amis de Johnny ne sont pas bien nets non plus !

— Je suppose que tes amis, à toi, sont tous parfaits ! dit Noah à sa sœur.

— Tu rigoles ! Hester n'a aucun ami ! fit Simon.

— Oh ! ta gueule ! fit Hester.

— Je me demande pourquoi ! reprit Noah.

— Ta gueule ! répéta Hester.

— Eh bien, dis-je, il n'y a rien d'anormal chez Owen, sauf qu'il est petit et que sa voix n'est pas comme les autres.

— Il doit être marrant, dit facétieusement Noah.

— Te fais pas de bile, dit Simon en me tapant dans le dos, si c'est ton pote, on sera sympas avec lui.

— Te fais pas de mouron, dit Noah, me tapant au même endroit, on va tous bien s'amuser ensemble ! »

Hester haussa les épaules :

« On verra bien. »

Je ne l'avais plus embrassée depuis Pâques. Pendant les vacances d'été à Sawyer Depot, nous avions passé tout notre temps au-dehors, et personne n'avait suggéré de jouer au « dernier arrivé embrasse Hester ». Je savais que nous n'y jouerions sûrement pas cette fois-ci, ma grand-mère ne tolérant aucune course d'obstacles dans sa sacro-sainte maison du 80 Front Street. De sorte que je devrais attendre Noël, pensai-je.

« Ton copain aimerait peut-être embrasser Hester, fit Simon.

— C'est *moi* qui décide qui doit m'embrasser ! lança Hester.

— Ouah ! émit Noah.

— Je pense qu'Owen sera un peu intimidé, avec vous tous, hasardai-je.

— Tu veux dire qu'il refuserait de me faire la bise ? demanda Hester.

— Je dis seulement qu'au milieu de toutes ces nouvelles têtes il risque d'être un peu coincé.

— Toi, tu aimes m'embrasser ! déclara Hester.

— C'est pas vrai, mentis-je.

— Tu aimes ça ! reprit-elle.

— Ouaouh ! fit Noah.

— Rien n'arrête Hester le Bulldozer ! dit Simon.

— Oh ! La ferme ! », conclut Hester.

Owen Meany n'avait plus qu'à entrer en scène.

* * *

Ce lendemain de Thanksgiving, mes cousins et moi faisions un tel raffut dans le grenier que nous n'entendîmes pas Owen Meany monter l'escalier et ouvrir la trappe. J'imagine ce qu'il avait en tête ; il attendait tout bonnement qu'on l'aperçoive, de façon à ne pas devoir s'annoncer — afin que mes cousins connaissent son image avant sa voix. D'un autre côté, la vision subite de son corps bizarre et minuscule aurait pu tout autant heurter mes cousins. Owen devait avoir longuement soupesé ces deux façons de se présenter : ou parler, ce qui était toujours surprenant, ou attendre d'être vu, ce qui pouvait l'être plus encore. Owen m'expliqua plus tard qu'il avait attendu, immobile, auprès de la trappe, qu'il avait laissée retomber délibérément dans l'espoir que le *bruit* éveillerait notre attention avant lui. Mais nous ne fîmes pas attention au bruit de la trappe.

Simon pompait si vigoureusement la pédale de la machine à coudre que la vitesse rendait floues l'aiguille et la bobine, et Noah avait réussi à attirer le bras d'Hester si près du mécanisme que la manche de son chemisier s'était cousue à la bande de tissu servant de champ d'expérience ; elle fut obligée d'ôter son chemisier pour se libérer de la machine que Simon, stupidement, refusait de stopper. Sous le regard d'Owen, Noah talochait Simon sur les oreilles pour l'obliger à lâcher la pédale, et Hester, en T-shirt, rouge d'énervement, se lamentait sur le sort de son unique chemisier blanc, duquel elle tentait d'extraire d'interminables aiguillées de fil rouge. Et je disais que si nous n'arrêtions pas tout ce boucan, nous allions nous attirer un méchant sermon de Grand-Mère, concernant la valeur marchande de son antique machine à coudre.

Pendant tout ce temps, Owen Meany restait planté auprès de la trappe, à nous observer, prenant alternativement la décision de signaler sa présence, puis celle de déguerpir avant d'être découvert. A cet instant, mes cousins durent lui sembler encore plus épouvantables que ses pires cauchemars à leur sujet.

C'était aberrant de voir à quel point Simon adorait se faire taper dessus ; sa meilleure défense contre les roustes routinières administrées par son frère aîné était de s'en régaler ! De même qu'il aimait dégringoler d'une montagne, se faire balancer d'un tas de sciure, ou skier au point d'embrasser violemment des troncs d'arbres, Simon s'épanouissait littéralement sous les grêles de coups de Noah. Ce n'était qu'au premier sang qu'il consentait à demander grâce, et, si le sang coulait, Simon estimait avoir gagné : la honte retombait sur Noah. Dans le cas présent, Simon semblait résolu à pédaler sur cette foutue machine jusqu'à complète destruction, agrippé des deux mains au dessus de table, les yeux hermétiquement clos sous les ramponneaux de Noah, les pieds pédalant aussi furieusement que s'il escaladait un col avec un développement trop faible. La sauvagerie avec laquelle Noah le frappait aurait facilement abusé un étranger, vu l'apparente décontraction, voire l'application du bourreau ; Noah avait appris que cogner sur son frère nécessitait patience, réflexion et stratégie ; le faire saigner du nez du premier coup ne comptait pas ; mieux valait le frapper là où ça faisait mal, mais où ça ne saignait pas tout de suite. Question de technique.

Mais je soupçonne que celle qui produisit la plus forte impression sur Owen fut Hester. Moulée dans son T-shirt, il ne faisait aucun doute qu'elle aurait bientôt une spectaculaire paire de seins ; leurs prémices étaient aussi gonflées que ses biceps de garçon. Et sa façon d'arracher le fil rouge de son chemisier endommagé — avec les dents, sans cesser de grogner, comme si elle dévorait son vêtement — devait avoir démontré à Owen la puissance de cette bouche dangereuse, naturellement vorace.

Comme toujours, mes avertissements concernant l'inévitable semonce grand-maternelle tombèrent à plat, passèrent aussi inaperçus qu'Owen Meany, immobile dans la lumière qui tombait de la lucarne et traversait ses oreilles décollées du plus beau rose — un soleil si vif que les veines et vaisseaux minuscules de ses oreilles semblaient illuminés de l'intérieur. Le grand soleil matinal frappait Owen légèrement par-derrière, de sorte qu'il semblait se présenter dans un cadre de lumière. Exaspéré par le comportement irresponsable de mes cousins, je détournai les yeux de la machine à coudre et découvris Owen. Les mains derrière le dos, il semblait dépourvu de bras, comme le totem de Watahantowet, et, dans cette projection lumineuse, on aurait dit un gnome sur le bûcher, les oreilles en flammes. J'en perdis le souffle, et Hester, la bouche encore pleine de fil rouge, leva les yeux et vit Owen. Elle poussa un grand cri. « Il n'avait pas l'air *humain* », m'expliqua-t-elle par la suite.

Et, à dater de ce jour, je me demandai fréquemment s'il appartenait bien à l'espèce humaine ; nul doute que, dans cette projection lumineuse tombant du ciel, il semblait un ange descendu sur terre — un dieu exigu mais fier, envoyé pour juger nos erreurs et nos fautes.

Le hurlement d'Hester terrorisa à ce point Owen qu'il hurla en écho — et, à ce bruit, mes cousins, brutalement mis en présence de cette voix unique, se figèrent, cheveux dressés sur la tête, pétrifiés comme s'ils venaient d'entendre la plainte d'un chat lentement aplati par un rouleau compresseur. Alors, du tréfonds lointain de la grande maison, retentit la voix de ma grand-mère :

« Miséricorde divine, c'est encore ce gamin ! »

Je tentai de reprendre mon souffle pour dire : « Voici mon meilleur ami, celui dont je vous ai parlé », n'ayant jamais vu mes cousins bouche bée devant quiconque — celle d'Hester dégoulinante de fil rouge —, mais Owen me prit de vitesse :

« Eh bien, on dirait que j'interromps un jeu passionnant, dit-il. Je m'appelle Owen Meany, et je suis le meilleur ami de votre cousin. Il vous a peut-être parlé de moi. Moi, j'ai beaucoup entendu parler de vous. Toi, tu dois être Noah, l'aîné... »

Owen tendit sa main à Noah, qui la secoua sans rien dire.

« Et bien sûr, toi, tu es Simon, le suivant... Mais tu es aussi grand et même un peu plus turbulent que ton frère. Salut, Simon. »

Il tendit la main à Simon, encore haletant et en sueur après son parcours infernal sur la machine à coudre, qui se hâta de secouer la main tendue.

« Et toi, tu es Hester, fit Owen en détournant les yeux. J'ai entendu parler de toi aussi, et tu es aussi jolie que je l'espérais.

— Merci », marmonna Hester, s'arrachant du fil de la bouche, puis rentrant son T-shirt dans son jean.

Mes cousins examinaient Owen ; je craignis le pire, mais je réalisai soudain ce que sont les petites villes. Des endroits où l'on grandit avec l'insolite ; on côtoie le bizarre et le singulier depuis si longtemps qu'ils deviennent banals et quotidiens. Mes cousins étaient à la fois des provinciaux et des nouveaux venus ; ils n'avaient pas grandi avec Owen Meany, et il leur sembla si étrange qu'il leur inspira du respect. Ils n'avaient pas plus envie de lui tomber dessus, ou de mettre au point des tortures inédites à son usage, qu'un troupeau de buffles n'a envie d'attaquer un chat. Outre la lumière solaire qui l'illuminait, le visage d'Owen était écarlate — suite, imaginais-je, à sa longue course à bicyclette par cette froide journée de novembre, où le vent venu de la Squamscott était particulièrement glacial. Depuis quelques jours, la partie non salée de la rivière avait gelé, de Gravesend à Kensington Corners.

« J'AI UN PEU RÉFLÉCHI À CE QUE NOUS POURRIONS FAIRE », annonça Owen, à qui mes indomptables cousins prêtèrent leur totale attention. « LA RIVIÈRE EST GELÉE, ON PEUT TRÈS BIEN Y PATINER, ET JE SAIS QUE VOUS ADOREZ LES ACTIVITÉS PHYSIQUES... QUE VOUS AIMEZ LA VITESSE, LE DANGER ET LE FROID. ALORS, PATINER SEMBLE UNE BONNE IDÉE, dit-il. ET, MÊME DANS LES PARTIES GELÉES, JE SUIS SÛR QU'IL Y A DES CREVASSES, ET MÊME DES TROUS D'EAU — L'HIVER DERNIER, J'Y SUIS TOMBÉ. JE SUIS UN PIÈTRE PATINEUR, MAIS ÇA ME FERAIT PLAISIR DE VOUS ACCOMPAGNER, BIEN QUE JE RELÈVE D'UNE BRONCHITE ET QUE CE FROID NE SOIT PAS TRÈS RECOMMANDÉ DANS MON ÉTAT...

— Non ! lança Hester. Si tu as été malade, tu dois rester à l'intérieur. On jouera ici. On n'a pas besoin d'aller patiner, on y va tout le temps chez nous.

— Ouais, approuva Noah. Si Owen est mal fichu, on va rester dedans.

— Dedans, c'est mieux ! appuya Simon. Owen pourrait avoir une rechute. »

Peut-être mes cousins étaient-ils soulagés d'apprendre qu'Owen « relevait d'une bronchite », car cela pouvait justifier en partie l'étrangeté hypnotique de sa voix. J'aurais pu leur dire que la bronchite n'avait aucune influence sur sa voix — et que cette « bronchite » me semblait inventée de toutes pièces —, mais j'étais si soulagé de voir mes cousins aussi gentils que je ne tenais pas à détruire l'impression que leur produisait mon ami.

« EH BIEN, J'AVAIS AUSSI PENSÉ QU'À L'INTÉRIEUR NOUS SERIONS MIEUX, dit Owen. MALHEUREUSEMENT, JE NE PEUX VRAIMENT PAS VOUS INVITER CHEZ MOI, CAR IL N'Y A PAS GRAND-CHOSE À Y FAIRE, ET MON PÈRE DIRIGE UNE

CARRIÈRE DE GRANIT. IL REFUSE QU'ON JOUE AVEC LE
MATÉRIEL ET DANS LA CARRIÈRE, QUI EST À L'EXTÉRIEUR
DE TOUTE FAÇON. DANS MA MAISON, CE NE SERAIT PAS
DRÔLE. MES PARENTS SONT PLUTÔT BIZARRES AVEC LES
ENFANTS.

— C'est pas un problème ! lâcha Noah.
— T'en fais pas, dit Simon. Y a des tas de choses à faire
ici, dans cette baraque.
— Tous les parents sont bizarres ! », dit Hester pour
rassurer Owen.

Je ne trouvai rien à dire. Depuis que je connaissais
Owen, nous n'avions jamais abordé la bizarrerie de ses
parents — pas seulement envers les enfants. Toute la ville
était au courant, mais évitait tacitement le sujet, sauf en
passant, comme entre parenthèses, en petit comité.

« EH BIEN, J'AI PENSÉ QU'ON POURRAIT SE DÉGUISER
AVEC LES HABITS DE TON GRAND-PÈRE... TU EN AS PARLÉ À
TES COUSINS ? »

Ma foi, non, de crainte que l'idée de nous affubler des
défroques d'un mort ne leur semble puérile, morbide, ou
les deux à la fois ; ils risquaient d'esquinter les vêtements,
histoire de pimenter la mascarade de quelque violence, ce
qui nous amènerait à un jeu consistant à nous arracher
mutuellement les habits ; le dernier à poil serait le vain-
queur !

« Les habits de Grand-Père ? », fit Noah avec un respect
inhabituel.

Simon frissonna ; Hester, nerveuse, arracha çà et là
quelques lambeaux de fil rouge. Ce que voyant, Owen
Meany — qui dorénavant était notre chef — biaisa
aussitôt :

« EH BIEN, IL Y A SURTOUT LA PENDERIE. DANS LE NOIR,
ÇA FICHE LA TROUILLE. ON POURRAIT INVENTER UNE
ESPÈCE DE JEU OÙ QUELQU'UN SE CACHE ET UN AUTRE
DOIT LE RETROUVER... DANS LE NOIR ! ÇA POURRAIT ÊTRE
PASSIONNANT, ÇA ! »

— Ouais ! Se cacher dans le noir ! dit Simon.
— J'ignorais que les habits de Grand-Père étaient là-
dedans, dit Hester.

— Hester, tu crois que les habits sont hantés? demanda Noah.

— Ta gueule.

— C'est Hester qui va se cacher, suggéra Simon, et nous la chercherons à tour de rôle.

— Je ne veux pas que vous en profitiez pour me tripoter !

— Hester, faudra seulement qu'on te trouve avant que tu nous trouves, argumenta Noah.

— Non, c'est au premier qui touche l'autre ! dit Simon.

— Simon, si tu me touches, dit Hester, je te pince le *shtick* !

— Génial ! fit Noah. Ça y est ! c'est ça, le jeu ! Nous devons trouver Hester avant qu'elle nous pince le *shtick* !

— Hester la Mégère ! psalmodia Simon.

— D'accord, si vous me laissez le temps de m'accoutumer à l'obscurité, dit Hester. Il me faut un petit avantage ! Je dois m'habituer au noir. Sinon, je ne joue pas.

— Il y a une torche électrique, fit nerveusement Owen Meany. On pourrait peut-être s'en servir, parce qu'il fait vraiment très sombre là-dedans...

— Pas de torche ! dit Hester.

— Non, dit Simon. Celui qui entre dans la penderie après Hester prend un coup de torche électrique dans les yeux ; comme ça, ça l'aveugle et il peut encore moins s'habituer au noir !

— Excellente idée, fit Noah.

— J'ai tout le temps que je veux pour me cacher et pour m'habituer au noir, dit Hester.

— Jamais de la vie ! protesta Simon. On va compter jusqu'à vingt.

— Jusqu'à cent, dit Hester.

— Cinquante », dit Noah.

Le marchandage cessa à cinquante. Simon commença de compter, mais Hester lui flanqua une bourrade :

« Tu dois attendre que je sois à l'intérieur de la penderie. »

En se dirigeant vers la penderie, elle frôla Owen Meany, ce qui provoqua en elle une étrange réaction. S'immobilisant, elle approcha sa main d'Owen — sa grande patte inhabituellement hésitante et douce — et lui toucha le visage, comme si quelque force obscure, à la proximité d'Owen, obligeait à le toucher. Quand elle le toucha, il sourit. Le petit visage d'Owen était à la hauteur des protubérances juvéniles d'Hester, bien dessinées par le T-shirt. Owen était pourtant habitué à voir des gens le toucher, mais, dans le cas d'Hester, il esquissa un mouvement de recul inquiet, mais pas suffisamment pour qu'elle en soit vexée.

Puis Hester pénétra dans la penderie, trébuchant contre les souliers épars ; nous entendîmes ses déplacements entre les vêtements, les cintres se balancer sur les tringles métalliques, puis ce qui semblait être le frottement de cartons à chapeaux sur l'étagère supérieure. A un moment, elle dit : « Merde ! », et, un peu plus tard : « Qu'est-ce que c'est que ça ? » Quand tout bruit eut cessé, on braqua la torche dans les yeux de Simon jusqu'à éblouissement total ; il avait insisté pour être le premier chasseur, et, quand nous le poussâmes dans la penderie, il était pratiquement aveugle. A peine dans la penderie, à peine la porte fermée derrière lui, nous entendîmes Hester l'attaquer ; elle devait lui avoir pincé le *shtick* plus que nécessaire, car il rugit de douleur plus que de surprise ; quand il jaillit de la cachette, plié en deux, les mains en coquille sur ses parties intimes, ses yeux étaient remplis de larmes. Il s'écroula sur le plancher du grenier.

« Bon Dieu, Hester, cria Noah. Qu'est-ce que tu lui as fait ?

— Je ne l'ai pas fait exprès ! lança-t-elle depuis le cabinet noir.

— Ça ne compte pas, de pincer le *shtick* et les couilles ! protesta faiblement Simon, recroquevillé sur le sol.

— Je ne l'ai pas fait exprès, répéta-t-elle d'une voix suave.

— Sale garce ! dit Simon.

— Ne sois pas brutal avec moi !

— Et toi ? Tu n'es pas brutale, avec les couilles et le *shtick* ? », dit Noah.

Mais Hester ne disait plus rien ; nous l'entendions se préparer pour sa prochaine attaque ; Noah nous chuchota que, puisqu'il y avait deux portes à la penderie, nous devrions surprendre Hester en entrant par l'autre porte.

« QUI ÇA, NOUS ? », murmura Owen.

Noah le désigna en silence, aussi dardai-je le faisceau de la torche sur les grands yeux vifs d'Owen Meany, qui eut soudain l'air anxieux d'une souris prise au piège.

« Ça ne compte pas, de pincer si fort ! », cria à nouveau Noah.

Mais Hester se garda de répondre.

« ELLE NE VEUT PAS NOUS DONNER D'INDICES », souffla Owen pour se rassurer.

Puis Noah et moi poussâmes Owen dans la penderie, par la seconde porte. La penderie était en forme de L, et, en y faisant entrer Owen par la petite branche du L, nous nous figurions qu'il ne rencontrerait pas Hester avant l'angle — et seulement si Hester réussissait à bouger, car sa cachette se trouvait certainement plus près du sommet du L.

« Pas le droit d'entrer par l'autre porte ! », cria aussitôt Hester, ce qui selon nous avantageait Owen, vu qu'elle devait avoir quitté sa cachette initiale.

Un silence suivit. Je savais ce que faisait Owen : espérant que ses yeux s'accoutumeraient à l'obscurité avant qu'Hester ne le débusque, il ne bougerait pas avant de distinguer quelque chose.

« Qu'est-ce qu'il peut bien se passer là-dedans ? », demanda Simon.

Aucun bruit. Puis nous perçûmes la chute accidentelle d'un des nombreux souliers de Grand-Père. Puis le silence. Puis un autre léger frottement de chaussures. Comme je l'appris plus tard, Owen progressait à quatre pattes, s'attendant — avec angoisse — à une attaque aérienne en provenance des étagères supérieures. Il ne pouvait deviner qu'Hester s'était allongée sur le sol de la penderie, recouverte d'un grand manteau de Grand-Père, sur lequel elle avait disposé bon nombre de souliers. Immobile et invisible — sauf la tête et les mains. Mais elle était orientée du mauvais côté, si bien qu'elle devait écarquiller les yeux pour surveiller l'approche d'Owen Meany, à travers son opulente masse de cheveux. En arrivant sur elle, ce qu'il toucha en premier fut ce fouillis vivace de cheveux crépus grouillant soudain sous ses petits doigts ; puis Hester, levant les bras, encercla le buste d'Owen.

A sa décharge, Hester n'avait jamais eu la moindre intention de pincer le *shtick* d'Owen ; mais, jugeant qu'il constituait une prise facile, Hester décida de lui chatouiller les côtes. Owen était hypersensible à la chatouille. Le geste d'Hester provenait d'une intention tout amicale (rare chez elle), mais le fait d'avoir mis les mains sur des cheveux féminins, dans le noir, s'ajoutant à celui de se sentir chatouillé par une fille qui, pensait-il, allait continuer en pinçant son *shtick,* c'était trop à la fois pour Owen ; il mouilla son pantalon.

La découverte instantanée de cet incident surprit à tel point Hester qu'elle lâcha Owen. Il s'affala sur elle en proie à mille contorsions, puis, bondissant hors de la penderie, il plongea dans la trappe et dévala l'escalier. Il traversa la maison si vite et si silencieusement que ma grand-mère ne s'en aperçut même pas ; et si ma mère n'avait pas regardé par la fenêtre de la cuisine à ce moment-là, elle ne l'aurait pas vu enfourcher avec difficulté sa bicyclette dans le vent glacé, avec son blouson ouvert, ses chaussures délacées et son bonnet de traviole.

« Bon Dieu, Hester ! dit Noah. Qu'est-ce que tu lui as fait ?

— Moi, je sais ce qu'elle lui a fait ! dit Simon.

— Non, c'était pas ça. Je l'ai juste un peu chatouillé, et il a fait pipi. »

C'était dit simplement, sans moquerie, et cette révélation, je leur rends cette grâce, ne fut pas accueillie par mes cousins avec le bruyant enthousiasme dont j'avais fait leur marque de fabrique.

« Le pauvre petit gars, dit Simon.

— Je ne l'ai pas fait exprès », dit Hester.

Comme ma mère m'appelait, je fus obligé d'aller lui raconter la mésaventure d'Owen, sur quoi elle me fit enfiler mes vêtements de ville pendant qu'elle faisait

chauffer la voiture. Je croyais connaître le chemin qu'emprunterait Owen pour rentrer chez lui, mais il avait dû
mettre le grand braquet, car à l'usine à gaz de Water Street
nous ne l'avions pas encore rejoint, et quand nous eûmes
dépassé Dewey Street sans l'avoir repéré — aucune trace
de lui non plus à Salem Street — je commençai à croire
qu'il avait emprunté les boulevards extérieurs. Nous fîmes
alors un crochet par la berge de la Squamscott, sans plus de
succès.

Nous finîmes par le récupérer, déjà loin de la ville,
escaladant Maiden Hill ; nous ralentîmes en reconnaissant
sa veste de chasse rouge et noir et sa casquette à damiers
assortie, oreillettes pendantes ; le temps de le rejoindre, il
avait mis pied à terre, épuisé. Sans se retourner, il sut que
c'était nous, mais continua de pousser sa bicyclette ; ma
mère roula à sa hauteur et je baissai la glace.

« C'ÉTAIT UN ACCIDENT, J'ÉTAIS TROP ÉNERVÉ, J'AVAIS
BU TROP DE JUS D'ORANGE CE MATIN... ET VOUS SAVEZ
QUE JE NE SUPPORTE PAS LA CHATOUILLE... ON AURAIT DÛ
INTERDIRE LES CHATOUILLES.

— Owen, je t'en prie, ne rentre pas chez toi dans cet
état, dit ma mère.

— Tout va bien, lui dis-je. Mes cousins sont désolés.

— J'AI PISSÉ SUR HESTER ! gémit Owen. ET ÇA VA ÊTRE
TERRIBLE À LA MAISON ! MON PÈRE DEVIENT FOU QUAND
ÇA M'ARRIVE. IL DIT QUE JE NE SUIS PLUS UN BÉBÉ. MAIS
QUAND JE SUIS ÉNERVÉ, ÇA M'ARRIVE ENCORE.

— Owen, lui dit ma mère, je vais nettoyer tes vêtements
chez nous. En attendant que ça sèche, tu pourras mettre
des affaires de Johnny.

— ILS NE M'IRONT PAS, LES HABITS DE JOHNNY, ET IL
FAUT QUE JE PRENNE UN BAIN !

— Tu prendras ton bain chez nous, Owen, lui dis-je. Ne
fais pas l'idiot, viens.

— J'ai des habits trop petits pour Johnny, ils t'iront.

— DES FRINGUES DE BÉBÉ, JE SUPPOSE », dit Owen.
Mais il s'arrêta, le front sur son guidon de vélo.

« Monte, Owen », dit ma mère.
Je descendis, l'aidai à placer sa bicyclette à l'arrière, puis

il se glissa sur la banquette avant, entre ma mère et moi.

« Moi qui voulais faire bonne impression pour aller à Sawyer Depot ! Maintenant, vous ne m'emmènerez jamais ! »

Ça me parut incroyable qu'il ait encore envie d'y aller, mais ma mère lui dit :

« Owen, tu viendras avec nous à Sawyer Depot, quand tu voudras.

— Johnny ne veut pas que j'y aille, dit-il à Maman comme si je n'étais pas là.

— Tu n'as rien compris, Owen, dis-je. Je croyais seulement que mes cousins te feraient peur. »

Je me gardai d'ajouter qu'à la façon dont il avait pissé dans son froc il était évident que mes cousins lui faisaient vraiment peur. J'ajoutai simplement :

« C'était un jeu très calme, pour mes cousins, tu sais. »

Il se mit à trépigner contre le tableau de bord :

« Tu crois que j'ai peur de ce qu'ils peuvent me faire ? Je m'en fiche s'ils me jettent sous une avalanche ! brailla-t-il. Je ne vais jamais nulle part ! Si je n'allais pas à l'école, à l'église ou chez vous, je ne sortirais jamais de ma maison ! Si ta mère ne m'emmenait pas à la plage, je ne sortirais jamais de ce patelin. Et je n'ai jamais été à la montagne, je n'ai même jamais pris le train ! » Ses intonations allaient du cri au gémissement en passant par la vocifération : « Tu ne crois pas que moi aussi j'aimerais prendre le train pour aller à la montagne ? »

Arrêtant la voiture, ma mère le saisit, l'embrassa et lui dit qu'il pourrait toujours venir avec nous, où que nous allions ; je l'enlaçai de mon côté, plutôt maladroitement, et nous restâmes ainsi dans la voiture jusqu'à ce qu'il se fût suffisamment calmé pour son retour au 80 Front Street. Là, il franchit la porte de derrière, dépassa la chambre de Lydia, la cuisine où bavardaient les bonnes, gravit l'escalier, traversa ma chambre et s'enferma dans ma salle de bains, où il s'en fit couler un. Il me fit passer ses vêtements détrempés, que j'allai remettre aux bonnes pour la lessive. Ma mère alla frapper à la porte de la salle de bains, l'entrouvrit et, regardant ostensiblement ailleurs, tendit à Owen un paquet de vêtements trop petits pour moi — non pas de la layette, comme il l'avait craint, simplement des très petites tailles.

« Qu'est-ce qu'on va faire avec lui ? », demanda Hester.

Nous attendions qu'Owen nous rejoigne dans l'alcôve du premier étage, enfin ce que nous appelions ainsi du vivant de mon grand-père, et qui servait de chambre aux cousins pendant leurs séjours.

« On fera tout ce qu'il voudra, dit Noah.

— C'est ce qu'on a fait jusqu'ici, remarqua Simon.

— Pas entièrement, rectifia Hester.

— EH BIEN, J'AI RÉFLÉCHI », dit Owen en surgissant dans l'alcôve.

Encore plus rose que d'habitude, propre comme un sou neuf, les cheveux bien lissés en arrière, il dérapait un peu, en chaussettes, sur le parquet ciré ; quand il atteignit le tapis d'Orient, il prit la parole, se dandinant d'une hanche sur l'autre, ses mains, tels des papillons, voletant autour de lui :

« EXCUSEZ-MOI D'AVOIR PERDU MON SANG-FROID. JE CROIS AVOIR TROUVÉ UN JEU MOINS ÉNERVANT POUR MOI, MAIS QUI DEVRAIT QUAND MÊME VOUS PLAIRE, dit-il. VOUS ALLEZ VOIR : L'UN DE VOUS DOIT *ME* CACHER, QUELQUE PART, OÙ IL VEUT, ET LES AUTRES DOIVENT ME RETROUVER. ET CELUI QUI TROUVE LA MEILLEURE CACHETTE, CELLE OÙ LES AUTRES METTRONT LE PLUS DE TEMPS À ME DÉCOUVRIR, AURA GAGNÉ. VOUS VOYEZ, DANS CETTE MAISON, IL Y A DES QUANTITÉS D'ENDROITS OÙ ME CACHER... PARCE QU'ELLE EST IMMENSE ET QUE JE SUIS TOUT PETIT.

— C'est moi qui m'y colle, dit Hester. Je vais le cacher la première. »

Nul ne protesta. Elle le cacha si bien que nous ne le trouvâmes jamais ! Nous pensions que ce serait facile. Je connaissais les moindres recoins de la maison de ma grand-mère ; Noah et Simon connaissaient les moindres recoins de l'esprit tordu d'Hester ; résultat : néant. Hester, allongée sur le divan de l'alcôve, feuilletait d'anciens numéros de *Life Magazine,* avec une satisfaction grandissante tandis que nous cherchions et cherchions ; la nuit tomba. Je fis part à Hester de ma crainte qu'elle n'ait caché Owen dans un coin où il pourrait manquer d'air ou — les heures défilaient — souffrir de violentes courbatures s'il devait garder une position acrobatique. Hester, d'un geste de la main, chassa ces inquiétudes, et, à l'heure du dîner, nous dûmes déclarer forfait. Hester nous fit attendre dans le vestibule du rez-de-chaussée et alla chercher Owen. Il était ravi, bougeait sans l'ombre d'une crampe et respirait normalement. Seule sa chevelure était en désordre, comme s'il avait dormi. Il resta dîner et me dit après le repas qu'il aimerait bien passer la nuit — ma mère lui ayant affirmé que ses vêtements n'étaient pas entièrement secs.

Et, bien que je le lui aie demandé — « Où étais-tu planqué ? Donne-moi rien qu'un indice ! Dans quel coin de la maison ? A quel étage ? » —, il ne divulga pas le secret. Il triomphait, bien éveillé, sans aucune intention de dormir, et se montra odieux, prétendant que je m'étais trompé sur le caractère de mes cousins.

« TU LES AS VRAIMENT MAL JUGÉS, me sermonna-t-il. JE CROIS QUE CE QUE TU APPELLES LEUR VIOLENCE PROVIENT SEULEMENT D'UN MANQUE DE DIRECTIVES. N'IMPORTE QUELLE COLLECTIVITÉ DOIT SE SOUMETTRE À UNE AUTO-RITÉ SUPÉRIEURE, TU COMPRENDS ? »

J'étais au lit, déjà impatient de le voir à Sawyer Depot, skis aux pieds et poussé par mes cousins du haut des pentes ; ça modifierait sans doute sa thèse sur l'autorité supérieure. Mais rien ne pouvait l'interrompre, il vaticinait intarissablement.

Ensommeillé, je lui tournai le dos, mais fus surpris de ce qu'il dit alors :

« C'EST DUR DE S'ENDORMIR SANS LUI, UNE FOIS QU'ON S'Y EST HABITUÉ, N'EST-CE PAS ?

— De quoi tu parles ?

— DE L'ARMADILLO. »

* * *

Ce lendemain de Thanksgiving où Owen fit la connaissance de mes cousins me procura de lui deux impressions très fortes. Je les évoquai la nuit de la mort de ma mère, où j'essayais en vain de trouver le sommeil. Je savais qu'Owen devait aussi penser à ma mère, qu'il pensait aussi à moi et à Dan Needham dans notre malheur, et, si Owen pensait à Dan, il devait penser également à l'armadillo.

J'évoquai aussi ce jour important où ma mère et moi pourchassions Owen en voiture, et comment je l'avais vu, déhanché sur son vélo pour tenter d'escalader Maiden Hill, chancelant puis obligé de mettre pied à terre. La version hivernale de ce soir d'été où il rentrait chez lui après la partie de base-ball, les vêtements collants de sueur. Que comptait-il dire à ses parents de cette partie-là ?

Après le match fatal, je me demandai où dormir : avec Dan Needham dans l'appartement où il vivait avec ma mère depuis leur mariage (logement de fonction dans un bâtiment du collège) ? Serais-je plus tranquille si je passais cette terrible nuit dans ma vieille chambre du 80 Front Street ? Il me fallut des années pour me remémorer ces sensations, de même que la plupart des détails se rapportant au match de base-ball !

Dan Needham et ma grand-mère pensèrent qu'il vaudrait mieux pour moi dormir au 80 Front Street, si bien que — outre le fait de reprendre conscience le lendemain matin, après un bref sommeil, et d'admettre graduellement que la mort de ma mère n'était pas un cauchemar — je ne sus pas où j'étais sur l'instant. Comme un voyageur qui aurait remonté le temps, dans un roman de science-fiction.

Et, comme si tout ça n'était pas suffisamment déroutant, j'entendais un bruit jusque-là inconnu au 80 Front Street ; il provenait de l'allée carrossable et, comme les fenêtres de ma chambre donnaient ailleurs, je dus me lever et quitter ma chambre pour en découvrir l'origine. Ce bruit, je le connaissais, je l'avais entendu souvent à la carrière de granit ; c'était l'inimitable moteur de l'énorme semi-remorque qu'utilisait Mr. Meany pour ses transports de monuments funéraires. Et voilà que ce camion se trouvait dans l'allée de ma grand-mère, dont il tenait toute la largeur, rempli de blocs de roche et de pierres tombales !

J'entendais d'ici l'indignation de ma grand-mère, si elle découvrait le camion : « Cet homme est d'une incroyable indécence ! Ma fille vient à peine de mourir, et qu'est-ce qu'il fait ? Il vient nous livrer une tombe ! Je suppose qu'il a même gravé l'inscription ! » Voilà ce que je pensais.

Mais Mr. Meany ne descendit pas du camion. Ce fut Owen qui sauta de la cabine, contourna le plateau-remorque et préleva plusieurs grands cartons du chargement ; ces cartons ne contenaient pas de granit : Owen n'aurait jamais pu les soulever seul. Ceux-là, il put les déposer sur le seuil de la porte d'entrée. J'étais sûr qu'il allait sonner. J'entendais encore sa voix lancer : « JE SUIS DÉSOLÉ ! » tandis que je me cachais dans le blouson de Mr. Chickering, et, bien que j'aie très envie de le voir, je savais que je fondrais en larmes dès qu'il ouvrirait la bouche. Je fus soulagé : il ne sonna pas ; après avoir déposé les cartons, il retourna vite dans le véhicule, et Mr. Meany repartit en marche arrière, au plus extrême ralenti.

Ces cartons renfermaient toutes les photos de base-ball, la collection complète d'Owen. Ma grand-mère en fut suffoquée, mais elle n'avait jamais compris ni apprécié Owen ; pour elle, il était « ce garçon », « ce petit bon-homme » ou « cette voix ». Moi, je savais que ces photos de base-ball étaient ce qu'il préférait, qu'elles équivalaient pour lui à un trésor. Sur-le-champ, je compris la significa-tion de son geste. Pour lui comme pour moi (qui n'avais jamais aimé ce jeu), tout avait basculé. Il me communi-quait que nous ne jouerions plus jamais au base-ball en minimes et qu'auparavant nous devrions sacrifier à un rituel indispensable : jeter nos équipements, nos battes, nos gants et toute balle égarée que nous pourrions trouver dans nos maisons et nos jardins — hormis peut-être *la* balle, que je soupçonnais Owen d'avoir élevée au statut de relique.

Mais j'éprouvais le besoin de démêler tout ça avec Dan Needham ; les photos étaient le bien le plus précieux d'Owen (son unique bien précieux, en fait) et, puisque l'accident avait fait du base-ball un jeu mortel, que voulait-il que je fasse de ses photos de champions ? Indiquaient-elles qu'il se lavait dorénavant les mains du sport national américain, ou espérait-il adoucir mon chagrin en m'abandonnant le plaisir de les brûler moi-même ? Car, ce jour-là, c'eût été un vrai plaisir de les brûler.

« Il veut que tu les lui rendes », me dit Dan Needham.

J'avais toujours su qu'en l'épousant ma mère avait tiré le bon numéro, mais, ce jour-là seulement, je mesurai la grande intelligence de Dan. Bien sûr, c'était ça qu'Owen attendait ! Il m'avait donné sa collection pour m'exprimer son désespoir après l'accident — j'étais sûr qu'il avait aimé ma mère presque autant que moi — et pour me faire comprendre qu'il m'aimait assez pour me la confier. Mais, naturellement, il voulait que je la lui rende !

« Regardons-les, me dit Dan Needham. Je te parie qu'elles sont toutes classées. »

Un peu, qu'elles l'étaient. Dan et moi ne comprîmes pas selon quel système exactement, mais c'était un système ultra-sophistiqué. Les joueurs se suivaient en ordre alpha-bétique, mais les batteurs, du moins les plus grands, bénéficiaient d'un classement à part ; les stars du champ et les receveurs, idem. Il existait même une sous-catégorie en fonction de l'âge des joueurs. Mais Dan et moi finîmes par nous lasser : trop de photos se ressemblaient, tous ces joueurs face à l'appareil, leurs battes meurtrières négligemment posées sur l'épaule.

Je connais bien des individus qui se figent instinctive-ment au moindre bruit évoquant de loin une détonation : échappement de voiture, chute d'un balai ou d'une pelle sur le lino ou le ciment, pétard lancé par un gosse dans une poubelle vide, et ces gens de rentrer la tête dans les épaules, redoutant l'attentat terroriste (c'est fréquent, de nos jours) ou le tueur fou. Ce n'est pas mon cas, ni celui d'Owen Meany. Pourtant, à cause d'une mauvaise partie de base-ball, d'un coup malheureux et d'un impact imprévi-sible, à cause d'un lancer raté parmi les millions d'autres, Owen Meany et moi étions désormais condamnés à trem-bler au bruit d'une arme inédite, le bruit estival préféré d'innombrables Américains, le bon vieux choc de la balle contre la batte !

Je suivis donc le conseil de Dan Needham. Ayant empilé les cartons d'Owen dans la voiture, nous déterminâmes le moment favorable pour les rapporter à la carrière, en évitant de rencontrer Mr. Meany, d'effrayer le sinistre profil de Mrs. Meany derrière une fenêtre ou l'autre, et surtout de parler à Owen. Dan comprenait que j'aimais Owen et voulais lui parler — par-dessus tout — mais mieux valait différer cet entretien, pour notre bien à tous les deux. Comme nous finissions de ranger les cartons dans le coffre, Dan Needham demanda :

« Qu'est-ce que tu vas lui donner ?

— Comment ?

— Pour lui montrer que tu l'aimes. Lui, il vient de t'en fournir la preuve. Toi, qu'as-tu à lui donner ? »

Je savais quoi, évidemment ; je savais ce que mon armadillo signifiait pour lui, mais n'était-ce pas un peu maladroit de « donner » à Owen l'armadillo en présence de Dan Needham qui m'en avait fait cadeau ? Et si Owen décidait de le garder ? J'avais eu besoin de Dan pour comprendre que j'étais censé rendre ces foutues photos de base-ball. De lui-même, Owen déciderait-il de me *rendre* l'armadillo ?

« Le principal, Johnny, c'est que tu montres à Owen que tu l'aimes assez pour lui faire confiance en tout. Tu dois lui donner quelque chose à quoi tu tiens, et qu'il le sache. C'est l'essentiel de la manœuvre.

— Suppose que je lui donne l'armadillo ? Suppose qu'il le garde ? »

Dan Needham s'assit sur le pare-chocs avant de la voiture, une Buick familiale vert sapin avec des panneaux de bois sur les côtés et le hayon, et une calandre chromée évoquant la gueule ouverte d'un poisson vorace ; dans la position de Dan, la voiture semblait prête à le dévorer — et lui si fatigué qu'il se serait laissé boulotter sans se défendre. Je suis sûr qu'il avait pleuré toute la nuit, comme moi, et, contrairement à moi, qu'il avait sûrement trop bu. Une mine de déterré. Mais il dit avec une remarquable conviction :

« Johnny, je me sentirais honoré si le cadeau que je t'ai fait pouvait avoir une telle importance. En l'occurrence, je serais très fier. Dans cette intention particulière, je serais très fier. »

Il m'ouvrait des horizons, en distinguant les choses « importantes » et les « intentions particulières ». Jusque-là, la notion d'intention particulière était du pipeau pour moi. A l'époque, je n'étais pas ce qu'on appelle communément un croyant ; à présent, j'en suis un ; je crois en Dieu et je crois à l'« intention particulière » de certains événements. J'observe tous les jours saints, que seuls les anglicans les plus rétrogrades appellent « jours fériés ». Tout récemment, c'est un jour férié que j'eus l'occasion de me rappeler Owen Meany, le 25 janvier 1987 : les lectures pour la conversion de saint Paul me firent en effet penser à Owen. Le Seigneur dit à Jérémie :

> Avant de te former au ventre maternel
> je t'ai connu ;
> avant que tu sois sorti du sein
> je t'ai consacré ;
> comme prophète dans les nations
> je t'ai établi.

Mais Jérémie dit qu'il ne sait pas parler « car il n'est qu'un enfant ». Le Seigneur relève ses paroles :

> Ne dis pas : « Je suis un enfant »,
> car, vers tous ceux à qui je t'enverrai, tu iras
> et tout ce que je t'ordonnerai, tu le diras.
> N'aie aucune crainte en leur présence
> car je suis avec toi pour te délivrer.

Puis le Seigneur touche la bouche de Jérémie et dit :

> Voici que j'ai placé mes paroles
> en ta bouche.
> Vois ! Aujourd'hui même je t'établis
> sur les nations et sur les royaumes

> pour arracher et renverser,
> pour exterminer et démolir,
> pour bâtir et pour semer.

C'est surtout les jours fériés que je pense à Owen ; parfois, je l'évoque trop intensément, surtout quand je saute un ou deux services dominicaux et que j'essaie de ne pas ouvrir mon livre de prières pendant un moment. J'imagine que la conversion de saint Paul produit un effet particulier sur un converti tel que moi...

Et comment *ne pas* penser à Owen, quand je lis l'épître de Paul aux Galates, ce passage où il dit : « J'étais inconnu dans les églises du Christ en Judée ; mais ils ont entendu dire : " Celui qui nous a persécutés prêche à présent la foi qu'il a tenté de détruire. " Et ils ont glorifié Dieu à cause de moi[1]. »

O combien je partage ce sentiment ! Je crois en Dieu à cause d'Owen Meany.

* * *

C'est parce que je faisais confiance à Dan Needham que j'ai donné l'armadillo à Owen. Je l'ai mis dans un sac de papier kraft, que j'ai mis dans un autre sac de papier kraft, sans penser un instant abuser Owen sur leur contenu. Je pensai brièvement au choc que sa mère éprouverait si elle ouvrait les sacs la première. Mais elle n'avait pas à ouvrir les sacs, me dis-je.

Nous avions onze ans, Owen et moi ; nous n'avions pas d'autre moyen d'exprimer ce que nous éprouvions après la mort de ma mère. Il me donna ses photos de base-ball en voulant que je les lui rende, et je lui donnai mon armadillo empaillé dans le ferme espoir qu'il me le rendrait. Tout ça parce qu'il nous était impossible de dire avec des mots ce que nous ressentions. Qu'éprouvait-on en frappant très fort

---

1. Les citations bibliques sont extraites de la traduction collective de la *Bible de Jérusalem,* édition révisée en 1975, Desclée de Brouwer/ Éditions du Cerf *(NdT).*

une balle, puis en réalisant qu'elle avait tué la mère de son meilleur ami ? Qu'éprouvait-on en voyant sa mère étendue dans l'herbe, tandis qu'un abruti de flic se plaignait de ne pas retrouver la balle, qu'il appelait « cause du décès » et « arme du crime » ? Owen et moi n'aurions pas pu parler de ces choses — du moins à l'époque. De sorte que nous échangeâmes nos biens les plus précieux, en espérant les récupérer. Ce n'est pas si bête, quand on y pense.

D'après mes calculs, Owen me restitua l'armadillo un jour trop tard ; il l'avait gardé deux nuits entières, soit une de trop pour moi. Mais il le rapporta. Une fois encore, j'entendis le moteur étouffé du camion de granit ; une fois encore se déroula une livraison matinale au 80 Front Street, avant que Mr. Meany n'entame sa longue journée de travail. Et c'étaient les mêmes sacs de papier marron sur le seuil de la porte de derrière ; c'était un peu risqué de laisser l'armadillo en plein air, pensai-je, vu les appétits aveugles de certain labrador appartenant à notre voisin, Mr. Fish... Je me rappelai alors que Sagamore était mort.

Mais le pire restait à venir : il manquait à l'armadillo ses griffes antérieures — éléments les plus utiles et les plus spectaculaires de cet étrange animal. Owen m'avait restitué l'armadillo, mais sans les griffes !

Ma foi — l'amitié était une chose, l'armadillo en était une autre —, j'étais si indigné par cette découverte que je dus m'en ouvrir à Dan Needham. Comme toujours, il fut de bon conseil. Assis au bord de mon lit, il m'écouta pleurnicher ; dépourvu de ses griffes, le bestiau ne pouvait plus tenir d'aplomb ; il piquait du nez. Impossible de lui trouver une position dans laquelle il ne ressemblât à un malheureux suppliant — amputé de surcroît. J'étais vraiment bouleversé de ce que mon meilleur ami avait eu le front de me faire, jusqu'à ce que Dan me fasse comprendre que, par cette mutilation, Owen voulait symboliser celle que nous avions tous ressentie en perdant ma mère.

« Ton copain est très *spécial,* dit Dan Needham avec conviction. Ne comprends-tu pas, Johnny ? S'il le pouvait, il se couperait les mains pour toi. C'est ce qu'il ressent après avoir manié cette batte et lancé la balle avec ce terrible résultat... C'est ce que nous ressentons tous, toi, moi *et* Owen. Nous avons perdu une partie de nous-mêmes. »

Saisissant l'armadillo sinistré, Dan se livra à diverses tentatives pour lui trouver une position en équilibre, ou couchée, qui lui conserve un semblant de confort et de dignité ; cela s'avéra impossible. L'animal était définitivement handicapé ; un invalide. Je me demandai ce qu'Owen avait bien pu faire des griffes ? Reposaient-elles sur quelque autel macabre ? Plantées dans la balle meurtrière ?

Gagnés par la nervosité, nous nous escrimâmes pour rendre à l'armadillo une position respectable, mais le fait était là, aucune de ces positions n'était acceptable. L'inacceptable s'était produit, il fallait faire avec !

« C'est une idée brillante, vraiment originale », murmura Dan avant de s'endormir dans le lit jumeau où Owen avait si souvent dormi.

Je le couvris et le laissai dormir. Quand ma grand-mère vint m'embrasser, elle embrassa aussi Dan. Puis, dans la faible lueur de la veilleuse, je découvris qu'en ouvrant le tiroir de la table de nuit je pouvais disposer l'armadillo de façon à lui donner une tout autre apparence. A demi coincé dans le tiroir, il ressemblait à quelque créature aquatique, toute en tête et en torse ; je pouvais m'imaginer que ses moignons étaient des espèces d'ailerons rabougris.

Comme je sombrais dans le sommeil, je compris que l'interprétation de Dan était juste. Dan Needham avait presque toujours raison, ce qui devait avoir une influence énorme sur ma vie. A l'époque, je ne connaissais encore de l'*Histoire de Gravesend* que les passages qu'Owen Meany considérait comme « importants ». Et, juste avant de m'endormir, je compris ce qui était arrivé à l'armadillo — outre ce que Dan Needham m'en avait dit. Il avait été amputé à l'image du totem de Watahantowet, ce mystérieux et tragique homme sans bras ; les Indiens ne disaient-ils pas que chaque chose avait son âme propre, son propre esprit ?

Selon Owen Meany, seuls les hommes blancs avaient la vanité de se croire seuls détenteurs d'une âme. Selon

Owen, Watahantowet en savait davantage. Watahantowet croyait que les animaux avaient une âme et que même la rivière Squamscott, pour souillée qu'elle soit, avait la sienne. Watahantowet savait que la terre qu'il avait vendue à mes ancêtres grouillait littéralement d'esprits. Les rochers qu'ils avaient dû déplacer pour cultiver les champs restaient à jamais des esprits errants. Et les arbres qu'ils avaient abattus pour construire leurs maisons ! Watahantowet était sûrement le dernier habitant de Gravesend, New Hampshire, à avoir su le prix réel de toute chose. M'arracher ma terre, c'est m'arracher les bras !

Il me faudrait des années pour débrouiller tout ce qu'Owen Meany avait voulu me dire et que j'étais encore trop jeune pour comprendre. L'armadillo m'avait dit tout ce qu'éprouvait Owen, bien avant qu'il ne s'en explique, des années plus tard. Je comprendrais alors qu'il m'avait déjà tout dit par le truchement de l'armadillo. Tel était le message d'Owen (et de l'armadillo) : « DIEU A PRIS TA MÈRE. MES MAINS FURENT L'INSTRUMENT. DIEU A PRIS MES MAINS. JE SUIS L'INSTRUMENT DE DIEU. »

Comment aurais-je pu admettre qu'un copain de onze ans pouvait avoir de telles pensées ? L'idée ne m'effleura même pas qu'il pût être un élu ; qu'Owen puisse se considérer comme l'envoyé de Dieu m'aurait fait rire. A l'avoir vu voltiger le dimanche au-dessus des têtes, aurait-on pu se douter qu'il était chargé d'une mission divine ? Et rappelez-vous qu'à onze ans je ne croyais pas qu'il existât des élus, que Dieu eût des instruments ou qu'il confiât des missions. Quels indices permettaient à Owen de se croire « l'instrument de Dieu », je l'ignore, mais il était convaincu d'avoir été choisi pour exécuter l'œuvre divine. Et son idée — que ses moindres actions étaient téléguidées par Dieu — venait de beaucoup plus loin que d'un coup de base-ball malheureux. Comme vous allez le voir.

* * *

Aujourd'hui, 30 janvier 1987, il neige sur Toronto ; de l'avis du chien, Toronto est embelli par la neige. J'aime promener le chien quand il neige, car son enthousiasme est contagieux ; dans la neige, le chien affirme sa possession du réservoir Saint Clair, comme s'il était le premier chien à s'y soulager, illusion rendue possible par la couche immaculée recouvrant les innombrables crottes de chien qui font le charme principal de ce lieu réputé.

Sous la neige, la grosse tour de l'horloge de l'Upper Canada College semble veiller sur l'école préparatoire d'une bourgade de Nouvelle-Angleterre ; quand il ne neige pas, voitures et autocars sont plus nombreux dans les rues avoisinantes, le vacarme de la circulation est moins feutré, le centre de Toronto semble plus proche. Sous la neige, la tour de l'horloge, surtout vue de Kilbarry Road ou de l'extrémité de Frybrook Road, me rappelle la tour de l'horloge de l'Institut de Gravesend : austère et dédaigneuse.

Sous la neige, le quartier où je vis, Russell Hill Road, prend les aspects de la Nouvelle-Angleterre ; d'accord, les Torontois n'habitent pas des maisons aux façades de bois blanc et volets noirs ou vert foncé, mais la maison du 80 Front Street était en brique, et les Torontois affectionnent la brique et la pierre. Inexplicablement, ils surchargent leurs maisons de quantité d'ornements, et leurs volets sont agrémentés de petits cœurs ou de feuilles d'érable ; mais la neige recouvre ces fantaisies, et certains jours, comme celui-ci, quand la neige est collante, toutes les maisons de brique rouge deviennent blanches. Toronto est sobre, mais pas austère ; Gravesend est austère, mais jolie ; Toronto n'est pas joli, mais sous la neige, Toronto ressemble à Gravesend...

De la fenêtre de ma chambre à coucher donnant sur Russell Hill Road, je découvre à la fois l'église de la Grâce-sur-la-Colline et la chapelle Bishop Strachan ; curieuse coïncidence qu'un homme dont l'enfance a été divisée entre deux Églises passe sa vie présente en face de deux autres ! Mais ça me convient : les deux sont anglicanes. Leurs façades de triste pierre grise sont elles aussi embellies par la neige.

Ma grand-mère disait souvent que la neige « arrangeait

les choses ». Point de vue typiquement yankee : s'il neige
beaucoup, c'est que la neige est bonne. A Toronto, elle est
bonne pour moi. Et les gosses qui font de la luge sur le
réservoir Saint Clair me font aussi penser à Owen — qui ne
grandira jamais dans ma mémoire, qui reste à sa taille de
gamin de onze ans, équivalant à celle d'un enfant normal
de cinq ans... Mais je ne dois pas tout mettre sur le compte
de la neige ; tant de choses me rappellent Owen...

A Toronto, j'évite les journaux américains, la télévision
américaine, et les Américains en général. Mais Toronto est
encore trop près de l'Amérique. Pas plus tard qu'avant-
hier, 28 janvier 1987, la première page du *Globe and Mail*
nous a donné en détail le texte du « Message du président
Ronald Reagan sur l'état de l'Union ». Quand compren-
drai-je enfin ? Au lieu de lire ces choses-là, je ferais mieux
de ressortir mon livre de prières. Je devrais me moquer de
tout ça, mais Dieu me pardonne, j'ai lu le discours. Depuis
vingt ans que je vis au Canada, ces cinglés d'Américains
continuent à me fasciner.

« Il ne doit pas y avoir de tête de pont soviétique en
Amérique centrale », déclarait le président Reagan. Il
précisait aussi qu'il ne sacrifierait pas son programme de
missiles nucléaires — sa chère « guerre des étoiles » — à un
accord nucléaire avec l'Union soviétique. Il allait jusqu'à
dire qu'« un des éléments clés du programme américano-
soviétique est une politique mondiale plus responsable de
la part des Soviets », comme si les États-Unis étaient le
bastion d'une « politique mondiale responsable » !

Je crois que le président Reagan ne parle de la sorte que
parce qu'il sait que les Américains ne lui demanderont
jamais de comptes ; c'est l'histoire qui remet les choses en
question, et j'ai déjà dit que les Américains ne sont pas
forts en histoire. Combien d'entre eux se rappellent seulement leur histoire récente ? Vingt ans, est-ce si long pour
les Américains ? Se rappellent-ils le 21 octobre 1967 ? Quarante mille manifestants pacifistes rassemblés à Washington, j'y étais ; la fameuse « marche sur le Pentagone »,
vous vous souvenez ? Et deux ans plus tard, en octobre
1969, encore cinquante mille personnes à Washington,

munies de torches électriques, réclamant la paix. Cent mille pacifistes à la Chambre de Boston ; deux cent cinquante mille à New York ! Ronald Reagan n'avait pas encore anesthésié les États-Unis, mais il avait réussi à endormir la Californie ; il décrivait les protestations contre la guerre au Vietnam comme « apportant aide et réconfort à l'ennemi ». En tant que président, il ne savait toujours pas qui était l'ennemi !

Je crois maintenant qu'Owen Meany l'avait toujours su ; il savait tout.

En février 1962, nous étions en terminale à l'Institut de Gravesend ; nous regardions beaucoup la télévision au 80 Front Street. Le président Kennedy déclarait que les conseillers américains au Vietnam riposteraient en cas d'attaque.

« J'ESPÈRE QUE NOUS CONSEILLONS LES BONS NUMÉROS », ajouta Owen Meany.

Ce printemps-là, moins d'un mois avant la remise des diplômes, la télévision montra une carte de la Thaïlande : on y expédiait cinq mille marines et cinquante chasseurs à réaction « en réponse à l'expansion communiste au Laos », disait le président Kennedy.

« J'ESPÈRE QUE NOUS SAVONS CE QUE NOUS FAISONS », dit Owen Meany.

L'été 1963, qui suivait notre première année à l'université, les bouddhistes manifestèrent au Vietnam, il y eut des révoltes. Owen et moi assistâmes au premier suicide par le feu — sur le petit écran. Les forces gouvernementales du Sud-Vietnam, dirigées par Ngo Dinh Diem, le président élu, attaquèrent plusieurs temples bouddhistes ; c'était en août. En mai, le frère de Diem, Ngo Dinh Nhu, qui dirigeait la police secrète, avait interrompu une cérémonie bouddhiste en massacrant une femme et huit enfants.

« DIEM EST CATHOLIQUE, remarqua Owen Meany. COMMENT UN CATHOLIQUE PEUT-IL ÊTRE PRÉSIDENT D'UN PAYS DE BOUDDHISTES ? »

Ce fut l'été où Henry Cabot Lodge devint ambassadeur des États-Unis au Vietnam ; ce fut l'été où Lodge reçut du département d'État une dépêche l'informant que les États-

Unis « ne toléreraient pas plus longtemps l'influence de Ngo Dinh Nhu sur le régime du président Diem ». Deux mois plus tard, un coup d'État militaire renversait le gouvernement Diem ; le lendemain, Diem et son frère Nhu étaient assassinés.

« ON DIRAIT QUE NOUS N'AVIONS PAS CONSEILLÉ LES BONS NUMÉROS ! », dit Owen.

Et l'été suivant, quand nous vîmes à la télévision la flotte nord-vietnamienne attaquer deux destroyers américains dans le golfe du Tonkin, Owen commenta :

« LES AMÉRICAINS CROYAIENT SANS DOUTE TOURNER UN FILM ! »

Le président Johnson demanda au Congrès le pouvoir de « prendre toutes mesures nécessaires pour repousser une attaque armée contre les forces américaines et prévenir toute agression ultérieure ». La décision du golfe du Tonkin fut approuvée par un vote unanime de 416 voix à 0 ; elle fut confirmée au Sénat par 88 voix contre 2. Alors Owen Meany posa une question au téléviseur de ma grand-mère :

« EST-CE QUE ÇA VEUT DIRE QUE LE PRÉSIDENT PEUT DÉCLARER UNE GUERRE SANS LA DÉCLARER ? »

Pour le Nouvel An — je me rappelle qu'Hester avait trop bu, elle dégueulait partout —, il n'y avait guère plus de vingt mille soldats américains au Vietnam, dont à peine une douzaine avaient été tués.

Dès 1965, Owen Meany avait décelé une erreur stratégique.

En mars, l'aviation américaine commença l'opération « Rolling Thunder ». Objectif : détruire des cibles stratégiques au Nord-Vietnam, stopper les convois de ravitaillement pour le Sud. Les premières troupes combattantes américaines atterrirent au Vietnam.

« ÇA N'AURA PAS DE FIN, prophétisa Owen. IL N'Y A AUCUN MOYEN DE METTRE FIN AU MASSACRE. »

A Noël, le président Johnson suspendit l'opération « Rolling Thunder », mettant fin aux bombardements. Un mois plus tard, les bombardements reprenaient de plus belle, et la commission sénatoriale des Affaires étrangères entama ses débats télévisés sur la guerre. C'est là que ma grand-mère commença à s'y intéresser.

En automne 1966, à l'annonce que l'opération « Rolling Thunder » resserrait son étau sur Hanoi, Owen Meany dit :

« JE CROIS QU'HANOI SERA À LA HAUTEUR. »

Vous souvenez-vous de l'opération « Tiger Hound » ? De l'opération « Masher/White Wing/Than Phong II » ? Celle-là provoqua 2 389 « pertes ennemies ». Puis il y eut l'opération « Paul Revere/Than Phong 14 », un peu moins fructueuse, 546 « pertes ennemies » seulement. Et l'opération « Maeng Ho 6 » ? Elle fit 6 161 « pertes ennemies ».

Au Jour de l'An 1966, 6 644 soldats américains avaient été tués au combat, soit, selon les calculs d'Owen Meany, 483 victimes de plus que pour l'ennemi au cours de l'opération « Maeng Ho ».

« Comment peux-tu te rappeler toutes ces choses, Owen ? », lui demanda ma grand-mère.

Depuis Saigon, le général Westmoreland demandait des « troupes fraîches », ce qu'Owen se remémorait aussi. D'après le département d'État, d'après Dean Rusk — vous voyez qui c'est ? —, nous étions en train de « gagner une guerre d'usure ».

« CE N'EST PAS LE GENRE DE GUERRE QUE NOUS PUISSIONS GAGNER », commenta Owen Meany.

Fin 1967, il y avait cinq cent mille militaires américains au Vietnam. C'est alors que le général Westmoreland déclara : « Nous avons atteint ce point crucial où la fin est en vue. »

« QUELLE FIN ? demanda Owen Meany au général. QUE SONT DEVENUES LES " TROUPES FRAÎCHES " ? TU T'EN SOUVIENS, DES " TROUPES FRAÎCHES " ? »

Je sais maintenant qu'Owen n'oubliait jamais rien ; tout savoir, c'est ne rien oublier.

Vous vous rappelez l'offensive du Têt ? C'était en janvier 1968 ; le Têt est une fête traditionnelle au Vietnam, l'équivalent pour nous de Noël et du Nouvel An, et on avait coutume d'observer un cessez-le-feu pendant les fêtes. Mais, cette année-là, les Nord-Vietnamiens attaquèrent plus de cent villes du Sud, dont une trentaine de capitales provinciales. Ce fut l'année où le président Johnson annonça qu'il ne briguerait pas sa réélection, vous souvenez-vous ? L'année où Robert Kennedy fut assassiné, vous devriez vous rappeler cela ? L'année où Richard Nixon fut élu président ; peut-être son nom vous dit-il quelque chose ? L'année suivante, en 1969, quand Ronald Reagan disait que les manifestations contre la guerre « apportaient aide et réconfort à l'ennemi », il y avait encore un demi-million d'Américains au Vietnam. Je ne fus jamais l'un d'entre eux.

Plus de trente mille Canadiens servirent aussi au Vietnam. Et un nombre presque égal d'Américains vinrent au Canada pendant la guerre du Vietnam ; j'étais l'un d'entre eux et fus de ceux qui restèrent. En mars 1971, quand le lieutenant William Calley fut condamné pour meurtre avec préméditation, j'étais déjà bien installé dans mon statut d'immigrant ; j'avais demandé la nationalité canadienne. Pour Noël 1972, le président Nixon ordonna le bombardement de Hanoi, offensive qui dura onze jours et nécessita plus de quarante mille tonnes d'explosifs puissants. Comme l'avait dit Owen, Hanoi se montra à la hauteur.

Se trompa-t-il jamais ? Au sujet d'Abbie Hoffman, par exemple. Vous voyez qui c'est ? Le type qui avait essayé de faire léviter le Pentagone au-dessus de ses fondations, un barjot complet. C'est lui qui avait fondé le Youth International Party, autrement dit les yippies ; d'une activité inlassable dans les manifestations antiguerre, il concevait par ailleurs la révolution comme une succession de provocations et de farces grossières.

« A QUI CE CONNARD CROIT-IL RENDRE SERVICE ? », dit Owen.

C'est Owen Meany qui m'évita d'aller au Vietnam, grâce à un truc que lui seul aurait pu inventer...

« CONSIDÈRE ÇA COMME UN PETIT CADEAU DE MA PART », m'avait-il dit.

J'ai honte de lui en avoir voulu pour avoir gardé les griffes de mon armadillo. Dieu seul le sait, Owen m'a donné plus qu'il ne m'a pris — même si l'on considère qu'il m'a pris ma mère.

3

L'ange

Dans sa chambre du 80 Front Street, ma mère gardait un mannequin de couturière ; il se tenait au garde-à-vous près de son lit, comme un serviteur s'apprêtant à la réveiller, comme une sentinelle veillant sur son sommeil — comme un amant prêt à la rejoindre dans son lit. Ma mère cousait très bien ; dans une autre vie, elle avait dû être couturière. Ses goûts étaient simples, c'était elle qui confectionnait ses propres vêtements. Sa machine à coudre, également installée dans sa chambre, n'avait que de lointains rapports avec l'antiquité que nous malmenions au grenier, la machine de Maman, ultra-moderne, ne chômait pas.

Jusqu'à son mariage avec Dan Needham, ma mère n'avait jamais eu de véritable emploi et n'avait pas poursuivi ses études ; bien qu'elle n'ait jamais manqué d'argent — ma grand-mère étant généreuse —, elle s'ingéniait à réduire ses dépenses personnelles au minimum. Elle rapportait de Boston des toilettes élégantes, qu'elle n'achetait jamais ; elle en revêtait son mannequin, puis les copiait. Ensuite, elle rendait les originaux aux magasins, toujours sous le même prétexte. Loin de lui en vouloir, les commerçants compatissaient et reprenaient la marchandise sans broncher. « Ça ne plaît pas à mon mari », leur disait-elle. Elle s'en amusait avec ma grand-mère et moi : « Ils doivent croire que je suis la femme d'un véritable tyran ! Il n'aime jamais rien ! »

Pleinement consciente que ma mère n'était l'épouse de personne, ma grand-mère riait jaune, mais ça semblait une escroquerie si innocente qu'Harriet Wheelwright n'avait pas le cœur de lui en faire reproche. Ça semblait tellement l'amuser.

Ma mère confectionnait des vêtements superbes. Simples, comme je l'ai déjà dit, noirs ou blancs la plupart du temps, mais toujours dans les meilleures étoffes, ils lui seyaient à la perfection. Les robes, chemisiers et jupes qu'elle apportait à la maison étaient multicolores et très ornementés, mais ma mère se contentait de copier adroitement leur coupe, en noir ou en blanc. Comme en bien des choses, ma mère pouvait se montrer extrêmement habile, mais sans créativité ou originalité particulières. Jouer à la couturière devait combler son sens yankee de l'économie — son côté Wheelwright.

Ma mère détestait l'obscurité. Il n'y avait jamais assez de lumière pour son goût. Je considérais le mannequin comme son allié dans sa guerre contre la nuit. Elle ne fermait ses rideaux que lorsqu'elle se déshabillait ; elle les rouvrait sitôt enfilées chemise de nuit et robe de chambre. Lorsqu'elle éteignait sa lampe de chevet, la clarté extérieure se répandait dans sa chambre ; il y avait toujours un peu de lumière : les réverbères de Front Street ; les fenêtres du voisin, Mr. Fish, éclairées toute la nuit ; la lampe que ma grand-mère laissait inutilement brûler au-dessus de la porte du garage. Outre ces éclairages environnants, il y avait les étoiles, la lune, voire cette inexplicable lueur qui provient de l'horizon, quand on vit dans une contrée à proximité de la côte atlantique. Ainsi, depuis son lit, ma mère pouvait distinguer la silhouette rassurante du mannequin de couturière ; en même temps que son complice nocturne, il était son double.

On ne le voyait jamais dénudé. Non que ma mère fût à ce point fanatique de couture qu'il y eût toujours une robe en cours d'exécution sur le mannequin. Mais soit par décence, soit par un goût enfantin du jeu conservé depuis l'époque où elle habillait et déshabillait ses poupées, le mannequin était toujours habillé, et pas n'importe comment ; Maman ne l'aurait jamais laissé en combinaison. Il était entièrement et joliment vêtu.

Je me rappelle une nuit où, sortant d'un cauchemar et

traversant le vestibule obscur pour rejoindre ma mère dans sa chambre, j'eus l'impression d'avoir franchi la quatrième dimension. Au sortir de l'obscurité, la chambre était éclairée comme si le jour se levait. Et là se dressait le mannequin, habillé comme un être vivant, prêt à affronter le monde extérieur. Il m'arrivait de prendre le mannequin pour ma mère, sortie du lit pour se rendre à mon chevet car elle m'avait entendu tousser ou pleurer dans mon sommeil ; peut-être venait-elle de se lever pour sortir ou venait-elle de rentrer à une heure tardive. D'autres fois, le mannequin me flanquait la frousse ; j'en avais oublié l'existence et le prenais pour un assassin ; car une forme immobile auprès d'une personne endormie pouvait être aussi bien un agresseur qu'un garde du corps...

Son corps, par le fait, était exactement celui de ma mère. Dan Needham disait souvent : « Il faut y regarder à deux fois. »

Après avoir épousé ma mère, Dan eut des histoires avec le mannequin. Quand nous nous installâmes dans l'appartement de Dan à l'Institut de Gravesend, le mannequin et la machine à coudre résidèrent en permanence dans la salle à manger, où nous ne prenions jamais nos repas. Nous les prenions pour la plupart au réfectoire de l'école ; quand nous mangions à la maison, c'était dans la cuisine.

Dan essaya de dormir avec le mannequin dans la chambre ; mais ses tentatives furent peu nombreuses.

« Tabby, tu te sens bien ? », demanda-t-il la première nuit, convaincu que ma mère s'était levée. « Reviens te coucher », dit-il une autre fois. Une fois même il demanda au mannequin s'il n'était pas malade, à quoi ma mère, dans son premier sommeil, répliqua : « Non, et toi ? »

Bien sûr, c'est Owen Meany qui vécut la rencontre la plus intense avec le mannequin. Longtemps avant que l'arrivée de l'armadillo ne changeât notre vie, l'un des jeux favoris d'Owen consistait à habiller et déshabiller le mannequin. Ma grand-mère réprouvait ce passe-temps sous prétexte que ce n'était pas un jeu de garçons. De son côté, ma mère, sur ses gardes, craignait pour ses robes. Puis elle nous fit confiance ; nous avions les mains propres, nous remettions robes, jupes et chemisiers sur leurs cintres respectifs et la lingerie bien pliée dans les tiroirs appropriés. Ma mère s'habitua si bien à ce jeu qu'il lui arrivait de nous complimenter pour telle ou telle toilette à laquelle elle n'avait pas songé. Et plusieurs fois, Owen fut si satisfait de notre création qu'il supplia ma mère de porter elle-même la tenue inhabituelle.

Seul Owen Meany parvenait à faire rougir ma mère.

« J'avais ce chemisier et cette jupe depuis des années, disait-elle, et je n'avais jamais pensé à les porter avec cette ceinture ! Owen, tu es un génie !

— MAIS SUR VOUS, N'IMPORTE QUELLE LOQUE DEVIENT ÉLÉGANTE », répliquait Owen, ce qui faisait rougir ma mère.

Toute flatterie mise à part, Owen aurait pu lui faire remarquer qu'elle était facile à habiller, puisqu'elle ne portait que du noir et du blanc ; tout se mariait avec tout.

Elle avait pourtant une robe rouge, et nous ne pûmes jamais la lui faire aimer ; elle n'avait jamais envisagé de la mettre, mais je pense que son côté Wheelwright lui interdisait de s'en débarrasser. Elle l'avait trouvée dans une boutique particulièrement chic de Boston ; elle en aimait le tissu moulant, le dos décolleté, la taille marquée et la jupe ample, mais détestait la couleur, un rouge écarlate, ou plutôt vermillon. Elle avait eu l'intention de la copier, en noir ou blanc, comme les autres, mais elle lui plaisait tant qu'elle la copia en noir *et* en blanc. « Blanc pour le bronzage, noir pour l'hiver », disait-elle.

Quand elle alla rendre la robe à Boston, elle découvrit que le magasin avait brûlé de fond en comble. Ayant oublié jusqu'au nom du magasin, elle se renseigna dans le voisinage, puis écrivit à la précédente adresse. Il y avait des problèmes avec l'assurance et il lui fallut des mois avant de pouvoir joindre quelqu'un, en l'occurrence un avocat.

« Je n'ai jamais payé cette robe, dit ma mère. Elle valait très cher, je voulais juste l'essayer. Maintenant, je ne veux plus la garder ni recevoir la facture des mois plus tard, elle est trop chère pour moi ! »

Ça n'avait aucune importance, répondit l'avocat. Tout

avait été détruit dans l'incendie, stock, inventaire, compta-
bilité.

« Le téléphone a fondu, la caisse enregistreuse aussi.
Cette robe est le moindre de leurs soucis. Elle est à vous. »
Il ajouta même : « Vous avez de la chance », d'un ton qui
la culpabilisa.

« Juste ciel ! fit ma grand-mère. C'est tellement facile de
culpabiliser les Wheelwright. Reprends-toi, Tabitha, et
cesse de te plaindre. Elle est très jolie, cette robe. De la
couleur de Noël ! Il y a toujours des réceptions pour Noël,
elle sera parfaite ! »

Mais je ne vis jamais ma mère sortir la robe du placard ;
ses seules occasions de sortie : quand Owen en revêtait le
mannequin. Même lui ne parvint pas à faire aimer cette
robe à ma mère.

« C'est peut-être la couleur de Noël, mais c'est moi qui
n'ai pas la bonne couleur dans cette robe — particulièrement à Noël. »

Vêtue de rouge, elle se sentait blafarde quand elle n'était
pas bronzée, et qui est bronzé à Noël, dans le New
Hampshire ?

« ALORS PORTEZ-LA EN ÉTÉ ! », suggéra Owen.

Mais, pour ma mère, c'eût été provocant d'arborer un
rouge aussi vif en été ; le bronzage eût été trop mis en
valeur.

Dan suggéra que ma mère lui donne la robe rouge pour
sa collection de vieux costumes de scène, mais elle pensa
que ce serait du gâchis ; de plus, aucun des comédiens
amateurs, et surtout aucune femme de la ville, n'avait la
silhouette propre à mettre la robe en valeur.

Non content d'animer les soirées théâtrales de l'Institut,
Dan Needham ressuscita une ancienne troupe d'amateurs,
les ternes Compagnons de Gravesend. Il les galvanisa l'un
après l'autre. Il réveilla le côté cabotin de la moitié de ses
collègues professeurs et la nature histrionnique de la moitié
de ses concitoyens en les invitant à participer à ses
productions. Il obtint même de ma mère qu'elle devînt sa
partenaire, ne serait-ce qu'une fois !

Autant ma mère aimait chanter, autant jouer la comédie

l'intimidait. Par amour pour Dan, elle accepta un seul rôle dans une pièce mise en scène par lui, à condition qu'il jouât le rôle principal — et qu'il ne fût pas son amoureux dans la pièce ! Elle ne tenait pas à ce que la ville clabaude à leur sujet avant leur mariage. Une fois mariés, ni elle ni Dan ne remontèrent jamais sur les planches. Il était le metteur en scène ; elle était le souffleur. Ma mère avait une voix idéale pour souffler : basse mais audible. Ses cours de chant et de diction y étaient pour quelque chose.

Son unique rôle, un rôle vedette, fut dans *Angel Street*. Ça fait si longtemps que j'ai oublié les noms des personnages ou les décors de la pièce. Les Compagnons de Gravesend se produisaient à l'hôtel de ville, dans une salle peu appropriée à l'implantation de décors. En revanche, je me rappelle le film tiré d'*Angel Street ;* il s'intitulait *Gaslight* et je l'ai vu plusieurs fois. Ma mère jouait le rôle d'Ingrid Bergman, une femme poussée à la folie par un mari machiavélique. Et Dan était le méchant — dans le rôle de Charles Boyer. Si vous connaissez l'histoire, bien que Dan et ma mère interprétassent un mari et sa femme, il n'existe aucune scène d'amour entre eux ; ce fut l'unique fois où je vis Dan se montrer haineux envers ma mère.

Dan me raconte qu'il y a encore des gens à Gravesend qui lui lancent un sale œil à cause de ce rôle de méchant ; comme si c'était lui qui avait expédié la balle mortelle — *intentionnellement !*

C'est dans cette pièce, ou plus exactement durant la générale, que ma mère porta enfin sa robe rouge. Elle s'apprête à aller au théâtre (ou ailleurs) avec son mari diabolique, mais il a caché un tableau et l'accuse de l'avoir dissimulé ; il finit par lui faire croire qu'elle l'a réellement caché ! Alors il l'envoie dans sa chambre et lui interdit de sortir. Ou peut-être était-ce au moment où ils vont à un concert et où il retrouve sa montre dans son sac — c'est lui qui l'y a mise, mais il la fait fondre en larmes, et elle le supplie de la croire, en présence d'un tas de gens prétentieux. Quoi qu'il en soit, ma mère ne devait porter la robe rouge que dans une seule scène, et ce fut celle précisément où elle joua mal. Elle ne cessait de tripoter sa robe, d'en ôter des peluches imaginaires, de vérifier sournoisement si le décolleté n'était pas soudain descendu tout seul ; de se tortiller comme si le tissu lui provoquait d'intolérables démangeaisons.

Owen et moi assistâmes à chaque reprise d'*Angel Street* ; nous vîmes toutes les pièces montées par Dan, tant à l'Institut qu'à l'hôtel de ville, mais *Angel Street* fut la seule dont nous vîmes toutes les représentations. Voir ma mère sur scène et voir Dan lui être odieux était un mensonge fascinant. Ce n'était pas la pièce qui nous passionnait, mais son aspect mensonger : que Dan se plaise à faire souffrir ma mère. Fascinant.

Nous connaissions tous les membres de la troupe. C'était Mrs. Walker, l'ogresse du catéchisme épiscopalien, qui jouait la servante allumeuse dans *Angel Street*, le rôle d'Angela Lansbury, croyez-le ou non ; Owen et moi nous ne le pouvions pas. Mrs. Walker dans le rôle d'une petite poule ! Mrs. Walker tenant des propos vulgaires ! On s'attendait toujours à l'entendre crier : « Owen Meany, voulez-vous descendre de là ! A votre place ! » En plus, elle portait une tenue de soubrette française, avec une robe très moulante et des bas noirs à motifs, si bien que, le dimanche suivant au catéchisme, nous passâmes notre temps à reluquer en vain ses jambes ; ç'avait été une telle surprise de découvrir les jambes de Mrs. Walker et de les trouver aussi jolies !

Le rôle sympathique d'*Angel Street*, celui de Joseph Cotten, était joué par notre voisin Mr. Fish. Nous savions qu'il pleurait encore la mort prématurée de Sagamore ; le souvenir du camion de location de couches homicide embuait encore le regard dont il suivait sur scène les évolutions de ma mère. Owen et moi nous nous faisions une tout autre idée d'un héros, mais Dan Needham, expert à distribuer les rôles et à diriger les amateurs les moins doués, avait su utiliser au mieux le chagrin et le ressentiment qui émanaient du maître de feu Sagamore.

En tout cas, après la générale, la robe rouge retourna dans son placard pour n'en plus sortir, sauf quand Owen en parait le mannequin, sur lequel elle faisait toujours un effet bœuf, comme pour donner des regrets à ma mère.

Je ne raconte tout ça que pour démontrer qu'Owen était aussi habitué que moi au mannequin ; mais la nuit, c'était différent. Il ne connaissait pas comme moi la semi-clarté qui régnait dans la chambre de ma mère, endormie à proximité du mannequin — ce corps unique, cette silhouette de profil, immobile comme si elle tenait le compte des respirations de la dormeuse...

* * *

Une nuit au 80 Front Street, alors qu'Owen partageait ma chambre, nous n'arrivions pas à dormir. Dans sa chambre, au-dessous, Lydia avait des quintes de toux. Au moment où nous pensions que l'accès était passé — ou qu'elle était morte —, ça la reprenait. Quand Owen me réveilla, je venais de m'endormir ; encore dans les limbes du premier sommeil, je me trouvais dans l'incapacité de bouger, comme si j'étais dans un cercueil douillettement capitonné que les croque-morts mettaient en terre malgré mes efforts pour m'arracher au royaume des morts.

« JE SUIS MALADE, disait Owen.

— Tu vas vomir ? demandai-je sans bouger ni un doigt ni un cil.

— JE NE SAIS PAS. JE CROIS QUE J'AI LA FIÈVRE.

— Va voir ma mère.

— C'EST SÛREMENT UNE MALADIE INCONNUE.

— Va voir ma mère », répétai-je.

Je l'entendis se cogner à une chaise. J'entendis ma porte s'ouvrir, se fermer. J'entendis ses mains frotter le long du mur du couloir. Je l'entendis s'arrêter devant la porte de ma mère, où sa main sembla s'éterniser sur la poignée.

Je pensai alors : il va avoir peur du mannequin. Je voulus lui crier : « N'aie pas peur du mannequin dans la chambre ; la pénombre lui donne une drôle de touche ! » Mais j'étais coincé dans mon cercueil de sommeil, bouche cousue. J'attendis son hurlement. Il allait hurler, j'en étais sûr, à vous glacer les sangs, à réveiller toute la maisonnée. Sinon, dans un élan de bravoure, il risquait d'empoigner le mannequin et de le balancer sur le sol...

Mais tandis que j'extravaguais sur le combat d'Owen et du mannequin, je m'aperçus qu'il était revenu dans ma chambre et me tirait les cheveux.

« RÉVEILLE-TOI, MAIS FAIS PAS DE BRUIT, chuchota-t-il. TA MÈRE N'EST PAS SEULE. IL Y A QUELQU'UN D'ÉTRANGE DANS SA CHAMBRE. VIENS VOIR ! JE CROIS QUE C'EST UN ANGE !

— Un ange ?

— CHHHHUTTTT ! »

Tout à fait réveillé cette fois et impatient de le voir se couvrir de ridicule, je me gardai de lui parler du mannequin ; lui prenant la main, je l'accompagnai jusqu'à la chambre de ma mère. Il frissonnait.

« Comment sais-tu que c'est un ange ?

— CHHHHUTTT ! »

Nous nous glissâmes en tapinois, comme des tireurs progressant à couvert, jusqu'à ce que le lit, ma mère dormant en chien de fusil, et le mannequin debout à son chevet soient entièrement distincts.

Un instant plus tard, Owen murmura :

« IL EST PARTI... IL A DÛ ME VOIR TOUT À L'HEURE. »

Je désignai innocemment le mannequin :

« Et ça, qu'est-ce que c'est ?

— C'EST LE MANNEQUIN, CRÉTIN ! L'ANGE ÉTAIT DE L'AUTRE CÔTÉ DU LIT. »

Je touchai son front brûlant :

« Owen, tu as la fièvre.

— J'AI VU UN ANGE, insista-t-il.

— C'est vous, les enfants ? fit la voix ensommeillée de ma mère.

— Owen se sent mal ; il a la fièvre.

— Viens, Owen », dit ma mère, s'asseyant dans le lit.

Il vint contre elle, qui lui toucha le front et me dit d'aller chercher de l'aspirine et un verre d'eau.

« Owen a vu un ange, l'informai-je.

— Tu as eu un cauchemar, Owen ? », lui demanda-t-elle tandis qu'il se glissait dans le lit.

Il répondit d'une voix étouffée par les oreillers :

« PAS EXACTEMENT. »

Quand je revins avec l'eau et l'aspirine, ma mère s'était rendormie, un bras autour d'Owen ; avec ses oreilles protubérantes déployées sur l'oreiller, le bras de ma mère sur sa poitrine, il avait l'air d'un papillon attrapé par un chat. Il réussit à absorber son aspirine sans déranger ma mère et me rendit le verre d'un air stoïque.

« JE VAIS RESTER ICI, dit-il bravement. DES FOIS QU'IL REVIENNE. »

C'était tellement absurde que je n'osai plus le regarder.

« T'as dit que c'était un ange. Un ange, c'est pas dangereux.

— JE NE SAIS PAS QUELLE ESPÈCE D'ANGE C'ÉTAIT ! »

Ma mère remua dans son sommeil, resserrant son étreinte autour d'Owen, ce qui dut lui faire peur et le ravir à la fois. Seul, je regagnai ma chambre.

Comment diable Owen Meany avait-il pu voir ce qu'il appellerait plus tard son MODÈLE ? Cette image sortait-elle de son imagination fiévreuse ? Des années après, quand il ferait allusion à CETTE BALLE FATALE, je le corrigerais impatiemment :

« Tu veux dire *l'accident*. »

Ça le rendait furieux quand je qualifiais d'accidents les choses qui nous arrivaient ; sur le thème de la prédestination, il aurait accusé Calvin de mauvaise foi ! Il n'y avait pas d'accidents ; il y avait une explication à la balle maudite, une explication pour la petite taille d'Owen et une explication pour sa voix. Il était absolument convaincu d'avoir DÉRANGÉ UN ANGE, d'avoir INTERROMPU UN ANGE DANS SON TRAVAIL, d'avoir BOULEVERSÉ L'ORDRE DES CHOSES.

Je sais maintenant qu'il n'avait jamais cru voir un ange gardien ; il garda la conviction, surtout après CETTE BALLE FATALE, d'avoir dérangé l'ange de la Mort dans son œuvre. Bien qu'à l'époque il n'ait pas décrit sa vision divine par le menu, je sais ce qu'il pensait ; lui, le petit Owen Meany, avait empêché l'ange de la Mort de faire son travail ; et l'ange le lui avait assigné ; Owen l'accomplirait à sa place !

Comment pouvait-il s'être convaincu de cette monstrueuse absurdité ?

Ma mère était trop profondément endormie pour prendre sa température, mais il avait bel et bien la fièvre, ce qui lui permit de passer toute la nuit dans les bras de ma mère, trop malade et énervé pour s'endormir, les yeux grands ouverts, sur le qui-vive dans l'attente du prochain intrus, qu'il soit ange, fantôme ou membre infortuné de la famille.

Des heures plus tard, une autre apparition effrayante se produisit dans la chambre de ma mère. Je dis « effrayante » car, à l'époque, Owen avait peur de ma grand-mère, dont il avait remarqué le dégoût pour le commerce du granit. J'avais laissé éclairée la salle de bains, la porte ouverte, et, pire, oublié de fermer le robinet d'eau froide. Ma grand-mère prétendait pouvoir entendre le compteur électrique grignoter les kilowatts ; dès la nuit tombée, elle suivait ma mère pas à pas dans la maison, éteignant toutes les lumières qu'elle allumait. Cette nuit-là, outre la sensation qu'on avait laissé une pièce éclairée, Grand-Mère entendit l'eau couler. Constatant une double négligence dans la salle de bains, Grand-Mère se dirigea vers la chambre de ma mère. Que celle-ci soit malade ou simplement oublieuse de tous ses principes d'économie, elle aurait droit à un sermon, même s'il fallait la réveiller.

Grand-Mère aurait pu tout simplement fermer le robinet, tourner l'interrupteur et regagner son lit, si elle n'avait commis l'erreur de tourner le robinet dans le mauvais sens avec une énergie vengeresse ; elle s'inonda littéralement d'eau glacée, car le robinet coulait depuis des heures. Sa chemise de nuit trempée, elle eut besoin de se changer, ce qui l'ancra dans son intention d'aller dire deux mots à ma mère sur le thème des économies d'énergie. J'imagine donc qu'elle ne fit pas une entrée des plus discrètes chez ma mère. Et bien qu'Owen s'attendît à voir un ange, il pensait que même l'ange de la Mort referait une apparition plus sereine.

Dégouttante d'eau, la chemise de nuit plaquée à ses formes décharnées, les cheveux hérissés de bigoudis, le visage emplâtré d'une crème blafarde, ma grand-mère *se rua* dans la chambre. Il fallut de longs jours avant qu'Owen puisse m'expliquer son impression : quand on chasse l'ange de la Mort, l'état-major divin vous envoie un ange qui ne se laisse pas effrayer facilement et qui vous appelle même par votre nom :

« Tabitha ! cria ma grand-mère.

— *AAAAAAHHHHHH !* »

Le hurlement d'Owen fut si saisissant que ma grand-mère en perdit le souffle. Dans le lit, à côté de ma mère, elle vit bondir un démon minuscule, propulsé par une force si extraordinaire qu'elle s'imagina que l'étrange créature allait prendre son envol. Auprès de lui, ma mère semblait en lévitation. Lydia, qui possédait encore ses deux jambes, bondit de son lit pour s'aplatir contre la commode : par la suite, elle exhiberait des jours durant son nez écrabouillé dans la manœuvre. Sagamore, encore en sursis avant sa rencontre avec le camion de location de couches, réveilla tous les voisins par ses aboiements, et tous les couvercles des poubelles du quartier résonnèrent — affolés par la voix d'Owen Meany, chats et rats abandonnaient leurs festins nocturnes. Une bonne partie des habitants de Gravesend durent s'agiter dans leur sommeil, convaincus que l'ange de la Mort était réellement venu pour *quelqu'un.*

« Tabitha, dit ma grand-mère le lendemain, je trouve inconvenant, et même malsain, que tu laisses cet avorton dormir dans ton lit.

— Il avait de la fièvre, protesta ma mère. Et j'avais tellement sommeil...

— Il a quelque chose de plus grave que de la fièvre : on dirait qu'il est possédé du démon !

— Tu trouves toujours quelque chose à reprocher à ceux qui ne sont pas absolument parfaits. »

J'expliquai à Grand-Mère :

« Owen croyait avoir vu un ange.

— Il croyait que j'étais un ange ? Je vous le disais bien, qu'il était possédé !

— Owen *est* un ange, dit ma mère.

— Jamais de la vie, dit ma grand-mère. C'est un rat !
" Le Rat du granit " ! »

Quand il nous vit passer à bicyclette, Owen et moi,
Mr. Fish nous fit signe d'approcher ; il faisait semblant
d'arranger un piquet cassé dans sa clôture, simple prétexte
pour surveiller notre maison.

« Salut, les enfants. Y a eu un drôle de chambard la nuit
dernière, vous avez entendu ça ? »

Owen secoua la tête. Je dis :

« J'ai entendu Sagamore aboyer.

— Non, non, avant ça ! Dites, vous avez entendu ce qui
l'a fait aboyer ? Des cris ! Des hurlements inhumains ! Un
chambard d'enfer ! »

Après avoir recouvré son souffle, Grand-Mère avait crié,
elle aussi, et bien sûr Lydia avait fait écho — après sa
collision avec la commode. Owen me dirait plus tard que
ma grand-mère avait poussé des clameurs de *banshee ;* mais
aucun bruit humain ne pouvait égaler en décibels le
hurlement d'Owen.

« Owen a cru voir un ange, expliquai-je à notre voisin.

— C'était pas un ange de douceur, alors ! riposta
Mr. Fish.

— EH BIEN, admit Owen, J'AI PRIS MISSUS WHEEL-
WRIGTH POUR UN FANTÔME.

— Ah ! Ça explique tout ! », dit Mr. Fish avec sympathie.

Mr. Fish avait aussi peur qu'Owen de ma grand-mère,
mais, conformément aux règles de bon voisinage, il lui
témoignait toujours une extrême déférence.

Quelle expression stupide, « ça explique tout » ! Je pense
qu'à notre époque rien n'explique rien.

Par la suite, je racontai toute l'histoire à Dan Needham,
y compris la conviction d'Owen d'avoir dérangé l'ange de la
Mort et de s'être vu assigner sa tâche.

Mais une des choses que je n'avais pas remarquées était
l'extrême précision du vocabulaire d'Owen. Il exprimait
exactement sa pensée, chose plutôt rare chez un enfant. Il
répéta pendant des années : « JE N'OUBLIERAI JAMAIS TA
GRAND-MÈRE POUSSANT DES CLAMEURS DE *BANSHEE.* » Je
n'y prêtais pas grande attention ; je ne me souvenais plus
du boucan émis par ma grand-mère ; ce que je me

rappelais, c'était le cri d'Owen. En outre, je pensais que c'était une simple expression, « clameurs de *banshee* », et ne comprenais pas pourquoi Owen se rappelait avec une telle précision la réaction de ma grand-mère. J'avais dû raconter ça à Dan Needham, puisqu'il me demanda un jour :

« C'est bien Owen qui a traité ta grand-mère de *banshee* ?

— Il a dit qu'elle poussait des clameurs de *banshee*. »

Alors Dan alla chercher le dictionnaire ; il sembla ravi, claqua de la langue, secoua la tête et finit par dire :

« Ce môme ! Qu'est-ce qu'il va chercher ! Brillant, mais saugrenu ! »

Du coup, j'appris ce qu'on nomme à proprement parler une *banshee* ; dans le folklore irlandais, c'est une sorte de fée dont les clameurs signifient qu'un être aimé va bientôt mourir.

Une fois de plus, Dan Needham avait raison. « Brillant mais saugrenu » qualifiait à merveille « le Rat du granit » ; exactement ce que je pensais d'Owen Meany. Brillant mais saugrenu. Et pas si saugrenu, en fin de compte...

* * *

Que ma mère ait pu fréquenter Dan Needham quatre ans avant de consentir à l'épouser nous sembla en contradiction avec son caractère. Comme disait ma tante Martha, ma mère n'avait pas attendu cinq minutes avant le fameux « caprice » qui avait abouti à ma naissance ! Mais du fait que sa propre famille — et la ville entière — suspectait sa moralité, vu son comportement libéré, ces longues fiançailles avec Dan Needham étaient destinées à remettre certaines pendules à l'heure. Dès le départ, il fut évident qu'elle et Dan s'aimaient. Il lui était très attaché, elle ne voyait aucun autre homme, ils annoncèrent leurs fiançailles très vite ; de plus, chacun pouvait constater que j'adorais Dan. Même ma grand-mère, toujours vigilante face à la hâte de sa capricieuse enfant à se jeter à la tête des gens, pressait ma mère de fixer la date du mariage. Le charme

personnel de Dan Needham, sa promptitude à devenir la
coqueluche de ses collègues et de ses élèves, avaient
totalement gagné Grand-Mère à sa cause.

Et Grand-Mère n'était pas du genre à se laisser embobiner par n'importe qui, faites-moi confiance ! Pourtant, elle
se laissa si bien séduire par Dan qu'elle accepta un rôle
dans *L'Ange du foyer,* de Somerset Maugham ! Elle jouait
la mère autoritaire de la femme déçue et y démontra un
talent certain pour ce genre de comédie de salon frivole,
parfait spécimen de sophistication bourgeoise, utilisant
même un accent anglais non prévu par Dan ; mais il la laissa
faire, ayant compris qu'il n'était pas affecté, mais émanait
tout naturellement d'Harriet Wheelwright — comme s'il
n'avait attendu que cette occasion.

*   *   *

« Je ne réponds jamais directement à une question
directe », disait Grand-Mère, totalement dans le rôle de
l'impérieuse Mrs. Culver. Dans une autre scène mémora-
ble, commentant les amours de son gendre avec la meilleure amie de sa fille, elle argumentait : « Si John doit
tromper Constance, mieux vaut que ce soit avec quelqu'un
que nous connaissons. »

Grand-Mère était si drôle qu'elle remporta une ovation ;
ce fut une représentation grandiose, bien que gâchée,
d'après moi, par les malheureux John et Constance,
maladroitement incarnés par un Mr. Fish quelque peu
empêtré en l'absence de Sagamore, et la tyrannique
Mrs. Walker, dont les jambes, ses meilleurs atouts, étaient
malheureusement cachées par la longue robe appropriée à
cette comédie de salon. Grand-Mère, non sans fausse
modestie, dit simplement qu'elle avait toujours aimé évoquer l'année 1927. Je n'en doute pas, elle était alors une
ravissante jeune femme. « Et à l'époque, me dit Grand-
Mère, ta mère était plus jeune que tu ne l'es. »

Alors, pourquoi Dan et ma mère attendirent-ils quatre
ans ?

S'ils se disputaient, s'ils avaient des divergences d'opi-

nion, ils ne me les laissèrent jamais voir. Indécente au point
de m'avoir enfanté sans la moindre explication, Maman,
pour ses secondes amours, ne tombait-elle pas dans l'excès
contraire ? Dan se méfiait-il d'elle ? Il n'en avait pas l'air.
Était-ce *moi* le problème ? me demandais-je parfois, mais
j'aimais Dan et il me donnait de bonnes raisons de croire
qu'il m'aimait. Je sais qu'il m'aimait et qu'il m'aime
encore !

« Est-ce une question d'enfants, Tabitha ? », demanda
une fois ma grand-mère pendant le dîner. Lydia et moi
brûlions d'entendre la réponse. « Ce que je veux dire c'est
ceci : en veut-il alors que tu n'en veux plus ? Ou l'inverse ?
Tu ne devrais pas te soucier d'avoir des enfants ou non,
Tabitha, au risque de perdre un homme aussi gentil et
dévoué...

— Nous attendons simplement d'être sûrs de nos sentiments, fut la réponse.

— Dieu du Ciel, après tout ce temps, tu dois être sûre ! »
Grand-Mère s'impatientait. « Même moi, je suis sûre, et
Johnny est sûr. Et toi, Lydia ?

— Sûr, que je suis sûre ! affirma Lydia.

— Les enfants ne sont pas un problème, dit ma mère. Il
n'y a aucun problème.

— Des gens sont entrés dans les ordres en moins de
temps qu'il ne t'en faut pour te marier ! »

Car « entrer dans les ordres » revenait souvent dans la
bouche d'Harriet Wheelwright, toujours en référence à
quelque folie inconcevable, quelque comportement aberrant, aussi bizarre qu'inhumain. Grand-Mère pensait à la
prêtrise catholique, et je sais que son opposition à notre
éventuel changement de confession était dû au fait que les
épiscopaliens avaient des prêtres et des évêques, et que
ceux qu'on appelait les « petits épiscopaliens » étaient plus
proches, dans son idée, des catholiques que des congrégationalistes. Une veine que Grand-Mère ignorât tout des
anglicans !

Durant leurs longues fiançailles, Dan et ma mère assistè-
rent indifféremment aux cérémonies congregationalistes et
épiscopaliennes, comme s'ils suivaient un séminaire théolo-

gique de quatre ans, à eux seuls réservé ; de sorte que mon éducation épiscopalienne fut progressive ; sur les instances de ma mère, je suivis plusieurs catéchismes avant que ma mère n'épouse Dan comme si elle savait déjà quelle voie nous allions prendre. Peu à peu, ma mère cessa aussi d'aller à Boston pour ses leçons de chant. Pourtant, Dan n'avait jamais montré le moindre désaccord. A la question de ma grand-mère, ma mère avait répondu : « Pourquoi Dan s'opposerait-il à mes cours de chant ? »

Cette question en cachait une autre, tant pour ma grand-mère que pour moi : le fameux professeur de chant était-il mon père inconnu ? Mais jamais nous n'osâmes formuler cette théorie devant ma mère ; quant à Dan Needham, que ma mère poursuive ses cours de chant et disparaisse à Boston chaque semaine ne semblait nullement le troubler ; à moins qu'il ne fût en possession de quelque information ignorée de nous...

« CE PROF DE CHANT N'EST PAS TON PÈRE, me dit tout bonnement Owen Meany. CE SERAIT TROP ÉVIDENT.

— C'est une histoire vraie, Owen, pas un roman policier. »

Je voulais dire que, dans la vie réelle, rien n'interdisait que le père inconnu soit le suspect ÉVIDENT, mais je ne croyais pas non plus à l'hypothèse du prof de chant. Il était simplement le candidat le plus logique au titre, puisqu'il était le seul auquel nous puissions penser.

« SI C'ÉTAIT LUI, POURQUOI TOUTES CES CACHOTTE-RIES ? demanda Owen. SI C'ÉTAIT LUI, TA MÈRE LE VER-RAIT PLUS D'UNE FOIS PAR SEMAINE, OU PAS DU TOUT ! »

De toute façon, croire que l'existence du professeur de chant avait empêché ma mère de se marier pendant quatre ans, c'était vraiment tiré par les cheveux. Aussi avais-je mon interprétation personnelle, qu'Owen Meany aurait jugée TROP ÉVIDENTE : Dan essayait d'obtenir de plus amples renseignements à mon sujet et ma mère refusait de les lui fournir. N'aurait-il pas été logique que Dan veuille savoir qui était mon père ? Et logique que ma mère garde son secret ?

Owen repoussa violemment cette idée :

« Tu ne vois donc pas à quel point Dan aime ta mère ? Il l'aime autant que nous ! Il ne l'obligerait jamais à lui dire quoi que ce soit ! »

Owen avait raison. Il y avait un autre motif à ces quatre ans de mise à l'épreuve.

Dan était le rejeton d'une très grande famille, pleine de médecins et d'avocats qui désapprouvaient qu'il n'ait pas fait d'études sérieuses. Avoir démarré à Harvard et n'avoir fréquenté ni la fac de droit ni l'école de médecine, c'était un gaspillage criminel ; la famille de Dan était très à cheval sur la réussite sociale. Qu'il soit devenu un simple professeur d'école préparatoire, féru de théâtre amateur, c'était témoigner d'une frivolité indigne d'un adulte ! Ils désapprouvaient aussi le choix de ma mère ; c'est là qu'il rompit tous les ponts. Ils l'appelaient « la divorcée » ; aucun Needham n'ayant divorcé, je suppose que c'était la pire insulte à faire à une femme — bien plus que de la traiter de ce qu'elle était en réalité : une mère célibataire. Cette dénomination comportait une notion de pitié, alors qu'un divorce impliquait un *calcul,* celui d'une femme qui s'apprêtait à leur voler Dan, le gentil raté de la famille.

On n'eut pas souvent l'occasion d'entrevoir la famille de Dan ; lors du mariage, ils refusèrent de se mélanger, ce qui outragea ma grand-mère — ces gens condescendants, la regardant comme une chichiteuse provinciale ! Je me rappelle les paroles acides de la mère de Dan quand je lui fus présenté : « Alors, voilà *l'enfant !* » Elle m'inventoria un bon moment — cherchant sur mon visage quelque stigmate révélateur de mes douteuses origines. Je n'ai aucun autre souvenir d'elle. Dan refusa obstinément de revoir ses parents par la suite, et j'ai du mal à croire qu'ils jouèrent un rôle quelconque dans les longues fiançailles.

Bizarrement, loin de tout combat idéologique, l'union de Dan et de ma mère fut l'objet d'une *double* approbation ; congrégationalistes et épiscopaliens faisant la cour à Dan et à ma mère pour les attirer au sein de leur Église ! D'après moi, aucune hésitation n'était possible ; d'accord, j'étais ravi de pouvoir soulever Owen à l'école du dimanche, mais

c'était l'unique avantage des épiscopaliens sur les congrégationalistes.

J'ai déjà parlé des différences d'ordre atmosphérique et
architectural, et de ces nuances ecclésiastiques qui rendaient les offices épiscopaliens plus catholiques que les
offices congrégationalistes. CATHOLIQUES AVEC UN
GRAND C, disait Owen. Mais il existait aussi des différences
de taille entre le révérend Lewis Merrill, que j'aimais
beaucoup, et le révérend Dudley Wiggin, le recteur de
l'église épiscopalienne, un ennuyeux péquenaud.

Renvoyer dos à dos ces deux prêtres, je l'avoue,
procédait d'un snobisme certain hérité de Grand-Mère
Wheelwright. Les congrégationalistes avaient des *pasteurs ;*
le révérend Merrill était notre pasteur, notre berger, et,
quand on s'est habitué à ce terme rassurant, c'est dur
d'accepter des *recteurs !* Car l'Église épiscopalienne avait
des recteurs, dont le révérend Dudley Wiggin. Je partageais le dégoût de ma grand-mère pour le mot *recteur ;* il
ressemblait trop à *rectum* pour être pris au sérieux.

De toute façon, c'eût été difficile de prendre le révérend
Dudley Wiggin au sérieux, s'il avait été pasteur. Contrairement au révérend Merrill, qui, de vocation précoce, avait
toujours appartenu au clergé, le révérend Wiggin était un
ancien pilote d'avion contraint, à la suite de troubles
visuels, d'abandonner le ciel et qui était descendu en vol
plané sur notre méfiante cité avec une ferveur de fraîche
date. Son zèle de converti lui donnait l'apparence frénétique de ces anciens sportifs qui persistent à participer à
toutes les compétitions réservées au troisième âge. Contrairement au pasteur Merrill, qui s'exprimait avec élégance —
agrégé d'anglais à Princeton, il avait suivi les cours des
théologiens Niebuhr et Tillich —, le *recteur* Wiggin prononçait des sermons d'ex-pilote : ardents, convaincus, ne
laissant nulle place au doute.

Ce qui rendait Mr. Merrill mille fois plus attachant, c'est
qu'il était *bourré* de doute ; c'est notre doute à nous qu'il
exprimait avec une sympathique éloquence. Considérée
avec sa lucidité convaincante, la Bible est un livre au récit
troublant, mais un récit compréhensible : Dieu nous crée

par amour, mais nous ne voulons pas de Dieu, ou nous ne croyons pas en Lui, ou nous ne lui prêtons qu'une attention distraite. Néanmoins, Dieu persiste à nous aimer, au-delà du possible, et continue à vouloir éveiller notre intérêt. Le pasteur Merrill faisait apparaître la religion comme raisonnable. Et dans la foi, disait-il, le tour consiste à croire en Dieu sans tout attendre de Lui.

Bien qu'il connût les meilleurs épisodes de la Bible, ou les moins ennuyeux, Mr. Merrill avait le don de nous faire comprendre que le doute est l'essence même de la foi, et non son contraire. En revanche, la vision qui avait amené le révérend Dudley Wiggin à croire en Dieu, il l'avait eue sans aucun doute possible, dans son avion, en volant trop près du soleil. Ce recteur n'avait pas le don de l'éloquence et restait aveugle au doute ou à l'inquiétude. Peut-être les « troubles visuels » qui l'avaient obligé à se reconvertir n'étaient-ils qu'un euphémisme pour « foi aveugle » ; cet homme était intrépide au point d'avoir été un pilote dangereux et de devenir un prêcheur fou.

De la Bible, il choisissait les extraits les plus incohérents, ceux qui auraient réjoui les athées ! Il affectionnait le mot « firmament » ; il y avait toujours un firmament dans ses lectures. Il comparait toujours la foi à un combat sauvage, qu'il fallait absolument gagner ; une guerre contre les *ennemis* de la foi. « Revêtez l'armure de Dieu ! », tonnait-il. Il nous conseillait de porter la « cuirasse de la vertu » ; notre foi était notre « bouclier contre les flèches ardentes du mal ». Lui-même arborait un « casque de salut » comme les Éphésiens. Il était un fan des Éphésiens. Il s'enthousiasmait aussi pour Isaïe, surtout dans le passage où « le Seigneur est assis sur son trône » ; le recteur faisait un tabac avec le coup du trône. Le Seigneur est entouré de séraphins. L'un des séraphins vole jusqu'à Isaïe, qui se lamente parce que « ses lèvres sont souillées ». Pas pour longtemps, rassurons-nous : le séraphin touche la bouche d'Isaïe avec un charbon ardent, et clic ! voilà Isaïe remis à neuf !

Voilà ce que nous infligeait le révérend Dudley Wiggin : les miracles les plus invraisemblables.

« J'AIME PAS DU TOUT LES SÉRAPHINS, se plaignait
Owen. A QUOI ÇA SERT DE FAIRE PEUR COMME ÇA ? » Mais
bien qu'il fût d'accord sur le fait que ce crétin de recteur
massacrait la Bible en nous flanquant la trouille d'un Dieu
terrible et tout-puissant — et bien qu'il reconnût que les
sermons dudit étaient à peu près aussi passionnants et
convaincants que la voix d'un pilote prévenant ses passa-
gers par haut-parleur que l'avion a de légères avaries de
moteur, tandis que le zinc dégringole en piqué et que les
hôtesses hurlent de peur —, Owen préférait Wiggin à ce
qu'il savait du pasteur Merrill !

Owen ignorait à peu près tout du pasteur Merrill, dois-je
préciser ; Owen n'avait jamais été congrégationaliste. Mais
Merrill était un prédicateur si populaire que les paroissiens
d'autres églises de Gravesend sautaient fréquemment un de
leurs propres services pour venir écouter ses sermons. Ce
qu'avait fait Owen à l'occasion, tout en gardant son esprit
critique. Même lorsque l'Institut de Gravesend, en raison
de sa réputation intellectuelle, invitait le pasteur Merrill à
prendre la parole dans la chapelle non confessionnelle de
l'école, Owen y allait de sa critique : « LA FOI N'EST PAS
L'AFFAIRE D'UN INTELLECTUEL. S'IL DOUTE TELLEMENT,
IL S'EST TROMPÉ DE MÉTIER. »

Mais qui, à part Owen Meany et le recteur Wiggin, avait
la foi du charbonnier ? Owen était un croyant-né, mais mon
goût pour Mr. Merrill et mon dédain pour Mr. Wiggin
procédaient du simple bon sens. Je les considérais d'un
point de vue yankee ; mon côté Wheelwright m'attirait vers
Lewis Merrill. Car nous, les Wheelwright, tenons compte
de l'apparence des choses. Les choses sont souvent ce
qu'elles semblent être. La première impression est souvent
la bonne. L'église congrégationaliste était un lieu de prière
agréable, propre, clair avec ses grandes fenêtres donnant
sur les arbres et le ciel ; cette première impression ne se
modifia jamais pour moi ; c'était un modèle de sérieux et de
pureté, avec lequel l'épiscopalienne pénombre de pierre,
de tapisserie et de verre dépoli ne pouvait entrer en
compétition. Le pasteur Merrill était beau à regarder, dans
son intensité quelque peu famélique, avec son visage

enfantin et le sourire qui venait éclairer à point son expression souvent angoissée. Une mèche rebelle flottait sur son front quand il lisait son sermon ou se penchait sur la bible, indiscipline capillaire due à un épi, qui accentuait son aspect juvénile. Il égarait toujours ses lunettes, dont il n'avait nul besoin en apparence pour lire ou dévisager ses fidèles ; mais, tout à coup, il se mettait à les chercher frénétiquement. C'était attendrissant, tout comme son léger bégaiement — nous avions peur pour lui, craignant que son éloquence n'en soit définitivement handicapée. Il articulait, comme pour indiquer que parler était important et difficile, pour bien nous démontrer sa foi, et son doute ; pour bien s'exprimer en dépit de son bégaiement.

En outre, nous le plaignions pour sa vie familiale, ce qui ajoutait à son charme. Sa femme était originaire de Californie, le pays du soleil. Ma grand-mère prétendait qu'elle avait été l'une de ces beautés vigoureuses au bronzage perpétuel, du type sain et sportif, mais trop aisément convaincue que son énergie et sa santé résultaient naturellement d'une vie irréprochable et d'une foi à toute épreuve. Nul ne lui avait dit que santé, énergie et foi résistent mal aux intempéries. Mrs. Merrill dépérissait au New Hampshire.

Elle se portait mal. Sa blondeur vira au jaune paille, ses joues au saumon cru. Elle larmoyait sans cesse, attrapant tous les rhumes, toutes les grippes qui passaient ; elle ne rata aucune épidémie. Consternée par la perte de son hâle californien, elle eut recours au maquillage et prit la couleur de la glaise. Elle était désormais incapable de bronzer, même en été ; et l'hiver son teint devenait si cadavérique qu'elle était juste bonne à griller au soleil. De maladie en maladie, elle perdit toute énergie, sombra dans l'apathie et prit l'aspect d'une matrone prématurée. Elle appartenait à cette catégorie incertaine de gens qui pouvaient aussi bien avoir la quarantaine que vingt ans de plus.

Ce malheur frappa Mrs. Merrill alors que ses enfants étaient très jeunes ; ils étaient souffreteux, eux aussi. Bien qu'excellents élèves, ils manquaient si souvent la classe qu'ils durent en redoubler plusieurs. L'un d'entre eux, plus âgé que moi, fut même rétrogradé dans ma classe ; je ne me rappelle plus lequel ni même son sexe. Ça, c'était l'autre problème avec les enfants Merrill : on les oubliait complètement. Après plusieurs semaines d'absence, quand on les revoyait on les prenait pour de nouveaux élèves !

Le révérend Merrill donnait l'impression d'un homme d'origine modeste qui, à force d'acharnement, s'était élevé au-dessus de sa condition, grâce surtout à son talent d'orateur. Mais sa famille était un poids mort, l'insignifiance de sa femme et de ses enfants l'emportant même sur leur propension à la maladie !

On chuchotait que Mrs. Merrill avait un problème d'alcoolisme ou que, du moins, sa consommation de spiritueux, pour minime qu'elle fût, se mariait mal avec ses longues listes de médicaments. Un jour, l'un des gosses ingurgita toutes les pilules qu'il trouva dans la maison ; on dut lui faire un lavage d'estomac. A la fin d'un allègre discours que le révérend tint devant les plus jeunes élèves de catéchisme, l'un de ses fils lui tira les cheveux et lui cracha au visage. Quand ces charmants bambins furent adolescents, l'un d'eux ravagea un cimetière par pur vandalisme.

Tel était notre pasteur, brillant, passionné par les problèmes de la foi et du doute... et pourtant Dieu avait maudit sa famille.

Je n'éprouvais pas la même sympathie pour le révérend Dudley Wiggin, que ses plus virulents détracteurs surnommaient le « capitaine Wiggin ». Du genre robuste et cordial, son sourire en forme de balafre était celui d'un casse-cou intrépide. Il faisait penser à un ancien pilote maintes fois abattu, un vétéran des atterrissages catastrophes et des combats aériens. Le capitaine Wiggin, selon Dan Needham, avait été bombardier pendant la guerre. Dan, lui-même ex-sergent spécialiste du décodage en Italie et au Brésil, était digne de foi. Même Dan était écœuré par la façon dont Wiggin réglait chaque année la représentation de Noël — et Dan manifestait plus d'indulgence pour les troupes d'amateurs que la plupart des habitants de Gravesend. En effet, Mr. Wiggin introduisait des éléments de films d'horreur dans l'imagerie de la Nativité ; pour lui, toute illustration bien comprise de la Bible devait terrifier pour être efficace !

Sa femme, à lui, n'avait pas souffert. Ancienne hôtesse de l'air, Barbara Wiggin était une rouquine effrontée et aguichante ; Mr. Wiggin l'appelait « Barb », diminutif sous lequel elle se présentait elle-même lors de ses nombreux appels téléphoniques au peuple. « Allô, ici Barb Wiggin ! Est-ce que ta maman ou ton papa est à la maison ? »

C'était vraiment « la barbe » pour Owen, car elle adorait l'attraper par la ceinture, les doigts dans sa culotte, pour le soulever jusqu'à son visage d'hôtesse : joli, sain, efficace : « Oh ! Tu es trop trognon ! disait-elle à Owen. Ne t'avise jamais de grandir ! »

Owen la haïssait cordialement ; il demandait souvent à Dan de lui faire jouer les putes ou les tortionnaires d'enfants, mais les Compagnons de Gravesend n'offraient guère ce genre de rôle, et Dan ne parvenait pas à lui trouver un autre emploi, surtout pas celui d'ingénue. Ses enfants étaient de grands athlètes lourdauds, matelassés de muscles. Tous ces Wiggin antipathiques jouaient au football le dimanche après-midi sur la pelouse du presbytère. L'horreur ! Pourtant — c'est incroyable —, nous entrâmes à l'Église épiscopalienne. Pas à cause du football, que Dan, ma mère et moi nous détestions. Alors pourquoi ? Je supposai que Dan et ma mère envisageaient d'avoir des enfants à eux et que, bien qu'assez peu porté lui-même sur la religion, Dan souhaitait les voir baptisés selon le rite épiscopalien. Peut-être ma mère prenait-elle l'épiscopalisme de Dan plus au sérieux que lui-même ? Elle me dit simplement qu'il valait mieux que nous fréquentions tous la même église et que ce serait plus amusant pour moi d'y retrouver mon ami Owen. C'était vrai.

* * *

C'est un nom ridicule pour une église, mais l'église non confessionnelle de l'Institut de Gravesend s'appelait l'église Hurd, du nom du fondateur de l'école, le révérend

Emery Hurd, ce fameux puritain sans descendance. Ailleurs que dans le périmètre neutre de l'église Hurd, ma mère aurait pu déclencher une guerre de religion — car où diable aurait-elle bien pu se marier ? Grand-Mère exigeait que le révérend Lewis Merrill procède à la cérémonie ; de son côté, le révérend Dudley Wiggin avait toute raison de croire qu'il bénirait l'union.

Heureusement, on découvrit ce terrain neutre. Membre enseignant de l'Institut, Dan Needham était autorisé à utiliser l'église Hurd — tant pour son mariage en grande pompe que pour les funérailles à venir — et cette église Hurd était un chef-d'œuvre de banalité. Le prêtre de l'école se signalait par son insignifiance : un gentleman chenu qui affectionnait les nœuds papillons, souffrait de la goutte et avait l'habitude de clouer au sol le bas de sa chasuble du bout de sa canne. Sa principale fonction était celle d'un maître de cérémonie débonnaire, car il ne prononçait presque jamais de sermons, se contentant de présenter à tour de rôle les prédicateurs invités, tous plus hauts en couleur que lui. Le révérend « Pinky » Scammon donnait aussi à l'Institut de Gravesend des cours d'instruction religieuse qui commençaient et finissaient invariablement par des apologies de Kierkegaard. En fait, il déléguait sagement la majeure partie de son enseignement aux prédicateurs de passage. Il invitait le prédicateur dominical à rester jusqu'au lundi et à le remplacer pour sa classe : Mr. Scammon employait le restant de la semaine à commenter avec ses étudiants les intéressants prêches du dimanche.

L'édifice en granit de l'église Hurd, si vaste qu'il aurait pu convenir à une chambre des notaires, une bibliothèque municipale ou une usine hydraulique, semblait avoir été construit autour de la silhouette décharnée et du clopinement podagre du vieux Mr. Scammon. L'église était sombre, austère mais confortable avec ses bancs larges et polis, invitant au sommeil ; absorbée par les murs de pierre grise, la lumière était douce aux yeux ; l'acoustique, unique miracle de Hurd, claire et profonde. Ici, la voix d'un prédicateur semblait plus belle ; l'orgue résonnait comme

dans une cathédrale. En fermant les yeux — comme
l'endroit y incitait —, on pouvait se croire à Notre-Dame
de Paris !

Des générations d'étudiants avaient gravé sur les bancs
et lutrins les prénoms de leurs petites amies et les résultats
des matches de football ; des générations de nettoyeurs
avaient gratté les obscénités les plus voyantes, mais on
découvrait encore, par-ci, par-là, une « tête de nœud » ou
un « enculé mondain » incrusté dans les entretoises protégeant les livres de cantiques dépenaillés. Vu la pénombre,
cette église semblait plus propice à un enterrement qu'à un
mariage. Ma mère y connut les deux.

* * *

Équitablement, la messe de mariage à Hurd fut partagée
entre le pasteur Merrill et le recteur Wiggin, qui eurent le
tact de dissimuler leur rivalité. Le vieux Pinky Scammon
opinait paisiblement à toute parole prononcée par les deux
prêtres. Les parties improvisées de la cérémonie furent
l'apanage de Mr. Merrill, qui se montra aussi charmant que
bref, ne trahissant sa nervosité que par quelques légers
bégaiements. Ce fut lui aussi qui prononça les vœux :

« Nous sommes venus en la présence de Dieu pour bénir
l'union de cet homme et de cette femme par les Liens
Sacrés du Mariage. »

Je remarquai que l'église était bondée, il y avait même
des gens debout. Le corps professoral se pressait en foule et
il y avait aussi quantité de vieilles dames de la génération
de ma grand-mère, qui n'avaient pas voulu rater l'occasion
d'observer celle qui — pour des femmes de cet âge —
représentait la noblesse de Gravesend ; qui plus est, elle
avait une fille « déchue » qui avait choisi ce moment pour
rentrer dans le rang de la respectabilité ! Que cette Tabitha
Wheelwright ait poussé l'audace jusqu'à se marier en blanc
était un événement pour ces vieilles taupes du club de
bridge. Ce goût du commérage qui imprégnait la bonne
société de Gravesend, je n'en pris conscience que plus tard.

Sur le moment, je trouvai simplement l'assemblée grandiose.

Le rituel fut ânonné par le capitaine Wiggin, qui n'avait
aucun sens de la ponctuation ; ou il l'ignorait superbement,
ou il prenait des temps si longs qu'on aurait pu croire qu'on
lui pointait un revolver sur la nuque.

« O Dieu gracieux et éternel, tu nous a créés, homme et
femme, à ton image ; regarde d'un œil favorable cet homme
et cette femme venus implorer ta protection et assiste-les
de ta miséricorde », marmonna-t-il.

Puis Merrill et Wiggin se livrèrent à une partie de ping-
pong, chacun interprétant à sa façon quelques extraits
pertinents de la Bible — ceux de Merrill étant plus
adéquats, ceux de Wiggin plus imagés. Le recteur remonta
aux Éphésiens, nous enjoignant de méditer : « Le père
fondateur de toute chose » ; puis il glissa aux Colossiens
dans le passage : « L'amour qui lie toute chose en harmonie » ; enfin il conclut par saint Marc : « Ils ne sont plus
deux êtres, mais un seul. »

Le pasteur Merrill attaqua avec Salomon : « Plusieurs
fleuves ne peuvent éteindre l'amour. » Puis il contra du
gauche avec les Corinthiens : « L'amour est patience et
bonté », et nous envoya au tapis avec saint Jean : « Aime
ton prochain comme toi-même pour l'amour de Dieu. »
C'est le moment que choisit Owen Meany pour se moucher, attirant mon attention vers son banc, où il était assis
sur une pile précaire de missels, de manière à bien voir par-
dessus les têtes de la famille Eastman et de l'oncle Alfred
en particulier.

Il y eut ensuite une réception au 80 Front Street. Le
temps était lourd, le soleil embrumé et ma grand-mère
regretta que sa roseraie ne soit guère mise en valeur ; en
effet, les roses, dans cette chaleur, semblaient flétries.
C'était un temps qui suscitait une torpeur que seul un
violent orage eût pu rafraîchir ; ma grand-mère redoutait
cette éventualité, car elle avait fait dresser le bar et le
buffet sur la pelouse. Les hommes ôtèrent leurs jaquettes
de cérémonie, retroussèrent leurs manches, dénouèrent
leurs cravates et transpirèrent dans leurs chemises. Ma

grand-mère les vit d'un œil désapprobateur poser leurs jaquettes sur les haies de troènes, ce qui donna à l'entourage impeccable de la roseraie l'aspect d'un terrain vague recouvert de détritus apportés par le vent. Plusieurs femmes s'éventaient ; quelques-unes ôtèrent leurs escarpins à talons hauts pour marcher pieds nus dans l'herbe.

On avait projeté d'installer un parquet pour danser, mais on dut y renoncer à la suite d'un désaccord concernant la musique appropriée. Une bonne idée, pensa ma grand-mère : il valait mieux s'abstenir de danser par ce temps humide.

Ce fut un mariage d'été typique, étouffant, la chaleur excessive succédant à la grâce du début. Oncle Alfred chercha à nous épater, mes cousins et moi, en faisant gicler une bouteille de bière. Un chien jaune, appartenant à de nouveaux voisins, fit une razzia de gâteaux. Mr. Meany, tellement raide qu'on l'aurait cru nourri de granit, s'empourpra quand vint son tour d'embrasser la mariée. Avant de tourner les talons, il dit :

« C'est Owen qui a le cadeau de mariage. Un seul cadeau, de la part de nous deux. »

Mr. Meany et Owen étaient les seuls à porter des complets sombres, et mon cousin Simon fit une réflexion à Owen sur l'incongruité de ses habits du dimanche.

« T'as l'air d'aller à un enterrement, Owen. »

Blessé, Owen fit la tête.

« Oh ! Je voulais juste blaguer ! », dit Simon.

Mais Owen, encore fâché, alla ostensiblement modifier la disposition des cadeaux sur la terrasse, de sorte que son présent fût mis en évidence, en plein milieu. Le papier d'emballage était décoré de sapins de Noël ; le cadeau, qu'Owen dut soulever à deux mains, affectait la forme et la taille d'une grosse brique. Pour moi, il y avait granit sous roche.

Hester se disputait avec Simon :

« C'est probablement son seul costume, espèce de trou du cul. »

C'était la première fois que je voyais Hester porter une robe ; elle me plaisait bien, dans sa robe jaune, avec sa peau bronzée. Ses cheveux noirs broussaillaient comme un buisson de ronces, mais elle semblait avoir aiguisé ses réflexes en prévision de la fête. Quand Noah essaya de lui faire peur en brandissant un crapaud, elle le lui arracha des mains et en fouetta le visage de Simon.

« Oh, Hester ! Je crois que tu l'as tué ! fit Noah, se souciant plus du crapaud que du visage de son frère.

— C'est ta faute, répliqua Hester. C'est toi qui as commencé ! »

Ma grand-mère avait interdit aux invités les toilettes du haut, si bien que de longues files se formèrent à celles du rez-de-chaussée ; il n'y en avait que deux, sur lesquelles Lydia avait collé les cartons « Messieurs » et « Dames », et la file des dames était la plus longue, de beaucoup.

Se sentant de la famille, et donc au-dessus des lois qui régissaient les invités, Hester tenta d'utiliser les toilettes de l'étage, mais sa mère l'obligea à attendre comme tout le monde. Ma tante Martha, comme la plupart des Américains, savait se montrer tyrannique pour défendre la démocratie... Noah, Simon, Owen et moi, nous nous vantâmes d'aller pisser dans les buissons et Hester se mit en tête de profiter de l'occasion. Elle demanda que l'un de nous monte la garde, afin que des étrangers, en proie à une envie identique, ne viennent la surprendre dans la position accroupie ; elle voulut aussi que quelqu'un lui garde sa petite culotte. Comme on pouvait le prévoir, ses frères l'envoyèrent aux pelotes, avec des commentaires ironiques sur le douteux agrément de tenir la petite culotte — quel qu'en soit le motif. Je fus, comme d'habitude, lent à réagir, aussi Hester, s'étant débarrassée du vêtement litigieux, le tendit naturellement à Owen Meany.

On aurait pu croire qu'elle venait de lui donner un armadillo vivant, tant son mince visage refléta une anxieuse curiosité. Mais Noah arracha la petite culotte blanche à Owen, Simon l'arracha à Noah et l'enfila sur la tête d'Owen — laquelle y pénétra facilement, son visage restant visible par l'un des orifices destinés aux fortes cuisses d'Hester. Écarlate, il retira la culotte ; mais quand il voulut l'enfoncer dans une poche de sa jaquette, il s'aperçut que les poches étaient encore cousues. Bien qu'il ait porté ce costume depuis des années pour l'école du dimanche, personne n'avait jamais décousu les poches ; peut-être pensait-il qu'un costume de cérémonie devait avoir les poches cousues. Se reprenant très vite, il fourra la culotte dans sa poche intérieure, où elle fit une belle excroissance. Du moins n'avait-il aucune culotte sur la tête quand son père s'approcha de lui ; Noah et Simon se mirent à traîner les pieds dans l'herbe et les brindilles, pour couvrir le glouglou produit par Hester en miction secrète...

Mr. Meany touillait un verre de champagne avec un cornichon plus gros que son pouce. Il n'avait pas bu une goutte de champagne, mais semblait ravi d'offrir un tel bain de pied à son cornichon.

« Tu rentres avec moi, Owen ? »

Mr. Meany avait annoncé dès son arrivée qu'il ne pourrait pas s'attarder, mais ma mère et ma grand-mère furent très impressionnées qu'il fût seulement venu. Il avait du mal à prendre congé. Son modeste costume bleu marine provenait du même tissu bon marché que celui d'Owen, mais semblait en meilleur état, ayant moins souvent que l'autre été projeté dans les airs. Je ne saurais dire si Mr. Owen avait ou non les poches cousues. Le costume d'Owen était quelque peu décoloré aux ourlets du pantalon et des poignets, signe qu'il avait été « rallongé » ; toutefois, vu l'exiguïté des rallonges, la croissance d'Owen paraissait se dérouler à la vitesse de celle d'un bonzaï.

« J'AI ENVIE DE RESTER, dit-il.

— Tabitha ne va pas te ramener le jour de son mariage, objecta Mr. Meany.

— Mon père ou ma mère ramènera Owen, monsieur », assura Noah.

Mes cousins — autant qu'ils pouvaient se montrer grossiers avec d'autres enfants — savaient se montrer parfaitement polis envers les adultes, et l'urbanité de Noah parut surprendre Mr. Meany. Je fis des présentations en règle, mais je sentais qu'Owen brûlait de voir partir son père le plus vite possible, craignant peut-être de voir surgir Hester pour lui réclamer sa petite culotte.

Mr. Meany était venu avec sa camionnette, que plusieurs voitures bloquaient dans l'allée, aussi je l'accompagnai avec Owen pour identifier les véhicules. Nous avions traversé toute la pelouse et nous trouvions très loin des haies, quand je vis le bras nu d'Hester émerger des troènes.

« Tu peux me la donner, maintenant », dit-elle.

Noah et Simon commencèrent à la taquiner.

« Te donner quoi ? », criait Simon.

Nous notâmes les numéros minéralogiques des voitures ventouses, et j'allai remettre la liste à ma grand-mère, qui se fit une joie de faire les annonces avec les intonations de Mrs. Culver de *L'Ange du foyer*. Il fallut un bon moment pour dégager le camion de Mr. Meany ; Owen manifesta un soulagement visible quand son père eut disparu.

Son père lui avait confié son verre de champagne encore plein et je lui déconseillai de le boire, car il devait avoir un sacré goût de cornichon au vinaigre. Nous allâmes contempler les mystérieux cadeaux de mariage, particulièrement celui d'Owen et de son père.

« JE L'AI FAIT MOI-MÊME », dit-il.

D'abord je crus qu'il parlait de l'emballage, puis je compris qu'il avait confectionné le contenu.

« MON PÈRE M'A AIDÉ À CHOISIR LA PIERRE IDÉALE », concéda Owen.

Bon Dieu, c'est bien un bout de granit ! pensai-je.

Owen aurait voulu que les jeunes mariés déballent leurs cadeaux avant le voyage de noces, mais il refusa de me révéler la nature de l'objet, m'assurant que j'aurais toute la vie pour le regarder. Ce qui se produisit bel et bien !

Je peux en parler maintenant, c'était un bloc rectangulaire du granit le plus fin — la « qualité extra-monument », comme on lit dans les catalogues des marbriers. Owen l'avait découpé lui-même, poli lui-même, en avait ciselé les bords et exécuté tout seul la gravure. Il y avait travaillé le soir après la classe et pendant les congés. Ça ressemblait à une pierre tombale miniature ou à la plaque commémorative d'un enfant mort-né, mais c'eût été quand même plus approprié pour un chat ou un hamster. Ça se posait en

largeur comme une tranche de pain, et ça portait la date
approximative du mariage :

JUILLET

1952

Owen ignorait-il la date exacte ? Le temps lui avait-il
manqué pour parachever l'inscription ? Une ligne de plus
aurait-elle nui à l'esthétique de l'œuvre ? Je n'en sais rien.
Bien qu'Owen ait préconisé cet usage, c'était trop lourd
pour un presse-papier, et, des années durant, Dan Needham s'en servit scrupuleusement comme arrêt de porte,
non sans s'y meurtrir fréquemment les orteils ; il finit par
m'en faire cadeau. Mais, quoi qu'on en fasse, il fallait le
placer en évidence, là où Owen serait sûr de le voir quand il
viendrait ; il était fier de son œuvre et ma mère l'adorait
aussi. De toute façon, elle adorait Owen et, même s'il lui
avait donné une pierre tombale avec la date de sa mort
laissée en blanc — à remplir en temps opportun —, elle
l'aurait aimée tout pareil. Telle quelle, qu'on le veuille ou
non, c'était bel et bien une pierre tombale, fabriquée dans
une entreprise funéraire avec les outils adéquats ; ça avait
beau porter une date de mariage, c'était un symbole
d'enterrement.

Et malgré la joie bruyante de ce jour de fête, malgré la
tolérance exceptionnelle dont ma grand-mère témoigna
envers la jeunesse déchaînée, la réception finit dans un
déchaînement orageux et sinistre, plus propice à des
obsèques qu'à un mariage...

Owen, en possession de la culotte d'Hester, se sentit
d'humeur facétieuse. Il n'était pas du genre hardi avec les
filles, et seul un idiot — à part ses frères — aurait eu l'idée
de se montrer hardi avec Hester, mais Owen parvint à se
fondre dans la foule, pour empêcher Hester de récupérer
trop facilement son bien. Elle lui chuchota :

« Rends-la-moi, Owen.

— OK, BIEN SÛR, SI TU EN AS VRAIMENT BESOIN ! »

Il mit la main à la poche, fermement planté entre Tante
Martha et Oncle Alfred.

« T'es fou, pas ici ! fit-elle menaçante.

— OH, D'ACCORD, TU N'EN VEUX PAS ? TU ME LA DONNES, ALORS ? »

Hester le pourchassa parmi les invités, mi-rieuse mi-furieuse. Ça vira au flirt, ce qui me rendit un brin jaloux, et dura si longtemps que Noah et Simon, s'intéressant à autre chose, allèrent s'armer de confettis et de riz pour le proche départ des jeunes mariés.

Il se produisit plus tôt que prévu ; à peine commençaient-ils à découper le gâteau que l'orage éclata. Le ciel s'était peu à peu assombri et le vent avait apporté quelques gouttes de pluie ; mais, quand tonnerre et éclairs explosèrent, le vent tomba et la pluie aussi, à seaux. Les invités coururent s'abriter dans la maison, ma grand-mère leur enjoignant en vain de s'essuyer les pieds. Les traiteurs s'escrimèrent avec le bar et les tables ; ils avaient étendu un vélum qui ne protégeait qu'une moitié de la terrasse ; c'était insuffisant pour les cadeaux et le buffet ; Owen et moi aidâmes à rentrer les cadeaux. Dan et ma mère coururent se changer et prendre leurs sacs de voyage. On réquisitionna l'oncle Alfred pour aller chercher la Buick, sur laquelle on avait écrit « JUST MARRIED » au blanc d'Espagne, mais l'inscription fut lavée par la pluie, le temps que ma mère et Dan reviennent en tenue de voyage avec leurs sacs.

Les invités se massèrent à toutes les fenêtres face à l'allée, pour assister à la fuite des jeunes époux, mais le départ se fit dans la confusion. L'eau déferlait quand on mit les bagages dans le coffre ; dans son rôle de valet, Oncle Alfred pissait l'eau, et, comme Simon et Noah avaient accaparé tous les confettis, ils furent les seuls à en lancer. Ils en jetèrent la plupart sur Oncle Alfred, si trempé que les confettis collèrent sur lui, le transformant en arlequin.

Aux fenêtres du 80 Front Street, les invités lançaient de bruyants adieux et ma grand-mère faisait grise mine, dérangée par ce tintamarre. Le désordre était le désordre, même si tout le monde s'amusait ; un temps pourri était un temps pourri, même si tout le monde s'en fichait. Et toutes ses vieilles copines qui l'observaient ! (Comment Sa

Majesté réagit-elle devant un mariage raté ? C'est tout ce que méritait Tabby Wheelwright — elle et sa robe blanche !) Ma tante Martha brava la pluie pour embrasser ma mère et Dan ; Simon et Noah la tartinèrent de confettis, elle aussi.

Puis, aussi brutalement que le vent avait viré à la pluie, la pluie vira à la grêle. Au New Hampshire, il n'y a plus d'étés. Des grêlons s'abattirent sur la Buick avec un bruit de mitrailleuse ; Tante Martha se protégea la tête en piaillant et rentra vite dans la maison, imitée par Oncle Alfred. Noah et Simon eux-mêmes, sous la morsure des grêlons, battirent en retraite. Quelqu'un cria qu'un grêlon avait brisé une coupe de champagne sur la terrasse. Les grêlons frappaient si fort que les gens massés derrière les fenêtres reculèrent, craignant pour les carreaux. Ma mère descendit alors les vitres de la voiture, non pour dire au revoir mais pour m'appeler. Je posai ma jaquette sur ma tête, mais les grêlons se faisaient sentir. L'un d'eux, gros comme un œuf de pigeon, me heurta la clavicule, à me faire gémir.

« Au revoir, mon chéri, dit ma mère en attirant ma tête dans la voiture pour m'embrasser. Ta grand-mère sait où nous allons, mais ne dira rien, sauf en cas d'urgence.

— Amusez-vous bien », dis-je.

Quand je regardai la maison, les fenêtres du bas me firent penser à une galerie de tableaux, pleins de visages qui regardaient vers nous. Enfin, presque tout le monde, car les deux saints hommes de Gravesend ne regardaient ni moi ni le jeune couple. Chacun à un bout de la maison, seul dans son petit cadre individuel, le révérend Lewis Merrill et le révérend Dudley Wiggin scrutaient les cieux. Avaient-ils une vision mystique de la tempête ? me demandai-je. Dans le cas du recteur Wiggin, j'imaginai qu'il consultait la météo avant de décoller et se disait : « Sale temps pour un raid. » Le pasteur Merrill, lui, sondait le firmament, cherchant le motif d'un si violent orage. Y avait-il dans les Écritures saintes quelque tuyau sur la signification du Céleste Courroux ? Dans leur zèle à étaler leur connaissance de la Bible, aucun des deux prêtres n'avait offert à ma mère et à Dan le plus optimiste verset du livre de Tobie : « Prions pour qu'elle et lui vieillissent heureux ensemble. »

Dommage que ni l'un ni l'autre n'y ait songé : les bibles protestantes suppriment régulièrement les apocryphes.

Ils ne vieilliraient pas ensemble, Dan et ma mère, laquelle avait rendez-vous un an plus tard avec une balle que lancerait Owen Meany...

Ma mère me rappela au moment où j'allais rentrer dans la maison :

« Où est Owen ? »

Il me fallut un moment pour le repérer, à l'étage, dans la chambre de ma mère ; la silhouette de la femme en rouge se découpait dans la fenêtre auprès de lui, le double de ma mère, le mannequin de couturière. Il y avait trois saints hommes au 80 Front Street ce jour-là, en train de surveiller le temps. Les yeux au ciel, Owen, le visage tourmenté, entourait de son bras la taille du mannequin, appuyé contre sa hanche. J'aurais dû deviner quel ange il guettait, mais c'était une journée harassante et ma mère réclamait Owen, alors je montai le chercher et le lui amenai. Il semblait indifférent à la grêle ; les projectiles crépitaient tout autour de lui et je n'en vis aucun l'atteindre. Il passa la tête dans la voiture, ma mère l'embrassa. Puis elle lui demanda comment il comptait rentrer chez lui.

« Par ce temps, tu ne peux rentrer ni à pied ni à bicyclette, Owen. Tu veux qu'on te dépose ?

— MAIS C'EST VOTRE VOYAGE DE NOCES !

— Allez, monte, dit-elle. On va te déposer. »

Il s'épanouit ; participer au voyage de noces de ma mère, ne serait-ce qu'un bout de chemin ! Il tenta de se glisser dans la voiture par-dessus elle, mais son pantalon trempé se colla à la jupe de ma mère.

« Une minute, dit-elle. Je sors. Tu monteras le premier. »

Il était assez menu pour tenir entre elle et Dan, contre le levier de vitesses, mais quand elle sortit de la Buick, à peine une seconde, un grêlon, ricochant sur le toit de la limousine, la frappa exactement entre les yeux.

« Oh ! cria-t-elle en se tenant la tête.

— JE SUIS DÉSOLÉ, lança Owen.

— Monte vite, monte vite », dit Maman en riant.

La voiture démarra.

Alors Hester comprit qu'Owen avait réussi à s'enfuir avec sa petite culotte.

Poursuivant la voiture dans l'allée, elle finit par s'immobiliser, les mains sur les hanches ; Dan et ma mère faisaient des gestes d'adieu sous la grêle. Entre eux, Owen regardait dans notre direction ; souriant jusqu'aux oreilles, il adressait à Hester un geste de victoire.

« Hé ! Espèce de petite vermine ! », cria-t-elle.

Mais la grêle se changeait en pluie ; Hester fut aussitôt trempée, sa robe jaune si étroitement collée à son corps qu'on put voir distinctement ce qu'il lui manquait. Elle déguerpit vers la maison.

« Jeune fille, lui dit ma tante Martha, dis-moi où est passée ta...

— Cieux de miséricorde ! », s'étouffa ma grand-mère.

Mais les cieux, à ce moment-là, n'avaient rien de miséricordieux. Et toutes les vieilles taupes qui observaient Hester devaient penser : c'est peut-être la fille de Martha, mais on voit qu'elle tient de sa tante Tabby !

Simon et Noah ramassaient des grêlons avant qu'ils ne fondent. Je courus les rejoindre. Ils me bombardèrent avec les plus gros ; je pris des munitions et ripostai. Le froid des grêlons me surprit, comme s'ils avaient traversé un univers glaciaire avant d'arriver sur terre. J'en gardai un, gros comme une bille, serré dans ma main, le sentant fondre contre ma peau. Sa dureté me surprit aussi ; il était dur comme une balle de base-ball.

* * *

Mr. Chickering, le bon gros entraîneur de notre équipe de base-ball, celui qui avait décidé, ce fameux jour, de me faire remplacer par Owen et lui avait ordonné de frapper fort, termine ses jours à la maison de retraite militaire de Court Street. La maladie d'Alzheimer l'a laissé égaré, hébété, constamment en alerte. Comme un homme assis sous un chêne, auquel des galopins cachés dans les branches jettent des glands, il s'attend à être atteint à tout instant sans pouvoir deviner d'où viennent les glands. Quand je lui rends visite, entre deux grêles de glands, il se redresse aussitôt et s'écrie : « A toi de jouer, Johnny » ou « Owen va te remplacer », mais, la plupart du temps, je le sens très loin ; peut-être est-il en train de tourner le visage de ma mère contre le sol, après lui avoir soigneusement fermé les yeux ; peut-être est-il en train de rabattre sa jupe par décence et de rapprocher ses genoux écartés. Un jour qu'il n'avait pas semblé me reconnaître et que je n'avais pu établir aucun contact avec lui, il parla, au moment où je le quittais, d'une voix triste et compatissante :

« Tu ne dois pas la regarder, Johnny. »

Quand on enterra ma mère, à l'église Hurd, Mr. Chikering était manifestement bouleversé. La seule fois où il ait jamais touché ma mère, elle était morte. Il ne pouvait l'oublier, pas plus que les stupides questions du chef de la police, Pike, réclamant « l'arme du crime ». Tout cela le poursuivait et il pleurait sans se cacher pendant le service funèbre, comme si c'était le base-ball qu'on enterrait. Il y avait de ça, car non seulement j'avais définitivement renoncé, avec Owen, à ce sport infernal, mais d'autres membres de notre équipe avaient saisi ce dramatique prétexte pour couper à la fastidieuse obligation qui, pour leurs parents, représentait le fin du fin du *nec plus ultra* en matière de sport. Le brave Mr. Chickering nous avait toujours seriné que, gagnants ou perdants, c'était en équipe. Il se figurait à présent que nous avions tué en équipe et pleurait sur son banc comme pour revendiquer sa totale responsabilité.

Il avait pressé d'autres joueurs et leur famille de s'asseoir autour de lui, et parmi eux l'infortuné Harry Hoyt qui s'était fait sortir, grâce à quoi Owen Meany, après mon éviction, avait pris la batte. Si Harry avait bien joué, ma mère nous aurait tout bonnement ramenés à la maison, Owen et moi, comme de coutume. Mais Harry s'était baladé... Je le voyais dans l'église, hypnotisé par les larmes de Mr. Chickering. Harry n'avait pas grand-chose à se reprocher, sauf d'avoir joué comme un pied.

Il était parfaitement inoffensif, ne voulait pas faire de peine à sa mère. Son père était mort ; sa mère, standardiste à l'usine à gaz, recevait les réclamations pour les fuites et les erreurs de facturation. Harry n'était pas promis à un bel avenir universitaire. Après ses études secondaires, il s'engagea dans la marine ; on aimait bien la marine, à Gravesend. Sa mère tenta de le faire réformer, en tant que veuve ayant besoin d'un soutien, mais premièrement elle avait un emploi, et deuxièmement Harry voulait faire son service. Atterré par le manque de patriotisme maternel, il discuta pied à pied, pour la première fois de sa vie peut-être, et finit par gagner ; il gagna son départ pour le Vietnam, où il fut tué par un serpent venimeux. La vipère de Russell le mordit alors qu'il pissait contre un arbre, lequel ornait, on l'a appris ultérieurement, la cour d'un bordel où Harry attendait son tour. Il était comme ça, ce type ; il se baladait quand il ne fallait pas.

Sa mort fit de sa mère une *pasionaria* politique — du moins selon les normes de Gravesend. Elle entra dans la « résistance pacifiste » et se mit à donner à domicile des recettes pour se faire réformer. On ignore si ses cours du soir la surmenèrent au point de délaisser son travail à l'usine à gaz, mais elle fut licenciée. On surprit plusieurs patriotes de la ville en train de saccager sa voiture et son garage ; on chuchota qu'elle démoralisait la jeunesse ; bien qu'elle fût sans charme et mal fagotée, on l'accusa d'avoir séduit nombre de ses jeunes adeptes, et elle finit par quitter Gravesend. Je crois qu'elle s'installa à Portsmouth. Je la revois aux funérailles de ma mère, assise à l'opposé de son fils Harry, lequel était avec ses équipiers. Il avait l'esprit d'équipe, Harry ; tout le contraire de sa mère.

Par la bouche de Mrs. Hoyt j'entendis pour la première fois que critiquer un président américain n'était pas antiaméricain ; critiquer la politique américaine n'était pas antipatriotique ; et que désapprouver notre engagement dans une guerre contre les communistes n'équivalait pas à soutenir le communisme. Mais de telles distinctions dépas-

saient l'entendement de la plupart de nos concitoyens ;
aujourd'hui, elles dépassent l'entendement de la plupart de
mes anciens compatriotes américains.

Je ne vis pas Buzzy Thurston à l'enterrement. Il aurait dû
y assister. Après le jeu baladeur de Harry Hoyt, c'est
Buzzy Thurston qui aurait dû mettre fin à la partie. Il avait
envoyé une balle rasante si molle, un hors-jeu garanti sur
facture — mais un arrêt-court avait bousillé la combinaison. Buzzy Thurston avait atteint la base par faute. Qui
était cet arrêt-court ? Il aurait dû être à l'église, lui aussi.
Owen me suggéra que Buzzy Thurston n'était pas venu
parce qu'il était catholique, mais il y avait des catholiques
dans l'assistance, contrairement au préjugé d'Owen.

Je suis peut-être injuste envers Buzzy. Il était peut-être
là, mais allez savoir avec cette foule. L'église était aussi
bondée que le jour du mariage. Toutes les vieilles copines
de ma grand-mère, fidèles au poste. Voulant voir les
réactions de Sa Majesté. Comment Harriet Wheelwright
réagira-t-elle à la Fatalité avec un grand F, à un Funeste
Accident (en majuscules) ou à un Geste de Dieu (si vous y
croyez) ? Toutes ces vieilles chouettes, noires et bossues
comme des corbeaux autour d'un accidenté de la route,
semblaient n'être venues que pour dire : « Nous reconnaissons, Seigneur, que Tabby Wheelwright devait payer pour
sa faute. »

S'en tirer sans dommage était le péché capital, dans le
New Hampshire, et à la lueur guillerette qui brillait dans les
yeux de ces oiseaux de malheur, je pus lire que ma mère
n'avait pas échappé à sa juste punition.

Présent ou non, Buzzy Thurston ne s'en tirerait pas sans
dommage, lui non plus. Je n'avais rien contre Buzzy. Il
avait pris la défense d'Owen lors d'une bagarre avec des
catholiques à l'école paroissiale. Mais on le jugeait sévèrement pour avoir atteint la base, ce qui avait amené Owen
Meany à prendre la batte. De plus, il n'appartenait pas à la
bonne société, bien qu'ayant passé une année supplémentaire à l'Institut en raison de ses dons athlétiques en
football, hockey et base-ball ; il ne touchait pas toujours la
base par erreur.

Exceptionnel en rien, il était assez bon pour l'université d'État, où il s'inscrivit dans les trois sports. Suite à une blessure au genou, il rata une saison et réussit à filouter une cinquième année universitaire, prolongeant d'un an son sursis d'incorporation. Après quoi, devenu chair à canon, il tenta désespérément d'éviter le Vietnam en se détruisant physiquement. Il but une bouteille de bourbon par jour pendant deux semaines ; il fuma tant de marijuana que ses cheveux puaient l'origan cramé ; en faisant cuire une tarte au peyotl, il mit le feu à la cuisine de ses parents ; on l'hospitalisa pour troubles intestinaux, suite à un voyage au LSD. Convaincu que sa chemisette hawaiienne était comestible, il en ingurgita un bon morceau, y compris les boutons et le contenu des poches : allumettes, papier à cigarettes et agrafes-trombones.

Le conseil de révision local le déclara inapte au service pour troubles psychologiques, ce qui avait été son sournois désir. Par malheur, il avait pris goût au bourbon, à la marie-jeanne, au peyotl et au LSD et se livra à de tels excès qu'il fut tué une nuit sur la route de Maiden Hill, perforé par la colonne de direction de sa Plymouth après avoir percuté de plein fouet l'arc-boutant du pont de chemin de fer, non loin de chez les Meany. C'est Mr. Meany qui prévint la police. Owen et moi connaissions bien ce pont, qui suivait un virage aigu au bas de la colline. Même à bicyclette, on s'en méfiait.

L'infortunée Mrs. Hoyt fit observer que Buzzy n'était qu'une victime supplémentaire de la guerre du Vietnam, vu les excès auxquels il s'était livré pour s'y soustraire. Au même titre que son fils Harry. Pour Mrs. Hoyt, c'était typique des « années Vietnam », l'abus de drogue et d'alcool, l'excès de vitesse suicidaire, les bobinards du Sud-Est asiatique où les puceaux américains connaissaient leur première et dernière expérience — sans parler des vipères de Russell tapies sous les arbres !

Mr. Chickering avait de bonnes raisons de pleurer et, s'il avait pu deviner la suite, il aurait pleuré bien davantage !

Naturellement, le chef de police Pike faisait bande à part ; les flics s'assoient toujours près de la porte. Il ne pleurait pas, le chef Pike. Pour lui, ma mère était toujours un « cas » ; ce service funèbre lui fournissait l'occasion d'examiner les suspects, car nous étions tous suspects à ses yeux. Il soupçonnait que le voleur de balle se planquait parmi tous ces affligés !

Il était toujours près de la porte, le chef Pike. Quand je fréquentais sa fille, j'avais souvent peur de le voir surgir inopinément, par la porte ou par la fenêtre. Cette crainte latente eut un jour pour effet de me mutiler en partie ; ayant cru entendre craquer les bottes du chef à proximité, je me dégageai en sursaut d'un baiser profond avec sa fille, m'écorchant la lèvre inférieure à son appareil dentaire.

Ce jour-là, à Hurd, ces fameuses bottes, on les entendait parfois craquer près de la porte, comme si le chef s'attendait à voir l'arme du crime jaillir d'elle-même de la poche du coupable et rouler jusqu'à lui avec une détermination compromettante. Pour le chef Pike, le vol de la balle ayant tué ma mère était un délit beaucoup plus grave qu'un accident mortel, l'œuvre d'un criminel endurci. Que ma pauvre mère eût été tuée par cette balle ne semblait pas concerner le chef ; que le pauvre Owen Meany l'ait lancée ne l'intéressait guère plus — à moins qu'Owen n'ait eu un *mobile* pour garder la balle. C'est pourquoi le chef Pike ne portait pas les yeux sur le cercueil de ma mère, ni sur l'ex-pilote Wiggin, ni même sur le pasteur Merrill que l'émotion faisait bafouiller. Le regard intense de notre chef de police se concentrait sur la nuque d'Owen Meany, en équilibre précaire sur six ou sept livres de cantiques ; Owen vacillait, le derrière sur les chants sacrés, comme si l'œil du chef allait provoquer sa chute. Owen s'était assis le plus près possible de nos bancs familiaux, là où il se trouvait le jour du mariage, derrière la famille Eastman en général, et Oncle Alfred en particulier. Cette fois, Simon ne le mettrait pas en boîte avec son costume bleu marine — modèle réduit de celui de son père. Le granitique Mr. Meany était lourdement assis auprès de son fils.

« Je suis la résurrection et la vie, dit le Seigneur, citait le révérend Dudley Wiggin. Bénis soient ceux qui meurent en adorant le Seigneur.

— O Dieu aux innombrables bienfaits, enchaîna le révérend Lewis Merrill, reçois nos prières pour ta servante Tabby, et fais-la entrer au pays de bonheur et de joie, dans la compagnie de tes saints. »

Dans la faible clarté de l'église Hurd, on ne voyait briller que le fauteuil roulant de Lydia, à côté du banc où ma grand-mère trônait, seule, en tant que chef des Wheelwright.

Le capitaine Wiggin fit appel aux Corinthiens : « Dieu essuiera toutes les larmes », sur quoi Dan commença à pleurer.

Le recteur, plus déterminé que jamais à présenter la foi comme un combat, s'empressa de dégainer son Isaïe : « Il va délivrer les morts du champ de bataille. » Ma tante Martha se joignit à Dan, sans pouvoir concurrencer Mr. Chickering, qui avait commencé à sangloter bien avant les citations de l'Ancien et du Nouveau Testament.

Le pasteur Merrill ouvrit la porte aux Lamentations : « Le Seigneur est miséricordieux envers ceux qui croient en lui. »

Puis on nous assena le 23e Psaume, comme s'il restait encore quelqu'un à Gravesend qui ne le sût pas par cœur : « Le Seigneur est mon berger, vers les eaux du repos il me mène », etc. Quand nous atteignîmes : « En vérité, si je traverse la vallée des ombres de la mort, je ne craindrai point le mal », je commençai d'entendre la voix d'Owen, dominant toutes les autres.

Quand le recteur dit : « Rends courage à ceux qui sont dépouillés », je commençai à redouter l'hymne final ; je savais qu'Owen l'affectionnait...

Quand le pasteur dit : « Assiste-nous, nous qui prions parmi les choses que nous ne pouvons comprendre », je fredonnai déjà le cantique, essayant par avance de noyer la voix d'Owen.

Et quand Wiggin et Merrill réussirent à dire ensemble : « Qu'il te plaise d'accorder à Tabitha ton amour éternel », je sus que l'instant crucial était arrivé et me bouchai les oreilles.

Que chanter d'autre, lors d'une mort prématurée, que ce

cantique entraînant, considéré par tous comme un hymne
d'espoir, le populaire *Honneur au roi des Cieux,* tube
numéro un au hit-parade des organistes?

Quand avons-nous le plus besoin de chanter la résurrection et la vie éternelle, sinon après la mort d'un être aimé?

Hon-neur au roi des Cieux, le Seigneur sur son trône;
Que notre hymne d'a-mour jusque-z-à lui résonne.
Éveille-toi, mon âme. Célèbre celui qui mou-rut pour toi.
De toute éter-ni-té, il reste-ra ton roi.
Hon-neur au Dieu d'amour! A jamais le con-temple.
Son in-fi-nie bonté, glorifie en son temple.
Aucun homme sur terre, au-cun ange du Ciel
Ne peut i-maginer son Amour éter-nel.

Mais ce fut le dernier verset qui déchaîna Owen :

Hon-neur au Dieu de vie, qui sor-tit de sa tombe
pour sau-ver les pécheurs de l'ultime hé-catombe
chantons sa gloire immense — à travers nos cités
hon-neur au roi des Cieux, au Christ ressus-cité!

Plus tard, pendant la mise en terre, j'entendis résonner
l'atroce voix d'Owen pendant que Mr. Wiggin disait : « Au
milieu de la vie, nous appartenons à la mort », mais ce
n'était qu'une séquelle d'*Honneur au roi des Cieux,* dont il
se refaisait un petit bout. Telle est la nature des cantiques,
ils appellent la répétition et constituent les rares moments
supportables de tout service funèbre. Un enterrement est
déjà pénible en soi, mais dans le cas de ma mère, il le fut
plus encore, car, à peine sortis de la rassurante torpeur de
l'église, nous fûmes confrontés à une banale journée d'été,
chaude et humide, avec au loin les cris d'enfants provenant
du terrain d'athlétisme de l'école voisine.

A l'extrémité de Linden Street, le cimetière donnait sur
la maternelle et l'école secondaire, à laquelle je n'irais que
dans deux ans. Mais je connaissais déjà les sentiments des
élèves coincés dans des classes donnant sur le cimetière ; ils

avaient l'impression qu'ils s'y ennuieraient moins qu'à l'école !

Le pasteur Merrill dit :

« Dans l'espoir certain de sa résurrection à la vie éternelle par Notre-Seigneur Jésus-Christ, nous te recommandons, Dieu tout-puissant, notre sœur Tabitha, et livrons son corps à la tombe. »

Je vis Mrs. Merrill se boucher les oreilles. Elle était blafarde, à l'exception de ses bras, couverts d'épouvantables coups de soleil, qui faisaient peine à voir. Elle portait une robe vague sans manches, plus grise que noire, mais sans doute ne possédait-elle pas de robe noire sans manches et n'aurait-elle pu supporter le contact du tissu sur de telles brûlures. Elle se dandinait un peu, les yeux baissés. Je crus d'abord qu'elle avait mal aux oreilles ; ses cheveux blond filasse semblaient prêts à s'enflammer et l'un de ses pieds avait glissé hors de sa sandale. Un de ses rejetons malingres s'appuyait contre sa hanche. « La terre retourne à la terre, les cendres aux cendres, la poussière à la poussière », disait son mari, mais Mrs. Merrill ne pouvait l'entendre. Elle pressait ses oreilles comme pour se les enfoncer dans la tête.

Hester l'avait remarquée. Elle regardait Mrs. Merrill aussi intensément que moi ; le visage ingrat d'Hester fut soudain contracté de douleur et elle se boucha aussi les oreilles. Moi, j'entendais encore intérieurement *Honneur au roi des Cieux,* ce qui m'empêchait d'écouter ce qu'écoutaient les autres. Je trouvais leur attitude insultante pour le pasteur Merrill, qui se surpassait au point que même l'indomptable capitaine Wiggin était sous le charme.

« Que le Seigneur la prenne en sa sainte garde », dit Lewis Merrill.

Je regardai Owen : les yeux clos, les lèvres agitées, il semblait maugréer ; je savais qu'il chantait en sourdine. Mais lui aussi avait appliqué les mains sur ses oreilles...

Alors je vis que tout le monde se bouchait les oreilles : et Simon, et Noah, et mon oncle Alfred, et ma tante Martha, et même Lydia ! Ma grand-mère seule gardait son quant-à-soi mais faisait triste mine, comme si elle entendait quelque

chose d'insupportable. Alors j'entendis à mon tour. Les
gosses, sur le terrain de sport. Ils jouaient au base-ball ! Les
cris habituels, les disputes générales fusaient, suivis de
moments de silence, ponctués comme toujours par le
claquement de la batte sur la balle. A un choc plus bruyant,
le visage de pierre de Mr. Meany se contracta et ses doigts
se soudèrent aux épaules d'Owen. Alors Mr. Merrill,
bégayant plus que d'ordinaire, dit :

« Que le Seigneur penche sur elle son visage protecteur,
qu'il la soutienne et lui donne la paix éternelle. Amen. »

S'inclinant, il ramassa une poignée de terre et la répandit
sur le cercueil, dans lequel ma mère portait une robe noire
— la copie de la robe rouge détestée. Dan m'avait dit que
la version blanche de la robe faisait moins bon effet sur
elle, accentuant sa pâleur mortelle. Et j'avais aussi appris
que sa tempe tuméfiée et injectée de sang avait rendu
impossible son exposition dans le cercueil ; mais, dans la
famille, nous ne sommes guère partisans des cercueils
ouverts ; les Yankees gardent leurs portes closes.

L'un après l'autre, les assistants jetèrent la terre sur le
cercueil, ce qui leur interdit de se boucher les oreilles par la
suite, sauf Hester qui, par inadvertance, se barbouilla la
moitié du visage. Owen ne lança pas de terre. Les poings
sur les oreilles, les yeux obstinément clos, il se laissa guider
hors du cimetière par son père. Je l'entendis lancer, par
deux fois : « JE SUIS DÉSOLÉ ! »

J'entendis d'autres claquements de batte avant que Dan
ne me ramène au 80 Front Street. A la maison, il n'y avait
que la famille. Tante Martha m'emmena dans mon
ancienne chambre et s'assit avec moi sur mon ancien
lit pour me dire que je pourrais venir vivre dans le Nord
si je voulais, que j'y serais toujours le bienvenu ; en
m'embrassant, elle m'invita à ne pas oublier sa proposition.

Puis, ma grand-mère entra dans la chambre, en chassa
Tante Martha et m'assura que, si ça ne m'ennuyait pas de
vivre avec une vieille femme, mon ancienne chambre
m'attendait. Ce serait toujours ma chambre, personne
d'autre n'y logerait jamais. Elle m'embrassa aussi, ajoutant

qu'il nous faudrait donner beaucoup d'amour et d'attention à Dan.

Dan vint ensuite et s'assit aussi sur mon lit. Il me rappela qu'il m'avait légalement adopté et que, même si à Gravesend on continuait à m'appeler Johnny Wheelwright, pour l'école j'étais Johnny Needham, ce qui me permettrait le moment venu d'entrer à l'Institut — selon le vœu de ma mère — en toute légitimité. Dan me répéta qu'il me considérait comme son vrai fils et ne prendrait jamais de poste loin de Gravesend tant que je ne serais pas diplômé. Il comprenait que je trouve la maison de Grand-Mère plus confortable que son logement à l'Institut, mais il aimerait beaucoup que je vive avec lui, si l'exiguïté de l'appartement ne me gênait pas. Peut-être préférerais-je passer quelques nuits par semaine chez lui et les autres au 80 Front Street ? Comme il me plairait.

Je lui répondis que cette solution me semblait la meilleure et le chargeai d'expliquer à Tante Martha — avec toute la diplomatie nécessaire — que j'étais vraiment un enfant de Gravesend et n'avais aucune envie de m'installer dans le Nord. Pour tout dire, la simple idée de passer ma vie avec mes cousins m'angoissait et j'étais persuadé que, si j'allais vivre chez les Eastman, je me consumerais de désirs impurs pour Hester (mais Tante Martha n'avait pas besoin de le savoir).

Quand meurt, de façon inattendue, une personne aimée, on ne la perd pas tout en bloc ; on la perd par petits morceaux, et ça peut durer très longtemps. Ses lettres qui n'arrivent plus, son parfum qui s'efface sur les oreillers et sur les vêtements. Progressivement, on additionne les pièces manquantes. Puis vient le jour où l'un de ces petits manques fait déborder la coupe du souvenir ; on comprend qu'on l'a perdue, pour toujours... Puis vient un autre jour, et une nouvelle petite pièce manquante.

Le soir de l'enterrement, je sentis qu'elle nous avait quittés quand vint pour Dan l'heure de rentrer dormir chez lui. J'énumérai les solutions qui se présentaient à lui ; il pouvait rentrer dormir seul à l'Institut ; je pouvais lui proposer de l'accompagner ; il pouvait passer la nuit au 80

Front Street ; il pouvait même dormir dans le lit jumeau de ma chambre. Mais, sitôt après avoir pris conscience des divers choix qui s'offraient à Dan, je sus qu'aucun n'était parfait. Penser qu'il pourrait rester seul pour toujours était aberrant ; mais même avec moi, ne serait-il pas encore plus seul ?

« Est-ce que tu veux que je rentre avec toi ? lui demandai-je.

— Et toi ? Tu veux que je reste dormir ici ? »

Qu'est-ce que ça pouvait faire ?

Je le regardai descendre Front Street, en direction des bâtiments scolaires. C'était une nuit chaude, pleine de bruits de portes battantes, de fauteuils à bascule grinçant sous les vérandas à moustiquaires. Les gosses du voisinage jouaient avec une torche électrique ; un coup de chance qu'il fît trop noir pour que ces parfaits petits Américains jouent au base-ball !

Contrairement à leur nature, mes cousins se montraient abattus, secoués par la tragédie. Noah s'exclamait souvent : « J'arrive pas à y croire ! » Puis il me posait la main sur l'épaule. Et Simon d'ajouter, avec un humour involontaire : « Qui l'aurait cru capable de taper *aussi fort* sur une balle ? »

Recroquevillée sur le divan du salon, la tête sur l'épaule d'Oncle Alfred, ma tante Martha restait immobile, comme une petite fille malade. Ma grand-mère trônait dans son fauteuil habituel ; parfois elle échangeait avec Alfred de longs regards et des hochements de tête. A un moment, Tante Martha s'assit, les cheveux en désordre, et donna un furieux coup de poing sur la table basse :

« Tout ça n'a aucun sens ! », cria-t-elle.

Puis, reprenant sa position de petite fille contre l'oncle Alfred, elle pleura longtemps. A cet accès, ma grand-mère n'eut aucune réaction ; elle fixa le plafond d'un œil méditatif ; peut-être pour se donner une contenance, peut-être pour chercher ce *sens* que Martha n'avait pas trouvé.

Hester avait gardé sa robe de cérémonie, en toile noire, d'une simplicité et d'un bon goût qu'auraient appréciés ma mère ; dans cette robe, et bien qu'elle fût toute chiffonnée,

Hester semblait particulièrement adulte. A cause de la chaleur, elle avait attaché ses cheveux en un chignon, mais des mèches folles ne cessaient de tomber sur son front ou son cou ; exaspérée, elle arracha ses barrettes pour libérer sa chevelure. Sur sa lèvre supérieure, une fine pellicule de sueur donnait à sa peau le grain et l'éclat de la porcelaine.

« Tu veux faire un tour ? me proposa-t-elle.

— Si tu veux.

— Vous voulez qu'on vous accompagne, Noah et moi ? demanda Simon.

— Non », dit Hester.

La plupart des maisons de Front Street étaient encore éclairées ; on n'avait pas encore rentré les chiens, qui aboyaient, mais les gosses à la torche électrique étaient couchés dans leur lit. Les trottoirs irradiaient la chaleur accumulée ; à Gravesend, par les chaudes nuits d'été, la chaleur vous attaquait par en dessous. Hester m'avait pris la main.

« Ce n'est que la deuxième fois que je te vois en robe.

— Je sais. »

La nuit était très noire, nuageuse, sans étoiles. La lune n'était qu'un croissant opaque dans la brume.

« Dis-toi bien que ton ami Owen est plus malheureux que toi.

— Je sais », dis-je.

Mais, à constater qu'Hester pensait aussi à Owen, je ressentis de la jalousie.

Arrivés à l'Auberge de Gravesend, nous quittâmes Front Street ; j'hésitai avant de traverser Pine Street, mais Hester, qui semblait connaître notre destination, m'entraîna. A la hauteur de l'école secondaire, dans Linden Street, cette destination devint évidente. Dans le parking de l'école, une voiture de police patrouillait pour dissuader des vandales ou des adolescents en quête d'émotions illicites.

Nous entendîmes le halètement d'un moteur, trop bas et enroué pour être celui d'une voiture de patrouille, qui se précisa lorsque nous eûmes dépassé le groupe scolaire. Je ne pensais pas qu'un moteur fût nécessaire dans un cimetière, pourtant le bruit venait de là. Je voulais visiter sa tombe de nuit, sachant à quel point elle détestait l'obscurité ; et je voulais m'assurer qu'un peu de lumière pénétrait le cimetière.

Les réverbères de Linden Street luisaient jusqu'aux abords de la nécropole, éclairant le camion des Établissements Meany qui stationnait devant l'entrée principale ; nous pouvions distinguer le profil solennel de Mr. Meany à son volant, éclairé d'une lueur rouge chaque fois qu'il tirait sur sa cigarette. Il était seul dans la cabine et je savais où trouver Owen.

Mr. Meany ne sembla pas étonné de me voir, mais la présence d'Hester le rendait nerveux. Elle rendait tout le monde nerveux ; de près, au grand jour, elle paraissait ce qu'elle était : une robuste et précoce gamine de douze ans ; mais, à quelque distance et dans une pénombre propice, elle donnait l'impression d'une jeune femme, troublante de surcroît. Mr. Meany nous confia :

« Owen voulait prier encore un peu... Ça fait un moment qu'il y est, je pense qu'il aura bientôt fini. »

De nouveau, j'éprouvai un regain de jalousie ; Owen m'avait pris de vitesse pour tenir compagnie à ma mère, dans sa première nuit sous terre. Dans l'air humide, l'échappement du diesel ahanait et puait, mais je n'osai pas demander à Mr. Meany de couper le moteur, qu'il laissait peut-être tourner pour accompagner les prières de son fils.

« Je tiens à te dire quelque chose, fit Mr. Meany. J'ai l'intention de faire ce qu'a dit ta mère. Elle ne voulait pas que j'empêche Owen d'aller à l'Institut. Je le laisserai y aller s'il en a envie. Je le lui ai promis. »

Il me faudrait des années pour comprendre que, depuis l'instant où Owen avait lancé cette balle, son père ne s'était plus jamais opposé à aucune de ses décisions.

« Elle m'a dit aussi de ne pas me soucier des frais, dit Mr. Meany. Mais *maintenant,* je n'ai aucune idée de ce qui va se passer...

— Toutes les études d'Owen seront payées, affirmai-je.

— Ta mère avait aussi parlé des vêtements, tout ça...

— Ne vous inquiétez pas.

— Oh ! Je ne m'inquiète pas. Je te promets de ne pas me mêler de ça, c'est clair. »

Une lueur clignota dans le cimetière. Surprenant notre réaction, Mr. Meany nous dit :

« Il a pris une lampe. Il est là depuis très longtemps, je me demande ce qu'il se passe. »

Il donna un petit coup d'accélérateur, comme pour alerter Owen. Puis au bout d'un moment, il fit :

« Vous devriez peut-être aller voir ? »

Nous nous dirigeâmes, Hester et moi, vers la lueur vacillante, avec précaution pour ne pas abîmer les fleurs ou nous cogner à des tombes. A mesure que nous nous éloignions du camion, le bruit du moteur s'affaiblissait ; il semblait plus grave, comme s'il y avait au centre de la terre une machine qui la faisait tourner pour changer la nuit en jour. Nous percevions des bribes de la prière d'Owen ; il devait avoir apporté une torche dans l'intention de lire dans son missel ; peut-être voulait-il en épuiser toutes les prières !

« QUE LES ARCHANGES TE CONDUISENT AU PARADIS », psalmodiait-il.

Nous fîmes halte ; debout derrière moi, Hester m'entoura la poitrine avec ses bras. Je sentais sur mes omoplates le contact de ses seins et, comme elle était plus grande, son menton pressé contre ma nuque m'obligeait à baisser la tête.

« PÈRE DE TOUS LES HOMMES, NOUS T'IMPLORONS POUR CEUX QUE NOUS AIMONS ET QUI ONT DISPARU. »

Hester m'étreignit, m'embrassa les oreilles. Mr. Meany donna un coup d'accélérateur, ce qu'Owen ne parut pas remarquer ; il était agenouillé devant les gerbes de fleurs, au pied du monticule de terre fraîche signalant la sépulture. Coincée entre ses genoux, la torche électrique éclairait le missel ouvert sur le sol.

« Owen ? » Il ne m'entendit pas. Je répétai plus fort : « Owen ! »

Il leva les yeux, mais pas vers moi, vers le ciel. Il s'était entendu appeler, sans reconnaître *ma* voix.

« JE T'ENTENDS ! cria-t-il avec colère. QUE VEUX-TU ?

Qu'est-ce que tu fabriques ? Qu'attends-tu de moi ?

— Owen, c'est moi », lui dis-je.

Je sentais Hester haleter contre moi. Elle venait de comprendre *à qui* il croyait parler !

« C'est moi, avec Hester », repris-je.

Je craignais, s'il découvrait brusquement la silhouette indistincte d'Hester derrière moi, qu'Owen ne se méprenne, lui qui brûlait de retrouver l'ange qu'il avait naguère chassé de la chambre de ma mère.

« Oh, c'est toi, fit Owen d'un ton désappointé. Hello, Hester, je ne t'avais pas reconnue. Avec cette robe, tu as l'air d'une dame, je suis désolé.

— Ça va, Owen, dis-je.

— Comment va Dan ? »

Je lui rétorquai qu'il tenait le coup et qu'il était rentré dormir chez lui ; la révélation fit sursauter Owen, qui en revint aux questions pratiques :

« Je suppose que le mannequin est toujours là-bas, dans la salle à manger ?

— Bien sûr.

— Eh bien, il ne faut pas ! On ne doit pas laisser Dan seul avec ce mannequin ! Il risque de le regarder pendant des heures en pensant à ta mère ! Et s'il se lève la nuit pour aller au réfrigérateur et le trouve sur son chemin ? Il faut que nous allions le prendre, et tout de suite ! »

Il plaça sa torche électrique au milieu des fleurs, de façon à éclairer le dessus de la tombe. Puis il se leva et s'épousseta les genoux, ferma son livre de prières et arrangea la torche pour qu'elle éclaire la sépulture ; il parut satisfait. Il savait lui aussi que ma mère détestait l'obscurité.

Comme nous ne pouvions tous tenir dans la cabine, Owen prit place avec Hester et moi sur le plateau poussiéreux de la remorque, tandis que Mr. Meany nous emmenait chez Dan. Les étudiants de dernière année étaient encore debout ; nous en rencontrâmes dans le hall et dans l'escalier, certains en pyjama, et tous sans exception lorgnèrent Hester. Quand Dan vint ouvrir la porte, j'entendis des glaçons s'entrechoquer dans son verre. Owen prit d'emblée la direction des opérations :

« Nous sommes venus chercher le mannequin.

— Le mannequin ? fit Dan.

— Tu ne peux pas le garder ici. »

Owen entra d'autorité dans la salle à manger ; le mannequin montait fidèlement la garde devant la machine à coudre ; des bouts de tissu traînaient un peu partout ; un patron était fixé sur la table par les pointes d'une paire de ciseaux. Toutefois, le mannequin n'avait pas changé de tenue ; il portait la robe rouge tant détestée par ma mère. C'est Owen qui l'avait habillé et il avait ajouté une large ceinture noire, l'une des préférées de ma mère, afin de rendre la robe plus attrayante encore.

Détachant la ceinture, il la posa sur la table — comme si Dan avait l'intention d'en faire usage — et empoigna le mannequin par la taille. Quand il le souleva, il arriva en dessous des seins du mannequin, qui pointaient vers la sortie.

« Dan, tu peux faire ce que tu veux, mais on ne te laissera pas avec ce mannequin qui te donnerait des idées noires !

— Comme tu voudras », dit Dan, avalant une gorgée de whisky.

Owen sortait déjà avec son fardeau. Nous le suivîmes, Hester et moi.

Sur la plate-forme du camion, la poussière de granit nous cingla pendant le trajet tout au long de Pine Street. Une fois, Owen frappa du poing la cabine :

« Plus vite ! »

Son père accéléra. Dans Front Street, alors que Mr. Meany ralentissait, Hester lança :

« J'aimerais rouler comme ça toute la nuit, il fait si bon. C'est l'unique façon de se rafraîchir. J'aimerais qu'on aille à la plage… »

Owen martela de nouveau les tôles de la cabine :

« Emmène-nous à la plage ! Faisons l'aller-retour jusqu'à Little Boar's Head ! »

C'était parti. Les douze ou quinze kilomètres passèrent

en un éclair ; toute la poussière de granit s'était envolée du
camion et seuls quelques insectes égarés nous fouettaient
les joues. Hester était échevelée ; le vent de la course nous
empêchait de parler. La sueur et les larmes séchèrent. La
robe rouge du mannequin flottait et claquait dans le
courant d'air ; assis le dos à la cabine, le mannequin serré
contre lui, Owen semblait disputer une épreuve de lutte
dans laquelle il avait le dessous.

Sur la plage de Little Boar's Head, nous ôtâmes nos
chaussures pour marcher dans le ressac ; Mr. Meany nous
attendait stoïquement, moteur au ralenti. Owen portait
toujours le mannequin, attentif à ne pas trop s'avancer
dans les vagues ; la robe rouge ne reçut pas une goutte
d'eau.

« JE VAIS GARDER LE MANNEQUIN CHEZ MOI, dit-il. IL
NE FAUT PAS QUE VOTRE GRAND-MÈRE LE VOIE... ET, À LA
RÉFLEXION, VOUS NON PLUS !

— Et *toi* non plus », dit Hester.

Owen feignit de ne pas l'entendre, marchant à grandes
enjambées dans la houle.

Quand Mr. Meany nous déposa, Hester et moi, 80 Front
Street, tous les rez-de-chaussée des maisons étaient obscurs, sauf celui de Grand-Mère ; seules des lumières aux
étages signalaient ceux qui ne dormaient pas encore. Par
les nuits de canicule, Mr. Fish dormait dans un hamac sous
sa véranda ; aussi se dit-on au revoir à voix basse ; Owen
recommanda à son père de ne pas faire demi-tour dans
notre allée. Comme le mannequin n'entrait pas dans la
cabine — n'étant pas pliant —, Owen resta avec lui sur le
plateau, étreignant d'un bras la robe rouge, se cramponnant de sa main libre à la chaîne du treuil.

Si Mr. Fish s'était éveillé dans son hamac, il aurait
enregistré un tableau inoubliable dans la lueur des réverbères. Un camion sombre et mastoc s'enfonçant lourdement dans la nuit, transportant une femme en robe rouge, à
la silhouette sensuelle mais sans bras ni tête, enlacée par un
enfant ou un nain attaché à une chaîne.

« J'espère que tu as compris qu'il est cinglé », fit Hester
d'un ton las.

Mais je regardais l'image fuyante d'Owen avec émerveillement : il avait réussi à orchestrer mon chagrin, le soir de l'enterrement de ma mère. Et, tout comme les griffes de l'armadillo, il avait pris ce qu'il voulait, en l'occurrence le double de ma mère, l'humble mannequin à la robe de princesse ! Owen avait toujours compris l'importance de ce mannequin ; il avait prévu que même cette robe de rebut servirait à quelque chose, qu'elle avait sa nécessité. Tout cela, je l'ai réalisé par la suite, mais cette nuit-là je fus tenté de partager l'opinion d'Hester ; je pensai que cette robe rouge devait être une sorte de talisman pour Owen, une amulette permettant d'éloigner les puissances maléfiques de cet « ange » qu'il croyait avoir vu. A l'époque, je ne croyais pas aux anges.

* * *

Toronto, le 1er février 1987 — quatrième dimanche après l'Épiphanie. A présent, je crois aux anges. Je ne prétends pas que ce soit un avantage ; par exemple, cela ne me fut d'aucune aide hier soir, lors des élections du conseil paroissial : je n'ai même pas été dans la course. J'ai si souvent été secrétaire paroissial au fil des années que je n'ai pas à me plaindre. Peut-être que mes amis ont cru me faire plaisir en m'accordant une année sabbatique. D'ailleurs, s'ils m'avaient élu marguillier ou même bedeau, j'aurais décliné cet honneur, je l'avoue. J'en ai un peu marre ; j'ai donné plus que ma part à la Grâce-sur-la-Colline. Mais ils auraient quand même pu faire un geste, par politesse, pour me récompenser de ma fidélité et de mon dévouement ! Rien que pour le principe.

Je n'aurais pas dû laisser ce petit camouflet — si c'en est un — me distraire pendant le service de dimanche ; c'est un péché. A une époque, j'étais l'assistant du chanoine Campbell, avant sa mort, quand il était notre recteur. On me traitait avec plus de respect. Mais depuis l'entrée en fonctions du chanoine Mackie, je ne lui ai servi d'adjoint qu'une fois. J'ai été président des marguilliers adjoints et même président du conseil paroissial. Ce n'est pas sa faute

si le chanoine Mackie n'a jamais remplacé le chanoine
Campbell dans mon cœur ; il est aimable et chaleureux, et
sa verbosité ne me dérange pas. Cependant, le chanoine
Campbell était un être d'exception et son époque aussi était
exceptionnelle.

Je ne devrais pas ruminer sur des sujets aussi futiles que
le renouvellement annuel du conseil paroissial, surtout au
point de détourner mon attention des chants sacrés et du
sermon. C'est puéril, je le confesse volontiers.

Le prédicateur invité m'a perturbé aussi. Le chanoine
Mackie a la louable habitude d'inviter des orateurs extérieurs, ce qui nous épargne ses interminables sermons, mais
le prédicateur d'aujourd'hui, quel qu'il fût, était une sorte
d'anglican réformé dont la thèse semblait être que toutes
choses qui à première vue paraissent différentes sont égales
entre elles. Je me demande ce qu'Owen Meany aurait à
dire là-dessus !

Selon la tradition protestante, nous nous référons à la
Bible ; quand nous nous posons une question, c'est là que
nous trouvons la réponse. Mais aujourd'hui, la Bible elle-
même m'a contrarié. Pour ce quatrième dimanche après
l'Épiphanie, le chanoine Mackie a choisi saint Matthieu et
ses embarrassantes béatitudes ; du moins nous embarras-
saient-elles, Owen et moi.

> Loués soient les pauvres d'esprit,
> Car le royaume des Cieux leur appartient.

Il est difficile de croire que des pauvres d'esprit connaissent une telle réussite.

> Loués soient ceux qui souffrent et sont affligés,
> Car ils seront consolés.

J'avais onze ans quand ma mère fut tuée ; je la pleure
encore. Et je pleure aussi pour d'autres. Je ne me sens pas
« consolé », loin de là.

> Loués soient les humbles,
> Car ils hériteront la terre.

« JE DEMANDE À VOIR ! », avait dit Owen à Mrs. Walker un jour au catéchisme.

Et ainsi de suite :

> Loués soient les cœurs purs,
> Car ils verront Dieu.

« EST-CE QUE ÇA VA LES AIDER, DE VOIR DIEU ? »

Est-ce que ça a aidé Owen, de voir Dieu ?

« Soyez heureux quand on vous insultera, qu'on vous persécutera et qu'on dira faussement contre vous toutes sortes d'infamies à cause de moi, dit Jésus. Soyez dans la joie et l'allégresse, car votre récompense sera grande dans les Cieux ; c'est bien ainsi qu'on a persécuté les prophètes, vos devanciers. »

Ça, ce fut toujours dur à avaler pour Owen et moi : une récompense *au ciel !*

« C'EST DE LA CORRUPTION DIVINE ! », disait Owen ; argument qu'éludait avec soin Mrs. Walker.

Et voilà que, après les béatitudes et le sermon de l'étranger, le symbole de Nicée m'a paru faux. Le chanoine Campbell, lui, prenait le temps de tout m'expliquer. Si le passage « Je crois à une seule Église, catholique et apostolique » me tracassait, il m'aidait à lire entre les lignes, m'apprenait quel sens il fallait donner aux mots « catholique » et « apostolique ». En revanche, le chanoine Mackie me reproche de trop m'en tenir aux simples mots. *Simples mots ?*

Et il y avait tout ce bla-bla sur « toutes les nations » et « notre reine ». Je ne suis plus américain, mais j'ai toujours du mal à encaisser « Permets à ta servante Elizabeth, notre reine, de guider toutes les nations dans les voies de la vertu ». C'est le comble du ridicule.

Avant de recevoir la sainte communion, je m'interdis de participer à la confession publique.

« Nous confessons nos innombrables péchés et turpitudes. » Certains dimanches, c'est dur à dire ; le chanoine Campbell admettait que je puisse trouver cette confession difficile, mais le chanoine Mackie me ressort sa thèse des

« simples mots » jusqu'à finir par me pomper l'air, de même lorsqu'il *chante*, d'une voix qui n'égalera jamais celle du regretté chanoine Campbell.

De toute la messe, un seul psaume m'a paru judicieux, au point de me faire honte. C'était le trente-septième, et le chœur parut le chanter juste à mon intention :

Abandonne ta colère, chasse le déplaisir,
N'aie nulle inquiétude, sinon tu seras incité à pécher.

D'accord. Je devrais abandonner ma colère et chasser mon déplaisir. A quoi sert la colère ? J'ai souvent vécu dans la colère. J'ai été aussi poussé au péché... Comme vous allez voir.

4

Le Petit Jésus

Le Noël qui suivit la mort de ma mère fut le premier que je ne passai pas à Sawyer Depot. Ma grand-mère avait dit à Tante Martha et Oncle Alfred que, si la famille se trouvait rassemblée, l'absence de ma mère n'en ressortirait que davantage. Si Dan, Grand-Mère et moi restions à Gravesend, et les Eastman à Sawyer Depot, nous nous manquerions tous les uns aux autres, et du coup ma mère nous manquerait moins. Depuis le lointain Noël 1953, j'ai toujours considéré cette période de fête comme un enfer pour les familles qui ont subi la perte d'un être cher et qui ne sont pas au complet ; la prétendue coutume des cadeaux vaut autant pour ceux que l'on donne que pour ceux que l'on reçoit. C'est à Noël que nous prenons conscience de ce qui nous manque.

Partager mon temps entre le 80 Front Street et le bâtiment des dortoirs déserté, où Dan avait son petit appartement, me donna l'occasion de voir l'Institut de Gravesend vide de ses occupants. La pierre et la brique mornes, le lierre incrusté de givre, les fenêtres closes des classes et des dortoirs donnaient au campus l'aspect d'une prison pendant une grève de la faim ; les pelouses des cours, privées de l'effervescence estudiantine, les bouleaux nus et blafards découpés sur la neige, pareils à leur propre esquisse au fusain ou aux squelettes des élèves.

La cloche de la chapelle et celle de l'étude s'étaient tues, et l'absence de ma mère était amplifiée par l'absence de cette musique routinière, les carillons de l'école que je croyais superflus avant de ne plus les entendre. Seul le bourdon solennel du clocher de l'église Hurd marquait les heures ; par les jours les plus froids de décembre dans le paysage de neige tassée et gelée jusqu'à adopter la couleur grise de l'étain, la cloche égrenait le temps comme un glas.

La saison n'incitait pas à la joie, bien que le cher Dan s'y efforçât, avec l'aide de l'alcool. Il buvait trop, et les dortoirs [1] déserts résonnaient de ses tonitruants chants de Noël ; ses interprétations n'étaient qu'un pénible et lointain écho de la voix mélodieuse de ma mère. Et, chaque fois qu'Owen se joignait à Dan pour un couplet de *Dieu vous garde en joie* ou, pis, *Il naquit dans la nuit claire,* les vieilles cages d'escaliers bourdonnaient d'accents sinistres, plus proches de la veillée funèbre que du réveillon en famille. On eût dit les voix de fantômes d'étudiants n'ayant pu rentrer chez eux pour Noël et bramant leur désespoir.

Les dortoirs de Gravesend portaient les noms d'anciens professeurs depuis longtemps morts et enterrés : Abbot, Ame, Bancroft, Dunbar, Gilman, Gorham, Hooper, Lambert, Perkins, Porter, Quincy, Scott, j'en passe. Dan Needham logeait à Waterhouse Hall, ainsi nommé en mémoire d'un quelconque rat de bibliothèque, professeur de latin, Amos Waterhouse ; sa traduction latine des chants de Noël ne pouvait être pire que la pâteuse bouillie musicale qu'en donnaient Dan et Owen Meany.

Du fait que ma mère était morte avant Noël, ma grand-mère refusa de participer à la traditionnelle décoration du 80 Front Street, aussi les guirlandes furent-elles accrochées trop bas sur les portes, et seule la moitié inférieure du sapin se trouva surchargée d'ornements et cheveux d'ange : Lydia, coincée dans son fauteuil roulant, ne pouvait se hisser plus haut !

« Finalement, nous aurions été beaucoup mieux à Sawyer Depot », déclara Dan entre deux libations.

Owen, morose, soupirait :

« JE CROIS BIEN QUE JE NE VERRAI JAMAIS SAWYER DEPOT... »

---

1. Dans les pensionnats et universités anglo-saxons, le terme *dormitory* (dortoir) désigne un bâtiment dans lequel les étudiants disposent de chambres individuelles *(NdT).*

A la place, nous allâmes visiter, Owen et moi, toutes les chambres des pensionnaires partis pour les vacances ; Dan Needham possédait un passe-partout. Presque chaque jour, il faisait répéter les Compagnons de Gravesend en vue de leur représentation annuelle du *Chant de Noël,* de Dickens. Ça devenait barbant pour la plupart des acteurs, mais, histoire de rafraîchir leur enthousiasme, Dan les faisait changer de rôle d'une année sur l'autre. Ainsi, Mr. Fish, qui avait déjà joué le fantôme de Marley, puis le spectre du Noël passé, était cette année Scrooge lui-même. Après avoir utilisé pendant des années de mignons enfants qui oubliaient toujours leurs répliques, Dan avait demandé à Owen de jouer Tiny Tim, mais Owen objecta que tout le monde se moquerait de lui, sinon en le voyant, du moins dès qu'il ouvrirait la bouche. Circonstance aggravante, c'est Mrs. Walker qui jouerait la mère de Tiny Tim. Rien que ça, jura Owen, lui flanquerait LA CHAIR DE POULE !

Ça lui suffisait d'endurer annuellement le ridicule de son rôle dans la reconstitution de la crèche vivante à l'église du Christ.

« ATTENDS UN PEU, me dit-il d'un air vindicatif. SI LES WIGGIN VEULENT ENCORE FAIRE DE MOI L'ANGE, ILS PEUVENT COURIR ! »

Je devais assister pour la première fois à la représentation de la crèche, car je m'étais toujours trouvé auparavant à Sawyer Depot le dernier dimanche de l'Avent ; Owen se plaignait de toujours jouer l'ange annonciateur, obligé en cela par le capitaine Wiggin et son hôtesse de femme, la fameuse Barbara, fermement convaincue qu'il n'y avait pas « plus trognon » qu'Owen pour le rôle. Ça consistait à descendre dans une « colonne de lumière » par le truchement d'un système qui tenait de la grue et auquel il était suspendu par des fils comme une marionnette ! Owen était censé *annoncer* le merveilleux événement qui venait de se produire dans la crèche de Bethléem, tout en battant des bras, histoire de mettre en valeur les immenses ailes de carton collées à sa robe et d'attendre que s'apaisent les rires des assistants.

Chaque année, dans l'église, un groupe hétéroclite de

bergers s'entassaient dans le chœur pour être saisis de frayeur à l'apparition du messager céleste ; ces troupes en oripeaux bariolés ne cessaient de trébucher sur leurs robes, de faire tomber leurs turbans et leurs fausses barbes avec leurs bâtons et leurs houlettes de bergers, ce qui posait de sérieux problèmes à Barb Wiggin pour les éclairer en même temps que l'ange descendant du ciel, Owen Meany.

Le recteur citait saint Luc :

« Il y avait dans cette région des bergers qui vivaient aux champs et gardaient leurs troupeaux durant les veilles de la nuit. L'ange du Seigneur leur apparut, et la gloire du Seigneur les enveloppa de sa clarté, et ils furent saisis d'une grande peur. »

Là-dessus, Mr. Wiggin s'interrompait pour qu'on puisse admirer les bergers en pleine panique à la vue d'Owen se débattant pour poser les pieds sur le sol. C'était Barb Wiggin qui manœuvrait elle-même les poulies grinçantes, approchant dangereusement Owen des cierges allumés qui simulaient les feux de camp autour desquels les bergers surveillaient leurs troupeaux. Tout en gigotant encore dans les airs, Owen déclamait :

« Soyez sans crainte, car voici que je vous annonce une grande joie, qui sera celle de tout le peuple : aujourd'hui vous est né un Sauveur qui est le Christ Seigneur, dans la ville de David. Et cela vous servira de signe : vous trouverez un nouveau-né enveloppé de langes et couché dans une crèche. »

Sur quoi, l'aveuglante — et quelque peu saccadée — « colonne de lumière » éclatait comme un éclair (à moins que l'église du Christ ne souffre d'une saute de tension électrique, et Owen était hissé, voire *arraché,* dans les ténèbres, une fois même avec une telle vitesse qu'une de ses ailes se décolla pour tomber sur les bergers ahuris).

Le pire de tout, c'était qu'Owen devait rester en lévitation jusqu'à la fin de la représentation, car il n'existait aucune méthode pour le faire descendre dans l'obscurité. Il restait donc suspendu à ses fils, au-dessus du bébé couché dans la crèche, au-dessus des ânes grossiers branlant la tête, au-dessus des bergers trébuchants et des rois mages chancelants sous le poids de leurs couronnes.

Handicap supplémentaire aux yeux d'Owen, il y avait cette andouille qui, dans le rôle de Joseph, ne cessait de minauder — comme si Joseph avait des raisons de minauder !

« QU'EST-CE QUE JOSEPH EN A À FAIRE DE TOUT ÇA ! maugréait Owen. TOUT CE QU'ON LUI DEMANDE, C'EST D'ATTENDRE QUE ÇA SE PASSE, MAIS SANS MINAUDER ! »

Et pourquoi Marie était-elle toujours interprétée par une jolie fille, hein ?

« QU'EST-CE QUE ÇA A À VOIR ? QUI A DIT QUE MARIE ÉTAIT UNE PIN-UP ? »

Les touches personnelles qu'apportaient les Wiggin à la crèche vivante provoquaient la colère noire d'Owen. Par exemple, les plus jeunes enfants déguisés en tourterelles. Les costumes étaient si absurdes que personne ne pouvait deviner ce que les gosses étaient censés représenter ; on aurait dit des extraterrestres de bande dessinée, débarqués d'une autre galaxie, comme si, de l'avis des Wiggin, les habitants de planètes lointaines pouvaient avoir assisté à la Nativité.

« PERSONNE NE SAIT À QUOI SERVENT CES IMBÉCILES DE TOURTERELLES ! », gémissait Owen.

Quant à l'Enfant Jésus, c'était l'apothéose. Les Wiggin exigeaient que le bébé ne moufte pas et, dans ce but, ils stockaient, implacables, des dizaines de bébés dans les coulisses : au premier gargouillis, au premier vagissement sacrilège, l'Enfant Jésus était viré de la crèche, aussitôt remplacé par un bébé muet ou du moins amorphe. Pour cette manutention express de lardons frais, une file d'adultes patibulaires, planqués dans l'ombre de la chaire derrière les tentures pourpres, demeuraient aux aguets. Ces individus costauds, experts dans le prompt maniement des bébés et attentifs à n'en laisser tomber aucun sur les dalles, détonnaient furieusement dans cette représentation. Étaient-ils bergers ou rois ? Pourquoi étaient-ils tellement plus grands que les rois et bergers normaux ? Malgré leurs barbes véritables, leurs accoutrements étaient grotesques.

Pareils à des pompiers bénévoles faisant la chaîne avec des seaux, la sainteté du propos semblait moins les toucher que leur boulot.

En coulisse, les mères s'agitaient ; la compétition pour l'Enfant Jésus le plus sage était acharnée. Chaque Noël, la crèche vivante des Wiggin donnait naissance — Enfant Jésus mis à part — à une engeance monstrueuse, les mères de stars. S'étant laissé dire par moi qu'il avait de la chance de rester *au-dessus* de la mêlée, Owen rétorqua que j'avais ma part de responsabilité dans son humiliante pendaison : avec mes copains du catéchisme, n'avions-nous pas été les premiers à l'avoir projeté dans les airs ? Mrs. Walker n'avait-elle pas donné l'idée à Barb Wiggin de faire d'Owen un ange ?

Rien d'étonnant qu'Owen ne se sente guère émoustillé par l'idée de jouer Tiny Tim.

« Quand je dis : " Soyez sans crainte, car voici que je vous annonce une grande joie ", les bébés pleurent et les autres rigolent. Qu'est-ce que ce sera quand je dirai : " Que Dieu nous bénisse tous " ? »

Bien sûr, c'était sa voix. Il aurait pu dire : « Voilà la fin du monde » que toute la salle se fût écroulée de rire. Ça torturait Owen d'être tellement dépourvu d'humour — il prenait tout au sérieux — et de produire un effet aussi hilarant sur les multitudes.

Pas étonnant qu'il commence à se ronger dès la fin novembre au sujet de la crèche, car le bulletin paroissial comportait déjà une annonce le dernier dimanche de Pentecôte. « Participez à la crèche vivante, disait ce savoureux opuscule. Nous avons besoin de rois, anges, bergers, ânes, tourterelles, Marie, Joseph, bébés, etc. » Les répétitions débuteraient juste avant nos vacances de Noël.

« Seigneur, pardonne-leur car ils ne savent pas ce qu'ils font », disait Owen.

* * *

Grand-Mère ne supportait plus que nous jouions au 80
Front Street ; en toute logique, Owen et moi émigrâmes à
l'Institut déserté. Dan absent pour cause de répétitions,
nous avions Waterhouse Hall pour nous tout seuls. Quatre
étages de chambres pour pensionnaires, les douches, les
urinoirs, les lavabos de chaque étage, plus les appartements
des professeurs. Celui de Dan se situait au troisième. Le
professeur logeant au deuxième était parti dans sa famille.
Ce jeune homme, Mr. Peabody, prof de maths débutant et
célibataire destiné à devenir vieux garçon, était, selon
l'expression de ma mère, « une grande sensitive ». Timide,
coquet, délicat d'aspect, il se faisait fréquemment chahuter ; quand il était de surveillance aux dortoirs, les quatre
étages de Waterhouse Hall se déchaînaient. C'est pendant
l'une de ses gardes nocturnes qu'un gamin de première
année se trouva suspendu par les pieds au-dessus de la
glissière de linge sale du quatrième ; ses cris étouffés se
répercutèrent jusqu'à Mr. Peabody, qui, ouvrant la trappe
à linge du deuxième étage, regarda en l'air et vit, deux
étages au-dessus, un petit visage tourné vers lui et hurlant à
la mort.

La réaction de Mr. Peabody fut digne de Mrs. Walker :
« Van Arsdale, cria-t-il, sortez de ce conduit ! Un peu de
dignité, que diable ! Retournez vous coucher ! »

Le pauvre Mr. Peabody ne pouvait se douter que Van
Arsdale était tenu aux chevilles par deux ailiers de l'équipe
de football, dont il était le souffre-douleur.

Donc, Mr. Peabody était allé se faire chouchouter dans
sa famille, ce qui laissait libre accès au deuxième étage ; le
prof d'éducation physique, Mr. Tubulari, le fanatique du
quatrième, était parti lui aussi. Également célibataire, il
avait insisté pour loger au quatrième, sous prétexte
d'entraînement ; il prétendait pouvoir y faire son jogging.
Mais il recevait beaucoup de visites féminines ; quand elles
portaient des robes ou des jupes, les étudiants adoraient les
regarder monter ou descendre. Les soirs où Mr. Tubulari
était de garde, on n'entendait pas remuer une oreille dans
les dortoirs, car il était aussi rapide que silencieux et
surprenait les délinquants sur le fait : combats de crème à

raser, beuveries dans les chambres, voire masturbation. Chaque étage possédait une salle commune pour les fumeurs, le tabac étant proscrit dans les chambres, de même que le sexe sous toutes ses formes, l'alcool et les drogues non prescrites par le médecin de l'école, y compris l'aspirine. Si l'on en croyait Dan, Mr. Tubulari était parti disputer une terrible épreuve d'endurance, un pentathlon d'activités hivernales parmi les plus harassantes ; un « hiverthlon », disait Mr. Tubulari. Dan Needham, qui détestait les mots fabriqués, se montra sarcastique sur le sujet en nous décrivant le prétendu « hiverthlon » :

« La première épreuve est plutôt salubre, comme fendre trois ou quatre stères de bois, avec pénalité si on casse la hache. Puis, on doit courir seize kilomètres en neige profonde ou quarante-cinq en raquettes. Ensuite, il faut creuser un trou dans la glace et, sans lâcher la hache, nager un kilomètre entier sous un lac gelé, puis se creuser un autre trou pour sortir de l'autre côté. Ensuite, construire un igloo pour se réchauffer. Puis vient la course à chiens. Il faut conduire une meute de chiens de traîneau d'Anchorage à Chicago. Enfin, construire un autre igloo pour se reposer...

— Ça fait six épreuves, remarqua Owen. Un penta-thlon n'en comporte que cinq.

— Très bien, oublions le deuxième igloo, admit Dan, conciliant.

— S'il fait tout ça pour Noël, je me demande ce que Mr. Tubulari va faire pour le Nouvel An !

— Du jus de carotte, répondit Dan en se servant un autre whisky. Mr. Tubulari fait son jus de carotte lui-même. »

De toute façon, Mr. Tubulari avait vidé les lieux. En l'absence de Dan, nous étions les seuls maîtres des trois étages supérieurs. Au premier, nous n'avions à compter qu'avec les Brinker-Smith, qui n'étaient pas de taille à nous combattre. Les Brinker-Smith, jeune couple d'Anglais, avaient depuis peu donné naissance à des jumeaux et tentaient avec un louable héroïsme de survivre à la situation. Biologiste de son état, Mr. Brinker-Smith se prenait pour un inventeur ; il improvisa une chaise haute à deux places, une bipoussette, une escarpolette pour deux — suspendue dans un chambranle de porte, où les jumeaux pouvaient se balancer comme des singes à leurs lianes, suffisamment proches pour pouvoir se tirer mutuellement les cheveux. Dans la chaise à deux places, ils pouvaient se jeter la bouillie à la figure, de sorte que leur père dut installer une séparation suffisamment haute pour empêcher toute projection. Alors les jumeaux frappaient à cette cloison pour s'assurer qu'ils étaient au complet, puis ils y tartinaient leur nourriture en une sorte de peinture primitive, communication préalphabétique entre monozygotes. La manière dont les jumeaux déjouaient ses diverses inventions émerveillait Mr. Brinker-Smith, en bon scientifique qu'il était ; l'échec de ses expériences l'intéressait autant que leur réussite et l'incitait à de nouvelles tentatives gémellaires.

En revanche, Mrs. Brinker-Smith semblait plutôt fatiguée. Elle était trop jolie pour paraître vieille avant l'âge, mais l'épuisement que lui occasionnaient les jumeaux et les inventions de son mari pour lui faciliter la vie se manifestait par de telles périodes de distraction que nous la soupçonnions de somnambulisme. Elle ne remarquait pas notre existence. Prénommée Ginger [1] à cause de ses cheveux poil de carotte et de ses aguichantes taches de rousseur, elle était l'objet des fantasmes libidineux de tous les mâles de Gravesend, tant adolescents qu'adultes ; vu l'état de frustration permanente régnant à l'époque, je pense que Ginger Brinker-Smith demeura un puissant fantasme sexuel, même enceinte de ses jumeaux. Mais, pour Owen et moi, lors de ce Noël millésime 53, son aspect était rien moins qu'attirant ; elle avait l'air de dormir tout habillée. Et son légendaire sex-appeal, dont je conserverais, comme les autres, un souvenir vivace, se dissimulait sous de vastes chemisiers vagues, pratiques pour les allaitements d'urgence auxquels ses bébés voraces la contraignaient. Selon une tradition européenne, bizarrement exagérée par

---

1. *Ginger* : roux *(NdT)*.

son exil dans le New Hampshire, elle semblait résolue à
nourrir ses jumeaux au sein jusqu'à ce qu'ils fussent d'âge
scolaire.

Les Brinker-Smith étaient experts en allaitement, ce que
Mr. Brinker-Smith démontrait en utilisant son épouse pour
ses cours de biologie. Professeur apprécié, adepte des
méthodes actives (pas toujours bien vues par ses collègues
rétrogrades), Mr. Brinker-Smith ne perdait pas une occasion de mettre « de la vie » dans ses cours. Cela se tradui-
sait par l'intéressant spectacle de Ginger Brinker-Smith
donnant le sein à ses rejetons, expérience hélas réservée
aux étudiants de biologie — quel gâchis — qui eut lieu avant
qu'Owen et moi soyons en âge de fréquenter l'Institut.

Quoi qu'il en soit, Owen et moi ne craignions pas de
rencontrer les Brinker-Smith lors de nos investigations
dans les chambres du premier étage ; en fait, nous étions
déçus de ne pas les voir assez souvent, espérant toujours
surprendre Ginger en train d'allaiter. Il nous arrivait même
d'aller rôder dans le couloir, dans le vague espoir que
Mr. Brinker-Smith, sortant de son appartement et nous
voyant désœuvrés, ne nous invite chez lui pour nous donner
une leçon de choses avec l'aide de sa femme. Ce qui, hélas !
ne se produisit jamais.

Par une journée glaciale, nous accompagnâmes
Mrs. Brinker-Smith au marché, poussant à tour de rôle le
landau biplace et ses deux occupants emmitouflés, puis rapportant les provisions jusque chez elle, périple effectué
par une température si inclémente qu'il aurait pu compter
pour une épreuve de pentathlon d'hiver, ou hiverthlon.
Mais Mrs. Brinker-Smith nous proposa-t-elle de sortir ses
nichons pour nourrir ses mouflets en notre présence ? Que
non !

Nous étions donc libres de découvrir ce que les pensionnaires de Gravesend laissaient dans leurs chambres en leur
absence. Munis du passe-partout que Dan Needham accrochait auprès de l'ouvre-bouteilles, nous commençâmes par
le quatrième étage. Owen manifestait pour ce travail de
détective une passion intense ; il pénétrait dans chaque
chambre comme si son occupant, loin d'être parti en

vacances, se cachait sous le lit ou dans le placard, armé d'une hache. Il manifestait une minutie extrême, même dans la chambre la plus banale, fouillant chaque tiroir, examinant le moindre vêtement, s'asseyant sur chaque chaise, s'allongeant sur chaque lit. C'était toujours par là que s'achevait la perquisition ; il se couchait sur le lit, fermait les yeux, retenait son souffle. Après avoir repris sa respiration, il donnait son opinion sur l'occupant du lieu : heureux ou malheureux dans ses études ; perturbé ou non par des problèmes affectifs ou familiaux. Quand l'occupant de la chambre lui demeurait mystérieux, il l'avouait toujours :

« CE TYPE EST UN VRAI CASSE-TÊTE. DOUZE PAIRES DE CHAUSSETTES, AUCUN SLIP, DIX CHEMISES, DEUX PANTALONS, UNE VESTE DE SPORT, UNE CRAVATE, DEUX CROSSES DE HOCKEY, AUCUNE BALLE, PAS DE PHOTOS DE FILLES, PAS DE PORTRAITS DE FAMILLE ET PAS DE GODASSES.

— Il doit bien avoir des chaussures.

— UNE SEULE PAIRE.

— Il a pu envoyer son petit linge à la blanchisserie avant les vacances.

— TU NE DONNES PAS TES SOULIERS OU TES PHOTOS DE FAMILLE AU BLANCHISSEUR, disait Owen. UN VRAI CASSE-TÊTE. »

Nous apprîmes à trouver les revues et les photos cochonnes : entre sommier et matelas. Quelques photos pornos flanquèrent LA CHAIR DE POULE à Owen. A l'époque, de telles photos étaient bizarrement floues — ou désespérément saines comme celles des calendriers de pin-up en maillot. Les autres, plus troublantes, semblaient avoir été prises à la hâte, comme celles que les enfants prennent de voitures en mouvement ; les femmes s'y montraient figées, comme filmées à l'improviste. Les positions elles-mêmes étaient confuses, par exemple une femme penchée sur un homme dans un but imprécis, comme si elle s'apprêtait à faire subir des violences à un cadavre sans défense. Les parties sexuelles des femmes étaient souvent cachées par des poils pubiens abondants — au-delà de ce que nous aurions pu imaginer, Owen et moi

— et leurs tétons obturés par le gros crayon noir des censeurs. Tout d'abord, nous prîmes ces marques noires pour des instruments de torture, encore plus menaçants que la nudité elle-même. La nudité nous effrayait, parce que la plupart du temps les femmes étaient laides ou bien, à en juger par leur expression maussade, semblaient désavouer leur propre corps.

Ces photos, ces magazines étaient généralement très abîmés par leur séjour sous le matelas. Les ressorts rouillés du sommier, sous le poids des dormeurs, tatouaient les corps féminins de spirales brunâtres qui étaient autant de marques d'infamie.

L'abondance de cette pornographie donnait à Owen une piètre opinion de ses propriétaires ; allongé sur le lit, les yeux clos, il reprenait enfin sa respiration :

« PAS HEUREUX. SINON, POURQUOI DESSINER DES MOUSTACHES À SA MÈRE ? ET POURQUOI PLANTER DES FLÉCHETTES DANS LA PHOTO DE SON PÈRE ? ET QUI A ENVIE DE FAIRE LA CHOSE AVEC DES BERGERS ALLEMANDS ? ET À QUOI SERT LA LAISSE À CHIEN DANS LE PLACARD ? ET LE COLLIER ANTIPUCES DANS LE TIROIR ? C'EST INTERDIT D'AVOIR UN ANIMAL DANS SA CHAMBRE, PAS VRAI ?

— Peut-être que son chien est mort l'été dernier et qu'il garde la laisse et le collier en souvenir.

— BEN VOYONS ! ET JE SUPPOSE QUE C'EST SON PÈRE QUI A ÉCRASÉ LE CHIEN. ET QUE SA MÈRE *LE FAISAIT* AVEC LE CHIEN !

— C'est juste des objets. Qu'est-ce que nous savons réellement du type qui habite ici ?

— PAS HEUREUX ! »

Il nous fallut tout un après-midi pour visiter juste le quatrième étage ; Owen se montrait tellement minutieux dans ses investigations, tellement soucieux de tout remettre à sa place, comme si ces étudiants étaient aussi soigneux que lui ! Comme si leurs chambres étaient aussi révélatrices que celle qu'Owen avait transformée en musée privé ! Il se comportait comme un saint homme sur la route de Compostelle, cherchant à retracer quelque ancienne présence divine.

A ses yeux, peu de pensionnaires étaient heureux. Ces privilégiés se reconnaissaient à leurs miroirs entourés de photos de leur famille et de leur fiancée — ou de leur sœur. Celui qui affichait un calendrier à pin-up pouvait être moyennement heureux ; ceux qui découpaient des modèles de lingerie dans les catalogues de vente par correspondance étaient un peu malheureux — et il n'y avait pas de salut pour ceux qui affichaient des femmes complètement nues. Plus la femme était poilue, plus l'étudiant était malheureux ; plus les seins de la dame étaient balafrés par la censure, plus le pensionnaire était misérable !

« COMMENT VEUX-TU ÊTRE HEUREUX SI TU PENSES TOUT LE TEMPS À ÇA ? », demandait Owen.

Je préférais penser que le contenu des chambres que nous fouillions était plus souvent le fait du hasard et moins révélateur que ne l'imaginait Owen ; ces chambres n'étaient en fin de compte que des lieux de passage pour étudiants, mi-cellules monacales, mi-chambres d'hôtel ; nous y trouvions un désordre identique, quelque peu déprimant. Les posters d'actrices et de sportifs étaient les mêmes d'une chambre à l'autre ; d'occupant en occupant, on trouvait des souvenirs similaires rappelant la vie extérieure : l'étudiant paradant au volant d'une voiture (les pensionnaires n'avaient pas le droit de conduire) ; la photo d'un jardin tout ce qu'il y a de banal ; l'instantané d'un fragment de vie privée — silhouette anonyme tournant le dos à l'appareil — dont l'essence n'appartenait qu'à son propriétaire. L'impression qui se dégageait de ces cellules, solitude, tristesse, mal du pays, explicitait ce qu'Owen avait voulu dire à ma mère : ces dortoirs, c'était LE MAL.

Depuis la mort de ma mère, Owen insinuait que cette force qui le poussait à s'inscrire à l'Institut de Gravesend — en réalité l'insistance de ma mère — avait disparu. Ces chambres nous permettaient d'imaginer ce que *nous* pourrions devenir, même si nous n'étions pas pensionnaires ; nous abriterions de semblables secrets, de semblables frustrations, de semblables désirs sexuels, tout comme ces malheureux résidents de Waterhouse Hall. C'était notre avenir proche que nous cherchions en fouillant ces chambres, et mieux valait le faire à la manière d'Owen, en prenant son temps.

C'est dans une chambre du troisième qu'Owen découvrit les préservatifs ; tout le monde disait « capotes », mais, à Gravesend, New Hampshire, on appelait ça des « peaux de chagrin ». J'ignore l'origine de l'expression ; techniquement, une peau de chagrin, c'était une capote *utilisée,* et plus spécialement trouvée dans un parking, sur la plage ou dans les urinoirs du cinéma de plein air. Celles-là étaient les véritables peaux de chagrin : vieilles et usagées, elles nous sautaient aux yeux dans les endroits publics.

C'était chez un nommé Potter, un des étudiants les plus âgés de Dan. Une demi-douzaine de préservatifs dans leur emballage d'origine, négligemment dissimulés dans un tiroir à chaussettes.

« DES PEAUX DE CHAGRIN ! », s'exclama-t-il en les laissant tomber sur le sol.

Nous reculâmes. Nous n'en avions encore jamais vu emballées.

« Tu en es sûr ? demandai-je.

— DES PEAUX DE CHAGRIN NEUVES ! C'EST INTERDIT PAR LES CATHOLIQUES. ILS SONT CONTRE LA CONTRACEPTION.

— Pourquoi ça ?

— QU'IMPORTE, trancha Owen. JE NE VEUX PLUS RIEN AVOIR À FAIRE AVEC LES CATHOLIQUES !

— Très bien. »

Nous nous demandâmes si le nommé Potter tenait un compte exact de ses peaux de chagrin et s'il remarquerait que nous en avions déballé une. Naturellement, nous ne pourrions pas la remettre avec les autres, il nous faudrait nous en débarrasser. Potter s'en apercevrait-il ? C'était la question. Owen étudia son sens du rangement. Tous ses caleçons étaient-ils dans le même tiroir, pliait-il ses T-shirts, ses chaussures étaient-elles bien alignées dans la penderie, chemises, vestes et pantalons étaient-ils rangés séparément, ses cintres étaient-ils tous dans le même sens, mettait-il ensemble crayons et stylos, avec les trombones à part, possédait-il plus d'un tube de dentifrice ouvert, ses lames de rasoir ne traînaient-elles pas, avait-il une tringle à cravates ou les fourrait-il en vrac n'importe où ? Et, ces peaux de chagrin, s'en servait-il ou était-ce pour épater la galerie ?

Dans le placard de Potter, au fond d'une botte, il y avait une bouteille de Jack Daniels n° 7 Black Label ; Owen décréta que, si Potter prenait le risque de planquer du whisky dans sa piaule, les peaux de chagrin n'étaient pas de la frime. Si Potter s'en servait régulièrement, il ne s'apercevrait pas qu'il lui en manquait une.

Ce fut une opération solennelle que l'examen de cette peau de chagrin. Elle n'était pas lubrifiée — je ne sais même pas si on les lubrifiait à l'époque — et, avec quelque difficulté, nous enfilâmes à tour de rôle l'objet sur nos pénis miniatures. Il nous était difficile d'imaginer le rôle que joueraient dans nos vies futures ces ornements anatomiques ; mais je comprends maintenant que le rituel accompli dans la chambre de Potter était pour Owen le symbole de sa rébellion religieuse, un affront supplémentaire à ces catholiques auxquels, selon ses propres termes, il avait ÉCHAPPÉ.

* * *

Dommage qu'il ne pût échapper à la reconstitution de la crèche de Noël du révérend Dudley Wiggin. La première répétition eut lieu dans la nef de l'église le deuxième dimanche de l'Avent, après la sainte communion. Nous dûmes attendre, pour discuter de nos rôles, que l'Association féminine eût fait son rapport ; ces dames se félicitaient d'avoir mené à bien leur journée de recueillement ; leurs méditations et les heures de réflexion qui avaient suivi avaient obtenu un franc succès. Puis Mrs. Walker — non contente de martyriser ses élèves du catéchisme — se plaignit du manque d'assiduité aux cours d'instruction religieuse pour adultes.

« Eh bien, tout le monde a beaucoup à faire en période de Noël », lui dit Barb Wiggin, impatiente de commencer

la distribution des rôles de la crèche, car les tourterelles et
ânes potentiels donnaient des signes de nervosité. Je
sentais monter l'irritation d'Owen contre Barb Wiggin.

Dans l'ignorance de cette animosité, Barb Wiggin commença — ainsi que l'événement sacré lui-même — par
l'ange annonciateur.

« Eh bien, nous savons tous qui sera notre ange, préluda-
t-elle.

— PAS MOI, dit Owen.

— Comment ? fit Barb Wiggin.

— METTEZ QUELQU'UN D'AUTRE EN L'AIR, dit Owen.
D'ABORD, LES BERGERS PEUVENT SE CONTENTER DE
REGARDER LA " COLONNE DE LUMIÈRE ". LA BIBLE DIT
QUE L'ANGE DU SEIGNEUR APPARAÎT AUX BERGERS, PAS À
TOUTE L'ASSISTANCE ! ET PRENEZ QUELQU'UN DONT LA
VOIX NE FASSE PAS RIGOLER TOUT LE MONDE. »

Il se tut, parce que tout le monde se tordait.

« Mais, Owen... dit Barb Wiggin.

— Non, non, Barbara, fit Mr. Wiggin. Si Owen en a
assez de faire l'ange, nous respecterons son souhait. » Il
ajouta, sans conviction : « Nous sommes en démocratie,
après tout. »

L'ancienne hôtesse de l'air regarda son ancien pilote de
mari comme si, pour parler et penser, il avait oublié
d'ajuster son masque à oxygène.

« ET ENCORE UN TRUC IMPORTANT, dit Owen. JOSEPH
NE DOIT PAS MINAUDER !

— Bien sûr que non ! fit vivement le recteur. Je ne
comprends même pas qu'on ait laissé minauder Joseph
depuis si longtemps !

— Alors, Owen, d'après toi, qui ferait un Joseph
acceptable ? », demanda Barb Wiggin, qui avait perdu ses
intonations câlines d'hôtesse diplômée.

Owen tendit l'index vers moi ; me voir ainsi désigné, avec
une telle autorité, me fit dresser les cheveux sur la nuque ;
par la suite, je devais comprendre que j'avais été élu par
l'Élu, mais, sur le coup, dans la nef de l'église, ce deuxième
dimanche de l'Avent, j'en voulus à Owen, quand mes
cheveux eurent repris leur place. Parce que ce n'est pas un

rôle très gratifiant, Joseph ; l'éternel second, la doublure, le type à côté de la plaque...

« D'habitude, on commence par choisir Marie, dit Barb Wiggin, et on laisse Marie choisir son Joseph.

— Oh, c'est vrai, fit le révérend. Eh bien, pour une fois, n'ayons pas peur du changement, laissons donc Joseph choisir sa Marie ! »

Barb Wiggin, sans lui prêter la moindre attention, récapitula :

« D'habitude, on commence par choisir l'ange, et nous n'avons toujours pas d'ange. On se retrouve avec un Joseph sans Marie, et pas d'ange ! »

Les hôtesses de l'air sont femmes de discipline, qui ne s'épanouissent que dans la stricte procédure et la routine. Le recteur, bon enfant, demanda :

« Eh bien, qui a envie de monter aux cieux cette année ? Owen, explique-leur ce qu'on voit de là-haut.

— Quelquefois, le machin qui vous maintient en l'air vous fait voler dans la mauvaise direction, expliqua-t-il aux anges potentiels. D'autres fois, le harnais vous cisaille la peau.

— Nous pouvons arranger ça, j'en suis sûr, dit le recteur.

— Quand on sort de la " colonne de lumière ", il fait très sombre là-haut », reprit Owen.

Aucun volontaire ne leva la main.

« Et cette tirade est très longue à apprendre. Vous savez : " Soyez sans crainte, car je vous apporte une grande joie... Aujourd'hui vous est né... un Sauveur dans la ville de David, qui est le Christ Seigneur... "

— On la connaît, Owen, dit Barb Wiggin.

— C'est pas de la tarte ! insista Owen.

— Nous pourrions peut-être choisir notre Marie et nous occuper de l'ange plus tard », suggéra le révérend Wiggin.

Barb Wiggin se tordit les mains.

S'ils me croyaient assez sot pour choisir *ma* Marie, ils se fourreraient le doigt dans l'œil. Qu'est-ce que chuchoteraient les gens si je choisissais telle fille ? Et la fille que j'aurais

choisie, que penserait-elle de moi ? Et les filles que je
n'aurais pas choisies ? Là, c'était le cul-de-sac.

« MARY BETH BAIRD N'A ENCORE JAMAIS ÉTÉ MARIE,
intervint Owen. ÇA FERAIT UNE MARY-MARIE.

— C'est à Joseph de choisir Marie ! protesta Barb
Wiggin.

— C'ÉTAIT UNE SIMPLE SUGGESTION », fit Owen.

Mais comment retirer à Mary Beth Baird le rôle qu'on
venait de lui faire miroiter ? Mary Beth Baird était un beau
brin de fille, timide et effacée.

« J'ai été tourterelle trois fois de suite, murmura-t-elle.

— AH, JUSTEMENT, PARLONS-EN ! dit Owen. PERSONNE
NE SAIT CE QUE C'EST QUE CES TOURTERELLES...

— Allons, allons, une seule chose à la fois, dit Dudley
Wiggin.

— Joseph d'abord ! Joseph, choisis ta Marie ! fulmina
Barb.

— Mary Beth Baird serait très bien, dis-je.

— Ah ! Alors Mary sera Marie ! », lança Mr. Wiggin.

Mary Beth Baird cacha son visage dans ses mains, imitée
par Barb Wiggin.

« Bon, alors, qu'est-ce que c'est que cette histoire de
tourterelles, Owen ? demanda le recteur.

— Plus tard, les tourterelles, gémit Barb Wiggin. Il me
faut mon ange ! »

Les anciens rois mages et bergers étaient assis, muets ;
les anciens ânes se gardèrent de bouger — et les ânes
comptaient pour deux, l'avant-train et le train arrière.
Même les pattes arrière, qui ne voyaient jamais rien de la
crèche, demeurèrent impassibles. Même les anciennes
tourterelles ne semblèrent pas émoustillées à l'idée de
risquer leur vie dans les cintres.

« L'ange est un rôle de tout premier plan, dit le recteur.
Il y a une grue spéciale rien que pour le faire évoluer et,
pendant un bon moment, il est tout seul au milieu de
la " colonne de lumière " ! Tous les yeux sont fixés sur
lui ! »

La pensée de tous ces yeux braqués sur eux ne parut
guère inciter les enfants de l'église du Christ à jouer à

l'ange. Dans le fond de la nef, assis sous le tableau immense représentant l'Appel des apôtres, le rondouillard Harold Crosby se faisait tout petit ; on se moquait rarement d'Harold Crosby, qui n'était pas suffisamment grotesque pour ça, mais, mis à l'écart du fait de sa corpulence rustaude, il participait assez peu à nos chahuts. Harold Crosby, donc, se laissait oublier ; toujours à l'arrière, toujours en retrait, il ne parlait que lorsqu'on s'adressait à lui, préférant rester seul, et la plupart du temps il y parvenait. Pendant des années, il avait joué à la perfection l'arrière-train d'un âne et ne désirait aucun autre rôle. Le lourd silence suivant la harangue de Wiggin pour trouver un ange le rendait nerveux ; peut-être la peinture monumentale des disciples majestueux l'impressionnait-elle ; peut-être craignait-il qu'en l'absence de volontaires le recteur n'en désigne un au hasard. Et pourvu que ça ne tombe pas sur lui !

Harold Crosby, renversé sur sa chaise, ferma les yeux, pratiquant la politique de l'autruche et se figurant que, si on le croyait endormi, on ne lui proposerait rien d'autre que ses chères pattes arrière.

« Il faut absolument que l'un de vous se désigne ! », fit Barb Wiggin, d'une voix menaçante.

Alors Harold Crosby se pencha un peu plus en arrière et dégringola avec sa chaise ; il aggrava son cas : cherchant à retrouver l'équilibre en se rattrapant au cadre de l'immense tableau, il finit par s'écrouler sous le portrait des douze disciples du Christ. Comme tout ce qui concernait Harold Crosby, sa chute fut plus maladroite que spectaculaire. Néanmoins, seul le recteur avait assez peu de sensibilité pour prendre cette cascade involontaire pour du volontariat :

« Bravo, Harold ! Voilà un garçon courageux !

— Eh, quoi ? fit Harold.

— Maintenant, nous avons notre ange, poursuivit gaiement Mr. Wiggin. Passons à la suite.

— J'ai le vertige ! balbutia Harold Crosby.

— Haut les cœurs ! Voici venu le moment de surmonter nos peurs ! répliqua le recteur.

— Mais la grue, chuchota Barb à son mari. Le harnais... »

Le recteur lui intima le silence d'un geste et, d'un regard qui en disait long : « Ne t'avise pas de donner des complexes à ce gosse à cause de son *poids ;* je suis sûr que la grue et les courroies sont bien assez solides. » Barb Wiggin lança un regard noir à son époux.

« Et si on en revenait aux tourterelles ? », fit Owen.

Barb Wiggin ferma les yeux ; pour ne pas s'affaisser, elle dut se cramponner à son siège. Son mari demanda :

« Ah oui, Owen. Que reproches-tu aux tourterelles ?

— On dirait des extraterrestres. Personne ne peut savoir ce que c'est.

— Des colombes ! dit Barb Wiggin. Tout le monde sait ce que c'est que des colombes !

— C'est des monstres ! Moitié aussi grosses que les ânes ! Jolie sorte d'oiseau ! Un piaf de la planète Mars, oui ! Telles qu'elles sont, elles font peur !

— Tout le monde ne peut pas être roi, berger ou âne ! protesta le recteur.

— Mais personne n'est assez petit pour être une colombe. Et personne ne sait à quoi servent ces espèces de serpentins en papier !

— Ce sont les plumes ! cria Barb Wiggin.

— Les tourterelles ressemblent à des vampires ! Des vampires rescapés de la chaise électrique !

— Eh bien, je pense qu'il y avait d'autres animaux dans l'étable, dit le recteur, conciliant.

— C'est toi qui vas faire les costumes ? lui demanda sa femme.

— Allons, allons, fit Mr. Wiggin.

— Les vaches et les bœufs, ça va bien avec les ânes, suggéra Owen.

— Des vaches, fit le recteur, pourquoi pas ?

— Et qui va faire des costumes de vaches ? insinua avec perfidie Barb Wiggin.

— Moi, je veux bien ! », dit Mary Beth Baird.

Elle ne s'était encore jamais proposée pour quoi que ce soit ; à l'évidence, son élection à la Virginité l'avait galvanisée, convaincue qu'elle pouvait réaliser des miracles, ou du moins des costumes de vaches.

« Un bon point pour toi, Mary », dit le recteur.

Mais Barb Wiggin et Harold Crosby fermèrent les yeux ; Harold ne semblait pas dans son assiette, comme s'il se retenait de vomir ; son visage avait la teinte verdâtre de l'herbe que foulaient les apôtres, sur le tableau au-dessus de lui.

« IL Y A ENCORE QUELQUE CHOSE », dit Owen. Nous fîmes silence. « L'ENFANT JÉSUS.

— Qu'est-ce qui ne va pas, avec l'Enfant Jésus ? demanda Barb Wiggin.

— TOUS CES BÉBÉS, RIEN QUE POUR EN AVOIR UN QUI NE PLEURE PAS DANS LA CRÈCHE. EST-CE QU'ON A BESOIN DE TOUS CES BÉBÉS ?

— Mais c'est dans le cantique, Owen, fit le recteur : " L'Enfant Jésus ne pleure pas. "

— OK, OK, MAIS TOUTE CETTE BROCHETTE DE BÉBÉS, ON LES ENTEND PLEURER DE LA COULISSE ! ET TOUS CES PARENTS ! ET TOUS CES GROS BRAS QUI SE REFILENT LES BÉBÉS COMME UN BALLON DE RUGBY, C'EST RIDICULE ! ÇA NOUS REND TOUS RIDICULES !

— Tu connais un bébé qui ne pleure pas, Owen ? », lui demanda Barb Wiggin.

Sitôt la question posée, elle sut la réponse et comprit qu'elle s'était laissé manœuvrer par Owen.

« JE CONNAIS QUELQU'UN QUI PEUT TENIR DANS LA MANGEOIRE, QUELQU'UN D'ASSEZ PETIT POUR AVOIR L'AIR D'UN BÉBÉ, dit-il, MAIS ASSEZ GRAND POUR NE PAS PLEURER. »

Mary Beth Baird n'y tint plus :

« C'est Owen qui doit faire l'Enfant Jésus ! », cria-t-elle.

Owen Meany eut un sourire modeste :

« JE TIENS DANS LA MANGEOIRE. »

Harold Crosby, ne pouvant plus se retenir, se mit à vomir. Comme ça lui arrivait souvent, ça passa pratiquement inaperçu, d'autant qu'Owen avait capté l'attention générale.

« Et en plus, nous pouvons le *soulever !* dit Mary Beth Baird avec ravissement.

— On n'a encore jamais soulevé l'Enfant Jésus ! dit Barb Wiggin.

— Eh bien, à présent, on pourra, dit Mary Beth.

— Alors, si tout le monde est d'accord, je veux bien faire l'Enfant Jésus.

— Oui ! crièrent rois et bergers.

— Vive Owen ! », crièrent ânes et vaches — anciennement tourterelles.

C'était le consensus populaire, mais Barb Wiggin lança à Owen un regard qui en disait long. Elle commençait à réviser son opinion et le trouvait nettement moins « trognon ».

De son côté, le recteur observait Owen avec une expression inédite chez cet ex-pilote. Ce vétéran des crèches de Noël regardait Owen avec un immense respect, comme si, après avoir tant vu d'Enfants Jésus aller et venir, il n'en avait jamais rencontré auparavant qui entrât aussi parfaitement dans la peau du rôle.

*   *   *

Nous n'en étions qu'à la deuxième répétition quand Owen décréta que le berceau, dans lequel il tenait mais à l'étroit, n'était ni indispensable ni orthodoxe. Dudley Wiggin se conformait entièrement au chant *Au loin dans une étable,* dont deux vers l'avaient convaincu que le Petit Jésus doit se tenir tranquille.

> Les animaux dodelinent, l'enfant s'éveille,
> Et de son silence cha-cun s'émerveille.

Puisque Mr. Wiggin faisait tant de cas de ce distique, Owen demanda qu'on se reporte au distique précédent :

> Au loin dans une étable, sans même un berceau,
> L'Enfant Jésus repose, voyez comme il est beau !

« C'EST ÉCRIT EN TOUTES LETTRES, QU'IL N'A PAS DE BERCEAU. ALORS POURQUOI EN METTRE UN ? » Il trouvait ce berceau restrictif et se mit à chanter : « LES ÉTOILES DU CIEL LE REGARDÈRENT. O JOIE ! ENDORMI *SUR LA PAILLE*, C'ÉTAIT LUI, L'ENFANT-ROI. »

Une fois de plus, il obtint ce qu'il voulut ; il serait couché sur la paille, et il commença aussitôt à se confectionner, avec toute la paille disponible, une couche confortable, suffisamment haute pour qu'il fût bien visible de l'ensemble des spectateurs.

« IL Y A AUTRE CHOSE, nous prévint-il. LE CHANT DIT BIEN : " LES ANIMAUX DODELINENT ", N'EST-CE PAS ? HEUREUSEMENT QUE NOUS AVONS DES VACHES, PARCE QUE LES TOURTERELLES, HEIN, POUR DODELINER, ON PEUT COURIR ! »

Certes, nous avions des vaches et des bœufs, mais nécessitant autant d'indulgence que les défuntes tourterelles. Pour ses costumes, Mary Beth Baird avait été inspirée par son accession au rôle de la Vierge, mais la Sainte Mère de Dieu n'avait pas poussé la complaisance jusqu'à offrir son assistance ou sa main-d'œuvre divine pour leur fabrication. Mary Beth semblait avoir fait un amalgame de la Nativité et de l'arrivée du Père Noël : ses vaches n'avaient pas de cornes mais de véritables andouillers, comme les rennes auxquels Mary Beth avait dû penser. De plus, ces fiers ornements étaient mous et pendouillaient sur les yeux des bovidés, les aveuglant en grande partie, ce qui provoquait une confusion extrême dans la crèche : vaches se marchant dessus, se cognant aux ânes, culbutant rois et bergers.

« Les vaches, ou ce qui en tient lieu, dit Barb Wiggin, devront trouver une place et surtout n'en pas bouger. Je n'aimerais pas les voir piétiner le Petit Jésus ! »

Mais son œil démentait ses paroles. On sentait que si le Petit Jésus pouvait se faire piétiner, ce serait pure bénédiction divine. Owen, peu désireux de se faire abîmer le portrait, surtout quand il serait couché sur la paille, sans défense, fit chorus avec Barb Wiggin :

« VOUS, LES VACHES, N'OUBLIEZ PAS QUE VOUS DEVEZ

seulement " dodeliner " et pas gambader partout !

— Les vaches ne doivent ni bouger ni dodeliner, exhala Barb Wiggin. Je ne veux rien qui puisse détourner l'attention des chants sacrés et des lectures de la Bible. Pas de dodelinements, je vous en prie !

— L'année dernière, vous faisiez bien roucouler les tourterelles !

— Hélas ! Elle est loin, l'année dernière ! dit Barb.

— Allons, allons, dit le recteur.

— Le chant dit : " Les animaux dodelinent ", insista Owen.

— Tu veux peut-être aussi que les ânes fassent *hi-han,* grinça Barb Wigging.

— Le chant ne parle pas des ânes.

— Peut-être que nous suivons ce cantique trop à la lettre », intervint Mr. Wiggin.

Mais je savais que rien ne pouvait être trop littéral pour Owen Meany, qui se cramponnait à toute parole d'Évangile. Il se laissa pourtant fléchir sur le dodelinement, pour mieux se rattraper sur l'ordre des morceaux musicaux, qu'il avait toujours trouvé inapproprié. Ça n'avait pas de sens, selon lui, de commencer par *Nous sommes les trois rois d'Orient* pendant l'arrivée de l'ange annonciateur sur sa colonne de lumière ; c'était aux bergers qu'il apparaissait, pas aux rois. Mieux valait commencer par *O petit hameau de Bethléem,* tandis que l'ange négociait son atterrissage ; l'annonce de l'ange se caserait idéalement entre les deuxième et troisième versets. Puis, au moment où la « colonne de lumière » abandonne l'ange — ou plutôt que l'ange disparaît dans le noir —, nous découvrons les rois mages, qui ont rejoint les bergers stupéfaits. C'est alors que nous entonnons *Les Trois Rois* en mettant la gomme.

Harold Crosby, qui n'avait pas encore expérimenté la machinerie destinée à le mettre sur orbite, voulut savoir où étaient les rats d'eau.

Question qui laissa pantois. Il expliqua :

« " Nous sommes les trois rats d'eau riants. " Où ils sont, les rats d'eau ?

— " LES TROIS ROIS D'ORIENT ", le corrigea Owen. TU
NE SAIS DONC PAS LIRE ? »

Harold Crosby savait seulement qu'il ne voulait pas
voler ; il poserait toutes les questions, susciterait toutes les
diversions, tergiverserait de toutes les façons imaginables
pour retarder l'heure de son *lancement* par Barb Wiggin.

Moi, Joseph, je n'avais rien à faire, rien à dire, rien à
apprendre. Mary Beth Baird suggéra que, en mari serviable, je la relaie auprès d'Owen Meany, non pas pour l'ôter
de son lit de paille, car Barb y était violemment opposée,
mais pour le caresser, lui faire risette, lui tapoter les
joues...

« PAS DE CHATOUILLES ! cria Owen.

— Rien du tout ! appuya Barb Wiggin. On ne touche pas
au Petit Jésus !

— Mais nous sommes ses parents, tout de même !
protesta Mary Beth, généreuse au point d'inclure le pauvre
Joseph dans cette appellation.

— Mary Beth, menaça Barb Wiggin, si tu touches au
Petit Jésus, je t'habille en vache ! »

C'est ainsi qu'on put voir la Vierge Marie bouder
pendant toute la répétition. Refuser à une mère le plaisir
de toucher son bébé ! Et Owen, qui s'était construit un nid
de paille bien douillet, de baigner dans l'aura, précieuse et
inaccessible, d'une divinité avec laquelle il fallait compter,
d'un prophète qui ne doutait de rien.

Quelques incidents techniques relatifs à la grue et au
harnais épargnèrent à Harold Crosby les affres du baptême
de l'air ; nous pûmes constater que ses angoisses lui avaient
fait oublier les moindres mots de sa fameuse tirade, s'il
l'avait jamais apprise, car il ne put jamais dépasser « Soyez
sans crainte, car voici... » sans se planter.

Rois et bergers n'arrivaient pas à se déplacer assez
lentement à la suite de la « colonne de lumière » censée les
amener jusqu'à la crèche ; même en musardant au maximum, ils arrivaient toujours devant l'émouvant tableau
avant la fin de *Nous sommes les trois rois d'Orient,* ce qui
les obligeait à attendre la fin du cantique et coupait l'effet
de surprise de *Au loin dans une étable.*

Le révérend Wiggin proposa bien, pour supprimer ce temps mort, de couper le cinquième verset des *Trois Rois,* ce qu'Owen refusa comme inorthodoxe. Conclure par le quatrième verset privait le cantique de son envolée finale, pleine d'alléluias ; Owen attira notre attention sur le texte du quatrième verset ; nous ne pouvions pas faire la découverte de l'Enfant Jésus en chantant :

« " AFFLIGÉ, PLEURANT, SAIGNANT, MOURANT DANS UNE FROIDE TOMBE... "

— Mais tout de suite après, c'est le refrain, cria Barb Wiggin. " O étoile merveilleuse, étoile dans la nuit... " »

Owen resta inflexible ; pourtant elle y avait mis du sentiment. Le recteur fit valoir à Owen qu'une tradition de l'Église était de ne pas chanter les cantiques dans leur intégralité, mais Owen nous fit comprendre que cette tradition, quelle que fût sa longévité, était moins fiable que la chose écrite. Cinq versets dans le livre, cinq versets à chanter, il n'en démordait pas :

« " AFFLIGÉ, PLEURANT, SAIGNANT, MOURANT ", chantonna-t-il, TOUT ÇA M'A L'AIR DANS L'ESPRIT DE NOËL. »

Mary Beth Baird exposa que le problème serait résolu si elle pouvait meubler en couvrant de caresses le Divin Enfant ; mais la seule chose sur laquelle Owen et Barb Wiggin fussent d'accord, c'était que Mary Beth ne tripote pas le Petit Jésus.

Lorsque la crèche fut à peu près en place, ce qui correspondait au quatrième verset des *Trois Rois,* la chorale attaqua *Au loin dans une étable,* tandis que nous nous prosternions sans vergogne devant Owen Meany.

Peut-être aurait-il fallu reconsidérer la question des langes. Owen n'avait pas voulu être emmailloté jusqu'au menton ; il tenait à garder ses bras libres, ne serait-ce que pour éloigner un âne ou un bœuf trop entreprenants. On lui avait donc emmailloté le corps jusqu'aux aisselles, puis, avec beaucoup d'enchevêtrements, les épaules et le cou. Barb Wiggin avait tenu à dissimuler le cou en particulier, arguant que la pomme d'Adam semblait par trop adulte. De fait, elle ressortait beaucoup, surtout quand Owen était couché ; mais ses yeux aussi étaient adultes et semblaient vouloir jaillir de leurs orbites, l'air hagard. Ses traits menus mais accusés pouvaient difficilement passer pour ceux d'un bébé, surtout dans la violente colonne de lumière. Ses yeux étaient cernés, son nez trop pointu, ses pommettes trop saillantes. On aurait mieux fait de l'entortiller dans une couverture. Ses langes évoquaient des bandes de pansements et Owen présentait l'aspect terrifiant d'un grand brûlé au corps anormalement racorni par des flammes qui n'auraient épargné que son visage et ses bras. La colonne de lumière, nos postures adoratrices donnaient à croire qu'une équipe de chirurgiens et d'infirmières s'apprêtaient à le déballer avant de l'opérer.

A la fin de *Au loin dans une étable*, Mr. Wiggin enchaîna avec saint Luc :

« Et il advint, quand l'ange les eut quittés pour le ciel, que les bergers se dirent entre eux : " Allons jusqu'à Bethléem et voyons ce qui est arrivé et que le Seigneur nous a fait connaître. " Ils vinrent donc en hâte et trouvèrent Marie, Joseph et le nouveau-né couché dans la crèche. Ayant vu, ils firent connaître ce qui leur avait été dit de cet enfant ; et tous ceux qui les entendirent furent étonnés de ce que leur disaient les bergers. Quant à Marie, elle méditait toutes ces choses dans son cœur. »

Pendant cette lecture, les rois mages se prosternèrent devant l'Enfant Jésus, lui offrant leurs présents traditionnels : boîtes décorées, babioles et verroterie brillante, qui, de loin, pouvaient passer pour des objets précieux. Quelques bergers offrirent des présents plus rustiques ; l'un d'eux tendit à l'Enfant Jésus un nid d'oiseau.

« QU'EST-CE QUE JE POURRAIS BIEN FAIRE D'UN NID ? se plaignit Owen.

— C'est un porte-bonheur, dit le recteur.

— C'EST ÉCRIT DANS LA BIBLE ? », demanda Owen.

Quelqu'un remarqua, du fond de l'église, que ça ressemblait à une vieille poignée d'herbe sèche ; quelqu'un d'autre parla de bouse de vache.

« Allons, allons ! fit Dudley Wiggin.

— Peu importe à quoi ça ressemble, trancha Barb Wiggin, la voix tendue. Les présents sont *symboliques*. »

Mary Beth Baird souleva un problème plus grave. Puisque la citation de saint Luc s'achevait par « Marie méditait toutes ces choses dans son cœur », choses à coup sûr mille fois plus importantes que ces cadeaux vulgaires, ne devrait-elle pas faire quelque chose pour montrer au public quelle tension subissait son pauvre cœur d'avoir à méditer d'aussi vastes problèmes ?

« Comment ? fit Barb Wiggin.

— Elle veut dire qu'elle devrait faire comprendre qu'elle médite », expliqua Owen.

Ravie qu'Owen ait si bien exprimé son souci, Mary Beth Baird voulut l'embrasser. Mais Barb Wiggin s'interposa juste à temps, abandonnant le maniement de la « colonne de lumière ». Livré à lui-même, le projecteur balaya toute l'assemblée, avant de se fixer sur la Sainte Mère de Dieu.

Il y eut un silence respectueux, pendant lequel nous méditâmes les moyens qu'avait Mary Beth pour exprimer le trouble de son cœur ; nous sentions qu'elle ne serait satisfaite que si elle pouvait exprimer physiquement son amour pour l'Enfant Jésus.

« Je pourrais l'embrasser, dit doucement Mary Beth. Je me pencherais sur lui et je l'embrasserais, sur le front bien sûr.

— Eh bien, ma foi, tu pourrais essayer ça, Mary Beth, dit prudemment le recteur.

— Voyons ce que ça donne, dit Barb Wiggin, hésitante.

— Rien à faire, dit Owen. Pas de baisers.

— Pourquoi pas, Owen ? », demanda ironiquement Barb Wiggin.

Puisque l'occasion de l'embêter se présentait, elle sautait dessus.

« C'est un moment très émouvant, dit lentement Owen.

— En effet, convint le recteur.

— Très émouvant. Un moment sacré !

— Rien que sur le front, implora Mary Beth.

— Voyons à quoi ça ressemble, essayons, dit Barb Wiggin.

— Non. Si Marie était censée " méditer dans son

CŒUR " QUE JE SUIS LE CHRIST, LE VÉRITABLE FILS DE DIEU... LE SAUVEUR, N'OUBLIEZ PAS... CROYEZ-VOUS QU'ELLE M'EMBRASSERAIT COMME UNE MÈRE ORDINAIRE EMBRASSE UN BÉBÉ ORDINAIRE ? CE N'EST PAS LA SEULE FOIS OÙ MARIE GARDE DES CHOSES DANS SON CŒUR. RAPPELEZ-VOUS QUAND ILS VONT À JÉRUSALEM POUR LA PÂQUE, QUE JÉSUS VA AU TEMPLE PARLER AUX DOCTEURS, ET QUE MARIE ET JOSEPH S'INQUIÈTENT À SON SUJET ! ILS LE CHERCHENT PARTOUT ET IL LEUR DIT : " POURQUOI VOUS INQUIÉTEZ-VOUS ? NE SAVEZ-VOUS PAS QUE JE DOIS ÊTRE DANS LA MAISON DE MON PÈRE ? " IL VEUT DIRE LE TEMPLE. VOUS VOUS SOUVENEZ DE ÇA ? EH BIEN MARIE GARDE ÇA AUSSI DANS SON CŒUR !

— Mais Owen, il faut que je fasse quelque chose ! dit Mary Beth. Qu'est-ce que je peux faire ?

— TU GARDES TOUT ÇA DANS TON CŒUR !

— Elle ne doit rien faire ? », demanda le révérend à Owen.

Le recteur, tout comme les docteurs du Temple, semblait « stupéfait ». (« Tous ceux qui l'entendaient étaient stupéfaits de son intelligence et de ses réponses. »)

« Veux-tu dire qu'elle ne doit rien faire du tout, Owen ? Ou faire autre chose que t'embrasser ?

— MIEUX QUE ÇA ! » Mary Beth tremblait, prête à faire tout ce qu'il lui ordonnerait. « ESSAIE DE DODELINER ! lui suggéra Owen.

— Dodeliner ! », fit Barb Wiggin avec dégoût.

Mary Beth Baird tomba à genoux et baissa la tête ; comme elle était empotée, ce mouvement lui fit perdre l'équilibre. Elle finit par adopter la position dite du triangle de sustentation, à savoir les genoux au sol et le front posé sur le tas de paille, sommet du crâne appuyé sur la hanche d'Owen.

Owen leva une main pour la bénir ; avec détachement, il lui effleura les cheveux ; puis sa main hésita au-dessus de sa tête, comme pour l'abriter de la trop vive « colonne de lumière ». Peut-être n'avait-il voulu garder ses bras libres que pour ce geste.

A la vision de ce que Marie méditait dans son cœur, tout

s'immobilisa, bergers et rois, ânes et vaches. Même les parties postérieures des ânes — qui ne voyaient rien du tout — semblèrent comprendre l'intensité du moment — elles cessèrent de s'agiter, queues pendantes. Bouche bée, souffle coupé, le recteur et sa femme manifestaient une terreur respectueuse. Et moi, Joseph, je ne fis rien. Je n'étais que le témoin. Dieu seul sait combien de temps Mary Beth Baird aurait gardé la tête enfouie dans la paille, vu l'extase où la plongeait son contact avec le corps du Petit Jésus. Nous aurions pu rester figés pour l'éternité, constituant la Crèche Définitive, Historique. Une crèche vivante statufiée en pleine répétition, chacun de nous imprégné de la magie même que nous voulions représenter. La Nativité permanente !

Mais le chef des chœurs, dont la vue faiblissait, crut qu'il avait manqué le signal du dernier cantique, que la chorale attaqua avec un enthousiasme inusité :

Écoutez ! L'ange annonciateur louange
Le roi qui nous est né ! Paix sur la terre,
Dieu pardonne aux pauvres pécheurs !
Toutes les nations chantent leur joie !
Joignez-vous à ce chant d'amour. Clamez
Avec l'hôte angélique : « Le Christ est né à Beth-lé-em ! »
Écoutez le chant de l'envoyé du ciel : « Gloire à l'Enfant
    Jésus ! »

Au premier « Écoutez », Mary Beth Baird releva la tête, cheveux hérissés et parsemés de paille ; elle bondit sur ses pieds comme si le Petit Prince de la Paix l'avait chassée de son nid. Les ânes reprirent vie, les vaches aux cornes flasques s'ébrouèrent, les rois et les bergers repartirent dans leur chienlit habituelle. Le recteur, tel un ressuscité brutalement ramené aux dures réalités terrestres, recouvra la voix et dit :

« C'était parfait. Tout à fait *merveilleux,* vraiment.

— On ne peut pas la refaire une fois ? demanda Barb Wiggin, tandis que la chorale continuait de proclamer la naissance du Dieu éternel.

— NON, dit le Prince de la Paix. JE CROIS QUE NOUS SOMMES AU POINT. »

* * *

Jours de semaine à Toronto : 8 heures, prière du matin ; 17 h 15, prière du soir ; sainte communion les mardis, mercredis et vendredis. Je préfère ces services de semaine au culte du dimanche ; je suis moins distrait quand j'ai l'église de la Grâce-sur-la-Colline presque entièrement pour moi, et il n'y a pas de sermons. Owen n'a jamais aimé les sermons, mais je pense que ça lui aurait plu d'en prononcer lui-même quelques-uns.

Il y a un autre avantage aux messes en semaine ; nul n'est contraint d'y assister, y va qui veut. Le dimanche, c'est obligatoire. Qui n'a jamais enduré l'expérience de se trouver assis derrière toute une famille ? Les enfants qui se bagarrent, pris en sandwich entre le père et la mère qui les ont forcés à venir à l'église. Un remugle d'engueulade se dégage de l'habillement hâtif des gosses. Le pull froissé de la fille dit : « Pour une fois que je peux faire la grasse matinée ! » Le col relevé du veston de son frère dit : « Je m'embête à mourir ! » De fait, les enfants coincés entre leurs parents ne cessent de s'agiter sur le banc ; on les sent prêts à hurler de fureur rentrée.

Le père à l'air sévère qui occupe l'extrémité du banc suit la messe par intermittence. Son expression compassée tente de dissimuler une pensée sous-jacente : s'il est là, c'est uniquement pour les enfants ; il aurait la même expression à un mariage ou à un enterrement. Quand ses enfants seront assez grands pour décider d'eux-mêmes, cet homme-là restera chez lui le dimanche.

La mère éreintée, dernière tranche du sandwich familial — tassée à l'endroit le plus inconfortable, juste sous les postillons du prédicateur —, se retient de lisser la robe de sa fille. Elle sait que, si elle la touche, ce sera la crise de nerfs.

Le fils tire de sa poche un petit camion rouge ; le père le lui arrache, non sans devoir décramponner un à un les

doigts crispés du gosse. Il lui chuchote, hargneux :
« Encore un geste et tu resteras enfermé toute la journée !
— Toute la journée ? », dit l'enfant incrédule. L'interdiction de faire un geste incongru sans se retrouver claque-
muré le submerge d'une claustrophobie galopante, pire
encore que celle qu'il subit en ce moment même, dans cette
église.

La fille s'est mise à pleurer. « Pourquoi elle pleure ? »,
demande le garçon à son père, qui ne répond pas. Il se
tourne vers sa sœur et lui demande : « T'as tes règles ? »
Alors la mère se penche au-dessus de la fille et pince la
cuisse du gamin, un pinçon tournant et prolongé. Le voilà
qui pleure aussi. Le moment de la prière ! Les prie-Dieu
claquent, la famille s'agenouille. Le fils fait le vieux truc du
missel : il fait glisser le missel sur le banc, jusqu'à l'endroit
où s'assiéra sa sœur après la prière.

« Fais attention à toi », murmure le père au milieu de
son *Notre père*.

Mais peut-on prier en pensant aux règles de sa fille ? Elle
a l'air assez vieille pour avoir ses règles, mais assez jeune
pour que ce soient ses premières. Doit-on déplacer le
bouquin avant qu'elle ne s'assoie dessus ? Le prendre et
assommer le frangin avec ? En réalité, c'est le père qu'on
aimerait frapper ; et aussi pincer la cuisse de la mère, aussi
fort qu'elle a pincé son rejeton. Comment ne pas être
distrait dans sa prière ?

Et si on parlait un peu de la soutane du chanoine Mackie,
couleur caca d'oie ? Et de la verrue du marguillier Har-
ding ? Holt, son adjoint, est un raciste ; il râle toujours
contre les Antillais qui squattent Bathurst Street. Alors
qu'il attendait son tour dans une papeterie, n'a-t-il pas vu
deux jeunes Noirs photocopier tout un magazine porno ?
Pour un tel crime, le marguillier adjoint Holt voudrait les
faire arrêter. Comment se concentrer sur la prière ?

Il n'y a presque personne aux messes en semaine, tout est
calme, serein. Le léger bourdonnement du vieux ventilateur, d'une régularité métronomique, favorise le recueillement et, du troisième ou quatrième banc, on sent son
visage doucement éventé. Dans le climat canadien, le

ventilateur est censé faire retomber l'air chaud sur les fidèles frigorifiés. Mais on peut aussi bien s'imaginer dans une chapelle missionnaire sous les tropiques.

Certains disent qu'il fait trop clair dans l'église de la Grâce, clarté accentuée par le contraste des piliers d'arcs-boutants aux sombres boiseries et du plafond blanc ; malgré la prédominance de pierre et de vitraux, il n'y a pas de recoins obscurs. Les critiques trouvent la lumière trop artificielle et contemporaine pour un aussi vieux bâtiment ; mais le ventilateur est moderne aussi et personne ne s'en plaint, bien qu'il ne fonctionne pas par l'opération du Saint-Esprit.

Les piliers de bois, du genre tarabiscoté, ont leurs moindres moulures bien visibles, même les plus hautes, ce qui prouve combien cette église est claire. On ne pourrait y dissimuler Harold Crosby ou tout autre ange annonciateur. Tout appareil destiné à faire voler et atterrir l'ange serait immédiatement décelé. Ici, le miracle de la Nativité semblerait beaucoup moins miraculeux et, j'y pense, je n'ai jamais vu de crèche vivante de Noël dans cette église. Ce miracle, je l'ai vu une fois ; c'est suffisant. La nativité millésime 53 suffit à mon bonheur.

* * *

En cette période de Noël, les soirées s'éternisaient ; les dîners, avec Dan ou avec ma grand-mère, étaient longs et solennels. Je me souviens que le fauteuil roulant de Lydia aurait eu besoin d'être huilé et que Dan se plaignait amèrement de ce que des amateurs pouvaient faire du *Chant de Noël*. Cette mauvaise humeur, rare chez Dan, n'était pas améliorée par la présence fréquente de Mr. Fish, notre voisin et l'acteur le plus assidu de la troupe d'amateurs.

« Je me fais une fête de jouer Scrooge », disait-il.

Il se pointait après dîner au 80 Front Street sous le moindre prétexte. Parfois, c'était pour abonder dans le sens de ma grand-mère sur le projet de loi qui rendrait obligatoire la laisse pour les chiens. Mr. Fish manifestait là une belle hypocrisie, et le pauvre Sagamore devait se retourner dans sa tombe à entendre son ancien maître approuver de telles atteintes aux libertés canines ; Sagamore était resté un chien libre jusqu'à son trépas.

En réalité, Mr. Fish se moquait éperdument des laisses et des colliers. Son unique pôle d'intérêt, c'était Scrooge, un rôle en or, saccagé, d'après lui, par des partenaires minables.

« Les spectres ne sont qu'une partie du problème, disait Dan. Le gosse qui joue l'infirme, Tiny Tim, est si exécrable qu'on a envie qu'il meure ! J'ai peur qu'un spectateur ne monte en scène pour l'assommer avec sa béquille ! »

Dan gardait sur le cœur le refus d'Owen, qui eût été parfait en petit éclopé, mais le Petit Jésus demeurait insensible à ses prières.

« Quels spectres dérisoires ! », gémissait Mr. Fish.

Le premier spectre, celui de Marley, était un affreux cabotin, professeur d'anglais à l'Institut ; ce Mr. Early acceptait du bout des lèvres chaque rôle que lui proposait Dan ; comme s'il était le roi Lear en personne, une folie tragique alimentait ses moindres gestes, se traduisant par de répugnants accès, crises et attaques.

« " Je suis venu vous avertir qu'il vous reste encore un faible espoir d'échapper à ma malédiction... ", disait-il à Mr. Fish tout en déroulant le bandage qu'on met aux morts pour empêcher leur bouche de s'ouvrir.

— " Vous avez toujours été un de mes bons amis ", dit Mr. Fish à Mr. Early, mais Mr. Early s'est tellement empêtré dans son pansement qu'il en a oublié sa réplique.

— " Vous serez hanté par... quatre spectres ! ", lance Mr. Early.

— Trois ! Pas quatre ! crie Dan.

— Mais ne suis-je pas le quatrième ? demande Mr. Early.

— Vous êtes le premier ! lui dit Mr. Fish.

— Mais il y en a trois autres, dit Mr. Early.

— C'est moi qui suis maudit ! », fulmine le metteur en scène.

Pourtant, le spectre de Marley n'était pas aussi mal

interprété que le spectre du Noël passé, une agaçante jeune bibliothécaire qui s'habillait en homme et fumait à la chaîne, par pure provocation ; elle-même n'était pas aussi mauvaise que le spectre du Noël présent, Mr. Kenmore, boucher au supermarché A & P local, qui, selon Mr. Fish, puait le poulet cru et fermait les yeux pendant chaque réplique de Mr. Fish ! Mr. Kenmore devait se concentrer sur son rôle avec une telle ferveur que la présence en scène de Scrooge le gênait. Et aucun d'eux n'était aussi mauvais que le spectre du Noël futur. Pourtant, notre facteur, Mr. Morrison, avait semblé fait pour le rôle. Grand, décharné, lugubre, il émanait de lui une telle acidité que les chiens, bien loin de vouloir le mordre, s'enfuyaient à son approche, comme s'ils sentaient que sa chair était toxique, comme celle d'un crapaud. Toutes ces qualités lui serviraient pour interpréter le dernier spectre, le plus menaçant de tous, mais, quand Mr. Morrison découvrit que le rôle était muet, il affecta de le dédaigner, voulut le refuser et finalement le conserva dans un but de vengeance, reniflant et ricanant aux répliques du malheureux Scrooge et prenant la salle à témoin pour détourner l'attention. Comme pour accuser Dan et Dickens d'idiotie — coupables d'avoir privé de la parole le spectre le plus important de la pièce.

Dans ses fonctions de facteur, nul n'avait jamais entendu Mr. Morrison prononcer un mot. Mais, devenu messager de la Mort, le pauvre homme s'imaginait avoir plein de choses à dire ! Or, la véritable catastrophe, c'est qu'aucun des spectres ne faisait peur.

« Comment puis-je *être* Scrooge si je n'ai pas peur ? demandait Mr. Fish à Dan.

— Vous êtes un acteur, il faut faire semblant ! », répondait Dan.

Je regrettais *in petto* que le rôle de la mère de Tiny Tim ne permette pas à Mrs. Walker d'exhiber ses jolies jambes.

Pauvre Mr. Fish. Je n'ai jamais su ce qu'il faisait dans la vie. Il était le maître de Sagamore, le brave type dans *Angel Street* — à la fin, il prenait le bras de ma mère —, le mari infidèle dans *L'Ange du foyer*, Scrooge... mais que faisait-il ? Je ne l'ai jamais su. J'aurais pu poser la question à Dan ;

je peux encore le faire. Mais Mr. Fish était le *voisin* type, la quintessence de voisin ; tous les voisins à lui seul, tous les propriétaires de chiens, tous les visages amicaux des jardins d'alentour, toutes les mains sur mon épaule à l'enterrement de ma mère. Je ne sais même pas s'il était marié. Je ne me rappelle pas quelle tête il avait, mais il arborait l'expression tatillonne de l'homme qui s'apprête à ramasser une feuille morte ; le modèle des tondeurs de gazon, des pelleteurs de neige. Et, bien qu'il attaquât cette période de Noël sous l'aspect de l'intrépide Scrooge, je l'avais déjà vu en proie à la peur.

Je l'avais aussi connu jeune et insouciant, du moins avant la mort de Sagamore. Je me rappelle cette superbe journée de septembre, où les érables de Front Street commençaient à jaunir et rougir ; au-dessus des façades de bardeaux blancs et des toits d'ardoises, les érables rouges semblaient sucer le sang de la terre. Bien qu'il n'eût pas d'enfants, Mr. Fish aimait jouer au football et, par ces beaux après-midi d'automne, nous cajolait, Owen et moi, pour que nous jouions avec lui. Ce sport nous laissait froids, sauf quand Sagamore participait à la partie. Sagamore, comme tous les labradors, adorait rapporter des balles, et c'était cocasse de le voir s'ingénier à prendre le gros ballon dans sa gueule. Il le chevauchait de ses pattes avant, l'aplatissait au sol avec son poitrail, sans jamais arriver à le saisir à pleine mâchoire. Il le couvrait d'une bave abondante, ce qui le rendait glissant pour les passes et nuisible à ce que Mr. Fish appelait l'esthétique du jeu. Mais Owen Meany et moi n'ajoutions rien à l'esthétique ; j'étais incapable de maîtriser la passe en vrille et les mains d'Owen étaient trop petites pour tenir le ballon ; il se bornait à le frapper du pied. La violence déployée par Sagamore pour mordre le ballon et nos efforts pour l'en empêcher étaient pour nous les aspects les plus amusants de ce sport, que Mr. Fish prenait très au sérieux. « Ce sera plus intéressant lorsque vous serez plus grands », disait-il quand la balle partait sous les troènes ou rebondissait dans les parterres de roses.

Maladroits de nature, nous en rajoutions à l'intention de

Sagamore, dont les mimiques nous mettaient en joie. Pauvre Mr. Fish. Nous rations des coups si faciles ! Owen s'emparait du ballon, poursuivi par Sagamore, puis shootait n'importe comment. Nous ne jouions pas à la balle au pied, mais à la balle au chien ; pourtant, Mr. Fish gardait l'espoir qu'un jour, Owen et moi, touchés par la grâce, nous jouerions enfin selon les règles.

Quelques maisons plus bas, dans Front Street, habitait un jeune couple avec un bébé ; Front Street n'était pas une rue « jeune » et ne comptait que cet unique nouveau-né. Les jeunes parents semblaient appartenir à une autre race, comme s'ils étaient les premiers de tout le New Hampshire à avoir procréé. Quand nous jouions avec Mr. Fish, Owen poussait de tels cris que le père ou la mère surgissait au-dessus d'une haie pour nous demander avec irritation de la mettre en veilleuse « à cause du bébé ».

Sa longue pratique du théâtre amateur avait entraîné Mr. Fish à rouler comiquement les yeux ; sitôt le géniteur reparti vers son précieux rejeton, Mr. Fish se mettait à ribouler avec entrain. « CRÉTIN DE BÉBÉ ! protestait Owen. QUELLE ÂNERIE DE VOULOIR RÉGENTER LES BRUITS DE LA RUE ! »

C'est précisément ce qui s'était passé — pour la centième fois au moins — le jour où Owen réussit à expédier le ballon hors du jardin de ma grand-mère par-dessus celui de Mr. Fish ; le ballon survola le garage de ma grand-mère, rebondit plusieurs fois dans l'allée et déboucha dans Front Street, poursuivi par Sagamore, Owen et moi ; Mr. Fish resta sur place, mains sur les hanches ; il ne courait jamais après un ballon mal lancé, toujours strict sur les règles, mais n'en était pas moins impressionné par la force inhabituelle du coup de pied d'Owen.

« C'est ce qui s'appelle toucher un ballon ! », lança-t-il.

Le ballon roulait dans la rue, serré de près par Sagamore ; on entendit tout à coup fonctionner l'avertisseur couinant, insistant, d'un véhicule, jusqu'au moment du choc brutal du camion contre la tête du malheureux Sagamore.

Pauvre Mr. Fish ; Owen courut le rejoindre, mais il avait

entendu le crissement des freins, le choc sourd, et était presque au bout de l'allée quand Owen l'intercepta.

« VOUS NE DEVRIEZ PAS REGARDER ÇA, lui dit-il. ASSEYEZ-VOUS, NOUS ALLONS NOUS OCCUPER DE TOUT. »

Mr. Fish était sous sa véranda quand les jeunes parents se pointèrent pour se plaindre du bruit — ou s'enquérir du retard du camion de couches, dont la présence dans les parages ne pouvait s'expliquer que par leur bébé.

Le chauffeur du camion était assis sur le marchepied.

« Merde », dit-il.

De près, une odeur d'urine se répandait du camion par bouffées. Ma grand-mère se faisait livrer des fagots dans de grands sacs de jute ; ma mère m'aida à en vider un et j'aidai Owen à y mettre Sagamore. Le ballon, toujours imprégné de bave, avait ramassé dans sa course du gravier et un emballage de caramel, ce qui le rendait peu appétissant à voir.

A Gravesend, en septembre, on pouvait se croire en août — ou en novembre ; le temps qu'Owen et moi nous ayons rapporté le sac funéraire dans le jardin de Mr. Fish, le soleil s'était caché et le vent, chassant les feuilles mortes, avait fraîchi. Mr. Fish dit à ma mère qu'il allait « faire don » du cadavre du chien aux rosiers de ma grand-mère. Un chien mort constituait un engrais hautement prisé des vrais jardiniers ; ma grand-mère vint participer à la discussion et on tomba vite d'accord sur les rosiers à déraciner et à replanter ensuite. Mr. Fish prit sa bêche. Il était plus facile de creuser dans le massif de roses que dans le jardin de Mr. Fish, et les jeunes parents d'à côté, avec leur bébé, se montrèrent assez émus pour assister à l'enterrement, en compagnie d'une poignée d'autres gosses du voisinage ; ma grand-mère elle-même demanda qu'on l'appelle quand le trou serait prêt, et ma mère, bien que le temps se fût beaucoup refroidi, refusa d'aller prendre un manteau. Elle portait un pantalon gris, un sweater noir décolleté en V, et attendit héroïquement, frottant ses bras glacés, piétinant sur place, tandis qu'Owen rassemblait divers objets qui accompagneraient Sagamore dans sa tombe. Il voulait mettre le ballon dans le sac, mais Mr. Fish, toujours creusant, lui dit que nous pourrions nous en servir plus tard, quand nous serions grands. Owen retrouva quelques vieilles balles mâchonnées, l'écuelle de Sagamore et le plaid qui lui servait en voiture ; il fourra le tout dans le sac de jute, y ajoutant un bouquet des plus belles feuilles d'érable et une côtelette de la veille, que Lydia avait gardée pour Sagamore.

On allumait dans les maisons quand le trou fut creusé, et Owen décida que les assistants devaient porter des cierges ; mais Lydia rechignant à en fournir, ma mère dut la sermonner. On apporta des bougies, on convoqua ma grand-mère.

« C'ÉTAIT UN BON CHIEN, dit Owen, approuvé par toute l'assistance.

— Je n'en aurai jamais d'autre, affirma Mr. Fish.

— Comptez sur moi pour vous le rappeler », remarqua ma grand-mère.

Elle devait trouver ironique que sa roseraie, si souvent saccagée par Sagamore, bénéficie à présent de sa décomposition.

Le cérémonial aux chandelles devait avoir produit un effet saisissant dans Front Street ; du moins attira-t-il dans notre jardin le révérend Lewis Merrill et sa délicate épouse. Au moment précis où les mots nous manquaient, le révérend Merrill, déjà aussi pâle qu'en plein hiver, fit son apparition dans la roseraie. Sa femme, le nez rougi par son premier rhume d'automne, portait déjà le manteau qu'elle garderait des mois durant. Au cours de leur brève promenade hygiénique, les Merrill avaient flairé une cérémonie religieuse.

Toute frissonnante, ma mère sembla fascinée par l'arrivée des Merrill. Mrs. Merrill lui dit :

« Brr, Tabby, rien qu'à vous regarder, vous me donnez froid. »

Nerveux, Mr. Merrill examinait les personnes présentes, comme s'il inventoriait les vivants pour déterminer par élimination celui qui reposait dans le sac de jute.

« Merci d'être venu si vite, révérend, dit Mr. Fish, en acteur-né. Peut-être pourriez-vous dire quelques mots appropriés à la disparition du meilleur ami de l'homme ? »

Mr. Merrill semblait dépassé par la situation. Il regarda d'abord ma mère, moi ensuite ; il examina le sac de jute ; il scruta le trou dans la plate-bande comme s'il voyait sa propre tombe. Quoi d'étonnant qu'une simple promenade avec sa femme s'achève ainsi ?

Voyant son pasteur si ému et si coi, ma grand-mère lui prit le bras pour lui murmurer :

« Ce n'est qu'un chien. Dites juste un petit quelque chose pour faire plaisir aux enfants. »

Mr. Merrill se mit à bégayer ; plus ma mère frissonnait, plus il frissonnait, plus sa bouche tremblait, et il fut incapable de dire le moindre bout de prière ; les premières syllabes l'étouffèrent. Mr. Fish, qui n'avait jamais mis les pieds dans une église, souleva le sac de jute et lâcha Sagamore au sein des enfers.

Une fois de plus, Owen Meany sauva la situation :

« " Je suis la résurrection et la vie ", dit le Seigneur, " et celui qui croit en moi survivra d'entre les morts. Et quiconque vit et croit en moi ne mourra jamais. " »

C'était bien parlé, pour un chien, et le révérend Merrill, exempté d'allocution, garda un silence prudent.

« Ne mourra jamais », répéta Owen Meany.

Soulevée par une rafale de vent, une mèche de cheveux balaya le visage de ma mère, qui prit la main d'Owen.

Pour tout rituel, toute cérémonie, tout sacrement, on pouvait se fier à Owen Meany.

*   *   *

Mais, en ces vacances de Noël 1953, j'étais aveugle. Que nous répétions la Nativité ou que nous essayions des capotes anglaises, je remarquais à peine qu'Owen était le chef d'orchestre des événements ; je n'imaginais pas que la symphonie s'achèverait sur une seule note. Même dans sa chambre, à l'atmosphère si particulière, je fus le seul à ne pas sentir qu'un sanctuaire était en cours d'élaboration.

Il était difficile de savoir si les Meany célébraient Noël.

Quelques branches de pin grossièrement taillées étaient clouées sur la porte d'entrée, par un seul et énorme cavalier qu'on aurait cru mis au rebut pour malfaçon. Ce clou à deux pointes semblait assez solide pour assembler deux plaques de granit ou retenir le Christ en croix. Mais les branches n'affectaient aucune forme spéciale, surtout pas celle d'une couronne ou d'une guirlande ; on aurait dit un nid commencé à la hâte et aussitôt abandonné. A l'intérieur de la maison, aucun arbre de Noël, nulle décoration, pas même une bougie sur la fenêtre ou un Père Noël décrépit sous une lampe.

Sur le manteau de la cheminée, au-dessus du feu fumant en permanence — soit que les bûches fussent chroniquement humides ou qu'on ne tisonnât jamais les braises —, il y avait une crèche aux personnages de bois peinturlurés. Le bœuf à trois pattes, presque aussi précaire que les vaches de Mary Beth Baird, s'appuyait contre un poulet à l'air menaçant presque aussi gros que le bœuf, sans doute de la race des tourterelles de Barb Wiggin. Un malencontreux coup de gouge dans le visage de la Vierge Marie la défigurait si vilainement qu'un membre miséricordieux de la famille Meany l'avait tournée dos au berceau — oui, il y avait un berceau. Joseph n'avait qu'une main ; peut-être s'était-il tranché l'autre dans une crise de jalousie, si l'on en jugeait d'après son expression, comme si la fumée qui avait noirci la cheminée avait aussi assombri l'humeur de Joseph. Un ange avait perdu sa harpe, et l'autre, la bouche en forme de O, ne pouvait qu'exhaler une lamentation.

Mais la crèche émettait un message bien plus sinistre encore : le berceau était vide ! Voilà pourquoi la Vierge Marie cachait son visage mutilé, pourquoi le premier ange avait jeté sa harpe et le second appelait au secours, pourquoi Joseph avait perdu une main et le bœuf une patte. L'Enfant Jésus avait disparu — fugue ou kidnapping. L'objet même de l'adoration échappait à ses adorateurs.

On sentait davantage de présence divine dans la chambre d'Owen, encore que rien n'y évoquât Noël, sauf peut-être le rouge éclatant de la robe portée par le mannequin ; mais je savais que le mannequin n'avait rien d'autre à se mettre tout au long de l'année.

Le mannequin était planté à la tête du lit, plus près que ma mère n'avait coutume de le placer auprès du sien. Owen, je le compris aussitôt, avait besoin de toucher cet objet familier.

« NE REGARDE PAS LE MANNEQUIN, me conseilla-t-il. ÇA NE PEUT TE FAIRE QUE DU MAL. »

A l'évidence, cette présence était bénéfique pour lui, et pour lui seul.

Les photos de base-ball, naguère en évidence, avaient disparu, de même les trophées s'y rapportant. Mais j'étais sûr que la balle meurtrière n'était pas loin, tout comme les griffes de mon armadillo... J'eus brusquement la conviction que l'Enfant Jésus absent de la crèche se trouvait aussi dans la chambre d'Owen, quelque part avec la capote anglaise de Potter, qu'Owen avait conservée, les griffes de l'armadillo et la balle qui avait tué ma mère.

Cette chambre n'incitait pas à un long séjour ; nous ne restions jamais longtemps chez les Meany ; le temps pour Owen de se changer, puisqu'il dormait plus souvent chez moi que chez lui.

Mrs. Meany ne m'adressait jamais la parole ; elle ne me voyait pas ; Owen daignait rarement informer sa mère de ma présence — ou de la sienne. Mr. Meany, lui, se montrait généralement aimable ; pas chaleureux, certes, ni enthousiaste, n'ayant jamais été communicatif, mais il m'accueillait avec bonhomie : « Tiens ! Voilà Johnny Wheelwright ! », disait-il d'un air surpris, comme s'il ne m'avait pas vu pendant des années.

C'était peut-être une façon détournée d'annoncer ma présence à Mrs. Meany, mais ça n'influait pas sur son attitude ; elle restait de profil, entre la fenêtre et nous. Pour varier les plaisirs, elle regardait le feu de temps en temps, sans aller jusqu'à l'attiser. Elle préférait peut-être la fumée aux flammes.

Un jour qu'il devait se sentir d'humeur loquace, Mr. Meany dit :

« Tiens ! Voilà Johnny Wheelwright ! Comment marchent toutes ces répétitions ?

— C'est Owen la vedette de la crèche vivante. »

Je n'avais pas fini de parler qu'Owen me donnait un coup de coude. Mr. Meany dit à son fils :

« Tu ne m'avais pas dit que tu étais la *vedette*.

— C'est lui l'Enfant Jésus, dis-je. Moi, je ne suis que Joseph.

— L'Enfant Jésus ? Tu m'avais dit que tu faisais un ange, Owen.

— Pas cette année », dit Owen. Il se mit à tirer, impatient, sur ma chemise : « Viens, il faut qu'on parte.

— C'est toi l'Enfant Jésus ? reprit son père.

— Je suis le seul qui puisse entrer dans le berceau.

— On n'a même plus de berceau. Owen a tout pris en main. Il est à la fois vedette et metteur en scène. »

Owen, à force de tirer, arracha ma chemise de mon pantalon.

« Metteur en scène », répéta Mr. Meany d'une voix neutre.

C'est alors que je me sentis glacé, comme si un improbable courant d'air venait de traverser la maison par la cheminée. Mais ce n'était pas le vent. C'était Mrs. Meany. Elle avait bougé ! Elle regardait Owen avec un mélange de crainte et de respect, comme choquée, avec une pointe de rancune. En découvrant ce regard, je compris qu'il valait mieux pour tout le monde qu'elle reste de profil.

Dehors, dans le vent vif montant de la Squamscott, je demandai à Owen si j'avais gaffé.

« Je pense qu'ils me préfèrent en ange. »

La neige ne s'attardait jamais sur la colline, n'ayant aucune prise sur les blocs de granit émergeant du sol et marquant les limites de la carrière. Même dans les trous, la neige était sale, mélangée de terre, marquée d'empreintes d'oiseaux et d'écureuils, mais non de chiens, l'endroit étant trop escarpé pour eux. Il y a tellement de sable autour d'une carrière de granit qu'il finit par remonter au-dessus

de la neige ; autour de la maison, le vent soufflait sans
entrave, nous projetant des paquets de sable ; on se serait
cru sur la plage par gros temps.

Quand Owen rabattit les oreillettes de sa casquette à
damiers, je m'aperçus que j'avais oublié mon bonnet sur
son lit. Nous devions retrouver Dan au bas de Maiden Hill,
près du hangar à bateaux.

« Attends-moi une minute, je vais chercher mon bonnet. »

Je remontai en courant vers la maison, le laissant sur le
chemin de terre boueux. Je négligeai de frapper ; d'ailleurs,
le paquet de branches cloué à la porte m'en aurait
empêché. Debout devant la cheminée, Mr. Meany regardait le feu, ou la crèche. Quand il se tourna vers moi, je lui
dis :

« J'ai oublié mon bonnet. »

Je ne frappai pas non plus à la porte de la chambre. Tout
d'abord, je crus que le mannequin de couturière avait
changé de place, que quelqu'un avait réussi à le plier et à
l'asseoir sur le lit. Puis je compris que c'était Mrs. Meany ;
assise sur le lit, elle regardait fixement la silhouette de ma
mère et ne réagit pas à mon entrée.

« J'ai oublié mon bonnet », répétai-je.

M'entendit-elle seulement ? Je m'empressai de mettre
mon bonnet et refluais vers la porte quand elle dit :

« Je suis désolée pour ta pauvre mère. »

J'entendais sa voix pour la première fois. Je revins dans
la pièce. Mrs. Meany n'avait pas bougé ; légèrement
penchée vers le mannequin, elle semblait attendre des
instructions...

Il était midi quand Owen et moi passâmes sous le pont de
chemin de fer, au pied de Maiden Hill Road, en contrebas
de la carrière de granit ; quelques années plus tard, un
pilier de ce pont provoquerait la mort de Buzzy Thurston,
qui avait réussi à échapper au service militaire. Mais cet
hiver 1953, ce fut la première fois que notre passage sous le
pont coïncida avec celui du Flying Yankee, le train express
reliant Portland à Boston en deux heures juste. Il sifflait
chaque jour à midi, en traversant Gravesend. Owen et moi

l'avions souvent regardé ; nous avions posé des pièces de monnaie sur les rails pour qu'il les aplatisse, mais nous ne nous étions encore jamais trouvés sous le pont au moment exact de son passage.

Je pensais encore à l'attitude de Mrs. Meany devant le mannequin quand les chevalets du pont commencèrent à vibrer ; tombant de la voie par des interstices, une pluie de poussier s'abattit sur nous ; même les arcs-boutants de béton tremblaient. En frottant nos yeux emplis de poussier, nous levâmes la tête pour voir le monstre d'acier foncer au-dessus de nous. Par les espaces entre les wagons, défilaient des pans de ciel plombé.

« C'EST LE FLYING YANKEE », hurla Owen par-dessus le vacarme.

Owen, qui n'avait jamais pris le train, se passionnait pour tous les trains ; mais le Flying Yankee, et sa terrifiante vitesse qui l'empêchait de s'arrêter à Gravesend, représentait pour Owen l'apothéose des moyens de locomotion. Owen, qui n'était jamais sorti de son trou, pouvait se montrer intarissable sur le thème du voyage.

« Quelle coïncidence ! », dis-je quand le train eut disparu.

Je pensais à la chance extraordinaire qui nous avait amenés sous ce pont à midi précis, mais Owen me dédia un sourire supérieur, où le reproche se mêlait au mépris. Je sais maintenant qu'Owen ne croyait pas aux coïncidences. Que la « coïncidence » était le refuge, futile et superficiel, des gens incapables d'accepter que leur vie soit régie par des forces bien plus puissantes et redoutables que le Flying Yankee.

* * *

La bonne qui remplaçait Lydia, après son amputation, auprès de ma grand-mère s'appelait Ethel et devait subir les comparaisons subtiles que Lydia et ma grand-mère faisaient au sujet de son travail. Je ne dis « subtiles » que parce que Grand-Mère et Lydia n'adressaient jamais un reproche direct à Ethel ; mais, en sa présence, ma grand-mère disait :

« Tu te rappelles, Lydia, quand tu sortais les pots de confiture du passage secret, où ils prennent la poussière, et que tu les déposais dans la cuisine par ordre de dates ?

— Oui, oui, je me rappelle, disait Lydia.

— Comme ça, je pouvais les inspecter et dire : " Eh bien, nous devrions jeter cette confiture-là parce qu'on n'en mange jamais et qu'elle date de deux ans. " Tu te rappelles ?

— Oui, même qu'une année on a jeté toute la gelée de coing.

— Ça nous était bien utile de savoir ce que nous avions dans le passage secret, ajoutait ma grand-mère.

— " Ne nous laissons jamais déborder ", comme j'ai toujours dit », appuyait Lydia.

De sorte que, le lendemain matin, la pauvre Ethel, dûment bien qu'indirectement informée, sortait tous les pots de confiture et les époussetait en vue de l'inspection de ma grand-mère.

Petite, trapue, sans âge, Ethel était forte comme un cheval, mais sa puissance physique pâtissait de son esprit lent et de son total manque de confiance en elle. Elle procédait aux corvées domestiques par accès de vitesse et d'hésitation, ce qui lui donnait une démarche déséquilibrée, funambulesque. Owen la trouvait trop lente à réagir pour s'amuser à lui faire peur et nous la taquinions rarement, même quand nous savions pouvoir la surprendre dans le passage secret obscur. Là aussi, Ethel se montrait inférieure à Lydia, victime idéale de nos farces quand elle avait ses deux jambes.

La bonne chargée de prendre soin de Lydia était, comme nous disions, « une autre paire de manches ». Elle s'appelait Germaine, et Lydia et Ethel lui menaient la vie dure ; ma grand-mère l'ignorait superbement. Auprès de ces femmes méprisantes, Germaine avait le handicap de la jeunesse ; elle était presque jolie, à la manière d'une souris effarouchée, et, à force de se vouloir transparente, elle mettait en relief sa gaucherie. Sa nervosité quasi électrique finissait par influer sur son environnement.

Essayait-elle de franchir une porte-fenêtre ? Les battants

se refermaient sur elle ; les porcelaines précieuses vibraient à son approche. Voulait-elle les redresser ? Elles volaient en éclats. Le fauteuil roulant de Lydia tombait en panne dès qu'elle posait dessus ses mains tremblantes. L'ampoule du réfrigérateur claquait dès que Germaine en ouvrait la porte. Et quand la lumière de la cave brûla toute la nuit, ma grand-mère découvrit, lors de son enquête matinale, que Germaine s'était couchée la dernière.

« Le dernier au lit éteint les lumières, psalmodiait Lydia.

— Moi, je dormais déjà quand Germaine s'est couchée, affirmait Ethel. Je le sais parce qu'elle m'a réveillée !

— Excusez-moi », murmurait Germaine.

Ma grand-mère secouait la tête en soupirant, comme si la maison tout entière avait été nuitamment ravagée par un incendie et qu'il n'y avait plus rien à faire ni à dire.

Mais je sais pourquoi ma grand-mère cherchait à oublier l'existence de Germaine. Dans un accès d'économie yankee, Grand-Mère avait donné à Germaine tous les vêtements de ma mère ; Germaine était un peu trop menue pour les robes, mais c'étaient les plus belles qu'elle eût jamais possédées et elle les portait avec joie et reconnaissance ; Germaine ne se rendit jamais compte que ça faisait de la peine à ma grand-mère de la voir porter ces vêtements familiers. Quand elle les lui avait donnés, ma grand-mère ne s'attendait certes pas à une telle réaction de sa propre part ; trop fière pour reconnaître son erreur, elle ne pouvait que regarder ailleurs. Et si les robes n'allaient pas à Germaine, ce ne pouvait être que sa faute.

« Vous devriez manger davantage, Germaine », disait ma grand-mère sans la regarder — et sans savoir ce que mangeait Germaine.

Elle flottait dans les robes de ma mère et aurait pu se gaver sans jamais égaler ses rondeurs.

Quand elle devait pénétrer dans le passage secret, que l'unique ampoule de l'escalier laissait pratiquement dans l'ombre, Germaine demandait toujours en chuchotant :

« John ? Owen ? Vous êtes là-dedans ? Ne me faites pas peur, s'il vous plaît. »

Owen et moi attendions qu'elle ait tourné l'angle du L

entre les deux rangées d'étagères à conserves ; les ombres
portées des pots sur le plafond couvert de toiles d'araignée
créaient des architectures apocalyptiques...

« N'AIE PAS PEUR ! », disait alors Owen dans le noir,
comme si sa voix sépulcrale sortait d'un bocal de fruits au
sirop. Germaine fondait en larmes, et Owen de lancer :
« DÉSOLÉ, CE N'EST QUE MOI ! »

C'était surtout d'Owen que Germaine avait peur. Elle
croyait au surnaturel, aux signes, aux présages. Le corps
d'un rouge-gorge tué par l'un des chats de Front Street était
le présage certain d'un événement beaucoup plus grave qui
allait vous tomber dessus. Owen lui-même était considéré
comme un « signe » par la malheureuse ; sa taille exiguë la
persuadait qu'il pouvait pénétrer dans le corps et l'âme
d'une autre personne et l'obliger à pratiquer des actes
contre nature.

Une conversation à table ancra Germaine dans l'idée
qu'Owen était un être surnaturel. Ma grand-mère m'avait
demandé si Owen et sa famille avaient déjà essayé de
« faire quelque chose » pour la voix d'Owen, médicale-
ment s'entend. Lydia avait approuvé avec une telle vigueur
que je craignis de voir tomber ses épingles à cheveux dans
la soupe.

Ma mère, je le savais, avait déjà conseillé à Owen d'aller
consulter son professeur de chant et de diction au cas où
certains exercices vocaux auraient pu permettre à Owen de
s'exprimer plus... enfin... *normalement*. A la simple mention du professeur de chant, ma grand-mère et Lydia
échangèrent un regard entendu ; je leur expliquai par la
suite que Maman avait même écrit l'adresse et le téléphone
du mystérieux personnage pour les donner à Owen. Owen,
bien sûr, n'avait jamais contacté le professeur.

« Et pourquoi pas ? », demanda Grand-Mère, appuyée
par les hochements de tête de Lydia.

Les hochements de Lydia témoignaient d'une sénilité
bien plus avancée que celle de ma grand-mère. Grand-
Mère portait un intérêt quasi clinique à la sénilité de Lydia,
considérant celle-ci comme le baromètre lui indiquant ce
qu'elle deviendrait bientôt elle-même.

Ethel débarrassait la table à sa manière, avec des mouvements précipités exécutés au ralenti ; elle prenait trop d'assiettes à la fois, puis lambinait près de la table les bras chargés, comme si elle allait tout remettre dessus. En réalité, elle réfléchissait à ce qu'elle allait faire des assiettes. Germaine l'aidait à débarrasser, à la façon d'une hirondelle plongeant sur une miette pendant un pique-nique. Germaine prenait une cuillère à la fois, pas toujours la bonne ; elle ramassait la fourchette avant qu'on ne soit servi. Mais ce n'étaient que de légers inconvénients, annonciateurs de plus grandes catastrophes. Quand Ethel approchait, on craignait de recevoir un plat sur les genoux, et ça ne se produisait jamais. Quand Germaine approchait, on se cramponnait à son couvert de crainte qu'elle ne le subtilise, renversant un verre d'eau au passage, et ça se produisait souvent.

C'était donc pendant la dangereuse opération qui consistait à débarrasser la table que j'avais dit à ma grand-mère et à Lydia *pourquoi* Owen Meany n'avait consulté aucun spécialiste malgré l'avis de Maman.

« Owen croit que ce ne serait pas bien d'essayer de changer sa voix. »

Ethel, s'éloignant de la table, empêtrée d'une soupière, d'un plat, du saladier et de tous les couverts, se figea sur place. Sentant le regard lourd de Germaine, ma grand-mère saisit d'une main son verre d'eau, de l'autre son verre de vin.

« Pourquoi trouve-t-il que ça ne serait pas bien ? »

Cependant, Germaine, sans bien savoir pourquoi, ôtait le moulin à poivre et laissait la salière.

« Il pense que, s'il a cette voix-là, il y a une raison et qu'il ne doit rien changer.

— Quelle raison ? », demanda ma grand-mère.

Ethel s'était rapprochée de la porte de la cuisine, mais attendait avec son chargement, se demandant peut-être si elle n'irait pas le déposer au salon. Germaine se plaça derrière Lydia, ce qui la rendit nerveuse.

« Owen croit qu'il tient sa voix de Dieu, dis-je tranquillement pendant que Germaine lâchait le moulin à poivre dans le verre de Lydia.

— Miséricorde ! », s'écria Lydia.

C'était l'une des expressions favorites de ma grand-mère, qui foudroya Lydia du regard, comme si ce chapardage verbal témoignait d'une sénilité inquiétante. A la stupeur générale, Germaine prit la parole :

« Je pense que sa voix vient du démon !

— C'est stupide ! s'insurgea ma grand-mère. Stupide de croire que sa voix vient de Dieu ou du diable ! Elle vient du *granit,* voilà d'où elle vient ! Depuis qu'il est bébé, il respire toute cette poussière ! C'est ça qui a détruit sa voix et paralysé sa croissance ! »

Hochant la tête, Lydia empêcha Germaine d'ôter le moulin à poivre de son verre, préférant le faire elle-même pour plus de sûreté. Ethel percuta à grand bruit la porte de la cuisine et Germaine s'enfuit de la salle à manger les mains vides.

Ma grand-mère exhala un profond soupir ; quand ma grand-mère soupirait, Lydia hochait la tête, mais plus modestement.

« De Dieu ! », reprit ma grand-mère avec mépris. Puis elle dit : « L'adresse et le numéro de téléphone du professeur de chant et de diction... Je ne pense pas que ton petit ami les ait gardés, s'il n'avait pas l'intention de s'en servir, n'est-ce pas ? »

Sur cette question retorse, ma grand-mère et Lydia échangèrent leur habituel regard entendu ; je considérai la demande avec circonspection, compte tenu de ses différentes implications. Ma grand-mère avait toujours ignoré cette information, qui l'aurait intéressée au plus haut point. Je savais aussi qu'Owen ne s'en serait jamais séparé, qu'il voulût ou non l'utiliser. Owen ne jetait pratiquement rien ; et, pour peu que ma mère lui ait donné quelque chose, il ne l'aurait pas seulement gardé, mais enchâssé !

Je dois beaucoup à ma grand-mère, en particulier l'art de la question retorse.

« Pourquoi Owen aurait-il gardé cette adresse ? », demandai-je innocemment.

De nouveau, ma grand-mère soupira ; de nouveau, Lydia hocha la tête.

« Oui, pourquoi ? », fit tristement Lydia.

Au tour de ma grand-mère de hocher. Toutes deux devenaient vieilles et fragiles ; je me demandai pourquoi j'avais décidé de garder le secret. Je n'en savais rien. Mais je sais, comme l'aurait dit Owen, que ce n'était pas une « coïncidence ».

Et qu'aurait-il dit, le jour où nous avons découvert que nous n'étions pas les seuls à explorer les chambres vides de Waterhouse Hall ? Coïncidence ou non ? Toujours est-il que, cet après-midi-là, nous perquisitionnions comme d'habitude dans une chambre du deuxième étage quand nous entendîmes tourner une clé dans la serrure ! Je plongeai dans la penderie, espérant que les cintres cesseraient de s'entrechoquer avant l'entrée des intrus dans la pièce. Owen détala sous le lit, étendu sur le dos, mains croisées sur la poitrine, tel un soldat mort au champ de bataille. D'abord, nous pensâmes que Dan nous avait pris sur le fait — mais il faisait répéter les Compagnons de Gravesend, à moins que, désespéré, il n'ait renvoyé tout le monde dans ses foyers et annulé la représentation. A part lui, l'unique personne plausible était Mr. Brinker-Smith, le biologiste, mais il vivait au premier étage et ne risquait pas de nous avoir entendus, tant nous prenions de précautions.

« C'est l'heure de la sieste ! », lança la voix guillerette de Mr. Brinker-Smith.

Sur quoi, on entendit pouffer son épouse. Il nous parut évident que Ginger Brinker-Smith n'avait pas amené son mari dans cette chambre inoccupée pour le bercer ! Les jumeaux n'étaient pas là — pour eux aussi, c'était l'heure de la sieste. Je comprends aujourd'hui que les Brinker-Smith avaient heureusement conservé leur espièglerie et leur esprit d'aventure — sinon comment auraient-ils pu poursuivre une vie sexuelle harmonieuse sans traumatiser leurs envahissants jumeaux ? Mais, sur le moment, il nous sembla que les Brinker-Smith étaient de dangereux obsédés sexuels ; faire un tel usage des chambres d'étudiants témoignait, pour des parents, d'une perversité démoniaque. Nous apprendrions plus tard, circonstance aggravante, qu'ils utilisaient systématiquement toutes les

chambres de Waterhouse Hall! Jour après jour, sieste
après sieste, lit après lit, les Brinker-Smith progressaient
vers l'étage supérieur des dortoirs, et vers le septième ciel.
Comme Owen et moi progressions en sens inverse, notre
rencontre à mi-chemin était presque inévitable.

Je ne voyais rien mais entendais tout à travers la porte.
(Je n'avais jamais entendu Dan avec ma mère.) Comme
d'habitude, Owen Meany était mieux placé que moi pour
cette passionnante séance de galipettes, les vêtements du
couple tombèrent auprès de lui; le légendaire soutien-
gorge de Ginger Brinker-Smith atterrit tout près du visage
d'Owen. Il dut tourner la tête sur le côté pour échapper à
l'agitation du sommier, dont les ressorts avaient tendance à
lui écorcher le nez. Même dans cette position, le sommier
parvenait à lui meurtrir la joue.

« LE PLUS AFFREUX, C'ÉTAIT LE BRUIT, se plaignit-il, une
fois le couple reparti vers ses jumeaux. J'AVAIS L'IMPRES-
SION D'ÊTRE COUCHÉ SOUS LE FLYING YANKEE! »

Voir que les Brinker-Smith faisaient des dortoirs un
usage beaucoup plus inventif et agréable que nous eut un
effet radical sur le restant de nos vacances de Noël. Choqué
et découragé, Owen proposa que nous retournions à nos
amusements plus pépères du 80 Front Street.

« Durcis! Durcis! avait piaillé Ginger Brinker-Smith.

— Mouille! Mouille! », lui avait répliqué Mr. Brinker-
Smith.

Et *bang! bang! bang!* résonnait le sommier contre
l'oreille d'Owen Meany.

« " DURCIS! MOUILLE! " ET QUOI ENCORE? fulminait
Owen. LE SEXE REND LES GENS CINGLÉS! »

Je n'eus qu'à évoquer Hester pour être d'accord.

C'est ainsi que, suite à notre premier contact avec
l'amour physique, Owen et moi traînaillions au 80 Front
Street le jour où notre facteur, Mr. Morrison, vint annoncer qu'il abandonnait le rôle du spectre du Noël futur.

« Pourquoi me dire ça à moi? demanda ma grand-mère.
Ce n'est pas moi le metteur en scène.

— Dan n'est pas sur ma tournée, fit le sinistre postier.

— Je ne transmets pas ce genre de message, pas même à

Dan, dit ma grand-mère. Allez donc à la prochaine répétition faire vos commissions vous-même. »

Grand-Mère gardait la porte entrouverte et le vent froid de décembre devait lui geler les jambes ; redoutant le froid vif, Owen et moi nous tenions au fond du vestibule et, malgré nos vêtements chauds, nous sentions le froid émanant de Mr. Morrison, qui tenait le maigre courrier de ma grand-mère serré dans sa moufle ; il semblait vouloir le lui remettre à la condition qu'elle accepte de parler à Dan.

« Je ne remettrai plus les pieds aux répétitions, dit-il en tapant des bottes et en déplaçant sa lourde sacoche de cuir.

— Si vous vouliez démissionner de la poste, chargeriez-vous quelqu'un d'autre de le dire au chef de bureau ? », lui demanda ma grand-mère.

Mr. Morrison réfléchit ; son long visage était à la fois rouge et bleu de froid.

« Ce rôle, ce n'est pas du tout ce que j'avais cru.

— Allez dire ça à Dan. Moi, je n'ai aucune idée de ce que c'est.

— MOI, JE SAIS », dit Owen Meany.

Grand-Mère lui lança un regard dubitatif ; avant de lui céder sa place à la porte, elle arracha son courrier de la main tentatrice de Mr. Morrison.

« Qu'est-ce que tu sais de mon rôle ? demanda le postier.

— C'EST UN RÔLE TRÈS IMPORTANT. VOUS ÊTES LE DERNIER SPECTRE QUI APPARAÎT À SCROOGE. VOUS ÊTES LE SPECTRE DU FUTUR. C'EST VOUS LE PLUS EFFRAYANT DE TOUS !

— Mais je n'ai pas un mot à dire ! gémit Mr. Morrison. C'est un rôle muet !

— UN GRAND ACTEUR N'A PAS BESOIN DE PARLER ! affirma Owen.

— Je porte cette grande cape noire ! Avec un *capuchon* ! On ne voit même pas ma figure !

— Il y a quand même une justice, me chuchota ma grand-mère.

— UN GRAND ACTEUR N'A PAS BESOIN DE MONTRER SA FIGURE !

— Un acteur doit avoir quelque chose à faire ! cria le facteur.

— VOUS MONTREZ À SCROOGE CE QU'IL VA LUI ARRIVER S'IL NE CROIT PAS À NOËL ! proféra Owen. VOUS MONTREZ À UN HOMME SA PROPRE TOMBE ! IL N'Y A RIEN DE PLUS TERRIFIANT QUE ÇA !

— Tout ce que je fais, c'est montrer du doigt ! gémit Mr. Morrison. Et personne ne saurait ce que je montre si le vieux Scrooge ne disait pas toute cette tirade : " S'il existe une seule personne dans cette ville qui soit émue par la mort de cet homme, montre-la-moi, spectre, je t'en conjure ! " Voilà le genre de bla-bla que débite le vieux Scrooge pendant des heures. " Montrez-moi la moindre tendresse suscitée par un trépas " et ainsi de suite, et ainsi de suite ! Et moi, tout ce que j'ai à faire, c'est tendre le doigt ! » De geignard, il devenait amer : « Je n'ai pas un mot à dire, et tout ce que le public voit de moi, c'est un maudit *doigt* ! »

Ôtant sa moufle, il pointa un index osseux sur Owen Meany, qui s'éloigna de cette main postière et squelettique.

« C'EST UN GRAND RÔLE, POUR UN GRAND ACTEUR ! reprit-il obstinément. VOUS DEVEZ ÊTRE UNE *PRÉSENCE*. RIEN N'EST PLUS EFFRAYANT QUE L'AVENIR. »

Dans l'entrée, derrière Owen, s'était rassemblée une foule inquiète. Lydia dans son fauteuil roulant, Ethel qui astiquait un chandelier, Germaine convaincue qu'Owen était le diable incarné... toutes serrées derrière ma grand-mère, laquelle était assez vieille pour faire sien le point de vue d'Owen ; elle savait que rien n'est plus effrayant que l'avenir, sinon quelqu'un qui peut le prédire.

Owen leva les mains si brusquement que les femmes, craintives, s'éloignèrent encore de lui.

« VOUS SAVEZ TOUT CE QUI VA SE PRODUIRE ! hurla-t-il au facteur maussade. SI VOUS ENTREZ EN SCÈNE COMME SI VOUS CONNAISSIEZ L'AVENIR — JE VEUX DIRE TOUT L'AVENIR —, ILS VONT TOUS CHIER DANS LEUR FROC ! »

Mr. Morrison examina cette éventualité ; une faible lueur de compréhension passa dans son regard, comme s'il entrevoyait fugacement son propre potentiel d'épouvante ;

mais ses yeux s'estompèrent dans la buée de sa respiration.

« Dites à Dan que je plaque tout. »

Sur ces mots, il tourna les talons et s'éloigna, ayant « raté sa sortie », comme dirait ma grand-mère par la suite. Mais sur le coup, malgré son aversion pour les mots vulgaires, elle sembla sous le charme d'Owen Meany.

« Ferme vite la porte, Owen. Tu as donné beaucoup trop d'importance à cet imbécile et tu risques d'attraper la mort.

— J'APPELLE DAN TOUT DE SUITE », dit Owen, pragmatique.

Empoignant le téléphone, il composa un numéro ; tout le monde resta sur place, public captivé malgré lui par un spectacle inattendu.

« ALLÔ, DAN ? dit-il dans l'appareil. DAN ? C'EST OWEN. » Comme si on pouvait avoir le moindre doute sur le possesseur de cette voix ! « DAN, C'EST UNE URGENCE. TU VIENS DE PERDRE LE SPECTRE DU NOËL FUTUR. OUI, MORRISON... LE FACTEUR DE DISCORDE !

— Le facteur de discorde ! répéta avec admiration ma grand-mère.

— OUI, OUI... JE LE SAIS, QU'IL JOUAIT COMME UNE SAVATE ! MAIS SANS LUI TU NE PEUX PAS JOUER LA PIÈCE ! »

C'est alors que j'entrevis l'avenir ou, du moins, ce qui allait se produire. Owen n'avait pas réussi à convaincre le facteur, mais s'était convaincu lui-même de l'importance du rôle, un rôle bien plus attirant que celui de Tiny Tim, ce transparent béni-oui-oui. En outre, le spectre du Noël futur étant un rôle muet, Owen n'y aurait pas à utiliser sa *voix,* pas plus que dans celui de l'Enfant Jésus !

« JE NE VOUDRAIS PAS QUE TU T'INQUIÈTES, DAN, CAR JE PENSE CONNAÎTRE QUELQU'UN QUI SERAIT PARFAIT POUR LE RÔLE — ENFIN, SINON PARFAIT, DU MOINS DIFFÉRENT... »

C'est au mot « différent » que ma grand-mère frissonna ; pour la première fois, elle regarda Owen Meany avec une expression qui ressemblait à du respect.

Une fois de plus, pensai-je, le Petit Prince de la Paix avait pris les choses en main. Germaine se mordait la lèvre inférieure ; je savais ce qu'elle pensait. Lydia, tremblotant dans son fauteuil roulant, semblait hypnotisée par ce qu'elle entendait du dialogue. Ethel brandissait le chandelier comme une arme.

« CE RÔLE NÉCESSITE UNE CERTAINE PRÉSENCE, disait Owen à Dan. LE SPECTRE DOIT DONNER L'IMPRESSION DE CONNAÎTRE RÉELLEMENT L'AVENIR. L'IRONIE, L'AUTRE RÔLE QUE JE JOUE POUR NOËL — OUI, OUI, DANS CETTE IDIOTIE DE CRÈCHE VIVANTE —, L'IRONIE, C'EST QUE ÇA ME PRÉPARAIT POUR CE RÔLE-LÀ... JE VEUX DIRE QUE CHACUN DE CES RÔLES OBLIGE À PRENDRE LA DIRECTION DES ÉVÉNEMENTS SANS DIRE UN MOT... OUI, OUI, BIEN SÛR, QU'IL S'AGIT DE MOI ! » Ce fut l'une des rares pauses où Owen écouta Dan. « QUI A DIT QUE LE SPECTRE DOIT ÊTRE GRAND ? demanda-t-il avec colère. ÉVIDEMMENT QUE JE CONNAIS LA TAILLE DE MR. FISH ! DAN, ESSAIE D'AVOIR UN PEU D'IMAGINATION ! IL Y A UN MOYEN TRÈS SIMPLE, FAIS-MOI FAIRE UN ESSAI. SI TOUT LE MONDE RIGOLE, JE N'INSISTERAI PAS. MAIS SI TOUT LE MONDE A LA CHAIR DE POULE, LE RÔLE EST À MOI... OUI, BIEN SÛR, MR. FISH Y COMPRIS. S'IL RIT, JE SUIS VIRÉ. S'IL A PEUR, JE RESTE. »

Inutile d'attendre le résultat de cette audition. Il suffisait de voir le visage angoissé de ma grand-mère et les attitudes des femmes qui l'entouraient. L'expression terrifiée de Lydia, les jointures blanchies d'Ethel autour du chandelier, les lèvres tremblantes de Germaine. Le résultat de l'audition ne faisait aucun doute pour moi, qui connaissais la *présence* de l'individu, en particulier en ce qui concernait l'avenir !

Au cours du dîner ce soir-là, Dan nous raconta le triomphe d'Owen ; les acteurs étaient pétrifiés devant ce nain inconnu, car Owen disparaissait entièrement sous la cape et le capuchon ; peu importait qu'il restât muet et invisible. Même Mr. Fish n'avait su identifier l'horrible apparition.

Comme l'a écrit Dickens : « O Mort, glacée, rigide, terrible, dresse ici ton autel et orne-le de tous les fléaux à ton service, car ceci est ton domaine ! »

Owen semblait glisser d'un bout de la scène à l'autre ; il

surprit plusieurs fois Mr. Fish, qui ne savait plus où le chercher. Quand Owen pointait son doigt, c'était d'un mouvement saccadé, convulsif, inattendu, sa minuscule main blanche jaillissant comme un serpent des plis de la cape. Il pouvait glisser au ralenti, comme un patineur en fin de course, puis très vite, comme une chauve-souris maléfique.

Au bord de la tombe de Scrooge, Mr. Fish devait dire : « Avant de m'approcher plus avant de cette pierre que tu me désignes, réponds à ma question. Celles-ci sont-elles les ombres des choses qui seront ou seulement les ombres des choses qui pourraient être ? »

Comme jamais auparavant, cette question parut passionner tous les comédiens amateurs ; Mr. Fish lui-même sembla mortellement anxieux d'obtenir la réponse. Mais le spectre nain du Noël futur demeura inexorable. L'indifférence du petit fantôme à la question mit Dan Needham mal à l'aise.

C'est alors que Mr. Fish approchait suffisamment de la tombe pour y lire son propre nom :

« Ebenezer Scrooge ! C'est donc *moi* l'homme ? », cria Mr. Fish en tombant à genoux.

C'est dans cette position, la tête de Mr. Fish dominant légèrement celle d'Owen Meany, que Mr. Fish aperçut pour la première fois le visage dissimulé sous le capuchon. Mr. Fish ne rit pas : il hurla.

Il était censé dire : « Non, esprit, oh, non, non ! Esprit, écoutez-moi ! Je ne suis plus l'homme que j'étais ! », et ainsi de suite.

Mr. Fish se contenta de hurler. Il éloigna si vivement ses mains de la coule d'Owen qu'il en arracha le capuchon, dévoilant le visage d'Owen aux autres membres de la troupe ; plusieurs crièrent aussi ; aucun ne rit.

« Rien que d'y penser, j'en ai encore la chair de poule, nous dit Dan pendant le repas du soir.

— Ça ne me surprend pas », dit ma grand-mère.

Après dîner, Mr. Fish fit une apparition quelque peu décontenancée.

« Eh bien, enfin, nous avons un bon fantôme, dit-il. Ça

me facilite grandement les choses. Ce petit bonhomme est tout à fait efficace, tout à fait convaincant. Ce sera intéressant de voir quel effet il produira sur un public.

— L'effet, nous le connaissons, lui rappela Dan.

— Eh bien oui, par le fait, s'empressa de reconnaître Mr. Fish, qui semblait ennuyé.

— Quelqu'un m'a dit que la fille de Mr. Early avait mouillé sa culotte, nous informa Dan.

— Ça ne me surprend pas », dit ma grand-mère.

Germaine, qui ôtait les petites cuillères une par une, semblait sur le point de mouiller la sienne.

« Peut-être devriez-vous le freiner un peu, suggéra Mr. Fish à Dan.

— Le freiner ? Dans quel sens ?

— Eh bien lui dire de retenir un peu ses effets, dit Mr. Fish. Il en fait beaucoup.

— Vous croyez vraiment ?

— Je ne sais pas... c'est tellement, euh... dérangeant.

— Pour les gens assis à quelque distance dans le public, ce sera peut-être... moins troublant.

— Vous croyez ? demanda Mr. Fish.

— Je n'en suis pas sûr, reconnut Dan.

— Et si on voyait sa figure depuis le début ? suggéra Mr. Fish.

— Si vous ne lui arrachez pas son capuchon, on ne verra jamais son visage, fit remarquer Dan. Je crois que ce serait préférable.

— Vous avez raison », admit Mr. Fish.

Mr. Meany déposa Owen au 80 Front Street pour qu'il y passe la nuit. Sachant que ma grand-mère n'aimait pas entendre un bruit de moteur dans son allée, il fit descendre Owen dans la rue.

Tout se déroula comme par magie : Mr. Fish prit congé et ouvrit la porte au moment précis où Owen s'apprêtait à sonner. A cet instant, ma grand-mère alluma la lampe du porche ; Owen cligna des yeux dans la brusque lumière. Sous sa casquette de chasse à carreaux rouges et noirs, son visage minuscule apparut à Mr. Fish comme le museau d'un opossum ébloui par un phare. Une marque bleuâtre, argentée, donnait à la joue d'Owen une touche cadavérique (trace laissée par le sommier lors des ébats des Brinker-Smith). Mr. Fish recula d'un bond dans l'entrée.

« Quand on parle du diable... », dit Dan en souriant.

Owen sourit à la compagnie, puis il dit à ma grand-mère :

« JE PENSE QU'ON VOUS L'A DIT : ON M'A DONNÉ LE RÔLE !

— Je n'en suis pas surprise, Owen. Entre donc. »

Elle lui tint la porte ouverte, exécutant même un semblant de révérence ; c'était totalement puéril, mais Harriet Wheelwright avait le don de faire passer ces petites excentricités avec une ironie princière.

L'ironie n'échappa pas à Owen, qui sourit largement à ma grand-mère, lui rendant la politesse d'une courbette cérémonieuse, assortie d'un petit coup de casquette. Owen avait obtenu un triomphe ; il en avait conscience, tout comme ma grand-mère. Même Harriet Wheelwright, pour méprisante qu'elle fût de tous les Meany du monde, même ma grand-mère avait compris qu'un modeste « Rat du granit » pouvait receler d'inestimables qualités.

Mr. Fish, pour reprendre contenance, fredonnait un cantique de Noël si populaire que même Dan Needham en connaissait les paroles. Quand Owen eut fini de décrotter ses bottes — pardon, quand le Petit Jésus pénétra dans notre demeure —, Dan chantonnait le refrain que nous connaissions tous par cœur :

> Écoutez ! chantent les anges,
> Gloire au roi qui nous est né !

5

Le spectre du Futur

Voilà comment Owen remodela Noël. Frustré de son excursion tant désirée à Sawyer Depot, il s'accapara les deux rôles principaux, bien que muets, dans les seules productions théâtrales offertes à Gravesend pendant ces vacances. Tant en Jésus qu'en spectre du Noël futur, il s'était érigé en prophète ; et le plus inquiétant, c'est qu'il semblait vraiment connaître *notre* avenir. Une fois déjà, pensait-il, il avait prévu l'avenir de ma mère et en était devenu l'instrument... Je me demandais ce qu'il pouvait savoir de notre avenir, celui de Dan, de ma grand-mère, celui d'Hester, le mien et le sien propre.

Dieu me dirait qui était mon père, m'avait assuré Owen Meany ; jusqu'ici, Dieu s'était tu.

Owen, en revanche, n'avait pas cessé de parler. Il nous avait convaincus, Dan et moi, de lui remettre le mannequin de couturière qui veillait désormais sur son sommeil, tel son ange tutélaire. Du périlleux harnais céleste, il s'était fait transférer dans la crèche. Il avait fait de moi un Joseph, avait choisi ma Marie, changé les tourterelles en ruminants. Non content d'avoir modifié la sainte Nativité, il récrivait Dickens — Dan avait dû admettre qu'il avait changé la signification du *Chant de Noël*. Le spectre silencieux du Noël futur volait littéralement l'avant-dernière scène à Scrooge.

L'article du journal local oublia de signaler que le rôle principal était celui de Scrooge ; que la vedette de la pièce fût Mr. Fish échappa complètement au critique de la *Gazette de Gravesend* : « Cette sempiternelle pièce de Noël, dont la puissance avait fini par s'émousser au fil des années, vient de trouver un nouvel éclat. » Le critique ajoutait : « Cette histoire de fantômes bouffée aux mites est galvanisée par la magnifique interprétation du jeune Owen Meany, lequel — en dépit de sa petite taille — a sur scène une présence immense ; cet acteur miniature rapetisse tous les autres comédiens. Le metteur en scène, Dan Needham, devrait envisager de confier à cette vedette du calibre de Tiny Tim le rôle de Scrooge dans *Le Chant de Noël* de l'année prochaine ! »

Pas un mot sur le Scrooge du moment, et Mr. Fish fut ulcéré de se voir ainsi ignoré. Owen, lui, réagit violemment aux critiques informulées :

« EST-IL NÉCESSAIRE, POUR PARLER DE MOI, DE TOUJOURS DIRE " PETITE TAILLE " OU " MINIATURE " ? ILS N'EMPLOIENT PAS CE GENRE DE QUALIFICATIFS POUR LES AUTRES ACTEURS !

— Et tu oublies " Tiny Tim ", lui dis-je.

— JE SAIS, JE SAIS ! EST-CE QU'ILS DISENT : " FISH, L'EX-PROPRIÉTAIRE DE CHIEN, EST UN SCROOGE IDÉAL " ? EST-CE QU'ILS DISENT : " MRS. WALKER, LA SADIQUE MAÎTRESSE DE CATÉCHISME, INTERPRÈTE DE FAÇON CHARMANTE LA MÈRE DE TINY TIM " ?

— Ils disent que tu es " magnifique " et que tu as une " présence immense ".

— ILS ME TRAITENT D'AVORTON ! DE NABOT ! D'HOMONCULE !

— Encore heureux que le rôle soit muet, lui rappelai-je.

— BRAVO ! TRÈS DRÔLE ! », dit Owen.

Dans ce cas particulier, Dan se fichait des avis de la presse locale ; il se demandait, en revanche, ce que Charles Dickens aurait pensé de la prestation d'Owen Meany. Dan était sûr que Dickens l'aurait désapprouvée.

« Quelque chose ne tourne pas rond, disait Dan. Les enfants éclatent en sanglots, on doit les faire sortir de la salle avant la fin heureuse. Nous sommes obligés d'avertir les mères de famille que le spectacle peut impressionner les jeunes enfants. Les mômes sortent du théâtre comme s'ils avaient vu *Dracula* ! »

Dan fut quelque peu soulagé de voir qu'Owen couvait un

rhume. Owen était sujet aux refroidissements ; de plus, il était constamment surmené, répétant la crèche vivante le matin et jouant *Le Chant de Noël* le soir. Dans l'après-midi, il subissait de tels coups de pompe qu'il s'endormait chez ma grand-mère, d'un seul coup, sur le tapis de l'alcôve, sous le grand canapé ou sur une pile d'oreillers pendant qu'il jouait aux soldats de plomb. Je partais chercher des biscuits à la cuisine et le trouvais profondément endormi à mon retour.

« Il va devenir comme Lydia », observait ma grand-mère.

Car Lydia aussi avait des après-midi somnolents ; elle piquait du nez dans son fauteuil roulant, là où Germaine l'avait laissée, parfois dans un recoin ; signe supplémentaire pour ma grand-mère que Lydia la précédait en sénilité.

Mais quand Owen manifesta les premiers signes du rhume de cerveau, éternuements, toux, nez humide, Dan se figura que les représentations de son *Chant de Noël* pourraient en bénéficier. Dan ne voulait pas qu'Owen tombe malade ; il souhaitait simplement une petite toux, un reniflement qui obligerait Owen à se moucher. Nul doute qu'une manifestation aussi humaine mettrait le public plus à l'aise ; ça pourrait provoquer quelques rires et, selon Dan, ce ne serait pas plus mal.

« Mais ça ferait mal à Owen, objectai-je. Il n'aimerait pas qu'on se fiche de lui.

— Je ne veux pas faire du spectre un personnage comique, protesta Dan. J'aimerais seulement l'humaniser un peu. »

Car, et c'était là le point crucial, pour Dan, Owen n'avait pas l'air humain. Il avait la taille d'un enfant, mais des mouvements d'adulte ; quant à son autorité en scène, elle dépassait celle d'un adulte. Elle était surhumaine.

« Envisage les choses comme ça, me dit Dan. Un fantôme qui éternue, un fantôme obligé de se moucher… ça fait moins peur. »

Que dire alors d'un Enfant Jésus qui éternue, tousse et se mouche ? pensai-je. Les Wiggin ne voulaient pas d'un Petit Jésus qui pleure ; que penseraient-ils d'un Petit Prince de la Paix crevard ?

Tout le monde était mal foutu, ce Noël-là ; Dan ne sortit d'une bronchite que pour contracter un orgelet ; Lydia toussa si fort qu'elle s'assomma à moitié au dossier de son fauteuil. Quand Mr. Early, qui jouait le spectre de Marley, donna des signes d'enchifrènement, Dan me confia que la pièce gagnerait en symétrie si tous les spectres se pointaient avec un virus. Mr. Fish, dont le texte était de loin le plus important, voulut se prémunir autant que possible ; c'est ainsi qu'en scène Scrooge se tint à une distance exagérée du spectre de Marley.

Grand-Mère se plaignait du mauvais temps qui l'empêchait de sortir ; elle ne craignait pas de prendre froid, mais de déraper sur les trottoirs verglacés :

« A mon âge, si on tombe, c'est le col du fémur qui se brise, et ensuite c'est la longue agonie... et la pneumonie fatale. »

Lydia toussait et tremblotait, tremblotait et toussait, mais ni elle ni Grand-Mère ne voulurent partager avec moi leur sagesse ancestrale : quel rapport y avait-il entre le col du fémur et la pneumonie ? Sans parler de la longue agonie.

« Mais il faut absolument que tu voies Owen dans *Le Chant de Noël*, Grand-Mère.

— Owen, je le vois bien assez comme ça, fut sa réponse.

— Mr. Fish est aussi très bon.

— Je le vois bien assez, lui aussi. »

La critique enthousiaste consacrée par la *Gazette de Gravesend* à Owen plongea Mr. Fish dans une dépression silencieuse ; lors de ses visites d'après-dîner, il ne fit que soupirer. Quant à notre morose facteur, Mr. Morrison, il souffrit mille morts du succès d'Owen. Voûté sous sa sacoche comme s'il transportait une tonne de granit, il faisait pitié, en déposant tous ces exemplaires du journal dans lequel on décrivait *son* rôle comme « capital » et Owen Meany avec un déluge de superlatifs qui, en toute justice, auraient dû lui revenir !

Dan me dit que Mr. Morrison n'était pas encore venu voir la pièce. A l'étonnement de Dan, Mr. et Mrs. Meany ne s'étaient pas dérangés non plus.

« Ne lisent-ils donc pas la *Gazette* ? », me demanda-t-il.

Je ne pouvais imaginer Mrs. Meany lisant quoi que ce soit, débordée qu'elle était par ses multiples occupations : regarder les murs, dans les coins, pas tout à fait par la fenêtre, le feu agonisant, le mannequin de ma mère... Quand Mrs. Meany aurait-elle le temps de lire le journal ? Et Mr. Meany n'était même pas du genre à lire la rubrique sportive. Je me doutais aussi qu'Owen n'avait même pas parlé à ses parents du *Chant de Noël* ; il ne leur avait déjà rien dit de la crèche vivante.

Peut-être l'un de ses ouvriers parlerait-il de la pièce à Mr. Meany ; peut-être un carrier ou la femme d'un grutier l'avaient-ils vue ou en avaient-ils entendu parler par le journal. Quelqu'un pourrait dire : « J'ai vu que votre fils est la vedette du théâtre. »

Mais j'imaginais la riposte d'Owen : « JE RENDS SEULEMENT SERVICE À DAN. IL ÉTAIT DANS LE PÉTRIN... UN DES SPECTRES LUI A FAIT FAUX BOND. TU CONNAIS MORRISON, LE FACTEUR DE DISCORDE. EH BIEN, IL A EU LE TRAC. C'EST UN TOUT PETIT RÔLE, UN RÔLE MUET... ET LA PIÈCE N'EST PAS TERRIBLE, PLUTÔT INVRAISEMBLABLE. ET EN PLUS, ON NE ME RECONNAÎT MÊME PAS. JE RESTE EN SCÈNE À PEINE CINQ MINUTES... »

J'étais sûr qu'il aurait présenté la chose comme ça. Je savais qu'il avait une haute opinion de lui-même et traitait durement ses parents. Nous traversons tous une période — pour certains, ça dure toute la vie — où nos parents nous gênent ; nous ne voulons pas les avoir derrière nous, de crainte qu'ils ne nous fassent honte. C'était sûrement le cas d'Owen, qui se tenait toujours à bonne distance de ses parents. Et d'après moi, il se montrait trop autoritaire vis-à-vis de son père. A un âge où l'autorité parentale nous pèse, c'est Owen qui donnait des ordres à son père !

Je ne pouvais adopter son attitude. Ma mère me manquait, j'aurais bien aimé l'avoir avec moi. Dan n'étant pas mon vrai père, je n'avais aucun grief contre lui, j'appréciais ses conseils. Ma grand-mère, bien qu'affectueuse, était hors course.

« Owen, dit un soir Dan, aimerais-tu que j'invite tes

parents pour la dernière de la pièce, le soir de Noël ?

— JE CROIS QU'ILS SONT PRIS CE SOIR-LÀ.

— Un autre soir, alors ? Je les inviterai volontiers.

— ILS NE SONT PAS DU GENRE À ALLER AU THÉÂTRE, dit Owen. JE NE VOUDRAIS PAS QUE TU LE PRENNES MAL, DAN, MAIS JE CRAINS QU'ILS NE S'ENNUIENT.

— Moi, je suis sûr qu'ils aimeraient te voir jouer. Tu crois qu'ils n'aimeraient pas ton interprétation ?

— ILS N'AIMENT QUE LES HISTOIRES VRAIES. ILS SONT DU GENRE RÉALISTE, ILS NE SONT PAS AMATEURS D'HISTOIRES IMAGINAIRES. ILS N'AIMENT PAS LE FAUX-SEMBLANT. ET LES HISTOIRES DE FANTÔMES, C'EST PAS POUR EUX.

— Tu en es certain ?

— TOUS CES TRUCS-LÀ, C'EST PAS LEUR GENRE ! »

En l'entendant, j'eus au contraire le sentiment que le faux-semblant était le domaine des Meany ; qu'ils ne croyaient qu'aux fantômes et passaient leur vie à entendre des voix.

« CE QUE JE VEUX DIRE, DAN, C'EST QU'IL VAUT MIEUX NE PAS INVITER MES PARENTS. S'ILS VEULENT VENIR, PARFAIT. MAIS JE NE CROIS PAS QU'ILS VIENDRONT.

— Très bien, très bien, comme tu voudras, Owen. »

Dan Needham avait attrapé la maladie de ma mère : il fallait qu'il touche Owen Meany. Non pour lui ébouriffer les cheveux, ni lui tapoter les fesses ou les épaules. Dan était du genre à vous attraper la main et la broyer. Mais l'affection physique de Dan pour Owen dépassait sa tendresse à mon égard ; Dan ne franchissait jamais une certaine distance avec moi ; il voulait se comporter comme un père, sans trop s'affirmer dans ce rôle. Il me touchait avec mesure, mais se montrait plus expansif avec Owen — que son père ne touchait jamais, à ma connaissance. Je crois que Dan savait aussi que, chez lui, nul ne caressait jamais Owen.

* * *

Au quatrième rappel, le samedi soir, Dan envoya Owen saluer seul en scène. C'était manifestement le vœu du public.

Les spectateurs se levèrent pour l'ovationner. La pointe de son capuchon noir, trop vaste pour sa petite tête, tombait sur le côté, ce qui donnait à Owen l'aspect d'un gnome effronté, d'un lutin malicieux. Quand il arracha le capuchon, découvrant au public son visage rayonnant, une petite fille s'évanouit dans l'un des premiers rangs ; elle avait environ notre âge, douze ou treize ans, et s'affala comme un sac vide.

« Il faisait trop chaud dans la salle, expliqua sa mère à Dan, quand elle eut repris ses esprits.

— STUPIDE FEMMELETTE ! », grogna Owen dans la coulisse.

Il se maquillait lui-même. Bien que son visage demeurât caché par son capuchon pendant toute la pièce, il se talquait abondamment et noircissait au crayon gras le dessous de ses yeux. Il tenait, si peu qu'on le voie, à ressembler vraiment à un spectre, et son rhume qui s'aggravait augmentait sa pâleur.

Il toussait beaucoup quand Dan le reconduisit. C'était la veille de notre crèche vivante.

« Il est plus malade que je ne le croyais, me dit Dan au retour. Je risque de devoir jouer moi-même le spectre du Noël futur. Ou peut-être, si Owen est trop mal fichu, tu pourrais le remplacer... »

Mais je n'étais qu'un Joseph ; Owen Meany m'avait désigné pour le seul rôle qui soit dans mes cordes.

* * *

Il neigea toute la nuit ; puis la température ne cessa de baisser et il fit trop froid pour neiger. Un manteau neuf de neige recouvrait Gravesend le dimanche matin ; le vent soulevait en tourbillons des rubans de neige durcie, qui heurtaient avec bruit les gouttières du 80 Front Street.

Les chasse-neige prenaient leur temps, le dimanche matin, et l'unique véhicule à pouvoir monter la rue sans déraper fut le gros camion des Établissements Meany. Owen était tellement couvert qu'il eut du mal à plier les genoux pour descendre et emprunter l'allée. Ses bras étaient écartés, raides comme les poignées d'un tire-bouchon. Il disparaissait sous une immense écharpe verte entortillée jusqu'aux yeux; mais qui aurait pu prendre Owen Meany pour quelqu'un d'autre? Cette écharpe, c'est ma mère qui la lui avait donnée, quand elle avait appris, un hiver, qu'il n'en possédait pas. Owen l'avait baptisée son écharpe PORTE-BONHEUR et ne l'utilisait que pour les grandes occasions ou les grands froids.

Ce dernier dimanche avant Noël était donc doublement fait pour cette écharpe. Tandis que nous pataugions dans Front Street en direction de l'église du Christ, la toux violente d'Owen provoqua l'envol des oiseaux; sa poitrine émettait un râle qui traversait ses multiples épaisseurs de vêtements.

« Ton rhume vire à la bronchite, lui fis-je remarquer.

— Si Jésus était né par un froid pareil, je ne crois pas qu'il aurait vécu assez vieux pour être crucifié. »

Sur le trottoir presque immaculé de Front Street, une seule série de pas nous avait précédés. Le personnage qui avait laissé ces empreintes (à l'exception de quelques chiens pisseurs) nous devançait de trop loin pour que nous puissions l'identifier sous son gros manteau.

« Ta grand-mère ne vient pas à la représentation de la crèche? demanda Owen.

— Elle est congrégationaliste, lui rappelai-je.

— Elle est intégriste au point de ne pas vouloir changer d'église une fois par an? Les congrégationalistes n'ont pas de crèche vivante.

— Je sais, je sais. »

J'en savais même davantage. Les congrégationalistes n'avaient pas de service matinal le dernier dimanche de l'Avent. Ils le remplaçaient par des vêpres, où l'on chantait essentiellement des cantiques. Le service religieux de ma grand-mère ne faisait pas concurrence à notre crèche; mais ma grand-mère n'avait aucune envie de voir Owen dans le rôle de l'Enfant Jésus. Elle m'avait dit trouver cette idée « répugnante ». De plus, tant elle craignait de se briser le col du fémur, elle avait annoncé son intention de sauter les vêpres, vu qu'en fin d'après-midi, la nuit tombée, il était encore plus facile de glisser et de se casser quelque chose.

L'homme qui nous précédait sur le trottoir était Mr. Fish, que nous eûmes vite rattrapé, tant il marchait prudemment ; lui aussi devait craindre pour son fémur. Il fut frappé par la vue d'Owen Meany, si étroitement emmitouflé dans l'écharpe de ma mère que seuls ses yeux émergeaient ; mais Mr. Fish était toujours frappé en voyant Owen.

« Vous devriez déjà être à l'église en train de vous habiller », nous dit-il.

Nous lui fîmes remarquer que nous arriverions avec une bonne heure d'avance ; même au pas où il allait, Mr. Fish serait en avance d'une demi-heure. Mais nous fûmes surpris de voir Mr. Fish aller voir la crèche vivante.

« Vous n'allez jamais à l'église, lui dit Owen d'un ton accusateur.

— Ma foi non, c'est vrai, admit-il. Mais je ne voudrais pas manquer ça pour tout l'or du monde ! »

Owen regarda avec curiosité son partenaire du *Chant de Noël*. Mr. Fish s'était montré si déprimé et offusqué du succès d'Owen que sa présence à la crèche devenait suspecte. Je soupçonnai Mr. Fish de masochisme ; d'autre part, il était tellement féru de théâtre amateur qu'il cherchait désespérément à grappiller quelques bribes du génie d'Owen.

« Vous ne me verrez pas au mieux de ma forme, l'avertit Owen, en lui donnant un dramatique échantillon de sa toux caverneuse.

— Un comédien de ta trempe ne va pas perdre ses moyens pour une petite indisposition », observa Mr. Fish.

Tout en continuant à patauger de conserve, Mr. Fish nous avoua sa nervosité à l'idée d'aller à l'église ; enfant, on ne l'avait jamais obligé à y aller, ses parents n'étant pas pratiquants, et il n'avait mis les pieds à l'église que pour des mariages et des enterrements. Il ne savait même pas quelle période de la vie du Christ couvrait la représentation.

« PAS TOUTE L'HISTOIRE, lui dit Owen.

— Pas le moment où on le crucifie ? demanda Mr. Fish.

— ILS NE L'ONT PAS CLOUÉ EN CROIX QUAND IL ÉTAIT BÉBÉ, VOYONS !

— Et la partie où il fait tous ses miracles et ses sermons à ses disciples ?

— ÇA NE DÉPASSE PAS NOËL ! lança Owen, exaspéré. C'EST SEULEMENT LA NAISSANCE !

— C'est un rôle muet, rappelai-je à Mr. Fish.

— Ah ! bien sûr, j'oubliais », dit Mr. Fish.

L'église du Christ se trouvait dans Elliot Street, à la lisière du campus ; à l'angle de Front et d'Elliot Street, Dan Needham nous attendait. Apparemment, le metteur en scène voulait aussi voir ce que donnait Owen.

« Tiens, tiens, voyez donc qui est là ! », lança Dan à Mr. Fish, qui s'empourpra.

Owen se réjouit de la présence de Dan :

« C'EST BIEN QUE TU SOIS VENU, DAN, PARCE QUE C'EST LA PREMIÈRE CRÈCHE VIVANTE DE MR. FISH, ET IL SE SENT UN PEU NERVEUX.

— Je ne sais pas quand on doit s'agenouiller et tout le fourbi, fit Mr. Fish dans un rire étouffé.

— TOUS LES ÉPISCOPALIENS NE FONT PAS LA GÉNU-FLEXION, affirma Owen.

— Pas moi, dis-je.

— MOI, SI, dit Owen Meany.

— Moi, ça dépend des fois, dit Dan. Quand je suis à l'église, je regarde les autres et je fais comme eux. »

C'est ainsi que notre éclectique quatuor arriva à l'église. Bravant le froid, le révérend Dudley Wiggin attendait sur les marches pour saluer les premiers arrivants ; il était nu-tête, la peau du crâne écarlate sous ses courts cheveux gris, les oreilles raides de froid, prêtes à tomber en morceaux. Près de lui, Barbara Wiggin portait un manteau de renard argenté avec toque assortie.

« ON DIRAIT UNE HÔTESSE DU TRANSSIBÉRIEN », fit remarquer Owen.

Ça me fit un choc de découvrir à côté des Wiggin le

révérend Lewis Merrill et son épouse californienne. Owen fut également surpris.

« Vous avez échangé vos églises ? », demanda-t-il.

D'une patience à toute épreuve, les Merrill ne semblaient pas doués d'une rapidité d'esprit suffisante ; la question d'Owen aggrava le bégaiement, d'habitude léger, de Mr. Merrill :

« N-n-n-ous avons des v-v-vêpres aujourd'hui, dit-il à Owen qui ne comprit pas.

— Les congrégationalistes vont aux vêpres aujourd'hui, en remplacement de la messe, lui expliquai-je. Les vêpres sont en fin d'après-midi.

— Je sais quand sont les vêpres ! », répliqua sèchement Owen.

Le révérend Wiggin posa un bras amical sur les épaules de son confrère avec une telle vivacité que le petit homme pâlot eut l'air inquiet. Je crois les épiscopaliens plus démonstratifs que les congrégationalistes.

« Barb et moi assistons aux vêpres chaque année — pour les cantiques, dit le recteur Wiggin. Et les Merrill viennent à notre crèche.

— Tous les ans », ajouta faiblement Mrs. Merrill, qui fixait d'un regard envieux la douillette écharpe protégeant Owen.

Le révérend Merrill reprit un peu d'audace. Je ne l'avais pas vu aussi intimidé depuis les funérailles improvisées de Sagamore, et je crus comprendre que c'était la présence d'Owen qui détraquait son éloquence.

« Nous aimons beaucoup les cantiques, nous célébrons les chants de Noël et attachons beaucoup d'importance à notre *chorale* », dit le pasteur Merrill.

Il semblait s'adresser plus particulièrement à moi en évoquant la *chorale,* comme si ce simple mot devait me rappeler la voix éteinte de ma mère.

« Nous aimons encore plus le miracle lui-même, dit gaiement Mr. Wiggin. Et cette année... » Le recteur empoigna soudain Owen par l'épaule, de sa main ferme de pilote. « Cette année, reprit-il, nous avons un de ces Petits Jésus qui va vous aller droit au cœur ! »

Le révérend, de son énorme patte, meurtrit la tête
d'Owen, réussissant à enfoncer la visière de sa casquette de
chasse et, du même coup, à remonter l'écharpe PORTE-
BONHEUR de ma mère, ce qui aveugla complètement
Owen.

« Parfaitement, mes amis ! », ajouta le recteur Wiggin.

Il arracha brusquement la casquette d'Owen, si bien que,
sous l'effet de l'électricité statique, les fins cheveux de
celui-ci se dressèrent, lui donnant l'aspect d'un hérisson.

« Cette année, affirma le capitaine Wiggin, pas un œil ne
restera sec dans l'église ! »

Owen, qui semblait s'étouffer dans son écharpe, éternua.

« Owen, viens avec moi, coupa Barb Wiggin. Je vais
couvrir ce pauvre enfant avant qu'il n'attrape la mort. »

Mr. Merrill et sa femme, transis, avaient grand besoin
d'être un peu plus couverts. Ils semblaient consternés à
l'idée de voir Owen Meany transformé en Enfant Jésus. Je
pense que les congrégationalistes sont moins férus de
miracles que les épiscopaliens.

Dans le vestibule glacial du presbytère, Barb Wiggin se
mit en devoir d'emmailloter Owen dans son costume de
scène ; mais elle s'embrouillait dans toute cette superposi-
tion de langes flasques, et Owen ne cessait de protester.

« C'EST TROP SERRÉ, J'PEUX PLUS RESPIRER ! », toussait-
il. Ou il s'exclamait : « JE SENS UN VENT COULIS ! »

Barb Wiggin s'affairait avec un tel sérieux qu'on eût cru
qu'elle voulait le momifier, ne fût-ce que pour le faire taire.
Mais se faire tripoter avec une telle vigueur par Barb
Wiggin, après avoir découvert que ma grand-mère aurait
pu mais n'avait pas voulu venir assister à la crèche vivante,
fut néfaste à l'humeur d'Owen ; il devint irritable et
capricieux, exigeant d'être démailloté, puis remmailloté
dans l'écharpe PORTE-BONHEUR. Après cette opération,
les langes de coton dissimuleraient l'écharpe, qu'il voulait à
même la peau :

« POUR LA CHALEUR ET POUR LA CHANCE.

— Le Petit Jésus n'a pas besoin de chance, Owen,
rétorqua Barb Wiggin.

— VOUS VOULEZ DIRE QUE JÉSUS A EU DE LA VEINE ?

EH BIEN MOI, JE CROIS QU'IL AURAIT EU BESOIN D'UN PEU
PLUS DE CHANCE, SURTOUT À LA FIN !

— Mais Owen, renchérit le recteur Wiggin, il a été
crucifié, certes, mais il a ressuscité. N'est-ce pas la preuve
qu'il fut sauvé ?

— IL A ÉTÉ MANIPULÉ ! »

Owen était d'humeur contrariante. Le recteur parut se
demander si le moment était bien choisi pour un débat
théologique ; Barb Wiggin parut tentée d'étrangler Owen
avec son écharpe PORTE-BONHEUR. Que le Christ ait eu du
pot ou non, qu'il ait été sauvé ou manipulé étaient de
sérieuses pierres d'achoppement, même dans l'atmosphère
survoltée de ce couloir venteux, embué par la vapeur
odorante des lainages humides dégouttants de neige fondue
auprès des calorifères. Quels arguments un simple recteur
pouvait-il opposer à un mouflet sur le point d'être adoré
dans la crèche ?

« Habille-le comme il voudra », dit Mr. Wiggin à sa
femme.

Mais il y avait un doute dans sa voix, comme s'il
soupesait les possibilités qu'Owen Meany fût le Christ ou
l'Antéchrist. Par la fureur avec laquelle elle le déballait et
le remballait, Barb Wiggin démontrait que son opinion
était faite.

Dans le vestibule encombré, les bovidés (anciennement
tourterelles) tournaient en rond, comme énervés par le
manque de foin. Dans son vêtement blanc, Mary Beth
Baird semblait appétissante, comme une starlette un peu
potelée, mais la majesté de la Vierge-Marie-Mère-de-Dieu
était un peu amoindrie par une longue queue de cheval du
genre espiègle. En bon Joseph classique, j'étais affublé
d'une robe de bure marron, l'équivalent biblique du
costume trois pièces. Harold Crosby, redoutant son ascension par une machinerie défectueuse, ne cessait d'aller au
petit coin. Emmailloté comme il l'était, mieux valait
qu'Owen n'ait pas envie de faire pipi. Il ne pouvait pas
bouger ; même si on l'avait mis debout, il n'aurait pas pu
marcher, tant Barb Wiggin lui avait ligoté les jambes.

Un premier problème se posa : comment l'emmener

jusqu'à la crèche ? Afin de dissimuler notre troupe aux fidèles, un grand paravent à trois volets séparait les assistants du chœur servant de scène ; chaque panneau du triptyque était frappé d'une grande croix d'or brodée. Nous étions censés nous mettre en place derrière ce rideau de scène et y demeurer dans une immobilité photographique. C'est seulement quand l'ange annonciateur amorcerait son vol plané vers les bergers, ce qui détournerait de nous l'attention de l'assistance, qu'on ôterait le paravent. La « colonne de lumière » suivant les bergers et les rois, nous en profiterions pour nous assembler autour de la crèche sans être remarqués.

Naturellement, Mary Beth Baird insista pour transporter Owen jusque dans la crèche :

« Je suis assez forte ! Je l'ai déjà porté souvent...

— NON ! C'EST JOSEPH QUI PORTE L'ENFANT JÉSUS ! », clama Owen en me lançant un regard suppliant.

Mais Barb Wiggin entendait bien se charger elle-même de cette tâche. S'avisant que le nez du Christ coulait, elle l'essuya en hâte ; puis elle lui tint le mouchoir en lui disant de « souffler fort ». Il produisit un petit couinement inhumain. On fournit un mouchoir propre à Mary Beth Baird en cas de besoin pendant que le Petit Jésus serait dans la paille ; la Sainte Vierge se montra ravie de se voir confier une responsabilité *physique* de cette importance.

Avant de prendre dans ses bras le Petit Prince de la Paix, Barb Wiggin se pencha sur lui pour lui masser les joues, avec un curieux mélange de sensualité et de négligence. Je vis dans ce geste une efficacité toute professionnelle d'hôtesse de l'air ; elle prenait soin d'Owen comme d'un bébé dont elle aurait changé les couches ; mais, en même temps, il y avait quelque chose de salace dans sa façon de le regarder de près, comme si elle voulait le vamper.

« Tu es trop pâle, lui dit-elle en lui pinçant la peau.

— OUILLE !

— L'Enfant Jésus doit avoir les joues roses. »

S'approchant encore, elle frotta le bout de son nez contre le sien ; imprévisiblement, elle l'embrassa sur la bouche. Ce n'était pas un élan d'affection ou de tendresse ; c'était un baiser fougueux, provocant, Owen en fut bouleversé ; il rougit, comme Barb Wiggin l'avait souhaité ; des larmes lui montèrent aux yeux.

« Je sais que tu détestes qu'on t'embrasse, Owen, lui dit-elle avec coquetterie, mais c'est pour te porter chance, rien de plus. »

Hormis ma mère, personne n'avait embrassé Owen sur les lèvres ; que Barb Wiggin, maladroitement, lui ait rappelé ma mère ne pouvait que l'outrager. Je le vis serrer les poings quand Barb Wiggin le souleva contre ses seins. Ses jambes, trop serrées pour plier, pendaient roides ; comme si un hypnotiseur de foire l'avait plongé en catalepsie. Mary Beth Baird, à qui on avait interdit de faire la bise au Petit Jésus, foudroyait d'un regard jaloux Barb Wiggin, qui, à sa grande époque, avait dû être une fameuse bougresse d'hôtesse de l'air. Elle manipulait Owen sans le moindre effort, bien serré contre ses rondeurs, avec la solennité d'un embaumeur égyptien transportant un jeune pharaon dans la chambre secrète de la pyramide.

« Détends-toi », lui chuchotait-elle, sa bouche perverse tout contre son oreille, tandis qu'il rougissait de plus en plus.

Et moi, Joseph — éternellement de côté —, je vis ce que l'envieuse Vierge Marie ne pouvait voir. Je vis… et je suis certain que Barb Wiggin le vit aussi, sinon elle n'aurait pas poursuivi ses manœuvres enjôleuses… L'Enfant Jésus bandait ; c'était manifeste, même à travers les diverses épaisseurs de ses langes.

Barb Wiggin finit par le poser dans la crèche ; avec un sourire de connivence, elle lui planta encore un baiser humide sur sa joue rouge, pour lui porter chance, sans doute. Il y avait de quoi perturber toutes les notions religieuses d'Owen Meany : constater qu'une femme qu'on déteste peut vous exciter physiquement ! Honte et colère se mêlèrent dans l'expression d'Owen ; se méprenant, Mary Beth Baird s'empressa de lui essuyer le nez. Une vache bouscula un ange, qui faillit renverser le grand paravent pourpre, dont un volet percuta l'arrière-train d'un âne. Je cherchai dans l'ombre complice des piliers un signe rassurant de l'ange annonciateur, mais Harold Crosby était invisible, probablement suspendu, tremblant de trouille, au-dessus de la « colonne de lumière »...

« Souffle ! », chuchota Mary Beth Baird à Owen, qui semblait prêt à exploser.

Il fut sauvé par le chœur.

Il y eut un cliquetis métallique, celui d'un engrenage destiné à faire apparaître un ange, suivi d'un bref hoquet, signalant la présence de l'inquiet Harold Crosby, et la chorale éclata :

> Petit ha-meau de Bethlé-em
> Par cette nuit tran-quille !
> Pendant que tout re-pose et dort
> Approche l'étoile silen-cieuse...

L'Enfant Jésus commença de desserrer les poings : l'érection du Christ n'avait pas diminué. Le regard furieux d'Owen devint un peu vague, comme si le Petit Prince entendait adresser au monde un message de paix ; cela provoqua des pleurs d'adoration chez la Vierge Marie, déjà très émue.

« Souffle ! Mais souffle donc ! », murmurait-elle plainti-vement.

En pressant le mouchoir contre son nez, Mary Beth lui obturait aussi la bouche, comme si elle lui administrait un anesthésique. Avec grâce et gentillesse, Owen repoussa la main et le mouchoir ; son sourire pardonnait tout, même la maladresse de Mary Beth, qui chancela, comme prête à s'évanouir.

Hors de vue des paroissiens, mais hélas visible de nous, Barb Wiggin, menaçante, saisit les commandes de la grue céleste, comme un pilote de caterpillar s'apprêtant à enfoncer une herse dans la terre ferme. Quand le regard d'Owen, empreint de défi érotique, croisa le sien, elle perdit subitement tous ses moyens. Un long frisson lui parcourut l'échine, lui secouant les épaules, la distrayant de sa manœuvre. L'apparition si longtemps mise au point d'Harold Crosby demeura en suspens.

« " Soyez sans crainte " », commença Harold Crosby, d'une voix coassante.

Mais moi, Joseph, je vis que quelqu'un avait une peur bleue. Barb Wiggin, paralysée aux commandes de la grue, interrompue dans sa mission d'atterrissage, était terrifiée par Owen Meany. Le Petit Prince de la Paix avait recouvré son sang-froid, ayant fait une importante découverte : une érection se produit, mais disparaît. La fameuse « colonne de lumière », censée accompagner la descente périlleuse et présentement compromise d'Harold Crosby, semblait animée d'une volonté propre : elle illuminait Owen sur son tas de paille, contre la volonté de Barb Wiggin ! Le projecteur, refusant d'illuminer l'ange, éclairait la crèche.

Quand l'assistant invisible vint en silence ôter le paravent, un murmure jaillit parmi les paroissiens, que l'Enfant Jésus calma d'un geste presque imperceptible. Il darda sur Barb Wiggin un regard sardonique qui n'avait rien d'enfantin et qui lui fit reprendre ses esprits ; elle orienta la « colonne de lumière » dans la bonne direction, à savoir l'ange annonciateur.

« " Soyez sans crainte " », reprit Harold Crosby.

Là-dessus, Barb Wiggin, comme pour se venger d'une technique défaillante, lâcha l'ange avec une telle brutalité qu'il tomba en chute libre des cintres ; elle bloqua abruptement sa dégringolade et il se mit à tournoyer sur lui-même, la bouche grande ouverte, se balançant d'avant en arrière au-dessus des bergers terrorisés, tel un immense goéland porté par les courants ascensionnels. Il hurla : « " Soyez sans crainte ! " » puis se tut, ayant oublié la suite de son texte.

Pour empêcher l'ange de se balancer, Barb Wiggin fit pivoter la grue, l'éloignant des acteurs et des spectateurs, de sorte qu'il continua d'osciller, mais le dos tourné à tous, comme si, écœuré, il avait décidé de laisser ces pitoyables mortels dans l'ignorance du miracle.

« " Soyez sans crainte " », bafouilla-t-il indistinctement.

Du fond de la paille et de l'obscurité jaillit le fausset craquelé, la voix délabrée d'un souffleur inattendu. Mais qui savait par cœur le texte oublié par Harold Crosby ? Qui, sinon l'ancien ange annonciateur ?

« CAR VOICI QUE JE VOUS ANNONCE UNE GRANDE JOIE, QUI SERA CELLE DE TOUT LE PEUPLE », murmurait Owen Meany.

Mais Owen Meany ne pouvait réellement murmurer ; il y avait trop de sable et de rocaille dans sa voix. Non seulement Harold Crosby mais aussi l'ensemble des paroissiens l'entendirent souffler — la voix tendue et sainte en provenance de la crèche soufflant à l'ange ce qu'il devait dire. Docile, Harold répéta les mots qu'il recevait.

Enfin, quand la « colonne de lumière » consentit à accompagner bergers et rois mages jusqu'à l'objet de leur adoration, les spectateurs étaient déjà préparés à l'adorer, ce Christ exceptionnel qui connaissait non seulement son rôle, mais tous les autres !

Mary Beth Baird ne se sentait plus de bonheur. D'abord, son visage s'abattit dans la paille, puis sa joue vint s'appuyer contre la cuisse du Petit Jésus ; elle acheva sa progression en posant sa grosse tête sur le ventre d'Owen. La « colonne de lumière » se mit à trembler devant ce comportement incestueux éhonté. La fureur de Barb Wiggin, se demandant jusqu'où iraient les choses, lui donna l'aspect d'un soldat tirant à la mitrailleuse pendant qu'elle se battait avec le projecteur.

J'eus une pensée pour Harold Crosby, que Barb Wiggin avait expédié à une telle altitude ; invisible, abandonné de tous sous les voûtes poussiéreuses, entre les piliers vertigineux, la tête en bas telle une monstrueuse chauve-souris. Je ne pouvais le voir, mais je compatissais à sa solitude effrayante.

La chorale, elle, nous interprétait *Au loin dans cette étable :*

> Je t'aime, Seigneur Jésus,
> Regarde-moi du haut des cieux.
> Veille sur mon berceau
> Jusqu'au matin joyeux.

Le révérend Dudley Wiggin tarda un peu à enchaîner avec saint Luc. Peut-être s'était-il rappelé que la Vierge

Marie aurait dû attendre la fin du cantique pour s'incliner sur l'Enfant Jésus ; maintenant que la tête de Mary Beth se trouvait déjà sur le ventre d'Owen, le recteur devait se demander avec inquiétude ce qu'elle pourrait bien faire pour s'incliner davantage !

« " Et il advint, quand l'ange les eut quittés pour le ciel " », commença-t-il.

Automatiquement, tous les assistants levèrent la tête à la recherche d'Harold Crosby. Parmi tous ces visages que j'observais, le plus fervent à scruter le ciel était celui de Mr. Fish, déjà surpris de voir qu'Owen Meany avait bel et bien un rôle *parlant*.

Owen semblait sur le point d'éternuer, à moins que le poids de Mary Beth ne lui coupât la respiration ; de ses narines dilatées, deux petits filets brillants coulaient sur sa lèvre supérieure. Il transpirait ; en raison du froid, on avait poussé au maximum le vieux calorifère de l'église, dont la chaleur se répandait aux alentours du maître-autel ; il faisait plus froid dans les travées, où la plupart des paroissiens avaient gardé leurs gros manteaux. Dans la crèche, la chaleur était suffocante. J'eus pitié des ânes et des vaches ; dans leurs accoutrements, ce devait être l'enfer. De plus, la « colonne de lumière » dégageait suffisamment de chaleur pour mettre le feu à la couche de paille du Petit Jésus.

L'Évangile de saint Luc n'était pas achevé que le premier âne s'écroula. Plus exactement, le train arrière, mais l'effet fut spectaculaire. La plupart des spectateurs ignoraient que les ânes se composaient de deux personnes, aussi la chute ne leur en parut-elle que plus alarmante. Les pattes arrière cédèrent, mais les pattes avant, pour conserver leur équilibre, dansèrent une sorte de gigue. La croupe s'abattit sur le sol, comme si l'âne était frappé d'une paralysie partielle ou venait de recevoir une balle de fusil. L'avant-train, après de louables efforts, fut entraîné à son tour. Aveuglé par ses cornes, essayant d'éviter la chute de l'âne, un bœuf percuta un berger, le faisant basculer par-dessus la balustrade de communion ; il rebondit sur les prie-Dieu rembourrés et roula au milieu des bancs du public.

Quand le deuxième âne dégringola, le révérend Wiggin se mit à lire plus vite :

« " Quant à Marie, elle conservait avec soin toutes ces choses, les méditant en son cœur. " »

La Vierge Marie leva alors la tête, un sourire mystique illuminant son visage ; elle jeta les deux mains sur son cœur, comme si une flèche venait de le transpercer, et roula des yeux hagards, comme si elle allait rendre l'âme. Le Petit Jésus, justement inquiet à l'idée que la Vierge Marie allait lui tomber dessus de tout son poids, ouvrit les bras pour amortir le choc, mais Owen n'était pas assez fort pour supporter Mary Beth Baird ; s'affalant sur lui, elle l'enfonça dans la paille, où ils semblèrent lutter violemment.

Et moi, Joseph, je vis comment le Petit Jésus réussit à se débarrasser de sa mère ; il lui pinça le derrière. L'attaque fut fulgurante autant que sournoise, camouflée par un envol de paille ; il fallait être un Joseph, ou une Barb Wiggin, pour voir ce qu'il se passait. Les paroissiens, eux, virent la Sainte Mère descendre du tas de paille et courir se placer à bonne distance de la crèche, où elle reprit ses esprits à l'abri de l'imprévisible Petit Prince de la Paix. Owen foudroya Mary Beth d'un regard identique à celui qu'il avait dédié à Barb Wiggin.

C'est du même regard qu'il inspecta les spectateurs, oubliant ou dédaignant les présents que les mages et les bergers déposaient à ses pieds. Tel un général passant ses troupes en revue, le Fils de Dieu examina le public. Les visages que je pouvais distinguer dans les premiers rangs exprimaient pour la plupart la crainte d'être chassés du temple. Dan et Mr. Fish, ces deux amateurs éclairés de théâtre, étaient bouche bée d'admiration. La forte personnalité d'Owen dominait tout : l'amateurisme de ses partenaires comme le rhume de cerveau, la machinerie foireuse comme les improvisations du scénario.

Soudain, je découvris dans le public deux visages qu'Owen dut voir en même temps que moi. Les plus passionnés de tous, ceux de Mr. et Mrs. Meany. Toute son attention accaparée, Mr. Meany semblait moins granitique

que d'ordinaire : il avait peur. La vacuité lunaire de Mrs. Meany se doublait d'une totale incompréhension. Elle serrait ses mains dans une violente prière, les épaules secouées de sanglots aussi émouvants que ceux d'un enfant attardé.

Owen s'assit d'un mouvement si brusque que plusieurs personnes poussèrent des cris d'effroi. Comme monté sur ressort, il désigna avec férocité ses parents, mais maints paroissiens se sentirent visés par son index accusateur — sinon la totalité.

« QU'EST-CE QUE VOUS ÊTES VENUS FAIRE ICI ? », demanda avec courroux le Petit Jésus.

Chacun des assistants prit ça pour lui, j'en jugeai par la réaction coupable de Mr. Fish, mais je savais à qui parlait Owen. Mr. et Mrs. Meany se firent tout petits ; de leur banc, ils glissèrent sur le prie-Dieu, et Mrs. Meany cacha son visage dans ses mains.

« VOUS N'AVEZ RIEN À FAIRE ICI ! », leur cria Owen.

Mais Mr. Fish, comme la moitié de la paroisse, se sentit accusé. Je regardai le révérend Lewis Merrill et sa Californienne de femme ; ils prenaient ça pour eux aussi, ça crevait les yeux.

« VOTRE PRÉSENCE ICI EST SACRILÈGE ! », tonna Owen.

Une douzaine de personnes, dans les bancs du fond, se levèrent, prêtes à s'enfuir. Mr. Meany aida sa femme éperdue à se lever. Elle se signait sans arrêt — geste machinal d'une catholique, circonstance aggravante pour Owen.

Les Meany entamèrent une fuite maladroite ; tous deux grands et forts, leur manière de sortir de la travée encombrée, de gagner la nef latérale où ils furent en terrain découvert, leur moindre mouvement empêtré, en firent l'objet de l'attention générale.

« Nous voulions seulement te voir ! », lança le père d'Owen d'un ton d'excuse.

Mais Owen Meany désigna, tout au fond de l'église, la porte par laquelle plusieurs fidèles, plus morts que vifs, s'étaient déjà sauvés. Les parents d'Owen, semblables à cet autre couple jadis banni du jardin d'Éden, sortirent tête

basse de l'église du Christ, aux accents triomphaux de
Écoutez ! Les anges chantent le Seigneur entonné sur l'ordre
frénétique du recteur. Mais rien ne pourrait faire oublier
aux assistants l'image indélébile d'Owen Meany chassant
ses parents.

Tordant sa bible entre ses mains, le recteur Wiggin
tentait de capter le regard de sa femme, mais Barb Wiggin
était pétrifiée et oubliait de couper la « colonne de
lumière » impitoyablement braquée sur l'Enfant Jésus
courroucé.

« SORS-MOI DE LÀ ! », intima à Joseph le Petit Prince de
la Paix.

Qu'est-ce qu'un Joseph, sinon celui qui fait ce qu'on lui
dit ? Je le soulevai donc. Mary Beth Baird voulut aussi en
prendre un bout ; son pinçon avait-il décuplé son amour
pour lui ? L'avait-il brutalisée sans diminuer sa passion d'un
iota ? Quoi qu'il en soit, elle était son esclave, totalement
soumise à ses désirs. De sorte qu'à nous deux nous le
tirâmes de la paille. Ses langes étaient si serrés qu'on avait
l'impression de transporter un bout de bois — une icône.

Où devions-nous l'emmener ? Ce n'était pas clair. Dans
le fond, derrière le maître-autel ? Barb Wiggin nous barrait
la route.

Nous tirant de notre indécision, l'Enfant Jésus nous
guida, désignant l'allée centrale par où ses parents étaient
partis. Personne ne dit aux ânes et aux vaches de nous faire
cortège, ils avaient seulement besoin d'air. Notre procession s'augmenta. Tout le monde nous emboîta le pas, au
rythme du troisième verset du cantique final :

> Doux il repose dans sa gloire,
> Né pour sauver le monde,
> Né pour ressusciter les enfants de la terre,
> Né pour leur donner une nouvelle naissance.

Pendant tout notre trajet dans l'allée centrale, Barb
Wiggin braqua sur nous la « colonne de lumière » ; quelle
force surnaturelle lui avait intimé de le faire ? Nous
n'allions nulle part sinon dehors, dans la neige et la

froidure. Les bestiaux retirèrent leurs têtes pour mieux voir Owen ; pour la plupart, c'étaient de jeunes enfants choisis pour leur petite taille, quelques-uns même étaient plus petits qu'Owen. Tous le regardèrent avec une crainte respectueuse. Ses bras nus rougirent sous la morsure du vent ; il les cacha contre son bréchet d'oiseau. Les Meany, assis dans la cabine du camion, attendaient docilement ses ordres. La Vierge Marie et moi le hissâmes tant bien que mal dans la cabine. Il était impossible de le plier dans ses bandes trop serrées, aussi fallut-il l'étendre en travers de la banquette, les jambes sur les cuisses de son père, le haut du corps sur celles de sa mère, laquelle était revenue à son habitude de ne pas regarder tout à fait par la vitre et pas tout à fait ailleurs.

« MES FRINGUES, m'intima l'Enfant Jésus. TU LES RÉCUPÈRES ET TU ME LES GARDES.

— Bien sûr.

— ENCORE HEUREUX QUE J'AIE MON ÉCHARPE PORTE-BONHEUR ! », me cria-t-il, avant de lancer à ses parents : « A LA MAISON ! »

Mr. Meany tourna la clé de contact.

Un chasse-neige, quittant Front Street, déboucha dans Elliot Street ; à Gravesend, on avait coutume de laisser la priorité aux chasse-neige, mais ce fut le chasse-neige qui laissa la priorité à Owen.

* * *

Toronto, le 4 février 1987. — Une fois de plus, presque personne à la communion ce mercredi. La sainte Eucharistie est plus agréable quand on n'a pas à faire la queue au banc de communion, comme un animal attendant une place libre à la mangeoire ou un client de fast food. Je déteste communier avec la foule.

Quant au rite lui-même, je préfère la manière du révérend Foster au style machiavélique du chanoine Mackie ; ce dernier s'ingénie à me donner le plus petit morceau de pain possible, presque une miette, ou alors un véritable croûton, presque trop gros pour entrer dans ma bouche et impossible à avaler sans une longue mastication. Le chanoine aime me taquiner. Il me dit :

« Je me demande pourquoi vous communiez si souvent, c'est mauvais pour votre régime. Quelqu'un devrait surveiller votre alimentation, John ! »

Et de pouffer. A d'autres moments, il plaisante :

« J'imagine que, pour communier aussi souvent, vous devez mourir de faim. Faites un vrai repas de temps en temps ! »

Et de pouffer encore.

Le révérend Foster, notre vicaire, distribue le pain consacré avec égalité et ferveur, c'est tout ce que je lui demande. Je n'ai rien à reprocher quant au vin, qui est dispensé avec mesure par nos adjoints honoraires, le révérend Larkin et la révérende Keeling. Mrs. Katherine Keeling est directrice de la Bishop Strachan School, et le seul reproche que je puisse lui faire est qu'elle est enceinte. La révérende Katherine Keeling est souvent enceinte, et je ne pense pas qu'elle devrait servir le vin sacré en fin de grossesse, quand l'énormité de son ventre la gêne pour incliner le calice jusqu'aux lèvres du communiant ; ça me dérange un peu ; en outre, lorsqu'elle est près d'accoucher et que je suis agenouillé, il m'est désagréable d'avoir son gros ventre à la hauteur de mes yeux. Il y a aussi le révérend Larkin ; il lui arrive de retirer le calice avant qu'on ait pu boire ; il faut le battre de vitesse. De plus, il n'essuie pas très bien le bord du calice entre deux fidèles.

C'est avec Mrs. Keeling qu'il m'est le plus agréable de discuter, maintenant que le chanoine Campbell nous a quittés. J'aime sincèrement Katherine Keeling et je l'admire. J'ai regretté de ne pas la voir ce matin, où j'avais tant besoin de parler à quelqu'un ; mais elle est en congé temporaire, pour cause d'accouchement. Le révérend Larkin est aussi brusque en paroles qu'en maniant le calice, et notre vicaire adjoint, le révérend Foster — quoique brûlant d'un zèle missionnaire —, se soucie assez peu d'un homme mûr comme moi, qui habite une maison confortable dans le quartier résidentiel de Forest Hill. Le révérend Foster ne rêve que d'ouvrir une mission dans Jarvis Street pour prévenir les prostituées contre les maladies sexuelles, et il est plongé jusqu'au cou dans l'assistance aux Antillais de Bathurst Street, ceux-là mêmes que vitupère sans cesse le marguillier adjoint Holt; le révérend Foster n'accorde qu'une attention distraite à mes soucis qui, d'après lui, sont imaginaires. Imaginaires!

Ça ne me laissait que le chanoine Mackie, qui m'agace toujours. Je lui demandai :

« Avez-vous lu le journal d'aujourd'hui, le *Globe and Mail*? C'était en première page.

— Non, je n'ai pas eu le temps ce matin, mais laissez-moi deviner... Ça parlait des États-Unis? Une déclaration du président Reagan, peut-être? »

Il n'est pas vraiment condescendant, le chanoine Mackie. Il est condescendant à contretemps.

« Hier, il y a eu une expérience nucléaire, la première explosion américaine de l'année 1987. Elle était annoncée pour demain, mais ils l'ont avancée, histoire de prendre les manifestants de vitesse. Parce qu'on avait prévu des protestations pour demain...

— Comme il se doit.

— Et les démocrates avaient prévu aujourd'hui de voter une résolution pour persuader Reagan d'annuler l'essai. Or le gouvernement avait menti sur la date exacte de l'expérience. On fait un bel usage de l'argent des contribuables, n'est-ce pas ?

— Vous n'êtes plus un contribuable américain, que je sache, rétorqua le chanoine.

— Les Soviétiques s'étaient engagés à ne tester aucune arme nucléaire avant les Américains. Vous saisissez la provocation délibérée ? C'est une rupture de tous les traités de désarmement ! On devrait obliger tous les Américains à vivre un an ou deux loin des États-Unis. Ils verraient alors à quel point ils se ridiculisent aux yeux du monde entier ! Ils entendraient d'autres versions que les leurs ! N'importe quel pays en sait plus sur l'Amérique que les Américains eux-mêmes ! Et les Américains ignorent absolument tout des autres pays ! »

Le chanoine Mackie m'écoutait avec bonhomie. Je sentis

venir la suite ; je parle d'une chose et il ramène la conversation à moi.

« Je sais que vous avez été déçu par les élections paroissiales, John. Personne ne doute de votre dévouement à notre église, vous savez. »

Nous y voilà ; on parle du danger nucléaire, de l'arrogance d'une Amérique imbue de son bon droit, et le chanoine Mackie veut parler de moi !

« Vous savez à quel point notre communauté vous respecte, John. Mais ne voyez-vous pas à quel point vos opinions sont... dérangeantes ? C'est terriblement américain, d'avoir des opinions aussi fortes. Et c'est très canadien de se méfier des opinions trop tranchées...

— Je suis canadien, vous savez. Je le suis depuis vingt ans. »

Le chanoine Mackie est grand, voûté, pâle, si laid et si convenable qu'on lui pardonne son étroitesse d'esprit.

« John, John, me dit-il. Vous êtes citoyen canadien, mais de quoi parlez-vous toujours ? De l'Amérique. Vous en parlez plus que tous les Américains que je connais. Et vous êtes plus antiaméricain que tous les Canadiens réunis ! Je vous trouve, comment dire ? plutôt monotone sur ce sujet, vous ne trouvez pas ?

— Absolument pas.

— John, John, cette colère... Ça n'est pas du tout canadien ça non plus ! »

Ce chanoine connaît mon point sensible.

« Non, je l'admets. Et ce n'est pas très chrétien. Excusez-moi.

— Ne vous excusez pas ! Essayez d'être un peu plus... tolérant. »

Les silences de cet homme m'irritent encore plus que ses conseils.

« C'est cette foutue " guerre des étoiles " qui me met hors de moi. L'unique frein qui reste dans la course aux armements est le traité anti-missiles balistiques de 1972 entre les États-Unis et l'Union soviétique. Alors Reagan vient de donner aux Soviétiques l'autorisation tacite d'essayer leurs propres armes nucléaires. Et s'il continue avec son programme de missiles spatiaux, il invite les Soviétiques à mettre au panier le traité de 1972 !

— Vous avez vraiment la tête historique, dit le chanoine. Comment pouvez-vous retenir toutes ces dates ?

— Chanoine Mackie...

— John, John, je comprends votre inquiétude ; je ne me moque pas de vous. J'essaie simplement de vous faire comprendre qu'aux élections paroissiales...

— Je me fous des élections paroissiales ! »

Par cette réplique coléreuse, je démontrais évidemment que je ne m'en foutais pas. Je m'excusai une fois de plus. Le chanoine posa sur mon bras une main moite.

« Nos jeunes paroissiens, dit-il, vous prennent pour un excentrique. Ils ne connaissent pas les circonstances qui vous ont amené ici. Quand vous vitupérez les États-Unis, ils voudraient que vous soyez un peu plus canadien ! Parce que vous n'êtes pas né canadien, vous le savez, et ça perturbe aussi les plus anciens paroissiens ; ça dérange même ceux d'entre nous qui se rappellent pourquoi vous êtes venu ici. Si vous avez choisi de vivre au Canada, occupez-vous davantage du Canada. Pourquoi vous intéressez-vous aussi peu à nous ? Écoutez, John, c'est devenu une fable : vous vous perdez encore dans Toronto ! »

Ça, c'est tout le chanoine Mackie ; je redoute une guerre mondiale, et lui fait un fromage parce que, sorti de Forest Hill, je dois demander mon chemin aux passants ! Je m'inquiète de l'échec de l'unique traité de paix conclu entre les deux blocs, et il me charrie sur ma mémoire des dates !

Parfaitement, j'ai la mémoire des dates. Le 9 août 1974 ? Nixon est condamné. 8 septembre 1974 ? Nixon est pardonné. 30 avril 1975 ? Retrait de toutes les forces américaines du Vietnam : l'opération « Frequent Wind ».

Je dois admettre l'habileté du chanoine Mackie. Il me parle de « dates » et de ma « tête historique » pour appuyer sa thèse habituelle : *je vis dans le passé*. Là-dessus, je me demande si ma dévotion à la mémoire du chanoine Campbell n'est pas un signe supplémentaire que je vis dans le passé ; il y a longtemps, quand je me sentais si proche du chanoine Campbell, je vivais moins dans le passé ou, du moins, le passé était alors le présent ; nous partagions un même présent. Si le chanoine Campbell vivait encore, peut-être ne me paraîtrait-il pas plus sympathique que son successeur aujourd'hui ?

Le chanoine Campbell vivait encore le 21 janvier 1977, le jour où le président Jimmy Carter décréta une grâce pour les « déserteurs à la conscription ». Qu'est-ce que ça pouvait bien me faire ? J'étais déjà citoyen canadien...

Bien que le chanoine Campbell me mît en garde lui aussi contre la colère, il avait compris pourquoi cette « grâce », ce pardon m'avaient mis dans une telle fureur. Je lui avais montré la lettre que j'adressais à Jimmy Carter : « Monsieur le Président, qui pardonnera aux États-Unis ? »

Qui peut pardonner aux États-Unis ? Qui peut leur pardonner le Vietnam, leur conduite au Nicaragua, leur contribution énorme et constante à la prolifération de l'arme nucléaire ?

« John, John, reprit le chanoine Mackie. Et votre petit discours sur Noël, à la réunion du conseil paroissial ? Même Scrooge n'aurait pas choisi un tel moment pour ce genre d'éclat !

— Qu'est-ce que j'ai dit ? J'ai simplement dit que je trouvais la fête de Noël déprimante.

— Seulement ! Notre Église compte énormément sur Noël, à cause des dons pour ses missions, pour sa survie dans cette ville. En outre, Noël est la plus belle fête pour les enfants de la paroisse. »

Qu'aurait dit le brave chanoine si je lui avais appris que Noël 1953 avait mis la touche finale pour moi à tous les Noëls ? Il m'aurait répété que je vivais dans le passé. Alors, je la bouclai. D'ailleurs, c'est lui qui avait mis le sujet sur le tapis !

* * *

Quoi d'étonnant que la fête de Noël me flanque le cafard ? La Nativité à laquelle j'avais assisté en 1953 avait annulé la vraie. Le Christ est né « miraculeusement », c'est certain ; mais bien plus miraculeuses sont les exigences qu'il

formule avant même de savoir marcher ! Non seulement il
exige d'être honoré et adoré, par les paysans et les rois, les
animaux et ses propres parents, mais il bannit son père et sa
mère du lieu du culte ! Je n'oublierai jamais la rougeur de
sa peau nue dans le froid de l'hiver, ni le ton sur ton de ses
langes blancs sur la neige fraîche. Vision d'un Enfant Jésus
né victime, né dans le sang, né bandé, né courroucé et
accusateur ; si étroitement enveloppé qu'il ne pouvait plier
les genoux, au point qu'on dut l'étendre sur ses parents,
tout raide comme un grand blessé sur une civière.

Après ça, comment aimer Noël ? Avant de devenir
croyant, je pouvais au moins apprécier la féerie.

Ce dimanche-là, le vent glacé qui transperçait ma robe
de Joseph dans Elliot Street contribua à me faire croire au
miracle — et à me le faire détester. Voir les paroissiens se
précipiter hors de l'église ; voir à quel point ils détestaient
être dérangés sans avertissement dans leur rituel routi-
nier... Le recteur, qui aurait dû être en haut des marches
pour serrer les mains, était encore cloué devant l'autel avec
sa bénédiction rentrée ; il aurait dû la prononcer dans la
nef, mais tous les paroissiens avaient vidé les lieux à notre
suite.

Et que devait faire Barb Wiggin de la « colonne de
lumière », dont elle avait accompagné pendant sa sortie le
Petit Jésus et sa suite ? Dan Needham me raconta plus tard
que le révérend Dudley Wiggin avait adressé à sa femme le
geste le plus extraordinaire qu'on eût vu faire par un prêtre
dans une église : il passa son index sur sa gorge, pour
signaler à Barb de *couper* la lumière, ce qu'elle finit par
faire bien après que l'église fut vide ou presque. Mais, sans
cette mimique expressive, comment aurait-elle su quoi
faire ? La vision du révérend Dudley Wiggin se tranchant la
gorge eut un effet particulièrement frappant, sur Mr. Fish
entre autres, qui, dans son inexpérience, reproduisit le
geste comme s'il s'agissait d'un rituel classique ; puis il
quêta du regard l'approbation de Dan. Dan remarqua que
Mr. Fish n'était pas le seul.

Et nous ? Qu'étions-nous censés faire ? Nous, les personnages de la crèche, dans nos accoutrements trop légers

pour le froid extérieur, nous errions, incertains, tandis que le camion de granit disparaissait de notre vue. La partie arrière d'un âne, ressuscitée, courut à la porte de la sacristie et la trouva fermée ; les vaches dérapaient dans la neige. Que faire, sinon refluer dans l'église ? Une main bien intentionnée avait fermé la sacristie à clé de crainte qu'on ne vole nos vêtements, bien qu'il n'y ait pas de voleurs à Gravesend. Alors nous nous lançâmes à contre-courant de la foule des paroissiens qui sortaient. Pour Barb Wiggin, qui tenait à ce que tout soit réglé comme du papier à musique, cela dut faire un choc, tout cet embouteillage dans la nef centrale ! Les anges et les bergers les plus petits s'infiltraient entre les jambes des adultes ; les rois majestueux, cramponnés à leurs couronnes de traviole, les vaches empotées et les moitiés d'âne se frayaient un chemin difficile au travers des gros manteaux. Plus d'un paroissien semblait choqué et insulté, comme si le Petit Jésus lui avait personnellement craché au visage en l'accusant de sacrilège. Parmi les plus vieux paroissiens — auprès desquels le jovial capitaine Wiggin et son allumeuse de femme n'étaient pas en odeur de sainteté —, on sentait se mijoter une rancune à combustion lente ; on les avait piégés dans cette honteuse pantalonnade, fruit du modernisme exacerbé d'un ex-pilote et de sa complice.

Je me trouvai nez-à-ventre avec le révérend Merrill, tout aussi paumé que les ardents épiscopaliens et se demandant comment se tirer de là avec sa femme. Il se tenait vers le centre de la nef ; et s'il se laissait porter par la foule, le révérend Merrill se trouverait bientôt en haut des marches, en passe de serrer les mains des épiscopaliens en déroute, se substituant à l'hôte officiel, Mr. Wiggin, qui avait disparu. Ce n'était évidemment pas le rôle de Mr. Merrill de reconduire les épiscopaliens, surtout après un tel bide. D'ici qu'on l'accuse d'avoir été responsable du cafouillage ou qu'on s'imagine que c'était une version congrégationaliste de la Nativité !

« Ton petit copain ? me souffla Mr. Merrill. Il est toujours aussi... euh... comme ça ? »

Toujours comme quoi ? Mais, dans l'agitation de la

foule, il m'était impossible de demander de plus amples explications. Avec son bégaiement, ça aurait pris la soirée.

« Oui, dis-je. C'est tout lui. Imprévisible, mais il domine toujours la situation.

— Il est tout à fait... miraculeux », dit avec un faible sourire le révérend, apparemment ravi que les congrégationalistes préfèrent les cantiques aux crèches vivantes et soulagé de savoir Owen dans une autre Église que la sienne.

Il imaginait sans doute les ravages qu'aurait pu exercer un Owen dans de simples vêpres...

Dan me rattrapa dans le couloir de la sacristie ; il attendrait que j'aie récupéré mes vêtements et ceux d'Owen pour me ramener. Mr. Fish était aussi excité que ravi ; s'il croyait que le révérend Wiggin s'était « coupé la gorge » en observant un rite liturgique, il devait aussi imaginer que tout ce qu'avait fait Owen était dans le scénario ; or Mr. Fish avait été fort impressionné par la progression dramatique du sujet :

« J'ai adoré le moment où il dit à l'ange ce qu'il doit dire ; c'est excellent ! Et comment il expulse la Sainte Vierge de la paille !... Et quand il se fiche en rogne... Alors là, oui, on comprend que c'est pas un bébé ordinaire ! On sent qu'on a affaire au Seigneur Dieu, dès son premier jour ! On voit qu'il est né pour donner des ordres, dire à chacun ce qu'il doit faire... Et toi qui m'avais dit que son rôle était muet ! Je n'imaginais pas que ce serait un rituel si... primitif, si violent, si *barbare !* Mais c'est bouleversant, je dois le reconnaître ! »

Cette dernière phrase, il ne l'avait ajoutée que pour ne pas heurter nos convictions, adoucir les termes « primitif » et « barbare ».

« Ce n'était pas exactement dans les... intentions... de l'auteur », répliqua Dan.

Laissant Dan s'expliquer avec le bouillant comédien amateur, je filai m'habiller en vitesse et remettre la main sur le vestiaire d'Owen avant que les Wiggin ne me coincent. Mais il me fallut un moment pour récupérer les vêtements d'Owen. Mary Beth Baird les avait mêlés aux siens dans un coin du vestibule et, affalée dessus, elle sanglotait. Ça semblait compliqué de lui faire lâcher prise sans la bousculer et impossible d'endiguer ses larmes. Si le Petit Jésus avait perdu les pédales, c'était entièrement sa faute, à elle ! Elle n'avait pas su le calmer, elle avait agi en mauvaise mère. Owen la détestait, geignait-elle. Elle n'avait pas su le comprendre ! Et pourtant, elle le comprenait mieux que tout autre ! Elle en était sûre.

Agé de onze ans, j'étais trop jeune pour imaginer la mère de famille excédée et surmenée que deviendrait Mary Beth Baird ; là, dans ce vestibule, j'avais seulement envie de lui taper dessus, de lui arracher de force les fringues d'Owen et de l'abandonner au milieu d'une flaque de larmes. L'idée même qu'elle puisse *comprendre* Owen me rendait malade ! Elle voulait simplement le ramener chez elle et se coucher sur lui ; c'était ça, sa façon de le comprendre ; se vautrer sur lui et ne plus le laisser partir.

J'avais perdu trop de temps, Barb Wiggin me tomba dessus. M'enfonçant les doigts dans l'épaule, elle me secoua et siffla :

« Quand tu lui donneras ses habits, donne-lui aussi ce message. Dis-lui qu'il ne s'avise pas de remettre les pieds dans cette église sans être venu me voir avant. Avant la prochaine classe de catéchisme. Avant le prochain office. Je veux le voir d'abord. Il est interdit de séjour ici tant qu'il ne sera pas venu me voir ! »

Elle me secoua encore un peu, pour faire bonne mesure. J'étais tellement secoué que je crachai le morceau à Dan, qui traînait autour de l'autel en compagnie de Mr. Fish. Ce dernier examinait la paille éparpillée et les présents abandonnés par l'Enfant Jésus, comme si la disposition de ces débris avait un sens profond.

Je répétai à Dan ce qu'avait dit Barb Wiggin, et comment elle avait fait bander Owen, et comment il y avait une guerre larvée entre eux. Maintenant, j'étais certain qu'Owen ne serait plus « autorisé » à rester épiscopalien. Si aller s'excuser auprès d'elle était la condition préalable au retour d'Owen à l'église du Christ, Owen, je le savais, honnirait les épiscopaliens autant que les catholiques. Je

déployai des trésors d'éloquence, assis sur un banc avec
Dan, qui m'écoutait avec sympathie.

Survenant, Mr. Fish nous informa que l'ange était
toujours « suspendu dans les cintres ». Il se demandait si ça
faisait aussi partie du scénario, de laisser Harold Crosby
pendouiller dans la charpente longtemps après la fin de la
séance. Harold Crosby, convaincu que Dieu et Barb
Wiggin l'avaient abandonné à jamais, se balançait entre les
piliers comme la victime d'un lynchage. Dan, expert dans le
maniement des machineries de théâtre, maîtrisa en un rien
de temps la maudite mécanique et ramena sur la terre
ferme l'ange exilé. Il avait vomi sur lui et, en essayant de
s'essuyer avec l'une de ses ailes, il avait fait de sa tenue un
gâchis irréparable.

C'est alors que Dan assuma, de façon aussi concrète
qu'héroïque, ses responsabilités de beau-père. Transportant le piteux et peu ragoûtant Harold Crosby jusqu'à la
sacristie, il demanda à Barb Wiggin de lui accorder un
entretien.

« C'est que, dit-elle, le moment est mal choisi.

— Je n'aimerais pas que tous les membres du conseil
paroissial sachent que vous avez oublié ce pauvre gamin
dans une situation périlleuse », lui dit Dan.

Il tenait Harold Crosby avec difficulté, car il était aussi
glissant que gluant et répandait une atroce odeur de vomi,
surtout dans ce vestibule confiné.

« Ce n'est pas le moment de me chercher noise, avertit
Barb Wiggin, mais Dan Needham n'était pas homme à se
laisser houspiller par une hôtesse de l'air.

— Tout le monde se fiche de la pagaille, dans une fête
d'enfants, dit Dan, mais ce pauvre gosse a été abandonné,
suspendu à six mètres au-dessus d'un sol de ciment ! Un
très grave accident aurait pu se produire à cause de votre
négligence. »

Harold Crosby ferma les yeux, comme s'il craignait que
Barb Wiggin ne le frappe ou ne le piège à nouveau dans le
harnais maudit.

« Je regrette… », commença Barb Wiggin.

Mais Dan lui coupa le sifflet :

« Vous n'avez rien à ordonner ou interdire à Owen Meany. Vous n'êtes pas recteur, que je sache. Vous êtes la femme du recteur. Vous aviez une mission : ramener cet enfant sain et sauf sur le sol, et vous l'avez oublié. Je veux bien oublier, moi aussi, mais si vous laissez Owen tranquille. Owen est le bienvenu dans cette église à tout moment ; il n'a nul besoin de votre permission. Et si le *recteur* veut parler à Owen, qu'il s'adresse d'abord à *moi !* »

Sur ce, Dan Needham lâcha le crapoteux Harold Crosby, qui se dirigea, chancelant, vers ses habits, comme si sa trop longue suspension angélique l'avait ankylosé ; les autres enfants s'écartèrent à cause de sa puanteur. Dan, posant une main sur ma nuque, me poussa gentiment entre lui et Barb Wiggin.

« Cet enfant n'est pas votre garçon de courses, Missus Wiggin. Faites vos commissions vous-même. Je n'aimerais pas raconter ce qui s'est passé à tous les paroissiens... »

Les hôtesses de l'air n'ont qu'une autorité de façade ; Barb Wiggin sut qu'elle avait perdu la sienne et se montra si compréhensive, si désireuse de plaire que j'en fus gêné pour elle. Avec un dévouement ostensible, elle aida Harold Crosby à enfiler ses vêtements propres ; juste à temps, car la mère d'Harold arrivait.

« Eh bien, c'était très amusant ! dit-elle. Tu t'es bien amusé, mon chéri ? »

Harold répondit oui de la tête et Barb Wiggin le serra affectueusement contre sa poitrine.

Mr. Fish avait retrouvé le recteur, qui mesurait les cierges de Noël pour savoir s'ils pourraient encore servir l'année prochaine. Le révérend Dudley Wiggin possédait cet instinct de survie des aviateurs qui leur fait regarder l'avenir plus que le présent — particulièrement en période de catastrophe. Il ne ferait nulle remontrance à Owen, Owen viendrait à l'église quand il voudrait.

« J'ai aimé la façon dont Joseph et Marie portent le Petit Jésus hors de la crèche, dit Mr. Fish.

— Ah oui ? Vraiment ? fit le recteur.

— C'est un final superbe, très dramatique.

— Oui, n'est-ce pas ? Peut-être que nous le retravaillerons un peu l'an prochain.

— Bien sûr, le rôle exige la présence d'Owen, dit Mr. Fish. Je vous parie que vous ne trouverez pas chaque année un Petit Jésus de sa trempe !

— Non, sûrement pas, approuva le recteur.

— C'est un acteur-né !

— C'est ce que j'allais dire.

— Avez-vous vu *Le Chant de Noël* ?

— Pas cette année, dit le recteur.

— Êtes-vous libre le soir de Noël ? », lui demanda Mr. Fish.

* * *

Je savais ce que j'avais envie de faire le soir de Noël ; j'avais envie d'être à Sawyer Depot et d'attendre avec ma mère l'arrivée de Dan au train de minuit. Ça s'était passé comme ça depuis que ma mère avait rencontré Dan. Ma mère et moi profitions de l'hospitalité des Eastman, je m'épuisais à jouer avec mes infatigables cousins, et Dan venait nous rejoindre après la représentation de Noël des Compagnons de Gravesend. Il était flapi en descendant du train à minuit, mais tout le monde l'attendait, chez les Eastman, même ma grand-mère. L'oncle Alfred offrait un remontant à Dan tandis que ma mère et Tante Martha nous mettaient au lit, mes cousins et moi.

A minuit moins le quart, Hester, Simon, Noah et moi nous nous vêtions chaudement et nous dirigions vers la gare ; dans ce pays du Nord, le temps n'incitait pas, une nuit de Noël, les adultes à sortir, mais ils nous laissaient volontiers aller accueillir Dan. Nous avions de l'avance, ce qui nous permettait des batailles de boules de neige. Le train arrivait toujours à l'heure — à cette époque. Il transportait peu de voyageurs et Dan était l'un des rares à descendre à Sawyer Depot, où nous le bombardions de boules de neige. Tout fatigué qu'il fût, il ripostait avec ardeur.

Plus tôt dans la soirée, ma mère et ma tante chantaient

des cantiques de Noël ; quelquefois, ma grand-mère se joignait à elles. Nous, les enfants, ne connaissions par cœur que les premiers couplets ; c'était vers la fin du chant que ma mère et Tante Martha mettaient à l'épreuve leurs années d'appartenance à la chorale. Ma mère gagnait toujours ce concours ; elle connaissait toutes les paroles de tous les couplets, de sorte que le chant, commencé à plusieurs voix, s'achevait en un solo de ma mère. Tante Martha s'exclamait :

« Quel gaspillage, Tabby ! Tu gaspilles ta mémoire, à retenir tous ces couplets que personne ne chante jamais !

— A quoi d'autre me servirait ma mémoire ? », rétorquait ma mère.

Les deux jeunes femmes se souriaient. Ma tante Martha aurait bien voulu fouiller la mémoire de ma mère pour y trouver l'identité de mon vrai père. Mais, ce qui agaçait le plus Martha, c'était que ma mère finisse le chant en solo ; l'oncle Alfred lui-même cessait toute occupation, rien que pour écouter la voix de ma mère.

Je me rappelle — c'était à l'enterrement de ma mère — que le révérend Merrill avait déclaré à ma grand-mère qu'il avait perdu *deux fois* la voix de ma mère. La première, quand Martha s'était mariée et que ma mère avait pris l'habitude de passer les vacances de Noël à Sawyer Depot ; ma mère continuait à participer à la chorale, sauf pour les vêpres de Noël. La seconde, quand ma mère changea de confession ; là, il perdit sa voix pour toujours. Mais moi, je profitai de sa voix jusqu'au soir de Noël 1953, moment où ma ville natale me devint étrangère ; je n'avais encore jamais passé de Noël à Gravesend.

Par bonheur, j'avais des dérivatifs. Bien qu'ayant assisté à toutes les représentations du *Chant de Noël,* y compris la générale en costumes, je fus particulièrement ravi que la « dernière » me permette de tuer le temps pendant cette longue soirée de Noël ; tout comme moi, Dan avait besoin d'un dérivatif. Après la pièce, Dan avait organisé un cocktail pour la troupe et je comprenais son but : tuer le temps au maximum jusqu'à minuit et au-delà afin d'oublier l'idée de sauter dans le train pour Sawyer Depot et y

retrouver ma mère dans la chaude maison des Eastman...
J'imaginais que cette soirée serait pénible aussi pour les
Eastman. Qui chanterait les derniers couplets ?

Dan aurait voulu que la réception ait lieu au 80 Front
Street, ce que je comprenais aussi ; il voulait changer les
idées de ma grand-mère. Certes, elle se serait plainte
amèrement du chahut de ces bambocheurs, de cette
assistance « mélangée », vu les diverses positions sociales
des acteurs réunis par Dan ; du moins aurait-elle été
distraite. Quoi qu'il en soit, elle refusa tout net ; Dan dut la
supplier pour qu'elle vienne voir la pièce.

D'abord, elle invoqua tous les prétextes ; elle ne pouvait
laisser Lydia seule, Lydia était malade, bronchite voire
congestion pulmonaire, et il était hors de question qu'elle
accompagne ma grand-mère au théâtre ; de plus, comme
c'était Noël, elle avait donné congé à Ethel pour aller voir
ses proches parents (elle serait absente deux jours) et Dan
savait que Lydia détestait rester seule avec Germaine...

Dan lui rappela que Germaine avait été engagée spécialement pour s'occuper de Lydia. Oui, bien sûr, répliqua ma
grand-mère, néanmoins cette fille était du genre geignard,
tristounet, et, le soir de Noël, Lydia avait besoin d'une
vraie compagnie. Dan insista gentiment ; c'était pour
qu'elle ait de la compagnie qu'il invitait ma grand-mère
d'abord à voir la pièce, puis à rester un moment à la
joyeuse réception qui suivrait. Puisque ma grand-mère lui
avait refusé l'espace du 80 Front Street, Dan avait décoré
tout le troisième étage de Waterhouse Hall, en ouvrant
quelques chambres d'étudiants et la salle commune. Son
petit logement n'eût pas suffi. Il avait prévenu les Brinker-
Smith qu'il y aurait pas mal de boucan deux étages au-
dessus d'eux ; ils seraient les bienvenus à la fête ; sinon,
qu'ils prévoient du coton pour les oreilles de leurs
jumeaux.

Grand-Mère ne voyait pas l'utilité de faire quoi que ce
soit, mais, attendrie par les efforts de Dan, elle finit par
accepter d'assister à la pièce ; quant au pince-fesses, tout
dépendrait de son humeur après le spectacle. La tâche
m'incomba donc d'escorter ma grand-mère à l'ultime

représentation du *Chant de Noël* à l'hôtel de ville. Pendant le trajet, je pris mille précautions pour éviter à Grand-Mère la funeste fracture du col du fémur, bien que les trottoirs aient été sablés, qu'il ne soit pas tombé de neige et que le parquet bien ciré de l'hôtel de ville fût la surface la plus glissante que Grand-Mère risquait d'affronter ce soir-là.

Les charnières des vieilles chaises pliantes craquèrent à l'unisson quand je pilotai Harriet Wheelwright à la meilleure place du troisième rang, toutes les têtes s'étant tournées comme pour assister à l'entrée d'une mariée. Il faut dire qu'Harriet Wheelwright avait un don pour les entrées royales. Elle sembla entrer dans la salle comme si elle revenait saluer à la fin de *L'Ange du foyer* de Somerset Maugham, qu'elle avait joué jadis. On entendit même quelques applaudissements discrets, que Grand-Mère calma d'un regard olympien. Du respect, de la déférence, soit. Mais fi des applaudissements vulgaires.

Ça lui prit cinq bonnes minutes pour s'installer confortablement, ôter son vison mais le garder sur ses épaules, dénouer son écharpe mais la garder autour du cou en raison des courants d'air (qui viennent toujours par-derrière, c'est bien connu), garder son chapeau même s'il devait gêner quiconque (le quiconque en question, un monsieur, changea obligeamment de place). Finalement, je fus libre de m'aventurer dans la coulisse, où j'avais coutume de regarder Owen se maquiller.

Le traumatisme de la crèche vivante donnait à son regard une couleur de deuil ; son rhume lui était tombé sur la poitrine, la fièvre lui causait tour à tour des suées et des frissons ; ses yeux cernés de noir n'avaient nul besoin d'être soulignés par le khôl ; le talc dont il se saupoudrait abondamment avait recouvert la table à maquillage d'un fin dépôt plâtreux, dans lequel il inscrivait son nom du doigt, en capitales, comme sur un tombeau sortant des Établissements funéraires Meany.

Owen n'avait fait aucun commentaire sur l'incident de la Nativité. Quand je voulus lui dire qu'il s'était montré un peu dur en public avec ses parents, il m'intima le silence. Je ne pouvais pas comprendre, et il ne m'expliquerait jamais cet INQUALIFIABLE OUTRAGE perpétré par les catholiques et l'incapacité de ses parents à surmonter la PERSÉCUTION RELIGIEUSE dont ils étaient victimes. Je n'étais pas plus avancé, mais, dans mon opinion, si quelqu'un persécutait les parents d'Owen, c'était lui. Et qu'ils l'acceptent sans rien dire me dépassait.

Depuis les coulisses, j'avais une vue imprenable sur le public ; j'y cherchai la présence consentante de Mr. et Mrs. Meany ; ils n'étaient pas là. Ma quête fut néanmoins récompensée par la découverte de Mr. Morrison, le facteur de discorde. L'air sanguinaire, les yeux lançant des flammes, se tordant les mains comme il aurait tordu un cou. L'aspect d'un homme venu vérifier que le spectre de Ce-qui-aurait-pu-être représentait bien le Carnage et le Regret ; si Owen tombait raide mort en scène, Mr. Morrison était prêt à reprendre le rôle.

A ma grande surprise, la salle était bourrée ; des spectateurs nombreux avaient déjà vu la pièce, le révérend Lewis Merrill, par exemple, revenu pour la deuxième ou troisième fois ; il avait avoué à Dan qu'il aimait voir les comédiens s'installer dans leurs rôles. En tant qu'ecclésiastique, *Le Chant de Noël* devait lui plaire, car c'était l'émouvante histoire d'une conversion, pas seulement un apologue sur la charité chrétienne, mais un exemple de l'humilité humaine face au monde spirituel. En revanche, pas plus de recteur Wiggin que de Barbara en vue. J'imaginais qu'ils avaient bien assez vu Owen Meany pour cette année.

Lewis Merrill, toujours flanqué de sa souffreteuse épouse, avait aussi amené ses rejetons caractériels ; souvent révoltés, presque toujours turbulents, uniformément renfrognés, les jeunes Merrill manifestaient leur déplaisir d'avoir été traînés à une représentation d'amateurs. L'aîné, le fameux casseur de cimetières, étalait ses jambes dans l'allée centrale, constituant un danger pour les vieillards, les infirmes et les distraits. Sa cadette, aux cheveux coupés si court qu'on aurait dit un garçon, ruminait bruyamment un chewing-gum ; elle s'était enfoncée si profondément dans son siège que ses genoux s'appuyaient sur la nuque de l'infortuné citoyen placé devant elle. C'était un petit quadragénaire rondouillard, qui devait enseigner les sciences naturelles à l'Institut ; quand il se retourna pour la réprimander du regard, elle lui souffla une bulle à la figure. Le troisième et dernier rejeton, de sexe indéterminé, se traînait sous les sièges, entre les jambes des spectateurs sursautant, s'imprégnant de poussière, de cendre et de toute la gadoue apportée par les assistants.

Au sein du désagrément provoqué par ses enfants, Mrs. Merrill souffrait en silence. Ses enfants lui faisaient horreur, mais elle les assumait avec un admirable stoïcisme. Mr. Merrill ne quittait pas la scène des yeux, apparemment fasciné par la fente des rideaux ; il semblait croire qu'il les ferait s'ouvrir rien que par sa puissance de concentration. Alors pourquoi fut-il tellement surpris quand ils s'écartèrent ?

Pourquoi fus-je tellement surpris par les applaudissements qui saluèrent le vieux Scrooge dans son cabinet de travail ? La pièce commençait toujours comme ça ; mais, ce soir précis de Noël, il m'apparut que la plupart de ces mêmes spectateurs étaient présents, dans les travées du stade, ce jour d'été... en train d'applaudir ou sur le point d'applaudir la force avec laquelle Owen Meany avait frappé cette balle...

Mais oui ! Il était là, le gros Mr. Chickering, dont le blouson m'avait empêché de voir de trop près la blessure mortelle ; oui, il était là, le chef de police Pike. Comme toujours, près de la porte, parcourant de ses yeux soupçonneux la salle et la scène, comme s'il croyait que le coupable avait pu apporter la balle volée au théâtre !

« " Si je pouvais en faire à ma tête ", disait Mr. Fish, alias Scrooge, d'un ton indigné, " tout imbécile qui court les rues avec un Joyeux Noël ! sur les lèvres serait mis à bouillir dans la marmite avec son propre pudding et enterré avec une branche de houx en travers du cœur... " »

Mr. Morrison remuait les lèvres, récitant en silence. N'ayant aucun rôle à apprendre (son personnage étant muet), il avait appris par cœur tout le rôle de Scrooge !

Qu'avait-il pensé de la balle perdue qui avait si spectaculai-
rement tué ma mère ? Avait-il vu Mr. Chickering lui
rapprocher les genoux, par pudeur ?

Juste avant qu'Owen n'entre en action, ma mère avait
aperçu quelqu'un dans les travées, lui avait fait signe de la
main. Ce n'était pas Mr. Morrison, j'en étais sûr ; sa
présence antipathique n'était pas du genre à inspirer un
joyeux salut.

Alors, à qui ma mère avait-elle pu faire signe ? Quel est
le dernier visage qu'elle a vu, isolé dans la foule, sur lequel
s'était posé son dernier regard ? En soupirant, je tentai d'imaginer qui ç'avait pu être. Pas ma grand-mère, pas Dan...

« " Je porte la chaîne que j'ai forgée pendant ma vie " »,
disait le spectre de Marley à Scrooge.

Mon attention fixée sur le public, je pouvais suivre la
pièce grâce au cliquetis de la chaîne.

« " C'est l'humanité qui était mon affaire ", poursuivait
Marley. " C'est le bien général qui était mon affaire ; c'est
la charité, la miséricorde, la tolérance et la bienveillance ;
c'est tout cela qui était mon affaire. Les opérations de mon
commerce n'étaient qu'une goutte d'eau dans le vaste
océan de mes affaires... " »

Avec un frisson, je me dis que c'était *mon père* auquel
elle avait fait signe à l'instant de sa mort ! Sans savoir
comment je pourrais espérer le reconnaître, je me mis à
examiner tous les spectateurs l'un après l'autre, en com-
mençant par le premier rang. De mon poste d'observation,
je voyais tous les visages immobiles, leur attention étant
retenue par les acteurs ; immobiles comme des photos de
joueurs de base-ball.

C'était une recherche stupide ; pourtant c'est là, à ce
moment, que la mémoire commença à me revenir. En
observant, ce soir de Noël, ces visages familiers, je
commençai à en replacer certains dans les travées du
terrain de base-ball, ce jour d'été. Mrs. Kenmore, la
femme du boucher, et son fils qui, atteint de rhumatisme
articulaire, ne pouvait jouer avec nous ; ils ne manquaient
aucun match. Ils n'assistaient au *Chant de Noël* que pour
voir Mr. Kenmore massacrer le rôle du spectre du Noël

présent ; moi, je les revoyais dans leurs chemisettes, un coup de soleil sur le nez ; ils s'asseyaient toujours en milieu de rang, car Mrs. Kenmore craignait que son lourdaud de Donny ne tombe dans l'allée.

Il y avait Maureen, la fille de Mr. Early, célèbre pour avoir mouillé sa culotte quand Owen Meany avait passé son audition théâtrale. Elle était là, comme tous les autres soirs, surveillant les vaines tentatives de son père pour transformer le spectre de Marley en roi Lear. Elle adorait et haïssait son père, un affreux snob qui ne cessait de chanter ses propres louanges que pour énumérer la vertigineuse liste des espoirs qu'il mettait en elle ; elle deviendrait pour le moins docteur en philosophie et, si elle voulait par la suite devenir vedette de cinéma, elle devrait se faire d'abord une réputation au théâtre, au vrai, pas au théâtre amateur. Maureen Early se tortillait rêveusement sur son siège — que voyait-elle ? Son père en train de charger son rôle ou Owen approchant de la surface de but ? Je me rappelle qu'elle était assise sur le gradin supérieur, derrière Caroline O'Day, dont le père vendait des Chevrolet. Caroline O'Day était l'une des rares étudiantes à porter l'uniforme de l'école Saint Michael comme si elle faisait l'entraîneuse dans un bouge de bas étage. Avec les garçons, elle montrait l'agressivité d'une Corvette ; Maureen Early ne fréquentait Caroline O'Day que parce que son père la jugeait vulgaire. Mr. Early n'avait pas digéré de se voir souffler le rôle de Bob Cratchit par Mr. O'Day, mais Mr. O'Day était plus jeune et plus beau que Mr. Early, et Dan Needham avait préféré utiliser la vantardise du marchand de voitures à la dramatisation excessive de Mr. Early, qui se prenait pour le roi Lear.

Je les resituais tous, en ce jour d'été — ainsi Maureen Early et Caroline O'Day s'agitant en gloussant de concert quand Owen Meany avait pris la batte.

Quel pouvoir extraordinaire venais-je de découvrir ! J'avais la certitude de pouvoir remplir toutes les places du stade. Un jour, je « reverrais » tous ceux qui avaient été là et, parmi eux, celui à qui ma mère avait adressé son ultime signe amical.

Mr. Arthur Dowling était là ; en plein soleil, il protégeait ses yeux d'une main et, de l'autre, abritait ceux de sa femme, à qui il servait de domestique. Arthur Dowling était venu au théâtre car sa femme, le membre le plus important du conseil de bibliothèque, s'était livrée à de tortueuses manœuvres pour se faire attribuer le rôle du spectre des Noëls passés. Il faut dire qu'Amanda Dowling était une pionnière du féminisme actif ; elle s'habillait en homme, costume-cravate, et soufflait la fumée de ses cigarettes au visage des hommes, histoire de leur rendre la pareille. Amanda et son mari étaient d'accord pour renverser les stéréotypes sexuels dans toute la mesure du possible. C'est ainsi qu'il portait un tablier pour aller faire le marché ; c'est ainsi qu'elle se faisait couper les cheveux en brosse et refusait d'épiler ses jambes et ses aisselles. Leur langage comportait des codes particuliers. Les femmes qui ne se rasaient pas les jambes et les aisselles étaient plus « européennes » que les autres, ce qui était un compliment.

Ils n'avaient pas d'enfants. Avec leur comportement inverti, disait Dan, ça n'avait rien d'étonnant ; ils n'assistaient aux compétitions enfantines de base-ball que pour témoigner leur réprobation ; que les petites filles n'aient pas le droit d'y jouer — ségrégation sexuelle — les mettait en fureur. Si jamais ils avaient une fille, elle jouerait dans les minimes, affirmaient-ils. Le couple Dowling avait un idéal ; un idéal malheureusement unique et restreint, qu'ils passaient leur temps à amplifier, mais ce jeune couple investi d'une aussi importante mission suscitait un intérêt certain dans la population conformiste de Gravesend. Mr. Chickering, notre gros entraîneur, vivait dans l'angoisse qu'un jour les Dowling donnent naissance à une petite fille ! Appartenant à la vieille école, il était convaincu que seuls les garçons devaient jouer au base-ball et que les filles devaient les regarder ou jouer à la marelle.

Comme tous les avant-gardistes de province, les Dowling appartenaient à la classe nantie ; le mari ne travaillait pas, se contentait de décorer et redécorer sa maison cossue et de manucurer son gazon. A peine âgé de trente ans, Arthur Dowling se comportait exactement comme un retraité passionné par un hobby. Amanda Dowling ne travaillait pas non plus, mais se montrait infatigable dans les activités honorifiques. Elle appartenait à tous les conseils d'administration. On ne l'associait qu'à la bibliothèque publique, parce qu'elle s'y montrait particulièrement virulente.

Censurer les livres était son moyen préféré pour changer le monde. D'après elle, les livres ancraient les esprits enfantins dans la discrimination sexuelle. Les livres dans lesquels les garçons étaient des garçons et les filles des filles constituaient de véritables crimes ! *Tom Sawyer* et *Huckleberry Finn,* par exemple, prônaient la condescendance envers le sexe faible (le sexe faible !). Et *Les Hauts de Hurlevent !* Ce roman, qui apprenait à la femme à se soumettre à l'homme, faisait voir rouge à Amanda Dowling.

Appartenant à la troupe des Compagnons de Gravesend, ils jouaient à tour de rôle. Ils prêchaient d'exemple : Amanda insistait pour jouer des rôles d'hommes, lui des rôles de femmes — muets de préférence. Elle était plus ambitieuse que lui, comme il convenait à une femme déterminée à renverser les stéréotypes sexuels ; il lui fallait un rôle d'homme, et parlant.

Dan Needham leur donnait tant bien que mal satisfaction, selon ses possibilités ; les contredire eût été tomber dans leur système. Mais leurs apparitions en scène se plaçaient sous le signe de l'absurde. Amanda était aussi mauvaise en homme qu'en femme. Arthur était simplement exécrable. Les spectateurs s'amusaient sans malice de voir Amanda porter la culotte à la scène comme à la ville et pardonnaient leurs excentricités. C'étaient des emmerdeurs embouchant des trompettes rouillées, mais ils faisaient partie du paysage quotidien. Dan Needham ne voulait pas perdre son temps à discuter avec eux.

Ce soir de Noël, je m'étonnai moi-même ! Il me faudrait passer des mois, des années peut-être, dans les coulisses de l'hôtel de ville, mais je finirais par identifier le visage auquel avait souri ma mère avant sa mort. Pourquoi dans les coulisses et non au stade même ? me demanderez-vous. Pourquoi ne pas observer les amateurs de sport véritables

dans les travées véritables ? Les gens s'assoient toujours à
la même place. Mais, dans le théâtre, j'avais un énorme
avantage : je pouvais voir sans être vu ! Alors qu'au stade
on m'aurait tout de suite repéré, tournant le dos à la partie,
en train de scruter les gens dans les gradins. Derrière la
scène, on est invisible. Puisque je cherchais mon père,
autant rester dans l'ombre...

« " Esprit ", disait Scrooge au spectre des Noëls passés,
" ramenez-moi à la maison. " »

Mr. Arthur Dowling observait sa femme, qui dit :

« " Je vous avais prévenu que je vous montrerais les
ombres de ce qui a été ; ne vous en prenez pas à moi si elles
sont ce qu'elles sont et rien d'autre. " »

Tous les spectateurs rirent sous cape, sauf Mr. Arthur
Dowling, fortement impressionné par la virilité de son
épouse.

Que les Dowling ne jouent jamais ensemble dans la
même pièce était pour Dan et Mr. Fish une source de
plaisanterie.

« Je me demande si les Dowling font l'amour à tour de
rôle, disait Dan.

— Idée particulièrement déplaisante », répondait
Mr. Fish.

Quels rêves éveillés fis-je ce soir de Noël ! De combien
d'images me nourris-je ? Quand Mr. Fish demanda au
spectre du Noël présent à qui appartenaient les pauvres
enfants déguenillés, le spectre lui dit :

« " Ce sont les enfants des hommes ! " »

Alors quelle fierté dans les yeux de Mrs. Kenmore,
quelle joie dans le cœur rhumatismal de Donny, de voir
leur époux et père manier des mots plutôt que des bouts de
viande !

« " Celui-là est l'Ignorance ", dit le boucher. " Celle-là,
la Misère ! Gardez-vous de l'un et de l'autre et de toute leur
descendance, mais surtout du premier, car sur son front je
vois écrit : Condamnation. Il faut aplatir ce mou. " »

Le texte était : « Il faut abolir ce mot », mais le boucher
devait penser à sa boutique. Pourtant, l'attention était telle
dans la salle que nul ne remarqua le lapsus. Seule Harriet

Wheelwright, qui avait vu la pièce presque aussi souvent que Dan, tiqua en entendant le boucher s'emmêler les couteaux. Elle ferma les yeux en soupirant.

Fasciné par l'auditoire, je ne tournai mon regard vers la scène qu'à l'entrée d'Owen Meany. Un silence total s'établit dans la salle.

Les visages de mes concitoyens, intéressés, amusés, variés, devinrent tout à coup semblables, tous modelés par une peur identique. Ma grand-mère elle-même, si détachée, si supérieure, resserra sa fourrure autour d'elle et frissonna ; un courant d'air venait de frôler les nuques des spectateurs. Donny Kenmore étreignit sa poitrine creuse ; Maureen Early, pour éviter de pisser dans sa culotte, ferma les yeux. La terreur remplaça dans le regard de Mr. Arthur Dowling l'intérêt pour l'inversion sexuelle — car ni le sexe ni l'identité d'Owen Meany n'étaient définissables ; mais il s'agissait bel et bien d'un spectre.

« " Spectre du Futur ", s'exclama Mr. Fish. " Je vous redoute plus qu'aucun des esprits que j'aie déjà vus ! " »

Il était passionnant de constater, sur les visages de mes concitoyens, que tous souscrivaient sans réserve aux sentiments exprimés par Mr. Fish. Ce fantôme-là flanquait la chair de poule.

« " Ne me parlerez-vous pas ? " », suppliait Scrooge.

Owen toussa. Cela n'eut rien d'humain, comme l'avait espéré Dan. C'était un râle si profond, et si profondément lié à la mort, que le public en fut épouvanté ; les gens s'agitaient sur leurs sièges ; Maureen, abandonnant tout espoir de retenir son urine, rouvrit grands les yeux pour contempler la source d'un grondement aussi inhumain. Ce fut alors que je le regardai, à l'instant où sa petite main blanche de talc jaillit des replis noirs de sa coule. Un spasme de fièvre fit trembler son bras comme sous l'effet d'une décharge électrique. Mr. Fish tressaillit.

« " Guidez-moi ", cria Scrooge. " Guidez-moi ! " »

Glissant à travers la scène, Owen lui montra le chemin. Mais l'avenir n'était jamais assez net pour Scrooge, du moins avant leur arrivée au cimetière, que Dickens décrit ainsi : « Un bien bel endroit, en effet, environné de

maisons, envahi par le gazon et les herbes sauvages, plutôt
la mort de la végétation que la vie, encombré du trop-plein
des sépultures, engraissé jusqu'au dégoût. »

« " Avant que je ne fasse un pas de plus vers cette pierre
que vous montrez " », commença Scrooge.

Parmi les tombes de carton, l'une d'elles dépassait les
autres. C'était cette pierre tombale que désignait Owen
avec obstination, de sa main blafarde. Mais au moment où
Mr. Fish était censé découvrir son propre nom gravé sur la
tombe, c'est Owen qui s'en approcha le premier. Scrooge
se mit à balbutier :

« " Quand les hommes s'engagent dans quelque résolution, elle leur annonce certain but qui peut être inévitable
s'ils persévèrent dans leur voie. Mais s'ils la quittent, le but
change ; en est-il de même des tableaux que vous faites
passer sous mes yeux ? " »

Owen Meany, qui n'avait pas à répondre, se pencha sur
la tombe. Semblant vouloir y déchiffrer le nom gravé, il
tomba évanoui.

« Owen ! », lança Mr. Fish à mi-voix.

Mais Owen n'était pas plus en état de répondre que le
spectre du Futur.

« Owen ? », répéta Mr. Fish avec inquiétude.

Le public sembla partager la répugnance de Mr. Fish à
toucher la forme affalée sous son vaste capuchon.

Ce serait bien d'Owen, pensai-je, de reprendre ses sens
et de bondir sur ses pieds en hurlant. C'est exactement ce
qu'il fit, avant que Dan n'ait eu le temps de baisser le
rideau. Mr. Fish trébucha sur sa prétendue tombe, et la véritable terreur qu'exprimait le cri d'Owen se communiqua au
public tout entier. Il y eut des cris, des gémissements ; je
sus que Maureen Early devrait changer de culotte. Mais
que pouvait bien avoir *vu* le spectre du Futur ?

Mr. Fish, vétéran habitué à sauver les meubles, se
retrouva accroupi sur la scène, en bonne position pour
« lire » son nom sur la tombe en carton — qu'il avait à
moitié écrasée en tombant dessus.

« " Ebenezer Scrooge ! C'est donc moi l'homme ? " »,
demanda-t-il à Owen.

Mais quelque chose n'allait pas avec Owen, qui semblait beaucoup plus effrayé par la tombe en carton que Scrooge lui-même. Owen continua de reculer à travers la scène, tandis que Mr. Fish implorait une réponse. Sans un mot, sans même désigner une dernière fois l'horrible tombe, Owen Meany disparut dans les coulisses.

Dans sa loge, à sa table de maquillage, il pleurait, recouvrant ses cheveux de talc, le khôl dégoulinant sur ses joues. Dan Needham lui toucha le front.

« Tu as une grosse fièvre, lui dit-il. Je te ramène chez toi en vitesse et direct au lit.

— Qu'est-ce qu'il y a ? Qu'est-ce qu'il s'est passé ? demandai-je, mais Owen secoua la tête et pleura plus fort.

— Il est tombé dans les pommes, voilà ce qui s'est passé, dit Dan.

— Comment va-t-il ? », demanda Mr. Fish depuis la porte.

Dan avait fait baisser le rideau avant la dernière scène de Mr. Fish.

« Tu te sens bien, Owen ? s'enquit Mr. Fish. Mon Dieu, on dirait que tu as vu un fantôme !

— J'aurai tout vu, maintenant, grommela Dan. J'ai vu Scrooge se démonter et j'ai vu le spectre du Futur se faire peur à lui-même ! »

Le révérend Lewis Merrill surgit dans la loge surpeuplée pour offrir ses services, bien qu'Owen eût davantage besoin d'un médecin que d'un prêtre.

« Owen, tu te sens bien ? demanda le pasteur Merrill. Qu'as-tu vu ? »

Cessant de pleurer, Owen le regarda. Que le révérend semblât si sûr qu'Owen avait vu quelque chose m'étonna fort. Ce religieux, cet homme de foi en savait peut-être davantage que nous sur les « visions ». Il avait peut-être le don de savoir quand une vision se manifestait.

« QUE VOULEZ-VOUS DIRE ? lui demanda Owen.

— Tu as *vu* quelque chose, n'est-ce pas ? » Owen le regarda en silence. « N'est-ce pas ? insista Mr. Merrill.

— J'AI VU MON NOM — SUR LA TOMBE », dit Owen Meany.

Dan prit Owen dans ses bras :

« Owen, Owen, ça fait partie de la pièce ! Tu es malade, tu as la fièvre. Tu es trop énervé. Voir un nom sur cette tombe, c'est dans la pièce ! C'est du faux-semblant, Owen.

— C'ÉTAIT MON NOM. PAS CELUI DE SCROOGE ! »

Le révérend Merrill s'agenouilla auprès de lui :

« C'est naturel de voir ça, Owen. Ton propre nom sur ta propre tombe... tout le monde a cette vision un jour ou l'autre. Ce n'est qu'un cauchemar, Owen. »

Mais Dan Needham lança un drôle de regard à Mr. Merrill, comme si une telle vision lui était totalement étrangère ; il n'était pas sûr du tout que voir son nom sur sa tombe était naturel. Mr. Fish, lui, regardait le révérend Merrill comme s'il s'attendait à un nouveau miracle dans le genre de la Nativité, dont il avait fait l'expérience toute récente pour la première fois.

Dans le talc répandu sur la table à maquillage, le nom OWEN MEANY, tel qu'il l'avait tracé lui-même, se voyait encore. Je le désignai.

« Owen, dis-je, regarde ce que tu as écrit toi-même, tout à l'heure. Tu vois, tu y pensais déjà, à ton nom... »

Owen Meany se contenta de me regarder, de me toiser. Puis il leva les yeux sur Dan, jusqu'à ce que celui-ci dise à Mr. Fish :

« Allez, on va relever le rideau. Finissons la pièce. »

Owen regarda le révérend Merrill jusqu'à ce qu'il dise :

« Je vais te ramener chez toi, Owen. Tu ne vas pas attendre tes rappels avec une fièvre de Dieu sait quoi ! »

Je les accompagnai ; la fin de la pièce m'ennuyait. Après la sortie du spectre du Noël futur, ça sombrait dans l'eau de rose.

Pendant le trajet, Owen regarda obstinément la route.

« Tu as eu une vision, Owen », répéta le pasteur Merrill.

C'était gentil à lui de se montrer aussi concerné et de reconduire Owen, vu qu'Owen n'avait jamais été congrégationaliste. Je remarquai que Mr. Merrill oubliait de bégayer quand il rendait service à quelqu'un ; mais Owen lui rendait bien mal ses attentions. Il demeurait sombre, absorbé par sa « vision ». Il avait « vu » son nom gravé sur sa propre tombe, et rien au monde, y compris le pasteur Merrill, ne pourrait le convaincre du contraire.

Restés dans la voiture, Mr. Merrill et moi le regardâmes boitiller dans les ornières de l'allée ; on avait laissé une lampe de la façade allumée pour son retour et une autre dans sa chambre — je reconnaissais la fenêtre —, mais je fus choqué de voir que, le soir de Noël, ses parents s'étaient couchés sans l'attendre...

« C'est un garçon très particulier », dit le pasteur d'une voix neutre en me ramenant à la maison.

Sans m'avoir demandé à quelle « maison » je voulais être ramené, Mr. Merrill me déposa au 80 Front Street. J'aurais voulu assister à la fête organisée par Dan à Waterhouse Hall, mais Mr. Merrill était reparti avant que je n'aie pris ma décision. Il ne me restait qu'à entrer pour voir si ma grand-mère était revenue ou si Dan avait fini par la persuader de « faire le pied de grue » un moment à la réception. A l'instant où j'ouvris la porte, je sus que Grand-Mère n'était pas là : ou les rappels se prolongeaient à l'hôtel de ville, ou Mr. Merrill avait roulé plus vite que je ne l'avais cru.

Je flairai l'air confiné de la vieille maison ; Lydia et Germaine devaient dormir, car on n'entendait rien ; le 80 Front Street était silencieux comme un tombeau, et c'en était peut-être bien un ; tout à coup, la grande bâtisse me fit peur. C'était probablement dû à l'énervement de la soirée (et à la « vision » d'Owen) et je fus à deux doigts de ressortir et d'enfiler Front Street en direction du campus, de Dan et de la fête, quand j'entendis Germaine.

Il fallait une bonne oreille, car elle s'était cachée dans le passage secret et n'émettait qu'un infime murmure ; mais il régnait un tel silence dans la maison que je l'entendis quand même. Elle disait :

« Oh, Jésus, viens à mon aide ! Oh, Dieu, Christ de miséricorde, sauve-moi ! »

Donc, il y avait vraiment des voleurs à Gravesend, pensai-je ! Les gens du presbytère savaient ce qu'ils faisaient en fermant à clé la sacristie. Les pillards de Noël avaient cambriolé le 80 Front Street ! Germaine leur avait échappé grâce au passage secret, mais qu'en était-il de Lydia ? Les bandits l'avaient-ils kidnappée ? Lui avaient-ils pris son fauteuil roulant, la laissant prostrée, incapable de se mouvoir ?

Les livres de la porte-bibliothèque étaient en désordre, certains jonchaient le sol, comme si Germaine, en pleine panique, avait oublié la cachette de la serrure et de la clé... Sur quelle étagère ? Entre quels livres ? Elle avait fait un tel nettoyage par le vide que serrure et clé étaient à présent bien en évidence pour un éventuel intrus, surtout avec tous les livres épars attirant l'attention sur la porte secrète. Je chuchotai :

« Germaine, c'est moi... Ils sont partis ?

— Qui ça ?

— Les voleurs.

— Quels voleurs ? »

J'ouvris la porte. Germaine était recroquevillée derrière, sous les bocaux de confiture, les cheveux couverts de toiles d'araignée ramassées sur les étagères, dans le fouillis des caisses. De l'une d'elles, renversée, s'étaient échappées de vieilles balles de tennis bouffées aux mites, que ma mère gardait pour faire jouer Sagamore. Germaine portait son long peignoir de flanelle, mais elle était nu-pieds ; elle s'était cachée comme elle desservait la table, sans méthode.

« Lydia est morte », dit Germaine.

Je lui tenais la porte grande ouverte, mais elle ne voulait pas émerger du boyau obscur.

« Ils l'ont tuée ! fis-je, alarmé.

— Personne ne l'a tuée. »

Ses yeux reflétaient une sorte d'indifférence mystique. Elle rectifia sa phrase :

« La Mort est venue la prendre. »

Elle eut un soupir dramatique. C'était le genre de fille à se représenter la Mort comme une personne ; n'était-elle pas convaincue que la voix d'Owen Meany sortait de la gorge du démon ?

« Comment est-elle morte ?

— Dans son lit, j'étais en train de lui faire la lecture. Elle venait de me reprendre sur un mot... »

Lydia ne cessait de corriger Germaine, dont l'élocution la heurtait particulièrement ; Lydia modelait sa propre prononciation sur celle de ma grand-mère et rendait Germaine responsable de la moindre différence d'accent tonique. Grand-Mère et Lydia se faisaient la lecture tour à tour, afin de se reposer la vue. Ainsi, Lydia était morte en se reposant les yeux, en réprimandant Germaine à cause de tel ou tel mot ânonné. Souvent, Lydia interrompait Germaine dans sa lecture pour lui demander : « Sais-tu seulement ce que ce mot signifie ? » Donc, Lydia était morte en pleine leçon de vocabulaire, tâche qui, concernant Germaine, avoisinait l'exploit, selon l'affirmation de ma grand-mère.

Germaine avait veillé le corps un certain temps. En s'aventurant avec précaution dans le salon, elle m'expliqua :

« Il s'est passé des choses, avec le corps.

— Quel genre de choses ?

— Pas de bonnes choses », fit Germaine en secouant la tête.

Je pouvais imaginer la vieille maison vibrant et craquant, protestant contre le vent d'hiver ; la pauvre Germaine en avait sûrement conclu que la Mort rôdait toujours. Peut-être la Mort s'était-elle imaginé qu'emporter Lydia serait plus long, plus difficile ; l'avoir prise si aisément, sans combat, avait peut-être incité la Mort à rester pour prendre une âme de plus, afin de faire bon poids ?

Comme deux enfants perdus dans la forêt, nous nous prîmes la main pour nous donner le courage d'aller voir Lydia. J'eus une surprise en la voyant, car Germaine ne m'avait rien dit de ses efforts pour fermer la bouche de la défunte ; elle avait utilisé une de ses grandes chaussettes de laine rose, qu'elle avait nouée au-dessus du crâne. Une plus ample inspection me révéla que Germaine avait dépensé des trésors d'ingéniosité pour fermer les yeux de Lydia ; afin qu'ils restent clos, elle y avait assujetti des pièces de monnaie avec des bouts de scotch. Elle me dit que les seules pièces identiques qu'elle ait trouvées, des pièces de dix *cents*, étaient trop petites pour cacher les yeux ; alors elle avait mis une pièce de cinq *cents* et une pièce de vingt-cinq. Mais une des paupières était remontée, faisant tomber la pièce. Aussi avait-elle utilisé le scotch pour plus de sûreté, en collant sur les deux pièces par souci de « symétrie ». Des années plus tard, je me rappellerais son emploi de ce mot, démontrant que les efforts éducatifs de Lydia et Grand-Mère n'avaient pas été vains : « symétrie » n'appartenait pas au vocabulaire de Germaine, j'en étais sûr, avant son arrivée au 80 Front Street. Je me rappellerais aussi que, bien que n'ayant que onze ans, de tels mots figuraient dans mon vocabulaire, grâces en soient rendues à Lydia et Grand-Mère ! Ma mère n'attachait pas grande importance aux mots et Dan laissait les gosses parler comme des gosses.

Lorsque Dan revint en compagnie de ma grand-mère, Germaine et moi fûmes grandement soulagés ; nous avions veillé Lydia, nous convainquant mutuellement que, son travail exécuté, la Mort avait définitivement vidé les lieux, du moins pour la nuit de Noël. Mais nous n'aurions pas tenu le coup très longtemps.

Comme d'habitude, Dan prit les choses en main ; il avait ramené ma grand-mère après sa brève apparition à la soirée et décida que la réception pouvait se passer de lui. Il mit Grand-Mère au lit avec un bon grog, car le malaise d'Owen pendant la pièce l'avait bouleversée ; maintenant, elle était convaincue que ce qu'Owen avait vu en scène, c'était la mort de Lydia, qu'il l'avait confondue avec la sienne ! Germaine adopta aussitôt cette théorie et fit remarquer que, juste avant la mort de Lydia, toutes deux avaient cru entendre un *cri* !

Se sentant insultée de voir Germaine abonder dans son sens, Grand-Mère tint à se dissocier de ses insanités ; ça n'avait aucun sens que Lydia et Germaine aient pu entendre crier Owen depuis l'hôtel de ville, par cette nuit de grand vent, toutes portes et fenêtres closes ! Germaine était si superstitieuse qu'elle entendait pratiquement crier toutes les nuits ; quant à Lydia, elle était sénile, plus sénile que ma grand-mère, elle venait d'en donner la preuve irréfutable. Néanmoins, reconnaissait Grand-Mère, Owen

Meany possédait certains « pouvoirs » peu sympathiques ; qu'il ait « vu » la mort de Lydia n'était pas du domaine de la superstition stupide, comme celle que manifestait cette simple d'esprit de Germaine.

« Owen n'a absolument rien *vu*, dit Dan Needham aux deux femmes surexcitées. Il avait quarante de fièvre ! Son seul pouvoir, c'est une imagination débridée ! »

Mais, contre toute logique, ma grand-mère et Germaine firent front. Pour elles, il existait au moins quelque rapport maléfique entre la mort de Lydia et la « vision » d'Owen ; les pouvoirs de « ce garçon » dépassaient de loin la simple imagination.

« Buvez un autre grog, Harriet, dit Dan à ma grand-mère.

— Pas trop de sollicitude, Dan, rétorqua celle-ci. Et honte à vous d'avoir laissé cet imbécile de boucher massacrer un aussi beau rôle. Quelle figure de carême !

— D'accord, d'accord », admit Dan.

On tomba d'accord aussi pour laisser Lydia seule dans sa chambre, porte close. Germaine dormirait avec moi, dans le lit jumeau. J'aurais de beaucoup préféré retourner avec Dan à Waterhouse Hall, où la soirée devait à présent battre son plein, mais il me fut répondu qu'on ne pouvait pas laisser seule cette pauvre Germaine, qui était dans tous ses états. Impossible de lui faire partager une chambre avec Dan et impensable que ma grand-mère partage la sienne avec une domestique. Après tout, je n'avais que onze ans…

J'avais si souvent dormi avec Owen dans ma chambre ! Comme j'aurais voulu lui parler, en ce moment ! Avait-il réellement « vu » la mort de Lydia, comme le prétendait ma grand-mère ? Serait-il soulagé d'apprendre que la Mort ne s'intéressait pas à lui dans l'immédiat ? Consentirait-il à le croire ? Je savais qu'il serait horriblement déçu de ne pas voir Lydia sur son lit de mort. En outre, je voulais lui exposer ce que j'avais découvert dans les coulisses, que je pensais pouvoir retrouver tous les spectateurs de cette partie de base-ball maudite. Que penserait-il de ma théorie selon laquelle c'est à mon vrai père que ma mère faisait signe une seconde avant d'être tuée ? Dans le domaine des « visions », que dirait Owen de celle-là ?

Mais Germaine m'empêchait de réfléchir. Elle voulait garder la veilleuse allumée ; elle s'agitait, se retournait, regardait le plafond. Quand je me rendis aux toilettes, elle me dit de faire vite ; elle avait peur de rester seule, ne fût-ce qu'une minute.

Si seulement elle s'endormait, je pourrais téléphoner à Owen. Chez les Meany, il n'y avait qu'un seul téléphone, dans la cuisine, tout près de la chambre d'Owen. Je pouvais l'appeler à toute heure de la nuit, car il s'éveillait immédiatement ; ses parents, eux, dormaient comme des pierres, comme des gisants de granit.

Puis je me rappelai qu'on était la nuit de Noël. Ma mère m'avait dit un jour qu'il était « aussi bien » que nous passions Noël à Sawyer Depot, ce qui évitait à Owen de comparer ses cadeaux aux miens.

Je recevais une demi-douzaine de cadeaux de chacun des membres de ma famille et plus d'une demi-douzaine rien que de ma mère. J'avais regardé sous le sapin ce soir, dans le salon du 80 Front Street, et avais été ému par les efforts de Dan et de Grand-Mère pour y déposer un nombre de cadeaux équivalant à ceux que je recevais d'habitude à Sawyer Depot. Je les avais comptés : quarante paquets ! Et Dieu sait quels cadeaux, trop gros pour être enveloppés, m'attendaient encore dans le sous-sol ou au garage !

Je n'ai jamais su ce qu'Owen recevait pour Noël, mais je me doutais que, chez les Meany, on ne devait guère sacrifier à la coutume des cadeaux. Autrefois, quand je rentrais de Sawyer Depot, la plupart de mes petits jouets étaient déjà cassés ou perdus et Owen découvrait petit à petit mes cadeaux importants, sur une période de plusieurs jours.

« OÙ AS-TU TROUVÉ ÇA ?

— C'est à Noël…

— AH, BON, JE VOIS. »

Maintenant que j'y repensais, il ne m'avait jamais montré un seul cadeau reçu pour Noël. Il fallait que je lui téléphone, mais la présence de Germaine me retenait au lit. Plus j'attendais qu'elle s'endorme, plus je me sentais bizarre. Je commençai à penser à Germaine comme je pensais à Hester. Quel âge pouvait avoir Germaine en 1953 ? Une vingtaine d'années, j'imagine. Je commençais à souhaiter qu'elle vienne me rejoindre dans mon lit ; puis je songeai à me glisser dans le sien ; je ne crois pas qu'elle m'en aurait empêché ; au contraire, elle aurait accueilli avec faveur un contact innocent et même un gosse pas trop innocent dans ses bras, rien que pour tenir la Mort en respect. Je me mis à fantasmer, plus du tout comme un gamin de onze ans, mais comme un homme en rut. J'imaginais comment profiter du désarroi de Germaine... J'allai jusqu'à lui dire :

« Je te crois, quand tu dis que tu as entendu Owen crier. »

C'était un mensonge éhonté. Elle répondit aussitôt : « C'était bien sa voix, je l'ai encore dans les oreilles ! »

Je tendis la main entre les lits jumeaux et rencontrai la sienne, qui se laissa prendre. Je pensai au baiser qu'avait donné Barb Wiggin à Owen et en fus récompensé par une érection assez forte pour soulever mes couvertures ; mais, quand je pressai davantage, avec intention, la main de Germaine, elle demeura molle.

« Dors vite », me dit-elle.

Quand sa main glissa hors de la mienne, je compris qu'elle s'était endormie ; je la regardai un bon bout de temps sans oser m'approcher. J'avais honte de mon état. Dans toutes les conversations d'adultes que j'avais entendues entre ma grand-mère et Lydia, il n'avait jamais été question de concupiscence ; ce mot-là, elles n'avaient pu me l'apprendre et je ne pouvais mettre aucune étiquette sur la sensation que j'éprouvais. Mais ça me paraissait *interdit ;* ça me faisait me sentir coupable, qu'une partie de mon corps entre en rébellion avec les autres ; c'est alors que je compris d'où me venait cette sensation : elle venait de mon père. C'était une partie de lui qui s'éveillait au fond de moi. Pour la première fois, je pensais que mon père pouvait être mauvais ou, du moins, que ce qu'il m'avait transmis était un mauvais héritage...

Par la suite, chaque fois que je me sentis troublé — et

particulièrement par le désir sexuel —, je pensai que c'était mon père qui faisait valoir ses droits sur moi ! Mon désir de savoir qui il était prit une urgence nouvelle ; je ne voulais pas le connaître parce qu'il me manquait ni parce que je cherchais quelqu'un à aimer ; j'avais Dan et son amour ; j'avais ma grand-mère et le souvenir précieux (et peut-être exagéré) de ma mère. Ce n'était pas par besoin d'amour que je cherchais mon père, mais par curiosité malsaine, pour savoir à quels troubles héréditaires je devais m'attendre !

Il fallait absolument que je parle de tout ça à Owen !

Dès que Germaine se mit à ronfler, je sortis du lit et descendis téléphoner de la cuisine.

La lumière jaillissant dans la cuisine en chassa une souris familière en train de casser la croûte dans la panetière ; la lumière me surprit aussi, car elle transforma les petits carreaux de la fenêtre en autant de miroirs, me donnant l'impression que plusieurs petites répliques de moi, hors de la maison, me surveillaient par la fenêtre. Dans l'un de ces reflets, je crus reconnaître la crainte et la gêne caractérisant Mr. Morrison ; d'après Dan, la réaction du facteur de discorde au coup de théâtre provoqué par Owen avait consisté à tomber dans les pommes. Le chef Pike avait dû transporter le postier évanoui dans le vivifiant air nocturne. Reprenant ses sens, il s'était bizarrement battu dans la neige avec le chef de police et avait fini par céder au bras de la loi.

Mais, dans la cuisine, j'étais bien seul ; les petits carreaux biseautés ne renvoyaient que mon image multipliée ; personne d'autre ne me vit composer le numéro d'Owen Meany. Ça sonna plus longtemps que prévu et je faillis raccrocher. Me rappelant la fièvre d'Owen, je craignis qu'il ne dorme plus profondément que d'habitude et que ses parents ne se réveillent.

« JOYEUX NOËL », dit-il en décrochant enfin.

Je lui racontai tout. Il se montra intéressé par mon idée de reconstituer le public de la partie de base-ball depuis les coulisses et se proposa pour surveiller aussi, deux paires d'yeux valant mieux qu'une. Quant à mon idée que ma mère ait pu faire signe à mon vrai père avant de mourir,

Owen Meany me dit qu'il fallait faire confiance à ses instincts ; j'étais SUR LA BONNE PISTE, puisque mon idée lui donnait LA CHAIR DE POULE, signe indiscutable. Il se montra aussi très compréhensif en apprenant que Germaine m'avait fait bander ; si Barb Wiggin avait pu provoquer une érection chez lui, raison de plus pour que Germaine m'ait fait le même effet ! Owen avait mis au point un petit sermon sur le thème de la concupiscence, qu'il qualifiait de PRÉMONITION DE LA DAMNATION ÉTERNELLE. Il convint aussi de la responsabilité génétique de mon père. Ce désir sexuel m'était envoyé par Dieu pour m'aider à identifier mon père ; j'avais été conçu dans la luxure, dans la luxure je retrouverais mon père.

Je suis stupéfait aujourd'hui de voir que ces folles imaginations, inspirées par une soirée fertile en terreurs et drames, nous semblaient parfaitement sensées, à Owen comme à moi ; mais à quoi des amis servent-ils, sinon à se soutenir mutuellement ?

Bien sûr, comme moi, il trouva Germaine idiote d'avoir cru l'entendre crier depuis l'hôtel de ville.

« J'AI PAS CRIÉ AUSSI FORT ! », fit-il, indigné.

Notre unique divergence d'opinion porta sur l'interprétation qu'avait donnée Grand-Mère de sa « vision ». Il nia obstinément avoir « vu » la mort de Lydia en regardant la tombe.

« C'ÉTAIT BIEN MON NOM. PAS CELUI DE SCROOGE. ET PAS CELUI DE LYDIA !

— Ç'a été la seule erreur. Tu pensais à toi. Tu avais même écrit ton nom sur la table, peu auparavant. Et tu brûlais de fièvre. En admettant que cette tombe ait pu te dire quelque chose, elle t'a dit que quelqu'un allait mourir. Et ce quelqu'un, c'était Lydia. Elle est morte, pas vrai ? Et toi, tu n'es pas mort, hein ?

— C'ÉTAIT MON NOM, répéta-t-il obstinément.

— Tu ne t'es pas trompé de beaucoup, mais tu t'es trompé ! »

J'essayais d'avoir l'air expert en visions et de savoir les interpréter ; comme si j'en savais plus en la matière que le pasteur Merrill.

« IL N'Y AVAIT PAS *QUE* MON NOM. JE VEUX DIRE, PAS COMME J'AI L'HABITUDE DE L'ÉCRIRE. IL Y AVAIT MON VRAI NOM, MON NOM ENTIER. »

Ça me coupa le sifflet, ce ton inébranlable. Son « vrai » nom était celui de son père, Paul. Il avait été baptisé, comme tout catholique. Paul O. Meany, Jr. Il lui fallait un prénom de saint et je n'ai jamais entendu parler d'un saint Owen, alors qu'il existe un saint Paul. On lui avait donné Owen comme second prénom, pour ne pas le confondre avec son père. Je lui demandai :

« Sur la tombe, il y avait " Paul O. Meany, Junior " ? C'est bien ça ?

— IL Y AVAIT TOUT », insista-t-il, puis il raccrocha.

Il était tellement cinglé qu'il me rendait cinglé ! Je bus du jus d'orange, mangeai quelques biscuits, remis un bout de lard dans la souricière et éteignis la lumière. Je suis comme ma mère, je déteste l'obscurité ; dans le noir, je compris ce qu'il avait voulu dire. Je rallumai et le rappelai.

« JOYEUX NOËL.

— Il y avait une *date* sur la tombe ? »

Son hésitation le trahit.

« NON.

— Quelle date c'était, Owen ? »

Il hésita à nouveau. Puis :

« IL N'Y AVAIT PAS DE DATE. »

J'eus envie de pleurer, non parce que je croyais à cette stupide histoire de vision, mais parce qu'il venait de me mentir pour la première fois.

« Joyeux Noël », dis-je en raccrochant.

Quand j'éteignis pour de bon la lumière, l'obscurité me sembla encore plus obscure.

Quelle était cette date ? Combien de temps croyait-il qu'il lui restait à vivre ?

J'aurais voulu poser à la nuit la même question que Scrooge : « Tout ceci, est-ce l'image de ce qui *doit* être ou seulement de ce qui *peut* être ? »

Mais le spectre du Futur demeurait muet.

6

La Voix

Au premier rang des choses qu'elle détestait, ma grand-mère plaçait la paresse ; haine qui semblait étrange à Dan Needham, car Harriet Wheelwright n'avait jamais travaillé de sa vie, jamais incité ma mère à travailler, et ne m'avait jamais assigné la moindre tâche. Néanmoins, d'après ma grand-mère, suivre la marche du monde (notre petit monde et le monde extérieur à Gravesend) requérait de constants efforts. Et il fallait déployer beaucoup d'énergie et d'intelligence pour pouvoir continuellement et pertinemment commenter ses observations : dans cette discipline, Grand-Mère se montrait rigoureuse et infatigable. Sa foi profonde dans la valeur de l'effort lui interdit longtemps d'acheter un poste de télévision.

Lectrice passionnée, elle considérait la lecture comme le plus noble de tous les efforts ; en revanche, écrire lui semblait une grande perte de temps, une occupation aussi infantile que l'aquarelle. Elle révérait la lecture, cette activité désintéressée qui prodiguait information et réflexion. Elle devait trouver dommage que de pauvres fous aient passé leur vie à écrire rien que pour nous fournir suffisamment de livres à lire... La lecture apportait aussi l'habitude du discours — et du vocabulaire, outil indispensable pour formuler de judicieux commentaires sur tout ce qu'on pouvait observer. Grand-Mère était plus réservée sur la radio, bien qu'admettant que le monde moderne évoluait à une telle vitesse qu'il défiait la chose écrite ; après tout, écouter nécessitait quelque effort, et le langage qu'on entendait à la radio n'était pas pire que celui qu'on pouvait lire dans les journaux et magazines.

Mais elle bannissait la télévision. Regarder ne demandait aucun effort — il était plus enrichissant pour l'âme et l'esprit de lire ou d'écouter —, et l'idée de ce que montrait la télévision lui répugnait. Bien sûr, elle ne la connaissait que par ouï-dire. Elle avait exposé, à la Maison du soldat et à l'hospice de vieillards de Gravesend — deux des œuvres dont elle s'occupait —, que fournir des téléviseurs aux personnes âgées ne ferait que précipiter leur fin.

Elle demeura insensible aux arguments de ces maisons de retraite, dont les pensionnaires étaient souvent trop faibles ou diminués pour lire, et que la radio endormait. Ma grand-mère, après avoir jugé sur pièces, se cantonna dans son opinion : ce qu'observait Harriet Wheelwright confirmait *toujours* ses opinions ; la télévision hâterait le processus de la mort. Elle vit de très vieilles gens, des infirmes, bouche bée ; même les plus alertes accordaient une attention stupide à des images que ma grand-mère décrivait comme « d'une banalité trop confondante pour qu'on s'en souvienne ». C'était la première fois qu'elle voyait des téléviseurs en marche, et elle fut accrochée. Elle constata que le petit écran « suçait littéralement » aux vieillards le peu de vie qui leur restait ; néanmoins, elle insista pour avoir un téléviseur à elle !

La mort de ma mère, suivie moins d'un an plus tard par celle de Lydia, entra pour beaucoup dans sa décision de faire installer la télévision au 80 Front Street. Ma mère avait beaucoup aimé le vieux Victrola ; le soir, nous écoutions avec elle Sinatra chanter avec l'orchestre de Tommy Dorsey ; ma mère chantait avec Sinatra. « Ce Frank, disait-elle, sa voix est faite pour une femme, mais aucune femme n'a jamais eu cette chance. »

Je me rappelle ses chansons favorites ; quand il m'arrive de les entendre, je suis tenté de reprendre au refrain, bien que je n'aie pas la voix de ma mère ! Je n'ai pas non plus celle de Sinatra — ni son patriotisme à tous crins. Je ne pense pas que ma mère ait partagé les opinions politiques de Sinatra. Elle aimait surtout sa « voix d'avant », quand il n'était que le chanteur de l'orchestre de Tommy Dorsey ; sa voix d'avant guerre, que Tommy Dorsey cantonnait aux

chorus. Pas sa voix de star. Les enregistrements préférés de
ma mère dataient de 1940 : *I'll Be Seeing You, Fools Rush
In, I Haven't Time to Be a Millionaire, It's a Lovely Day
Tomorrow, All This and Heaven Too, Where Do You Keep
Your Heart ?, Trade Winds, The Call of the Canyon* et, par-
dessus tout, *Too Romantic.*

J'avais mon propre poste de radio et, après la mort de
Maman, je l'écoutai de plus en plus ; je craignais de raviver
les tristes souvenirs de ma grand-mère en repassant sur le
Victrola du salon ces vieux succès de Sinatra.

Du vivant de Lydia, ma grand-mère semblait se satisfaire
de ses séances de lecture ; elle et Lydia lisaient tour à tour
ou obligeaient Germaine à leur faire la lecture pendant
qu'elles reposaient leurs yeux et s'ingéniaient à parfaire
l'éducation de Germaine. Mais, après la mort de Lydia,
Germaine refusa de lire à haute voix ; elle était convaincue
que, par ses lectures à Lydia, elle avait accéléré sa mort, et
Germaine se refusait à assassiner Grand-Mère de la même
façon. Un certain temps, ma grand-mère fit la lecture à
Germaine, mais ça lui fatiguait la vue et elle s'interrompait
trop souvent, pour s'assurer que Germaine suivait bien.
Comment Germaine aurait-elle pu s'intéresser au livre ?
Elle ne pensait qu'à une chose : essayer de rester en vie
jusqu'à la fin de la séance.

Vous pouvez constater que la maisonnée offrait un
terrain propice à l'invasion de la télévision ! Ethel, par
exemple, ne serait jamais pour ma grand-mère l'équivalent
de Lydia. Lydia avait constitué un public idéal pour les
incessantes réflexions de ma grand-mère, alors qu'Ethel
était difficile à émouvoir ; efficace mais sans initiative,
serviable mais passive. Dan Needham croyait que c'était le
manque d'esprit chez Ethel qui amoindrissait ma grand-
mère ; pourtant, chaque fois qu'il lui suggérait de la
remplacer par une fille plus vivace, ma grand-mère défendait Ethel avec une loyauté d'acier. Les Wheelwright
étaient peut-être des snobs, mais ils étaient équitables ; les
Wheelwright ne renvoyaient pas leurs servantes, toutes
sottes et empotées qu'elles fussent. De sorte qu'Ethel
resta, que ma grand-mère vieillit, toujours avide de distrac-

tions, prête à se laisser envahir par la télévision, elle aussi.

Germaine, terrifiée quand Grand-Mère lui faisait la lecture et encore plus d'avoir à faire la lecture à Grand-Mère, avait trop peu de travail ; elle rendit son tablier. Les Wheelwright acceptent de bon gré les démissions, mais je regrettai le départ de Germaine. Le désir qu'elle avait éveillé en moi — pour répugnant qu'il m'apparût à cette époque — constituait un indice pour retrouver mon père ; en outre, les fantasmes érotiques provoqués par Germaine avaient plus d'intérêt pour moi que n'importe quel programme de radio...

Lydia disparue, moi passant la moitié de mon temps avec Dan, Grand-Mère n'avait plus besoin de deux domestiques ; inutile de remplacer Germaine, Ethel suffisait amplement. Et, Germaine partie, je me trouvai, moi aussi, vulnérable à l'invasion de la télévision.

« TA GRAND-MÈRE VA AVOIR LA TÉLÉVISION ? », s'exclama Owen Meany.

Les Meany n'avaient pas la télévision. Dan non plus ; en 1952, il avait voté contre Eisenhower et s'était juré de ne pas acheter la télévision tant qu'Ike serait président. Même les Eastman n'avaient pas la télévision ; Oncle Alfred aurait aimé l'avoir, appuyé par Noah, Simon et Hester, mais la réception était plutôt défectueuse dans le pays du Nord ; Sawyer Depot était souvent sous la neige, et Tante Martha s'opposa à la construction d'une tour pour y jucher l'antenne, sous prétexte que ça abîmerait le paysage ; elle refusa toute discussion avec Oncle Alfred, prêt à construire une antenne si haute que les avions volant bas s'écraseraient dessus.

« Tu vas avoir la télévision ? me dit Hester au téléphone depuis Sawyer Depot. Espèce de petit con de veinard ! »

Sa jalousie faisait chaud au cœur.

Owen et moi n'avions aucune idée de ce qu'on verrait à la télévision. Nous avions l'habitude des matinées du samedi au vieux cinéma de Gravesend, inexplicablement nommé « L'Idaho » — en l'honneur du lointain État de l'Ouest ? de la race de pommes de terre ? nous ne l'avons jamais su. « L'Idaho » affectionnait les films de Tarzan et, de plus en plus, les fresques bibliques. Owen et moi avions horreur de ces dernières ; selon lui, elles étaient SACRILÈGES ; selon moi, ennuyeuses. Owen critiquait aussi les films de Tarzan :

« IL SE BALANCE TOUT LE TEMPS À DES LIANES... ET LES LIANES NE SE CASSENT JAMAIS. ET, CHAQUE FOIS QU'IL PLONGE DANS UN LAC, ILS ENVOIENT LES ALLIGATORS OU LES CROCODILES... MAIS JE PENSE QUE C'EST TOUJOURS LE MÊME ALLIGATOR, LE MÊME CROCODILE ; LE PAUVRE BESTIAU EST ENTRAÎNÉ POUR SE BATTRE AVEC TARZAN. JE SUIS SÛR QU'IL ADORE TARZAN ! ET C'EST TOUJOURS LE MÊME ÉLÉPHANT QUI CHARGE... LE MÊME LION, LE MÊME LÉOPARD, LE MÊME ABRUTI DE SANGLIER ! ET COMMENT JANE PEUT-ELLE LE SUPPORTER ? IL EST TELLEMENT IDIOT ! DEPUIS DES ANNÉES QU'IL VIT AVEC ELLE, IL N'EST TOUJOURS PAS FOUTU DE PARLER ANGLAIS ! SON ABRUTI DE CHIMPANZÉ EST PLUS MALIN QUE LUI ! »

Mais ce qui le rendait malade, c'étaient les Pygmées ; ils lui flanquaient LA CHAIR DE POULE. Il se demandait si les Pygmées trouvaient du travail dans d'autres films ; il craignait que leurs sarbacanes à dards empoisonnés ne donnent des idées aux BANDES DE VOYOUS.

« Où ça ? lui demandais-je. Où vois-tu des bandes de voyous ?

— IL Y EN A PEUT-ÊTRE À BOSTON », supposait-il.

Nous n'avions aucune idée de ce que nous verrions à la télévision.

On passait peut-être des films de Pygmées en 1954 à « La Dernière Séance », mais nous n'avions pas le droit de veiller aussi tard ; ma grand-mère, malgré son amour du travail et de l'exactitude, ne nous imposait aucune autre règle. Pour autant que je le sache, il n'y avait peut-être pas encore de film tardif en 1954 ; peu importe. Il est à noter que ma grand-mère n'exerça jamais de censure ; elle voulait simplement qu'Owen et moi nous nous couchions à une heure « décente ». Elle regardait la télévision toute la journée ; au dîner, elle nous relatait les insanités du jour et nous faisait la bande annonce des stupidités qui nous attendaient dans la soirée. Bien que devenue esclave de la télévision, elle exprimait sa colère contre presque tout ce qu'elle y voyait, et la violence de ses réactions dut lui prolonger la vie de plusieurs années. Elle vomissait la télévision avec tant d'énergie et tant d'humour que l'activité qui consistait à la regarder et à la commenter — en s'adressant parfois à l'écran lui-même — finit par devenir son *métier*.

Il n'était pas de manifestation culturelle qui n'indiquât à ma grand-mère à quelle vitesse le pays déclinait, à quel point notre mentalité se détériorait, à quelle vitesse nous dégringolions dans la décadence. Je ne la voyais plus jamais toucher un livre, mais elle ne cessait de parler des livres comme des dernières cathédrales du savoir, que la télévision aurait pillées, puis abandonnées.

Certes, nous n'étions guère préparés à bien des programmes, mais nous l'étions encore moins à une participation passionnée de Grand-Mère à chacun d'eux. Quand il nous arrivait de regarder la télévision sans elle, nous étions toujours déçus ; sans ses réflexions virulentes, acerbes, sarcastiques, les émissions perdaient la plus grande part de leur intérêt. Quand nous regardions la télévision tous les deux, Owen disait toujours : « J'IMAGINE CE QUE TA GRAND-MÈRE POURRAIT TIRER DE ÇA ! »

Bien sûr, même une grande âme peut trouver certains menus plaisirs au sein d'une débâcle culturelle, et ma grand-mère adorait un programme particulier. A ma grande surprise, Owen se régalait de la même émission ! Dans le cas de ma grand-mère, c'était l'unique show devant lequel elle abandonnât tout sens critique ; dans le cas d'Owen, c'était son préféré parmi ses programmes préférés.

L'invraisemblable personnage qui tenait sous le charme ces deux impitoyables critiques était un impudent cabotin, véritable proxénète musical qui saucissonnait Chopin, Mozart et Debussy en bribes de deux à trois minutes, monstrueusement triturées et tarabiscotées, plaquées sur le piano par des mains endiamantées. Il lui arrivait de jouer sur un piano transparent. Il se vantait sans vergogne du prix de ses instruments, plusieurs centaines de milliers de dollars ; une de ses bagues était en forme de piano et il ne jouait jamais sur un instrument qui ne fût orné d'un candélabre. Il était une idole de cette télévision encore dans l'enfance — principalement pour des femmes plus âgées et bien moins instruites que ma grand-mère ; pourtant, ma grand-mère et Owen Meany l'adoraient. Il avait jadis, à l'âge de quatorze ans, été soliste dans le Chicago Symphony Orchestra, mais à présent, la trentaine enveloppée et frisottée, il se vouait davantage au spectaculaire qu'à l'harmonie. Il s'affublait de longs manteaux de fourrure et de costumes pailletés ; il se collait sur le dos pour 60 000 dollars de chinchilla ; il possédait une veste tressée de fils d'or à 24 carats et un smoking dont les boutons en diamant épelaient son nom.

« LIBERACE ! », criait Owen chaque fois qu'il voyait le bonhomme. Il passait à la télévision dix fois par semaine, parodie pomponnée et ridicule, voix mielleuse et féminine, et fossettes si profondes qu'on aurait pu les croire faites au marteau piqueur.

« Et si j'allais passer un costume un peu plus spectaculaire ? », roucoulait-il. Chaque fois, ma grand-mère et Owen s'exclamaient de joie, et Liberace se remettait au piano, ayant remplacé ses sequins par des plumes.

Liberace était, je suppose, un pionnier de l'androgynie, ouvrant la route à d'autres guignols comme Elton John et Boy George — mais je ne compris jamais pourquoi Owen et Grand-Mère l'aimaient tant. Ce ne pouvait être pour sa musique, car il débitait Mozart avec une telle désinvolture qu'on aurait cru entendre *Mack the Knife*... qu'il jouait aussi de temps en temps.

« Il adore sa mère », disait ma grand-mère pour sa défense. Cela semblait vrai, en effet ; non seulement il ne cessait de faire des *oh* et des *ah* concernant sa mère à la télévision, mais il vécut avec la vieille dame jusqu'à sa mort, en 1980 !

« IL A DONNÉ DU TRAVAIL À SON FRÈRE, remarquait Owen, ET JE NE CROIS PAS QUE GEORGE AIT BEAUCOUP DE TALENT... » En effet, George, le frère silencieux, joua du violon derrière la star, jusqu'au jour où il abandonna son archet pour se consacrer à l'exploitation du musée Liberace de Las Vegas, où il mourut en 1983. Mais où Owen avait-il pris l'idée que Liberace avait le moindre talent ? Pour moi, son don essentiel consistait à se rendre, plus ou moins consciemment, ridicule. Pourtant, Owen Meany et ma grand-mère l'applaudissaient avec autant d'hystérie que les spectatrices aux cheveux bleutés du studio — particulièrement quand ce célèbre excentrique descendait dans la salle pour danser avec ses admiratrices du quatrième âge !

« Il aime vraiment les vieilles personnes, s'extasiait ma grand-mère.

— Il ne ferait pas de mal à une mouche ! », admirait Owen.

A l'époque, je le prenais pour une chochotte, mais un journaliste londonien qui avait fait la même insinuation à son sujet fut condamné pour diffamation. C'était en 1959 ; à la barre, Liberace témoigna qu'il était hostile à l'homosexualité. Ma grand-mère et Owen pavoisèrent !

De sorte qu'en 1954 mon excitation devant la toute fraîche télévision du 80 Front Street était tempérée par l'amour déconcertant de ma grand-mère et d'Owen Meany pour Liberace. Je me sentais exclu de leur folle adoration pour ce phénomène de kitsch. Ma mère, elle, n'aurait *jamais* chanté avec ce Liberace ! Comme toujours, je finis par exprimer mes critiques à Dan.

Dan Needham cherchait toujours à faire ressortir l'aspect positif d'un malheur ou d'un ennui ; trop de professeurs, même dans les meilleures écoles secondaires, sont des ratés en puissance, des paresseux sans personnalité dont l'autorité temporaire ne peut s'exercer que sur des adolescents ; Dan n'était pas comme ça. Pourquoi s'était-il enterré à l'Institut de Gravesend après être tombé amoureux de ma mère, je ne le saurai jamais ; mais, à sa mort brutale, sa réaction devant l'injustice du sort le poussa à se dévouer totalement à l'éducation de « garçons accomplis », bien plus que ne l'exigeaient les standards de Gravesend, où un « garçon accompli » n'était que le résultat de quatre années de bonnes études. Dan surclassait de loin tous les profs de cette école préparant à l'université ; dévoué, remarquable éducateur, il comprenait la difficulté d'être jeune, de franchir le stade adulte, opinion assez peu partagée par les professeurs d'une école privée (plus intéressés par leurs privilèges que par leurs responsabilités). Dan Needham, qui rencontrait à l'Institut de Gravesend nombre d'enfants gâtés et indisciplinés, témoignait plus de sympathie pour les moins de vingt ans que pour les gens de son âge. Mais il déployait des trésors de compréhension pour les personnes âgées, qui, selon lui, vivaient une seconde adolescence et nécessitaient une attention toute particulière.

« Ta grand-mère se fait vieille, me disait-il. Elle a subi beaucoup de deuils importants, son mari, ta mère. Et Lydia, bien que ni elle ni ta grand-mère ne s'en soient rendu compte, était probablement sa meilleure amie. Ethel n'est qu'une vague figurante. Aussi, si ta grand-mère aime Liberace, ne le lui reproche pas, ne sois pas aussi snob ! Si quelqu'un la rend heureuse, tant mieux ! »

Mais, si je pouvais tolérer, vu son grand âge, que ma grand-mère raffole de Liberace, il m'était insupportable qu'Owen Meany puisse aimer ce minaudier au sourire en touches de piano.

« Ça me dépasse qu'Owen lui trouve du talent, dis-je à Dan. Il est trop intelligent pour ça ! Et puis aimer Liberace, à son âge !

— Owen est intelligent, répliqua Dan, plus intelligent qu'il ne le croit. Mais il manque d'ouverture. Dans sa famille, Dieu sait dans quelles superstitions il a été élevé ! Son père est pratiquement analphabète et personne ne peut connaître le véritable état mental de sa mère ! Elle vit dans une telle prostration qu'on ignore son niveau de folie ! Peut-être Owen n'aime-t-il Liberace que parce qu'il ne peut y avoir de Liberace à Gravesend. Pourquoi croit-il qu'il serait si heureux à Sawyer Depot ? Parce qu'il n'y est jamais allé. »

Dan avait raison, sans doute ; mais, avec Owen, on ne pouvait pas raisonner dans l'absolu. Quand je racontai à Dan qu'Owen était convaincu d'avoir vu la date de sa mort et avait refusé de me la révéler, Dan mit ça sur le compte des superstitions de ses parents. Moi, je savais qu'Owen avait plus de discernement.

Dan se dévouait tant à sa tâche d'éducateur, à son idée de « garçon accompli », qu'il ne voyait plus les failles de l'Institut, en particulier la faiblesse des autres professeurs. Il était convaincu que l'Institut de Gravesend pouvait *sauver* n'importe qui. Il suffisait d'attendre qu'Owen ait l'âge d'y entrer. Son intelligence naturelle ne pourrait qu'y mûrir ; ses superstitions disparaîtraient au contact des étudiants les plus ouverts. Comme tant d'éducateurs passionnés, Dan avait fait de l'enseignement sa religion ; pour lui, Owen Meany manquait seulement de la stimulation sociale et intellectuelle d'une bonne école. A l'Institut de Gravesend, l'influence abrutissante de ses parents serait vite nettoyée, aussi radicalement que l'océan, sur la plage de Little Boar's Head, pourrait laver la poussière de granit sur le corps d'Owen.

* * *

Tante Martha et Oncle Alfred attendaient impatiemment que Noah et Simon soient en âge d'entrer à l'Institut de Gravesend. Tout comme Dan, les Eastman croyaient à la vertu d'un solide enseignement privé pour sauver ces deux garnements du destin qui attendait des garçons de la campagne : bière et courses folles sur les autoroutes, et les filles des caravanings, sur le siège arrière des voitures, toutes complotant pour tomber enceintes avant d'avoir fini l'école. Comme tous les garçons qu'on envoie dans une institution privée, mes cousins manifestaient une vitalité difficile à endiguer en milieu familial ; Noah et Simon avaient des angles aigus qu'il fallait raboter. Tout le monde pensait que la discipline d'une bonne école aurait sur eux l'effet émollient souhaité. L'Institut de Gravesend les surchargerait d'exigences nouvelles et de critères impossibles ; le volume, sinon la valeur, des devoirs à faire à la maison les épuiserait, et des garçons fatigués étaient des garçons plus faciles ; la routine astreignante, l'attention très stricte portée à l'habillement, les règles sévères régissant la moindre rencontre, dûment chaperonnée, avec le sexe

opposé… tout ça les civiliserait à coup sûr. Mais, mystérieusement, ma tante Martha et l'oncle Alfred semblaient
ne pas se soucier de civiliser Hester. Et pourtant !

Que l'Institut de Gravesend, à cette époque, n'accepte
pas les filles n'aurait pas dû empêcher les Eastman
d'envoyer Hester dans une école privée ; il existait quantité
d'écoles privées pour filles et Hester avait besoin autant
que ses frères d'un encadrement susceptible d'endiguer sa
vitalité et de la sauver du destin des filles de la campagne…
du siège arrière des voitures. Mais, dans cette période
intérimaire où Noah, Simon, Owen et moi attendions tous
d'être assez vieux pour entrer à l'Institut, Hester se for-
malisa de voir qu'on ne faisait aucun projet pour assurer
son salut. L'idée qu'elle n'avait pas besoin d'être surveillée
l'aurait offensée, et l'idée qu'elle ne valait pas la peine de
l'être l'aurait blessée d'une autre façon.

« D'UNE FAÇON OU D'UNE AUTRE, dit Owen, C'EST AINSI
QU'HESTER EST PARTIE SUR LE SENTIER DE LA GUERRE !

— Quel sentier ? », demandait ma grand-mère.

Mais, d'un commun accord, nous évitions de prononcer
le nom d'Hester devant ma grand-mère.

Grâce à Liberace, un lien nouveau s'était établi entre
Owen et Grand-Mère ; ils regardaient ensemble des tas de
vieux films et s'encourageaient réciproquement dans leurs
commentaires. Grand-Mère appréciait tellement la maturité d'Owen qu'elle se fit son supporter numéro un pour
qu'il devienne une bête à concours.

« Qu'est-ce que ça veut dire, que tu ne *pourrais pas*
entrer à l'Institut ? lui demanda-t-elle.

— EH BIEN, JE SAIS QUE JE PEUX Y ALLER, ET JE SAIS
QUE J'AURAI UNE BOURSE D'ÉTUDES…

— Évidemment, tu l'auras.

— MAIS JE N'AI PAS LES HABITS NÉCESSAIRES. TOUS CES
COSTUMES, CES CRAVATES, CES CHEMISES HABILLÉES, CES
SOULIERS…

— Tu veux dire qu'on n'en fabrique pas à ta taille ? C'est
idiot, il suffit d'aller dans les magasins spécialisés.

— JE VEUX DIRE QUE MES PARENTS N'ONT PAS LES
MOYENS DE PAYER TOUT ÇA. »

Nous étions en train de regarder un vieux film avec Alan Ladd, *Appointment With Danger,* et Owen trouvait ridicules tous ces ploucs de Gary, en Indiana, portant costumes et chapeaux.

« On s'habillait comme ça, *ici,* dit ma grand-mère. Mais il est probable qu'on ne s'habillait pas ainsi dans les carrières de granit ! »

Jack Webb, avant de jouer le bon flic dans *Dragnet,* était un salaud dans *Appointment With Danger;* avec d'autres malfaiteurs, il s'apprêtait à tuer une nonne, ce qui flanquait LA CHAIR DE POULE à Owen.

A ma grand-mère aussi, car elle se souvint d'avoir vu le film à « L'Idaho » en 1951, avec ma mère.

« La religieuse va s'en tirer, Owen, lui dit-elle.

— C'EST PAS L'IDÉE DE LA TUER QUI ME FAIT PEUR, expliqua Owen, C'EST LES BONNES SŒURS EN GÉNÉRAL.

— Je te comprends. »

Ma grand-mère partageait sa méfiance envers les catholiques.

« COMBIEN ÇA COÛTERAIT, DEUX COSTUMES, DEUX MANTEAUX, DEUX PANTALONS HABILLÉS, ET DES CHEMISES, DES CRAVATES, DES SOULIERS, VOUS VOYEZ, TOUT L'ENSEMBLE ?

— J'irai acheter tout ça avec toi. Ne t'occupe pas du prix, personne n'a besoin de savoir ce que ça coûte.

— DANS MA TAILLE, CE SERA PEUT-ÊTRE MOINS CHER... »

Voilà comment, sans même que ma mère soit là pour le convaincre, Owen Meany accepta de devenir une bête à concours. L'Institut y consentit aussi. Même sans la recommandation de Dan Needham, on aurait accordé une bourse complète à Owen ; il en avait manifestement besoin et collectionnait les meilleures notes à l'école secondaire de Gravesend. Mais le problème était ailleurs ! Bien que Dan Needham m'ait légalement adopté et que j'aie droit au statut privilégié de fils d'enseignant, l'Institut se faisait tirer l'oreille pour m'accepter ! Mes performances scolaires étaient telles que le conseil d'administration conseilla à Dan de me laisser un an de plus à l'école où j'étais ; l'année suivante, l'Institut me placerait dans une classe moins forte, de façon que je puisse suivre plus facilement, en qualité de redoublant.

J'avais conscience d'être un élève médiocre ; ainsi cette blessure d'amour-propre me fut moins douloureuse que l'idée de perdre Owen ; il serait dans une classe supérieure à la mienne, nous ne serions pas diplômés ensemble ! Plus grave encore : dans les classes supérieures, je n'aurais pas Owen auprès de moi pour m'aider. Car, Owen l'avait promis à ma mère, il m'aiderait toujours à faire mes devoirs.

Alors, avant que Grand-Mère n'emmène Owen acheter son trousseau d'étudiant, il annonça sa décision de redoubler avec moi sa dernière année à l'école secondaire de Gravesend. Il entrerait à l'Institut l'année suivante ; lui qui aurait pu sauter une classe, accepter de redoubler avec moi ! Dan convainquit le conseil des professeurs que, bien qu'Owen soit en avance, il serait bon pour lui de redoubler une classe, d'avoir un an de plus « en raison de son immaturité physique ». Quand les administrateurs rencontrèrent Owen, ils tombèrent d'accord avec Dan, ignorant qu'un an de plus, dans le cas d'Owen, ne signifiait pas qu'il serait *plus grand* d'un an !

Dan et ma grand-mère furent très émus de la loyauté d'Owen à mon égard. Naturellement, Hester qualifia son attitude de « chochotteuse ». Moi, j'étais ravi et le remerciai de son sacrifice. Mais, dans le fond, je lui en voulais de son ascendant sur moi.

« N'EN PARLONS PLUS, me dit-il. ON EST COPAINS, NON ? À QUOI SERVENT LES AMIS ? JE NE TE QUITTERAI JAMAIS. »

* * *

Toronto, le 5 février 1987. — Liberace est mort hier ; il avait soixante-sept ans. Ses fans le veillaient aux chandelles, devant son manoir de Palm Springs, un ancien couvent. Cet événement n'aurait-il pas FLANQUÉ LA CHAIR DE POULE à Owen ? Liberace avait révisé sa précédente opinion sur l'homosexualité en ces termes : « On a parfaitement le droit de s'envoyer des minets. » Puis il revint sur

cette allégation en 1982, suite à la demande de pension
alimentaire d'un employé qu'il avait payé pour des services
sexuels, son ancien chauffeur et majordome. Il y eut un
jugement à huis clos. Ensuite, l'imprésario de Liberace
démentit que l'artiste fût victime du SIDA ; la récente perte
de poids de Liberace résultant, selon l'imprésario, d'un
régime à base de pastèques.

Qu'en auraient pensé ma grand-mère et Owen Meany ?

« LIBERACE ! aurait crié Owen. QUI AURAIT CRU ÇA
POSSIBLE ? LIBERACE, TUÉ PAR DES PASTÈQUES ! »

*   *   *

C'est en 1954, pour Thanksgiving, que mes cousins
vinrent à Gravesend et virent enfin la télévision de Grand-
Mère. Noah avait commencé l'Institut cet automne-là,
aussi avait-il regardé la télévision avec nous certains week-
ends. Mais on ne pouvait se faire une idée complète de la
culture environnante sans l'approbation systématique de
Simon pour toute forme de distraction existante, et la
désapprobation également systématique d'Hester.

« Super ! disait Simon qui trouvait aussi Liberace
" super ".

— Tout ça, c'est de la merde ! disait Hester. Tant que ce
ne sera pas en couleurs, des couleurs parfaites, ça ne
vaudra pas le coup de regarder la télévision. »

Mais Hester admirait l'énergie de ma grand-mère à
vitupérer tout ce qu'elle regardait ; Hester cherchait à
imiter ce style, car même « la merde » valait le coup d'être
vue, si ça permettait d'en discuter après coup, avec brio.

Tout le monde trouvait les films plus intéressants que les
émissions ordinaires ; pourtant Hester les jugeait « trop
vieux ». Grand-Mère les aimait vieux (« Plus ils sont vieux,
meilleurs ils sont »), mais détestait la plupart des vedettes.
Après la vision de *Captain Blood,* c'est ainsi qu'elle définit
Errol Flynn : « Gros muscles, petit cerveau ». Hester
trouvait qu'Olivia de Havilland avait le regard bovin.
Owen disait que tous les films de pirates se ressemblaient.

« IDIOTIES DE DUELS AU SABRE ! ET REGARDEZ COM-
MENT ILS SONT FRINGUÉS ! QUAND ON SE BAT AU SABRE,

C'EST BÊTE DE PORTER DES CHEMISES BOUFFANTES ! ELLES
PARTENT TOUT DE SUITE EN LAMBEAUX ! »

Grand-Mère se plaignait qu'on passe les films hors
saison. Ça ressemblait à quoi de passer *Jeux de printemps*
en novembre ? Personne ne joue au base-ball à Thanksgiving, et *Jeux de printemps* est un film de base-ball si
lamentable que je pourrais le regarder tous les soirs sans
jamais penser à la mort de ma mère ! Ray Milland,
professeur d'université, devient un joueur de base-ball
phénoménal après avoir découvert une formule chimique
multipliant l'impact de la balle ; comment une telle absurdité pourrait-elle faire penser à quoi que ce soit de *réel ?*

« Honnêtement, je me demande qui invente ces sor-
nettes ? demanda Grand-Mère.

— Des têtes de nœuds », répliquait Hester, dont le
vocabulaire s'enrichissait sans cesse.

Nous n'aurions su dire si le régime de l'Institut avait
amorcé la rédemption de Noah ; c'est Simon qui semblait
radouci, peut-être parce que Noah lui avait manqué tout
l'automne et qu'il se sentait angoissé à l'idée de reprendre
brusquement les exercices de force. Noah connaissait de
terribles difficultés dans ses études et Dan Needham eut de
longues conversations à cœur ouvert avec Oncle Alfred et
Tante Martha. Les Eastman, trouvant Noah intellectuelle-
ment épuisé, décidèrent d'aller passer les vacances de Noël
sous un climat réparateur, aux Caraïbes.

« DANS LE CADRE REPOSANT DE *CAPTAIN BLOOD* »,
observa Owen. Il était déçu que les Eastman partent aux
Caraïbes pour Noël ; une fois de plus, l'occasion d'aller à
Sawyer Depot lui échappait.

Après Thanksgiving, il se sentit déprimé ; il pensait à
Hester — et moi aussi. Nous allâmes à « L'Idaho », au tarif
réduit du samedi après-midi, pour un double programme :
Treasure of the Golden Condor, dans lequel Cornel Wilde,
fringant gentilhomme français du XVIIIe siècle, cherche au
Guatemala les richesses des Mayas, et *Drum Beat*[1], avec

---

1. Titres français : *Le Trésor du Guatemala,* et *L'Aigle solitaire*
(NdT).

Alan Ladd en cow-boy et Audrey Dalton en Indienne. Entre ces chasses au trésor et ces danses du scalp, il nous fut évident que nous vivions une époque stupide — l'aventure se déroulait toujours très loin, il y a très longtemps. Tarzan participait de cette formule, comme les fresques bibliques honnies. Tout cela, s'ajoutant à ses expériences théâtrales, ne contribua pas peu à l'image maussade et renfermée qu'Owen offrit à l'église du Christ.

Que les Wiggin aient aimé *La Tunique* ancra Owen dans sa décision ; qu'il aille ou non à Sawyer Depot pour Noël, il ne participerait plus jamais à aucune Nativité. Je suis sûr que cette détermination ne mécontenta pas trop les Wiggin, mais Owen était intraitable en ce qui concernait les films bibliques, et en particulier *La Tunique*. Bien qu'il trouvât Jean Simmons « MIGNONNE, COMME HESTER », il pensait aussi qu'Audrey Dalton, dans *Drum Beat,* « RESSEMBLAIT À HESTER. SI HESTER ÉTAIT INDIENNE ». Hormis leur chevelure brune, je ne leur trouvais aucune ressemblance.

Pour être franc, *La Tunique* nous avait frappés, Owen et moi, un samedi à « L'Idaho », avec une force particulière ; ma mère était morte depuis moins d'un an, et ça ne nous réconforta pas de voir Richard Burton et Jean Simmons marcher vers la mort avec une telle *sérénité.* De plus, ils semblaient quitter la vie et le film en marchant vers le ciel ! C'était proprement intolérable. Richard Burton est un tribun romain converti au christianisme après avoir fait crucifier le Christ ; lui et Jean Simmons n'arrêtent pas de palper la tunique du Christ.

« QUE D'EMBARRAS POUR UN BOUT DE TISSU ! dit Owen. C'EST BIEN CATHOLIQUE, D'ADORER DES OBJETS ! »

C'était un des dadas d'Owen, les catholiques et leur amour des reliques. Pourtant, il aurait pu la mettre en veilleuse, avec tous les objets qu'il collectionnait et dont il faisait, à sa manière, des reliques ; voir les griffes de mon armadillo. Dans tout Gravesend, l'objet qui attirait le plus les foudres d'Owen était la statue de pierre de Marie-Madeleine, la pécheresse repentie, veillant sur le terrain de jeux de Saint Michael — l'école paroissiale. La statue, grandeur nature, trônait au centre d'une arche inutile en ciment ; inutile parce qu'elle n'ouvrait sur rien ; une porte sans maison. L'arche et la statue surplombaient le macadam rugueux de la cour d'école, une surface trop irrégulière pour qu'on puisse y faire rebondir un ballon. L'équipement de basket-ball ? Un cercle de fer rouillé fiché à un poteau, auquel nul filet ne pendait plus depuis longtemps. Les surfaces de jeu, jadis peintes sur le sol, n'étaient plus visibles qu'en partie, et encore, avec de très bons yeux.

Ce fantôme de terrain de basket ne servait plus à personne, sinon, et encore, aux élèves de l'école paroissiale pendant les récréations ; l'endroit n'incitait pas au jeu. La présence sévère de Marie-Madeleine gênait les écoliers ; le métier qu'elle avait exercé, sa désagréable conversion leur faisaient honte. Bien que cette cour témoignât d'un manque d'entretien scrupuleux, la statue elle-même était ravalée chaque printemps, même par temps gris et maussade, et, bien qu'elle soit souillée çà et là par les oiseaux ou des humains sacrilèges, elle attirait et reflétait plus de luminosité que tout autre élément, vivant ou non, de l'école Saint Michael.

Owen considérait cette école comme la prison où il avait failli être incarcéré ; car, si ses parents n'avaient pas quitté L'ÉGLISE CATHOLIQUE, Saint Michael eût été l'école d'Owen. Elle offrait en effet l'aspect peu engageant d'une maison de correction ; sa vie était ponctuée par les bruits d'une station-service adjacente : sonnerie annonçant l'arrivée et le départ des voitures, tintement des pompes à essence en marche, tintamarres variés produits par les mécaniciens.

Mais, sur ce territoire miteux, profane, impropre à l'étude, la Marie-Madeleine de pierre veillait ; sous son étrange niche de ciment, elle semblait, selon les moments, préparer un barbecue ou garder une cage de but, comme un goal.

Bien sûr, aucun catholique ne lui aurait jeté une balle, un palet ou tout autre projectile ; si les élèves en avaient la tentation, la présence alerte et vigilante des bonnes sœurs les en aurait découragés. Le petit bâtiment rectangulaire dans lequel vivaient les nonnes et certains professeurs était planté comme une guérite à l'angle de la cour, orienté vers Marie-Madeleine. Si quelque protestant de passage s'avisait d'adresser à la statue un geste irrespectueux, les nonnes vigilantes jailliraient aussitôt de leur casemate, leurs robes noires flottant autour d'elles, comme un vol punitif de corbeaux rancuniers.

Owen avait très peur des nonnes.

« ELLES SONT TOUTES ANORMALES », disait-il.

Et je pensais : Qu'est-ce qui peut être plus ANORMAL que la grinçante voix de fausset du « Rat du granit » ou son autorité disproportionnée par rapport à sa petite taille ?

A l'automne, les marronniers de Garfield Street et Tan Lane nous fournissaient en abondance des projectiles ; inévitablement, Owen et moi avions les poches bourrées de marrons quand nous passions devant Marie-Madeleine. Malgré sa peur des religieuses, Owen ne pouvait résister à la cible qu'offrait la sainte gardienne de but ; j'étais le plus adroit, mais Owen lançait ses marrons avec plus de ferveur. Nous n'abîmions pas la longue robe, le visage blafard ou les mains suppliantes de la statue, mais les nonnes, avec cette furie que seules peuvent faire naître les persécutions religieuses, fondaient sur nous ; leur poursuite était désorganisée, elles criaient comme des chauves-souris surprises par le soleil ; nous n'avions aucun mal à leur échapper.

« BANDE DE PINGOUINS ! », leur criait Owen en prenant le large. C'est comme ça que tout le monde appelait les bonnes sœurs. Nous dévalions Cass Street jusqu'aux rails de chemin de fer, que nous suivions jusqu'à la sortie de la ville. Avant de rejoindre Maiden Hill et les carrières, nous longions la ferme de Fort Rock et lancions nos dernières munitions aux vaches noires qui paissaient ; en dépit de leur effrayant aspect, ces monstres ne nous pourchassaient pas avec la même constance que les pingouins, qui n'abandonnaient jamais la chasse avant Cass Street.

Au printemps, l'étang entre Tan Lane et Garfield Street grouillait de têtards et de crapauds. On ne vous a jamais dit que les gamins sont cruels ? Nous remplissions de têtards une boîte de conserve et, sous le couvert de l'obscurité, renversions le tout sur les pieds de Marie-Madeleine. Les têtards s'y desséchaient, puis mouraient. Nous allions jusqu'à exterminer des crapauds pour déposer leurs cadavres mutilés dans les mains ouvertes de la sainte gardienne, l'éclaboussant de sang d'amphibie. Que Dieu nous pardonne ! Délinquants, nous ne le fûmes que durant ces brèves années d'adolescence, avant que notre entrée à l'Institut ne nous sauve de nos mauvais instincts.

Au printemps 1957, Owen fit des ravages, tant dans la population têtardière que sur la statue de Marie-Madeleine. Peu avant Pâques, à « L'Idaho », nous avions enduré *Les Dix Commandements* de Cecil B. DeMille, la vie de Moïse, incarné par Charlton Heston à grand renfort de changements de costumes et de coiffures.

« ENCORE UN ACTEUR QUI EXHIBE SES NICHONS », dit Owen.

En effet, outre Charlton Heston, Yul Brynner, John Derek et même Edward G. Robinson cédaient à cet exhibitionnisme mammaire.

Que « L'Idaho » passe *Les Dix Commandements* si près de Pâques était une preuve supplémentaire de ce que ma grand-mère appelait le cinéma « hors saison » ; qu'on nous donne à voir l'exode du peuple élu la veille de la Passion et de la Résurrection était purement outrageant.

« TOUTE CETTE CRUAUTÉ DE L'ANCIEN TESTAMENT, ALORS QUE NOUS DEVRIONS PENSER À JÉSUS », disait Owen.

Le passage de la mer Rouge excitait sa colère :

« ON N'A PAS LE DROIT DE MONTRER UN MIRACLE ! UN MIRACLE, ÇA NE SE PROUVE PAS, IL FAUT JUSTE Y CROIRE ! ET MÊME SI LA MER ROUGE S'EST OUVERTE, ÇA NE RESSEMBLAIT PAS À ÇA ! ÇA NE RESSEMBLAIT À RIEN ! C'EST UNE VISION QU'ON NE PEUT MÊME PAS IMAGINER ! »

Sa fureur manquait de logique. Puisque *Les Dix Commandements* le mettaient en rogne, pourquoi se venger sur Marie-Madeleine et les innocents crapauds ?

Durant ces années qui précédèrent l'entrée à l'Institut, nous nous instruisions essentiellement, Owen et moi, par ce que nous voyions à « L'Idaho » et sur la télévision de ma grand-mère. Que celui qui n'a pas été « éduqué » ainsi nous jette la première pierre. Qui pourrait reprocher à Owen sa réaction aux *Dix Commandements* ? Il avait raison de ne pas y croire ! Mais, si un film aussi ridicule pouvait inciter Owen à massacrer des crapauds en les jetant à Marie-Madeleine, l'interprétation brillante de Bette Davis dans *Dark Victory* le convainquit qu'il avait une tumeur au cerveau !

Au début, Bette Davis est condamnée et ne le sait pas. Ni son docteur ni son meilleur ami ne veulent le lui dire.

« ILS DEVRAIENT LA PRÉVENIR IMMÉDIATEMENT ! », dit Owen, au comble de l'angoisse.

Le docteur était joué par George Brent.

« Ce type-là est un incapable », observa Grand-Mère.

Humphrey Bogart est garçon d'écurie et parle avec l'accent irlandais. C'était l'hiver 1956, et le film datait de 1939 ; Grand-Mère nous avait permis pour la première fois de regarder « La Dernière Séance », du moins je crois que c'était « La Dernière Séance ». Passé une certaine heure, comme la fatigue la gagnait, elle avait tendance à appeler tout programme « La Dernière Séance ». Elle avait pitié de nous, car les Eastman passaient leur second Noël de suite aux Caraïbes ; Sawyer Depot n'était plus pour moi qu'un vieux souvenir ; pour Owen, cela demeurait un mirage de moins en moins accessible.

« Humphrey Bogart aurait quand même pu travailler son accent irlandais », se plaignit ma grand-mère.

Dan Needham dit qu'il n'aurait pas accepté George Brent dans sa troupe d'amateurs ; Owen ajouta que Mr. Fish aurait fait un bien meilleur docteur pour Bette Davis, mais Grand-Mère objecta que Mr. Fish aurait eu du fil à retordre à jouer le mari de Bette Davis — car son docteur est également son mari.

« N'importe qui aurait du fil à retordre, face à Bette Davis », dit Dan.

Owen trouvait cruel que Bette Davis découvre seule son état de santé ; mais *Dark Victory* est un film à thèse, censé apprendre aux gens à bien mourir. Nous voyons Bette Davis accepter son destin avec dignité ; elle va s'installer dans le Vermont avec George Brent et se met au jardinage, s'accoutumant courageusement à l'idée qu'un jour, soudain, l'obscurité viendra.

« C'EST TROP TRISTE ! COMMENT PEUT-ELLE NE PAS Y PENSER ? »

Ronald Reagan joue de façon insipide un jeune alcoolique.

« C'est lui qu'elle aurait dû épouser, dit Grand-Mère. Elle a une tumeur et lui le cerveau déjà atrophié ! »

Owen nous dit qu'il avait déjà tous les symptômes qu'éprouvait Bette Davis dans le film.

« Owen, tu n'as *pas* de tumeur au cerveau ! lui dit Dan Needham.

— Bette Davis non plus, dit Grand-Mère. Mais je crois que Ronald Reagan en a une.

— George Brent doit en avoir une aussi, fit Dan.

— VOUS SAVEZ, LE PASSAGE OÙ SA VUE DIMINUE ? EH BIEN, QUELQUEFOIS, MA VUE DIMINUE, TOUT COMME BETTE DAVIS !

— Tu devrais consulter un oculiste, Owen, dit Grand-Mère.

— Mais tu n'as aucune tumeur au cerveau ! répéta Dan.

— J'AI QUELQUE CHOSE ! », dit Owen Meany.

Quand nous ne regardions pas la télévision, nous passions nos soirées, Owen et moi, dans les coulisses avec les Compagnons de Gravesend ; pas pour regarder la pièce, pour observer le public. Nous remplissions les travées comme lors de cette partie de base-ball de 1953 ; petit à petit, la photo de groupe se précisait. Nous avions replacé exactement les Kenmore, les Dowling ; Owen mettait en doute ma conviction que Maureen Early et Caroline O'Day étaient dans la rangée supérieure ; il les voyait plutôt dans le bas. Et nous ne pouvions nous accorder sur les Brinker-Smith :

« LES ANGLAIS NE VIENNENT JAMAIS AU BASE-BALL ! »

Mais j'avais toujours un faible pour la légendaire sexualité de Ginger Brinker-Smith ; j'étais sûr de l'avoir vue.

« SI ELLE AVAIT ÉTÉ LÀ, TU NE L'AURAIS MÊME PAS REGARDÉE ! PAS CETTE FOIS-LÀ, TU ÉTAIS TROP JEUNE...

Et, en plus, elle venait d'avoir ses jumeaux, elle
était affreuse ! »

Je lui dis qu'il avait des préjugés envers les Brinker-
Smith depuis leur partie de jambes en l'air qui l'avait mis à
mal, coincé sous le lit ; mais, dans l'ensemble, nous étions
d'accord sur ceux qui avaient assisté à la partie et sur les
places qu'ils y occupaient. Nous étions certains que Morrison, le facteur, n'était jamais venu à un match ; et la pauvre
Mrs. Merrill, exilée de sa Californie natale, qu'y serait-elle
venue faire ? Nous étions plus hésitants pour le révérend
Merrill ; nous finîmes par l'exclure pour le motif qu'il ne
sortait jamais sans sa femme. Nous avions la certitude que
les Wiggin n'y étaient pas ; ils venaient souvent, pourtant,
mais manifestaient leur enthousiasme par des clameurs si
vulgaires que nous n'aurions pas pu ne pas les remarquer.
Comme c'était l'époque où Barb Wiggin trouvait encore
Owen « trognon », elle se serait empressée de le consoler
d'avoir lancé la balle fatale ; quant au recteur Wiggin, il
aurait bâclé quelques prières au-dessus du corps ou tapoté
mes épaules tremblantes dans un élan de camaraderie
virile. Comme dit Owen :

« Si les Wiggin avaient été là, ils se seraient
donnés en spectacle. Nous n'aurions pas pu oublier
ça ! »

Bien que notre méthode de recherche d'un père fût pour
le moins empirique, nous dûmes admettre que nous avions
surtout identifié des amateurs de base-ball sans grand intérêt. Il ne nous vint pas à l'idée de nous demander pourquoi
ces fans de sport étaient aussi amateurs de théâtre.

« Il y a une chose que tu ne dois jamais oublier,
me dit Owen. C'était une bonne mère. Si elle pensait
que son type pouvait être un bon père pour toi, tu
l'aurais connu depuis longtemps.

— Je n'en suis pas si sûr.

— Je te préviens seulement. C'est passionnant de
rechercher ton père, mais ne t'attends pas à une
merveille quand tu l'auras trouvé. J'espère que tu
sais que ce ne sera pas un type aussi extraordinaire
que Dan ! »

Je ne savais pas bien. Je trouvais qu'Owen gambergeait
trop. Tout ce que je savais, c'est que ça me passionnait de
rechercher mon père, point à la ligne.

« LA FILIÈRE DE LA LUXURE », comme il disait, contribuait à nous enthousiasmer pour « LA CHASSE AU PÈRE ».

« CHAQUE FOIS QUE TU AS LA TRIQUE, ESSAIE DE PENSER
À QUELQU'UN QUE TU CONNAIS. »

Tel était le conseil d'Owen, pour qui mes érections
étaient le plus sûr moyen de remonter à mon géniteur.

Question désir sexuel, j'avais espéré, maintenant que
Noah *et* Simon fréquentaient l'Institut de Gravesend, voir
Hester plus souvent. Il n'en était rien, bien au contraire.
Les difficultés scolaires de Noah l'avaient contraint à
redoubler ; la première année de Simon avait été plus
sereine, sans doute parce que l'idée de voir son frère
dégringoler dans la même classe que lui l'avait enchanté.
Les deux frères, à Noël 1957, étaient en troisième année, et
tellement occupés par leurs activités à l'Institut que je les
voyais à peine plus souvent qu'Hester. Il fallait vraiment
que Noah et Simon n'aient rien à faire sur le campus pour
qu'ils viennent au 80 Front Street, même pendant le week-
end, qu'ils passaient de plus en plus souvent avec leurs
nouveaux copains, plus exotiques que nous. Nous en
déduisîmes que nous étions désormais trop immatures pour
Noah et Simon.

Nous l'étions aussi pour Hester, laquelle, histoire de
riposter à la rétrogradation de Noah, avait réussi à monter
de classe. Elle avait eu peu de difficultés scolaires à l'école
secondaire de Sawyer Depot — où elle devait, pensions-
nous, terroriser élèves et professeurs. Elle avait réussi à
sauter une classe, toujours acharnée à se montrer meilleure
que ses frères. Néanmoins, mes trois cousins prévoyaient
d'être diplômés dans la promotion 1959, alors qu'Owen et
moi nous achèverions notre première année à l'Institut ;
nous ne passerions notre diplôme que dans la promotion
1962 ! C'était humiliant pour moi, qui avais espéré qu'un
jour je serais l'égal de mes encombrants cousins ; je me
sentais plus que jamais leur inférieur. Hester, en particulier, me semblait impossible à atteindre.

« C'EST TA COUSINE, TU SAIS, ALORS PAS LA PEINE DE
RÊVER. EN PLUS, ELLE EST DANGEREUSE... TU AS DE LA
CHANCE QU'ELLE SOIT LOIN », me dit Owen, qui ajouta :
« SI TU ES VRAIMENT FOU D'ELLE, JE PENSE QUE ÇA
POURRA MARCHER TOUT DE MÊME. HESTER FERAIT
N'IMPORTE QUOI POUR EMBÊTER SES PARENTS, MÊME
T'ÉPOUSER !

— M'épouser ! », m'écriai-je.

La simple idée d'épouser Hester m'épouvantait.

« EH BIEN, J'AI L'IMPRESSION QUE SES PARENTS PER-
DRAIENT LES PÉDALES, PAS VRAI ? »

Et comment ! Owen avait raison ; Hester ne vivait que
pour rendre fous ses parents et ses frères. Les pousser à la
démence serait sa vengeance pour l'avoir traitée « comme
une fille » ; selon Hester, Sawyer Depot était une réserve
de machos ; ma tante Martha, une « jaune du féminisme » ;
elle refusait la théorie de l'oncle Alfred selon laquelle seuls
les garçons avaient droit à une éducation supérieure, qu'ils
avaient seuls besoin « d'élargir leur horizon ». Hester
voulait élargir son horizon pour éduquer ses parents, leur
mettre le nez dans leurs erreurs. Mais de là à épouser son
propre cousin rien que pour inculquer à ses parents le sens
de la catastrophe, il y avait un chemin que je me refusais à
franchir !

« Je ne crois même pas qu'Hester m'aime.

— ÇA N'A RIEN À VOIR ! HESTER NE T'ÉPOUSERAIT PAS
FORCÉMENT SI ELLE T'AIMAIT. »

Avec tout ça, nous n'arrivions pas à nous faire inviter à
Sawyer Depot pour Noël ! Après deux Noëls aux Caraïbes,
les Eastman avaient décidé de passer les fêtes de fin
d'année chez eux ; nos espoirs remontèrent au beau fixe,
mais, hélas ! furent très vite balayés ; on ne nous invita pas
à Sawyer Depot. Les Eastman n'allaient pas aux Caraïbes
parce qu'Hester voulait partir pour les îles Vierges avec un
navigateur noir, rencontré l'hiver précédent à Tortola,
alors qu'elle n'avait que quinze ans ! Jusqu'à quel point elle
l'avait « rencontré », nous nous le demandions, Owen et
moi ; nous devions nous contenter des vagues renseignements donnés à Dan par Tante Martha ; elle en avait dit

encore moins à ma grand-mère, laquelle semblait convaincue que le marin avait « fait des avances » si grossières à Hester qu'elle ne voulait plus bouger de la maison familiale. En fait, Hester menaçait de s'enfuir à Tortola. Elle n'adressait plus la parole à Noah et à Simon, coupables d'avoir montré les lettres de l'aventurier aux parents ; de plus, ils avaient terriblement déçu Hester en ne lui présentant aucun de leurs amis de l'Institut.

Dan Needham résuma la situation en forme de manchette : « Adolescente en chaleur à Sawyer Depot ! » Dan nous mit en garde de ne pas trop investir en Hester. Sage conseil ! Mais comme nous aurions voulu participer à ces passionnantes turpitudes dont nous soupçonnions Hester d'être le feu central ! Nous traversions une phase où la chasteté de la télévision et du cinéma nous semblait insupportable ; la moindre gaudriole vulgaire nous surexcitait pour peu qu'elle nous fasse entrevoir les choses de l'amour.

Ce qui nous rapprocha le plus de l'amour fut une place avancée à « L'Idaho ». Nous avions quinze ans, Owen et moi, et nous tombâmes amoureux d'Audrey Hepburn, la libraire timide de *Drôle de frimousse ;* mais nous *désirions* Hester. Ce qui nous resta fut le sentiment d'être bien peu de chose dans l'immense pays de l'amour ; nous nous sentîmes plus bêtes que Fred Astaire dansant avec son imperméable. Quel malheur de voir que l'univers sophistiqué de l'Institut de Gravesend nous sous-estimait encore plus que nous ne nous sous-estimions !

* * *

Toronto, le 12 avril 1987. — Dimanche des Rameaux pluvieux. Non pas une pluie tiède de printemps, une pluie aigre et froide, comme il convient pour le jour de la Passion de Notre Seigneur Jésus-Christ. A l'église de la Grâce-sur-la-Colline, les enfants et les sous-diacres étaient massés sous le narthex ; leurs palmes à la main, transis, ils ressemblaient à des touristes détournés de leur destination. Pour la procession, l'organiste avait choisi Brahms, *O Welt ich muss dich lassen* (« O monde il faut que je te quitte »).

Owen détestait les Rameaux — la trahison de Judas, le reniement de Pierre, la faiblesse de Pilate.

« NON SEULEMENT ILS L'ONT CRUCIFIÉ, MAIS ILS L'ONT RIDICULISÉ ! »

Le chanoine Mackie nous lut pesamment du saint Luc ; comment ils se moquèrent de Jésus, comment ils lui crachèrent dessus, comment il gémit : « Mon Père, mon Père, pourquoi m'as-tu abandonné ? »

Je trouve cette semaine sainte épuisante ; bien qu'ayant souvent revécu sa crucifixion, je m'inquiète toujours pour sa résurrection. Et si, cette année, il ne ressuscitait pas ? N'importe qui est attendri par la Nativité ; le dernier des imbéciles peut se sentir chrétien au moment de Noël. Mais Pâques constitue le test crucial : si on ne croit pas à la résurrection, on n'est pas un vrai croyant. « SI TU NE CROIS PAS À PÂQUES, disait Owen Meany, TE FAIS PAS D'ILLU-SIONS, TU N'AS PAS DROIT AU NOM DE CHRÉTIEN. »

En guise de finale, l'organiste a exécuté les traditionnels alléluias. Par un crachin glacial, j'ai traversé Russell Hill Road et pénétré dans la Bishop Strachan School par l'entrée de service ; je suis passé par la cuisine, où les femmes de charge et les pensionnaires aidant au repas pascal m'ont salué. La directrice, la révérende Katherine Keeling, présidait comme d'habitude à la table des surveil-lantes. Une quarantaine de pensionnaires occupaient les autres tables, les pauvres filles sans amis pour les héberger pendant le week-end et celles qui préféraient rester à l'école. Je suis toujours surpris de voir ces gamines sans leur uniforme ; elles aiment rester en uniforme pour la plupart, ce qui leur évite de se demander quoi mettre ; du coup, quand elles ont un choix à faire, les jours où on leur permet de se « mettre en civil », elles s'habillent n'importe comment.

Au cours de mes vingt années d'enseignement à la Bishop Strachan School, je n'ai guère vu les uniformes se modifier ; j'ai fini par y prendre goût. Si j'étais une adolescente, je porterais le corsage à col Claudine, la cravate, le blazer à écusson, les chaussettes montantes et la jupe plissée ; la règle exige qu'en position agenouillée le bas de la jupe effleure le sol.

Mais, pour le repas de gala des pensionnaires, elles portent leurs vêtements civils ; quelques-unes sont si mal fagotées que j'ai du mal à les reconnaître, ce qui les amuse à mes dépens, naturellement. Quelques-unes s'habillent comme des garçons ; d'autres comme leur mère ou les filles qu'elles voient à la télévision. Comme je suis, traditionnellement, le seul homme à partager leurs agapes dominicales, peut-être est-ce en mon honneur qu'elles s'habillent.

Je n'avais pas vu mon amie et directrice Katherine Keeling depuis son dernier accouchement. Elle a beaucoup d'enfants, tellement que j'en ai perdu le compte, mais s'astreint à partager la table des surveillantes et à bavarder gentiment avec les pensionnaires. Je trouve Katherine splendide, mais trop maigre. Je la taquine toujours parce qu'elle ne mange pas assez ; elle devrait en avoir pris l'habitude, étant donné que je suis l'élément inamovible dans ces repas de Pâques. J'y assiste plus régulièrement qu'elle, vu que je n'ai pas de congés de maternité ! Mais ce dimanche, elle était là, devant une assiette de dinde farcie et de purée.

« La dinde est plutôt coriace, non ? », demandai-je.

Les surveillantes rirent de confiance ; Katherine rougit, selon son habitude. Quand elle porte son col Claudine, elle semble encore plus maigre que d'ordinaire. C'est ma meilleure amie à Toronto, depuis la mort du chanoine Campbell ; et, bien qu'elle soit ma directrice, je suis plus ancien qu'elle dans cette école.

Le vieux Teddybear[1] Kilgour, comme nous l'appelons, était principal à l'époque où je fus engagé. C'est le chanoine Campbell qui nous avait mis en contact. Le chanoine Campbell était chapelain de l'école avant de devenir le recteur de l'église ; je n'aurais pu avoir de meilleure recommandation que la sienne. Je taquine toujours Katherine à ce sujet. Que se serait-il passé si elle avait été directrice au moment où j'ai postulé un emploi ?

---

1. Ours en peluche *(NdÉ)*.

M'aurait-elle engagé ? La Bishop Strachan School n'avait jamais eu beaucoup de professeurs mâles et, pendant ces années Vietnam, un jeune célibataire plutôt bien de sa personne... Le chanoine Campbell et le vieux Teddybear Kilgour ne comptent pas ; leur virilité n'avait rien de menaçant pour des jeunes filles. Le chanoine était un vieil homme et Teddybear Kilgour était « marié jusqu'aux oreilles », selon l'expression de Katherine.

Le vieux Teddybear m'avait demandé si j'étais attiré par les jeunes filles, mais j'avais su le convaincre que je prendrais mes responsabilités d'enseignant au sérieux et ne me consacrerais qu'à l'intellect de ces petites, non à leur corps.

« Avez-vous tenu cette promesse ? », aime à me demander Katherine Keeling.

Ça provoque toujours l'hilarité des surveillantes ; elles me rappellent les admiratrices de Liberace, dans le bon vieux temps.

Katherine est d'un caractère bien plus joyeux que celui de ma grand-mère, mais ses sarcasmes malicieux, son élocution parfaite me la rappellent souvent. Ces deux femmes se seraient appréciées ; Owen, lui aussi, aurait aimé Katherine Keeling.

Je vous ai égaré si je vous ai donné à croire que ces repas respiraient la solitude. Peut-être les pensionnaires se sentent-elles solitaires, mais pas moi. Les rituels sont d'excellents remèdes à la solitude.

Ce dimanche de Pâques, on parlait essentiellement du temps. Il avait fait si froid les jours précédents qu'on commentait beaucoup l'erreur d'aiguillage des oiseaux migrateurs. Chaque printemps, du moins au Canada, on voit des oiseaux partir trop tôt vers le nord. Des milliers sont surpris par le froid et s'empressent de repartir pour le sud, en migration inverse. Les anecdotes abondaient sur les malheurs des rouges-gorges et des étourneaux. Katherine avait vu des canards voler plein sud ; j'avais une histoire de bécassines qui produisait toujours son petit effet. Nous avions tous lu le *Globe and Mail* et apprécié l'histoire de ces jeunes vautours qui, les ailes gelées, ne pouvaient plus

voler ; pris pour des faucons, on les avait confiés à une
société protectrice pour les dégeler ; il y en avait neuf, et ils
vomirent avec ensemble sur ceux qui les manipulaient ! La
Société protectrice des animaux ignorait que cette race
vomit dès qu'elle se sent attaquée. Qui aurait cru ces
rapaces aussi intelligents ?

Je vous ai égaré aussi si je vous ai donné à croire que nos
conversations étaient uniquement superficielles ; ces déjeu-
ners ont beaucoup d'importance pour moi. Après le
déjeuner des Rameaux, nous nous sommes rendus, Katherine et moi, à l'église de la Grâce pour nous inscrire à la
veillée. Chaque Jeudi saint, une veillée de prière et de
recueillement se déroule sans interruption de 9 heures du
soir à 9 heures du matin le Vendredi saint. Katherine et
moi, nous prenons les heures dont personne ne veut ; nous
veillons de 3 à 4 heures du matin, quand le mari et les
enfants de Katherine dorment et n'ont pas besoin d'elle.
Cette année, elle m'a prévenu :

« Je serai peut-être en retard, si la tétée de 2 heures se
fait attendre. »

Elle rit, et son cou tendre et diaphane semble encore plus
vulnérable dans son col amidonné. Je connais beaucoup de
parents d'élèves, élégants, roulant Jaguar, jamais le temps
de parler. Je sais qu'ils considèrent Katherine Keeling
comme la directrice d'école type : Katherine n'est pas le
genre de femme sur laquelle ils se retourneraient dans la
rue. Elle est pourtant aimable, cultivée, compétente,
minutieuse et ne se fait pas une montagne des fêtes de
Pâques.

« PÂQUES, ÇA DIT BIEN CE QUE ÇA VEUT DIRE », disait
Owen Meany. A l'église du Christ, le dimanche de Pâques,
le recteur Wiggin disait toujours : « Alléluia. Christ est
ressuscité. » Et nous, la populace, répondions : « Le
Seigneur est ressuscité. Alléluia. »

* * *

Toronto, le 19 avril 1987. — Dimanche de Pâques
estival, moite. Quelle que soit l'hymne par laquelle com-

mence le service, c'est toujours *Le Messie* de Haendel que j'entends, ainsi que la voix de soprano encore hésitante de ma mère, chantant : « Je sais que mon Rédempteur est vivant. »

Ce matin, à l'église de la Grâce, j'attendais, raide sur mon banc, l'extrait de l'Évangile de saint Jean. Dans la King James Version[1], on parlait de « sépulcre » ; dans la Revised Standard Version[2], ce n'est plus qu'une « tombe ». Quoi qu'il en soit, je connais le passage par cœur :

« Le premier jour de la semaine, Marie-Madeleine vient de bonne heure au sépulcre, alors qu'il faisait encore sombre, et elle aperçoit la pierre enlevée du sépulcre. Elle court alors et vient trouver Simon-Pierre, ainsi que l'autre disciple, celui que Jésus aimait, et elle leur dit : " On a enlevé le Seigneur du sépulcre et nous ne savons pas où on l'a mis. " »

Je me rappelle ce qu'Owen disait de ce passage : « C'EST LE MOMENT QUI ME FLANQUE TOUJOURS LA CHAIR DE POULE. »

Après le service de ce matin, mes amis de Toronto et moi nous nous sommes rassemblés au soleil, sur les marches de l'église, puis nous avons fait une promenade dans Lonsdale Road ; ce soleil si chaud était le bienvenu. Cette chaleur nous emplissait d'une joie enfantine, comme si nous avions passé des années dans les profondeurs glacées du sépulcre. S'appuyant à mon bras et me chuchotant à l'oreille — ce qui me rappela Owen Meany —, Katherine Keeling a dit :

« Ces oiseaux qui ont volé vers le nord, puis vers le sud... voilà qu'ils repartent vers le nord.

— Alléluia », dis-je. C'est en songeant à Owen que j'ai ajouté : « Il est ressuscité.

— Alléluia », a répondu la révérende Katherine Keeling.

* * *

1. Appelée aussi « The Authorized Version of 1611 ». Traduction établie par 47 savants réunis par le roi Jacques Ier d'Angleterre *(NdÉ)*.
2. En vigueur depuis 1952 *(NdÉ)*.

A force de marcher toute la journée au 80 Front Street, la télévision cessa de nous intéresser, Owen et moi. Nous entendions Grand-Mère, parlant seule ou à Ethel — ou à l'écran —, puis les éclats de rire enregistrés en studio. La maison était vaste ; pendant quatre ans, nous eûmes l'impression, Owen et moi, qu'il y avait toujours un grand nombre d'invités bavardant dans une pièce éloignée. Ma grand-mère semblait tenir des discours à des auditeurs complaisants, avec le pouvoir de les réprimander et les amuser tour à tour, puisqu'ils éclataient invariablement de rire à ses propos les plus hargneux.

C'est ainsi qu'Owen Meany et moi comprîmes que la télévision n'était que de la merde, sans avoir conscience de ne pas avoir découvert ça tout seuls ; si ma grand-mère ne nous avait permis que deux heures de télévision par jour, ou une heure les veilles de classe, nous en serions probablement devenus esclaves, comme tous ceux de notre génération. Au début, Owen n'avait aimé que peu de programmes, mais il les regardait tous, jusqu'à écœurement.

Toutefois, après quatre ans de télévision à haute dose, il ne regarda plus rien d'autre que les vieux films et Liberace. Moi, j'essayais de me conformer en tout à Owen. Par exemple, l'été 1958, alors que nous avions seize ans, Owen passa son permis de conduire avant moi — non seulement parce qu'il était plus vieux, mais parce qu'il savait déjà conduire ; il avait appris tout seul, sur les divers camions de son père ; il avait sillonné les routes escarpées et sinueuses traversant les carrières qui vérolaient Maiden Hill.

Il passa son permis le jour de son seizième anniversaire, sur la camionnette rouge tomate de son père ; à l'époque, il n'y avait pas d'auto-école dans ce coin du New Hampshire et on passait son examen avec un policier local sur le siège du passager ; le flic disait où tourner, quand s'arrêter, faire marche arrière ou se garer. Cet examinateur, dans le cas d'Owen, fut le chef Ben Pike en personne. Le chef Pike avait des doutes : Owen atteindrait-il ou non les pédales ? Pourrait-il voir la route au-dessus du volant ? Mais Owen avait prévu le coup ; doué pour la mécanique, il avait tellement surélevé la banquette de la camionnette que le chef Pike se cogna la tête au toit ; Owen avait tant avancé le siège que le chef Pike eut les plus grandes difficultés à caser ses genoux sous le tableau de bord. En fait, le chef Pike trouva sa position si inconfortable dans l'habitacle qu'il abrégea l'examen au maximum.

« IL NE M'A MÊME PAS FAIT FAIRE DE CRÉNEAU ! », rouspéta Owen.

Il était déçu de n'avoir pu démontrer son habileté dans l'art du créneau, lui qui pouvait insérer cette camionnette rouge dans un espace ayant à peine suffi à une Coccinelle Volkswagen. Rétrospectivement, je suis surpris que le chef Pike n'ait pas fouillé l'intérieur de la camionnette à la recherche de cette fameuse « arme du crime » dont l'absence le chagrinait si fort.

Ce fut Dan Needham qui m'apprit à conduire, tandis qu'il mettait en scène *Jules César* dans le cadre de l'école d'été ; il me donnait une leçon chaque matin, avant les répétitions. Il me conduisait vers des routes dégagées et sur la colline. Je m'entraînais sur les chemins entourant les carrières, que Dan jugeait moins dangereux pour moi que les grandes routes, bien que les véhicules transportant le granit les sillonnassent avec une joyeuse insouciance.

Les ouvriers étaient des pilotes intrépides et conduisaient leurs mastodontes à tombeau ouvert ; mais, en été, ils dégageaient de tels nuages de poussière que je les voyais venir de loin. J'avais toujours le temps de rétrograder et de me rabattre, tandis que Dan déclamait du Shakespeare :

Les poltrons meurent plusieurs fois avant de mourir ;
Le vaillant ne connaît qu'une seule mort.

Sur quoi Dan s'accrochait au tableau de bord et tremblait quand un camion de dynamite nous frôlait les ailes.

De toutes les merveilles dont j'ai ouï parler,
La plus étrange est que l'homme éprouve de la peur
A voir que la mort, cette fin nécessaire,
Viendra à son heure.

Owen aussi aimait beaucoup ce passage. Quand nous vîmes *Jules César* quelques semaines plus tard, moi aussi, j'avais passé mon permis. Alors, le soir, quand nous allions draguer à Hampton Beach, sur les planches près du casino, nous prenions la camionnette rouge ; Owen conduisait, je payais l'essence. Ces nuits d'été 1958 furent les premières où je me sentis « adulte » ; nous nous offrions une demi-heure de route pour le fugace privilège de parader le long d'un front de mer tape-à-l'œil, encombré de gens et de véhicules, pour regarder des filles qui nous regardaient à peine. Tout au plus, elles regardaient la camionnette. Au bout de deux ou trois aller-retour, un flic nous faisait ranger le long du trottoir et demandait à voir le permis d'Owen ; après l'avoir épluché avec incrédulité, il nous conseillait de garer le véhicule et de continuer notre promenade à pied, sur les planches ou sous les arcades.

Marcher avec Owen Meany à Hampton Beach s'avérait malavisé. Son extraordinaire stature suscitait la curiosité générale et l'hostilité des jeunes voyous qui maltraitaient les billards électriques et rôdaient autour des filles vêtues de robes aux tons pastel. Et les filles, qui nous rendaient si rarement nos regards quand nous étions en sécurité dans la cabine du camion, ne cessaient de détailler Owen en pouffant dès que nous étions à pied. Quand il déambulait, Owen n'osait même plus reluquer les filles.

C'est pourquoi, quand la police, inévitablement, nous intimait de garer la camionnette et de poursuivre nos opérations à pied, nous faisions demi-tour vers Gravesend. Ou nous filions vers notre plage favorite, Little Boar's Head, magnifiquement tranquille le soir. Assis sur le môle, dans la rafraîchissante brise océane, nous regardions briller les rouleaux phosphorescents. Ou nous roulions jusqu'à Rye Harbor pour contempler les petits voiliers qui se balançaient sur la surface ridée de l'eau ; la jetée avait été construite avec des pierres provenant de la Carrière Meany.

« J'AI DONC LE DROIT DE M'ASSEOIR DESSUS », disait toujours Owen. Personne, d'ailleurs, ne songeait jamais à nous disputer ce privilège.

Même si les filles nous snobaient cet été-là, je constatai alors qu'Owen plaisait aux femmes, pas seulement à ma mère. Il m'est difficile d'expliquer en quoi il était séduisant, ou pourquoi ; mais même à seize ans, même timide et gauche comme il l'était, il se conduisait comme quelqu'un qui avait gagné sa place au soleil. J'aurais dû prendre conscience plus tôt de cet aspect de sa personnalité, car il avait *gagné* bien plus de choses que moi. Ce n'était pas parce qu'il était meilleur élève, meilleur conducteur ou beaucoup plus sûr de lui ; c'était quelqu'un avec qui j'avais grandi, que j'avais l'habitude de taquiner. Je l'avais soulevé au-dessus de ma tête et fait passer à mon voisin, j'avais tourné sa petitesse en dérision avec les autres copains. Et voilà que, tout d'un coup, il avait seize ans et se comportait comme un chef. Plus que nous tous, il se prenait en charge ; il nous commandait, ce que nous acceptions, et on sentait que les femmes, même ces gamines qui riaient bêtement sur son passage, avaient une envie folle de le toucher !

Et, vers la fin de l'été 1958, il possédait quelque chose de stupéfiant pour un adolescent. A une époque où on ne s'adonnait pas encore au culturisme, il avait des muscles ! D'accord, il était menu, mais d'une force peu commune, et sa vigueur était aussi visible que celle d'un chien de chasse ; malgré sa grande maigreur, le développement de ses muscles impressionnait. Et pourquoi pas ? N'avait-il pas passé tout l'été à manipuler du granit ? Moi, je n'avais rien fait de mes dix doigts.

Il avait fait ses débuts en juin, comme tailleur de pierre, passant la plupart de ses journées dans le magasin de pompes funèbres, se familiarisant avec le grain de la roche (« LA FISSURE », comme il disait), maniant la masse et les plats-coins. Vers le milieu du mois, son père lui avait enseigné la taille à contre-fil ; on apportait des blocs de pierre brute à peine équarris, et il fallait fignoler les pierres tombales à la scie circulaire, dont la lame se renforçait de pointes de diamant. En juillet, il travaillait dans les carrières, le plus souvent comme surveillant, mais son père lui fit apprendre les autres spécialités, le forage à la barre à mine, l'épannelage, le maniement des grues de levage et des charges de dynamite. Il passa presque tout le mois d'août dans le même trou solitaire, à cinquante mètres de profondeur, la largeur d'un terrain de football. Lui et les autres ouvriers descendaient à leur poste de travail dans un vaste panier à ciment, servant à remonter les déchets. La journée achevée, on remontait les hommes dans le même panier.

Le granit est dense, lourd ; il pèse presque trois tonnes par mètre cube. Bizarrement, ceux qui travaillaient à la scie-diamant possédaient encore tous leurs doigts ; mais aucun des mineurs ne possédait les siens au complet ; sauf Mr. Meany. « JE GARDERAI AUSSI TOUS LES MIENS, disait Owen. IL FAUT ÊTRE PLUS QUE RAPIDE, IL FAUT SENTIR QUAND LA PIERRE VA RÉAGIR... AVANT QU'ELLE NE RÉAGISSE. IL FAUT ALLER PLUS VITE QUE LA PIERRE. »

Un léger duvet apparut sur sa lèvre supérieure ; rien sur les joues ou le menton, mais cet embryon de moustache était si clairsemé et d'une couleur si pâle que je le pris d'abord pour du granit pulvérisé, cette fine poussière qui s'accrochait toujours à lui. De plus, son nez, ses orbites, ses pommettes et les contours de sa mâchoire décharnée donnaient l'impression qu'il ne mangeait pas tous les jours à sa faim.

En septembre, il fumait un paquet de Camel par jour. Dans la lueur jaune du tableau de bord, quand nous partions en balade le soir, j'observais à la dérobée son profil, avec la cigarette pendant de ses lèvres ; on aurait juré un adulte.

Les nichons maternels, qu'il avait jadis dénigrés en les comparant à ceux de ma mère, étaient à présent indignes de son intérêt ; ceux de Barb Wiggin étaient toujours TROP GROS, ceux de Mrs. Webster TROP BAS, et ceux de Mrs. Merrill RIGOLOS. Bien que ceux de Ginger Brinker-Smith, alors jeune maman, aient un moment monopolisé notre attention, nous nous intéressions effrontément à ceux des filles de notre âge. LES DEUX CAROLINE, Caroline Perkins et Caroline O'Day, nous plaisaient, bien que les seins de Caroline O'Day fussent dévalués dans l'optique d'Owen par leur appartenance au catholicisme ! Le buste de Maureen Early était jugé GUILLERET ; les nénés d'Hannah Abbot PETITS MAIS BIEN MOULÉS ; ceux d'Irene Babson, qui avaient fait peur à Owen à l'époque où il les avait comparés à ceux de ma mère, étaient aujourd'hui définitivement HORS SERVICE. Deborah Perry, Lucy Dearborn, Betsy Bickford, Sarah Tilton, Polly Farnum, rien qu'à évoquer leurs noms et leurs contours, Owen Meany tirait une longue bouffée de sa cigarette. Le vent d'été s'engouffrait par les vitres ouvertes de la camionnette ; quand il exhalait lentement par les narines, la fumée était rejetée loin de son visage, comme s'il émergeait miraculeusement d'un incendie.

« C'EST TROP TÔT POUR JUGER, SUR DES FILLES DE SEIZE ANS. »

Owen semblait déjà prêt pour ces conversations viriles qu'il aurait à l'Institut de Gravesend ; nous savions tous deux que le problème, avec les filles de seize ans qui nous intéressaient, c'est qu'elles sortaient avec des types de *dix-huit* ans.

« D'ICI QU'ON AIT DIX-HUIT ANS, ON LES RETROUVERA, disait Owen. ET ON AURA EN PLUS TOUTES CELLES DE SEIZE ANS QU'ON VOUDRA ! »

A l'automne 1958, quand nous entrâmes à l'Institut de Gravesend, Owen me parut très raffiné ; la garde-robe que lui avait offerte ma grand-mère était plus élégante que toutes celles qu'on pouvait trouver dans le New Hampshire. Tous mes vêtements venaient de Gravesend, mais Grand-Mère avait emmené Owen acheter les siens à Boston ; c'était la première fois qu'il prenait le train et, comme ils fumaient l'un et l'autre, ils voyagèrent en compartiment fumeurs, échangeant pendant tout le trajet des réflexions critiques sur leurs compagnons de voyage et la politesse plus ou moins grande des divers contrôleurs du Boston & Maine. Grand-Mère équipa presque entièrement Owen chez Filene et Jordan Marsh, le premier possédant un rayon « Petit Monsieur », et l'autre un « Spécial petites tailles ». Jordan Marsh ainsi que Filene étaient des griffes prestigieuses par rapport aux normes moyennes du New Hampshire : « C'EST PAS DU " DÉCROCHEZ-MOI ÇA " ! », déclara fièrement Owen. Le jour de la rentrée des classes, Owen ressemblait à un petit étudiant en droit de Harvard.

Les garçons plus grands ne l'impressionnaient pas, car il avait toujours été le plus petit ; les garçons plus vieux ne l'intimidaient pas, parce qu'il était le plus intelligent. Il vit immédiatement la différence cruciale entre Gravesend, la ville, et Gravesend, l'Institut ; c'était que notre journal local, la *Gazette de Gravesend*, ne publiait que les nouvelles convenables et croyait que seules les choses convenables étaient importantes ; au contraire, le journal de l'école, intitulé *Le Caveau*[1], rapportait toutes les turpitudes pouvant échapper à la censure du conseil de l'école et jugeait ennuyeuses les choses convenables.

L'Institut en son entier affectionnait un ton cynique, adorait ridiculiser ce qu'on prenait en général au sérieux ; les étudiants portaient aux nues tous ceux qui voulaient briser les règles, modifier les lois, ruer dans les brancards. Les étudiants affectaient un point de vue caustique, acerbe, mordant, sarcastique, collant parfaitement avec le vocabulaire juteux qu'Owen Meany avait déjà appris de ma grand-mère. Il pratiquait l'ironie comme il fumait : un paquet par jour. Dès son premier trimestre à Gravesend, ses condisciples le surnommèrent « Maître Sarcasme ». Dans le jargon de l'époque, tout le monde était « Maître Quelque Chose » ; Dan Needham me dit que c'est le genre de jargon que perpétuent les étudiants. A l'Institut de Gravesend, l'expression est toujours en vigueur. Je ne l'ai jamais entendue à la Bishop Strachan School.

Donc, Owen Meany était « Maître Sarcasme » comme le grand Buster York était « Maître Vomi », Skipper Hilton « Maître Zéro », Morris West « Maître Pif », Duffy Swain (qui était prématurément chauve) « Maître Tif », le champion de hockey George Fogg « Maître Patin » et Horace Brigham (un séducteur) « Maître Fri-Fri ». Personne ne se soucia de me donner un sobriquet.

Parmi les rédacteurs du *Caveau*, où Owen publia son

---

1. *The Grave (Le Caveau)* constitue une astuce sur le nom de la ville de Gravesend, qui peut signifier « le bout du caveau (ou de la tombe) » *(NdT)*.

premier article, on appelait Owen « la Voix ». Son essai
satirique concernait l'origine de la nourriture du réfectoire.
Sous le titre « TRANCHE DE MYSTÈRE », Owen parlait du
steak grisâtre au goût indéfinissable qui nous était servi
chaque semaine ; il décrivait l'abattage puis la réfrigération
de quelque animal vraisemblablement préhistorique,
apporté dans le plus grand secret au fin fond des infernales
cuisines de l'école « AU CŒUR DE LA NUIT ».

Cet article, comme les suivants que publia chaque
semaine Owen dans *Le Caveau,* était signé d'un pseudonyme : « la Voix » ; il fut imprimé en caractères majuscules.

« MES ARTICLES SERONT TOUJOURS IMPRIMÉS EN CAPI-
TALES, nous expliqua Owen, PARCE QUE ÇA ATTIRERA
TOUT DE SUITE L'ATTENTION DU LECTEUR, SURTOUT
QUAND " LA VOIX " SERA DEVENUE UNE SORTE D'INSTITU-
TION. »

Et dès la Noël de cette première année d'école, c'est ça
qu'était devenu Owen : « la Voix », UNE SORTE D'INSTITU-
TION. Même le comité professoral chargé de trouver un
nouveau proviseur s'intéressa à ce que « la Voix » avait à
dire. On abonnait au *Caveau* les candidats au poste ; les
desiderata du corps estudiantin y étaient parfaitement
exprimés, sous l'exagération caricaturale de la satire. Et les
éditoriaux enflammés d'Owen Meany, en grosses capitales
d'imprimerie, n'y passaient pas inaperçus. Bien sûr, il y
avait à l'Institut quelques vieux fossiles — et quelques
jeunes rétrogrades — allergiques au style d'Owen. Dan
m'avoua même avoir assisté à quelques discussions très
chaudes au conseil des professeurs, concernant le « mauvais goût marginal » des critiques sans fard qu'Owen
exprimait sur l'école ; d'accord, c'était une tradition bien
établie pour les étudiants de se plaindre de l'Institut, mais
les sarcasmes d'Owen témoignaient d'une agressivité
menaçante. Dan prit la défense d'Owen, mais « la Voix »
demeura une provocation insupportable pour nombre
d'enseignants timorés, et surtout ces abonnés lointains mais
importants du *Caveau :* anciens élèves et parents d'élèves.

Le « mécontentement » des parents et des anciens élèves

fournit à « la Voix » l'occasion d'une diatribe particulièrement inspirée et provocante :

« Qu'est-ce qui les tracasse ? méditait Owen. Sont-
ils mécontents de la formation qu'on nous donne —
classique et convenable — ou craignent-ils que
nous puissions apprendre plus qu'ils n'ont appris ;
que nous puissions nous informer suffisamment
pour contester quelques-uns de leurs préjugés les
plus stupides et les plus endurcis ? Sont-ils mécontents de la qualité et de la vigueur de notre
enseignement ? Ne sont-ils pas plutôt inquiets à
l'idée que nous puissions ne pas vouloir aller à
l'université qu'ils ont choisie pour nous ? »

Puis il y eut le fameux article combattant le code
vestimentaire, affirmant qu'il était « incohérent de nous
habiller comme des adultes et de nous traiter
comme des enfants ». Et ensuite l'article sur l'obligation
d'assister aux services religieux : « Cela nuit à la ferveur religieuse de remplir l'église — de quelque
confession soit-elle — d'adolescents chahuteurs
qui préféreraient faire la grasse matinée, laisser
libre cours à leurs fantasmes sexuels ou jouer au
squash. De plus, la présence obligatoire à l'église
— forcer des jeunes gens à participer aux rituels
d'une foi qu'ils ne partagent pas — ne sert qu'à les
indisposer contre *toutes* les religions et ceux qui
les pratiquent avec une foi sincère. Je ne crois pas
que le but d'une éducation libérale soit d'accroître et de développer des préjugés. »

Et ainsi de suite. Par exemple, sur le thème du sport
obligatoire : « Cette conception, issue d'une mentalité en chemise brune, a contribué à façonner les
jeunesses hitlériennes ! » Au sujet de l'interdiction
faite aux internes de passer plus de trois week-ends par
trimestre hors du campus, il écrivait : « Sommes-nous
donc si niais, aux yeux de l'administration, pour
aimer passer nos week-ends sur les terrains
d'athlétisme, tour à tour champions et spectateurs ? Semble-t-il inimaginable que certains

D'ENTRE NOUS SE TROUVENT PLUS STIMULÉS CHEZ EUX OU
CHEZ DES AMIS — OU MÊME AVEC DES FILLES ? ET JE NE
PARLE PAS DE CES SINISTRES " BALS D'ÉCOLE " HYPEROR-
GANISÉS ET DÉRISOIREMENT CHAPERONNÉS ! »

« La Voix » était *notre* voix. Elle soutenait nos causes ;
elle nous rendait quelque fierté dans un milieu répressif et
intimidant. Mais « la Voix » pouvait aussi bien nous
critiquer. Quand un élève fut renvoyé de l'école pour avoir
tué des chats — il massacrait rituellement des chats
appartenant aux familles de professeurs —, nous fûmes
prompts à le juger cinglé ; c'est Owen qui nous rappela que
tous les garçons, y compris lui-même, étaient victimes
d'une folie identique. « QUI SOMMES-NOUS POUR JUGER
AUTRUI ? J'AI ASSASSINÉ DES CRAPAUDS ET DES TÊTARDS
— J'AI ACCOMPLI LE GÉNOCIDE DE CRÉATURES INNO-
CENTES ! » Il décrivait, sans fard mais avec regret, ses
massacres ; bien qu'il confessât sur sa lancée son petit
vandalisme sur la statue de Marie-Madeleine, je souris,
voyant qu'il ne présentait aucune excuse aux nonnes de
Saint Michael ; il ne s'excusait qu'auprès des têtards et des
crapauds.

« QUEL ENFANT N'A JAMAIS TUÉ D'ÊTRES VIVANTS ?
BIEN SÛR, C'EST CINGLÉ DE PENDRE DE MALHEUREUX
CHATS, MAIS EST-CE *PIRE* QUE CE QUE CERTAINS D'ENTRE
NOUS ONT FAIT ? J'ESPÈRE QUE NOUS AVONS PERDU DE
TELLES HABITUDES, MAIS AVONS-NOUS OUBLIÉ QUE NOUS
ÉTIONS COMME ÇA ? LES PROFESSEURS ONT-ILS OUBLIÉ
LEUR ENFANCE ? COMMENT PEUVENT-ILS PRÉTENDRE
NOUS MONTRER LE BON EXEMPLE S'ILS ONT OUBLIÉ QU'ILS
ÉTAIENT COMME NOUS ? NOUS SOMMES ICI POUR APPREN-
DRE ! EH BIEN, POURQUOI NE PAS APPRENDRE À CE GAR-
ÇON QUE CE N'EST PAS BIEN DE TUER DES CHATS ? POUR-
QUOI LE METTRE À LA PORTE ? »

C'était en passe de devenir l'un des leitmotive d'Owen :
« POURQUOI LE METTRE À LA PORTE ? », serinait-il sans
cesse. Quand le renvoi lui semblait justifié, il le disait aussi.
Boire de l'alcool était passible de renvoi, mais Owen
affirma que boire en solitaire était moins répréhensible
qu'inciter les autres à boire, et que, de plus, certaines

façons de boire étaient « MOINS DESTRUCTRICES QUE LE HARCÈLEMENT CONTINUEL DES ÉLÈVES QUI NE SONT PAS " COOL " PAR CEUX QUI CROIENT QUE C'EST " COOL " DE SE MONTRER GROSSIER ET BRUTAL, TANT VERBALEMENT QUE PHYSIQUEMENT. LES BRIMADES CRUELLES ET DÉLIBÉRÉES CAUSENT PLUS DE DÉGÂTS QUE L'ALCOOL. LES ÉTUDIANTS QUI TOURMENTENT ET MOLESTENT LEURS CONDISCIPLES PLUS FAIBLES SONT COUPABLES D'UN CRIME BIEN PLUS GRAVE QU'UNE CUITE, EN PARTICULIER QUAND CETTE CUITE NE FAIT DE MAL QU'À SOI-MÊME ».

« La Voix » — c'était de notoriété publique — ne buvait pas ; c'était « Meany Café noir » et « Meany le Clope », mais il prenait soin de lui ; il avait l'esprit vif et voulait le garder. Son article « DROGUE ET ALCOOL : DANGER » lui valut l'approbation de ses pires adversaires. Il n'avait peur ni des professeurs ni des élèves. Nous étions toujours en troisième (notre première année à l'Institut) quand Owen invita Hester au bal des anciens. L'année même où Noah et Simon allaient passer leur examen de sortie, Owen Meany osait inviter leur redoutée frangine au bal de leur classe !

« Elle va se servir de toi pour draguer les autres types », l'avertit Noah.

« Elle va sauter toute la classe, et toi tu tiendras la chandelle », renchérit Simon.

J'aurais battu Owen. J'aurais voulu avoir le culot d'inviter Hester moi-même. Mais comment filer un rencard à sa propre cousine ?

Je m'apitoyai en chœur avec Noah et Simon ; Owen nous remplissait d'admiration, mais n'allait-il pas se ridiculiser — et nous avec — en favorisant les débuts d'Hester à l'Institut de Gravesend ?

« Hester la Mégère ! ne cessait de répéter Simon.

— C'est jamais qu'une fille de la campagne », fit Noah avec condescendance.

Mais Hester en savait plus que nous ne le croyions sur l'Institut de Gravesend ; ce doux week-end du printemps 1959, Hester arriva dûment préparée à ce qui l'attendait. Owen lui avait envoyé tous les numéros du *Caveau ;* si elle avait autrefois manifesté de l'hostilité pour Owen — elle l'avait traité de chochotte et de vermine —, elle n'était pas folle. Elle savait reconnaître une star en pleine ascension. Elle adorait et pratiquait l'irrévérence ; quoi d'étonnant que « la Voix » lui soit allée droit au cœur ?

Quelle qu'ait été son expérience avec le navigateur noir de Tortola, elle avait apporté à sa féminité naissante cette touche de gravité qui caractérise les femmes ayant souffert d'une passion malheureuse ; outre sa beauté primitive et ténébreuse, une substantielle perte de poids mettait plus que jamais en valeur sa poitrine, ferme autant qu'imposante, et les pommettes saillantes dans son visage sombre. A présent, Hester gardait ses distances, ce qui la rendait d'autant plus séduisante et dangereuse. L'épreuve l'avait mûrie.

Elle avait toujours su s'habiller — elle tenait ça de famille. Elle portait des vêtements simples mais chics, toujours avec un peu plus de négligence que la mode ne l'exigeait ; la taille n'était jamais idéale sur ce corps fait pour la jungle, les peaux de bête ou les robes de feuillage... Pour le bal des anciens, elle portait une courte robe noire à fines bretelles, au bustier ajusté, au décolleté plongeant qui dévoilait une bonne partie de sa gorge, reposoir idéal pour le rang de perles roses que ma tante lui avait offert pour son dix-septième anniversaire. Elle ne portait pas de bas et dansait nu-pieds ; à l'une de ses chevilles, un lien de cuir orné d'une babiole en turquoise frôlant le cou-de-pied. Cette pendeloque pouvait avoir une valeur sentimentale ; Noah insinua que c'était un cadeau de rupture. Pendant tout le bal, les profs transformés en chaperons et leurs femmes n'eurent d'yeux que pour elle. Nous étions tous ensorcelés. Quand Owen Meany dansait avec Hester, l'arête de son nez s'encastrait exactement dans le creux de ses seins. Personne ne s'avisa de les interrompre.

Quant à nous, dans nos smokings de location, nous étions plus angoissés par nos boutons d'acné que par la guerre nucléaire ; mais le smoking d'Owen, offert par ma grand-mère, tant par sa coupe impeccable que par le satin de ses revers, exprimait éloquemment ce que nous considérions comme une évidence : « la Voix » était notre digne représentant.

Comme tous les bals d'école, celui-ci s'achevait sous étroite surveillance ; nul ne pouvait s'esquiver en douce ; quand on partait raccompagner sa cavalière dans son propre établissement ou au dortoir des visiteurs, on devait pointer en rentrant à son propre dortoir quinze minutes au plus tard après avoir quitté le bal. Mais Hester dormait au 80 Front Street.

Je me sentais trop mortifié pour passer ce week-end chez ma grand-mère, puisque Hester m'avait préféré Owen, de sorte que je regagnai le dortoir de Dan avec les autres élèves qui obéissaient au règlement de l'école. Owen, qui en qualité d'externe avait permission permanente de rentrer chez lui sans aucun pointage, reconduisit Hester au 80 Front Street. Une fois dans la cabine de la camionnette rouge, libérés des règles du bal, ils allumèrent des cigarettes dont la fumée dissimula la béatitude présumée de leur expression. Owen mit la radio et exécuta un démarrage artistique. Avec son smoking et sa cigarette, avec Hester auprès de lui, Owen Meany semblait presque *grand*.

Certains élèves se vantèrent de « l'avoir fait » dans les buissons, entre leur sortie du bal et leur retour au dortoir. D'autres perfectionnèrent leur technique du baiser furtif dans les couloirs, se risquèrent à un pelotage dans les vestiaires, défièrent les foudres des surveillants en fourrant la langue dans l'oreille de leur partenaire. Mais, outre le fait indiscutable d'avoir inséré son nez entre les seins d'Hester, personne ne put reprocher à Owen de s'être mal tenu avec sa danseuse. Par la suite, pressé de questions puériles sur le thème « l'avait-il fait avec Hester ? », il garda un silence méprisant ; « la Voix » se refusait à toute vantardise. Il se borna à nous dire qu'il avait ramené Hester au 80 Front Street et qu'ils avaient regardé ensemble « La Dernière Séance » avant qu'il ne rentre à la carrière.

« Il était assez tard, reconnut-il.

— C'était quel film ? demandai-je.

— Quel film ?

— A " La Dernière Séance " ?

— Oh, j'ai oublié...

« — Il a surtout vu la chatte d'Hester », fit hargneusement Simon.

Noah lui flanqua une baffe. Simon protesta :

« Tu as déjà vu Owen oublier un film ? »

Noah lui en administra une autre.

« Owen se rappelle même *La Tunique !* », reprit Simon.

Noah le frappa sur la bouche ; se mettant en garde, Simon brailla :

« Hester baise avec n'importe qui ! »

Noah empoigna son frère à la gorge :

« Ça, nous n'en savons rien.

— Nous le pensons ! »

Noah frotta vigoureusement son avant-bras sur le nez de Simon, qui se mit à saigner.

« On a le droit de le penser, mais pas de le dire !

— Hester a baisé avec Owen, comme une folle ! », hurla Simon.

Noah planta un violent coup de coude entre les yeux de Simon.

« Nous n'en savons rien », répéta-t-il.

J'avais tellement l'habitude de leurs féroces bagarres qu'elles ne me faisaient plus peur. Leur brutalité me semblait saine, et simple, auprès de mes sentiments confus pour Hester et de mon effrayante jalousie envers Owen.

Une fois encore, « la Voix » nous remit à nos places :

« Il est difficile de savoir, suite au frénétique bal des anciens, qui, de nos estimés condisciples ou de nos admirables chaperons, doit avoir le plus honte… Soit, il est puéril pour de jeunes hommes de raconter les privautés auxquelles ils se sont livrés avec le beau sexe ; c'est outrageant pour les femmes, toutes ces vantardises de bas étage — et cela donne aux hommes mauvaise réputation. Comment les femmes pourraient-elles nous faire confiance ? Mais ce comportement grossier est-il pire ou meilleur que les méthodes gestapistes de nos puritains surveillants ? Le bureau du doyen me fait savoir que deux anciens sont frappés de sanctions disciplinaires jusqu'à la fin du trimestre !

POUR LEURS PRÉTENDUES " INDISCRÉTIONS MANI-
FESTES " ; JE PENSE QUE CES DEUX INCIDENTS RESSORTIS-
SENT D'UNE " CONDUITE RÉPRÉHENSIBLE ENVERS DES
JEUNES FILLES ".

« AU RISQUE DE VOUS SEMBLER *OBSCÈNE,* JE VAIS
RÉVÉLER LA NATURE CHOQUANTE DE CES DEUX CRIMES
CONTRE L'ÉCOLE ET LA GENT FÉMININE. PREMIÈREMENT :
UN GARÇON A ÉTÉ SURPRIS ALORS QU'IL " CARESSAIT " SA
CAVALIÈRE DANS LE VESTIAIRE DU GYMNASE ; COMME LE
COUPLE ÉTAIT DEBOUT ET ENTIÈREMENT VÊTU, IL SEMBLE
PEU PROBABLE QU'UNE GROSSESSE PUISSE RÉSULTER DE
LEUR ACTE ; ET, BIEN QUE LE GYMNASE SOIT UN ENDROIT
PROPICE, JE SUIS CERTAIN QU'ILS NE SE SONT PAS LIVRÉS À
DES EXERCICES TELS QU'ILS AIENT RISQUÉ UN CLAQUAGE
MUSCULAIRE... DEUXIÈMEMENT : UN GARÇON A ÉTÉ SUR-
PRIS SORTANT DU FUMOIR DE BANCROFT HALL AVEC SA
LANGUE DANS L'OREILLE D'UNE JEUNE FILLE — OSTENSI-
BLE ET BIZARRE FAÇON DE SORTIR D'UN FUMOIR, JE LE
CONCÈDE, MAIS CE GENRE DE CONTACT PHYSIQUE NE PEUT,
NON PLUS, DONNER NAISSANCE À UNE GROSSESSE — SI
J'OSE AINSI M'EXPRIMER. A MA CONNAISSANCE, IL EST
MÊME IMPOSSIBLE DE TRANSMETTRE UN RHUME DE CER-
VEAU PAR CETTE MÉTHODE. »

Après cet article-là, les postulants à l'emploi de proviseur prirent l'habitude de requérir la présence d'Owen
pendant les entrevues. Le comité de recherche comprenait
un sous-comité étudiant, autorisé à questionner chaque
candidat sur son programme ; mais, quand les impétrants
demandèrent à rencontrer « la Voix », Owen exigea que ce
soit EN AUDIENCE PRIVÉE. La question d'accorder ou non
ce privilège à Owen provoqua d'âpres discussions lors
d'une réunion extraordinaire du conseil de direction ; Dan
nous révéla qu'il avait été question de remplacer le
conseiller professoral du *Caveau* (certains ayant trouvé que
l'humour « graveleux » de l'article d'Owen n'aurait pas
dû échapper à sa censure). Or le conseiller professoral
du *Caveau* était un ardent supporter d'Owen Meany,
Mr. Early, ce tonitruant comédien amateur qui mettait du
roi Lear dans le moindre bout de rôle. Celui-ci n'en était

pas à un excès près : il clama bien haut, avec les mimiques adéquates, qu'il « défendrait le génie immaculé de " la Voix " jusqu'à la mort, si nécessaire ». Dan était sûr que ce ne serait pas nécessaire, mais voir Owen défendu par un tel ringard lui faisait certes plus de tort que de bien.

Plusieurs candidats au poste de proviseur reconnurent que leur entrevue avec « la Voix » avait été « éprouvante » ; je me doute qu'ils n'étaient pas au courant de sa taille et que, quand il ouvrit la bouche, ils en frémirent et trouvèrent absurde cette voix qui ne parlait qu'en majuscules ! L'un des favoris retira sa candidature. Bien qu'il n'y eût apparemment aucun rapport entre Owen et son désistement, l'homme admit que le « cynisme » en vigueur chez les étudiants l'avait déprimé, ajoutant que ces étudiants témoignaient d'une attitude supérieure et d'une telle liberté de parole qu'elle rendait inutile toute éducation libérale.

« Quelle ineptie ! avait crié Dan Needham pendant la réunion. Owen Meany n'a rien d'un cynique. Si c'est de lui que ce type voulait parler, il était à côté de la plaque. Bon débarras ! »

Tout le monde ne partageait pas son avis. Il faudrait un an de plus au comité de recherche pour trouver un candidat valable ; le proviseur en exercice accepta sportivement, pour le bien de l'école, de retarder son départ à la retraite. Il ne songeait qu'au bien de l'école, ce vieux proviseur, et la sympathie qu'il manifesta à Owen musela utilement les ennemis de ce dernier.

« C'est un délicieux petit bonhomme, disait le proviseur. Je ne raterais ses articles pour rien au monde ! »

Il s'appelait Archibald Thorndike, était proviseur depuis toujours ; il avait épousé la fille du précédent proviseur et était de la vieille école, autant que puisse l'être un proviseur. Bien que les plus jeunes professeurs lui reprochent sa répugnance à changer un iota du règlement, y compris sa conception surannée du « garçon accompli », Archie Thorndike n'avait pas d'ennemis. Le vieux Thorny[1]

---

1. Épineux *(NdÉ)*.

— c'est lui-même qui encourageait ce diminutif — exerçait ses fonctions avec une telle bonhomie que personne ne pouvait lui en tenir rigueur. C'était un grand vieillard aux larges épaules, aux cheveux blancs, à la tête taillée comme un aviron. D'ailleurs, il pratiquait l'aviron, c'était un sportif accompli, qui affectionnait les pantalons de velours kaki, de préférence en tire-bouchon, et les vestes de tweed un peu déchirées aux coudes. Il sortait tête nue en plein hiver et encourageait nos équipes par tous temps, au point qu'il arborait comme une médaille la cicatrice occasionnée par un palet ; le palet de hockey l'avait frappé au front, alors qu'il faisait le gardien de but lors du match annuel interuniversitaire. Thorny était membre honoraire de nombreuses promotions et ne perdait jamais une occasion de faire le goal dans les matchs d'anciens élèves. « Le hockey sur glace n'est pas un sport de femmelettes ! », avait-il coutume de dire.

Dans une tout autre veine, pour la défense d'Owen Meany, il affirmait : « C'est le plus instruit qui améliorera la société ; pour l'améliorer, il faut d'abord en faire la critique, et nous fournissons les outils nécessaires. Naturellement, les étudiants les plus brillants commenceront à améliorer la société en *nous* critiquant. »

A Owen, Archie Thorndike serinait une chanson un peu différente :

« C'est votre devoir de me prendre en faute, c'est le mien de vous écouter. Mais ne vous attendez pas à me voir changer. Je ne vais pas changer, je vais prendre ma retraite ! C'est au futur proviseur de faire les changements, comme je l'ai fait moi-même à mes débuts.

— QUELS CHANGEMENTS AVEZ-VOUS FAITS ?

— Ma mémoire me joue des tours ; c'est pour ça que je pars en retraite ! »

Owen tenait Archibald Thorndike pour un imbécile heureux ; mais chacun, même « la Voix », trouvait que c'était un brave type.

« LES BRAVES TYPES, C'EST PLUS DIFFICILE DE S'EN DÉBARRASSER », écrivit Owen dans *Le Caveau;* mais même Mr. Early fut assez malin pour censurer cette phrase.

Puis vint l'été ; « la Voix » s'en retourna travailler dans les carrières et ne dut guère trouver à s'exprimer au fond des puits ; moi, je trouvai mon premier boulot, guide pour le bureau des admissions de l'Institut de Gravesend ; je faisais visiter l'école aux futurs élèves et à leurs familles ; c'était ennuyeux mais pas sorcier. J'avais un trousseau de clés passe-partout — la plus grosse responsabilité qu'on m'eût jamais confiée — et toute liberté de choisir quelle salle de classe ou quel dortoir montrer aux visiteurs. Je choisissais les chambres au hasard à Waterhouse Hall, dans le vague espoir de surprendre Mr. et Mrs. Brinker-Smith en pleine partie de saute-matelas ; mais les jumeaux avaient grandi, et peut-être les Brinker-Smith avaient-ils moins de goût pour « la chose ».

Le soir, à Hampton Beach, Owen me paraissait fatigué ; je commençais mes visites guidées à 10 heures, mais Owen descendait dans le panier à déchets chaque matin à 7 heures. Ses ongles étaient cassés, ses mains calleuses et crevassées, ses bras plus maigres et plus durs que jamais. Il ne parlait jamais d'Hester. A marquer d'une pierre blanche, cet été 1959 fut le premier où nous réussîmes à draguer des filles ; plus exactement, c'est Owen qui réussit et il me présenta les filles qu'il trouvait. Nous n'allâmes pas jusqu'à « le faire » cet été-là, du moins en ce qui me concerne ; quant à Owen, à ma connaissance, il n'alla jamais à un rendez-vous seul. « C'EST UN DOUBLE MIXTE OU RIEN DU TOUT, disait-il à toutes les filles étonnées. TROUVE UNE COPINE OU SORS AVEC UN AUTRE. »

Nous n'avions plus peur de draguer à pied autour du casino, dans les galeries de flippers ; il y avait toujours de jeunes voyous pour s'en prendre à Owen, mais il se tailla très vite une réputation d'intouchable.

« T'AS ENVIE DE ME COGNER ? disait-il à un tordu. T'AS ENVIE D'ALLER EN CABANE ? TU CROIS QUE JE POURRAIS OUBLIER UNE SALE GUEULE COMME LA TIENNE ? » Il me désignait alors : « TU VOIS CE MEC ? TU SAIS CE QUE C'EST QU'UN *TÉMOIN* ? ALORS, VAS-Y, FACE DE CUL, DÉROUILLE-MOI ! »

Il ne s'en trouva qu'un pour le faire — ou du moins

essayer. J'eus l'impression de voir un dogue s'attaquer à un raton laveur ; c'est le chien qui fait tout le boulot, mais le raton laveur finit par gagner. Owen se mit en garde, attrapant les mains, les pieds, cherchant à tordre les doigts, puis se contenta d'arracher une chaussure et de saisir les orteils. Il encaissa un ramponneau, mais se roula en boule, ne laissant dépasser aucune extrémité. Il finit par casser l'auriculaire du type, en le tordant à angle droit si bien qu'à la fin du round le petit doigt de l'autre se tenait à la verticale au-dessus de sa main. Il arracha la godasse du type et lui mordit les orteils ; il y eut des flots de sang, mais comme l'adversaire portait des chaussettes, je ne pus voir l'étendue des blessures, si ce n'est qu'il partit en boitant. Le voyou fut arraché à la fureur d'Owen par un marchand de barbe à papa. Par la suite, on l'arrêta pour avoir proféré des obscénités et on nous apprit qu'il avait été envoyé en maison de correction pour vol de voiture. On n'entendit plus jamais parler de lui sur le front de mer et le bruit se répandit aux alentours que mieux valait ne pas se frotter à Owen ; la rumeur voulait qu'il eût arraché l'oreille de quelqu'un. L'été suivant, j'entendis dire qu'il avait éborgné un type avec un bâton de sucette. Que tout ça fût un tissu de mensonges ne changea rien à Hampton Beach. Owen était « ce petit frimeur au camion rouge », « le tailleur de pierre qui a toujours un outil sur lui » ou « le sale petit teigneux, fais gaffe à lui ».

Nous avions dix-sept ans ; l'été fut morne. A l'automne, Noah et Simon partirent pour l'université sur la côte Ouest, une de ces universités de Californie dont personne ne peut se rappeler le nom chez nous, dans l'Est. Et les Eastman s'ancrèrent dans leur erreur de considérer Hester comme un piètre investissement ; ils l'inscrivirent à l'université du New Hampshire où, en tant que résidente, elle bénéficiait d'une bourse d'État.

« Ils veulent me garder sous la main », fut la conclusion d'Hester.

L'université d'État n'était qu'à vingt minutes de Gravesend. Qu'elle dispensât un enseignement supérieur à celui du club de bronzage où se doraient Noah et Simon en

Californie n'était plus un argument valable pour Hester ; les *garçons* pouvaient voyager, les *garçons* profitaient d'un meilleur climat ; *elle* devait rester à portée de main de ses parents ! L'université d'État, quelles que fussent ses qualités, n'avait rien d'exotique pour les autochtones ; pour les étudiants de l'Institut, dans leur langage élitiste d'aristocrates, c'était une « école vétérinaire » méritant tout juste un haussement d'épaules. Mais, à l'automne 1959, quand Owen et moi passâmes en deuxième année, Owen suscita l'admiration de nos condisciples, car il sortait avec une fille d'université ; que cette université soit une école vétérinaire ne ternit en rien la réputation d'Owen. Il devint « Meany le Tombeur », le « Maître ès Femmes mûres » ; et il demeura, à jamais, « la Voix ». Il requérait l'attention : il l'obtint.

* * *

Toronto, le 9 mai 1987. — Gary Hart, l'ancien sénateur du Colorado, abandonne sa campagne présidentielle ; des reporters de Washington l'ont surpris en tête à tête amoureux avec un mannequin de Miami ; bien que le mannequin et le candidat aient proclamé que rien d'immoral ne s'était produit — et que Mrs. Hart ait annoncé qu'elle soutenait son mari, ou peut-être le « comprenait » —, Mr. Hart a décidé qu'une telle intrusion dans sa vie privée provoquait, pour lui et sa famille, une situation « intolérable ». Il reviendra ; vous voulez parier ? Aux États-Unis, un homme comme ça ne disparaît jamais très longtemps ; rappelez-vous Nixon !

Que savent les Américains de la moralité ? Ils n'admettent pas que leurs présidents aient des pénis, mais se moquent que leurs présidents se débrouillent pour soutenir en secret les rebelles du Nicaragua, malgré l'opposition du Congrès ; ils refusent que les présidents trompent leurs épouses, mais s'en fichent si leurs présidents trompent le Congrès, mentent au peuple et violent la Constitution du peuple ! Ce qu'aurait dû dire Mr. Hart, c'est que rien de *particulièrement* immoral ne s'était produit ou que ce qui s'était produit était *normalement* immoral ; ou encore qu'il testait ses capacités à décevoir le peuple américain en décevant d'abord sa femme — et espérait que le peuple verrait, par cet exemple, qu'il était suffisamment pourri pour faire un bon président ! J'entends ici ce que « la Voix » aurait eu à dire là-dessus...

Il fait beau ; à Churchill Park, les Canadiens exposent leurs nombrils au soleil. Toutes les filles de la Bishop Strachan School déboutonnent leurs chemisiers et remontent leurs jupes plissées ; elles rabattent aussi leurs chaussettes sur les chevilles ; le monde entier veut bronzer. Owen, lui, détestait le printemps ; les premiers beaux jours lui annonçaient l'approche des vacances, et il aimait l'école. Quand l'école était finie, Owen Meany retournait au fond des carrières.

* * *

Quand les classes reprirent, à l'automne 1959, je constatai que « la Voix » n'avait pas flemmardé pendant l'été ; Owen revint à l'Institut avec un stock d'articles tout prêts pour *Le Caveau*. Il intimait au comité de recherche de trouver un nouveau proviseur apte à aider les étudiants tout autant que l'administration — « PAS UN COURTISAN DES ADMINISTRATEURS ET DES ANCIENS ÉLÈVES ». Bien qu'il ironisât sur Thorny et particulièrement sur sa notion du « garçon accompli », Owen louait notre proviseur démissionnaire d'être « ÉDUCATEUR D'ABORD, ADMINIS-TRATEUR ENSUITE ». Owen conseillait au comité de recherche de se « MÉFIER DU CONSEIL D'ADMINISTRATION — IL CHOISIRA SURTOUT UN PROVISEUR PLUS SOUCIEUX DE FAIRE RENTRER DES SUBVENTIONS QUE DE SURVEILLER LE PROGRAMME D'ÉTUDES ET LES PROFESSEURS. ET SURTOUT, QU'IL SE MÉFIE DES ANCIENS ÉLÈVES ! » Owen avait une piètre opinion des anciens élèves : « ILS ONT OUBLIÉ LES VRAIES RÉALITÉS DE L'ÉCOLE ; ILS PARLENT TOUJOURS DE CE QUE L'ÉCOLE A FAIT POUR EUX — OU DE CE QUE L'ÉCOLE A FAIT D'EUX, COMME S'ILS N'AVAIENT ÉTÉ QU'UNE GLAISE INFORME QUAND ILS Y SONT ENTRÉS ! LA DURE CONDITION DES ÉLÈVES, TOUT CE QU'ILS ONT SOUF-

FERT QUAND ILS ÉTAIENT ÉTUDIANTS, ÇA, LES ANCIENS
ÉLÈVES L'ONT COMMODÉMENT OUBLIÉ ! »

Un membre du conseil des profs traita Owen de « petit
étron » ; Dan Needham fit valoir qu'Owen aimait sincèrement l'Institut et qu'un enseignement digne de ce nom
devait respecter l'opinion des élèves, non exiger une
soumission aveugle. Ça devint plus difficile de défendre
Owen quand il entama la pétition contre le poisson du
vendredi...

« NOUS AVONS UNE ÉGLISE NON CONFESSIONNELLE.
POURQUOI AVONS-NOUS UNE ALIMENTATION CATHOLI-
QUE ? SI LES CATHOLIQUES VEULENT MANGER DU POISSON
LE VENDREDI, POURQUOI OBLIGER LES AUTRES À EN MAN-
GER AUSSI ? LA PLUPART DES GAMINS N'AIMENT PAS LE
POISSON ! SERVEZ DU POISSON, SOIT, MAIS SERVEZ AUSSI
AUTRE CHOSE — DE LA CHARCUTERIE, OU MÊME DES
SANDWICHES À LA CONFITURE ET AU BEURRE DE CACA-
HUÈTE. NOUS SOMMES LIBRES DE SUIVRE LES SERMONS DU
PRÉDICATEUR EXTÉRIEUR À L'ÉGLISE HURD OU D'ASSIS-
TER À D'AUTRES CULTES DANS L'ÉGLISE DE NOTRE CHOIX ;
RIEN N'OBLIGE LES JUIFS À COMMUNIER, ON NE TRAÎNE PAS
LES UNITARIENS À LA MESSE OU À CONFESSE. LE SAMEDI,
ON NE LIGOTE PAS LES BAPTISTES POUR LES TRAÎNER À LA
SYNAGOGUE OU LES CIRCONCIRE ! POURTANT, LES NON-
CATHOLIQUES DOIVENT MANGER DU POISSON ; LE VEN-
DREDI, C'EST LE POISSON OU L'INANITION ! JE NOUS
CROYAIS EN DÉMOCRATIE. DEVRONS-NOUS PARTAGER
L'OPINION CATHOLIQUE SUR LE CONTRÔLE DES NAIS-
SANCES ? POURQUOI SOMMES-NOUS OBLIGÉS DE MANGER
CATHOLIQUE ? »

Il installa dans le bureau de poste de l'Institut un pupitre
pour y recueillir des signatures. Naturellement, tout le
monde signa la pétition. « MÊME LES CATHOLIQUES ! »,
proclama « la Voix ». Nous apprîmes par Dan Needham
que le gérant de la cantine avait fait un bel esclandre : « La
prochaine fois, ce petit étron va exiger un menu diététique !
Ce qu'il veut, c'est le choix entre deux menus, tous les
jours ! Pas seulement le vendredi ! »

Dans son tout premier article, Owen s'était attaqué à la

TRANCHE DE MYSTÈRE, la viande. Il s'en prenait au poisson, maintenant. « CETTE CONTRAINTE INJUSTE NE FAIT QU'ENCOURAGER LES PERSÉCUTIONS RELIGIEUSES », dit « la Voix » ; Owen voyait partout surgir des manifestations d'anticatholicisme. « ON COMMENCE À TAPER SUR LES CATHOS. L'ATMOSPHÈRE DE L'INSTITUT DEVIENT DISCRIMINATOIRE. J'ENTENDS L'IGNOBLE INJURE " BOUFFEUR DE MAQUEREAU " QUI NOUS RAMÈNE AUX PIRES TEMPS DES PERSÉCUTIONS. » En toute franchise, je n'avais jamais entendu personne utiliser l'expression « bouffeur de maquereau » en dehors d'Owen !

Chaque fois que nous passions devant Saint Michael et sa statue tutélaire, je l'entendais : « JE ME DEMANDE SI LES PINGOUINS NE SONT PAS TOUTES DES PIN-GOUINES ! »

Le premier vendredi qui suivit les vacances de Thanksgiving, en même temps que le traditionnel poisson, on nous servit de la charcuterie, des sandwiches à la confiture et au beurre de cacahuète ; on pouvait même avoir un bol de consommé de tomate et de la salade de pommes de terre. Il avait gagné. Dans le réfectoire, il eut droit à une ovation. En tant que boursier, il devait servir de garçon à la table des profs ; son plateau était presque aussi grand que lui ; il s'en protégea comme d'un bouclier pendant que les étudiants l'applaudissaient debout et que les profs arboraient un sourire coincé.

Le vieux Thorny le convoqua dans son bureau.

« Vous savez, je vous connais bien, mon petit bonhomme. Vous êtes un gagneur ; mais laissez-moi vous donner un conseil. Vos amis vous soutiennent, mais vous vous êtes fait plus d'ennemis en moins de deux ans que moi en vingt ans de carrière ! Faites attention de ne pas donner prise sur vous à vos ennemis, parce qu'ils ne vous rateront pas. »

Thorny aurait voulu qu'Owen barre dans l'équipe d'aviron ; Owen avait la taille idéale pour un barreur et, après tout, n'avait-il pas passé toute sa vie sur la Squamscott ? Mais Owen allégua que les skiffs de course avaient toujours embêté son père. « LA VOIX DU SANG EST PLUS FORTE QUE L'ÉCOLE », dit-il.

De plus, la rivière était polluée. A l'époque, la ville n'avait pas de vrai réseau d'égouts ; la teinturerie, la fabrique de chaussures de mon grand-père et quantité de particuliers jetaient naturellement leurs déchets dans la Squamscott. Owen avait souvent vu des « peaux de chagrin » flotter sur la rivière, et les préservatifs lui donnaient toujours LA CHAIR DE POULE.

En outre, à l'automne, il s'était pris de passion pour le football ; naturellement, il n'appartenait à aucune équipe, mais ça l'amusait de taper dans le ballon, même à bas niveau. Il était rapide et fonceur, bien que manquant de souffle à cause du tabac. Et au printemps — l'autre saison de canotage —, Owen jouait au tennis ; pas très bien, il débutait, mais ma grand-mère lui avait offert une bonne raquette et il appréciait la discipline du jeu. Les lignes bien droites, bien blanches, le filet bien tendu à la bonne hauteur, la marque précise. Durant l'hiver, Dieu sait pourquoi ! il s'enticha du basket-ball. Probablement par pure perversité, puisque c'était un sport pour géants. Certes, il ne jouait que dans des parties improvisées — sa taille lui interdisant d'entrer dans une équipe —, mais avec enthousiasme ; il était très bon sauteur, exécutait des bonds qui le portaient à hauteur des autres joueurs et devint obsédé par une figure de jeu impossible pour lui, le *slam-dunk*. On n'appelait pas ça comme ça, à l'époque, on disait « bourrer le panier », et c'était difficile, même pour les plus grands. Il fallait sauter suffisamment haut pour enfoncer la balle dans le panier, du dessus. Et c'était ça qu'Owen s'était mis en tête de faire ! Encore un de ses paris stupides.

Il mit au point son approche du panier ; dribblant à bonne vitesse, il faisait concorder son saut avec l'opportunité pour un coéquipier de le saisir dans ses bras et de le pousser à la verticale (quand c'était possible) au-dessus du panier. J'étais le seul à vouloir affiner la manœuvre avec lui. C'était si ridicule qu'un si petit bonhomme s'obstine à faire ça, vouloir bondir, comme pour s'envoler... c'était de la folie furieuse et je me fatiguai vite de cette chorégraphie insensée et répétitive.

« Pourquoi faisons-nous ça ? Ça ne marchera jamais

pendant un match et c'est probablement interdit. Je ne peux pas te soulever aussi haut et je suis sûr qu'on n'a pas le droit. »

Owen me rappela alors qu'il était un temps où ça m'amusait de le soulever, aux cours de catéchisme. Maintenant que ça avait de l'importance pour lui, pourquoi renâclais-je ?

« J'AI BIEN TOLÉRÉ QUE TU ME SOULÈVES, PENDANT TOUTES CES ANNÉES, ALORS QUE JE TE SUPPLIAIS DE NE PAS LE FAIRE !

— Toutes ces années, tu charries ! Ça ne s'est produit que quelques dimanches, et pendant deux ans... Et encore, on ne le faisait pas tous les dimanches. »

Mais, à présent, c'était important pour lui. Alors, on le fit. Ça devint un véritable numéro de cascadeurs ; on commença par le surnommer « Slam-Dunk Meany », puis, une fois l'acrobatie bien au point, « Maître Slam-Dunk ». L'entraîneur de basket lui-même apprécia et lui dit pour plaisanter :

« Je pourrais te prendre pour jouer, Owen.

— CE N'EST PAS POUR JOUER ! », rétorqua Owen Meany, qui avait ses raisons.

Nous passâmes des heures au gymnase de Gravesend, tous les jours pendant les vacances du Noël 1959 ; nous étions seuls, sans gêneurs — tous les pensionnaires étaient dans leurs familles —, et exhalions notre rancœur contre les Eastman, qui semblaient mettre un point d'honneur à ne pas nous inviter à Sawyer Depot. (Noah et Simon avaient ramené un copain de Californie ; Hester « allait et venait », et quelques vieilles amies de ma tante Martha, du temps de l'université, « pourraient » débarquer.) Mais la véritable raison de cet ostracisme, nous en étions persuadés, était que Tante Martha voulait décourager toute relation amoureuse entre Owen et Hester ! Hester avait dit à Owen que sa mère l'appelait « le gamin qui a lancé la balle », « le copain bizarre de John » et « ce garçon que ma mère habille comme un mannequin de vitrine ». Mais Hester détestait tellement sa mère et était une telle faiseuse d'embrouilles qu'elle pouvait très bien avoir inventé tout ça, afin qu'Owen prenne lui aussi Tante Martha en grippe. D'ailleurs, ça semblait laisser Owen froid.

J'avais demandé un délai pour remettre deux dissertations après les fêtes, de sorte que mes vacances furent gâchées de toute façon ; Owen m'aida pour celle d'histoire et rédigea entièrement ma dissertation d'anglais.

« J'AI FAIT DES FAUTES D'ORTHOGRAPHE EXPRÈS, ET AUSSI QUELQUES FAUTES DE GRAMMAIRE, POUR QUE ÇA PARAISSE VRAI. J'AI LAISSÉ QUELQUES RÉPÉTITIONS, ET JE NE PARLE PAS DU MILIEU DU BOUQUIN, COMME SI TU L'AVAIS SAUTÉ. D'AILLEURS, TU AS SAUTÉ LE MILIEU ! »

C'était un problème. Mes devoirs faits en classe, mes interrogations écrites, mes examens étaient beaucoup moins bons que ceux qu'Owen m'aidait à faire. Mais, comme nous étudiions toutes les leçons ensemble, je m'améliorais progressivement. A cause de ma piètre orthographe, je dus suivre un cours de rattrapage, ce qui me parut insultant. En plus, à cause de mes notes irrégulières, on m'envoya une fois par semaine chez le psychologue de l'Institut. L'Institut de Gravesend avait l'habitude des bons élèves ; sitôt que l'un d'eux avait le moindre problème pour suivre, on pensait que c'était l'affaire du psy.

Là-dessus aussi, « la Voix » avait son mot à dire : « IL ME SEMBLE QUE LES GENS QUI APPRENNENT MOINS FACILEMENT QUE LES AUTRES SOUFFRENT D'UNE SORTE DE HANDICAP — QUELQUE CHOSE MODIFIE LEUR PERCEPTION DES CHIFFRES ET DES LETTRES, ILS APPRÉHENDENT LES CHOSES D'UNE MANIÈRE DIFFÉRENTE —, MAIS JE NE VOIS PAS COMMENT CE HANDICAP POURRAIT ÊTRE VAINCU PAR UN TRAITEMENT PSYCHIATRIQUE. L'ABSENCE DE CETTE HABILETÉ TECHNIQUE CARACTÉRISANT CE QUE NOUS APPELONS " LES BONS ÉLÈVES " DEVRAIT FAIRE L'OBJET D'UNE ÉTUDE CONCRÈTE. CELA DONNERAIT LIEU À UNE NOUVELLE DISCIPLINE, QUE L'ON POURRAIT À SON TOUR ENSEIGNER. QU'EST-CE QU'UN PSY A À VOIR LÀ-DEDANS ? »

C'était avant que nous ayons entendu parler de dyslexie ou de surdoués. On considérait les élèves de ma trempe comme idiots ou attardés. Ce fut Owen qui mit le doigt sur mon cas.

« Tu as seulement l'esprit lent. Tu es presque aussi intelligent que moi, mais il te faut deux fois plus de temps. »

Le psychiatre de l'école, un vieux Suisse qui retournait à Zurich chaque été, s'était persuadé que mes difficultés à suivre provenaient du « meurtre » de ma mère par mon meilleur ami et des « tensions et conflits » qui « résultaient inévitablement » de ma vie partagée entre ma grand-mère et mon beau-père.

« A certains moments, vous devez le détester... Oui ? disait le Dr. Dolder, méditatif.

— Détester qui ? Mon beau-père ? Non. J'aime Dan.

— Votre meilleur ami... parfois, vous le détestez. Oui ?

— Mais non ! J'aime Owen. Ç'a été un accident.

— Oui, je sais. Mais néanmoins... votre grand-mère... elle représente le rappel perpétuel...

— Le rappel ? J'aime ma grand-mère.

— Oui, je sais. Mais cette histoire de base-ball... c'est douloureux, j'imagine...

— Oui ! Je déteste le base-ball.

— Oui, bien sûr... Je n'ai jamais assisté à ce jeu, aussi m'est-il difficile d'imaginer exactement... Nous devrions peut-être aller voir un match ensemble.

— Non. Je ne vais jamais au base-ball. Je n'y joue jamais non plus.

— Oui, je vois... Vous le détestez à ce point ! Je vois.

— Je fais des fautes d'orthographe. Je lis trop lentement, je me fatigue ; si je ne suis pas avec mon doigt, je perds la ligne...

— Une balle de base-ball, ça doit être très dur, oui ?

— Oui, très dur, soupirai-je.

— Oui, je vois. Vous êtes fatigué, maintenant ? Mes questions vous fatiguent ?

— C'est l'orthographe ! L'orthographe et la lecture ! »

Dans son bureau à l'infirmerie, il y avait des photos, de vieilles photos en noir et blanc — clochers de Zurich, oiseaux aquatiques sur la Limmat, promeneurs jetant du pain aux canards du haut d'amusantes passerelles. La plupart de ces gens portaient des chapeaux ; on pouvait presque entendre sonner les horloges de ces cathédrales.

Le Dr. Dolder, une expression perplexe sur son visage caprin, tripotait la pointe de sa barbiche à la Van Dyck.

« Une balle. La prochaine fois, vous m'apporterez une balle de base-ball. Oui ?

— Oui, bien sûr.

— Et ce petit joueur de base-ball... " la Voix ", oui ? J'aimerais beaucoup m'entretenir avec lui aussi.

— Je demanderai à Owen s'il est libre », dis-je.

« PAS QUESTION, dit Owen Meany. J'AI AUCUN PRO-BLÈME D'ORTHOGRAPHE ! »

* * *

Toronto, le 11 mai 1987. — Je regrette d'avoir eu la monnaie pour prendre le *Globe and Mail* dans le distribu-teur du coin ; j'avais trois pièces de dix *cents* en poche, et une phrase en première page attira irrésistiblement mon attention. « Comment Mr. Reagan comptait-il faire pour que son administration continue à soutenir les *contras* dans les limites de la loi ? »

Depuis quand Mr. Reagan voulait-il rester « dans les limites de la loi » ? Je voudrais que le président aille passer un week-end avec un mannequin de Miami ; au moins, pendant ce temps, il ne pourrait pas faire de mal au pays. Comme les Nicaraguayens seraient soulagés, ne serait-ce que pour un week-end ! Nous devrions trouver une nana avec qui le président passerait tous ses week-ends ! Une fois épuisé, ce vieux loustic n'aurait plus la force de faire des dégâts ! Oh, quel pays de moralistes est l'Amérique ! Avec quelle délectation les Américains exposent en pleine lumière leurs turpitudes sexuelles ! Dommage qu'ils n'ap-pliquent pas cette règle de moralité à leur président quand il se met hors la loi ; dommage qu'ils ne mettent pas un zèle équivalent à purger une administration qui fournit des armes aux terroristes. Mais, bien sûr, le moralisme du plumard nécessite moins d'imagination et surtout moins d'effort que la surveillance de la politique internationale...

Il fait encore beau à Toronto, aujourd'hui, les arbres

fruitiers sont en fleurs, surtout les poiriers et pommiers sauvages. Il y a des risques d'averses. Owen aimait la pluie. L'été, au fond d'une carrière, il pouvait faire atrocement chaud, chaleur aggravée par la poussière ; la pluie refroidissait les blocs de pierre et faisait retomber la poussière. « LA PLUIE EST L'AMIE DES CARRIÈRES », disait Owen Meany.

J'ai demandé à mes élèves de seconde de relire ce que Thomas Hardy appelle la première « phase » de *Tess d'Urberville,* intitulée « La servante » ; bien que j'aie attiré leur attention sur le goût de Hardy pour le pressentiment, elles se sont montrées peu empressées de relever ces passages. Comment ont-elles pu lire aussi hâtivement la mort du cheval ? « Personne ne blâmait Tess autant qu'elle se blâmait elle-même », écrit Hardy ; il dit même : « Son visage était dur et pâle, comme si elle se voyait en meurtrière. » Et que fit la classe de cette description de Tess : « L'épanouissement de sa beauté, son développement physique la faisaient paraître plus femme qu'elle ne l'était réellement » ? Elle n'en fit rien du tout. Je demandai :

« Quelques-unes d'entre vous ne se voient-elles pas comme ça ? Que pensez-vous quand l'une de vous ressemble à ce portrait ? »

Silence.

Et qu'ont-elles pensé de la fin de la première phase ? Tess était-elle séduite ou violée ? « Elle dormait profondément », écrit Hardy. Cela signifie-t-il que d'Urberville « le lui fit » pendant son sommeil ?

Silence.

Avant de les obliger à lire la seconde phase de *Tess,* intitulée « Femme », je leur suggérai de s'astreindre à relire « La servante », ou plutôt de la lire pour la première fois, tant qu'on y était !

« Faites attention. Quand Tess dit : " Cela n'a-t-il jamais frappé votre esprit que ce que disent toutes les femmes, certaines femmes peuvent l'éprouver ? ", faites attention ! Faites attention à l'endroit où l'enfant de Tess est enterré : " Dans ce misérable arpent de terre consacrée, où Dieu laisse pousser les orties et où l'on abandonne les enfants sans baptême, les ivrognes notoires, les suicidés et tous ceux dont on croit qu'ils seront damnés. " Demandez-vous ce que veut dire Hardy par " terre consacrée ", et ce qu'il pense de la malchance, des coïncidences et des prétendus hasards incontrôlables. Pense-t-il qu'un personnage *vertueux* a de plus ou moins grandes responsabilités quand il est mis au monde ?

— Monsieur ? », fit Leslie Ann Grew.

C'était très démodé de sa part ; ça fait des années que plus personne ne m'appelle « Monsieur » à la Bishop Strachan School, si ce n'est une nouvelle élève. Leslie Ann Grew est ici depuis longtemps.

« S'il fait encore beau demain, dit Leslie Ann Grew, vous nous ferez la classe dehors ?

— Non », lui dis-je.

Mais j'ai l'esprit de l'escalier ; je me sens d'un lourd ! Je sais ce que « la Voix » lui aurait répondu : « SEULEMENT S'IL PLEUT, aurait dit Owen. S'IL TOMBE DES CORDES, ON IRA DEHORS. »

* * *

Au début du second trimestre de notre deuxième année à l'Institut de Gravesend, le révérend Scammon, le podagre officiant de notre église non confessionnelle, le terne professeur d'histoire religieuse, se cassa la figure sur les marches verglacées de l'église et ne reprit pas conscience. Owen soutint qu'il n'avait jamais été pleinement conscient. Quoi qu'il en soit, des semaines après sa disparition, son manteau et sa canne étaient toujours accrochés à la patère de la sacristie, comme si le vieux Mr. Scammon était simplement parti aux toilettes. Pour le remplacer temporairement, le révérend Lewis Merrill assura l'instruction religieuse, en attendant que le comité de recherche ait trouvé un nouveau titulaire...

Owen et moi avions beaucoup souffert en première année ; Mr. Scammon nous balançait l'histoire interminable des religions dans le monde, de César à Eisenhower. Pour l'histoire sainte, ça ne valut pas mieux en deuxième année, jusqu'à ce que les marches glacées de l'église Hurd viennent à sa rencontre. Le révérend Merrill apporta aux deux cours son bégaiement familier, et aussi ses doutes. En histoire sainte, il nous fit ouvrir nos bibles sur Isaïe, 5,20 : « Malheur à ceux qui appellent bien le mal et mal le bien. » En histoire religieuse — sur le thème fastidieux de « religion et littérature » —, il nous demanda d'étudier la signification de ce qu'écrit Tolstoï dans *Anna Karénine* : « Il n'y avait pas d'autre solution que la solution universelle que donne la vie à toutes les questions, même les plus complexes et les plus insolubles. Cette réponse est : il faut pourvoir aux besoins quotidiens et s'oublier soi-même. »

Dans ses deux classes, le pasteur Merrill développait sa philosophie : « Le-doute-est-l'essence-et-non-le-contraire-de-la-foi. » Ce point de vue intéressa Owen encore plus qu'autrefois. Le secret était de « croire sans avoir besoin de miracles » ; une foi qui avait besoin de miracles n'était pas une vraie foi. Ne demandez pas de preuves, tel était le message permanent de Mr. Merrill.

« MAIS TOUT LE MONDE A BESOIN D'UN DÉBUT DE PREUVE !

— La foi en soi est un miracle, Owen. Le premier miracle en lequel je crois, c'est ma propre foi. »

Owen sembla dubitatif, mais ne discuta pas. Notre classe — nos deux classes — rassemblait une bande d'athées ; Owen Meany excepté, nous étions des négatifs obstinés, opposés à tout, qui trouvions Jack Kerouac et Allen Ginsberg bien plus intéressants que Tolstoï ; de sorte que le révérend Lewis Merrill, avec son bafouillage et son bon vieux lot de doutes, n'avait pas la partie belle. Il nous fit lire *La Puissance et la Gloire,* de Graham Greene. Owen titra sa dissertation : « PRÊTRE ALCOOLIQUE OU SAINT MITEUX ». On lut aussi *Dedalus, portrait de l'artiste par lui-même,* de Joyce, *Barabbas,* de Lagerkvist, et *Les Frères Karamazov,* de Dostoïevski. Owen rédigea *ma* dissertation : « LE PÉCHÉ ET SMERDIAKOV : DANGER DE MORT ». Pauvre pasteur Merrill ! Mon cher congrégationaliste se trouva soudain dans le rôle d'avocat du Christ et Owen discuta pied à pied les termes de sa plaidoirie. La classe adorait Sartre et Camus ; pour les adolescents que nous étions, le concept de « l'inébranlable évidence d'une vie sans consolation » était surexcitant. Le révérend Merrill tenta timidement de contrer avec Kierkegaard :

« Personne n'a le droit d'induire les autres dans la notion que la foi ne signifie pas grand-chose ou que c'est une chose simple, alors que c'est la chose la plus importante et la plus difficile de toutes. »

Owen, qui avait eu ses doutes sur le pasteur Merrill, se fit alors l'avocat dudit :

« C'est pas parce qu'une bande d'athées ont plus de talent que les auteurs de la Bible qu'ils ont forcément raison ! lança-t-il avec colère. Regardez ces faiseurs de miracles bidons à la télévision — ils veulent que les gens croient à la magie ! Mais les *vrais* miracles, personne ne peut les voir ! C'est des choses qu'il faut croire sans les voir. Si un prophète est un trou du cul, ça ne prouve pas que Dieu n'existe pas !

— Oui mais, Owen, n'employons pas le terme " trou du cul " en classe », morigéna le pasteur Merrill.

Dans notre étude des Évangiles, Owen intervint :

« C'est vrai que les apôtres sont bêtes — ils ne comprennent jamais ce que veut dire Jésus, c'est rien qu'une bande de ploucs ; ils ne croient pas suffisamment en Dieu et ils finissent par trahir Jésus. L'important, c'est que Dieu ne nous aime pas à cause de nos qualités ; nous sommes stupides, méchants, et pourtant Dieu nous aime ! Jésus avait déjà dit à ses disciples de merde tout ce qui allait se passer : " Le Fils de l'homme sera livré aux hommes et ils le tueront. " Vous vous rappelez ? C'est dans saint Marc, si je ne m'abuse !

— Oui mais ne disons pas " disciples de merde " en classe, je t'en prie, Owen. »

Bien qu'il défendît le langage châtié et la sainte parole de Dieu, j'eus l'impression que, pour une fois, le pasteur Merrill buvait du petit-lait. Devoir défendre sa foi pied à pied le galvanisait, il en perdait son air résigné, s'animait, oubliait de bégayer.

« JE NE CROIS PAS QUE SES OUAILLES CONGRÉGATIONA-
LISTES PARLENT BEAUCOUP AVEC LUI. IL MANQUE
D'INTERLOCUTEURS, CE PAUVRE MERRILL. AU MOINS,
AVEC NOUS, IL EST SERVI !

— Je ne crois même pas que sa femme lui parle », ajouta
Dan Needham.

Quant au langage inarticulé des petits Merrill, il ne
devait guère engager au dialogue.

« POURQUOI L'ÉCOLE PERD-ELLE SON TEMPS AVEC DEUX
COMITÉS DE RECHERCHE ? demanda « la Voix » dans *Le
Caveau*. QU'ON TROUVE UN PROVISEUR, PUISQUE NOUS EN
AVONS BESOIN. MAIS NOUS N'AVONS PAS BESOIN D'UN
PRÊTRE ENSEIGNANT. SANS MANQUER DE RESPECT À UN
MORT, RECONNAISSONS QUE LE RÉVÉREND MERRILL REM-
PLACE AVANTAGEUSEMENT FEU MR. SCAMMON. EN
TOUTE FRANCHISE, IL EST BIEN MEILLEUR ENSEIGNANT.
L'ÉCOLE A DÉJÀ PROUVÉ EN QUELLE ESTIME ELLE LE
TENAIT, EN L'INVITANT SOUVENT À VENIR PRÊCHER DANS
NOTRE ÉGLISE. LE RÉVÉREND MERRILL EST L'HOMME DE
LA SITUATION. NOUS DEVRIONS SAVOIR COMBIEN LE
PAYENT LES CONGRÉGATIONALISTES ET LUI OFFRIR
DAVANTAGE. »

Si bien que l'Institut enleva le pasteur Merrill aux
congrégationalistes ; une fois de plus, « la Voix » s'était fait
entendre.

* * *

Toronto, le 12 mai 1987. — Journée ensoleillée mais
fraîche, temps idéal pour tondre sa pelouse. L'odeur
d'herbe coupée tout au long de Russell Hill Road révèle
l'intérêt général de mes voisins pour la tondeuse à gazon.
Mrs. Brocklebank, dont la fille, Heather, est dans ma
classe d'anglais, s'y prend un peu différemment ; je l'ai
trouvée en train d'arracher les pissenlits un par un, avec
leurs racines.

« Vous devriez faire comme moi, m'a-t-elle dit. Arra-
chez-les, ne les coupez pas. Si vous les coupez à la
tondeuse, vous ne ferez que les multiplier.

— Comme les étoiles de mer. »

J'aurais dû la boucler ; c'est toujours périlleux d'offrir à Mrs. Brocklebank un nouveau sujet de conversation, à moins d'avoir du temps à perdre. Si j'avais fait lire « La servante » à Mrs. Brocklebank, elle en aurait tiré la quintessence du premier coup.

« Vous vous y connaissez en étoiles de mer ?

— J'ai grandi sur la côte. »

Il me faut parfois préciser aux Torontois s'il s'agit de l'Atlantique ou du Pacifique ; ils tendent à croire que leurs Grands Lacs sont les seules étendues liquides de notre vaste monde.

« Alors ? Ces étoiles de mer ?

— Si on les coupe en morceaux, elles donnent naissance à autant d'étoiles de mer.

— C'est écrit dans les livres ? »

Je lui ai affirmé que oui. Je possède même un bouquin sur la vie de l'étoile de mer. Nous savions, Owen et moi, qu'il ne fallait pas les démembrer bien avant de le lire dans les livres ; tous les gamins de Gravesend avaient appris ça sur la plage de Little Boar's Head. Ma mère elle-même nous avait mis en garde ; les étoiles de mer sont très destructrices, et on n'encourage guère leur reproduction dans le New Hampshire.

Mrs. Brocklebank est obstinée ; elle s'attaque à toute nouvelle information comme à ses pissenlits ; elle tient à voir la racine :

« J'aimerais bien lire ce livre. »

Je me suis retrouvé embringué dans la tâche, fastidieuse et répétitive, d'empêcher Mrs. Brocklebank de lire un nouveau bouquin ; j'y mets autant d'effort, avec aussi peu de succès, que pour convaincre mes élèves de lire leurs énoncés.

« Ce n'est pas un très bon livre ; c'est écrit par un amateur et publié à compte d'auteur.

— Et alors ? Qu'est-ce que vous avez contre les amateurs ? », a voulu savoir ma voisine.

Elle est probablement en train d'écrire un livre ; ça me semble évident à l'heure qu'il est.

« Qu'est-ce que vous avez contre le compte d'auteur ? »

Le livre qui relate la vie passionnante et passionnée des étoiles de mer s'intitule *Créatures aquatiques;* l'auteur n'est autre qu'Archibald Thorndike. Ce vieux Thorny, naturaliste et chroniqueur amateur, avait passé deux ans, après son départ de l'Institut de Gravesend, à étudier les marées à Rye Harbor ; il avait édité le livre à ses frais et venait le vendre à la réunion annuelle des anciens élèves. Il garait son break près des courts de tennis, empilait ses bouquins sur le hayon arrière, bavardait avec tous les anciens élèves passant par là et leur fourguait un exemplaire dédicacé ; comme il avait été un très populaire proviseur et qu'il avait été remplacé par un proviseur antipathique, presque tout le monde venait parler au vieux Thorny. Son livre, il l'a sûrement très bien vendu ; il a même dû gagner de l'argent. Peut-être n'était-il pas tellement amateur, après tout. Il savait comment s'y prendre avec « la Voix » — en lui laissant toute liberté. Et, en fin de compte, c'est « la Voix » qui devait provoquer la chute du nouveau proviseur !

Pour couper court, j'ai cédé à la soif de connaissance de Mrs. Brocklebank et lui ai promis de lui prêter mon exemplaire de *Créatures aquatiques*. J'ai ajouté :

« Soyez gentille de rappeler à Heather de *relire* le début de *Tess*.

— Heather n'apprend pas ses leçons ? a-t-elle demandé, alarmée.

— C'est le printemps. Les jeunes filles ont autre chose à faire ; de plus, Heather travaille très bien. »

En effet, Heather Brocklebank est l'une de mes meilleures élèves ; elle a hérité l'ardeur de sa mère, bien que son esprit plane très au-dessus des pissenlits.

Une fraction de seconde, j'ai eu l'idée de donner à ma classe d'anglais une interrogation surprise ; vu leur peu d'empressement à lire la première phase de *Tess*, je parierais qu'elles ont sauté l'introduction — et je leur avais aussi donné l'introduction. Je fais rarement ça, mais cette introduction de Robert B. Heilman est très utile aux lecteurs qui découvrent Hardy. Et je connais une question vraiment vache, me dis-je en examinant Mrs. Brocklebank et sa poignée de pissenlits massacrés : « Quel était le premier titre de *Tess* ? »

Ouille ! Elles ne pourraient pas l'inventer ; elles devraient avoir lu l'introduction pour savoir que c'était *Aimée trop tard*. Puis, me rappelant que Hardy avait écrit, avant *Tess*, *Les Aventures romantiques d'une laitière,* je me suis dit que je pourrais les enferrer avec ce titre. Puis je me suis rappelé l'existence de Mrs. Brocklebank, plantée sur le trottoir, attendant que je la nourrisse de créatures aquatiques. Je me suis rappelé enfin qu'Owen Meany et moi nous avions lu *Tess d'Urberville* à l'Institut de Gravesend dans la classe d'anglais de Mr. Early, en 1960. Je m'acharnais sur Thomas Hardy jusqu'à ce que les larmes me viennent. Mr. Early était fou de nous faire étudier *Tess* en troisième année ! A la Bishop Strachan School, nous avions longuement discuté avec mes collègues pour savoir dans quelle classe l'enseigner. Même *Les Frères Karamazov* sont plus simples que *Tess* !

« Je n'arrive pas à lire ça ! », avais-je dit à Owen.

Il essayait de m'aider, comme il m'aidait en toute matière , mais *Tess* était manifestement au-dessus de mes moyens.

« J'y comprends rien, à la traite des vaches !

— ÇA NE PARLE PAS DE LA TRAITE DES VACHES !

— Je m'en fous, de quoi ça parle. Je déteste ce livre.

— C'EST UNE RÉACTION TRÈS INTELLIGENTE, dit Owen. SI TU NE PEUX PAS LE LIRE, VEUX-TU QUE JE TE LE LISE À HAUTE VOIX ? »

Ce souvenir me fait honte : qu'il ait pu aller jusque-là pour moi, jusqu'à me lire tout le livre ! Mais la pensée d'entendre tout le livre par sa voix m'épouvanta.

« Je ne peux pas le lire et je ne veux pas qu'on me le lise !

— TRÈS BIEN. ALORS DIS-MOI CE QUE TU PRÉFÈRES. JE PEUX TE RACONTER TOUTE L'HISTOIRE, JE PEUX ÉCRIRE TA DISSERTE À TA PLACE. S'IL Y A UNE INTERROGATION, TU TE DÉMERDERAS DE TON MIEUX ; SI JE T'AI RACONTÉ L'HISTOIRE, TU SAURAS DE QUOI IL RETOURNE ET TU POURRAS BRODER. JE PEUX FAIRE TES DEVOIRS À TA PLACE, C'EST FACILE POUR MOI ET ÇA NE M'ENNUIE PAS. OU ALORS JE

PEUX T'APPRENDRE À LES FAIRE TOI-MÊME. CE SERA UN
PEU PLUS DUR POUR NOUS DEUX, MAIS ÇA TE RENDRA
SERVICE DE FAIRE TON TRAVAIL PAR TOI-MÊME...
ÉCOUTE, QU'EST-CE QUE TU DEVIENDRAS, QUAND JE NE
SERAI PLUS LÀ ?

— Quand tu ne seras plus là ? Qu'est-ce que tu veux
dire ?

— PRENONS ÇA AUTREMENT, dit-il d'un ton patient.
AURAS-TU UN MÉTIER, APRÈS L'INSTITUT ? VAS-TU TRA-
VAILLER ? IRAS-TU À L'UNIVERSITÉ ? IRONS-NOUS DANS LA
MÊME UNIVERSITÉ ? POURRAI-JE TOUJOURS FAIRE TON
BOULOT À TA PLACE ? DANS QUELLE MATIÈRE VAS-TU TE
SPÉCIALISER ?

— Et toi ? »

J'avais du chagrin ; je devinais où il voulait en venir ; je
savais qu'il avait raison.

« EN GÉOLOGIE. PUISQUE JE TRAVAILLE DANS LE GRA-
NIT.

— C'est idiot ! Ce n'est pas ton métier ! Tu peux étudier
toutes les matières que tu veux, t'as pas besoin d'étudier les
cailloux !

— LES CAILLOUX ME PASSIONNENT, affirma Owen. LA
GÉOLOGIE, C'EST L'HISTOIRE DE LA TERRE.

— Je ne peux pas lire *Tess d'Urberville* ! C'est trop dur !

— C'EST DUR DE T'Y METTRE, C'EST DUR D'Y CONSA-
CRER TON ATTENTION. MAIS *TESS* C'EST PAS DIFFICILE.
PEUT-ÊTRE QUE THOMAS HARDY T'ENQUIQUINE, MAIS IL
EST TRÈS FACILE À COMPRENDRE — CLAIR COMME DE
L'EAU DE ROCHE, IL TE DIT TOUT CE QUE TU DOIS SAVOIR.

— Il m'en dit trop ! Je ne veux pas savoir tout ça !

— TON PROBLÈME, C'EST L'ENNUI, dit Owen Meany.
C'EST TON MANQUE D'IMAGINATION QUI T'ENNUIE.
HARDY S'EXPRIME PAR SYMBOLES. TESS EST MAUDITE.
ELLE A LA FATALITÉ SUR LE DOS. C'EST UNE VICTIME ; SI
TU ES UNE VICTIME, LE MONDE ABUSERA DE TOI. C'EST
UNE FAÇON DE VOIR LE MONDE. TU DEVRAIS TE PASSION-
NER POUR UN AUTEUR QUI A TROUVÉ LE MOYEN DE
COMPRENDRE L'HUMANITÉ ! C'EST ÇA QUI REND UN ÉCRI-
VAIN INTÉRESSANT ! PEUT-ÊTRE QUE TU DEVRAIS CHOISIR

L'ANGLAIS COMME MATIÈRE PRINCIPALE. AU MOINS, ÇA T'OBLIGERAIT À LIRE LES BONS AUTEURS. TU N'AS RIEN À FAIRE POUR ÉTUDIER L'ANGLAIS, PAS BESOIN DE TALENT SPÉCIAL, IL TE SUFFIT DE PRÊTER UN PEU D'ATTENTION À CE QUE VEULENT DIRE LES ÉCRIVAINS, CE QUI LES REND HEUREUX OU MALHEUREUX. C'EST ENFANTIN ; JE CROIS QUE C'EST POUR ÇA QU'IL Y A TELLEMENT DE PROFS DE LITTÉRATURE !

— C'est pas enfantin pour moi, fis-je puérilement. Je déteste ce livre !

— EST-CE QUE TU DÉTESTES TOUS LES LIVRES ?

— Ouais.

— ALORS, TU RECONNAIS QUE CE N'EST PAS *TESS* QUI POSE PROBLÈME ?

— Oui.

— ALORS LÀ, NOUS VENONS DE FAIRE UN GRAND PAS EN AVANT », dit Owen Meany, mon ami, mon maître.

Sur le trottoir, en face de Mrs. Brocklebank, j'ai senti mes yeux se remplir de larmes.

« Vous avez des allergies ? », m'a-t-elle demandé.

J'ai secoué la tête. J'avais si honte de moi, d'avoir, rien qu'un instant, songé à piéger mes élèves avec un questionnaire vicieux sur *Tess* ! Me rappelant à quel point j'avais souffert pendant mes études, me rappelant à quel point j'avais besoin de l'aide d'Owen, comment pouvais-je envisager d'être un prof vicieux ?

« Je crois que vous avez une allergie à l'herbe coupée, a diagnostiqué Mrs. Brocklebank devant mes larmes. Des tas de gens sont allergiques sans le savoir ; j'ai lu quelque chose là-dessus.

— C'est sûrement les pissenlits », ai-je dit.

Mrs. Brocklebank a regardé ses herbes pestilentielles avec une haine ravivée.

Les pissenlits reviennent au printemps ; ils me rappellent toujours ce printemps 1960, début de cette vieille décennie — les sixties — qui nous sembla si importante, à Owen et moi. Ce printemps-là, le comité trouva un nouveau proviseur. Ce devait être la décennie de notre défaite.

* * *

Randolph White avait été proviseur dans une école privée de Lake Forest, Illinois ; on raconte que cette petite localité, opulente et exclusivement WASP[1], s'évertue à faire oublier qu'elle n'est qu'un faubourg de Chicago, mais c'est peut-être injuste, je n'y suis jamais allé voir. Plusieurs étudiants de Gravesend venaient de là-bas et rouspétèrent à l'unanimité en apprenant l'arrivée de Randolph White au poste de proviseur ; apparemment, l'idée qu'un habitant de Lake Forest les avait débusqués dans le New Hampshire les déprimait.

A l'époque, nous fréquentions un type de Bloomfield Hills, Michigan, lequel nous dit que Bloomfield Hills était à Detroit ce que Lake Forest était à Chicago et que, d'après lui, Bloomfield Hills « puait » ; il nous donna pour exemple l'histoire d'une famille noire qui avait été forcée de déménager parce que ses voisins faisaient brûler des croix devant sa maison. Ce récit nous choqua beaucoup ; dans le New Hampshire, nous pensions que de telles choses n'arrivaient que dans le Sud ; mais un jeune Noir nous informa que nous ne connaissions « que dalle » au problème ; on brûlait des croix dans tout le pays, et à l'Institut même nous n'étions guère envahis par les élèves de couleur, n'est-ce pas ? Owen et moi, nous dûmes admettre que non.

Puis un autre ado du Michigan nous dit que Grosse Pointe était davantage à Detroit que ce que Lake Forest était à Chicago, et que Bloomfield Hills n'était pas un bon exemple ; alors un autre élève affirma que Shaker Heights était plus à Cleveland que ce que Lake Forest était à Chicago... et ainsi de suite. Owen et moi, nous n'étions guère experts en banlieues résidentielles et élitistes ; quand un petit juif de Highland Park, Illinois, nous dit que les juifs n'étaient pas tolérés à Lake Forest, nous commençâmes à nous demander de quelle honteuse institution

---

1. *White Anglo-Saxon Protestant.* Américain d'origine anglo-saxonne, très imbu de sa classe et de ses privilèges *(NdT)*.

privée de Lake Forest arrivait notre nouveau proviseur.

Owen avait une autre bonne raison de se méfier de Randolph White. Il avait été, de tous les candidats au poste, le seul à refuser UN ENTRETIEN PRIVÉ avec « la Voix ». Owen avait aperçu Mr. White à l'extérieur du bureau d'Archie Thorndike ; Thorny avait présenté le candidat à « la Voix », puis leur avait laissé, comme d'habitude, son bureau pour s'entretenir en privé.

« Qu'est-ce que ça veut dire ? avait demandé Randolph White. J'ai déjà rencontré les élèves, il me semble.

— Eh bien, avait dit le vieux Thorny, Owen, vous savez, est " la Voix ". Vous connaissez le journal de l'école...

— Je sais qui il est. »

Mr. White n'avait toujours pas serré la main tendue d'Owen.

« Pourquoi ne m'a-t-il pas interrogé en même temps que les autres étudiants ?

— Il ne s'agissait que du sous-comité. Owen a demandé une audience privée...

— Demande rejetée, Owen, avait dit Randolph White en finissant par secouer la petite main. J'ai besoin de tout mon temps pour parler avec les chefs des divers départements. »

Owen frottait ses doigts, encore douloureux de la poignée de main du candidat. Le vieux Thorny tenta de sauver la situation :

« C'est que... Owen est presque un chef de département...

— L'opinion des élèves n'est pas un département officiel, que je sache ? »

Owen en était resté bouche bée. White était un individu trapu, bien bâti, un infatigable joueur de squash. Sa femme l'appelait « Randy », il l'appelait « Sam », diminutif de Samantha. Elle venait d'une famille de bouchers en gros de Chicago ; lui aussi sortait d'une famille de viandeurs, moins riche à ce qu'on disait. Un journal de Chicago avait décrit sans amabilité leur union comme un *mixed-grill*. Owen avait lu dans le curriculum de White qu'il avait « révolutionné le conditionnement et la distribution des produits de boucherie » ; il avait plaqué la viande pour l'enseignement assez récemment, quand ses enfants avaient eu besoin (selon ses propres termes) « d'une meilleure école » ; il en avait créé une dans la foulée, école qui avait obtenu un franc succès à Lake Forest. A présent que ses enfants étaient à l'université, White cherchait « un nouveau défi dans le domaine de l'enseignement ». A Lake Forest, il n'avait eu à lutter contre aucune routine : White aimait l'idée d'apporter des changements à une vieille tradition...

Randy White s'habillait en homme d'affaires, contrairement aux tenues décontractées du vieux Thorndike.

Il arborait un costume rayé gris acier, une chemise empesée blanche avec une fine épingle d'or rapprochant les pointes du col et mettant en évidence son nœud de cravate impeccable. Il avait ébouriffé les cheveux d'Owen, comme Barb Wiggin avait jadis coutume de le faire, du moins jusqu'à une certaine Nativité de 1953 :

« Je verrai Owen après avoir été nommé ! avait-il dit en riant au vieux Thorny. Je sais ce qu'il veut, de toute manière. D'abord un éducateur, un administrateur ensuite. C'est bien ça ? »

Il avait cligné de l'œil à Owen, qui, gorge nouée, n'avait pu qu'approuver de la tête.

« Eh bien, Owen, je vais te dire ce que c'est qu'un proviseur. C'est un *homme de décision*. Il est à la fois éducateur, administrateur, mais c'est avant tout et surtout un homme de décision. C'est lui qui décide. »

Puis Randy White avait consulté sa montre et avait poussé le vieux Thorny dans son bureau :

« J'ai un avion à prendre. Dépêchons-nous de réunir les chefs de département. »

Et, juste avant que le vieux Thorny ne referme la porte de son bureau, Owen avait entendu la phrase lancée à son intention par White :

« J'espère que ce gamin n'a pas achevé sa croissance ! »

Une fois la porte close, « la Voix » était restée muette ; le candidat n'avait pas entendu un seul mot d'Owen Meany.

Bien sûr, le spectre du Futur avait subodoré le coup ;

parfois, je pense qu'Owen prévoyait tout ce qui allait se passer. Je me rappelle comment il avait prédit que l'école engagerait Randy White. Dans *Le Caveau,* « la Voix » avait titré son édito : « ON LESSIVE. » En voici le début : « LES ADMINISTRATEURS AIMENT LES HOMMES D'AFFAIRES — LES ADMINISTRATEURS SONT DES HOMMES D'AFFAIRES ! LES PROFS SONT DES ENSEIGNANTS TYPIQUES : INDÉCIS, INSIPIDES, TIMORÉS... ET VOILÀ QU'ARRIVE CE TYPE, AFFIRMANT QU'IL EXCELLE À PRENDRE DES DÉCISIONS. DÈS QU'IL COMMENCERA À PRENDRE CES DÉCISIONS, IL VA METTRE LA PAGAILLE — ATTENDEZ UN PEU DE VOIR LES BRILLANTES DÉCISIONS QU'IL VA NOUS SORTIR ! MAIS, À L'HEURE ACTUELLE, L'OPINION GÉNÉRALE EST QUE NOUS AVONS BESOIN D'UN HOMME À POIGNE. EN CE MOMENT, NOUS SOMMES LES PROIES CONSENTANTES D'UN HOMME DE DÉCISION, écrivait Owen. CE QU'IL NOUS FAUT, À GRAVE-SEND, C'EST UN PROVISEUR POSSÉDANT DE SOLIDES RÉFÉ-RENCES DANS LE DOMAINE DE L'ENSEIGNEMENT ; QUELLES SONT LES RÉFÉRENCES DE MR. WHITE ? LES ABATTOIRS ! » Plus ça continuait, plus ça empirait. Owen suggérait d'enquêter sur le registre des admissions de l'école privée de Lake Forest ; les juifs et les Noirs étaient-ils admis dans l'école de Mr. White ? En sa qualité de censeur du journal, Mr. Early fit sauter l'article en totalité. C'est le passage sur les profs indécis, insipides et timorés qui força la main à Mr. Early. Dan Needham approuva cette censure et dit à Owen :

« Tu n'as pas le droit d'*insinuer* que quelqu'un est raciste ou antisémite. Tu dois avoir des preuves. »

Owen bouda, après le rejet de son article, mais prit au sérieux le conseil de Dan. Il alla voir les étudiants qui venaient de Lake Forest, les encourageant à écrire à leurs parents pour les pousser à enquêter sur les admissions à l'école de Mr. White. Les parents feraient semblant d'envisager de mettre leurs enfants dans cette école et demanderaient s'ils risquaient d'y être en contact avec des juifs ou des Noirs. Les informations de seconde main qui en résultèrent manquèrent de netteté ; on avait dit aux parents que l'école ne pratiquait aucune politique de discrimination, mais que l'école n'avait actuellement aucun élève noir ou juif.

Dan Needham avait aussi son anecdote sur sa rencontre avec Randy White, peu après sa prise de fonction. C'était par un beau jour de printemps, plein de forsythias et de lilas en fleurs, et Dan Needham faisait les honneurs des jardins à Randy White et à sa femme, Sam ; c'était la première visite de Sam à l'école ; elle s'intéressait à l'art dramatique. D'après Dan, le campus n'avait jamais été si beau. Les pelouses d'un beau vert, tondues quelques jours auparavant, étaient ratissées de frais ; le lierre s'épanouissait sur les murs de brique, et thuyas et haies de troènes, d'un vert plus soutenu, contrastaient avec les rares pousses de pissenlits. Dan laissa le nouveau proviseur lui broyer la dextre, en admirant le suave sourire de la jolie blonde.

« Regarde ces pissenlits, chérie, dit Randy White.

— Il faudrait les arracher par la racine, répliqua sa femme d'un ton sans réplique.

— Il faudrait, il faudrait… Mais ça va être fait », dit le proviseur tout neuf.

Dan avoua que le couple lui avait donné la chair de poule.

« Tu as peur pour pas grand-chose, dit Owen. Attends un peu qu'il commence à prendre des décisions ! »

* * *

Toronto, le 13 mai 1987. — Encore une belle journée, fraîche et ensoleillée ; Mrs. Brocklebank et les autres voisins, qui s'attaquaient hier à leurs pissenlits, donnent aujourd'hui un coup à leurs pelouses. Russell Hill et Lonsdale Road ont un parfum champêtre. Une fois de plus, j'ai lu le *Globe and Mail,* mais je me suis bien tenu ; je ne l'ai pas apporté à l'école, ayant pris la résolution de ne pas parler des ventes d'armes américaines à l'Iran, de la remise des bénéfices aux rebelles du Nicaragua, ni du don du sultan du Brunei, censément destiné aux rebelles, mais déposé par erreur sur un autre compte dans une banque suisse. Une « erreur » de dix millions de dollars ! Le *Globe and Mail* disait : « Le Brunei fut le seul pays étranger qui ait été contacté par l'administration Reagan pour obtenir des fonds pour les contras, après l'interdiction du Congrès d'utiliser des capitaux américains dans ce but. » Mais, dans ma classe de seconde, la toujours vigilante Claire Clooney a lu cette phrase à haute voix, puis m'a demandé :

« Ne trouvez-vous pas que cette phrase est la plus maladroite qu'on ait jamais écrite ? »

J'encourage mes étudiantes à chercher dans la presse des citations bizarres ou ridicules, de façon que tout le monde en profite, et il faut reconnaître que, du simple point de vue de la syntaxe, il y a de quoi sauter au plafond pour un professeur d'anglais, mais je savais que Claire Clooney essayait simplement de me faire enfourcher mon dada ; j'ai ignoré l'appât.

C'est à cette période printanière que les filles de seconde ont l'esprit ailleurs, et je leur ai rappelé que la veille nous n'étions pas allés assez loin dans notre lecture du chapitre III de *Gatsby le Magnifique ;* que la classe s'était embourbée dans un marécage d'interprétations vaseuses concernant « l'expression éternellement tranquille » du sourire de Gatsby ; et que nous avions perdu un temps précieux à commenter « le dégoût urbain pour le concret » manifesté par Jordan Baker. Je dois ajouter que Claire Clooney a elle-même un tel « dégoût général pour le concret » qu'elle confond allégrement Daisy Buchanan et Myrtle Wilson. Je lui ai dit que confondre la femme avec la maîtresse me semble plus offensant qu'une coupure de journal maladroite. Claire Clooney est trop intelligente pour une erreur aussi grossière ; je la soupçonne de ne pas être allée au-delà du chapitre I, ce que me confirme sa manœuvre pour détourner mon attention avec le journal.

« Il y a autre chose, Mr. Wheelwright, a ajouté Claire Clooney en poursuivant son épluchage sans merci du *Globe and Mail.* Voilà la deuxième phrase la plus idiote qu'on ait jamais écrite : " Mr. Reagan, hier, a démenti avoir sollicité l'aide des pays du tiers monde en faveur des rebelles, comme l'a prétendu lundi dernier Mr. McFarlane. " Il y a un os là-dessous, vous ne pensez pas ? » Devant mon silence, elle a ajouté : « J'aime bien ce " comme l'a prétendu Mr. McFarlane ". C'est comme pour épingler la citation.

— C'est *comme* pour épingler ou c'est pour épingler ? », lui ai-je demandé.

Elle a souri, les autres filles ont gloussé. Elles n'arriveraient pas à me faire parler de Ronald Reagan pendant tout le cours, non. Mais j'ai dû cacher mes mains sous mon bureau, mes poings, devrais-je dire. La Maison-Blanche, toute cette association de malfaiteurs, ces porte-flingues patibulaires qui se croient autorisés à agir en dehors des lois ! Ils déshonorent la démocratie en affirmant qu'ils travaillent pour son bien ! Ils devraient être en prison ! Que dis-je ? Ils devraient être à *Hollywood !*

Je sais que certaines élèves ont dit à leurs parents que je leur adressais des « harangues » sur les États-Unis ; quelques familles se sont plaintes à la directrice et Katherine m'a conseillé d'éviter d'aborder la politique en classe.

« Ou alors, parlez du Canada ; nos filles sont canadiennes pour la plupart, vous savez.

— Je ne connais rien à la politique du Canada.

— Ça se voit ! », plaisante la révérende Katherine Keeling.

Elle rit, elle est toujours gentille, même quand elle me met en boîte, mais l'essence de ses remarques me blesse, ne serait-ce que parce que le chanoine Mackie m'adresse continuellement la même critique. En substance : Vous vivez avec nous depuis vingt ans ; quand commencerez-vous à vous intéresser à *nous* ?

Dans ma classe d'anglais, Frances Noyes dit :

« Je crois qu'il ment. »

Elle parle du président Reagan, bien sûr.

« On devrait le révoquer, intervient Debby LaRocca. Pourquoi ne peut-on pas le révoquer, s'il est un menteur ? S'il ne ment pas, s'il laisse les autres clowns diriger son administration à sa place, c'est qu'il est trop bête pour être président. De toute façon, on devrait le révoquer. Au Canada, on ferait un vote de confiance, et à la porte !

— Et comment ! a lancé Sandra Darcy.

— Qu'en pensez-vous, Mr. Wheelwright ? m'a susurré Adrienne Hewlett.

— Je pense que vous n'avez pas toutes lu jusqu'à la fin le chapitre IV ! Que signifie la phrase : " Gatsby fut soudain délivré de sa splendeur inutile " ? »

Ruby Newell, au moins, avait travaillé :

« Ça veut dire que Gatsby avait acheté la maison uniquement parce que Daisy habitait juste en face ; que toutes les réceptions qu'il donne, en quelque sorte, c'est pour elle. Ça ne veut pas dire qu'il soit fou, mais il n'a gagné tout cet argent que pour elle, et c'est pour elle qu'il le dépense. Pour qu'elle le remarque, vous voyez ?

— J'aime bien le passage sur le type qui a truqué les championnats de base-ball, a fait Debbie LaRocca.

— Meyer Wolfshears ! a précisé Claire Clooney.

— ... *sheim,* ai-je doucement rectifié. Meyer Wolf-sheim.

— Et comment ! fit Sandra Darcy.

— C'est marrant, comme il dit " Oggsford " pour " Oxford ", a ajouté Debbie LaRocca.

— Il prend Gatsby pour un ancien d'" Oggsford ", a fait Frances Noyes.

— Je crois que le narrateur de l'histoire est un snob, a dit Adrienne Hewlett.

— Il s'appelle Nick Carraway, dis-je.

— Et comment ! a appuyé Sandra Darcy. Mais il est *censé* être snob, ça fait partie du personnage.

— Et quand il dit qu'il est tellement honnête, qu'il est l'un des seuls honnêtes hommes qu'il ait jamais connus, nous, les lecteurs, ne sommes pas obligés de le croire, a dit Claire Clooney. C'est lui qui raconte l'histoire, mais il en fait partie... Il juge les autres, mais il fait partie du lot.

— Tous ces gens-là, c'est de la camelote, a conclu Sandra Darcy.

— Pourquoi, de la camelote ? ai-je demandé.

— C'étaient des gens très *insouciants* », a dit judicieuse-ment Ruby Newell.

Je n'ai pu qu'approuver. Très intelligentes, ces petites.

Elles connaissent l'histoire de *Gatsby le Magnifique* et savent aussi ce qu'on devrait faire à l'administration pourrie de Reagan. Mais, aujourd'hui, je me suis remarquablement maîtrisé en classe, limitant mes observations à *Gatsby le Magnifique*. J'ai demandé à la classe de lire attentivement le chapitre suivant, de réfléchir à l'idée de Gatsby qu'il peut « revivre le passé », à son impression que Daisy « a une voix cousue d'or » et aussi aux diverses façons dont il apparaît au clair de lune — une fois, chapitre VII, « le regard dans le vague ». J'ai demandé qu'on étudie la *coïncidence* du trentième anniversaire de Nick : « Devant moi s'étendait la route, sinistre et menaçante, des dix ans à venir... » Il y avait de quoi les faire gamberger, mes petites jeunes filles. Je leur dis :

« Et n'oubliez pas ce que nous a dit Ruby : ce sont des gens très insouciants. »

Ruby Newell a souri. « Insouciants » est le mot même employé par Fitzgerald pour qualifier ses personnages ; nous étions seuls, Ruby et moi, à savoir qu'elle avait lu le livre jusqu'au bout.

« Ils étaient insouciants, dit le livre, ils détruisaient choses et gens, puis se retiraient dans leur fortune, leur immense insouciance ou quoi que ce fût qui les retînt ensemble, et laissaient d'autres gens nettoyer les dégâts qu'ils avaient produits... »

L'administration Reagan regorge de gens aussi « insouciants » ; leur forme d'insouciance est immorale. Et le président Reagan se dit chrétien ! Comment ose-t-il ? Ces gens qui affirment communiquer avec Dieu, de nos jours, sont assez nombreux pour affoler un véritable chrétien ! Et tous ces évangélistes bidons qui font des miracles à la demande, pour de l'argent ? Certes, il y a beaucoup d'argent à gagner en chantant du gospel pour des abrutis — ou en faisant chanter du gospel —, et quelques-uns de ces faux prophètes sont hypocrites au point de se livrer à des activités sexuelles qui feraient rougir l'ex-sénateur Hart ! Peut-être que le pauvre Gary Hart avait raté sa vocation, ou est-ce la même chose, ces candidats à la présidence et ces évangélistes, surpris le pantalon baissé ? Mais les

Américains ne condamnent moralement que les excès
sexuels. Rappelez-vous, alors que le pays se suicidait au
Vietnam, ceux de l'arrière ne s'indignaient que des cheveux
longs et crasseux des protestataires !

Dans la salle des professeurs, Evelyn Barber, ma collègue du département d'anglais, m'a demandé ce que je
pensais de l'article du *Globe and Mail.* Je lui ai répondu
que l'administration Reagan affichait « un dégoût urbain
du concret », à l'amusement de mes collègues qui s'attendaient à une diatribe de ma part ; d'un côté ils me
reprochent mon radotage politique, mais, exactement
comme les étudiantes, ça les amuse de me faire grimper au
plafond. Ça fait vingt ans que j'enseigne aux adolescentes ;
j'ignore si j'ai pu leur apporter quelque maturité, mais je
sais qu'elles nous ont transformés, mes collègues et moi, en
adolescents. Nous, les adolescents, sommes les plus intransigeants ; nous ne garderions pas Mr. Reagan à son poste.

Mes collègues discutaient des élections au conseil de
classe, qui avaient eu lieu la veille. A l'office du matin,
j'avais remarqué une certaine agitation à la chapelle —
avant le scrutin final. Les filles chantaient *Enfants de Dieu*
avec plus de fougue que d'ordinaire ; j'adore les entendre
chanter cette hymne. Il y a des paroles que seules des voix
de jeunes filles peuvent mettre en valeur.

> Frères, sœurs, nous ne faisons qu'un,
> et notre vie commence à peine ;
> nous sommes jeunes d'esprit,
> nous aurons la vie éternelle !

* * *

C'est Owen Meany qui m'apprit que tout bon livre
évolue continuellement, du général au particulier, du détail
à l'ensemble, et ainsi de suite. Une bonne lecture et une
bonne interprétation de la lecture doivent évoluer de façon
identique. Prenant pour exemple *Tess d'Urberville,* il
m'apprit à rédiger un exposé en reliant les incidents qui
déterminent le destin de l'héroïne à l'étonnante phrase qui

conclut le chapitre XXXVI : « De nouvelles végétations bourgeonnent insensiblement pour remplir les vides ; des accidents imprévus contrarient les intentions, et tous les vieux projets sont oubliés. » Ce fut une révélation pour moi : en réussissant mon premier compte rendu de lecture, j'avais enfin appris à lire. Plus pragmatiquement, Owen améliora ma lecture par des moyens techniques ; il avait découvert que mes yeux ne pouvaient se poser sur une seule ligne à la fois, ce qui m'obligeait à suivre avec mon doigt ; il imagina de me faire lire à travers une feuille percée d'un trou, comme une petite fenêtre ne découvrant que deux ou trois lignes. Ça améliora considérablement ma vitesse et ma qualité de lecture. A l'heure actuelle, je continue de lire comme ça.

Pour mon orthographe, Owen me fut bien plus utile que le Dr. Dolder ; il me força à taper à la machine ; naturellement, une machine à écrire ne résout aucun problème, mais je devine quand un mot dactylographié est mal écrit, alors qu'à la main c'était (et c'est toujours) une catastrophe. Et Owen me fit lire à haute voix les poèmes de Robert Frost — « DITS PAR MA VOIX, ILS SEMBLENT MOINS BEAUX ». Je finis par apprendre par cœur *L'or ne dure pas, Feu et Glace* et *Matin de neige en forêt,* mais ce dernier était trop long pour ma petite mémoire.

Cet été-là, en 1960, quand nous allions nager dans les lacs de la carrière, on ne nous obligeait plus à nous attacher, ni à nager un seul à la fois. Mr. Meany avait sans doute admis que nous n'étions plus des enfants. Nous avions dix-huit ans, le trou d'eau ne nous faisait plus peur ; rien ne nous semblait dangereux. Cet été-là, on passa le préconseil de révision, simple formalité. A seize ans, nous avions passé notre permis de conduire ; à dix-huit, être reconnus aptes au service armé ne nous semblait pas plus inquiétant qu'acheter un cornet de glace à Hampton Beach.

Le dimanche, quand le temps ne se prêtait pas à la baignade, nous jouions au basket, Owen et moi, dans le gymnase de l'Institut ; les élèves de l'école d'été faisaient du sport au-dehors et ils avaient un tel besoin de mouve-

ment le week-end qu'ils filaient à la plage par tous les
temps. Nous avions le terrain de basket pour nous seuls et il
y faisait frais. Le vieux concierge faisant office de gardien
nous connaissait de longue date ; il nous sortait des réserves
le meilleur ballon, des serviettes propres, et nous laissait
même parfois utiliser la piscine couverte — je crois qu'il
était un peu arriéré. Mais il prenait plaisir à nous regarder
nous entraîner à notre invraisemblable méthode de jeu : tu
sautes, je te soulève, et *slam-dunk !*

« ENTRAÎNONS-NOUS AU TIR ! », disait Owen. C'est
comme ça qu'on disait, « le tir ». On recommençait encore
et encore. Saisissant le ballon à deux mains, il sautait dans
mes bras sans jamais quitter des yeux le centre du panier ;
parfois, il exécutait un saut périlleux arrière et enfonçait la
balle la tête en bas ; parfois, il y parvenait d'une seule main.
Je n'avais que le temps de pivoter pour voir le ballon dans
le filet et Owen retomber, les mains encore au-dessus du
panier, les pieds battant l'air. Il retombait toujours gracieu-
sement.

Quelquefois, nous convainquions le vieux gardien de
nous chronométrer avec la pendule officielle de l'arbitre.
« RÉGLEZ LE CHRONO SUR HUIT SECONDES », lui demandait Owen. A la fin de l'été, nous avions deux fois réussi le
« tir » en moins de cinq secondes. « RÉGLEZ SUR QUATRE
SECONDES », disait Owen. Nous reprenions l'entraînement ; moins de quatre secondes, c'était dur. Quand j'en
avais ma claque, Owen me déclamait un peu de Robert
FROST : « IL Y A DE PIRES OCCUPATIONS QUE PEIGNER LA
GIRAFE. »

Dans nos portefeuilles, les livrets militaires [1] ne pesaient
pas lourd ; nous ne les regardions jamais. Ce ne fut qu'au
deuxième trimestre 1960 (avec le proviseur White à la
barre) que les élèves de l'Institut de Gravesend trouvèrent
quelque utilité aux livrets militaires. Naturellement, c'est
Owen Meany qui fit cette découverte. Essayant une
nouvelle photocopieuse dans le bureau du *Caveau,* il

---

1. En américain, *draft card :* littéralement, carte d'incorporation
(NdÉ).

s'amusa à photocopier son livret militaire ; puis il trouva le moyen d'obtenir un livret militaire en blanc, sans nom et sans date de naissance. Au New Hampshire, on n'avait pas le droit de boire d'alcool avant vingt et un ans ; bien qu'Owen Meany ne bût jamais, il connaissait nombre d'étudiants adeptes de la bibine, dont aucun n'avait l'âge requis.

Il vendit ses livrets militaires vingt et un dollars pièce.

« 21, C'EST LE NOMBRE MAGIQUE. INSCRIVEZ LA DATE DE NAISSANCE QUE VOUS VOULEZ. NE DITES À PERSONNE COMMENT VOUS AVEZ OBTENU ÇA. SI VOUS VOUS FAITES PINCER, JE NE VOUS CONNAIS PAS. »

Ce fut la première fois qu'il transgressa la loi. Sauf si vous comptez les crapauds, les têtards jetés à la face de Marie-Madeleine.

* * *

Toronto, le 14 mai 1987. — Belle matinée, avec risques d'averses. Le président Reagan adopte à présent une nouvelle tactique ; il se dit fier du soutien qu'il a apporté aux contras, qu'il considère comme « l'équivalent moral de nos pères fondateurs ». Le président a confirmé qu'il avait « discuté » la question de l'aide avec le roi Fahd d'Arabie Saoudite ; il a modifié sa version d'avant-hier. Le *Globe and Mail* faisait remarquer que c'était « le roi qui avait abordé le sujet » ; peu importe qui l'a abordé, non ? « Mon journal intime prouve que ce n'est pas moi, a déclaré le président. J'ai été ravi que le roi prenne l'initiative. » Je n'aurais jamais pensé avoir un point commun avec le président ; eh bien, il tient aussi son journal !

Tout comme Owen.

En voici la première phrase :

« CE JOURNAL M'A ÉTÉ DONNÉ POUR NOËL 1960 PAR MA BIENFAITRICE, MRS. HARRIET WHEELWRIGHT ; JE VEUX QUE MRS. WHEELWRIGHT SOIT FIÈRE DE MOI. »

Ni Dan Needham ni moi ne considérions ma grand-mère comme la BIENFAITRICE d'Owen, bien qu'elle le fût au sens strict du terme ; mais, en ce Noël de 1960, nous avions tous de bonnes raisons d'être fiers d'Owen Meany. Son trimestre d'automne avait été surchargé.

Notre nouveau proviseur, Randy White, n'avait pas chômé lui non plus ; il avait pris des décisions, à droite, à gauche, et « la Voix » les avait toutes commentées, sans la moindre exception. En fait, la première décision avait été prise par Mrs. White ; elle n'aimait pas l'ancienne maison des Thorndike, qu'occupaient par tradition tous les proviseurs ; elle en avait abrité trois générations, et le vieux Thorny, partant en retraite, était allé finir ses jours dans sa résidence d'été à Rye. Mais la vieille maison n'atteignait pas le standing auquel les White s'étaient habitués à Lake Forest ; c'était une vieille bâtisse coloniale, dans Pine Street, en excellent état, mais trop vétuste pour les White — « trop sombre », disait-elle, « trop loin du campus », disait-il, « et pas assez chic pour y recevoir », disaient-ils ensemble. Apparemment, Sam White aimait « recevoir ».

« ET QUI DONC ESPÈRENT-ILS RECEVOIR ? », demanda « la Voix », critiquant les « PRIORITÉS SOCIALES DES WHITE ». La décision coûta très cher ; on construisit une maison neuve pour le proviseur, à un emplacement si central que le campus fut transformé en chantier pendant toute une année scolaire. Il avait dû y avoir des problèmes avec l'architecte, ou Mrs. White avait changé d'avis en cours de route au sujet des aménagements intérieurs, puisque la construction prit un gros retard. Ça donna une bâtisse du plus pur style boîte à chaussures, « QUI N'ARRIVAIT PAS À LA CHEVILLE DES VIEUX BÂTIMENTS DE L'INSTITUT », et qui déshonorait la belle perspective de pelouses entre le bâtiment principal et la bibliothèque.

« Un de ces jours, il y aura une bibliothèque moderne, de toute façon », allégua le proviseur.

Il ruminait un coûteux programme de rénovations, comprenant une bibliothèque, des nouvelles résidences d'étudiants, un nouveau restaurant et — « à deux pas » — un nouveau gymnase mixte.

« La mixité, disait le proviseur, est l'avenir de tout enseignement progressiste. »

« La Voix » retentit : « ON CONSTATE AVEC AMUSE-

MENT QUE LE PRÉTENDU " PROGRAMME DE RÉNOVA-
TIONS " DÉBUTE PAR LA CONSTRUCTION D'UNE MAISON
RÉSERVÉE AU SEUL PROVISEUR. COMPTE-T-IL " RECE-
VOIR " DANS CETTE MAISON SUFFISAMMENT D'ANCIENS
ÉLÈVES À GROS REVENUS POUR FAIRE RENTRER LES CAPI-
TAUX NÉCESSAIRES À L'ABOUTISSEMENT DE SON AMBI-
TIEUX PROJET ? SA MAISON SERA-T-ELLE UNE POMPE À
FRIC ? »

Quand la maison fut enfin prête, le révérend Merrill et sa
famille purent quitter leur petit appartement de fonction
pour s'installer dans l'ancienne maison du proviseur, Pine
Street. Pour lui, c'était peu pratique, beaucoup plus loin de
l'église Hurd ; mais, en tant que dernier arrivé à l'école, le
révérend Merrill devait avoir été ravi de se voir attribuer
une aussi belle vieille bâtisse. Dès que Randy White eut fait
cette faveur à Mr. Merrill, il prit une autre décision. La
prière du matin avait toujours eu lieu à l'église Hurd ; ce
n'était pas vraiment un service religieux, hormis une rapide
prière et un ou deux cantiques. On y exposait essentiellement le programme du jour et des questions diverses. Le
chapelain de l'école n'y assistait pas régulièrement, son rôle
étant tenu par le proviseur lui-même. Parfois, un professeur y faisait un bref topo sur sa discipline, ou un étudiant
annonçait avec enthousiasme la fondation d'un nouveau
club. Parfois, il s'y passait des choses intéressantes ; je me
souviens d'une démonstration d'escrime ; une autre fois,
l'un des profs, habile prestidigitateur, nous régala de ses
tours ; un de ses lapins prit la fuite dans l'église et ne fut
jamais retrouvé.

Mr. White décréta que l'église Hurd était trop sombre
pour y démarrer la journée en gaieté ; il transféra notre
assemblée matinale à l'amphithéâtre du bâtiment principal,
qu'on appelait la « grande salle ». Bien qu'il y fît plus clair
et qu'elle fût très haute de plafond, il y régnait une
atmosphère solennelle et austère, due aux immenses portraits des précédents proviseurs, dans leurs toges noires, et
arborant le même regard sévère. Ceux des profs qui
assistaient à la prière du matin (contrairement à nous ils n'y
étaient pas obligés) prenaient maintenant place sur

l'estrade surélevée et nous regardaient de haut, c'est le cas de le dire. Quand l'estrade était décorée pour une pièce de théâtre, on baissait le rideau et il restait fort peu de place sur le bord de la scène pour l'assemblée des professeurs. Ce fut la première chose que critiqua Owen : précédemment, dans l'église, les profs s'asseyaient sur les bancs parmi les élèves et se sentaient enclins à venir. Mais, dans la grande salle, quand Dan préparait une pièce, ils avaient si peu de chaises que les profs cessèrent tout effort.

« LA HAUTEUR DE LA SCÈNE, S'AJOUTANT À LA VIVE LUMIÈRE MATINALE, CONFÈRE AU PROVISEUR UNE IMPORTANCE DÉMESURÉE ; ET, SOUVENT, LE SOLEIL AGIT COMME UN PROJECTEUR, CE QUI CONTRIBUE À NOUS FAIRE CROIRE QUE NOUS SOMMES EN PRÉSENCE D'UN HAUT PERSONNAGE. JE ME DEMANDE SI CE N'EST PAS INTENTIONNEL... », écrivait « la Voix ».

Je l'avoue, j'aimais bien ce changement, comme la plupart des étudiants. La grande salle se trouvait au premier étage. On pouvait y entrer de deux côtés, par de larges doubles portes, de part et d'autre du vaste escalier semi-circulaire. Ni queue ni bousculade pour entrer ou sortir ; de plus, la plupart d'entre nous se trouvaient ensuite sur place pour la première classe du matin. Pour aller à l'église Hurd, c'était toute une expédition, surtout l'hiver. Mais Owen affirmait que le proviseur voulait SE FAIRE MOUSSER et qu'il avait habilement manipulé le révérend Merrill de façon à en faire son obligé ; après tout, ne lui devait-il pas sa belle maison ? Transférer la prière matinale était peut-être une avanie infligée au révérend Merrill, mais, s'il la ressentit, il ne s'en plaignit jamais : seul « la Voix » protesta.

Mais Randy White ne faisait que s'échauffer ; sa décision suivante fut d'abolir le latin obligatoire, ce que tout le monde (hormis les professeurs de latin) souhaitait depuis des années. La bonne vieille croyance que le latin facilitait l'étude de toutes les autres langues ne se maintenait que dans le cercle restreint des enseignants concernés. Le département de latin se composait de six membres, dont trois au seuil de la retraite. White prévoyait que les inscriptions aux cours de latin diminueraient de moitié (il fallait compter trois ans d'étude pour obtenir un diplôme) ; d'ici un an ou deux, le nombre réduit de profs suffirait aux besoins des étudiants et cela permettrait d'embaucher davantage d'enseignants pour des langues plus populaires, tels le français et l'espagnol. Il y eut des applaudissements à la réunion du matin quand White annonça cette nouveauté — très vite, la « prière du matin » s'était transformée en « réunion du matin » ; c'est White qui avait lancé l'expression avec succès.

C'était la *façon* de supprimer le latin qui clochait, selon Owen.

« C'EST ADROIT, POUR LE NOUVEAU PROVISEUR, D'AVOIR PRIS UNE DÉCISION AUSSI POPULAIRE — QUOI DE PLUS POPULAIRE AUPRÈS DES ÉTUDIANTS QUE D'ABOLIR UNE OBLIGATION ? EN PARTICULIER CELLE DU LATIN ! MAIS CELA AURAIT DÛ ÊTRE MIS AUX VOIX, LORS D'UN CONSEIL DE PROFESSEURS. JE SUIS CERTAIN QUE SI LE PROVISEUR AVAIT PROPOSÉ CE CHANGEMENT, LES ENSEIGNANTS L'AURAIENT ADOPTÉ. LE PROVISEUR JOUIT D'UN POUVOIR PERSONNEL CERTAIN : LUI ÉTAIT-IL NÉCESSAIRE D'EN FAIRE LA PREUVE DE FAÇON AUSSI AUTORITAIRE ? IL AURAIT PU FAIRE ABOUTIR SON PROJET DE FAÇON DÉMO-CRATIQUE ; LUI ÉTAIT-IL INDISPENSABLE DE MONTRER AUX PROFESSEURS QU'IL POUVAIT SE PASSER DE LEUR AVIS ? EST-IL VRAIMENT *LÉGAL*, VU NOTRE CHARTE OU NOTRE CONSTITUTION, POUR CE PROVISEUR, DE MODIFIER À LUI SEUL LE PROGRAMME D'ÉTUDES ? »

Cela incita le proviseur à utiliser une première fois la réunion matinale pour répondre à « la Voix ». Ne for-mions-nous pas un auditoire captif ?

« Messieurs, préluda Mr. White, bien que ne bénéficiant pas de l'avantage que procure une rubrique hebdomadaire dans *Le Caveau*, j'aimerais utiliser le peu de temps qui m'est imparti, entre deux hymnes et avant une prière, pour vous éclairer sur les règles de notre chère vieille école et sur sa constitution. Aucun document ne donne aux professeurs une quelconque autorité sur le proviseur élu, qu'on appelle également " principal ", à savoir le professeur principal ;

aucun document ne limite, *en aucune façon,* les pouvoirs
décisionnaires du proviseur ou principal. Prions... »

La décision suivante de Mr. White fut de remplacer
l'avocat de l'école — un légiste local — par un de ses amis
de Lake Forest, ancien directeur d'un cabinet qui avait
gagné un procès intenté contre l'une des grosses firmes de
viande de Chicago ; quantité de gens avaient été intoxiqués
par de la viande avariée, mais l'avocat de Lake Forest avait
blanchi la boucherie en gros et ses distributeurs, faisant
retomber la responsabilité sur une firme de transports aux
camions mal réfrigérés. C'est sur le conseil de cet homme
retors que Randy White modifia les modalités d'exclusion
de l'Institut de Gravesend.

Par le passé, un prétendu conseil de discipline statuait
sur le cas de tout élève menacé de renvoi ; ce conseil
transmettait son rapport aux professeurs, et tout le conseil
professoral votait. L'avocat de Lake Forest démontra
qu'en cas d'exclusion l'école tout entière pouvait être
attaquée en justice, l'ensemble des professeurs faisant
« fonction de jury sans avoir une connaissance approfondie
du cas soumis au conseil de discipline ». L'avocat préconisa
que seul le conseil de discipline « prenne la décision du
renvoi, sans y mêler le corps professoral ». Cela fut
approuvé par le proviseur White, et ce changement — tout
comme le précédent — fut annoncé à la réunion du matin.

« Dans la crainte d'hypothétiques poursuites,
écrivit Owen Meany, le proviseur a transformé une
démocratie en oligarchie — l'avenir d'un élève en
difficulté dépendait d'un avis général. Le proviseur remet le destin d'un jeune garçon entre les
mains de quelques-uns. Et qui sont-ils ? Le conseil
de discipline se compose du proviseur, du doyen des
étudiants, du préfet des études et de quatre professeurs. Deux d'entre eux sont élus par l'ensemble des professeurs ; les deux autres sont désignés
par le proviseur. Les cartes sont truquées ! Qui
connaît le mieux l'accusé ? Ses professeurs habituels, son responsable de dortoir, son entraîneur
sportif. Dans le passé, au conseil de discipline, il y

AVAIT DES GENS POUR PRENDRE LA DÉFENSE DE L'ACCUSÉ OU DES GENS QUI SAVAIENT QU'IL N'AVAIT PAS BESOIN D'AVOCATS. JE SUGGÈRE À TOUT ÉLÈVE QUI SE TROUVERAIT RENVOYÉ PAR CE COMITÉ EXÉCUTIF D'INTENTER UN PROCÈS À L'ÉCOLE, POUR CE MOTIF QUE LES PERSONNES QUI CONNAISSENT LE MIEUX SES QUALITÉS ET SES DÉFAUTS N'ONT NI LE DROIT NI L'OCCASION DE PARLER EN SA FAVEUR — NI À PLUS FORTE RAISON DE VOTER !

« JE VOUS AVERTIS : QUICONQUE COMPARAÎTRA DEVANT CE CONSEIL DE DISCIPLINE SERA PAR AVANCE CONDAMNÉ ET RENVOYÉ ! LE PROVISEUR ET LES DEUX PROFESSEURS DÉSIGNÉS PAR LUI VOTERONT CONTRE VOUS ; LES DEUX PROFESSEURS ÉLUS POURRONT VOTER POUR VOUS : VOUS PERDEZ PAR 3 CONTRE 2. ET QUE FERONT LE DOYEN ET LE PRÉFET DES ÉTUDES ? ILS NE VOUS CONNAISSENT NI AU COURS, NI AU GYMNASE, NI AU DORTOIR ; CE SONT DES *ADMINISTRATEURS* — COMME LE PROVISEUR. PEUT-ÊTRE LE PRÉFET DES ÉTUDES AURA-T-IL UN PRÉJUGÉ FAVORABLE SI VOUS ÊTES BOURSIER ; ALORS, VOUS PERDREZ PAR 4 CONTRE 3 AU LIEU DE 5 CONTRE 2. DE TOUTE FAÇON, VOUS ÊTES CUIT.

« SI VOUS NE COMPRENEZ PAS CE QUE JE VEUX DIRE, CHERCHEZ " OLIGARCHIE " DANS LE DICTIONNAIRE : " UNE FORME DE GOUVERNEMENT DANS LAQUELLE LE POUVOIR EST DÉVOLU À UN PETIT NOMBRE DE PERSONNES, À LA CLASSE OU LA CLIQUE DOMINANTE ; LE GOUVERNEMENT DES MOINS NOMBREUX. " »

Mais d'autres formes de gouvernement détournaient l'attention générale à l'époque ; l'attention d'Owen lui-même fut distraite des capacités de décision du nouveau proviseur. Tout le monde parlait de Kennedy et Nixon ; et ce fut Owen qui prit l'initiative d'une « élection blanche » parmi les élèves de l'Institut de Gravesend ; il l'organisa, installa un bureau de vote à la poste de l'école, s'assit derrière une table et pointa tous les noms des participants. Ils surprit quelques tricheurs à voter deux fois ; il fit rameuter les abstentionnistes. Deux jours durant, il passa tout son temps libre derrière cette grande table, ne laissant personne d'autre s'occuper du dépouillement. Les bulletins furent placés en sûreté dans une boîte confiée au préfet des études, hors d'atteinte d'Owen lui-même. On le voyait trôner à la table, arborant un badge immense au revers de son veston :

JUSQU'AU BOUT

AVEC J.F.K.

C'est un catholique qu'il voulait !

« LES RÉSULTATS NE SERONT PAS TRAFIQUÉS, dit-il aux votants. SI VOUS ÊTES ASSEZ CONS POUR VOTER NIXON, VOS VOTES IMBÉCILES SERONT COMPTÉS COMME LES AUTRES ! »

Kennedy obtint une victoire écrasante, mais « la Voix » prédit que le vote *réel,* en novembre, serait beaucoup plus serré ; pourtant, il était convaincu que Kennedy pouvait, et devait, triompher.

« VOILÀ UNE ÉLECTION QUE LES JEUNES PEUVENT PREN-DRE À CŒUR ! »

En effet, bien qu'Owen et moi fussions trop jeunes pour voter, nous prenions notre part de cette « vigueur » juvénile que représentait Kennedy.

« CE SERA FORMIDABLE D'AVOIR UN PRÉSIDENT DONT LES MOINS DE TRENTE ANS N'AURONT PAS ENVIE DE SE MOQUER ! POURQUOI VOTER POUR UNE PÂLE IMITATION D'EISENHOWER QUAND ON PEUT AVOIR JACK [1] KEN-NEDY ? »

Une fois encore, le proviseur trouva bon de contrer la « campagne électorale » de « la Voix », lors d'une réunion du matin. Randy White nous dit :

« Je suis républicain. Pour vous démontrer que *Le Caveau* ne présente pas les républicains en toute objecti-vité, accordez-moi une minute de votre temps... pendant que votre euphorie concernant *votre* élection test de John Kennedy est à son plus haut niveau ; elle y restera, je l'espère. Je ne suis nullement surpris qu'un candidat aussi jeune ait charmé la plupart d'entre vous par son ardeur,

1. Diminutif de John *(NdÉ).*

mais, par bonheur, le sort de notre pays n'est pas déterminé par de jeunes garçons n'ayant pas encore le droit de vote. L'expérience de Mr. Nixon peut ne pas vous sembler aussi fascinante ; mais une élection présidentielle n'est ni une course de régates ni un concours de beauté entre les épouses des candidats. » Dans sa péroraison, le proviseur ajouta : « Je suis un républicain d'Illinois. Et l'Illinois, comme vous le savez, est le pays de Lincoln ! »

« L'Illinois est le pays d'Adlaï Stevenson, écrivit Owen Meany. Pour autant que je le sache, Adlaï Stevenson est un résident d'Illinois plus *récent* qu'Abraham Lincoln — et, autant que je le sache, Adlaï Stevenson est un démocrate, et il vit encore. »

Cette légère divergence d'opinion, pour autant que *je* le sache, incita Randy White à prendre une autre décision. Il prit la place de Mr. Early comme conseiller éditorial du *Caveau ;* il mit tout le monde devant le fait accompli, de sorte que « la Voix » se trouva confrontée avec un censeur beaucoup moins coulant que Mr. Early.

« Tu ferais bien d'être prudent, Owen, l'avertit Dan Needham.

— Fais gaffe à ton cul, mec », lui dis-je.

*   *   *

Il faisait très froid ce soir-là, après Noël, quand Owen conduisit la camionnette rouge dans le parking de l'école paroissiale Saint Michael. Les phares éclairaient le terrain de jeux, sur lequel la pluie avait gelé, lui donnant le miroitement d'un étang.

« Dommage qu'on n'ait pas pris nos patins. »

Tout au bout de l'étendue verglacée, les phares faisaient resplendir la statue de Marie-Madeleine gardant ses buts.

« Dommage qu'on n'ait pas nos crosses de hockey et un palet. »

Des lumières s'allumèrent dans la bâtisse où vivaient les religieuses ; puis la lampe du porche s'alluma à son tour, et deux nonnes vinrent sur le seuil examiner notre véhicule.

« TU AS DÉJÀ VU DES PINGOUINS SUR LA BANQUISE ?

— Restons tranquilles », lui dis-je.

Il fit demi-tour pour regagner Front Street. Il y avait un film d'horreur à la télé. Nous pensions désormais, Owen et moi, que les seuls bons films étaient les navets.

Il ne me montrait jamais ce qu'il écrivait dans son journal — pas à l'époque. Mais il le portait souvent sur lui ; je savais quelle importance il y attachait, car il le gardait sur sa table de nuit, avec les poèmes de Robert Frost, sous la garde vigilante du mannequin de couturière. Quand il passait la nuit avec moi, chez Dan ou au 80 Front Street, il écrivait toujours dans son journal avant de m'autoriser à éteindre la lumière.

Je me rappelle avec quelle frénésie il écrivit, la nuit qui suivit l'investiture du président Kennedy ; c'était en janvier 1961, et je le suppliais d'éteindre, mais il continuait d'écrire et d'écrire, si bien que je finis par m'endormir avec la lumière ; j'ignore quand il s'arrêta. Nous avions regardé la cérémonie d'investiture à la télévision, avec Dan et ma grand-mère, et bien qu'elle trouvât Kennedy « trop jeune et trop beau », semblable à une « vedette de cinéma », et lui reprochât de « ne pas porter de chapeau », Kennedy était le premier démocrate pour qui Harriet Wheelwright eût jamais voté ; elle l'adorait. Dan, Owen et moi en étions fous.

A Washington comme à Gravesend, le temps était froid, clair, venteux, ce qui ennuyait Owen :

« DOMMAGE QU'IL NE FASSE PAS PLUS BEAU !

— Il devrait apprendre à mettre un chapeau, ça ne le tuerait pas ! se plaignait ma grand-mère. Avec ce temps, il va attraper la mort ! »

Quand notre vieil ami Robert Frost vint tenter de lire son poème dédié au président, Owen se rongea les sangs ; les yeux de Robert Frost larmoyaient, peut-être à cause du vent froid, du rayon de soleil trop vif, ou, plus simplement, la vue du vieil homme était-elle défaillante — quoi qu'il en soit, il nous semblait très affaibli et lisait son poème avec difficulté.

« " La terre nous appartenait avant que nous n'appartenions à la terre " », commença-t-il.

Il avait choisi *Le Don absolu*. Owen connaissait le poème par cœur.

« AIDEZ-LE, QUELQU'UN ! », cria Owen quand Frost commença à bafouiller.

Quelqu'un tenta de venir à son secours, peut-être le président lui-même, ou Mrs. Kennedy, je ne m'en souviens pas.

Ça ne servit pas à grand-chose, de toute façon, et Frost continua à se battre contre ses propres mots. Owen essaya de lui souffler, mais Robert Frost resta sourd à « la Voix » — ça faisait un ruban, depuis Gravesend. Owen récita de mémoire ; et sa mémoire était plus sûre que celle de Frost :

> QUELQUE CHOSE NOUS EMPÊCHAIT D'AGIR
> ET NOUS DÉCOUVRÎMES QUE C'ÉTAIT NOUS.
> NOUS NE VOULIONS PAS ABANDONNER NOTRE PAYS,
> IL NE NOUS RESTAIT QU'À NOUS RENDRE.

Cette voix-là avait soufflé à l'ange annonciateur, huit ans plus tôt : c'était l'Enfant Jésus, parlant depuis la crèche.

« SEIGNEUR, PERSONNE NE PEUT LUI VENIR EN AIDE ? », cria Owen.

Ce fut le discours du président qui nous bouleversa le plus : il laissa Owen Meany sans voix et l'incita à écrire dans son journal jusqu'au petit matin. Quelques années plus tard — quand tout fut terminé —, j'eus l'occasion de lire ce qu'il avait écrit ; sur le moment, je savais dans quelle transe il se trouvait, à quel point il pensait que Kennedy avait tout changé pour lui.

« FINI, MAÎTRE SARCASME, écrivit-il dans son journal. TERMINÉES TOUTES CES CONNERIES DE MÔMES, FAIRE LE MALIN, ÊTRE CONTRE TOUT ! ON PEUT RENDRE SERVICE À SON PAYS SANS FAIRE LE CLOWN ; ON DOIT POUVOIR SE RENDRE UTILE SANS ÊTRE UTILISÉ — SANS ÊTRE LE LARBIN DE VIEILLES GENS ET DE LEURS VIEILLES IDÉES. » Il y en avait plus, beaucoup plus. Il pensait que Kennedy était croyant et — chose invraisemblable — peu lui importait que Kennedy fût catholique. « JE SENS QU'IL EST UNE SORTE DE SAUVEUR, écrivit-il dans son journal. ÇA M'EST

ÉGAL QU'IL SOIT UN BOUFFEUR DE MAQUEREAU — IL A QUELQUE CHOSE QUI NOUS MANQUAIT. »

Au cours d'instruction religieuse, Owen demanda au révérend Merrill s'il ne croyait pas que Jack Kennedy correspondait précisément « À LA PROPHÉTIE D'ISAÏE ».

« VOUS SAVEZ : " LE PEUPLE QUI MARCHAIT DANS LES TÉNÈBRES A VU UNE GRANDE LUMIÈRE ; SUR LES HABITANTS DU SOMBRE PAYS, UNE LUMIÈRE A RESPLENDI. " VOUS VOYEZ ?

— Eh bien, Owen, répondit avec prudence Mr. Merrill, je suis sûr qu'Isaïe aurait aimé John Kennedy ; mais je ne sais pas si Kennedy correspond précisément, comme tu dis, à ce que voulait dire Isaïe.

— " CAR UN ENFANT NOUS EST NÉ ", cita Owen. " UN FILS NOUS A ÉTÉ DONNÉ ; ET IL A REÇU LE POUVOIR SUR SES ÉPAULES "… VOUS VOUS SOUVENEZ DE ÇA ? »

Moi, je m'en souviens ; et je me souviens que, bien longtemps après la cérémonie d'investiture de Kennedy, Owen Meany continuait à me citer cet extrait du discours présidentiel : « " NE DEMANDEZ PAS CE QUE VOTRE PAYS PEUT FAIRE POUR VOUS, DEMANDEZ-VOUS CE QUE VOUS POUVEZ FAIRE POUR VOTRE PAYS. " »

Vous souvenez-vous de ça ?

7

Le rêve

A dix-neuf ans, Owen et moi étions enfin en dernière année d'études à l'Institut de Gravesend — plus vieux d'au moins un an que nos condisciples. C'est alors qu'Owen me sortit à brûle-pourpoint ce qu'il avait voulu me dire symboliquement huit ans plus tôt, en mutilant mon armadillo. J'étais en train de rouspéter, j'en avais marre de nos essais interminables pour tenter de réussir le *slam-dunk* en moins de quatre secondes.

« C'EST DIEU QUI A PRIS TA MÈRE, me dit-il. MES MAINS ONT SERVI D'INSTRUMENT. DIEU A UTILISÉ MES MAINS. JE SUIS L'INSTRUMENT DE DIEU. »

Qu'il ait pu penser ça à l'âge de onze ans, au moment où nous étions sous le choc de l'accident, au moment où luimême se débattait dans des problèmes de religion, suite à L'INQUALIFIABLE OUTRAGE, je l'aurais très bien compris. Mais maintenant nous avions dix-neuf ans ! Je fus tellement suffoqué par le ton de tranquille conviction sur lequel il m'avait lancé cette insanité — DIEU A UTILISÉ MES MAINS ! — que lorsqu'il sauta dans mes bras je le laissai tomber. Le ballon rebondit sur le plancher poli, puis roula hors du terrain. Owen n'avait pas l'air d'un INSTRUMENT DE DIEU ; tenant son genou, tordu dans sa chute, il sautait à clochepied en grimaçant de douleur sur le plancher du gymnase.

« Si tu es l'instrument de Dieu, pourquoi as-tu besoin de mon aide pour mettre la balle dans le panier ? »

En ces vacances de Noël 1961, nous étions seuls dans le gymnase, avec notre vieil ami et unique supporter, le gardien faible d'esprit qui assurait le chronométrage selon la fantaisie d'Owen. J'aimerais me rappeler son nom ; il était, plus souvent qu'à son tour, de garde pendant les vacances et les week-ends, et le consensus général le jugeait « retardé » ou « débile léger » ; Owen avait entendu dire qu'il avait été « commotionné » pendant la guerre ; nous ignorions laquelle ; nous ignorions même ce que signifiait « commotionné ».

Assis sur le sol, Owen massait son genou endolori.

« Tu as entendu dire que la foi pouvait remuer des montagnes, dit-il. Mais l'ennui, c'est que tu n'as pas la foi.

— L'ennui avec toi, c'est que tu es cinglé, répliquai-je en allant récupérer le ballon. Pour un garçon de ton âge instruit comme tu l'es, c'est littéralement aberrant de te prendre pour l'instrument de Dieu !

— J'oubliais que je m'adressais à " Monsieur Responsabilité " ! »

Il avait commencé à me donner ce surnom en automne, alors que nous souffrions mille morts à remplir les formalités pour nous inscrire à l'université ; comme je me contentais de notre université d'État, Owen m'avait accusé de prendre « zéro responsabilité » quant à ma formation future. Lui, naturellement, avait postulé à Harvard et Yale ; l'université d'État, celle du New Hampshire, lui avait offert ce qu'on appelle une bourse d'honneur, mais Owen avait négligé cette proposition. L'université du New Hampshire n'attribuait qu'une bourse par an, réservée au meilleur élève des écoles publiques ou privées. Il fallait absolument résider dans l'État. La bourse revenait généralement au meilleur élève de terminale d'une école publique. Or Owen arrivait en tête de classement de l'Institut, et c'était la première fois qu'un résident du New Hampshire se distinguait de la sorte. « Un natif de Gravesend est déclaré " meilleur étudiant de la nation " ! », pouvait-on lire dans la *Gazette de Gravesend,* dont l'article fut reproduit dans tous les journaux du New Hampshire. L'université d'État n'espérait guère qu'Owen accepte cette bourse ; en réalité, cette bourse d'honneur était attribuée chaque année avec la pensée tragique que le récipiendaire ne pourrait s'inscrire qu'à Yale, Harvard ou une autre univer-

sité de haut niveau. Il me semblait évident qu'Owen serait
accueilli à bras ouverts à Yale ou Harvard — et sans payer !
L'unique raison pour lui faire accepter de s'enterrer dans
l'université du New Hampshire eût été Hester ; et à quoi ça
aurait servi ? Owen commencerait sa carrière universitaire
à la rentrée 1962 et Hester l'achèverait en 1963...

« TU POURRAIS AU MOINS ESSAYER D'ENTRER DANS UNE
MEILLEURE UNIVERSITÉ », me dit Owen.

Je ne lui demandais certes pas de renoncer à Harvard ou
Yale pour me tenir compagnie à l'université du New
Hampshire ! Je le trouvais cynique de vouloir m'inciter à
postuler pour Harvard ou Yale et essuyer des refus
cinglants. Bien qu'Owen ait considérablement amélioré
mes aptitudes, il ne pouvait rien contre la médiocrité de
mes notes. Je ne serais jamais une recrue de Yale ou
Harvard. J'étais devenu bon en anglais et en histoire ;
j'étais un lecteur lent mais minutieux et pouvais rédiger des
exposés lisibles et bien construits ; mais Owen continuait de
me tenir la main pour les maths, les sciences, et je
pataugeais obscurément en langues vivantes. En tant
qu'étudiant, je ne serais jamais ce qu'était Owen : un
surdoué. Et pourtant il m'en voulait de mon manque
d'ambition ; en vérité, l'université du New Hampshire
me plaisait. La ville où elle se trouvait, Durham, n'était
pas plus désagréable que Gravesend et suffisamment
proche pour que je continue à voir régulièrement Dan
et Grand-Mère. Je pourrais même continuer à vivre avec
eux.

« JE SUIS CONVAINCU QUE JE ME RETROUVERAI À
DURHAM AUSSI, disait Owen avec une commisération qui
me mettait en rage. JE NE VOIS PAS COMMENT TU TE
DÉBROUILLERAIS TOUT SEUL !

— Je suis parfaitement capable de me débrouiller sans
toi ! Et j'irai te voir à Harvard ou à Yale.

— MAIS NON ! NOUS NOUS FERONS DE NOUVEAUX AMIS,
NOUS FINIRONS PAR NOUS PERDRE DE VUE — C'EST TOU-
JOURS COMME ÇA QUE ÇA SE PASSE, exposa-t-il philosophi-
quement. ET TU N'ES GUÈRE ÉPISTOLIER — TU NE TIENS
MÊME PAS DE JOURNAL !

— Si tu baisses de niveau pour venir avec moi, je te tuerai !

— JE DOIS AUSSI PENSER À MES PARENTS. EN FAISANT MES ÉTUDES À DURHAM, JE POURRAIS ENCORE VIVRE À LA MAISON ET M'OCCUPER D'EUX.

— C'est nouveau, ça ! »

Il était gonflé — lui qui passait sa vie à éviter le plus possible ses parents !

« ET JE DOIS AUSSI PENSER À HESTER, ajouta-t-il.

— Parlons franchement, tu veux ? Hester et toi... c'est un-coup-je-te-vois, un-coup-je-te-vois-pas. Est-ce que tu couches seulement avec elle ? As-tu déjà seulement couché avec elle ?

— POUR UN GARÇON DE TON ÂGE, ET INSTRUIT COMME TU L'ES, JE TE TROUVE TERRIBLEMENT VULGAIRE ! »

Quand il reprit la position verticale, il boitait. Je lui lançai le ballon, il me le renvoya. Le concierge débile remit le chrono en marche ; les gros chiffres rouges indiquèrent :

$$00 : 04$$

Voilà ce que disait le chrono, et j'en avais ras le bol.

Je pris le ballon ; il tendit les mains.

« PRÊT ? »

A ce mot, le gardien actionna le chrono. Je passai le ballon à Owen ; il bondit dans mes bras ; je le soulevai ; il monta de plus en plus haut, puis, pivotant en l'air, fourra ce stupide ballon en plein dans le filet, d'un geste si précis qu'il n'en effleura pas les bords. Il retomba sur terre, les mains vides au-dessus de la tête, les yeux sur la pendule-chrono.

Quand il criait : « TEMPS ! », le gardien stoppait le chrono. C'était alors que je me retournais pour regarder. Généralement, notre temps était expiré :

$$00 : 00$$

Mais cette fois-là, quand je regardai, il restait une seconde sur le cadran :

$$00 : 01$$

Il avait réussi le tir en moins de quatre secondes !

« TU VOIS CE QU'UN PEU DE FOI PEUT FAIRE ? » Le gardien simple d'esprit applaudit. Owen lui dit : « METS LE CHRONO SUR TROIS SECONDES !

— Nom de Dieu ! lançai-je.

— SI NOUS POUVONS LE FAIRE EN MOINS DE QUATRE SECONDES, NOUS DEVONS POUVOIR LE FAIRE EN MOINS DE TROIS, dit-il. ON A BESOIN D'UN PEU PLUS DE FOI, C'EST TOUT.

— On a besoin de plus d'entraînement ! rétorquai-je avec irritation.

— LA FOI EXIGE DE L'ENTRAÎNEMENT », dit Owen Meany.

* * *

1961 fut la première année où notre amitié fut troublée par les disputes et l'animosité. Notre dissension fondamentale apparut à l'automne, lors de notre dernière rentrée à l'Institut ; l'un des privilèges accordés aux étudiants de dernière année déclencha une discussion qui nous laissa tous deux mal à l'aise. En tant qu'anciens, on nous autorisait à prendre le train pour Boston les mercredis ou samedis après-midi, où nous n'avions pas cours ; si nous disions au doyen où nous allions, nous avions la permission de rentrer à Gravesend par le Boston & Maine de 10 heures du soir. Comme externes, nous n'avions donc pas besoin de regagner l'école avant le jeudi matin, ou le service du dimanche à l'église, selon le cas.

Même le samedi, Dan et ma grand-mère renâclaient à l'idée de nous voir passer la nuit dans la cité maudite ; il existait un train de laitier, qui, partant de Boston à 2 heures du matin et s'arrêtant à toutes les gares intermédiaires, ne nous laissait pas à Gravesend avant 6 h 30 (à peu près le moment où l'on servait le breakfast à l'école) ; mais Dan et ma grand-mère pensèrent qu'Owen et moi pouvions goûter à cette « vie de patachon » de temps à autre, par faveur spéciale. Mr. et Mrs. Meany, eux, laissaient Owen vivre à sa guise, mais il se soumettait volontiers aux règles établies pour moi.

Or il se soumettait mal, dans la cité maudite, à l'emploi du temps des autres étudiants. La plupart des diplômés s'étaient inscrits à Harvard. La virée typique d'un ancien de Gravesend commençait par un trajet en métro jusqu'à Harvard Square ; là, avec l'aide d'un faux livret militaire, ou d'un étudiant plus âgé, on achetait de la gnôle en abondance pour la consommer avec abandon. Parfois, assez rarement, on retrouvait des filles. Encouragés par la première (et jamais en compagnie des secondes), on reprenait le métro pour Boston où, mentant une fois de plus sur notre état civil, nous nous faisions admettre dans un établissement à l'enseigne d'Old Freddy's pour y assister à une séance de strip-tease, divertissement fort en faveur chez les gens de notre âge.

Je ne voyais rien de moralement répréhensible dans ce rite initiatique. A dix-neuf ans, j'étais vierge. Caroline O'Day ne m'avait jamais autorisé d'autres avances que de glisser une main furtive, pas plus d'un ou deux centimètres, sous l'ourlet de sa jupe plissée. Et bien qu'Owen m'ait affirmé que seul le catholicisme de Caroline m'interdisait d'obtenir ses faveurs, SURTOUT DANS SON UNIFORME DE SAINT MICHAEL !, je n'avais pas obtenu plus de succès avec Lorna, la fille du chef de police Ben Pike ; pourtant, elle n'était pas catholique et ne portait aucune sorte d'uniforme le jour où je m'entaillai la lèvre sur son appareil dentaire ! Apparemment, ce fut la vision de mon sang ou ma douleur — ou les deux — qui la dégoûtèrent de moi. A dix-neuf ans, découvrir la luxure, même sous ses aspects les plus sordides chez Old Freddy, c'était au moins expérimenter *quelque chose ;* et si Owen et moi avions pu imaginer l'amour physique à « L'Idaho », je ne voyais rien de mal à s'exciter devant des filles nues. J'étais convaincu qu'Owen n'était plus puceau ; comment aurait-il pu le rester avec Hester ? Aussi je trouvai d'une rare hypocrisie qu'il qualifie le spectacle d'ÉCŒURANT et de DÉGRADANT.

Il m'arrivait parfois de boire, surtout pour la sensation de m'enivrer comme un adulte. Owen Meany ne buvait pas ; il désapprouvait que nous perdions notre contrôle. De plus, il appliquait à sa façon, littérale et têtue, la recommandation de Kennedy : « Faire quelque chose pour son pays. » Il ne falsifierait plus de livrets militaires ; il n'encouragerait plus l'usage de l'alcool et l'entrée au strip-tease de ses condisciples ; il n'en démordrait plus. Les faux livrets militaires, c'était TERMINÉ.

Donc, totalement sobres, nous nous promenions autour de Harvard Square, un quartier de Cambridge qui n'était guère réputé pour sa sobriété. Sobrement, nous regardions de haut nos ex-condisciples de Gravesend et, sobrement, je tentais d'imaginer la communauté de Harvard (et comment ses mœurs pourraient être radicalement changées) quand Owen Meany en ferait partie ! L'un de nos anciens copains d'école alla jusqu'à reconnaître que, quand on n'avait pas bu, Harvard constituait une expérience affreusement déprimante. Mais Owen tenait à ce que nos expéditions dans la cité maudite gardent un minimum de tenue. C'était le cas.

Assister au strip-tease chez Old Freddy sans avoir bu devenait une curieuse torture ; chez Old Freddy, les artistes n'étaient regardables que lorsqu'on était ivre mort. Puisque Owen avait établi de faux livrets militaires pour nous deux avant son revirement patriotique, nous les utilisâmes pour entrer chez Old Freddy.

« TOUT ÇA EST ÉCŒURANT », dit Owen.

Nous regardions une quadragénaire opulente ôter avec les dents les pastilles recouvrant ses tétons ; ensuite, elle les cracha parmi les spectateurs avides.

« C'EST DÉGRADANT. »

Une autre de ces infortunées s'évertuait à ramasser une mandarine sur la scène poussiéreuse, en utilisant les grandes lèvres de son sexe ; elle la souleva de quelques centimètres, puis le fruit lui échappa, roula dans la salle, où plusieurs étudiants se battirent pour le récupérer. Bien sûr que c'était ÉCŒURANT et DÉGRADANT : nous étions à jeun !

« ON VA À LA RECHERCHE D'UN BEAU QUARTIER.

— Et après ?

— ON LE REGARDERA. »

Il me semblait bien que la plupart des étudiants qui se trouvaient là avaient commencé par chercher les beaux

quartiers sans y trouver leur content ; mais Owen Meany
voulait vraiment visiter la ville.

C'est comme ça que nous aboutîmes dans Newbury
Street, un mercredi d'automne 1961. Je sais maintenant
que ce n'était pas par hasard.

Dans Newbury Street, il y avait plusieurs galeries d'art,
quelques magasins élégants d'antiquités et des boutiques de
vêtements chics. A l'angle d'Exeter Street, un cinéma
passait un film étranger — pas du genre qu'on projetait
dans le voisinage d'Old Freddy's ; à « L'Exeter », c'étaient
des films qu'il fallait lire, des films à sous-titres.

« Seigneur ! fis-je. Qu'est-ce qu'on est venu faire ici ?

— TU ES PEU OBSERVATEUR. »

Owen examinait un mannequin dans une vitrine, un de
ces mannequins d'avant-garde, chauve et dépourvu de
visage. Le mannequin portait un corsage tombant jusqu'aux hanches, en soie rouge vif. Le vêtement s'inspirait,
par la coupe, d'une camisole. Le mannequin ne portait rien
d'autre ; Owen semblait fasciné.

« Eh bien, là, bravo ! lui dis-je. On s'est tapé deux heures
de train, sans parler du retour, et te voilà planté, en train
de regarder un autre mannequin de couturière ! Si c'est tout
ce que tu as envie de faire, t'as même pas besoin de sortir
de ta chambre !

« TU NE REMARQUES RIEN DE FAMILIER ? »

Le nom du magasin, Jerrold, était inscrit sur la vitrine,
en lettres manuscrites tarabiscotées, rouge vif.

*   *   *

« D'accord, Jerrold, dis-je. En quoi est-ce censé être
familier ? »

Fourrant sa petite main dans sa poche, il en tira
l'étiquette arrachée à la vieille robe rouge de ma mère ; la
vieille robe du mannequin, plutôt, car ma mère n'avait pas
aimé cette robe. La griffe sur l'étiquette m'était bel et bien
FAMILIÈRE.

*   *   *

Tout ce qu'on pouvait voir de la boutique, à travers la vitrine, était un reflet du même rouge vermillon.

« Elle a dit que le magasin avait brûlé...

— Elle a dit aussi qu'elle avait oublié l'enseigne du magasin, qu'elle avait dû interroger les gens du quartier. Mais le nom était sur l'étiquette... à l'intérieur de la robe... Il y a toujours été... »

Frissonnant, je me remémorai l'affirmation de ma tante Martha selon laquelle ma mère était simplette ; mais personne ne l'avait jamais traitée de menteuse.

« Elle a dit qu'un avocat lui avait conseillé de garder la robe. Elle a dit que *tout* avait brûlé...

— Les factures, les registres, l'inventaire, tout avait brûlé... c'est ça qu'elle a dit.

— Le téléphone avait fondu, tu te rappelles ça aussi ?

— La caisse enregistreuse avait fondu, tu t'en souviens ?

— Peut-être qu'ils ont reconstruit l'immeuble après l'incendie... Peut-être qu'il y avait un autre magasin... une chaîne de magasins... »

Il se tut ; tous deux, nous savions que l'engouement des clientes pour la couleur rouge n'aurait pas suffi à faire vivre une chaîne de magasins comme celui-ci. Invraisemblable. Je demandai à Owen :

« Comment savais-tu que cette boutique était ici ?

— J'ai vu une publicité dans le *Boston Herald* du dimanche. Je cherchais les bandes dessinées, et j'ai reconnu la marque, les mêmes caractères que sur l'étiquette. »

Personne comme Owen pour reconnaître une signature ; il avait dû si longtemps étudier cette griffe qu'il aurait pu la reproduire les yeux fermés.

« Eh bien, qu'est-ce qu'on attend ? On va leur demander s'il y a eu un incendie ! »

A l'intérieur, nous découvrîmes une sobriété aussi excentrique que la couleur rutilante de chaque vêtement exposé ; si Jerrold avait un thème, il était aveuglant : un seul exemplaire de chaque article — un soutien-gorge, un cache-sexe, une petite robe de cocktail, une robe du soir, un chemisier montant, un chemisier décolleté, un corsage unique sur l'unique mannequin de la vitrine et un présentoir de verre ne renfermant qu'une paire de gants de cuir rouge, une paire d'escarpins à hauts talons rouges, un collier de grenats avec boucles d'oreilles assorties et une très fine ceinture, rouge également, en lézard ou en crocodile. Les murs étaient blancs, les abat-jour des appliques, noirs, et l'homme seul, derrière le seul comptoir, pouvait avoir l'âge de ma mère si elle avait été encore en vie.

L'homme nous regardait avec dédain ; pour lui, nous étions deux adolescents trop mal vêtus pour Newbury Street, probablement, et pathétiquement à la recherche d'un cadeau pour une mère ou une petite amie ; je ne crois pas que nous ayons eu les moyens d'acheter le plus petit article de chez Jerrold.

« Avez-vous eu un incendie ? », attaqua Owen.

A présent, l'homme semblait moins convaincu à notre sujet ; il nous trouvait trop jeunes pour placer des polices d'assurance, mais la question d'Owen — sans parler de sa *voix* — le désarçonnait.

« Ça se serait passé à la fin des années quarante, dis-je.

— Ou au début des années cinquante.

— Peut-être qu'à l'époque vous n'étiez pas encore ici, à cet emplacement ? demandai-je.

— Jerrold, c'est vous ? », demanda Owen.

Tel un flic modèle réduit, Owen poussa sur le comptoir de verre la griffe chiffonnée de la robe rouge.

« C'est notre marque, dit l'homme, manipulant l'indice avec prudence. Nous sommes ici depuis bien avant la guerre... mais nous n'avons pas subi d'incendie à ma connaissance. Quel genre d'incendie ? »

Il s'adressait tout naturellement à Owen, puisqu'il semblait être le chef.

« Êtes-vous Jerrold ? reprit Owen.

— C'est mon père, *Giordano*. Il s'appelait Giovanni Giordano, mais ces gens de l'immigration ont modifié son nom à sa descente du bateau. »

Cette histoire d'immigrés n'était pas l'histoire qui nous intéressait, Owen et moi, aussi demandai-je poliment au type :

« Votre père vit encore ?

— Hé, Poppi ! Tu es vivant ? », cria l'homme.

Une porte blanche que nous n'avions pas remarquée, car elle était dans l'alignement du mur, s'ouvrit. Un vieillard, mètre de couturière autour du cou et pelote d'épingles au poignet, pénétra dans la boutique.

« Bien sûr que je suis vivant ! Tu attends un miracle ou quoi ? T'es pressé de toucher ton héritage ? »

Il avait un accent panaché, mais plus bostonien qu'italien.

« Poppi, ces jeunes gens veulent parler à " Jerrold " au sujet d'un incendie, dit le fils avec son accent beaucoup plus bostonien que le père.

— Quel incendie ? nous demanda Mr. Giordano.

— On nous a dit que votre magasin avait entièrement brûlé, il y a une dizaine d'années.

— Première nouvelle !

— Ma mère a dû se tromper. » Je montrai la vieille étiquette à Mr. Giordano : « Elle avait acheté une robe chez vous, à l'époque. Une robe rouge.

— Sans blague ! lança le fils.

— J'aurais voulu avoir une photo d'elle, dis-je. Je pourrais venir vous en apporter une, peut-être que vous vous souviendrez d'elle.

— Elle veut que je fasse des retouches ? demanda le vieil homme. Ça ne m'ennuie pas d'en faire, mais il faudra qu'elle vienne en personne. Je ne peux pas retoucher une robe d'après photo !

— ELLE EST MORTE », dit Owen Meany.

Il remit la main dans sa poche, en tira une enveloppe soigneusement pliée ; dans l'enveloppe, la photo que ma mère lui avait donnée, une photo de mariage, où elle était très bien, et Dan pas mal ; ma mère y avait joint un mot de remerciement à Owen et à son père pour leur cadeau de noces original.

« IL SE TROUVE QUE J'AI JUSTEMENT APPORTÉ UNE

PHOTO, dit Owen, tendant à Mr. Giordano le sacro-saint objet.

— Frank Sinatra ! », s'écria le vieillard.

Son fils lui prit la photo et dit :

« Ça ne ressemble pas du tout à Frank Sinatra.

— Mais non, mais non ! cria le vieil homme en récupérant la photo. Elle aimait les chansons de Sinatra, elle les chantait aussi, très bien. On parlait souvent de Frankie, elle et moi... Votre maman disait qu'il aurait dû être une femme, qu'il avait une trop belle voix pour un homme.

— VOUS SAVEZ POURQUOI ELLE AVAIT ACHETÉ CETTE ROBE ?

— Évidemment, que je le sais ! C'était sa robe de scène, elle la mettait pour chanter. " J'ai besoin d'une robe de scène. " C'est ce qu'elle m'a dit quand elle est venue. " Une robe *qui ne me ressemble pas !* " Oui, c'est ça qu'elle a dit, je m'en souviens comme si c'était hier. Mais quand elle est venue la première fois, je ne savais pas qui elle était !

— Et qui était-elle donc ? », demanda son fils, intrigué.

De l'entendre dire ça, je frissonnai ; je venais de me rendre compte que moi non plus, je ne savais pas qui elle était !

« C'était " la Dame en rouge " ! Tu ne te souviens pas d'elle ? demanda Giordano père à son fils. Elle chantait toujours au même endroit quand tu es revenu de la guerre... Qu'est-ce que c'était, déjà ? »

Le fils reprit la photo, et s'exclama :

« Mais oui, c'est elle !

— " La Dame en rouge ! " », crièrent en chœur les Giordano.

Je tremblais de tous mes membres. Ma mère faisait un numéro, dans une espèce de *boîte !* On l'appelait « la Dame en rouge » ! Elle avait fait carrière... dans le spectacle !

Je regardai Owen, qui semblait étrangement satisfait ; il arborait un sourire tranquille. Il me demanda :

« ÇA N'EST PAS PLUS INTÉRESSANT QU'OLD FREDDY'S ? »

Les Giordano nous dirent que ma mère avait fait un tour

de chant dans un cabaret de Beacon Street ; « un endroit très convenable », nous affirma le vieillard. Il y avait un pianiste noir, selon la vieille tradition, ce qui signifiait, nous expliquèrent les Giordano, qu'il interprétait les vieux airs du répertoire en sourdine, « de façon qu'on puisse écouter les chanteurs ».

Ce n'était ni un endroit mal famé ni un bar pour célibataires ; c'était un club avec dîner-spectacle, « quelque chose de détendu, pour favoriser la digestion ». A partir de 10 heures, chanteuse et pianiste interprétaient une musique plus rythmée et l'on dansait jusqu'à minuit, les maris avec leurs femmes, les couples sérieux. Ce n'était pas un endroit où emmener une conquête de rencontre ou en draguer une. Presque chaque soir, il y avait « une vedette connue, quelqu'un dont vous avez sûrement entendu parler », mais ni Owen ni moi n'avions entendu parler de celles que nous citèrent les Giordano. « La Dame en rouge » ne se produisait qu'un soir par semaine ; les Giordano avaient oublié quel soir, mais cette information, Owen et moi, nous aurions pu la leur donner. C'était le mercredi, toujours le mercredi. Prétendument, le professeur de chant de ma mère ne pouvait la recevoir que le jeudi matin, de si bonne heure qu'elle devait passer la nuit précédente dans la cité maudite...

Pourquoi ne chantait-elle pas sous son vrai nom ? Pourquoi « la Dame en rouge » ? Les Giordano l'ignoraient. Ils ne se rappelaient pas non plus l'enseigne du cabaret ; ils savaient seulement qu'il n'existait plus. Il ressemblait à un immeuble privé et en était probablement devenu un, « quelque part dans Beacon Street », impossible d'en savoir davantage. Il pouvait aussi bien avoir été transformé en cabinet médical. Quant au patron du club, c'était un juif de Miami. Les Giordano avaient entendu dire qu'il était retourné en Floride.

« Je crois qu'ils font encore des dîners-spectacles là-bas », nous dit le vieux Mr. Giordano. Il était ému et triste d'apprendre que ma mère était morte ; « la Dame en rouge » avait été très appréciée de la clientèle locale.

« Pas aussi célèbre que les autres artistes, mais une attraction très prisée par les habitués. »

Les Giordano se souvenaient de son apparition, de sa disparition pendant une période, puis de son retour. Par la suite, elle avait disparu pour de bon, mais les gens ne voulaient pas le croire et s'attendaient à la voir faire sa rentrée à tout moment. Quand elle avait disparu « pendant une période », c'était pour avoir son bébé, bien sûr. Moi, en l'occurrence.

Les Giordano avaient sur le bout de la langue le nom du pianiste noir :

« Il faisait partie des meubles », disaient-ils.

Mais tout ce qui leur revenait de son nom, c'était « Buster ».

« Big Black Buster ! finit par dire Mr. Giordano aîné.

— Je n'ai pas l'impression qu'il venait de Miami », ajouta son héritier.

Quand nous ressortîmes dans Newbury Street, Owen me dit :

« MANIFESTEMENT, CE BIG BLACK BUSTER N'EST PAS TON PÈRE ! »

Je voulus demander à Owen s'il avait toujours les coordonnées du professeur de chant et de diction ; je savais que Maman les lui avait données et jamais Owen n'aurait pu jeter quoi que ce soit provenant de ma mère.

Mais je n'en eus pas le temps ; il fouilla une fois de plus dans sa poche :

« L'ADRESSE EST À PROXIMITÉ. J'AI PRIS UN RENDEZ-VOUS POUR FAIRE EXAMINER MA VOIX ; QUAND LE TYPE A ENTENDU MA VOIX AU TÉLÉPHONE, IL M'A DIT DE PASSER LE VOIR QUAND JE VOUDRAIS. »

C'est ainsi qu'Owen Meany était venu à Boston, la ville maudite : préparé.

* * *

Dans ce secteur planté d'arbres de Commonwealth Avenue, où vivait Graham McSwiney, professeur de chant et de diction, il y avait d'opulents vieux immeubles, mais

Mr. McSwiney créchait au dernier étage sans ascenseur d'une des maisons les plus vétustes, aux appartements divisés et subdivisés au fur et à mesure du départ des locataires les plus impécunieux. Comme nous étions en avance pour le rendez-vous d'Owen, nous attendîmes sur le palier, face à la porte sur laquelle on avait punaisé un avertissement manuscrit :

> *Ne sonnez surtout pas*
> *si vous entendez chanter !!!*

« Chanter » n'était pas le terme exact pour ce que nous entendions, mais une sorte d'exercice vocal était en cours derrière la porte de Mr. McSwiney ; nous abstenant de tout bruit intempestif, nous nous installâmes sur un siège bizarre mais confortable, une banquette semblant provenir d'un autocar, pour y écouter la leçon qu'il était interdit d'interrompre.

Une puissante voix masculine faisait :
« *Mi-mi-mi-mi-mi-mi-mi-mi.* »
Une voix féminine vibrante répétait :
« *Mi-mi-mi-mi-mi-mi-mi-mi.* »
L'homme fit ensuite :
« *No-no-no-no-no-no-no-no !* »
La femme répondit :
« *No-no-no-no-no-no-no-no !* »
Alors l'homme chanta un seul vers d'une chanson, un extrait de *My Fair Lady,* l'air qui commence par :
« *All I want is a room somewhere...* »
Alors la femme chanta :
« *Far away from the cold night air...* »
Puis ils chantèrent ensemble :
« *With one enormous chair...* »
Et la femme reprit seule :
« *Oh, wouldn't it be lov-er-ly* [1] ! »

---

1. « Je voudrais un endroit joyeux / A l'abri de l'hiver pluvieux / Un grand divan moelleux... / Oh ! ne serait-ce pas mer-re-veilleux ? » (adaptation libre) *(NdT).*

« *Mi-mi-mi-mi-mi-mi-mi-mi !* », fit ensuite l'homme ; on entendit un piano, martelant une seule note.

Ces voix, même dans cet exercice idiot, étaient les plus belles que nous ayons jamais entendues ; même en chantant ses « *No-no-no-no-no-no-no-no* », la voix de la femme était beaucoup plus belle que celle de ma mère.

J'étais heureux de cette attente, qui me donnait la possibilité de savourer au moins un élément de notre découverte : Mr. McSwiney était réellement un professeur de chant et de diction ; il semblait avoir une voix exceptionnelle et son élève avait une plus belle voix que ma mère... Tout ça voulait dire qu'au moins ma mère n'avait pas menti sur tous les points. Il me fallait le temps de digérer le choc de la révélation de Jerrold.

Le mensonge de ma mère au sujet de la robe rouge me frappait moins que son manque de confiance en moi ou même en Dan (pour autant qu'elle l'ait laissé lui aussi dans l'ignorance). Ce qui me faisait mal, c'était l'aisance, l'habileté avec laquelle elle avait relaté cette histoire d'incendie, et ses inquiétudes si convaincantes concernant la robe rouge ! Il m'apparaissait maintenant qu'elle avait été meilleure menteuse que chanteuse. Et si elle avait menti au sujet de la robe (et n'avait jamais rien dit des exploits de « la Dame en rouge »), sur quels autres sujets n'avait-elle pas menti !

Déjà, j'ignorais qui était mon père ; qu'ignorais-je *encore ?*

L'esprit bien plus vif que moi, Owen Meany résuma la chose d'une phrase, qu'il murmura pour ne pas troubler la leçon de Mr. McSwiney :

« MAINTENANT, TU NE SAIS PAS QUI EST TA MÈRE. »

Après le départ d'une petite jeune femme vêtue de façon extravagante, nous fûmes admis dans le logis en désordre du professeur ; déçus par le faible tour de poitrine de la cantatrice, qui contrastait avec sa puissance vocale, nous fûmes en revanche impressionnés par le fouillis professionnel qui nous attendait dans l'antre de Graham McSwiney. Dans la salle de bains sans porte, la baignoire semblait avoir été jetée au hasard, en plein milieu, remplie de

tuyaux coudés et de joints ; manifestement, des travaux de
plomberie progressaient, très lentement.

Aucune cloison ne séparait la petite cuisine de la pièce
principale — à moins qu'on ne l'ait ôtée —, et il n'y avait
pas de portes aux placards, qui ne contenaient pratiquement que quelques tasses et soucoupes ; cela donnait
l'impression que Mr. McSwiney se nourrissait exclusivement de café ou prenait ses repas au-dehors. On ne voyait
pas de lit dans cette pièce à tout faire encombrée ; rien
qu'un divan peut-être transformable mais recouvert de
partitions musicales, en piles si épaisses et si méticuleuse-
ment rangées que l'idée de s'y asseoir, et à plus forte raison
d'y dormir, ne devait pas venir souvent au professeur.

Les murs disparaissaient sous les souvenirs : affiches de
concerts et d'opéras ; coupures de journaux consacrées à
des stars du bel canto ; diplômes et médailles sous cadre
évoquant des Oscars de la Voix d'Or ou du Super-Contre-
Ut le plus tonitruant. On voyait aussi des panneaux
anatomiques de la gorge et des poumons, tels qu'on en
trouve chez les oto-rhinos, aussi détaillés que les planches
d'une encyclopédie. Dans les emplacements libres entre ces
morceaux choisis du corps humain, on pouvait lire des
conseils pratiques, du genre de ceux que dispensent les
entraîneurs sportifs dynamiques :

Commencez par le sternum !

Gardez l'air dans vos poumons
le plus longtemps possible !

Le diaphragme est un muscle à sens unique :
il peut seulement inspirer !

Exercez votre souffle avant de chanter !

Ne soulevez jamais les épaules !

Ne retenez jamais votre souffle !

Un mur entier était consacré au maniement des voyelles ; au-dessus du chambranle de la cuisine, cette unique recommandation : « Doucement ! » Mais, dominant tout l'appartement, en plein milieu, immense, noir, luisant et d'une valeur probablement deux fois supérieure au loyer annuel de l'endroit, trônait le piano.

Mr. McSwiney était complètement chauve ; des touffes de poils blancs jaillissaient de ses oreilles, comme pour les protéger du volume énorme de sa propre voix. Entre soixante et soixante-dix ans, d'apparence chaleureuse, ce petit homme possédait un thorax athlétiquement développé, où son menton reposait comme sur un socle ; plus bas, son estomac rebondi évoquait un durillon de comptoir. Il nous demanda :

« Eh bien ? Lequel de vous a cette fameuse voix ?

— C'EST MOI, dit Owen Meany.

— C'est ce que j'appelle une Voix ! », s'écria Mr. McSwiney.

Il ne m'accorda qu'une attention distraite, même quand Owen déclina mon nom de famille avec une emphase particulière, pensant raviver un souvenir familier chez le professeur.

« VOICI MON AMI JOHN *WHEELWRIGHT*. »

Mais ce nom ne sembla rien dire à Mr. McSwiney, qui brûlait d'examiner la pomme d'Adam d'Owen.

« C'est toujours pareil, quel que soit le nom qu'on lui donne, dit le professeur. Une pomme d'Adam, un larynx, une caisse de résonance… c'est la partie la plus importante de l'appareil vocal. »

Ce disant, il installa Owen dans ce qu'il appelait « le siège du chanteur », une chaise au dossier raide auprès du piano. Mr. McSwiney prit la gorge d'Owen entre le pouce et l'index.

« Avalez. »

Owen avala. Quand je touchai moi aussi ma gorge pour avaler, je sentis ma pomme d'Adam bondir ; celle d'Owen bougea à peine.

« Bâillez. »

Quand je bâillai, ma pomme d'Adam descendit, mais celle d'Owen Meany demeura presque immobile.

« Criez.

— AAAAAHHHHH ! », fit Owen.

Sa pomme d'Adam ne réagit pas davantage.

« Étonnant ! dit Mr. McSwiney. Votre larynx reste coincé en permanence. J'ai rarement vu une chose pareille. Votre caisse de résonance n'est jamais en repos ; votre pomme d'Adam reste en position de *cri permanent*. Je pourrais vous donner quelques exercices ; vous pourriez consulter un oto-rhino ; on pourrait vous opérer...

— JE NE VEUX PAS ME FAIRE OPÉRER. JE N'AI PAS BESOIN D'EXERCICES. SI DIEU M'A DONNÉ CETTE VOIX, C'EST QU'IL AVAIT SES RAISONS. »

Voyant que Mr. McSwiney s'apprêtait à lancer une phrase ironique concernant l'influence de Dieu sur la pomme d'Adam, j'intervins :

« Comment se fait-il que sa voix ne change pas ? Je croyais que tous les garçons *muaient,* à la puberté.

— Si sa voix n'a pas encore mué, elle ne changera jamais. Les cordes vocales ne jouent aucun rôle dans le *timbre,* elles se contentent de vibrer. D'ailleurs, ce ne sont pas vraiment des cordes, mais des sortes de lèvres. C'est l'espace entre ces lèvres qu'on appelle la glotte. C'est la respiration, quand ces lèvres sont fermées, qui produit un son. Quand une voix masculine mue, c'est un des effets de la puberté, un développement sexuel secondaire. Mais je ne crois pas que cette voix changera. Si elle avait pu muer, ce serait déjà fait.

— ÇA N'EXPLIQUE PAS POURQUOI ELLE N'A PAS DÉJÀ CHANGÉ, dit Owen Meany.

— Pour moi c'est inexplicable, dit le professeur. Je peux vous donner des exercices ou vous recommander un médecin.

— JE NE M'ATTENDS PAS À CE QUE MA VOIX CHANGE. »

La foi d'Owen dans les desseins de Dieu commençait d'exaspérer Mr. McSwiney, qui demanda :

« Pourquoi donc êtes-vous venu me consulter, mon petit ?

— Parce que vous connaissez sa mère », répliqua Owen, me désignant.

Graham McSwiney me jaugea, comme s'il craignait que je ne le poursuive en reconnaissance de paternité.

« Tabitha Wheelwright, lui dis-je. On l'appelait Tabby. Elle était du New Hampshire ; elle a été votre élève, avant ma naissance et jusqu'à ce que j'aie huit ou neuf ans.

— Ou dix », rectifia Owen Meany.

Il tendit la photo au professeur.

« " La Dame en rouge ! " », fit Mr. McSwiney. Désolé, j'avais oublié son nom.

— Mais vous vous souvenez d'elle ?

— Bien sûr, je m'en souviens. Elle était jolie et charmante ; c'est moi qui lui ai procuré ce travail idiot. Ce n'était pas le Pérou, mais ça l'amusait ; elle s'imaginait que quelqu'un la " découvrirait " si elle continuait de chanter en public. Pourtant, je lui avais dit qu'on n'avait jamais découvert personne à Boston, et certainement pas dans ce cabaret ! »

Mr. McSwiney nous expliqua que le club l'appelait souvent, à la recherche de talents locaux ; comme nous l'avaient dit les Giordano, le cabaret embauchait de préférence des chanteuses pour un mois ou deux. Mais le mercredi, jour de repos des artistes habituels, le club donnait leur chance à des débutantes. Ma mère avait réussi à se faire très vite une petite réputation et l'établissement l'avait gardée. Elle avait tenu à changer de nom, par timidité ou « provincialisme », ce que Mr. McSwiney trouvait aussi ridicule que son idée d'être un jour découverte par un imprésario.

« Elle avait du charme, nous dit-il. Comme chanteuse, elle manquait de coffre et elle était paresseuse. Elle se contentait de chanter des chansonnettes populaires ; elle n'avait guère d'ambition et n'aimait pas faire des exercices. »

Il nous expliqua les deux jeux de muscles qui régissent le « coffre » et la « voix de tête » ; ce n'était pas ce qui nous intéressait, mais nous l'écoutions poliment exposer son avis de professeur sur ma mère. La plupart des femmes chantent avec le larynx en position haute, ce qui donne la voix de tête ; elles manquent de puissance entre le *mi* majeur et le contre-*ut,* et, quand elles veulent forcer dans les notes hautes, elles crient. Chez les femmes, travailler le coffre est très important. Pour les hommes, c'est la voix de tête qu'il faut développer. Mais dans tous les cas, il faut s'astreindre à de longues heures de travail.

Ma mère, qui ne chantait qu'une fois par semaine, était, pour Mr. McSwiney, l'équivalent d'un sportif du dimanche. Elle avait un joli timbre, mais Mr. McSwiney partageait mon opinion, sa voix manquait de puissance, bien éloignée de celle que nous avions entendue à travers la porte.

« Qui a trouvé le nom " la Dame en rouge " ? demandai-je au vieux professeur, m'efforçant de le ramener au sujet qui nous intéressait.

— Elle avait trouvé une robe rouge dans une boutique. Elle m'avait dit vouloir changer de personnalité... une seule fois par semaine ! » Il se mit à rire. « Je ne suis jamais allé l'entendre. Ce n'était qu'un dîner-spectacle, vous savez. Ils n'engagent jamais de très bons chanteurs. Les meilleurs travaillaient avec moi et je les entendais ici, mais je n'ai jamais mis les pieds dans cet endroit. Je ne connaissais Meyerson que par téléphone, je ne crois pas l'avoir jamais vu. Je pense que c'est Meyerson qui l'a baptisée " la Dame en rouge ".

— Meyerson ? demandai-je.

— Le propriétaire de la boîte, un aimable vieux monsieur, qui venait de Miami, me semble-t-il. Pas prétentieux, honnête. Toutes les chanteuses que je lui ai envoyées l'aimaient bien, il les traitait avec correction.

— Vous rappelez-vous le nom du cabaret ? »

« L'Orangeraie » ; ma mère avait raillé le décor, surchargé d'orangers en pots et d'aquariums de poissons tropicaux. Les vieux époux y célébraient leur anniversaire de mariage. Dire qu'elle s'imaginait qu'on pourrait la découvrir dans cet endroit !

« Est-ce qu'elle avait un ami ? »

Mr. McSwiney haussa les épaules.

« Tout ce que je sais, c'est qu'elle ne s'intéressait pas à moi ! » Il m'adressa un sourire complice. « Je le sais parce que je lui avais fait des avances. Elle m'a gentiment rembarré et je me le suis tenu pour dit.

— A " L'Orangeraie ", il y avait un pianiste, un Noir, lui dis-je.

— Bien sûr, mais c'était un glandeur. Il avait joué dans toute la ville pendant des années avant d'atterrir là. Et après, il a repris sa vie itinérante. Big Black Buster Freebody [1], dit-il en riant.

— Freebody ?

— C'était un pseudonyme, comme " la Dame en rouge ". Et il n'aurait pas pu être l'amant de votre mère, il était pédé comme un phoque. »

Graham McSwiney nous dit aussi que Meyerson était reparti pour Miami, mais il ajouta que ce Meyerson était déjà un vieux monsieur dans les années quarante, si vieux qu'il était probablement mort à l'heure actuelle ou peu s'en fallait. Quant à Buster Freebody, Mr. McSwiney ignorait où il était allé après la fermeture de « L'Orangeraie ».

« Je le rencontrais un peu partout, j'avais l'impression qu'il faisait partie du décor. »

Il nous confirma que Buster jouait en sourdine, ce qui était apprécié par les chanteuses.

« Votre mère a eu un gros problème, elle a disparu quelque temps...

— C'ÉTAIT LUI, LE PROBLÈME, dit Owen en me désignant.

— Vous êtes à la recherche de votre père ? me demanda le professeur. C'est bien ça ?

— Oui.

— Ne vous faites pas de souci, mon petit. Si votre père avait voulu vous voir, il vous aurait retrouvé.

— DIEU LUI DIRA QUI EST SON PÈRE », affirma Owen.

Graham McSwiney haussa les épaules et dit à Owen :

1. _Free,_ libre, et _body,_ corps. Peut se traduire par « esclave libéré » _(NdT)._

« Je ne suis pas Dieu. Et ce Dieu que vous connaissez, il doit être sacrément occupé ! »

Je lui donnai mon numéro de téléphone à Gravesend, au cas où il se rappellerait le dernier endroit où avait joué le Noir. Mais Mr. McSwiney m'avertit que Buster Freebody risquait bien, lui aussi, de manger les pissenlits par la racine. Il demanda son numéro de téléphone à Owen, au cas où il entendrait parler d'une théorie concernant la mue et son absence.

« C'EST SANS IMPORTANCE, dit Owen, mais il lui donna quand même son numéro.

— Votre maman était une femme charmante, pleine de bonté, une femme *respectable,* me dit Mr. McSwiney.

— Merci.

— " L'Orangeraie " était un endroit sans intérêt, mais pas louche ; rien de sordide n'aurait pu lui arriver là.

— Merci.

— Elle ne voulait chanter que du Sinatra... Ça me rendait malade ! fit le professeur.

— IL FAUT CROIRE QU'IL Y AVAIT DES GENS POUR AIMER ÇA ! », dit Owen Meany.

* * *

Toronto, le 30 mai 1987. — J'ai encore perdu une belle occasion de ne pas lire le *New York Times !* Pourtant, comme je l'ai souvent fait remarquer à mes élèves de la Bishop Strachan School, ce journal fait une excellente utilisation de la demi-colonne.

> Reagan déclare :
> Fermeté dans le golfe ;
> plans confus.

Beau comme l'antique. Pas le point virgule, l'idée. N'est-ce pas exactement ce dont le monde a besoin ? Une fermeté confuse ! La quintessence de la politique américaine : ne soyons pas clairs, mais fermes !

En novembre 1961 — après que j'eus découvert que la

caisse de résonance d'Owen n'était jamais en repos et que ma mère avait mené une double vie — le général Maxwell Taylor rapporta au président Kennedy que l'aide militaire américaine, tant économique que politique, pouvait assurer la victoire du Sud-Vietnam *sans* que les Américains entrent en guerre. (En privé, le général avait conseillé d'envoyer 8 000 hommes de troupe d'unités de combat au Vietnam.)

C'est au 80 Front Street qu'Owen, Hester et moi célébrâmes le Nouvel An, sans trop de boucan car Grand-Mère était alitée, mais dans l'esprit festif en vigueur à l'époque chez les adolescents. Hester avait vingt ans et, au Vietnam, il n'y avait encore que 3 025 soldats américains.

Hester allait inaugurer la nouvelle année avec beaucoup plus d'emphase qu'Owen ou moi — à genoux sur la neige, dans la roseraie d'où Grand-Mère ne risquait pas de l'entendre restituer tout son rhum-coca (breuvage qu'elle avait commencé à apprécier lors de ses amours débutantes à Tortola). Ce changement de millésime me rendait beaucoup moins enthousiaste ; je m'endormis devant les souffrances de Charlton Heston dans *Ben Hur ;* j'avais décroché entre la course de chars et la colonie de lépreux. Owen regarda le film en entier ; pendant les coupures publicitaires, il accordait une attention distraite à la fenêtre donnant sur la roseraie, par laquelle on distinguait la pâle silhouette d'Hester sous la lueur fantomatique de la lune. Je m'étonne encore du peu d'effet que ce changement d'année avait sur Owen Meany, convaincu qu'il était de savoir exactement combien de temps il lui restait à vivre. Il semblait satisfait de voir Ben-Hur mourir et Hester vomir ; c'est peut-être cela, la foi, cette satisfaction face à l'avenir...

D'ici notre prochain réveillon ensemble, il y aurait 11 300 militaires américains au Vietnam. Cette fois encore, le matin du Jour de l'An, ma grand-mère remarquerait la flaque gelée des vomissures d'Hester, souillant l'espace généralement immaculé qui entourait la vasque de la roseraie.

« Miséricorde ! s'écrierait Grand-Mère. Qu'est-ce que

c'est que cette saleté au pied de la vasque pour les oiseaux ? »

Comme l'année précédente, Owen Meany disait :

« VOUS N'AVEZ PAS ENTENDU LES OISEAUX TOUTE LA NUIT, MISSUS WHEELWRIGHT ? JE ME DEMANDE CE QU'ETHEL PEUT BIEN FOURRER DANS LES MANGEOIRES ! »

J'ai lu voici deux ans un livre qui aurait plu à Owen : *L'Almanach de la guerre du Vietnam,* du colonel Harry G. Summers, Jr. Le colonel Summers a combattu dans l'infanterie en Corée et au Vietnam ; comme nous disions à Gravesend, il ne tourne pas autour du pot. Cet excellent livre commence ainsi : « L'une des tragédies de la guerre du Vietnam est que, bien que les forces armées américaines eussent vaincu le Nord-Vietnam et le Vietcong dans tous les principaux combats, les États-Unis n'en ont pas moins essuyé la plus grande défaite de leur histoire. » Imaginez un peu ! Dès la première page de son livre, le colonel Summers rapporte un épisode à propos du président Franklin D. Roosevelt à la conférence de Yalta en 1945, alors que les forces alliées tentaient d'élaborer le monde d'après-guerre. Le président Roosevelt voulait attribuer l'Indochine au général Tchang Kaï-chek, président de la République chinoise, mais le général connaissait l'histoire vietnamienne et ses traditions ; Tchang Kaï-chek savait que les Vietnamiens n'étaient pas des Chinois et ne se laisseraient jamais aisément absorber par le peuple chinois. A l'offre généreuse de Roosevelt, Tchang répondit : « Nous n'en voulons pas. » Le colonel Summers fait remarquer qu'il fallut aux États-Unis trente ans — et une guerre qui coûta pratiquement 50 000 vies américaines — pour découvrir ce que Tchang Kaï-chek avait expliqué au président Roosevelt en 1945. Vous vous rendez compte !

Quoi de surprenant que le président Reagan annonce de la « fermeté » dans le golfe Persique et que ses plans soient « confus » ?

L'année scolaire se termine bientôt ; bientôt, les filles de la Bishop Strachan School s'en iront. A Toronto, les étés sont chauds et humides, mais j'aime regarder la pluie tomber sur l'herbe du réservoir Saint Clair ; le parc

Churchill reste bien vert, comme une jungle, et pendant tout l'été. Comme la famille de la révérende Katherine Keeling possède une île dans Georgian Bay, Katherine m'invite toujours chez elle ; j'y vais au moins une fois chaque été, pour ma dose annuelle de baignade en eau fraîche, en compagnie d'enfants qui ne sont pas les miens. Tous ces canots qui prennent l'eau, tous ces gilets de sauvetage mouillés, le parfum des pinèdes et de l'antiseptique appliqué sur les troncs, sont des souvenirs précieux pour le célibataire endurci que je suis.

L'été, je vais aussi à Gravesend voir Dan. Il serait peiné si je n'assistais pas à une des pièces qu'il monte dans le cadre de l'école d'été ; il comprend que je m'abstienne d'aller aux représentations des Compagnons de Gravesend. Mr. Fish, pour âgé qu'il soit, joue toujours, ainsi que la plupart des vieux amateurs, mais je n'ai vraiment aucune envie de les revoir. Et ça ne m'intéresse plus d'observer les spectateurs qui nous intriguaient tant, Owen et moi, il y a plus de vingt ans.

« Est-ce qu'il est venu ce soir ? me chuchotait Owen. Est-ce que tu le vois ? »

Oui, en 1961, nous recherchions dans le public ce personnage qui avait assisté au match, sans savoir si nous le connaissions ou non. L'homme qui avait répondu — ou non — au signe de ma mère. Son visage, nous en étions certains, avait fatalement reflété quelque expression, en voyant ce qu'avait entraîné le coup d'Owen Meany. Un visage, soupçonnions-nous, que ma mère aurait reconnu dans mainte assemblée auparavant, pas seulement au stade de base-ball, mais entre les orangers en pots et les aquariums de poissons tropicaux d'un cabaret qui s'appelait « L'Orangeraie ». Nous cherchions l'homme *pour qui* « la Dame en rouge » aurait chanté… au moins une sinon maintes fois.

« Tu le vois ? demandai-je à Owen Meany.

— Pas ce soir. Ou il n'est pas là, ou il ne pense pas à ta mère, m'avait-il dit un jour.

— Qu'est-ce que tu veux dire ?

— Imagine que Dan monte une pièce sur Miami…

IMAGINE QUE LES COMPAGNONS DE GRAVESEND JOUENT UNE PIÈCE QUI SE PASSE DANS UN CABARET DE MIAMI, QUI S'APPELLERAIT " L'ORANGERAIE " ET OÙ IL Y AURAIT UNE CHANTEUSE, " LA DAME EN ROUGE ", QUI NE CHANTERAIT QUE DE VIEILLES CHANSONS DE SINATRA...

— Elle n'existe pas, cette pièce !

— C'EST UNE SUPPOSITION ! SERS-TOI UN PEU DE TON *IMAGINATION*. DIEU PEUT TE DIRE QUI EST TON PÈRE, MAIS TU DOIS Y CROIRE, TU DOIS AIDER UN PEU LE CIEL ! IMAGINE SEULEMENT QU'UNE TELLE PIÈCE EXISTE !

— OK. J'imagine.

— ON APPELLERAIT LA PIÈCE *L'ORANGERAIE* OU *LA DAME EN ROUGE*... TU NE CROIS PAS QUE TON PÈRE VOUDRAIT LA VOIR ? ET TU NE CROIS PAS QU'ALORS NOUS POURRIONS L'IDENTIFIER ?

— Je pense que oui. »

* * *

Le problème, c'est que nous n'osions pas parler à Dan de « L'Orangeraie » ou de « la Dame en rouge » ; nous n'étions pas sûrs qu'il soit au courant. J'avais peur de blesser Dan par mon obstination à trouver mon véritable père ; ne risquerait-il pas de croire que sa paternité, à lui, ne me suffisait pas ?

Et si Dan n'avait jamais entendu parler du cabaret ni de « la Dame en rouge », cela ne le blesserait-il pas aussi ? Cette double vie, ce passé romanesque de ma mère avant sa rencontre avec Dan... pouvait-on lui révéler tout ça sans lui faire de la peine ?

Owen pensa avoir trouvé le moyen de tout concilier sans révéler notre découverte à Dan :

« JE POURRAIS ÉCRIRE LA PIÈCE. JE LA SOUMETTRAIS À DAN, COMME LA PREMIÈRE CRÉATION ORIGINALE DES COMPAGNONS DE GRAVESEND... JE SAURAIS EN DEUX SECONDES SI DAN CONNAISSAIT L'HISTOIRE.

— Mais toi, tu ne la connais pas, l'histoire ! Tu disposes juste d'un vague point de départ et d'un décor, mais tu ignores tout des personnages principaux.

— Ça ne doit pas être bien sorcier d'écrire une bonne histoire. Après tout, ta mère inventait très bien... et elle n'était pas auteur dramatique.

— Parce que toi, tu en es un, peut-être ! »

Owen haussa les épaules et répéta :

« Ça ne doit pas être bien sorcier. »

Je lui rétorquai que je ne voulais pas qu'il essaie et qu'il risque de peiner Dan ; pour peu que celui-ci connaisse déjà l'histoire, ou son simple point de départ, il aurait du chagrin.

« Ce n'est pas pour Dan que tu te fais du souci.

— Que veux-tu dire ? »

Il haussa les épaules ; parfois, j'ai l'impression qu'il avait inventé le haussement d'épaules.

« Je crois que tu as peur de découvrir qui est ton père.

— Va te faire mettre, Owen.

— Voyons les choses autrement. Un indice t'a été donné, sans le moindre effort de ta part. Cet indice, c'est *Dieu* qui te l'a fourni. Maintenant, tu as le choix : ou tu utilises ce cadeau de Dieu, ou tu le négliges. Je crois qu'on te demande un petit effort.

— Moi, je crois que tu t'intéresses davantage que moi à mon père ! »

Il hocha la tête. Ça se passait le 31 décembre 1961, vers 2 heures de l'après-midi, dans le séjour crapoteux d'Hester à Durham, New Hampshire — une pièce que nous partagions d'habitude avec les colocataires d'Hester, deux étudiantes presque aussi négligées qu'elle, mais loin de la valoir, hélas, question sex-appeal. Ces filles étaient parties dans leurs familles pour Noël. Hester n'était pas là non plus ; Owen et moi nous n'aurions jamais évoqué le secret de ma mère en sa présence. Bien qu'il ne fût que 2 heures de l'après-midi, Hester avait déjà sifflé plusieurs rhums-cocas et dormait à poings fermés dans sa chambre, aussi indifférente à notre discussion qu'à ma mère.

« Allons au gymnase nous entraîner à notre tir.

— Je n'ai vraiment pas envie.

— DEMAIN, C'EST LE JOUR DE L'AN, me rappela Owen. LE GYMNASE SERA FERMÉ. »

A travers sa porte close, nous entendions respirer Hester ; la respiration d'Hester après boire se situait à mi-chemin entre le ronflement et le gémissement.

« Pourquoi boit-elle autant ? demandai-je à Owen.

— ELLE EST EN AVANCE SUR SON ÉPOQUE.

— Et ça veut dire quoi, au juste ? Doit-on s'attendre à une génération d'ivrognes ?

— NOUS AURONS UNE GÉNÉRATION QUI REFUSE D'ENVISAGER L'AVENIR, ET PEUT-ÊTRE DEUX GÉNÉRATIONS QUI SE FOUTENT DE TOUT.

— Comment le sais-tu ?

— JE NE SAIS PAS COMMENT JE LE SAIS, MAIS JE SAIS QUE JE LE SAIS », répondit Owen Meany.

* * *

Toronto, le 9 juin 1987. — Après un week-end superbe, ensoleillé et aussi frais qu'en automne, j'ai craqué et acheté le *New York Times ;* Dieu merci, personne ne m'a vu. L'une des filles Brocklebank s'est mariée à la chapelle de la Bishop Strachan School, comme beaucoup d'anciennes élèves ; elles reviennent à leur vieille école pour les liens sacrés, même celles qui ont souffert pendant leurs études. Parfois, on m'invite aux noces ; Mrs. Brocklebank m'a invité à celle-ci, bien que cette fille-là ait complètement échappé à mon enseignement, et je pense que Mrs. Brocklebank ne m'a invité que parce que j'étais tombé sur elle tandis qu'elle taillait énergiquement sa haie. Personne ne m'ayant envoyé de carton officiel, j'ai préféré m'abstenir, d'autant que la fille Brocklebank épousait un Américain. Je crois que c'est la vision d'une voiture bourrée d'Américains dans Russel Hill Road qui m'a incité à acheter le *New York Times.*

Ces Américains étaient perdus, incapables de trouver la Bishop Strachan School ou sa chapelle ; leur véhicule était immatriculé à New York et ils ne savaient même pas prononcer Strachan. Une femme me demanda :

« Où est Bishop Stray-chen ?

— Bishop *Strawn,* la repris-je.

— Comment ? Je ne comprends pas ce qu'il dit, dit-elle à son mari qui conduisait. Je crois qu'il parle français.

— Je parle anglais, informai-je cette demeurée. C'est à Montréal qu'on parle français. Ici, nous sommes à Toronto et on parle anglais.

— Savez-vous où est Bishop Stray-chen ? hurla son mari.

— C'est Bishop *Strawn !* hurlai-je en retour.

— Non, Stray-chen », piailla l'épouse.

L'un des gosses sur la banquette arrière prit la parole.

« Je crois qu'il vous dit comment ça doit se prononcer.

— Je ne veux pas savoir comment ça doit se prononcer, répliqua son père. Je veux simplement savoir comment y aller !

— Savez-vous où c'est ? me demanda la femme.

— Non, dis-je. Je n'en ai jamais entendu parler.

— Il n'en a jamais entendu parler ! », répéta la femme. Tirant une lettre de son sac, elle l'ouvrit et me demanda : « Savez-vous où est Lonsdale Road ?

— Quelque part dans cette direction, me semble-t-il. »

Ils démarrèrent droit sur le réservoir, dans la direction opposée bien sûr. Leurs plans étaient certes confus, mais ils manifestaient une fermeté tout américaine !

De sorte que j'ai dû éprouver un peu le mal du pays, ce qui m'arrive de temps en temps. C'était bien le jour d'acheter le *New York Times !* Je ne pense pas qu'il y ait de jour rêvé pour ça, mais quelle nouvelle j'y appris !

Nancy Reagan déclare que les auditions
n'ont pas affecté le président.

Oh, merde, Mrs. Reagan a dit que les auditions au Congrès, relatives à l' « Irangate », n'ont pas affecté le président. Mrs. Reagan est allée en Suède étudier les mesures anti-drogue dans un lycée de Stockholm ; comme tant d'Américains d'âge mûr, elle doit croire que l'origine de tous les maux se situe dans les excès de la jeunesse.

Quelqu'un devrait lui dire que les jeunes — y compris les jeunes drogués — ne sont pas ceux à qui il faut imputer la responsabilité des problèmes majeurs qui agitent le monde !

Les femmes des présidents américains déploient toujours une énergie excessive pour éliminer leurs sujets de mécontentement ; Mrs. Reagan est obsédée par le problème de la drogue. Mrs. Johnson, elle, voulait débarrasser le pays des carcasses de voitures ; ces épaves qui, ne pouvant plus rouler, déshonoraient le paysage… Elle s'était fait un point d'honneur de les supprimer. Une autre épouse de président, ou de vice-président, jugeait honteux que la nation dans son ensemble prêtât si peu d'attention à « l'art » ; j'ai oublié la solution qu'elle proposait pour y remédier.

Mais ça ne m'étonne pas que le président ne soit « pas affecté » par les auditions du Congrès ; il n'a jamais été affecté, que je sache, par ce que le Congrès lui dit de faire ou de ne pas faire.

Et qui donc se préoccupe du fait que le président savait ou non que l'argent récolté en vendant en secret des armes à l'Iran était détourné au profit des rebelles du Nicaragua ? La plupart des Américains s'en foutent.

Les Américains en avaient assez des débats sur le Vietnam bien avant de se retirer du Vietnam ; les Américains en avaient assez du Watergate, et de ce que Nixon pouvait ou non avoir fait, bien avant que les preuves ne fussent déballées. Les Américains en ont déjà assez du Nicaragua ; d'ici que les auditions du Congrès sur l'Irangate soient achevées, les Américains ne sauront ou ne voudront plus se faire d'opinion ; ils seront fatigués de toute l'histoire. Dans un moment, le golfe Persique ne les intéressera pas davantage. Ils en ont déjà plus que marre de l'Iran.

Cette attitude m'est aussi familière que les vomissements rituels d'Hester au Nouvel An. Nous étions en 1963 ; Hester se vidait dans la roseraie pendant qu'Owen et moi nous regardions la télévision. Il y avait 16 300 soldats américains au Vietnam. Pour le Nouvel An 1964 : 23 300 ! Hester dégueulait à nouveau tripes et boyaux. Il me semble que le redoux était précoce cette année-là, puisque Hester

vomissait sous la pluie... à moins que ce ne fût en 1965,
quand il y avait 184 000 soldats américains au Vietnam.
Hester ne cessait de vomir, elle faisait du non-stop. Elle
était farouchement opposée à la guerre du Vietnam;
radicalement. Hester était si belliqueusement pacifiste
qu'elle inspira à Owen Meany un bon moyen de mettre fin
à la guerre :

« AU LIEU DE TOUS CES SOLDATS, ON DEVRAIT ENVOYER
HESTER LÀ-BAS, AVEC UNE PROVISION DE RHUM-COCA. »

Il lui en fit part :

« HESTER, J'AI UNE IDÉE GÉNIALE. POURQUOI N'IRAIS-
TU PAS DÉGUEULER SUR HANOI, POUR CHANGER ? »

Le 31 décembre 1966, il y avait 385 300 soldats américains au Vietnam ; 6 644 avaient été tués en opération.
Cette année-là, nous n'étions pas ensemble pour le réveillon. Je regardai la télévision en solitaire, au 80 Front
Street. J'étais certain qu'Hester, où qu'elle fût, dégueulait ;
mais où ? En 1967, il y avait 485 600 Américains au
Vietnam ; 16 021 y avaient trouvé la mort. Une fois de plus,
je regardai seul la télévision. J'avais un peu trop bu ;
j'essayais de me rappeler quand Grand-Mère s'était offert
une télévision couleur, mais en vain. J'avais tellement bu
que je dus aller vomir dans la roseraie, moi aussi ; il faisait
bougrement froid, et j'espérai, pour son bien, qu'Hester
vomissait sous des cieux plus cléments.

Owen, lui, se trouvait sous un climat plus chaud.

Je ne me rappelle ni où j'étais ni ce que je fis au Jour de
l'An 1968. Il y avait 536 100 soldats américains au Vietnam,
encore environ 10 000 de moins qu'à notre période de
pointe. Seulement 30 610 avaient été tués au combat,
16 000 de moins que le nombre total. Mais où que je fusse à
ce moment-là, je sais que j'étais ivre mort et que je
vomissais ; où que pût être Hester, je sais qu'elle aussi était
soûle et vomissait.

* * *

Comme je l'ai déjà dit, Owen ne me montrait pas ce qu'il
écrivait dans son journal ; ce fut beaucoup plus tard —

après que tout ou presque fut terminé — que je découvris ce qu'il y avait écrit. Une note en particulier que j'aurais voulu pouvoir lire au moment de sa rédaction ; elle se trouve presque au début du journal, juste après l'envolée optimiste concernant le président Kennedy, pas très loin des remerciements à ma grand-mère et du désir qu'elle soit fière de lui. Datées du 1ᵉʳ février 1962, ces lignes me semblent importantes :

> IL Y A TROIS CHOSES DONT JE SUIS SÛR. JE SAIS QUE MA VOIX NE CHANGERA JAMAIS, ET JE CONNAIS LA DATE DE MA MORT. J'AIMERAIS SAVOIR *POURQUOI* MA VOIX NE CHANGERA PAS, J'AIMERAIS SAVOIR *COMMENT* JE VAIS MOURIR ; MAIS DIEU M'A PERMIS D'EN SAVOIR PLUS QUE LA PLUPART DES GENS — AUSSI, JE NE ME PLAINS PAS. LA TROISIÈME CHOSE DONT JE SOIS SÛR, C'EST QUE JE SUIS L'INSTRUMENT DE DIEU ; JE SAIS QUE DIEU ME FERA SAVOIR CE QUE JE DOIS FAIRE ET QUAND JE DEVRAI LE FAIRE. BONNE ET HEUREUSE ANNÉE !

A l'Institut de Gravesend, c'était l'hiver de notre terminale ; si j'avais compris alors son acceptation fataliste de ce qu'il « savait », j'aurais mieux compris son comportement ultérieur — quand le monde entier sembla se liguer contre lui et qu'il ne chercha même pas à se défendre.

Nous traînions dans la salle de rédaction du *Caveau* (cette année-là, « la Voix » en était le rédacteur en chef) quand un condisciple antipathique, Larry Lish, vint nous dire que le président Kennedy « se tapait » Marilyn Monroe !

Larry Lish — Herbert Lawrence Lish, Jr., fils d'un producteur de cinéma — était probablement, de tous les étudiants de Gravesend, le plus cynique et le plus puant. L'année précédente, il avait mis une fille enceinte, et sa mère — récemment divorcée de son père — avait si promptement et si habilement organisé l'avortement que tout le monde n'y avait vu que du feu ; ce Larry Lish avait

empoisonné l'existence de nombreuses filles. On murmurait que sa mère était prête, à tout moment, à expédier ses
petites amies en Suède et qu'elle les accompagnait dans
l'avion pour s'assurer qu'elles se faisaient bien avorter !
Après ces aller-retour en Suède, ces filles cessaient de
fréquenter Larry. C'était un avenant sociopathe, le genre
de frimeur faisant bonne impression sur ces âmes naïves
prêtes à se faire embobiner par un accent snobinard et des
chemises sur mesure.

Il avait de l'esprit — Owen lui-même appréciait ses
articles bien torchés dans *Le Caveau* — et était cordialement détesté par les élèves et les professeurs ; je dis
« cordialement » car, en ce qui concerne les étudiants,
aucun d'eux n'aurait refusé une invitation aux réceptions
de son père ou de sa mère. En ce qui concerne les profs,
leur haine de Lish était cordiale, car son père était si
célèbre qu'ils en avaient peur ; sa mère, elle, la divorcée,
était une beauté ravageuse. Je suis certain que bien des
professeurs avaient des vues sur elle... ainsi que la quasi-
totalité des élèves.

Owen et moi nous n'avions jamais été conviés aux pince-
fesses de Mr. ou Mrs. Lish ; pour nous, natifs du New
Hampshire, un déplacement à New York ou à Beverly Hills
constituait une expédition impensable. Herb Lish vivait à
Beverly Hills et donnait des soirées typiquement hollywoo-
diennes ; les riches copains de Larry, revenant de Los
Angeles, se vantaient d'avoir rencontré bon nombre de
starlettes lors de ces fastueuses réceptions.

Celles que donnait Mrs. Lish dans son appartement de la
Cinquième Avenue n'étaient pas moins courues ; la femme
comme le mari adoraient impressionner et séduire la
jeunesse dorée. Et les filles de New York, bien que
n'aspirant pas toutes à devenir actrices, avaient la réputation de « faire ça » encore plus facilement que leurs
semblables californiennes, qui opposaient encore quelque
résistance par principe.

Suite à leur divorce, Mr. et Mrs. Lish se disputaient
l'affection incertaine de leur fils Larry ; c'est pour gagner
son cœur qu'ils se livraient à une surenchère de fêtes

dispendieuses, à base d'alcool et de sexe. Larry partageait ses vacances entre New York et Beverly Hills. Sur une côte ou l'autre, les relations de Lish comprenaient des gens qui fascinaient la plupart des étudiants de Gravesend et dont Owen et moi n'avions jamais entendu parler, pour la plupart. Mais nous avions certainement entendu parler du président John F. Kennedy et nous avions certainement vu tous les films ayant Marilyn Monroe pour vedette.

« Vous savez ce que ma mère m'a raconté pendant les vacances ? nous demanda Larry Lish.

— Laisse-moi deviner, lui dis-je. Elle va t'offrir un avion ?

— Et quand ton père a entendu ça, il t'a dit qu'il allait t'acheter une villa sur la Côte d'Azur !

— Pas cette année, fit benoîtement Larry Lish. Ma mère m'a dit que J.F.K. se tapait Marilyn Monroe... et quantité d'autres stars.

— C'est un mensonge éhonté ! lança Owen Meany.

— C'est vrai, ricana Larry Lish.

— Ceux qui répandent ce genre de ragot devraient être en prison !

— Tu vois ma mère en prison ? C'est pas un *ragot* ! C'est la pure vérité ! Auprès du prés', Meany le Tombeur a l'air d'un puceau ! Le prés' se paie toutes les femmes qu'il veut.

— Comment ta mère peut-elle savoir ça ?

— Elle connaît *tous* les Kennedy. Et mon vieux connaît très bien Marilyn Monroe.

— Je suppose qu'ils " font ça " à la Maison-Blanche ?

— Je sais qu'ils l'ont fait à New York et sans doute en d'autres endroits. Et je sais qu'ils font ça depuis des années ! Et quand le prés' en aura marre, il la refilera à Bobby.

— Tu me dégoûtes !

— C'est le monde qui est dégoûtant, dit Larry Lish avec satisfaction. Tu crois que je te raconte des histoires ?

— Parfaitement.

— Justement, le week-end prochain, ma mère va venir

me chercher pour aller au ski. Tu pourras lui demander toi-
même. »

Owen haussa les épaules.

« Tu crois que ma mère ment ? », demanda Lish.

Owen ne répondit pas. Il haïssait Lish, et sa mère avec ;
ou du moins haïssait-il le genre de femme que représentait
pour lui la mère de Lish. Mais Owen Meany n'aurait jamais
traité une *mère* de menteuse...

« Laisse-moi te dire une chose, " Maître Sarcasme ", dit
Larry Lish. Ma mère est une salope et une langue de
vipère, mais ce n'est pas une menteuse. Elle n'a pas assez
d'imagination pour inventer des histoires ! »

Le plus pénible chez nos condisciples, c'était cette façon
d'insulter couramment leurs parents. Ils profitaient de leur
argent, envahissaient leurs maisons de campagne en leur
absence et parlaient d'eux comme de moins-que-rien ou
d'incurables demeurés.

« Est-ce que Jackie est au courant, pour Marilyn
Monroe ?

— Tu n'as qu'à demander à ma mère », dit Harry Lish.

La perspective d'un entretien avec la mère de Larry Lish
ne rassura pas Owen Meany. Il rumina toute la semaine,
évitant même la salle de rédaction du *Caveau* dont il était le
pilier. Après tout, Owen avait été « inspiré » par J.F.K.
Quand bien même la question de la moralité — ou de
l'immoralité sexuelle — du président ne devrait pas tempé-
rer l'enthousiasme qu'on ressent pour ses idéaux et ses
objectifs politiques, Owen Meany n'était pas comme
tout le monde ; il refusait la subtilité qui consiste à dissocier moralité publique et moralité personnelle. Je doute
qu'Owen aurait jamais pu devenir assez retors pour faire
cette distinction — pas même aujourd'hui, où les seuls
individus intransigeants sur la moralité sont ces faux
évangélistes, qui professent que Dieu préfère les capita-
listes aux communistes et la force nucléaire aux cheveux
longs.

Où Owen pourrait-il s'insérer aujourd'hui ? Il était
profondément choqué que J.F.K. — un homme marié ! —
pût se taper Marilyn Monroe, sans parler de toutes les

autres. Mais Owen n'aurait jamais prétendu savoir ce que voulait Dieu ; il avait toujours détesté les sermons des services religieux — toutes religions confondues. Il détestait les gens qui prétendaient connaître l'opinion de Dieu sur les événements d'actualité.

Aujourd'hui, le fait que le président Kennedy ait eu des relations charnelles avec Marilyn Monroe — et bien d'autres —, même pendant sa présidence, semble à peine indécent, voire élégant comparé à la dissimulation, à la duperie délibérée et à l'illégalité que pratique allégrement l'administration Reagan en politique. L'idée que le président Reagan s'envoie en l'air en général et avec quelqu'un en particulier ne pourrait susciter qu'un éclat de rire, à côté de tous ses autres forfaits !

Mais, en 1962, on réagissait différemment ; les espoirs placés par Owen Meany dans l'administration Kennedy étaient ceux d'un garçon de dix-neuf ans plein de confiance et d'optimisme qui brûlait de *servir* son pays, de lui être *utile*. Le printemps précédent, l'épisode de la baie des Cochons et de l'invasion de Cuba avait contrarié Owen, mais bien que ce fût une dramatique erreur, ce n'était pas un adultère.

« Si Kennedy peut justifier l'adultère, quoi d'autre ne justifiera-t-il pas ? » Ayant exprimé ses doutes, il se mit franchement en colère : « J'oubliais que c'est un boufeur de maquereau ! Si les catholiques peuvent confesser toutes leurs fautes, ils peuvent tout se pardonner, aussi ! Les catholiques n'ont même pas le droit de divorcer ; c'est de là que vient le problème. C'est imbécile d'empêcher les gens de divorcer !

— Regarde les choses autrement, lui dis-je. Tu es président des États-Unis ; tu es très séduisant. Des quantités de femmes veulent coucher avec toi... des quantités de jolies filles sont prêtes à répondre à tes moindres désirs. Elles se glissent la nuit par l'entrée de service de la Maison-Blanche...

— L'entrée de service ! fit Owen Meany accablé.

— Tu comprends ce que je veux dire. Si tu pouvais

sauter absolument toutes les femmes que tu voulais, le
ferais-tu ou ne le ferais-tu pas ?

— JE REFUSE DE CROIRE QUE TOUTE TON ÉDUCATION
ET TA CULTURE N'ONT SERVI À RIEN ! POURQUOI ÉTUDIER
L'HISTOIRE, LA LITTÉRATURE, LA RELIGION, LES SAINTES
ÉCRITURES, ET MÊME LA MORALE ? POURQUOI S'ABSTENIR
DE FAIRE DES SALOPERIES ? POUR L'UNIQUE RAISON
QU'ON RISQUE DE SE FAIRE PRENDRE ?... C'EST ÇA, POUR
TOI, LA MORALITÉ ? C'EST CE QUE TU APPELLES " ÊTRE
RESPONSABLE " ? LE PRÉSIDENT EST ÉLU POUR FAIRE RES-
PECTER LA CONSTITUTION ET, PLUS LARGEMENT, POUR
FAIRE RESPECTER LA LOI !... IL N'A PAS LE DROIT D'AGIR
AU-DESSUS DES LOIS, IL EST CENSÉ NOUS SERVIR D'*EXEM-
PLE* ! »

A l'époque, on réagissait comme ça. Vous en souvient-
il ?

Je me rappelle aussi ce qu'Owen avait dit du « Projet
100 000 ». C'était l'ébauche d'un programme élaboré par le
secrétaire à la Défense, Robert McNamara, en 1966. Parmi
les premiers 240 000 hommes appelés sous les drapeaux
entre 1966 et 1968, 40 % savaient tout juste lire, 41 %
étaient noirs, 75 % sortaient de familles indigentes, 80 %
avaient abandonné leurs études secondaires. « Les pauvres
d'Amérique n'ont pas eu l'occasion d'avoir leur juste part
des richesses de ce pays, avait dit McNamara, mais on peut
leur donner la possibilité de défendre leur patrie. »

Ça avait rendu Owen fou furieux.

« IL CROIT FAIRE UNE *FAVEUR* AUX PAUVRES D'AMÉRI-
QUE ? CE QU'IL DIT EN RÉALITÉ, C'EST : " VOUS N'AVEZ
PAS BESOIN D'ÊTRE BLANCS NI DE SAVOIR LIRE POUR AVOIR
LE DROIT DE *MOURIR* ! " EN VOILÀ UNE BELLE CHANCE !
TU PARLES COMME LES PAUVRES D'AMÉRIQUE VONT ÊTRE
RECONNAISSANTS ! »

*   *   *

Toronto, le 11 juillet 1987. — Il fait une chaleur
accablante ; j'aimerais que Katherine m'invite dans son île
de Georgian Bay ; mais elle a une grande famille et je pense

qu'elle a fait le plein d'invités. Ici, je suis retombé dans une
sale habitude ; j'achète le *New York Times* presque tous les
jours, sans bien savoir ce que je souhaite apprendre *de
plus.*

Selon le *New York Times,* un récent sondage a révélé
que la plupart des Américains tiennent le président Reagan
pour un menteur ; la vraie question à leur poser serait : est-
ce que ça les choque ?

J'ai écrit à Katherine pour lui demander quand elle va
m'inviter à Georgian Bay. « Quand allez-vous me sauver
de mes mauvaises habitudes ? », lui ai-je demandé. Je me
demande si on trouve le *New York Times* à la gare de
Pointe au Baril ; j'espère que non.

* * *

La mère de Larry, Mitzy Lish, avait des cheveux couleur
de miel, légèrement gominés et coiffés à la lionne, et une
carnation valorisée par un savant bronzage ; certains mois
d'hiver, quand elle ne rentrait pas de son pèlerinage annuel
à Round Hill, en Jamaïque, sa peau prenait une teinte
olivâtre. Comme sa couperose se trouvait rehaussée par le
froid vif et que sa circulation avait été détériorée par l'abus
du tabac, un week-end de ski en Nouvelle-Angleterre, s'il
parvenait à resserrer les liens avec le fils, n'était pas fait
pour améliorer l'apparence et l'humeur de la mère. Impossible pourtant de ne pas la juger séduisante — dans la
catégorie « femme mûre » ; sans être tout à fait à la hauteur
des goûts du président Kennedy, Mitzy Lish était, selon nos
critères, hautement comestible.

La sensualité précoce d'Hester, par exemple, n'était
guère mise en valeur par son manque de coquetterie ou par
sa consommation d'alcool ; bien que Mrs. Lish fumât
comme un pompier et que ses cheveux couleur d'ambre
fussent teints car ils grisonnaient à la racine, elle paraissait
plus aguichante qu'Hester.

Elle portait trop de bijoux pour le New Hampshire ; à
New York, elle devait être dans le ton, mais tout cet or et
cet argent, comme les vêtements et la coiffure à la lionne,

convenaient davantage à des lieux plus en vogue. A Gravesend, elle détonnait ; on imaginait mal qu'un petit chalet de montagne dans le Vermont ou le New Hampshire pût lui convenir. Comme luxe, il lui fallait plus qu'une chambre avec bain ; habituée à être servie, elle fumait sa première cigarette et réclamait son café et son *New York Times* avant de sortir du lit. Puis, devant un miroir fortement éclairé, elle consacrait un bon bout de temps à son maquillage et devenait hargneuse si on la bousculait.

Ses matinées à New York étaient donc meublées par la consommation de café et de cigarettes, la lecture du *New York Times* et la longue cérémonie du maquillage. Elle était du genre impatient, sauf pour appliquer son fond de teint. Puis, déjeuner avec une autre pipelette de son espèce, ou bien, depuis son divorce, avec son avocat ou un amant en puissance. L'après-midi, elle le passait chez le coiffeur ou à faire les boutiques, ou encore elle se contentait d'acheter quelques magazines ou d'aller au cinéma. Plus tard, il lui arrivait de prendre un verre avec des amis. Elle était au courant des toutes dernières informations qui passent souvent pour un signe d'intelligence aux yeux des lecteurs assidus du *New York Times,* et des tout derniers ragots ; elle avait des masses de temps à y consacrer. Elle n'avait jamais travaillé.

En fin de journée, elle se prélassait longuement dans un bain, puis procédait à son maquillage du soir ; ça l'agaçait d'être invitée à dîner avant 8 heures, mais ça l'agaçait plus encore de n'avoir pas d'invitation à dîner. Elle ne savait pas cuisiner, pas même cuire un œuf. Elle était trop paresseuse pour préparer du vrai café ; l'instantané lui suffisait avec les cigarettes et le journal du matin. Elle aurait été une des premières fanatiques des sodas de régime sans sucre, obsédée qu'elle était par le souci de garder sa ligne sans faire de sport.

Elle imputait son teint brouillé à son ex-mari, qui lui avait empoisonné la vie ; leur divorce l'avait éloignée de la Californie, où elle préférait passer l'hiver, le climat étant plus clément pour sa peau. Elle jurait qu'à New York ses pores se dilataient exagérément. Mais elle se cramponnait par vengeance à l'appartement de la Cinquième Avenue ; sa pension alimentaire comprenait le séjour annuel à Round Hill en Jamaïque — au moment de l'hiver où elle ne supportait plus son teint — et une location estivale dans les Hamptons (car même la Cinquième Avenue perdait de son charme en juillet-août). Une femme aussi raffinée, et habituée au train de vie qu'elle avait connu en tant qu'épouse d'Herb Lish, et mère de son unique rejeton, avait un besoin vital de soleil et d'air marin.

Longtemps considérée comme une divorcée en vogue, elle ne semblait guère pressée de se remarier, ayant même rejeté plusieurs demandes. Mais, un jour, il lui faudrait bien se rendre à la triste évidence ; sa beauté s'estompait et exigeait de plus en plus de patience devant le miroir afin de réparer ce qui pouvait encore faire illusion. Alors, elle changerait d'avis, envisagerait avec une certaine agressivité la perspective du remariage. Plaignons son petit ami du moment. Elle lui reprocherait de lui avoir pris les plus belles années de sa vie, de l'avoir empêchée de faire carrière. La seule solution honorable qui lui resterait, quel qu'il soit, serait d'épouser cette femme, qu'il avait rendue si dépendante de lui. Si elle n'avait jamais cessé de fumer, c'était sa faute ; en ne l'épousant pas plus tôt, il en avait fait une angoissée. Quant à ses pores dilatés, originellement dus au premier mari, la faute en incombait maintenant à l'amant ; tout comme le teint olivâtre.

Il serait aussi accusé d'être la cause de sa dépression, celle qu'elle ne manquerait pas d'avoir s'il la quittait, s'il l'abandonnait, s'il ne l'épousait pas ; qu'il assume au moins les honoraires du psychanalyste, puisque sans *lui* elle n'aurait jamais eu besoin d'une analyse !

Comment, demanderez-vous, comment puis-je ou pouvais-je en savoir autant sur la mère infortunée de mon copain de classe Larry Lish ? Les élèves de l'Institut étaient, pour la plupart, du genre blasé, et Larry Lish était le plus blasé de tous ; il ne nous épargnait aucun des faits et gestes de sa mère. Aussi curieux que cela paraisse, Larry tenait sa mère pour une caricature.

Mais, en janvier 1962, nous fûmes Owen Meany et moi

affolés par Mrs. Lish. Son manteau de fourrure avait dû provoquer la mort d'innombrables petits mammifères, ses lunettes noires dissimulaient complètement l'opinion qu'elle pouvait avoir de nous — encore que nous fussions certains qu'elle nous trouvait rustauds au-delà de toute espérance et aurait préféré renoncer au tabac qu'endurer le supplice d'une soirée en notre compagnie.

« HELLO, MISSUS LISH, dit Owen Meany. RAVI DE VOUS REVOIR.

— Hello, dis-je. Comment allez-vous ? »

C'était le genre de femme à ne boire que des vodkas-tonic pour préserver son haleine ; comme toute grande fumeuse, elle se méfiait énormément de son haleine. De nos jours, elle trimballerait un mini-atomiseur dans son sac et s'en gargariserait à tout bout de champ au cas où quelqu'un éprouverait l'irrésistible envie de l'embrasser par surprise.

« Allez, dis-lui ! lança Larry Lish à sa mère.

— Selon mon fils, vous ne croyez pas que le président s'envoie en l'air... »

En prononçant ces derniers mots, elle ouvrit son manteau, et son parfum capiteux nous envahit les muqueuses. Elle reprit :

« Eh bien, laissez-moi vous dire qu'il s'envoie en l'air, et pas qu'un peu !

— AVEC MARILYN MONROE ?

— Avec elle, et avec beaucoup d'autres. »

Mitzy Lish, même pour 1962, forçait un peu trop sur le rouge à lèvres et, quand elle sourit à Owen Meany, une tache de rouge apparut sur l'une de ses robustes incisives.

« EST-CE QUE JACKIE EST AU COURANT ?

— Elle doit avoir l'habitude. » Mrs. Lish semblait savourer la détresse d'Owen ; son sourire s'élargit ; Mitzy aimait aguicher les hommes de tous âges. Elle demanda à Owen : « Alors, que pensez-vous de ça ?

— JE PENSE QUE CE N'EST PAS BIEN, articula Owen Meany.

— Il n'est pas vrai ! », dit à son fils Mrs. Lish.

Vous souvenez-vous de cette expression, « il n'est pas vrai » ? C'est un cliché de l'époque.

« Owen est un *monument !* répliqua Larry Lish.

— C'est lui le rédacteur en chef de votre journal ?

— Exact », dit Larry en riant.

Sa mère le faisait vraiment rigoler.

« C'est lui le " valedictor " de ta classe ? demanda à nouveau la mère à son fils.

— Oui », fit Larry en se tordant de rire.

Owen prenait tellement au sérieux ses fonctions de « valedictor » — qui consistent à prononcer les discours de remise des diplômes — qu'il était déjà plongé dans l'élaboration de son speech alors que nous n'étions qu'en janvier. Dans la plupart des écoles, l'identité du « valedictor » n'est révélée qu'au dernier trimestre ; mais la moyenne scolaire d'Owen dépassait de très loin celle de tous les autres élèves.

« Laissez-moi vous poser une question, dit Mrs. Lish à Owen. Si Marilyn Monroe voulait coucher avec vous, accepteriez-vous ? »

Je craignis que Larry ne tombe raide mort, tellement il s'étouffait de rire. Owen gardait un calme olympien. Il offrit une cigarette à Mrs. Lish, mais elle préférait les siennes ; il lui donna du feu, puis s'en alluma une. Il semblait réfléchir sérieusement à la question.

« Eh bien ? fit Mrs. Lish, tentatrice. Nous parlons de Marilyn Monroe, le plus beau morceau de fille qui ait jamais existé ! Peut-être n'aimez-vous pas Marilyn Monroe ? » Elle ôta ses lunettes de soleil pour révéler ses yeux, qu'elle savait superbes. « Alors ? Vous la sauteriez, oui ou non ? »

Elle lui cligna de l'œil ; puis, de la pointe savamment laquée de son index, elle lui toucha le bout du nez.

« PAS SI J'ÉTAIS LE PRÉSIDENT, dit Owen. ET CERTAINE- MENT PAS SI J'ÉTAIS MARIÉ ! »

Le rire de Mrs. Lish évoqua simultanément le cri d'une hyène et les bruits d'ivrogne qu'Hester produisait en dormant.

« C'est ça, l'*avenir* du pays ? demanda Mrs. Lish en

désignant Owen. Voilà le meilleur élève de l'école la plus prestigieuse du pays ! C'est ça, la future *élite* de la nation ? »

Non, Mrs. Lish, je peux vous certifier que non. Ce n'était pas l'attitude de l'élite future ; notre avenir nous mènerait ailleurs, vers des chefs qui ressemblent aussi peu que possible à Owen Meany, hélas !

Mais, à l'époque, je n'étais pas assez hardi pour lui river son clou. Toutefois, Owen n'était pas de ceux qui se laissent mettre en boîte. Owen Meany acceptait ce qu'il croyait être sa malédiction, mais ne tolérait pas d'être traité par-dessous la jambe.

« BIEN SÛR, JE NE SUIS PAS PRÉSIDENT, fit-il timidement, ET JE NE SUIS PAS MARIÉ NON PLUS. JE NE CONNAIS MÊME PAS MARILYN MONROE PERSONNELLEMENT, ET ELLE REFUSERAIT PROBABLEMENT DE COUCHER AVEC MOI... » Mitzy Lish et son fils étaient écroulés de rire. Owen ajouta : « MAIS JE VAIS VOUS DIRE UNE CHOSE. SI *VOUS* VOULIEZ COUCHER AVEC MOI — JE VEUX DIRE MAINTE-NANT, ALORS QUE JE NE SUIS NI MARIÉ NI PRÉSIDENT... — EH BIEN JE CROIS QUE JE SERAIS D'ACCORD ! »

Avez-vous déjà vu des chiens s'étrangler sur leur nourri-ture ? Les chiens aspirent voracement leur pâtée, puis s'étouffent. Jamais je n'ai vu une crise d'hilarité cesser aussi brutalement. Après un silence, Mrs. Lish demanda à Owen :

« Qu'est-ce que vous venez de me dire ? »

« EH BIEN ? fit Owen Meany. VOUS LE FERIEZ, OUI OU NON ? »

N'attendant aucune réponse, il haussa les épaules. Nous nous étions figés, dans l'odeur de fumée refroidie qui empuantissait les locaux du *Caveau ;* Owen marcha tran-quillement jusqu'au portemanteau, y prit sa casquette à carreaux rouges et noirs, sa veste râpée assortie, et sortit dans le froid si néfaste à la couperose de Mrs. Lish. Larry Lish était si couard qu'il ne dit rien à Owen, pas plus qu'il ne se jeta sur lui pour lui enfoncer la tête dans le tas de neige le plus proche. Ou c'était un lâche, ou il savait que l'honneur de sa mère n'avait pas besoin d'être défendu ; c'était en tout cas mon opinion personnelle.

Mais notre proviseur, Randy White, était un homme chevaleresque, imbu de bonne vieille galanterie quand il s'agissait de défendre le sexe faible. Il fut outré quand on lui rapporta les insultes d'Owen ; de plus, les Lish étaient de généreux donateurs pour l'école, aussi assura-t-il Mrs. Lish qu'il ferait « un exemple » pour l'indignité subie.

Quand nous fûmes, Owen et moi, convoqués chez le proviseur, nous ne savions pas en quels termes Mitzy Lish avait rapporté le « fâcheux incident ».

« J'ai l'intention d'aller au fond de ce fâcheux incident. Owen, avez-vous vraiment fait des propositions malhonnêtes à Mrs. Lish dans la salle de rédaction du *Caveau* ?

« Je plaisantais, dit Owen. Elle était en train de se moquer de moi — elle me prenait pour un polichinelle, alors j'ai voulu lui répondre sur le même ton, un ton approprié.

— Comment pouvez-vous trouver *approprié* de vouloir coucher avec la *mère* d'un de vos condisciples ?... Et sur le territoire de l'école ! »

Nous apprîmes plus tard, Owen et moi, que Mrs. Lish avait été spécialement furieuse que la scène se soit déroulée à l'intérieur de l'Institut ; selon elle, il s'agissait certainement d'un motif de renvoi. Cela nous fut rapporté par Larry Lish ; il ne nous aimait pas, mais avait un peu honte que sa mère veuille faire renvoyer Owen.

« Comment pouvez-vous trouver *approprié* ?... répéta Randy White.

— Je voulais dire que ma réflexion était appropriée à son attitude.

— Elle a été grossière envers lui, dis-je au proviseur.

— Elle s'est moquée de mes fonctions de " valedictor " !

— Elle a ri au nez d'Owen, insistai-je. Elle l'a tourné en ridicule, elle l'a asticoté !

— Elle a voulu me vamper ! », dit Owen.

A l'époque, nous manquions de mots pour décrire le comportement de cette allumeuse ; même un Randy White aurait compris notre rancœur envers une femme capable

d'exhiber si outrageusement sa sexualité devant Owen
Meany. Elle lui avait fait du charme, l'avait raillé, puis
l'avait humilié — ou essayé de l'humilier. De quel droit se
sentait-elle insultée par sa riposte ?

Mais j'étais incapable d'élaborer un tel discours, à dix-
neuf ans, agité comme je l'étais, dans le bureau du
proviseur.

« Vous avez demandé à la mère d'un étudiant de coucher
avec vous... en présence de son propre fils ! tonnait Randy
White.

— Vous ignorez le contexte.

— Alors, expliquez-moi le contexte ! »

Un instant, Owen sembla frappé de mutisme, puis :

« Missus Lish nous a raconté des ragots particulièrement obscènes et déplaisants. Elle a paru
ravie de voir à quel point la nature de ces ragots
m'avait bouleversé.

— C'est la vérité, monsieur, confirmai-je.

— Qu'est-ce que c'était que ces ragots ? »

Owen garda le silence. Je le suppliai :

« Owen, défends-toi, pour l'amour de Dieu !

— Ferme-la !

— Owen, dites-moi ce qu'elle vous a dit.

— C'était ignoble. »

Owen Meany s'imaginait protéger le président des États-
Unis ! Owen Meany protégeant la réputation de son vénéré
chef !

« Dis-lui, Owen !

— Il s'agit d'une information confidentielle.
Vous devrez vous contenter de ma parole : cette
femme était ignoble, elle méritait qu'on plaisante
à ses dépens !

— Mrs. Lish affirme que vous lui avez fait des avances
grossières en présence de son fils ; je répète : " grossières ", dit Randy White. Elle dit que vous vous êtes
montré insultant, lascif, obscène... et antisémite.

— Missus Lish est *juive* ? me demanda Owen. Je ne
savais même pas qu'elle était juive !

— Elle vous a traité d'antisémite, reprit le proviseur.

— Parce que je lui ai fait des avances ?

— Ah ! Vous admettez que vous lui avez fait des avances ! fit Randy White. Et supposons qu'elle ait dit oui ? »

Owen Meany haussa les épaules et dit pensivement :

« Je ne sais pas... Je suppose que j'aurais marché. Pas toi ? », demanda-t-il en se tournant vers moi. Je hochai la tête ; Owen s'adressa au proviseur : « Je sais que vous, vous auriez refusé... parce que vous êtes marié ! C'était ce que je voulais lui faire comprendre, quand elle a commencé à se moquer de moi. Elle m'a demandé si je l'aurais fait avec Marilyn Monroe. J'ai dit : " Non, si j'étais marié ", alors elle a commencé à rire de moi.

— Marilyn Monroe ! fit le proviseur. Qu'est-ce que Marilyn Monroe vient faire dans cette histoire ? »

Mais Owen n'en dit pas plus. Par la suite, il m'expliqua :

« Tu te rends compte du scandale ? Imagine qu'une telle rumeur se répande dans les journaux ! »

Croyait-il que la chute du président Kennedy pût dépendre d'un article dans *Le Caveau ?*

« Tu as envie de te faire virer de l'école pour avoir protégé l'honneur du président ?

— Il est plus important que moi. »

A l'heure actuelle, je ne suis plus aussi sûr qu'Owen ait eu raison ; il avait raison sur bien des points, mais j'incline à penser qu'Owen Meany avait autant besoin de protection que J.F.K.

Voyez simplement les trous du cul qui essaient de protéger l'actuel président !

Mais Owen Meany refusa de se protéger en se dédouanant ; il dit à Dan Needham que les insinuations de Mrs. Lish constituaient « une menace pour la sécurité nationale » ; pour rien au monde, pas même pour échapper à la vindicte de Randy White, il ne répéterait la rumeur diffamatoire.

En conseil des professeurs, le proviseur exposa qu'on ne pouvait en aucune façon tolérer un tel manque de respect envers des parents d'élèves ! Mr. Early fit valoir qu'aucun règlement interne n'interdisait de faire des avances aux *mères ;* selon Mr. Early, Owen n'avait enfreint aucune règle.

Le proviseur voulut alors remettre l'affaire entre les griffes du conseil de discipline ; mais Dan Needham savait qu'Owen n'aurait pas la moindre chance face à ces suppôts du proviseur, qui détenaient la majorité du scrutin, ainsi que l'avait expliqué « la Voix ». L'affaire ne concernait pas le conseil de discipline, argumenta Dan ; Owen n'avait rien fait qui pût motiver son exclusion.

Pas si vite ! répliqua le proviseur. Et si on utilisait l'article « conduite répréhensible avec les jeunes filles » ? Plusieurs professeurs s'empressèrent de dire qu'on pouvait difficilement considérer Mitzy Lish comme une jeune fille. Le proviseur lut alors un télégramme de l'ex-mari de la dame, Herb Lish. Le producteur hollywoodien y exprimait l'espoir que l'insulte essuyée par son ex-épouse et le choc subi par son fils ne resteraient pas impunis.

« Alors, dit Dan Needham, condamnons Owen à la mise à l'épreuve avec interdiction de sortie. C'est une punition amplement suffisante. »

Mais Randy White ajouta qu'une autre accusation, encore plus sérieuse, pesait sur Owen : celle d'antisémitisme. N'était-ce pas grave aux yeux des professeurs ? Un établissement scolaire réputé pour sa largeur de vues pouvait-il tolérer une telle discrimination ?

Or Mrs. Lish ne pouvait étayer d'aucune preuve son accusation. Son fils lui-même, interrogé, ne put se rappeler quoi que ce soit d'antisémite dans l'attitude d'Owen ; en fait, Larry admit que sa mère traitait systématiquement d'antisémite tout individu qui ne lui témoignait pas le respect qu'elle pensait mériter ; comme si l'unique raison de ne pas l'aimer ne pût être que celle-là. Owen, fit remarquer Dan Needham, ne savait même pas que les Lish étaient juifs.

« Ça crève pourtant les yeux ! », s'écria le proviseur White.

Dan eut alors beau jeu de lui dire qu'il venait de se montrer plus antisémite qu'Owen Meany !

On l'épargna donc; on le plaça en mise à l'épreuve jusqu'à la fin du trimestre, en l'avertissant que la moindre incartade serait un motif de renvoi; en pareil cas, il serait jugé par le conseil de discipline et aucun de ses amis ne pourrait le sauver.

Outre cette mise à l'épreuve, le proviseur demanda qu'on lui retire son poste de rédacteur en chef du *Caveau* et que « la Voix » soit réduite au silence. Mais la majorité des professeurs s'y refusa.

A vrai dire, l'accusation d'antisémitisme avait fait long feu auprès de nombreux professeurs, farouchement antisémites. De même pour Randy White, que nous soupçonnions d'être le plus antisémite de tous.

L'incident fut clos, avec la mise à l'épreuve d'Owen; à part le danger de récidive, c'était une punition assez douce, particulièrement pour un externe. Il perdait en principe le privilège d'aller à Boston les mercredis et samedis après-midi; s'il avait été pensionnaire, il eût perdu le droit de passer le week-end chez lui. En tant qu'externe, rien ne changea dans sa vie.

Pourtant, Owen ne montra aucune reconnaissance pour la mansuétude de l'école; on l'avait outragé en le punissant. En retour, son hostilité ne fut appréciée ni en haut lieu ni par une partie de ses supporters. Ils s'attendaient à être remerciés pour leur générosité et pour avoir tenu tête au proviseur; au lieu de quoi, Owen leur faisait la gueule. Il ne félicitait personne, ne regardait personne, n'ouvrait plus la bouche — même en classe —, sauf pour répondre, et, quand il y était obligé, il le faisait par monosyllabes, fort inhabituels de sa part. Quant à ses responsabilités de rédacteur en chef, il s'abstint purement et simplement de publier les articles qui avaient donné à « la Voix » son nom et son renom.

« Qu'est-il arrivé à " la Voix ", Owen? lui demanda Mr. Early.

— " LA VOIX " A APPRIS À FERMER SA GUEULE.

— Owen, dit Dan Needham, ne laisse pas tomber tes amis!

— " LA VOIX " A ÉTÉ CENSURÉE. DIS SEULEMENT AUX

PROFS ET AU PROVISEUR QUE " LA VOIX " EST OCCUPÉE...
À RÉÉCRIRE SON DISCOURS DE " VALEDICTOR " ! JE NE
CROIS PAS QU'ON POURRA ME VIRER DE L'ÉCOLE POUR CE
QUE J'AURAI DIT À LA REMISE DES DIPLÔMES. »

Ainsi, Owen Meany riposta à sa punition en *menaçant*
proviseur et professeurs de « la Voix », momentanément
réduite au silence, mais emplie d'une sainte fureur, à n'en
pas douter.

Ce fut le cerveau lent de Zurich, le fameux Dr. Dolder,
qui proposa au conseil de profs d'examiner Owen Meany.

« Une telle hostilité ! dit le Dr. Dolder. Il a un grand
talent d'orateur, oui ? Et maintenant il nous prive de son
talent et s'interdit à lui-même le plaisir d'exprimer sa
pensée ! Pourquoi ? Empêchée de s'extérioriser, son hostilité risque de s'accroître, non ? Je devrais peut-être jouer
auprès de lui le rôle de soupape, afin qu'il se défoule sur
moi ! Après tout, nous ne voulons pas que pareil incident se
reproduise avec une autre femme... La prochaine fois, ce
sera peut-être la femme d'un professeur, oui ? »

Alors, on ordonna à Owen Meany d'aller voir le
psychiatre de l'école.

« MON PÈRE, PARDONNEZ-LEUR, CAR ILS NE SAVENT PAS
CE QU'ILS FONT ! », dit-il.

*   *   *

Toronto, le 14 juillet 1987. — J'attends toujours mon
invitation pour Georgian Bay ; vivement qu'elle arrive. Le
New York Times semble vouloir ramener l'affaire de
l'Irangate à la simple question : le président Reagan savait-
il ou non que les bénéfices des ventes secrètes d'armes à
l'Iran étaient détournés à l'intention des contras nicaraguayens ? Doux Jésus ! N'est-il pas suffisant de savoir que
le président voulait et comptait poursuivre son aide aux
rebelles *contre* l'avis du Congrès ?

Ça me rend malade, ces réprimandes contre le lieutenant-colonel Oliver North. Pourquoi *lui* ? Le colonel veut
aider les contras « pour l'amour de Dieu et de la patrie » ; il
a témoigné sous serment qu'il avait obéi aux ordres de

l'état-major. Et maintenant, nous devons écouter les sénateurs et les députés qui font à nouveau campagne ; ils disent au colonel tout ce qu'il ignore de la Constitution américaine ; ils lui font remarquer que le patriotisme ne consiste pas nécessairement en une dévotion aveugle aux projets personnels d'un président — et que discuter la politique présidentielle n'est pas forcément une attitude anti-américaine. Ils pourraient ajouter que Dieu n'est pas *officiellement* de droite ! Pourquoi ressassent-ils des évidences au colonel North ? Pourquoi n'ont-ils pas les couilles de s'adresser directement à leur vénéré chef de l'État ?

Si jamais Hester a prêté attention à tout ça, je suis prêt à parier qu'elle vomit, qu'elle dégueule tripes et boyaux. Elle doit se rappeler, bien sûr, ces autocollants tocards de l'ère du Vietnam — de mignons drapeaux américains portant en lettres rouges, blanches et bleues le nom de notre cher pays. Je suis prêt à parier que le colonel North s'en souvient :

Amérique !
Aimez-la
Ou quittez-la !

Ça c'était un slogan ! Et ça collait ! Vous vous en souvenez ?

Et maintenant, l'instruction civique. Les élus de la nation serinent à un lieutenant-colonel des marines que l'amour de la patrie et l'amour de Dieu (plus la haine du communisme) peuvent, dans une démocratie, se concevoir de différentes façons. Le colonel, jusqu'ici, ne donne aucun signe de conversion ; pourquoi ces piliers du moralisme usent-ils leur salive avec *lui* ? Entre nous, je doute aussi qu'on puisse convertir le président Reagan à la démocratie.

Je sais ce que disait ma grand-mère chaque fois qu'elle voyait ou entendait des insanités. Owen lui avait emprunté l'expression et s'en servait immodérément durant notre dernière année à l'Institut. Chaque fois qu'on proférait une connerie en sa présence, Owen Meany disait : « Vous

SAVEZ CE QUE C'EST ? C'EST BON POUR LA TÉLÉVISION !
VOILÀ CE QUE C'EST. » Et c'est à coup sûr ce qu'il aurait dit
de l'attitude de Reagan par rapport aux accords Iran-
contras : « C'EST BON POUR LA TÉLÉVISION. »

Voilà ce qu'il aurait dit.

* * *

Cette expression, il l'utilisa pour évoquer ses séances
avec le Dr. Dolder ; il devait le voir deux fois par semaine
et, quand je lui demandai de me raconter ses entrevues
avec l'imbécile Helvète, il dit : « BON POUR LA TÉLÉVI-
SION. » Il ne m'en disait guère plus, mais s'amusait à imiter
en l'exagérant l'accent du docteur :

« EH PIEN ! FOUS ÊTES ADDIRÉ BAR LES VEMMES BLUS
ACHÉES... BOURGUOI ZA ? »

Répondait-il qu'il avait toujours aimé ma mère, et peut-
être en avait été amoureux ? Cela, j'en suis sûr, aurait
vivement intéressé le Dr. Dolder.

« EH PIEN ! LA VEMME GUE FOUS AFEZ DUÉE MIT LA
PALLE TE PÈSE-PALL... ZA FOUS INZITE À VAIRE TES
AFFANCES AUX MUTTER TES AUDRES, OUI ?

— Tu charries ! dis-je à Owen. Il n'est pas bête à ce
point-là !

— EH PIEN ! ZUR GUELLE VEMME DE BROVESSEUR
AFEZ-FOUS CHETÉ FOTRE DÉFOLU ?

— Allons ! Quel genre de trucs te demande-t-il *réellement ?*

— EH PIEN ! FOUS GROYEZ EN TIEU ! Z'EST DRÈS INDÉ-
RESSANT ! »

Owen ne voulut jamais me dire comment ces séances se
déroulaient réellement. Je tenais le Dr. Dolder pour un
abruti total ; mais je savais aussi que même un abruti aurait
découvert des choses troublantes chez Owen Meany ! Par
exemple, si lourd qu'il fût, le Dr. Dolder aurait pu
s'intéresser au thème de « l'instrument de Dieu » ; même le
Dr. Dolder aurait deviné le déroutant anticatholicisme
d'Owen. Et le fatalisme particulier que manifestait Owen
aurait constitué un défi pour n'importe quel bon psychana-

lyste ; le Dr. Dolder devait en avoir une frousse bleue. Owen était-il allé jusqu'à lui parler de la tombe de Scrooge ? Owen avait-il suggéré qu'il connaissait le moment de sa mort ?

« Qu'est-ce que tu lui racontes ? demandai-je à Owen.

— LA VÉRITÉ. JE RÉPONDS SINCÈREMENT À CHAQUE QUESTION QU'IL ME POSE, ET SANS IRONIE.

— Mon Dieu ! Tu pourrais t'attirer de sérieux ennuis avec ce système !

— AH, AH, TRÈS DRÔLE.

— Mais Owen, tu lui dis vraiment *tout* ce que tu penses, *tout* ce que tu crois ? Pas *tout* ce que tu crois, tout de même !

— JE LUI DIS TOUT. TOUT CE QU'IL VEUT SAVOIR.

— Là, c'est trop ! Et qu'est-ce qu'il te dit, lui ?

— IL M'A DIT DE PARLER AU PASTEUR MERRILL — ALORS ÇA FAIT QUE, LUI AUSSI, JE DOIS LE VOIR DEUX FOIS PAR SEMAINE... A CHACUN, JE PARLE DE CE QUE J'AI DIT À L'AUTRE... ILS EN APPRENNENT BEAUCOUP L'UN SUR L'AUTRE !

— Je comprends », fis-je sans comprendre.

Owen avait suivi tous les cours du pasteur Merrill à l'Institut ; il avait englouti les Écritures et l'histoire religieuse avec une telle voracité qu'il avait terminé le programme avec un an d'avance et que Mr. Merrill lui avait permis de continuer seul l'étude de ce domaine particulier. Owen s'intéressait passionnément au miracle de la résurrection, comme à tous les miracles, à la survie, et préparait un gigantesque exposé rattachant ces sujets au fameux verset d'Isaïe (5,20) qu'il affectionnait : « Malheur à ceux qui appellent bien le mal et mal le bien. » Son opinion du pasteur Merrill s'était considérablement améliorée depuis le temps où la découverte des doutes du pasteur avait heurté son dogmatisme. Mr. Merrill devait être plus ou moins conscient du rôle joué par « la Voix » pour lui faire obtenir son poste à l'école. Quand ils s'enfermaient dans le bureau du pasteur Merrill, il m'était difficile de les imaginer en conversation amicale, mais ils manifestaient un égal respect l'un pour l'autre.

Owen ne mettait guère les gens à l'aise et je ne connaissais pas d'être plus angoissé que le révérend Merrill ; j'imaginais leurs conversations comme de longues déambulations dans la sacristie de l'église Hurd, Mr. Merrill ouvrant et refermant sans cesse les tiroirs du vieux bureau et poussant sa chaise à roulettes d'un bout à l'autre de la table, pendant qu'Owen Meany faisait craquer ses jointures, croisait et décroisait ses courtes jambes, soupirait, haussait les épaules, les mains s'agitant en tous sens pour prendre un bouquin, un presse-papier, et le remettre en place…

« De quoi parles-tu avec le révérend ?

— Avec le pasteur Merrill, je parle du docteur Dolder, et avec le docteur Dolder du pasteur Merrill.

— Mais tu aimes bien le pasteur Merrill. Vous devez parler d'autre chose…

— Nous parlons de la vie après la mort.

— Je comprends », dis-je sans comprendre.

Ce que je ne réalisais pas, c'était l'étendue de la passion d'Owen pour ce sujet.

* * *

Toronto, le 21 juillet 1987. — Chaleur torride sur la ville. Je me faisais couper les cheveux comme d'habitude, à l'angle de Bathurst et Saint Clair Street, et la petite coiffeuse (encore un truc auquel je ne m'habituerai jamais !) m'a posé la question rituelle :

« Je vous les coupe comment ?

— Aussi courts que ceux d'Oliver North.

— Qui ça ? »

O Canada ! A la réflexion, je suis sûr que nombre de jeunes coiffeuses américaines ne connaissent pas davantage le lieutenant-colonel North ; d'ici quelques années, tout le monde aura oublié son nom. Combien de gens se souviennent de Melvin Laird ? Du général Creighton Abrams ? Du général William Westmoreland ? (Sans vouloir demander lequel a remplacé l'autre !) Et qui a remplacé le général

Maxwell Taylor ? Qui a remplacé le général Curtis LeMay ? Et qui Ellsworth Bunker a-t-il remplacé ? Vous vous en souvenez ? Bien sûr que non !

Dans la rue, il y avait un terrible boucan, on construisait un immeuble, mais j'étais certain que ma barbière m'avait bien entendu. J'ai répété :

« Oliver North. Le lieutenant-colonel Oliver North, du corps des marines des États-Unis.

— J'imagine que vous les voulez très courts, a-t-elle dit.

— Oui, s'il vous plaît. »

Je dois absolument cesser de lire le *New York Times !* Rien dans les nouvelles ne vaut la peine d'être retenu. Alors pourquoi ai-je tellement de mal à les oublier ?

Owen Meany possédait une mémoire infaillible. Vers la fin du deuxième trimestre 1962, je parie qu'il ne mélangeait jamais ce qu'il disait au Dr. Dolder et au pasteur Merrill — mais je parie qu'eux se mélangeaient les pédales ! Vers la fin du trimestre, je parie qu'ils auraient voulu voir Owen soit renvoyé définitivement, soit nommé proviseur ! Vers la fin de chaque trimestre d'hiver à l'Institut de Gravesend, le climat pourri du New Hampshire nous menait tous aux portes de la folie furieuse.

Se lever alors qu'il fait encore nuit noire, quel supplice ! Owen, lui, devait se lever bien avant les autres ; en raison de son job de serveur, il lui fallait se pointer dans les cuisines une heure au moins avant le breakfast. Les serveurs devaient dresser les tables et avaler leur petit déjeuner à la cuisine avant l'arrivée des pensionnaires et des professeurs ; ils devaient ensuite débarrasser et nettoyer avant le début de la réunion matinale (anciennement prière du matin).

Ce samedi matin de février, la camionnette rouge ayant gelé, Owen avait dû sauter en catastrophe dans le gros semi-remorque et le lancer sur la descente de Maiden Hill avant qu'il ne consente à démarrer ; il faisait si froid. Il n'aimait pas être de service pendant le week-end, ce qui l'obligeait à un aller et retour supplémentaire. Il devait être furieux en arrivant au campus et, à l'endroit où il se garait toujours, près du bâtiment principal, en plein milieu de l'allée circulaire, il y avait une voiture à l'arrêt. Le semi-remorque était trop gros pour contourner la voiture, ce qui obligerait Owen à le garer dehors, dans Front Street. Mais il était interdit de stationner dans Front Street, pour laisser la voie libre aux chasse-neige, arrêté municipal qui horripilait Owen. La voiture gênante était la Coccinelle Volkswagen du Dr. Dolder...

Se conformant en tout point à la manie de l'ordre caractérisant ses compatriotes, le Dr. Dolder était pointilleux avec son petit véhicule. Il vivait à Quincy Hall, groupe de dortoirs aussi éloignés que possible du bâtiment central, autant dire le bout du monde, mais néanmoins situé sur le campus de l'Institut. Le Dr. Dolder ne laissait sa VW à côté du bâtiment principal que lorsqu'il avait fait la fête.

Fréquemment invité aux dîners de Randy et Sam White, il lui arrivait de trop boire ; dans ce cas, il laissait sa voiture sur place et rentrait à pied chez lui. Le campus n'était pas si vaste qu'il n'ait pu aller et revenir à pied, mais le Dr. Dolder avait fait sienne cette typique devise américaine : ne fais jamais à pied ce que tu peux faire en voiture. Je suis certain qu'à Zurich il fonctionnait *pedibus,* mais, sur le campus, il pilotait sa Coccinelle comme s'il visitait les États de Nouvelle-Angleterre.

Chaque fois qu'on voyait la bébête du Dr. Dolder garée sur l'allée circulaire, on savait que le docteur observait la fameuse prudence suisse ; il n'avait rien d'un soûlard, et, sur les quelques petites routes qu'il aurait empruntées pour rentrer de chez les White, il ne courait guère le risque d'estropier beaucoup de résidents sobres et innocents ; il n'en aurait probablement rencontré aucun ; mais le Dr. Dolder adorait sa Coccinelle et se comportait en citoyen responsable.

Une fois, un étudiant en première année d'allemand avait écrit du doigt sur le pare-brise enneigé de la Volkswagen : « *Herr Doktor Dolder hat zuviel getrunken !* » Rien qu'en regardant Owen le matin, je savais si le Dr. Dolder avait bu la veille au soir ; à son air hargneux, je savais qu'il s'était trouvé confronté à un problème de stationnement. Je savais quand la camionnette avait refusé de démarrer et tout ce qui s'ensuivait, rien qu'en le regardant. Je lui demandais parfois :

« Qu'est-ce qui t'est arrivé ?

— CE CUL-SERRÉ D'IVROGNE SUISSE !

— Je vois. »

Aussi, ce matin précis de février, j'imagine très bien quelle fut sa réaction en présence de la voiture du psychiatre suisse.

Owen avait dû rester un moment dans la cabine glaciale du semi-remorque — il fallait conduire ce monstre au moins une heure avant de sentir fonctionner le chauffage —, fumant et fulminant, puis il avait aperçu dans la lumière des phares les trois quarts de l'équipe de basket se dirigeant vers lui. Dans l'air froid, la buée qu'ils émettaient avait pu lui faire croire qu'ils fumaient aussi, bien que, les connaissant tous, il sache qu'aucun ne fumait ; il allait souvent les voir jouer et leur faisait des exhibitions de *slam-dunk* qui les laissaient pantois d'admiration.

Il me dit par la suite qu'ils étaient huit ou dix membres de l'équipe. Tous vivaient dans le même dortoir, un immeuble réservé aux sportifs, et, comme l'équipe devait rencontrer une école adverse, ils partaient déjeuner plus tôt que d'habitude. C'étaient de joyeux costauds pleins de sève, ne rechignant pas à se lever à l'aube ; de plus, ils allaient couper aux classes du samedi matin, et leur journée s'annonçait prometteuse. Owen Meany ne partageait pas exactement leur joviale humeur ; baissant la vitre, il les appela.

Ravis de le voir, ils bondirent sur le plateau de la remorque où ils commencèrent à chahuter et à se faire tomber.

« VOUS AVEZ L'AIR EN PLEINE FORME, LES GARS. »

Ils poussèrent des cris enthousiastes. Dans le faisceau des phares, l'innocente Coccinelle enchâssée dans la glace était saupoudrée d'une légère couche de neige.

« JE VOUS PARIE QUE VOUS N'ÊTES PAS ASSEZ COSTAUDS POUR SOULEVER CETTE VOLKSWAGEN. »

Bien sûr, qu'ils l'étaient ; ils l'étaient même assez pour transporter la voiture jusqu'à Boston.

Le capitaine de l'équipe était un aimable géant ; quand Owen s'entraînait au « tir » avec lui, il le soulevait d'une seule main.

« Aucun problème, dit-il. Où veux-tu qu'on la mette ? »

Owen me jura que L'IDÉE ne lui était venue qu'à ce moment.

Owen n'avait jamais digéré que Randy White transfère la prière du matin de l'église Hurd au bâtiment principal, histoire de jouer les stars. Pour l'instant, on avait démonté les décors de la pièce de Dan et la scène de la grande salle était nue. Et ce vaste escalier circulaire de marbre menant aux doubles portes majestueuses de la grande salle... tout ça était bien assez vaste pour permettre le passage de la Volkswagen du Dr. Dolder. Quel spectacle ce serait, que cette espiègle petite voiture posée en plein milieu de la scène... une sorte de clin d'œil amical, inoffensif, au proviseur et à tous les étudiants ; un petit truc pour les faire sourire, alors que les giboulées de mars nous empoisonnaient la vie et que les vacances d'été semblaient ne devoir jamais arriver...

« PORTEZ-LA DANS LE BÂTIMENT PRINCIPAL, dit Owen Meany aux joueurs de basket. MONTEZ-LA DANS LA GRANDE SALLE ET POSEZ-LA SUR LA SCÈNE. PLACEZ-LA EN PLEIN MILIEU, FAISANT FACE À LA SALLE, À CÔTÉ DE LA CHAIRE DU PROVISEUR. » « La Voix » se fit autoritaire : « FAITES ATTENTION À NE PAS L'ABÎMER — ET, POUR L'AMOUR DE DIEU, NE LA LAISSEZ PAS TOMBER ! NE FAITES PAS LA MOINDRE ÉGRATIGNURE, PAS DE DÉGÂTS, NI À LA BAGNOLE, NI À L'ESCALIER, NI AUX PORTES, NI À LA SCÈNE ! » Après réflexion, Owen Meany conclut : « ON DOIT AVOIR L'IMPRESSION QU'ELLE A VOLÉ JUSQUE-LÀ ! COMME SI UN ANGE L'AVAIT PILOTÉE ! »

Quand les athlètes eurent emmené la Volkswagen, Owen se garda prudemment d'occuper l'espace libéré ; il trouva plus astucieux de conduire jusqu'à Waterhouse Hall et de garer le camion auprès de la voiture de Dan. Personne ne le vit ranger son semi-remorque et si quiconque avait aperçu Owen courant à travers le campus au lever du jour, ça n'aurait pas semblé bizarre ; c'était juste un serveur qui se hâtait pour attaquer son boulot à l'heure.

Il prit son breakfast à la cuisine, avec les autres serveurs, et une bande de basketteurs extraordinairement affamés et rigolards. Owen mettait le couvert à la table des profs quand le capitaine de l'équipe de basket vint lui dire deux mots :

« Pas la moindre égratignure.

— BONNE CHANCE POUR LE MATCH », dit Owen Meany.

Ce fut l'un des gardiens du bâtiment principal qui découvrit la Coccinelle — sur scène — en remontant les jalousies des hautes fenêtres éclairant si généreusement la grande salle. Naturellement, l'employé avertit le proviseur. Par la fenêtre de sa cuisine, ce dernier put découvrir le petit rectangle de terre nue où la Volkswagen du Dr. Dolder avait passé la nuit.

Le proviseur appela Dan Needham, qui sortait de la douche ; beaucoup de professeurs prenaient leur petit déjeuner chez eux ou s'en passaient plutôt que de le prendre au réfectoire. Le proviseur informa Dan qu'il rassemblait tous les professeurs valides pour débarrasser la scène de la Coccinelle avant la réunion matinale. Les étudiants, affirma le proviseur, n'auraient pas le dernier mot. Dan rétorqua qu'il ne se sentait pas particulièrement vaillant, mais qu'il allait venir donner un coup de main. En raccrochant le téléphone, il riait tout seul ; puis, par la fenêtre, il vit le semi-remorque des Établissements Meany rangé à côté de sa voiture. Il pensa aussitôt que L'IDÉE était signée Owen Meany.

Ce furent les mots exacts utilisés par le proviseur, alors que, en compagnie d'une douzaine de professeurs pas tellement valides, flanqués de quelques épouses du genre déménageur, il se battait avec la Coccinelle du Dr. Dolder.

« Ça, c'est signé Owen Meany !

— Je ne crois pas qu'Owen puisse porter une voiture, même une Volkswagen, hasarda Dan Needham.

— Je veux dire l'idée ! », fulmina le proviseur.

Les professeurs manquaient d'entraînement dans le lever du poids ; même les mieux bâtis n'avaient ni la force ni la souplesse des jeunes champions de basket ; de plus, ils auraient dû envisager un point essentiel : il est plus facile de *hisser* une masse lourde et incommode que de la *descendre*.

Mr. Tubulari, l'entraîneur sportif, présuma de ses forces en voulant soulever l'avant de la voiture ; il dévala à reculons l'escalier de la scène pour atterrir sur l'un des bancs de bois massif réservés à l'assistance ; un missel amortit par miracle le choc de sa tête, sinon il aurait perdu l'esprit, ce qui n'aurait pas changé grand-chose à son état habituel, selon Dan. Mais, pendant sa cascade, l'entraîneur s'était sévèrement foulé la cheville ; on dut le transporter à l'infirmerie. Cela réduisit le nombre des professeurs-déjà-peu-valides — et des robustes épouses — aux prises avec la réticente Volkswagen, à présent debout sur son arrière, la partie la plus lourde puisque le moteur s'y trouve. La petite voiture, ainsi dressée, semblait vouloir saluer et applaudir les infortunés qui l'avaient si disgracieusement laissée tomber de la scène.

« Une veine que le Dr. Dolder ne soit pas là », observa Dan.

Devant la fureur du proviseur, nul n'osa lui faire remarquer l'évidence : mieux aurait valu laisser le dernier mot aux élèves et les laisser rire tout leur soûl ; ensuite, les professeurs auraient ordonné à une bande d'étudiants costauds de procéder à l'enlèvement de la Coccinelle. Si durant l'opération les étudiants abîmaient la voiture, c'est eux qui seraient responsables. Mais, tel que c'était parti, les choses allèrent de mal en pis, comme souvent lorsque des amateurs se livrent, de mauvaise grâce et en se dépêchant, à une activité qui les dépasse.

Les étudiants arriveraient d'ici dix ou quinze minutes pour la réunion matinale ; la vue d'une Volkswagen cabossée, assise sur son derrière en plein milieu de la grande salle, provoquerait une hilarité beaucoup plus grande et durable qu'une pimpante petite voiture bien entretenue, intacte sur la scène. Mais il était trop tard pour y penser ; le proviseur, écarlate sous l'effort vain de vouloir faire retomber la voiture sur ses quatre roues, enjoignit aux professeurs de synchroniser leurs efforts musculaires et d'éviter tout commentaire.

Mais il y avait eu un peu de glace et de neige sur la VW, et tout ça avait fondu. A présent, la voiture était humide et glissante ; des mares s'élargissaient sous elle. L'une des épouses, épaissie par de nombreuses maternités et dont la sangle abdominale était plus spectaculaire qu'efficace, dérapa *sous* la Volkswagen au moment où on la remettait sur ses roues ; bien qu'indemne, elle n'en resta pas moins hermétiquement coincée sous l'opiniâtre automobile. L'une des fiertés de la firme Volkswagen est de fabriquer des véhicules compacts et surbaissés ; la malheureuse femme de professeur découvrit qu'aucun interstice sous la caisse ne lui permettrait de se libérer en rampant.

Cela, moins de dix minutes avant l'arrivée massive des élèves, fut une humiliation supplémentaire pour le proviseur : la Coccinelle endommagée du Dr. Dolder, suintant son huile de vidange sur le corps prostré d'une femme de professeur prise au piège ! En outre, cette dame n'était pas des plus populaires auprès des étudiants...

« Nom de Dieu de Jésus-Christ ! », proféra Randy White.

Quelques « fayots » arrivaient déjà. Ils étaient si impatients de commencer leur journée de labeur qu'ils débarquaient à la réunion longtemps avant l'heure prescrite. Je ne sais pas par quel terme on les désigne aujourd'hui, mais je sais que ce genre d'individus ne peut que s'attirer des surnoms malsonnants.

Les premiers fayots eurent la surprise de s'entendre crier par le proviseur de « revenir à l'heure exacte » ! Cependant, à force de secouer, pencher, titiller en tous sens la VW dans le but de libérer l'épouse rebondie, les manœuvres inexpérimentés l'inclinèrent à tel point qu'elle tomba lourdement sur le côté « conducteur ». (Et crac, la vitre et le rétroviseur ! Les débris, en même temps que ceux des feux arrière écrabouillés lors de la première dégringolade, furent hâtivement balayés sous le banc massif contre lequel Tubulari avait failli se fracasser.)

Quelqu'un conseilla d'aller chercher le Dr. Dolder ; s'il déverrouillait les portières, le valeureux véhicule pourrait être roulé, sinon piloté, jusqu'au large escalier de marbre glissant. Puis il serait peut-être plus facile de négocier la descente d'escalier avec quelqu'un pour maintenir le volant.

« Personne n'ira prévenir Dolder ! », vociféra le proviseur.

Un malin fit remarquer que, puisque la vitre était cassée, on n'avait plus besoin des clés et que la démarche était superflue. Pourtant, dit quelqu'un d'autre, on ne pouvait ni piloter ni faire rouler une voiture sur le côté ; mieux valait la remettre sur ses roues. Mais, d'après Dan, les professeurs sous-entraînés ne connaissaient pas leur force ; en essayant de redresser la voiture, ils la renversèrent du côté conducteur au côté passager — écrabouillant par la même occasion le robuste banc de bois du premier rang. (Et crac, la vitre passager et l'autre rétroviseur !)

« Nous pourrions peut-être annuler la réunion matinale ? », suggéra prudemment Dan Needham.

Mais le proviseur, à la stupeur générale, parvint à redresser la Volkswagen *tout seul !* J'imagine quel fut le flux d'adrénaline ! Après quoi, Randy White s'empoigna les reins à deux mains et tomba sur les genoux, vomissant des injures.

« Ne me touchez pas ! Je vais très bien », cria-t-il en grimaçant de douleur.

Il se remit péniblement à la verticale et décocha un coup de pied au pare-chocs arrière. Puis, passant le bras par la vitre brisée, il déverrouilla la portière. Il prit place au volant, impuissant à maîtriser les tressautements douloureux de sa région lombaire, et ordonna aux professeurs de le pousser.

« Où ? demanda Dan Needham.

— Dans ce foutu nom de Dieu de Jésus-Christ d'escalier ! », hurla le proviseur White.

Alors ils obéirent ; rien n'aurait servi de le raisonner.

La cloche de la réunion matinale commençait à sonner lorsque Randy White amorça sa cahoteuse descente du large et glissant escalier de marbre ; plusieurs étudiants, des étudiants *normaux* s'ajoutant aux fayots, déambulaient dans le hall, au pied de l'escalier monumental.

Qui pourra jamais réunir tous les détails d'un tel incident ? Qui pourra jamais dire ce qui s'est passé exactement ? Ce dut être un moment éprouvant pour le proviseur. Ne sous-estimons pas ses douleurs lombaires ; n'avait-il pas soulevé la voiture tout seul ? Son nerf sciatique se coinça-t-il pendant qu'il tentait de descendre l'escalier en voiture ? La douleur ne survint-elle qu'après son spectaculaire accident ? Tout ça, c'est de la dialectique.

Qu'il suffise de dire que tous les étudiants réunis dans le hall s'égaillèrent devant la ruée sauvage du monstre d'acier. Sans doute neige et glace fondues imprégnaient-elles aussi les pneus, et le marbre, comme chacun sait, est une matière glissante. De-ci, de-là, la dynamique petite voiture descendit l'escalier par petits bonds ; de grands éclats de marbre jaillirent des rampes de l'escalier, suite aux embardées qui renvoyaient le véhicule d'un côté sur l'autre.

Il existe une vieille expression populaire du New Hampshire, synonyme d'extrême fragilité et du danger afférent : « Comme un œuf de grive dans un tuyau de gouttière. »

C'est l'impression que donnait le proviseur dévalant l'escalier, entre la grande salle et le hall d'entrée — sauf qu'il n'arriva pas tout à fait à destination. Après une galipette, la voiture atterrit sur le toit, encastrée à mi-hauteur de l'escalier. Impossible d'ouvrir les portes ni d'extraire le proviseur de l'épave ; de telles crampes lui nouaient l'arrière-train qu'il lui était impossible d'effectuer les contorsions nécessaires pour sortir par l'emplacement du pare-brise — lequel avait disparu depuis belle lurette. La tête en bas, mains crispées sur le volant, Randy White hurla qu'une « conjuration d'élèves et de professeurs » était manifestement « dirigée contre lui ». Il éructa à l'adresse du Dr Dolder et de « sa putain d'ivrognerie » des mots impossibles à imprimer. Il vitupéra toutes les automobiles fabriquées en Allemagne, les « mauviettes, avortons et fausses couches » qu'étaient les professeurs prétendument valides — et leurs épouses ! Puis il gémit et hurla qu'il s'était brisé les reins, jusqu'à ce que sa femme, Sam, qu'on avait couru chercher, entrât en scène ; s'agenouillant sur les marches écaillées, elle aida de la voix et du geste son époux à l'envers. On manda des professionnels pour l'extirper de la Volkswagen accidentée ; ça prit longtemps. Bien après que l'heure de la réunion fut passée, on finit par libérer le proviseur en découpant au chalumeau une paroi de la pauvre petite voiture.

On consigna le proviseur à l'infirmerie pour le reste de la journée ; le docteur et les infirmières voulaient le garder en observation jusqu'au lendemain, mais il menaça de les renvoyer tous s'ils ne le relâchaient pas.

Régulièrement, comme un leitmotiv, on put entendre Randy White ressasser à sa femme : « Ce coup-là, c'est du Owen Meany tout craché ! »

Oui, ce fut une matinée bien intéressante. Il nous fallut deux fois plus de temps pour nous installer, puisqu'une des deux volées de marches était impraticable ; en outre, le premier banc étant détruit, les élèves qui l'occupaient d'habitude durent trouver place ailleurs, dans les allées ou sur la scène. Partout, il y avait des débris de verre, des copeaux de peinture, des éclaboussures d'huile de vidange, et, sauf pendant les cantiques du début et de la fin qui recouvrirent les cris du proviseur pris au piège, nous pûmes suivre d'une oreille le déroulement du psychodrame de l'escalier. Je crains que cela ne nous ait quelque peu distraits de la prière du révérend Merrill et du petit discours enjoué de Mr. Early concernant la fin du trimestre. Nous ne devions pas, nous disait-il, gâcher nos vacances en pensant trop à notre éventuelle admission à l'université.

« Bordel de Jésus-Christ de merde ! Vous avez failli me brûler la figure avec votre chalumeau ! », braillait le proviseur.

Puis, la réunion terminée, Sam, la femme du proviseur, engueula les étudiants qui tentaient de descendre l'escalier bloqué en escaladant la Volkswagen, dans laquelle était toujours coincé son mari.

« Je vais vous apprendre la politesse ! », cria-t-elle.

Ce n'est qu'après la réunion que j'eus la possibilité de parler à Owen Meany.

« Je suppose que, bien sûr, tu n'as rien à voir là-dedans ?

— LA FOI ET LA PRIÈRE, dit-il. LA FOI ET LA PRIÈRE, IL N'Y A RIEN DE TEL ! »

* * *

Toronto, le 23 juillet 1987. — Katherine a fini par m'inviter sur son île ; fini, les journaux stupides, je m'en vais à Georgian Bay ! Encore une journée horriblement chaude.

Cependant, à la une du *Globe and Mail* (ce doit être une période creuse) s'étale un article sur la Cour suprême de Suède qui « fera date dans l'histoire de la législation » ; la Cour suprême va juger un procès en appel concernant la garde d'un... chat, qui est mort. Quel monde ! « BON POUR LA TÉLÉVISION ! »

Ça fait plus d'un mois que je ne suis pas allé à l'église ; trop de journaux à lire. Les journaux sont une mauvaise habitude, comme les sucreries. Voilà ce qui se passe : je saute sur un sujet, qui est l'équivalent moral, philosophique, politique, intellectuel d'un ice-cream chantilly tous parfums ; le temps que je m'y intéresse, j'y sacrifie tous mes autres pôles d'intérêt, et les capacités que je peux avoir pour la réflexion et le recul sont entièrement subordonnées à cet ice-cream ! Ça peut passer pour une autocritique, mais l'aspect politique est patent : j'assouvis mon obsession d'ice-cream au détriment du reste de ma vie !

Je me rappelle le cours particulier qu'Owen Meany suivait avec le révérend Merrill lors du deuxième trimestre 1962. Je me demande si ces ice-creams gluants de l'administration Reagan connaissent le fameux verset d'Isaïe (5,20). Comme dirait « la Voix » : « MALHEUR À CEUX QUI APPELLENT BIEN LE MAL ET MAL LE BIEN »...

* * *

Après moi, le pasteur Merrill fut le premier à demander à Owen s'il avait quelque chose à voir avec l'accident de la Volkswagen ; la pauvre petite voiture passerait la totalité des vacances de Pâques chez le chirurgien esthétique.

« Dois-je comprendre que notre conversation restera confidentielle ? demanda Owen. Vous voyez ce que je veux dire ? Comme si vous m'entendiez en confession et que vous deviez garder le secret, sauf en cas de meurtre...

— Vous m'avez très bien compris, Owen.

— C'était bien mon idée, avoua Owen. Mais je n'ai pas levé le petit doigt. Je n'ai même pas mis les pieds dans le bâtiment, même pas pour assister au spectacle !

— Qui l'a fait ?

— Des gars de l'équipe de basket. Ils passaient par là...

— C'était une idée totalement spontanée ?

— Une inspiration — ça s'est passé en un éclair. Vous voyez, comme le coup du buisson ardent.

— Ce n'est pas tout à fait la même chose », fit le révérend Merrill.

Il assura Owen qu'il n'avait voulu des détails qu'afin de pouvoir en toute bonne foi détourner de lui la rage du proviseur, pour qui il était le premier suspect.

« Ça aidera, si je peux certifier au proviseur que vous n'avez pas *touché* la voiture du Dr. Dolder ni mis le pied dans le bâtiment principal.

— Ne caftez pas l'équipe de basket, hein !

— N'ayez crainte ! »

Mr. Merrill conseilla à Owen d'être moins sincère avec le Dr. Dolder, si celui-ci l'interrogeait sur « l'accident ». Bien qu'il fût implicite que les entretiens entre un psychiatre et son patient demeuraient également « confidentiels », Owen devait tenir compte du sentiment passionnel qu'éprouvait le fastidieux Helvète pour sa voiture...

« Je vois ce que vous voulez dire. »

Quant à Dan Needham, il ne voulut rien entendre d'Owen concernant cette aventure ; mais il nous apprit que le proviseur se répandait dans le corps professoral, clamant que « cette atteinte à la propriété privée » et ce « vandalisme » se cataloguaient dans les annales du crime sous la rubrique « punissables de renvoi ».

« C'EST LE PROVISEUR ET LES PROFS QUI ONT ESQUINTÉ LA VOLKSWAGEN, dit Owen. ELLE ÉTAIT EN PARFAIT ÉTAT JUSQU'À CE QUE LE PROVISEUR ET SON ÉQUIPE DE BALOURDS METTENT LA MAIN DESSUS !

— J'ai fait partie de ces " balourds " et je ne veux pas savoir comment tu sais tout ça, Owen, lui dit Dan. Surveille bien tes paroles, surtout avec les autres ! »

Il ne restait que quelques jours avant la fin du trimestre d'hiver, qui mettrait lui-même un terme à la sanction disciplinaire d'Owen Meany. Dès le trimestre prochain, Owen pourrait se permettre quelques petits accrocs au règlement ; en règle générale, il le respectait plutôt.

Il fallait s'y attendre, le Dr. Dolder considéra l'outrage fait à son automobile comme l'exemple suprême de l'hostilité que lui portaient les étudiants. Il était particulièrement sensibilisé à ce problème, sachant que pas un seul étudiant de Gravesend ne venait le consulter de son plein gré ; ses seuls patients lui étaient envoyés par l'école — ou par certains parents.

Dans la première séance qui suivit la destruction de la Coccinelle, le Dr. Dolder attaqua Owen par ces mots :

« Je sais que vous me haïssez, oui ? Mais pourquoi me haïssez-vous ?

— JE DÉTESTE ÊTRE OBLIGÉ DE VOUS VOIR, MAIS JE NE VOUS DÉTESTE PAS. PERSONNE NE VOUS HAIT, DOCTEUR ! »

« Et qu'a-t-il répondu à cela ? demandai-je à Owen Meany.

— IL EST RESTÉ SILENCIEUX UN BON MOMENT — JE CROIS QU'IL PLEURAIT.

— Mince !

— JE CROIS QUE LE PROFESSORAT A ATTEINT LE POINT LE PLUS BAS DE SON HISTOIRE. »

C'était du Owen tout craché, ça ; plongé dans une situation plus que critique, il passait à un sujet de réflexion totalement éloigné de son propre problème !

Mais il n'existait aucune preuve formelle contre lui ; même l'acharnement du proviseur ne pouvait démontrer qu'il avait cassé la voiture. Puis, alors qu'il se croyait tiré d'affaire, un nouveau problème surgit, pire que le précé-

dent. Larry Lish fut pincé alors qu'il essayait d'acheter de
la bière chez l'épicier du coin ; le patron du magasin avait
confisqué le faux livret militaire de Lish — avec sa date de
naissance mensongère — et appelé la police. Lish reconnut
que son livret militaire avait été fabriqué de toutes pièces
dans la salle de rédaction du *Caveau,* à l'aide d'une
photocopieuse. D'après Lish, nombre d'élèves de l'Institut
avaient acheté de faux papiers identiques.

« Et qui a eu cette idée ? demanda le proviseur.

— Pas moi, affirma Larry Lish. J'ai acheté mon livret
militaire, comme les autres. »

J'imagine la surexcitation du proviseur ! Cet interrogatoire se déroulait au commissariat de police, dans le propre
bureau du chef Ben Pike, l'homme à « l'arme du crime » et
à « l'instrument de la mort » ! Le chef Pike avait déjà
informé Larry Lish que la falsification de documents
officiels était passible des tribunaux.

« Qui fabriquait et vendait ces faux papiers, Larry ? »,
demanda Randy White.

Sans aucun doute, Larry Lish allait faire plaisir à sa
mère.

« Owen Meany », dit-il.

Le temps sembla s'éterniser avant les vacances de
Pâques. Le proviseur conclut un accord avec le chef de
police Pike ; aucune poursuite judiciaire ne serait entamée
contre quiconque à l'Institut si le proviseur pouvait remettre au chef Pike les faux livrets militaires en circulation sur
le campus. Ce fut relativement simple. A la réunion
matinale, le proviseur dit à tous les élèves de poser leur
portefeuille sur la scène avant de partir ; ceux qui n'avaient
pas leur portefeuille sur eux devraient aller séance tenante
à leur dortoir et le remettre au surveillant qui les accompa-
gnerait. Chaque portefeuille serait par la suite déposé dans
les boîtes aux lettres personnelles.

Il n'y eut pas classe ce matin-là, les professeurs étant
mobilisés pour fouiller les portefeuilles et en extraire les
faux livrets militaires.

Randy White convoqua une réunion exceptionnelle des
professeurs, au cours de laquelle Dan prit la parole :

« Ce que vous faites est totalement illégal ! Tous les parents d'élèves pourraient vous intenter un procès ! »

Mais le proviseur allégua qu'il voulait épargner à l'école le scandale de voir ses étudiants accusés de faux et usage de faux. La réputation sans tache de l'école souffrirait moins de cette confiscation que d'un procès criminel. Quant au véritable *criminel* qui avait fabriqué et vendu — pour en tirer profit ! — ces faux documents, son sort serait remis aux mains du conseil de discipline.

C'est ainsi qu'ils le crucifièrent. Aussi vite que ça. Ils ne tinrent pas compte du fait qu'il avait depuis longtemps abandonné ses activités illégales ; ni qu'il leur avait juré d'avoir changé de comportement après le discours inaugural de J.F.K. Ils se moquaient de savoir qu'il réprouvait l'usage de l'alcool et n'en buvait jamais une goutte ! Larry Lish et tous les autres possesseurs de faux livrets furent mis à l'épreuve pendant tout un trimestre. Mais le conseil de discipline crucifia Owen Meany ; il fut rejeté, flanqué à la porte, saqué.

Dan tenta d'empêcher l'exclusion d'Owen en demandant un vote de tous les professeurs, mais le proviseur déclara que la décision du conseil de discipline était sans appel, vote ou non. Mr. Early téléphona bien à tous les membres du conseil d'administration, mais le trimestre n'ayant plus que deux jours à courir, il était impossible de réunir les membres du conseil avant les vacances et les administrateurs ne pouvaient pas annuler la décision du conseil de discipline sans une assemblée extraordinaire.

La nouvelle de l'exclusion d'Owen provoqua un tel tollé que l'ancien proviseur, le vieil Archibald Thorndike, émergea de sa retraite pour exprimer sa désapprobation ; le vieil Archie fit une déclaration, reproduite par *Le Caveau* et la *Gazette de Gravesend :* « Owen Meany est l'un des meilleurs citoyens que l'Institut ait jamais produit ; je fonde de grands espoirs sur ce petit homme. » Le vieux Thorny désapprouvait aussi ce qu'il appelait « le procédé *gestapiste* de confisquer les porte-billets des étudiants » et critiquait la tactique de Randy White en ce qu'elle « ne respectait pas la vie privée ».

« Le vieux con ! dit Dan Needham. Je sais qu'il croit bien faire. Mais personne ne l'écoutait quand il était proviseur, alors maintenant !... »

Que, parlant au nom de l'Institut, il s'enorgueillît d'avoir « produit » des étudiants, passe encore ; mais qu'il comprenne Owen Meany dans le nombre, c'était dépasser les bornes. Le concept du « respect de la vie privée » était une vieille lune pour Dan ; quant au mot « porte-billets », on ne l'employait plus depuis le temps des calèches. Le seul terme sur lequel Dan fût d'accord avec le vieil Archibald Thorndike, c'était « gestapiste ».

Toute cette campagne ne fit aucun bien à Owen. Le révérend Merrill nous demanda par téléphone si nous savions où était Owen, qu'il cherchait à joindre. Chaque fois qu'on appelait chez les Meany, ou la ligne était occupée, ou Mr. Meany répondait qu'Owen était peut-être à Durham. Ça signifiait qu'il était avec Hester ; mais quand j'appelai chez elle, elle refusa d'admettre qu'il était là.

« As-tu de bonnes nouvelles pour lui ? me demanda-t-elle. Est-ce que cette école de merde va lui accorder son foutu diplôme ?

— Non, je n'ai aucune bonne nouvelle.

— Alors fous-lui la paix. »

Plus tard, j'entendis Dan parler par téléphone au proviseur :

« Vous êtes la pire chose qui soit jamais arrivée à cette école. Si vous survivez à ce gâchis, moi, je démissionnerai ! Et je ne serai pas le seul à partir. Vous avez réagi comme un enfant dans cette histoire ; vous vous êtes engagé dans un règlement de comptes personnel avec un élève ; vous vous êtes bagarré avec un môme. Et vous êtes tellement infantile que vous vous êtes laissé posséder par Owen ; alors, vous avez voulu vous venger ! Exactement comme un mouflet ! Vous n'êtes pas suffisamment adulte pour diriger une école. » Brusquement, Dan se mit à hurler dans l'appareil : « Et en plus, c'est un boursier ! C'est un gamin qui a besoin d'une bourse pour ses études supérieures, sinon il devra s'en passer. Si jamais Owen Meany n'arrive pas à entrer dans la meilleure université aux meilleures conditions, ce sera votre faute ! »

Le proviseur dut raccrocher à ce moment-là, car Dan, qui en avait encore beaucoup à dire, se tut brusquement et reposa lentement le combiné sur son crochet en disant :

« Et merde ! »

Dans la soirée, ma grand-mère nous appela, Dan et moi, pour nous dire qu'elle avait eu des nouvelles d'Owen.

« MISSUS WHEELWRIGHT ? lui avait demandé Owen.

— Owen ! Où es-tu ?

— ÇA N'A PAS D'IMPORTANCE. JE VOULAIS JUSTE VOUS DIRE QUE JE REGRETTAIS DE VOUS AVOIR DÉÇUE. JE NE VOUDRAIS PAS QUE VOUS PENSIEZ QUE JE SUIS INGRAT... POUR L'OCCASION QUE VOUS M'AVEZ OFFERTE... D'ALLER DANS UNE BONNE ÉCOLE.

— Ça ne me paraît plus une aussi bonne école, Owen. Et tu ne m'as pas déçue, loin de là.

— JE PROMETS QUE VOUS SEREZ FIÈRE DE MOI.

— Mais je suis fière de toi, Owen.

— JE VEUX QUE VOUS SOYEZ ENCORE PLUS FIÈRE ! » Puis, après réflexion, il avait ajouté : « S'IL VOUS PLAÎT, DITES À DAN ET JOHN D'ALLER ABSOLUMENT À LA PRIÈRE DU MATIN. »

C'était bien de lui, d'utiliser encore l'ancienne expression, modifiée entre-temps par le funeste proviseur.

« Quoi qu'il mijote, nous devons essayer de l'en empêcher, me dit Dan. Il ne doit rien faire qui fasse empirer les choses ; il ne doit penser qu'à entrer à l'université et conserver sa bourse. Je suis sûr que l'Institut de Gravesend va lui donner son diplôme... à condition qu'il ne fiche pas tout en l'air ! »

Naturellement, impossible de mettre la main sur lui. Mr. Meany nous dit qu'il était à Durham ; Hester, qu'elle ignorait où il était. Elle pensait qu'il devait travailler pour son père, parce qu'elle l'avait vu dans le semi-remorque, chargé de matériel.

« Quel genre de matériel ? lui demandai-je.

— Qu'est-ce que j'en sais ? Des espèces de gros outils...

« — Bon Dieu ! s'écria Dan. Il est capable de vouloir dynamiter la maison du proviseur ! »

Nous quadrillâmes le campus, puis la ville entière sans trouver trace du gros-cul. Après plusieurs aller-retour infructueux, nous grimpâmes jusqu'à Maiden Hill pour voir si le semi-remorque n'était pas tout bonnement à la carrière. Rien. Nous y passâmes la nuit.

« Réfléchis, me pressa Dan. Qu'est-ce qu'il peut vouloir faire ?

— Je n'en sais rien ! »

Nous revenions en ville, dépassions la station-service proche de l'école Saint Michael. Les premières lueurs de l'aube embellissaient la cour de récréation hirsute, atténuant les fissures du macadam et donnant au terrain de jeux l'aspect lisse d'un lac, un jour sans vent. La maisonnette des religieuses était totalement obscure ; puis le soleil se leva, un ruban de lumière rose baigna la voûte surmontant la niche fraîchement ravalée qui encoconnait la statue de sainte Marie-Madeleine. C'était idyllique, sauf que la sainte gardienne n'était pas dans ses buts.

« Freine ! », dis-je à Dan.

Il stoppa et fit demi-tour. Traversant le parc de stationnement derrière l'école, Dan fit entrer la voiture dans le terrain de jeux et s'arrêta juste devant l'arche de pierre désertée.

Owen avait fait du beau travail. J'ignorais quel genre d'outils il avait pu utiliser, peut-être ces drôles de petits ciseaux ou couteaux qu'il appelait coins et gradines ; dans ce cas, le choc du métal sur la pierre n'aurait pas manqué d'éveiller les nonnes, toujours vigilantes. Il s'était peut-être servi d'une scie spéciale à granit, à lame renforcée de diamant. Un vrai travail d'artiste ; il avait découpé les pieds de Marie-Madeleine au ras du piédestal. Il avait pu aussi utiliser un poil de dynamite, judicieusement placée. Je n'irai pas jusqu'à l'accuser d'avoir voulu faire *sauter* la sainte hors de son piédestal, mais il était parfaitement capable d'avoir si bien étouffé l'explosion que les religieuses n'en auraient pas été troublées dans leur sommeil. Plus tard, quand je l'interrogeai, il me fit sa réponse habituelle :

« FOI ET PRIÈRE. FOI ET PRIÈRE, IL N'Y A RIEN DE TEL. »

« Cette statue doit bien peser cent cinquante ou deux cents kilos ! », s'ébaubit Dan Needham.

Le gros matériel qu'avait aperçu Hester devait comprendre un treuil ou une grue hydraulique. D'accord, mais ça ne lui aurait pas été d'un grand secours pour transporter Marie-Madeleine tout en haut du grand escalier, puis sur la scène de la grande salle ! Pour ça, il lui aurait fallu une grue roulante, et encore !

« J'AI SOULEVÉ DES PIERRES TOMBALES BEAUCOUP PLUS LOURDES », me dirait-il par la suite.

Mais avait-il gravi des escaliers avec ?

Quand nous débarquâmes dans la grande salle, le gardien s'y trouvait déjà, assis sur un banc, en contemplation devant la statue sainte. Il semblait croire que Marie-Madeleine allait finir par lui parler, s'il attendait assez longtemps — bien que, Dan et moi le remarquâmes aussitôt, elle ne fût plus tout à fait elle-même.

« C'est *lui* qui a fait ça, hein ? Le petit mec qu'ils ont viré... Vous ne croyez pas ? »

Dan resta sans voix. Nous nous assîmes sur le banc, à côté de l'employé, dans la lumière matinale. Comme toujours avec Owen Meany, il convenait de considérer le *symbole* exprimé. Il avait coupé les bras de Marie-Madeleine au-dessus des coudes, de sorte que sa posture, d'implorante, était devenue suppliante et désespérée. Dan et moi connaissions l'obsession d'Owen pour les êtres sans bras, le totem familier de Watahantowet, mon armadillo... et aussi le mannequin de couturière ayant appartenu à ma mère.

Mais ni Dan ni moi n'étions préparés à une Marie-Madeleine *sans tête ;* sa tête, en effet, avait été proprement sectionnée, sciée ou atomisée. Comme le mannequin de ma mère n'avait pas de tête non plus, je trouvai que la statue ressemblait à ma mère ; ma mère avait une plus jolie silhouette, mais Marie-Madeleine était plus grande. Plus grande aussi, même décapitée, que le proviseur ; ses épaules et son tronçon de cou surmontaient davantage le podium que ne l'aurait fait le proviseur avec toute sa tête. Pourtant, Owen ne l'avait pas posée sur un quelconque piédestal. Il l'avait boulonnée au plancher de la scène et assujettie avec ces rubans d'acier utilisés par les carriers pour arrimer les blocs sur les camions ; il l'avait ligotée au podium et consolidée pour s'assurer qu'elle n'en serait pas aussi facilement déménagée que la Volkswagen du Dr. Dolder.

« Je suppose, dit Dan à l'employé, que ces rubans métalliques sont bien solides...

— Et comment ! fit le gardien.

— Je suppose que ces boulons traversent le podium et aussi le plancher de la scène. Et je parie qu'en dessous les écrous sont très serrés...

— Non, fit le type. Ils sont soudés, carrément.

— Pratiquement inamovibles, fit Dan.

— Comme vous dites ! », opina le bonhomme.

J'avais oublié : Owen avait appris la soudure. Mr. Meany avait eu besoin d'un soudeur, et Owen, qui adorait apprendre, s'y était mis en un rien de temps.

« Vous avez prévenu le proviseur ? demanda Dan.

— Non alors ! Et j'irai pas. Pas cette fois !

— De toute façon, ça ne l'avancerait pas à grand-chose.

— Il s'en apercevra bien assez tôt ! »

Au réfectoire, on ne nous voyait pas souvent, Dan et moi, mais notre errance nocturne nous avait affamés, et surtout j'avais envie de passer le mot aux copains :

« Dites à tout le monde d'aller à la réunion un peu en avance. »

De son côté, Dan faisait circuler parmi ses collègues :

« Si vous ne deviez assister qu'à une seule réunion de toute votre vie, ce doit être celle-là. »

Dan et moi quittâmes ensemble le réfectoire. On n'avait plus le temps de prendre une douche avant la réunion, bien que le besoin s'en fît sévèrement sentir. Nous étions nerveux, angoissés pour Owen ; nous ignorions jusqu'à quel point sa nouvelle provocation n'allait pas justifier son renvoi définitif de l'Institut ; nous craignions que son outrage blasphématoire commis sur une statue de sainte ne provoque chez les universités susceptibles de l'accepter une certaine réticence.

« Ne pensons même pas à ce que l'Église catholique
— par le truchement de l'école Saint Michael — est
capable de lui faire subir, fit Dan. J'ai bien envie d'aller
parler avec le patron de là-bas... le père Chaipaqui...

— Tu le connais bien ?

— Pas vraiment, mais il me paraît un type assez ouvert,
le père O'Quelquechose. Si seulement je pouvais me
rappeler son nom... O'Malley, O'Rourke, O'Quelquechose...

— Le pasteur Merrill le connaît sûrement », dis-je.

Voilà pourquoi nous passâmes à l'église Hurd avant la
réunion matinale. Le révérend Merrill y disait parfois ses
prières avant de gagner le bâtiment principal. En approchant de la sacristie, nous vîmes le semi-remorque garé à
proximité. Owen était installé dans la sacristie, au bureau
de Mr. Merrill, faisant grincer de toutes ses roulettes
l'antique fauteuil. Aucun pasteur Merrill en vue.

« J'ai rendez-vous avec le pasteur Merrill, mais
il est en retard », nous dit-il.

Il avait l'air en forme ; un peu las, un peu nerveux, sans
doute manquant de sommeil. Il ne tenait pas en place et
jouait avec les tiroirs du bureau, les ouvrant et les fermant
sans s'intéresser à leur contenu, rien que parce qu'ils
étaient là.

« Tu as eu une nuit agitée, Owen, lui dit Dan.

— Agitée est le mot.

— Comment vas-tu ? lui demandai-je.

— En pleine forme. J'ai enfreint la loi, je me suis
fait prendre, je vais payer ma dette à la société,
c'est la règle du jeu.

— Tu t'es fait baiser ! dis-je.

— Un petit peu. » Il eut un bref soupir, puis haussa les
épaules. « Ce n'est pas comme si j'étais entièrement
innocent...

— Le plus important pour toi, c'est d'entrer en fac, lui
dit Dan. Tu dois tout faire pour y entrer, et avec une
bourse.

— Il y a des choses plus importantes. »

En succession rapide, il ouvrit les trois tiroirs de droite,

les referma aussi vite. C'est alors que le pasteur Merrill
pénétra dans la pièce.

« Qu'est-ce que tu fabriques ? demanda-t-il à Owen.

— RIEN. JE VOUS ATTENDAIS.

— A mon bureau. Tu es assis à ma place ! », lui
reprocha Mr. Merrill.

Owen sembla peiné et se leva aussitôt.

« IL Y A LONGTEMPS QUE JE SUIS LÀ. J'ÉTAIS JUSTE ASSIS
DANS VOTRE FAUTEUIL, JE NE FAISAIS RIEN DE MAL. »

Contournant le bureau, il alla s'asseoir sur sa chaise
habituelle — du moins je le crois ; ça me rappela le « siège
du chanteur » dans le capharnaüm de Graham McSwiney.
J'étais déçu de n'avoir eu aucune nouvelle de lui, ce qui
signifiait qu'il n'avait pas retrouvé la trace de Big Buster
Freebody...

« Je regrette de t'avoir parlé sèchement, Owen, dit le
pasteur Merrill. Je sais que tu n'es pas dans ton état
normal.

— JE ME SENS TRÈS BIEN.

— J'ai été content que tu m'appelles, Owen. »

Owen haussa les épaules. Je ne l'avais encore jamais vu
ricaner, mais il me sembla bien qu'il venait de faire une
exception pour le révérend Merrill. Celui-ci se laissa
tomber dans son fauteuil grinçant et dit :

« Eh bien, je suis désolé, Owen. Désolé pour tout. »

Où qu'il soit, chaque fois qu'il prenait la parole, il avait
l'air de s'excuser auprès de tout le monde ; il semblait si
sincère qu'on n'avait pas envie de l'interrompre. On
l'aimait bien, on l'aurait préféré plus détendu, et on se
sentait coupable d'être agacé par lui, tant il faisait d'efforts
pour mettre les autres à l'aise. Dan lui dit :

« Je suis venu vous demander si vous connaissez le nom
du directeur de Saint Michael. C'est bien le même qui
dirige l'église et l'école, n'est-ce pas ?

— Exactement. C'est le père Findley.

— Alors, je ne dois pas le connaître, je croyais qu'il
s'appelait O'Quelquechose.

— Non, ce n'est pas un O'Personne. Tout simplement le
père Findley. »

Le révérend Merrill ignorait encore pourquoi Dan voulait connaître le prêtre catholique. Owen, bien sûr, l'avait deviné.

« TU N'AS PAS BESOIN D'INTERVENIR POUR MOI, dit-il à Dan.

— Je peux toujours essayer de t'éviter la *prison*. Je tiens à ce que tu entres en fac, avec une bourse. Mais je voudrais au moins t'éviter d'être accusé de vol et de vandalisme.

— Qu'as-tu donc encore fait, Owen ? », demanda Mr. Merrill.

Owen baissa la tête ; un moment, je crus qu'il allait se mettre à pleurer, mais il se contenta de hausser une fois de plus les épaules, avant de regarder le révérend bien droit dans les yeux.

« JE VOUDRAIS QUE VOUS DISIEZ UNE PRIÈRE POUR MOI.

— Une p-p-p-prière ? Pour toi ?

— RIEN QU'UNE PETITE — SI CE N'EST PAS TROP DEMANDER... C'EST VOTRE MÉTIER, APRÈS TOUT. »

Le révérend Merrill soupesa la chose et finit par dire, sans se compromettre :

« Oui. Pendant la réunion matinale ?

— CE MATIN. DEVANT TOUT LE MONDE, dit Owen Meany.

— Bien, je le ferai. »

Dans les yeux du révérend, on pouvait lire une sourde inquiétude. Dan m'entraîna vers la sortie en disant à Mr. Merrill :

« On vous laisse ; vous avez à parler.

— C'est tout ce que vous vouliez savoir ?

— Oui, le père Findley, rien que son nom.

— Et toi, Owen, c'est juste pour ça que tu voulais me voir ? La prière ? »

Owen sembla réfléchir ; sans doute attendait-il notre départ.

Nous étions dans le couloir de la sacristie, là où deux rangées de patères s'étendaient le long des murs ; dans la pénombre, pendaient plusieurs manteaux oubliés ; on aurait dit de très vieux fidèles attardés, qui avaient fini par s'endormir contre les murs. Il y avait aussi quelques paires de caoutchoucs sur le sol, mais pas exactement en dessous des manteaux, de sorte que les fidèles semblaient avoir été séparés de leurs pieds. Sur la patère la plus proche du bureau était suspendue la vareuse croisée à l'allure juvénile de Mr. Merrill et, à côté, sa casquette de marin. En nous éloignant, nous entendîmes la voix du pasteur Merrill :

« Owen ? C'est ton rêve ? Tu as encore eu ton rêve ?

— OUI », dit Owen Meany, qui se mit à pleurer.

Il gémissait comme un enfant, comme jadis, pendant ces vacances de Thanksgiving où il avait pissé dans sa culotte ; où il avait pissé sur Hester.

« Owen, disait Mr. Merrill, Owen, écoute-moi. Ce n'est qu'un rêve !... Tu m'entends ? Rien qu'un rêve.

— NON ! »

Nous retrouvâmes, Dan et moi, la froide grisaille de février ; les traces de pas avaient gelé dans la neige, empreintes fossilisées des nombreuses âmes venues à l'église. Il était encore très tôt ; bien que nous ayons vu se lever le soleil, il avait disparu, absorbé par un ciel gris et bas.

« Qu'est-ce que c'est que ce rêve ? me demanda Dan Needham.

— Je ne sais pas. »

Owen ne m'avait pas parlé de son rêve ; pas encore. Quand il me le raconterait, je lui ferais la même réponse que le pasteur Merrill, que ce n'était qu'un rêve.

J'ai appris que les conséquences de nos actes passés sont toujours intéressantes ; j'ai appris à considérer le présent en envisageant l'avenir. Mais ce n'était pas le cas, à l'époque ; ni Dan ni moi ne voyions plus loin que la réaction de Randy White en découvrant la Marie-Madeleine sans bras ni tête — solidement fixée au podium sur la scène, ce qui obligerait le proviseur à s'adresser à nous d'une autre place, moins prestigieuse et plus exposée.

Juste en face du bâtiment principal, le proviseur sortait de sa maison, enfilant son pardessus en poil de chameau ; sa femme, Sam, en brossait le col et les revers, puis embrassait son mari en lui souhaitant une bonne journée. Ce serait une sale journée pour le proviseur, une JOURNÉE

MAUDITE, comme aurait dit Owen Meany. Mais Randy White n'avait aucune inquiétude pour le proche avenir ; il croyait en avoir fini une fois pour toutes avec Owen Meany. Il ignorait qu'en fin de compte c'est Owen Meany qui aurait sa peau ; il ne soupçonnait pas la motion de censure que les professeurs lui infligeraient, ni la décision du conseil d'administration de ne pas renouveler son mandat de proviseur. Il n'aurait pu imaginer quelle guignolade l'absence d'Owen Meany ferait de la cérémonie de remise des diplômes cette année-là ; que l'étudiant obscur, timide et inodore choisi pour faire fonction de « valedictor » trouverait le courage, en guise de discours d'ouverture, de dire : « Je ne suis pas le meilleur de cette classe. Le meilleur, c'est Owen Meany ; il est la Voix de notre promotion, et la seule Voix que nous voulons entendre. » Puis, ce garçon, terrifié mais digne, quitterait la scène au sein d'un extraordinaire pandémonium, tous nos condisciples donnant de la voix pour « la Voix », déployant en guise de bannières des draps portant le nom d'Owen en majuscules (bien sûr) et scandant une mélopée qui couvrirait les vains efforts du proviseur pour ramener l'ordre. « Owen Meany ! Owen Meany ! Owen Meany ! », chanterait d'une seule voix toute la promotion 1962.

Mais, ce matin de février, se calfeutrant dans son poil de chameau, le proviseur ne savait pas encore qu'Owen Meany serait l'instrument de sa perte ; combien lui, Randy White, aurait l'air frustré et impuissant pendant notre cérémonie, en menaçant de refuser de nous remettre nos parchemins si nous ne cessions pas de hurler ; il aurait pourtant dû s'avouer vaincu... d'autant que Dan Needham, Mr. Early et un bon tiers des professeurs devaient se joindre à notre soutien révolté à Owen, imités par plusieurs membres du conseil d'administration, sans parler de tous ces parents indignés par la mesquinerie totalitaire du proviseur concernant la fouille des portefeuilles. J'aurais voulu qu'Owen soit là pour assister à la déconfiture de Randy White ; bien sûr, il n'y était pas.

Il n'était pas là non plus, ce matin de février précédant les vacances, mais nous avait laissé sur scène un remplaçant digne de toute notre attention ! La salle était bourrée ; aucun prof n'avait voulu rater l'occasion. Et, pour nous accueillir, Marie-Madeleine, sans bras mais implorante, sans tête mais éloquente, son cou si nettement sectionné à hauteur de la glotte exprimant de façon dramatique tout ce qu'elle avait à nous dire. Nous nous assîmes en silence dans la grande salle, attendant le proviseur.

Quel type infect était ce Randy White ! Dans toutes les bonnes écoles, il y a une tradition : quand on flanque un senior à la porte — peu de temps avant les derniers examens —, on le fait avec discrétion pour ne pas nuire à son admission ultérieure à l'université. On dit aux grandes écoles ce qu'elles ont besoin de savoir ; mais on a réglé au préalable le problème interne ; quand on a viré l'élève, il est inutile de vouloir handicaper tout son avenir. Mais pas Randy White ; le proviseur s'acharnerait à briser la carrière universitaire d'Owen Meany avant même qu'elle ne commence !

La candidature d'Owen avait été acceptée à Yale et à Harvard — avec bourse complète. Son dossier disait qu'on l'avait expulsé de l'Institut de Gravesend pour fabrication et usage de faux livrets militaires... Ça suffisait largement, mais le proviseur en raconta bien davantage ; il dit qu'Owen Meany était « si violemment antireligieux qu'il avait profané la statue d'une sainte appartenant à une école catholique romaine » ; qu'il avait lancé une campagne anticatholique sur le campus de Gravesend, sous prétexte de refuser le menu maigre du vendredi ; et aussi qu'il était fortement soupçonné d'antisémitisme.

Du coup, l'université du New Hampshire lui retira son offre de bourse d'honneur ; un élève de la qualité et du niveau d'Owen Meany pourrait entrer à l'université, mais le comité d'honneur, « à la lumière de ces déplaisantes informations », ne pouvait lui allouer de bourse ; s'il entrait à l'université, ce serait à ses frais.

Harvard et Yale se montrèrent plus généreuses, mais plus tatillonnes aussi. Yale voulut procéder à de nouvelles entrevues ; on constata rapidement que les accusations d'antisémitisme ne tenaient pas debout ; mais Owen se montra trop sincère en exposant ses griefs envers l'Église catholique. Yale décida de différer d'un an son admission. Pendant ce délai, Owen devrait trouver un emploi probatoire, et son employeur ferait des rapports réguliers à l'administration de Yale sur « le caractère et la bonne volonté » du susdit. Pour Dan Needham, cette proposition paraissait raisonnable, large d'esprit et surtout justifiée de la part d'une université aussi sérieuse. Owen ne discuta pas, mais refusa l'offre.

« C'EST UNE CONDAMNATION AVEC SURSIS », dit-il.

Harvard se montra aussi raisonnable, mais un peu plus exigeante et inventive que Yale. Ils voulaient aussi différer son acceptation, mais étaient plus précis quant à l'emploi probatoire qu'il devrait prendre. Ils voulaient qu'il travaille pour le Secours catholique, soit dans une œuvre charitable, soit pour l'école paroissiale dont il avait mutilé la statue. Le père Findley, de Saint Michael, se révéla un brave homme ; non seulement il refusa d'accabler Owen, mais, après une amicale conversation avec Dan Needham, accepta de l'aider, dans la mesure de ses moyens, à entrer en fac.

Quelques étudiants de l'école paroissiale avaient parlé en faveur d'Owen. Buzzy Thurston — qui avait fait une faute de jeu, obligeant Owen à prendre sa place sur le terrain de base-ball —, Buzzy Thurston lui-même prit sa défense, disant qu'Owen subissait une « mauvaise période » et « avait de bonnes raisons d'être mal dans sa peau ». Le proviseur White et le chef Ben Pike, eux, réclamaient « le maximum de la peine » pour le crime de rapt et mutilation de Marie-Madeleine. Mais l'école Saint Michael et le père Findley prêchaient la mansuétude.

Dan nous expliqua que le père Findley connaissait la famille Meany, ce qui lui rendait Owen sympathique ; il était allé « négocier » avec les Meany et, sans vouloir donner de détails sur cette négociation, il promit de faire son possible pour aider Owen, en ces termes :

« Je ne lèverai pas le petit doigt contre lui ! »

Dan Needham dit à Owen qu'il trouvait excellente l'idée d'Harvard :

« Les catholiques font des tas de bonnes œuvres, Owen. Voilà une bonne occasion de t'en rendre compte. »

Un moment, je crus qu'Owen allait accepter la proposition d'Harvard, LE MARCHÉ CATHOLIQUE, comme il disait. Il alla même s'entretenir avec le père Findley, mais la sollicitude sincère que lui manifesta ce dernier parut le déconcerter. Peut-être que le père Findley *plut* à Owen ; ça dut le déconcerter encore plus !

En fin de compte, il refusa LE MARCHÉ CATHOLIQUE.

« MES PARENTS NE COMPRENDRAIENT PAS, dit-il. EN OUTRE, JE VEUX ALLER À L'UNIVERSITÉ DU NEW HAMPSHIRE — JE VEUX RESTER AVEC TOI, JE VEUX ALLER OÙ TU IRAS.

— Mais ils te refusent ta bourse !

— T'INQUIÈTE PAS DE ÇA. »

D'abord, il refusa de me dire comment il s'était déjà débrouillé pour avoir quand même sa bourse.

Il alla au bureau de recrutement militaire de Gravesend ; « on restait en famille », comme nous disions dans le New Hampshire. Ils le connaissaient déjà : le meilleur de sa promotion dans la meilleure école, même s'il décrochait son diplôme de justesse. On voulait bien de lui à l'université du New Hampshire, ils savaient ça aussi, ils l'avaient lu dans la *Gazette de Gravesend*. De plus, c'était une sorte de héros local ; même absent, il avait été la vedette de la cérémonie de remise des diplômes. Quant à avoir fabriqué et vendu de faux livrets militaires, les recruteurs de l'US Army savaient que c'était une affaire de bibine, non un manque de respect pour l'armée. Et que de bons petits Américains en pleine santé se livrent à un petit vandalisme par-ci par-là n'avait rien pour effrayer ces intrépides guerriers.

Voilà comment Owen Meany obtint sa bourse d'études pour l'université du New Hampshire ; il signa pour la préparation militaire supérieure, ou PMS, une véritable aubaine ! Vous alliez à l'université aux frais de l'armée, et à l'université vous suiviez les quelques cours proposés par l'armée américaine : histoire militaire, stratégie, des trucs comme ça, pas très astreignants. L'été suivant la première année d'études, vous suiviez la classique période d'entraînement de six semaines. Après votre diplôme supérieur, vous étiez nommé sous-lieutenant et deviez à votre pays quatre ans de service actif, plus deux ans dans la réserve.

« QU'EST-CE QUE ÇA PEUT BIEN ME FAIRE ? »

Quand il nous révéla ses projets, nous n'étions qu'en 1962 ; 11 300 soldats américains stationnaient au Vietnam, mais ne livraient aucun combat.

Quand même, Dan n'avait pas l'esprit tranquille :

« J'aurais préféré la solution Harvard.

— COMME ÇA, JE N'AURAI PAS UN AN À ATTENDRE, ET JE PEUX RESTER AUPRÈS DE VOUS... C'EST PAS FORMIDABLE ?

— Ouais, formidable, dis-je. Je suis seulement un peu épaté. »

J'étais bien plus qu'épaté que l'armée l'ait *accepté* — ça me mettait sur le cul !

« N'y a-t-il pas une taille minimum ? me chuchota Dan.

— Et aussi un poids minimum, lui répliquai-je.

— SI VOUS PARLEZ DES MENSURATIONS ET DU POIDS, intervint Owen, IL FAUT MESURER UN MÈTRE CINQUANTE-DEUX — MINIMUM — ET PESER QUARANTE-CINQ KILOS.

— Tu mesures un mètre cinquante-deux, maintenant ? demanda Dan.

— Et depuis quand pèses-tu quarante-cinq kilos ? fis-je.

— J'AI BOUFFÉ DES TONNES DE BANANES ET DE CRÈME, ET QUAND ILS M'ONT PASSÉ SOUS LA TOISE, JE ME SUIS MIS SUR LA POINTE DES PIEDS ! »

Eh bien, nous n'avions plus qu'à le féliciter ; il était tellement ravi d'avoir résolu tout seul son problème de bourse ! De plus, il avait complètement anéanti Randy White. A l'époque, ni Dan ni moi ne connaissions son fameux rêve ; s'il nous l'avait raconté, nous nous serions fait un sacré souci de le savoir dans l'armée...

Mais ce matin de février, lorsque le révérend Lewis Merrill entra dans la grande salle et découvrit avec une horreur indicible la Marie-Madeleine mutilée, Dan Needham et moi ne nous intéressions pas à l'avenir lointain ; nous craignions que le révérend Merrill ne soit trop épouvanté pour prononcer sa prière ; que l'état lamentable de Marie-Madeleine n'accentue son bégaiement et ne le rende incompréhensible. Il demeura figé au pied de la scène, à la regarder, si frappé qu'il oublia un long moment d'ôter sa vareuse et sa casquette de loup de mer ; comme les congrégationalistes ne portent pas toujours le col clérical, le révérend avait moins l'air d'un homme de Dieu que d'un matelot ivre qui aurait soudain été frappé par la grâce.

Le révérend Merrill était toujours là, tétanisé, quand le proviseur fit son entrée dans la grande salle. Si Randy White fut surpris de voir autant de professeurs à la réunion, il n'en modifia en rien son habituelle démarche conquérante ; il escalada les marches menant à la scène deux par deux, comme toujours. Cet homme de fer ne broncha pas, ou du moins n'en donna pas l'impression, en découvrant son podium déjà occupé ; il arrivait que le révérend Lewis Merrill annonce le cantique d'ouverture et enchaîne directement avec la prière. Ensuite, c'était au proviseur de procéder à ses annonces ; il nous donnait ensuite le numéro du cantique final, et c'était tout.

Il fallut quelques secondes au proviseur pour identifier Mr. Merrill, au pied de la scène dans son accoutrement de marin, les yeux fixés sur le podium et la forme implorante qui l'occupait. Le proviseur suivit son regard... Notre proviseur, on l'a vu, était homme de décision, prompt à réagir en toutes circonstances. Quand il vit vraiment la monstruosité trônant sur le podium, il fit la première chose « provisorale » qui lui vint à l'esprit : il se jeta sur la sainte, entoura sa robe de pierre de ses deux bras et tenta de la soulever. Je ne pense pas qu'il ait eu le temps de remarquer les rubans d'acier qui la ceinturaient, ni les énormes boulons qui, lui transperçant les pieds, étaient solidement fixés sous la scène. Je suppose que ses reins se ressentaient encore de leur empoignade avec la Volkswagen du Dr. Dolder ; le proviseur ne s'en soucia pas. Il empoigna simplement Marie-Madeleine par la taille, ahana violemment dans l'effort... et rien ne bougea. Marie-Madeleine, avec tout le poids de sa sainteté, se montra plus difficile à manier qu'une vulgaire Volkswagen.

« Et vous devez trouver ça drôle ! lança le proviseur à un public qui ne riait pas. Eh bien, je vais vous dire ce que c'est ! C'est un *crime*. C'est du vandalisme, du vol... et un sacrilège ! C'est une atteinte volontaire à la propriété privée, et même à la religion. »

Un étudiant se mit à crier :

« Quel cantique ?

— Qu'est-ce que vous avez dit ? fit Randy White.

— Dites-nous le numéro du cantique ! lança une autre voix.

— Quel cantique ? », scandèrent plusieurs autres élèves.

Je n'avais pas vu le révérend Merrill monter, en tremblant je suppose, sur la scène ; quand je l'y découvris, il se tenait à côté de la sainte martyrisée.

« Cantique page 388 », dit distinctement le pasteur Merrill.

Le proviseur lui lança une apostrophe furieuse, que nous ne pûmes entendre, dans le fracas des bancs, des pieds et des missels. J'ignore ce qui avait incité Mr. Merrill à choisir ce chant. Si j'avais connu le rêve d'Owen, j'aurais pu trouver ce cantique de mauvais augure ; c'était un cantique familier, souvent choisi à cause de son rythme entraînant et de son thème « marchons, marchons ! » qui plaît toujours aux jeunes gens.

> Le Fils de Dieu part au combat
> Ga-gner une couronne.
> Suivons sa banni-ère au pas,
> Que nul ne l'aban-donne !
> Plus de chagrin, de dou-leur !
> Fi-ères nos voix résonnent
> A la gloire du Sei-gneur
> Vers les ci-eux qui frissonnent.

C'était l'un des préférés d'Owen, c'est pourquoi nous le chantâmes à pleins poumons ; le cœur y était aussi, plus que d'habitude. C'était du défi. Le proviseur, privé de son piédestal, restait au milieu de la scène, mais, sans son petit pupitre, il semblait tout nu et vulnérable. A mesure que

nous rugissions notre hymne, le révérend Merrill semblait
gagner en assurance et en stature. Bien que peu à l'aise
auprès de la Marie-Madeleine étêtée, il en était si proche
que le projecteur du podium l'illuminait aussi. Le cantique
achevé, le révérend Merrill dit :

« Maintenant, prions. Prions pour Owen Meany. »

Dans la grande salle se fit un grand silence, et, malgré
nos têtes baissées, nous observions le proviseur. Nous
attendions que Mr. Merrill commence la prière. Peut-être
n'arrivait-il pas à sortir un mot, à moins que, toujours
malhabile dans ses préambules, il n'ait voulu nous dire de
prier par nous-mêmes, à voix basse ; que nous offrions
chacun notre prière personnelle pour Owen Meany. A
mesure que se prolongeait le silence, il devint clair que le
révérend Merrill n'avait nulle intention de nous presser. Je
pense qu'il n'était pas courageux, mais il s'efforçait de
l'être. Nos prières se prolongèrent et, si j'avais connu le
rêve d'Owen, j'aurais prié encore plus profondément.

Le proviseur lança soudain :

« Ça suffit.

— Je r-r-r-regrette, bégaya Mr. Merrill, mais c'est *à moi*
de mettre fin à la prière. »

C'est alors que le proviseur comprit qu'il avait perdu,
qu'il était cuit. Que pouvait-il faire ? Pouvait-il nous
ordonner de cesser de prier ? Nos têtes étaient baissées,
nous continuions de prier. Tout maladroit qu'il fût, le
révérend Merrill nous avait très bien fait comprendre
qu'une prière pour Owen Meany ne pouvait avoir de fin.

Au bout d'un moment, Randy White quitta la scène ; il
eut le bon sens, sinon la décence, de partir en douce ; on
entendit ses pas précautionneux descendre l'escalier de
marbre, puis faire craquer le verglas matinal dans l'allée
principale. Quand le silence fut revenu dans notre prière
silencieuse, le pasteur Merrill dit :

« Amen. »

Ô Dieu ! j'ai si souvent souhaité de pouvoir revivre cet
instant ! Je ne savais pas très bien comment prier, alors ; je
ne croyais même pas en la prière. Si aujourd'hui on me
donnait l'occasion de prier pour Owen Meany, je me

débrouillerais mieux ; sachant ce que je sais, je serais capable de prier plus intensément.

Ça m'aurait aidé, bien sûr, si j'avais pu lire son journal ; mais il ne le montrait pas, le gardant pour lui seul. Au long des pages, il avait si souvent écrit son nom — son nom entier — dans ces grandes majuscules qu'il qualifiait de STYLE MONUMENTAL ou ÉCRITURE ÉPITAPHE ; il avait reproduit si souvent, dans son journal, son nom tel qu'il l'avait vu inscrit sur la tombe de Scrooge ! Bien avant cette histoire de PMS, bien avant qu'il ne soit renvoyé de l'école et ne sache que l'US Army serait son passeport pour l'université. Avant même de savoir qu'il allait s'engager, il avait inscrit son nom, dans ces caractères qu'on voit gravés sur les pierres tombales :

PREMIER LIEUTENANT PAUL O. MEANY, JR.

C'est comme ça qu'il l'écrivait ; tel qu'il l'avait vu sur la tombe de Scrooge ; le nom, le grade et la date — la date était mentionnée aussi dans son journal ! Cette date figurait à de nombreuses pages dans son journal, mais il ne voulut jamais me la montrer. Si j'avais connu cette date, j'aurais peut-être pu l'aider. Owen croyait connaître la date de sa mort ; il croyait aussi connaître son grade : il mourrait premier lieutenant.

Outre le rêve, il pensait savoir autre chose. La force de ses convictions faisait toujours un peu peur et l'extrait de son journal concernant le rêve ne fait pas exception :

HIER, J'AI ÉTÉ RENVOYÉ DE L'ÉCOLE. LA NUIT DERNIÈRE, J'AI RÊVÉ. MAINTENANT, JE SAIS QUATRE CHOSES. JE SAIS QUE MA VOIX NE CHANGERA JAMAIS — MAIS JE NE SAIS TOUJOURS PAS POURQUOI. JE SAIS QUE JE SUIS L'INSTRUMENT DE DIEU. JE SAIS EXACTEMENT QUAND JE MOURRAI — ET MAINTENANT UN RÊVE M'A MONTRÉ LES CIRCONSTANCES DE MA MORT. JE MOURRAI EN HÉROS ! JE VEUX ESPÉRER QUE DIEU M'AIDERA, CAR CE QUE JE DOIS FAIRE SEMBLE TRÈS DIFFICILE.

8

Le doigt

Jusqu'à l'été 1962, j'étais impatient de vieillir pour être enfin traité avec le respect que j'imaginais automatiquement conféré aux adultes ; impatient de m'ébattre dans la liberté et les privilèges dont j'imaginais que les adultes jouissaient. Jusqu'à cet été-là, mon interminable apprentissage de la maturité me parut aussi ardu qu'humiliant ; Randy White ayant confisqué mon faux livret militaire, j'étais trop jeune pour acheter de la bière, pas assez indépendant pour avoir un logement à moi, je ne gagnais pas assez pour m'offrir une voiture, et je ne me sentais pas assez sûr de moi pour persuader une femme de m'accorder ses faveurs sexuelles. Dire que je n'en avais jamais persuadé une seule ! Jusqu'à l'été 1962, je considérais l'enfance et l'adolescence comme un purgatoire sans fin apparente. En un mot, j'étais exaspéré par la jeunesse. Mais Owen Meany, convaincu qu'il était de connaître le moment et les circonstances de sa mort, n'était nullement pressé de vieillir. Quand je lui parlais de notre jeunesse comme d'un purgatoire, Owen disait simplement :

« IL N'Y A PAS DE PURGATOIRE — C'EST UNE INVENTION DES CATHOLIQUES. IL Y A LA VIE SUR TERRE, IL Y A LE CIEL... ET IL Y A L'ENFER.

— L'enfer ? C'est la vie sur terre !

— JE TE SOUHAITE DE BONNES VACANCES. »

C'était le premier été que nous passions l'un sans l'autre. Je devrais lui en être reconnaissant, puisque cet été-là me donna un avant-goût de ce que serait ma vie sans Owen ; on pourrait dire qu'il m'y prépara. Vers la fin de l'été 1962, Owen Meany m'avait fait envisager avec angoisse la prochaine étape de notre vie. Je ne voulais plus vieillir ; je voulais qu'Owen et moi nous restions des enfants toute notre vie — et, parfois, le chanoine Mackie me dit, avec un manque de générosité évident, que j'y ai réussi. Le chanoine Campbell — que Dieu ait son âme — m'affirmait quant à lui que vouloir rester enfant était une aspiration tout à fait légitime.

Je passai cet été 1962 à Sawyer Depot, à travailler pour mon oncle Alfred. Après ce qui était arrivé à Owen, je n'avais plus voulu travailler pour le bureau des admissions de l'Institut ni faire des visites guidées du campus ; plus jamais ça. La Scierie Eastman me proposa un bon boulot. Du travail en extérieur, fatigant, mais je passais tout mon temps avec Noah et Simon ; il y avait des fêtes presque chaque soir sur Loveless Lake, des baignades et du ski nautique presque chaque jour après le travail, et pendant le week-end. Oncle Alfred et Tante Martha m'accueillirent comme l'un de leurs enfants et me donnèrent la chambre d'Hester. Hester avait préféré garder son logement à Durham et travaillait comme serveuse dans un de ces bistros de fruits de mer sur la côte, à Kittery, je crois, ou à Portsmouth. Sa journée finie, elle et Owen empruntaient la promenade de Hampton Beach dans la camionnette rouge. Les étudiantes colocataires d'Hester passaient l'été ailleurs, et Hester et Owen passaient leurs nuits ensemble, seuls dans l'appartement de Durham. Ils y « vivaient comme mari et femme », ainsi que le disait d'un ton réprobateur Tante Martha, quand il lui arrivait d'en parler — le moins possible.

En dépit du fait qu'Owen et Hester vivaient ensemble comme mari et femme, nous ne fûmes jamais certains, Noah, Simon et moi, qu'ils « faisaient ça ». Simon affirmait qu'Hester ne pouvait pas vivre sans le faire, Noah pensait parfois qu'ils l'avaient fait, mais que, pour une raison ou une autre, ils ne le faisaient plus. Je sentais confusément qu'entre eux deux *tout* était possible ; qu'ils le faisaient et l'avaient toujours fait avec volupté ; qu'ils ne l'avaient jamais fait, mais pouvaient faire quelque chose d'encore pire — ou meilleur — et que le *lien* véritable qui les unissait (qu'ils « le fassent » ou non) était beaucoup plus passionné et beaucoup plus intense que de simples relations sexuelles. Je me sentais coupé d'Owen. Je travaillais dans les bois, au grand air, respirant les capiteux parfums de la nature ; il travaillait dans la carrière de granit, respirant la poussière et la dynamite, sous un soleil de plomb.

L'usage des tronçonneuses commençait tout juste à se répandre ; la Scierie Eastman en utilisait pour abattre des arbres, mais le moins possible ; elles étaient lourdes, encombrantes, bien moins puissantes qu'aujourd'hui. A l'époque, nous transportions les troncs coupés dans un chariot tiré par des chevaux et on les débitait à la hache et à la scie. Nous chargions les grumes à la main dans les camions, à l'aide de plans inclinés et de poulies ; à présent, Noah et Simon me l'ont montré, on utilise des procédés automatiques de chargement, des scrapers et des déchique-teuses. Même la scierie s'est transformée ; on n'y voit plus un grain de sciure ! Mais, en 1962, nous débarquions les troncs à la scierie, les débitions selon toutes les tailles et longueurs ; tous les copeaux, toute la sciure étaient gas-pillés ; actuellement, Noah et Simon disent que c'était de l'énergie perdue, et ils transforment le tout pour produire leur propre électricité ! « C'est pas du progrès, ça ? », dit toujours Simon.

A présent, nous sommes les adultes que nous étions si pressés de devenir ; à présent, nous pouvons boire toute la bière que nous voulons sans qu'on nous demande notre date de naissance. Noah et Simon ont chacun leur maison, leur famille, et s'occupent admirablement du vieil oncle Alfred et de ma tante Martha ; c'est toujours une jolie femme, bien que grisonnante ; elle ressemble beaucoup à ma grand-mère telle qu'elle m'apparaissait en cet été 1962.

L'oncle Alfred a subi deux pontages, mais il est en pleine forme. La Scierie Eastman lui a procuré, ainsi qu'à Tante Martha, une belle et longue vie. Ma tante semble avoir perdu une grande partie de son intérêt pour le secret de ma naissance ; pourtant à Noël dernier, à Sawyer Depot, elle réussit à me coincer un moment pour me demander :

« Tu ne sais toujours pas qui est ton père ? Tu peux me le

dire, je parie que tu le sais ! Il est impossible que tu n'aies rien découvert depuis tout ce temps... »

Je mis un doigt sur mes lèvres, comme si j'allais lui révéler un secret que les autres ne devaient pas entendre. Tante Martha frémissait d'attente, les yeux étincelants, le sourire complice et malicieux. Je lui chuchotai :

« Dan Needham est le meilleur père qu'un garçon puisse avoir.

— Je sais ! Dan est merveilleux », dit-elle impatientée.

Ce n'était pas ce qu'elle avait envie d'entendre.

Et de quoi parlons-nous encore et toujours, Noah, Simon et moi, après toutes ces années ? Nous parlons de ce qu'Owen « savait » ou croyait savoir ; et nous parlons d'Hester. Je crois que nous parlerons encore d'elle dans nos tombes !

« Hester la Mégère, dit Simon.

— Qui aurait pu imaginer tout ça ? », s'étonne Noah.

Et, chaque Noël que Dieu fait, Oncle Alfred ou Tante Martha dit :

« Je crois qu'Hester sera avec nous le Noël prochain ; c'est ce qu'elle a dit. »

Alors Noah ou Simon remarque :

« Elle dit ça chaque année ! »

Je crois que l'unique chagrin de mes oncle et tante, c'est Hester. Moi-même, je pensais déjà cela à l'été 1962. Ils l'avaient traitée autrement que les deux garçons et elle s'est bien vengée ; quel ressentiment elle avait envers eux ! Elle avait quitté Sawyer Depot en emportant sa colère et, où qu'elle aille, elle rencontrait toujours des gens et des événements pour l'alimenter, cette colère gigantesque !

Sincèrement, je ne pense pas qu'Owen fût aigri ; mais tous deux partageaient une certaine impression d'injustice, comme si quelque aura de malédiction les enveloppait. Owen pensait que Dieu lui avait assigné un rôle qu'il était impuissant à modifier ; le sentiment de son propre destin, sa conviction d'avoir une mission lui ôtaient toute joie de vivre. L'été 1962, il n'avait que vingt ans, mais dès l'instant où on lui apprit que John Kennedy « se tapait » Marilyn Monroe, il cessa de faire quoi que ce soit pour le plaisir.

Hester, elle, en avait simplement marre ; elle se foutait de tout. Ils formaient un couple déprimant au possible !

En revanche, en cet été 1962, je trouvais que Tante Martha et Oncle Alfred étaient un couple idéal ; naturellement, leur bonheur me déprimait ! Leur parfait accord me rappelait le trop bref intervalle où ma mère et Dan Needham avaient vécu ensemble, et combien ils avaient été heureux, eux aussi.

Quant à moi, cet été-là, je ne réussis même pas à me trouver une petite amie. Pourtant, Noah et Simon firent leur possible pour m'aider. Ils me présentèrent à toutes les filles de Loveless Lake. C'était un été où des maillots séchaient sur l'antenne radio de la voiture de Noah... et ma plus grande approche du sexe consista à reluquer l'entre-jambe de ces petits slips de fille claquant au vent de la voiture ; c'était une décapotable Chevrolet noir et blanc 57, avec des ailerons pointus. Noah me la prêtait pour emmener ma cavalière au cinéma en plein air, quand j'avais réussi à obtenir un rendez-vous.

« Comment était le film ? me demandait régulièrement Noah quand je lui ramenais la voiture, toujours bien trop tôt.

— Il a une tête à l'avoir vu entièrement ! » disait Simon.

Et c'était vrai. Je voyais chaque minute de chaque film où j'emmenais une fille. Et le pire de tout : Noah et Simon m'arrangeaient d'innombrables occasions de rester seul avec des filles au hangar à bateaux des Eastman. Ce hangar avait la réputation de servir d'hôtel de passe la nuit ; moi, tout ce que j'arrivais à y faire, c'est une partie de fléchettes ; parfois, ma compagne et moi nous nous asseyions sur le ponton, nous forçant à faire de vagues commentaires sur les étoiles insensibles et lointaines, jusqu'à ce que Noah ou Simon viennent enfin nous arracher à notre supplice.

Je commençais à éprouver une sourde inquiétude, sans motif apparent.

*   *   *

Georgian Bay, le 25 juillet 1987. — C'est une honte qu'on trouve le *Globe and Mail* et le *Toronto Star* au port de Pointe au Baril ! Heureusement, grâce à Dieu, on n'y reçoit pas le *New York Times* ! L'île que possède la famille de Katherine Keeling depuis 1933 — on dit que le grand-père de Katherine l'a gagnée au poker — se trouve à un quart d'heure de bateau du port de Pointe au Baril, non loin de Burnt Island, Hearts Content Island et Peesay Point. Je crois qu'elle s'appelle Gibson ou Ormsby Island, car il y a des Ormsby et des Gibson dans la famille de Katherine ; je crois que son nom de jeune fille est Gibson, mais sans aucune certitude.

Quoi qu'il en soit, il y a sur cette petite île une grappe de petits chalets de cèdre, sans électricité mais convenablement équipés au propane ; réfrigérateurs, chauffe-eau, cuisinières et lampes, tout fonctionne au propane ; les bouteilles de gaz sont livrées par bateau. L'île a son propre système de fosse septique, fréquent sujet de dispute entre les hordes de Keeling, de Gibson et d'Ormsby qui s'y vident les entrailles et redoutent l'engorgement éventuel du système.

Je n'aurais jamais voulu rendre visite sur leur île aux Keeling, aux Gibson ou aux Ormsby *avant* l'installation de la fosse septique ; mais cette époque héroïque de petites cabanes où l'on rencontrait nuitamment des araignées et autres indiscrets visiteurs de ces endroits privés constitue un autre sujet de prédilection pour les tribus qui se partagent l'île chaque été. J'ai bien entendu cent fois l'histoire de l'oncle Bulwer Ormsby, attaqué par un chat-huant dans un cabinet sans porte, « la meilleure des aérations », affirmaient en chœur tous les Keeling, Gibson et Ormsby. L'oncle Bulwer s'était pris un coup de bec sur le crâne au moment crucial de ce qui aurait dû rester une opération solitaire et il avait été si épouvanté par cette attaque en piqué qu'il avait jailli de l'édicule pantalon baissé et se fit beaucoup plus de mal en rentrant tête la première dans un tronc de pin.

Et chaque année, lors de mon séjour dans cette île, reviennent les mêmes disputes concernant l'oiseau nocturne. Était-ce seulement un chat-huant, ou même un hibou ? Charlie Keeling, le mari de Katherine, soutient que c'était probablement un vulgaire taon ou une fourmi volante. D'autres sont sûrs qu'il s'agissait d'une chouette effraie, animal réputé pour défendre âprement son nid, au point d'attaquer l'homme. D'autres rétorquent que le rayon d'action des effraies ne s'étend pas jusqu'à Georgian Bay et que c'était sûrement un émerillon, une sorte de pigeon-faucon, race des plus agressives que l'on confond souvent la nuit avec de petits chats-huants.

La compagnie de cette vaste et aimable famille m'est d'un grand réconfort. Les conversations tournent autour des événements légendaires de l'île, parmi lesquels la saga des cabinets d'aisances prend des proportions de plus en plus héroïques. On affectionne aussi les leçons de choses sur le terrain ; c'est avec bonheur que je passe la plupart de mon temps à tenter d'identifier des spécimens d'oiseaux, mammifères, poissons, reptiles et surtout insectes, dont presque aucun ne m'est connu.

Était-ce une loutre, un vison ou un rat musqué ? Était-ce un canard, un plongeon ou une macreuse ? Est-ce que ça pique, ça mord ou est-ce venimeux ? Ces supputations sont interrompues par des questions plus prosaïques aux enfants : As-tu bien tiré la chasse, coupé le gaz, fermé la moustiquaire, tourné le robinet d'eau (la pompe est alimentée par un moteur) — et as-tu mis à sécher ton maillot et ta serviette de bain ? Tout ça me rappelle les jours passés à Loveless Lake — les angoisses de l'amour en moins. Et Loveless Lake n'est qu'une mare nauséabonde, comparé à Georgian Bay. A l'été 1962, Loveless Lake était encore sillonné de canots à moteur, et la plupart des maisons de vacances vidaient leurs cabinets directement dans le lac. Les prétendus grands espaces sont tellement plus vastes et tellement plus beaux au Canada qu'autrefois au New Hampshire ! Pourtant, la résine vous colle aux doigts partout de la même façon ; tout comme sont identiques les enfants aux cheveux continuellement humides, dont l'un au moins a toujours un genou écorché ou une écharde, et le claquement des pieds nus sur les pontons, et les disputes, les disputes incessantes... J'adore ça ; pas trop longtemps, c'est rafraîchissant ; je peux presque m'imaginer vivant une autre vie.

On apprend des tas de choses à travers les cloisons d'une maison de vacances. Par exemple, j'ai entendu Charlie Keeling dire à Katherine que j'étais un « homosexuel non pratiquant ».

« Qu'est-ce que ça veut dire ? », lui demanda Katherine.

Je retins mon souffle dans l'attente de ce que dirait Charlie ; depuis des années, je brûle de savoir ce qu'est un homosexuel non pratiquant.

« Tu sais très bien ce que je veux dire, Katherine.

— Tu veux dire qu'il ne fait rien, qu'il ne passe pas à l'acte ?

— Je crois que c'est ça, dit Charlie.

— Mais, quand il pense à faire la chose, il pense à la faire avec des hommes ?

— Je crois qu'il n'y pense pas du tout.

— Alors, en quoi peut-il être homo ? »

Charlie soupira. Dans les maisons de vacances, on entend jusqu'aux soupirs.

« Il est plutôt bel homme, dit Charlie. Il n'a pas de maîtresse, mais en a-t-il jamais eu une ?

— Je ne vois pas pourquoi ça ferait de lui un pédé, dit Katherine. Il ne m'en donne absolument pas l'impression.

— Je n'ai pas dit qu'il " en était ". Un homo non pratiquant ne sait pas forcément qu'il est homo ! »

Alors, voilà ce que veut dire « homosexuel non pratiquant » ; ça veut dire que je ne sais pas de quel bord je suis ! Me voilà bien avancé.

* * *

Tous les jours ici, il y a deux sujets de discussion : que va-t-on manger et qui va se rendre en bateau jusqu'au port pour acheter la nourriture et les articles de première nécessité. Voici la liste des achats de base :

essence
piles
pansements adhésifs
maïs (s'il y en a)
bombe antimoustiques
viande hachée et petits pains (en quantité)
œufs
lait
farine
beurre
bière (en abondance)
fruits frais (s'il y en a)
bacon
tomates
épingles à nourrice (pour Prue)
citrons
appâts vivants

Je laisse les plus jeunes enfants me montrer comment ils savent piloter un canot. Je laisse Charlie Keeling m'apprendre à pêcher ; je m'amuse beaucoup à attraper des perches — un jour par an. Je participe à tous les travaux urgents ou prétendus tels : les Ormsby ont besoin de reconstruire leur pont, les Gibson remplacent des bardeaux sur le toit du hangar.

Chaque jour, je me porte volontaire pour aller au port ; faire le marché pour une grande famille est un régal, sachant que c'est pour peu de temps. J'emmène un gosse ou deux avec moi, car leur joie à piloter le canot me fait plaisir. Et je partage régulièrement ma chambre avec l'un des petits Keeling — ou plutôt c'est l'enfant qu'on oblige à partager sa chambre avec moi. Je m'endors en écoutant l'étonnante complexité d'une respiration d'enfant endormi, le cri d'un palmipède sur la mer obscure, le clapotis des vagues sur le rivage. Et le matin, longtemps avant que l'enfant ne s'agite, j'écoute les mouettes et je revois la camionnette rouge sillonnant la route côtière entre Hampton Beach et Rye Harbor ; j'entends les cris rauques des corbeaux batailleurs, dont les harangues stridentes me rappellent que je viens de m'éveiller dans le monde *réel,* le monde que je connais, après tout.

Pendant un moment, avant que les corbeaux n'entament leurs croassantes disputes, je peux imaginer qu'ici, à Georgian Bay, j'ai découvert ce qu'on appelait jadis le Nouveau Monde, que je viens de débarquer sur le territoire vierge que Watahantowet vendit à mon ancêtre. Car, à Georgian Bay, il est possible d'imaginer l'Amérique du Nord telle qu'elle était avant que les États-Unis ne commencent à tout saccager avec leur cruelle imprévoyance.

Alors, j'entends les corbeaux. Ils me ramènent à la réalité, avec leurs cris de mauvais augure. J'essaie de ne pas penser à Owen. J'essaie d'en savoir plus sur les loutres en parlant avec Charlie Keeling.

« Elles ont une longue queue aplatie, qui repose horizontalement sur l'eau.

— Je vois. »

Nous étions assis sur les rochers surplombant le rivage quand un des gamins cria qu'il avait vu un rat musqué.

« C'était une loutre, lui dit Charlie.

— Tu ne l'as pas vue, P'pa ! », dit un autre enfant.

Alors nous attendîmes, Charlie et moi, que la bestiole se montre. Des débris de coquillages d'eau douce marquaient l'entrée de son terrier au milieu des rochers.

« Une loutre est beaucoup plus rapide dans l'eau qu'un rat musqué, me dit Charlie.

— Je vois. »

On resta là une heure ou deux, et Charlie me dit que le niveau des eaux de Georgian Bay et du lac Huron avait encore évolué ; il se modifie tous les ans. Ça l'ennuyait que les pluies acides en provenance des États-Unis commencent à polluer le lac, à partir comme toujours (dit-il) du bas de l'échelle biologique.

« Je vois.

— Les algues, la végétation ont changé, on ne peut plus prendre de poisson aussi près du rivage qu'autrefois... et une seule loutre n'a pas pu venir à bout de toutes les praires ! fit-il en montrant les coquilles.

— Je vois. »

Puis, au moment où Charlie pissait dans les buissons — vieille coutume canadienne —, un animal, à peu près gros comme un teckel, avec une espèce de tête aplatie et une fourrure noire, se mit à nager vers le large.

« Charlie ! », appelai-je.

La bête plongea et ne remonta jamais à la surface. L'un des gosses surgit auprès de moi comme par enchantement.

« C'était quoi ?

— Je ne sais pas.

— Est-ce que ça avait une queue plate ? demanda Charlie de son buisson.

— C'était plutôt sa tête qui était plate.

— C'est un rat musqué ! fit un des enfants.

— Tu ne l'as pas vu ! lui reprocha sa sœur.

— Quel genre de queue avait-il ? cria Charlie.

— Je n'ai pas vu sa queue, fus-je forcé d'admettre.

— Il était vraiment rapide, hein ? fit Charlie, émergeant du buisson en fermant sa braguette.

— Plutôt rapide, j'imagine.

— C'était une loutre. »

Je faillis dire que c'était un homosexuel non pratiquant, mais je m'en abstins.

« T'as vu le canard ? me demanda une fillette.

— C'était pas un canard, andouille, dit son frère.

— Tu l'as même pas vu ! Il a plongé ! dit la fille.

— En tout cas, c'était une femelle ! dit une autre voix.

— Oh, eh, qu'est-ce que t'en sais ? fit un autre mouflet.

— Je n'ai rien vu du tout, dis-je.

— Continuez à regarder par là-bas, me dit Charlie Keeling. Il va remonter pour respirer. C'est probablement un canard-faisan, un colvert ou peut-être une sarcelle bleue — si c'est une femelle. »

L'odeur des pins est merveilleuse, comme celle du lichen sur les rochers, comme celle de l'eau — c'est peut-être une sorte de pourriture organique, juste en dessous de la surface de cette immensité liquide ? J'ignore ce qui donne à un lac cette odeur, mais elle est enivrante. J'aurais pu demander à la famille Keeling pourquoi le lac répand cette odeur, mais je préfère le silence, avec cette brise soufflant constamment dans les pins, le clapotis des vagues, les cris des goélands et des sternes.

« C'est une sterne de la Caspienne, me dit l'un des petits Keeling. Tu vois ce long bec rouge et ces pattes noires ?

— Je vois. »

Mais je ne m'intéressais plus aux sternes ; je me remémorais la lettre que j'avais écrite à Owen Meany pendant l'été 1962. Dan Needham m'avait dit qu'il avait aperçu Owen un dimanche au gymnase de l'Institut de Gravesend. Owen tenait le ballon de basket, mais ne le lançait pas ; planté sur la ligne de hors-jeu, il se contentait d'observer le panier, sans dribbler, sans tirer. Dan avait trouvé ça très étrange.

« Il restait là, immobile. J'ai bien dû l'observer cinq minutes, et il n'a pas remué un muscle ; il tenait le ballon et regardait le panier. Il est tellement petit que le panier doit lui sembler à des kilomètres.

— Il devait calculer son tir.

— Je ne me suis pas manifesté ; il était tellement concentré qu'il ne m'a pas vu ; je ne lui ai même pas dit bonjour, il ne m'aurait pas entendu de toute façon. »

Avoir de ses nouvelles me le rendit encore plus absent, au point d'avoir envie de reprendre notre stupide entraînement. Alors, je lui écrivis ; des banalités. Depuis quand un type de vingt ans écrirait-il à son meilleur ami à quel point il lui manque ?

« Cher Owen, que deviens-tu ? Ici, on s'embête plutôt. Je préfère travailler dans les bois, comme bûcheron. A part les bestioles. Le boulot à la scierie et au chantier donne plus chaud, mais il n'y a pas trop d'insectes. Oncle Alfred affirme que l'eau de Loveless Lake est potable ; on en a tellement avalé que, si elle ne l'était pas, nous serions tous morts depuis belle lurette. Mais Noah dit qu'il y a plus de pisse et de merde dedans que dans l'océan. La plage me manque — c'est sympa, là-bas, cet été ? Peut-être que l'été prochain ton père voudra bien m'employer aux carrières ? »

Il me répondit, sans perdre de temps en vains préambules du genre « cher John ». « La Voix » avait un style caractéristique, pas de fioritures, droit à l'essentiel :

« Es-tu cinglé ? Tu veux travailler dans les carrières ? Et tu trouves qu'il fait trop chaud à la scierie ? Mon père n'embauche pas grand monde... Et je suis sûr qu'il te paiera moins que ton oncle Alfred. J'ai l'impression que tu ne t'es pas trouvé de fille, par là-bas, dans le Grand Nord. »

« A propos, comment va Hester ? lui écrivis-je en retour. N'oublie pas de lui dire que sa chambre me plaît beaucoup, ça va la faire râler ! Je ne pense pas qu'elle t'aide à t'entraîner pour le tir... Si tu perdais la main, ce serait dommage, tu étais si près de le faire en moins de trois secondes ! »

Sa réponse fut immédiate :

« Ça peut se faire en moins de trois secondes. Je ne me suis pas entraîné, mais j'y ai beaucoup réfléchi, ça revient au même. Mon père t'embauchera l'été prochain... Je te conseille d'y aller doucement pour commencer, peut-être au magasin de pompes funèbres. Au fait, la plage était sublime... bourrée de jolies filles, et Caroline O'Day a demandé de tes nouvelles. Tu devrais la voir quand elle ne porte pas son uniforme de Saint Michael ! J'ai aperçu Dan à bicyclette, il ferait bien de se mettre au régime. Hester et moi nous avons passé une soirée avec ta grand-mère. On a regardé la boîte à conneries, bien sûr, et tu aurais dû entendre ta grand-mère parler de la conférence de Genève !... Elle a dit qu'elle croirait à la « neutralité » du Laos quand les Soviétiques auraient tous émigré sur la Lune ! Elle a dit qu'elle croirait aux accords de Genève quand il n'y aurait plus que des singes et des perroquets sur la route Ho-Chi-Minh ! Je ne te répète pas ce qu'Hester a dit en apprenant que tu dors dans sa chambre... Elle dit exactement la même chose de ses parents, de ses frères et de toutes les filles de Loveless Lake, alors tu vois sans doute ce que je veux dire. »

J'écrivis à Caroline O'Day ; elle ne me répondit jamais.

On était en août 1962. Je me rappelle une journée très chaude, humide, brumeuse ; un orage menaçait, qui n'éclata pas. On aurait dit le jour du mariage de ma mère, avant l'orage ; un temps typique de Gravesend, comme nous disions.

Noah, Simon et moi, nous abattions des arbres ; les taons nous rendaient fous, sans parler des moustiques. Simon était toujours le premier à craquer ; il avait une peau à moustiques. Quand on est nerveux, l'abattage devient très dangereux ; haches, scies, coins, glissières nécessitent un certain calme quand on s'en sert. Simon perdit les pédales en maniant son grappin ; voulant chasser un taon, il s'enfonça le crochet dans le mollet. Une estafilade longue et profonde, rien de grave, mais nécessitant des agrafes et une piqûre antitétanique.

Noah et moi, nous exultions : Simon lui-même, qui supportait bien la douleur, était ravi. La blessure signifiait que nous pouvions abandonner le travail. Nous gagnâmes en Jeep l'endroit où se trouvait la Chevy de Noah ; avec la Chevrolet, droit sur l'autoroute par Sawyer Depot et Conway, jusqu'à l'entrée des urgences du North Conway Hospital.

Il y avait eu un accident d'auto non loin de la frontière du Maine, si bien que Simon dut attendre son tour dans la salle des urgences ; ça nous convenait parfaitement, car plus Simon attendrait pour ses agrafes et sa piqûre, plus nous resterions éloignés des morsures d'insectes et de la chaleur. Simon prétendit même ignorer s'il avait ou non des allergies. On dut téléphoner à Tante Martha, ce qui prit encore un peu plus de temps. Noah entreprit de draguer une des infirmières ; avec un peu de veine, Noah le savait, nous pourrions glander toute la journée sans avoir à retourner au boulot.

L'une des victimes les moins atteintes de l'accident d'auto attendait avec nous. Simon et Noah connaissaient vaguement ce type, d'un genre très répandu dans le pays du Nord, un de ces fous de ski qui ne savent que faire de leur peau quand il n'y a pas de neige. Il était en train de boire une canette de bière quand les deux véhicules se percutèrent ; il tenait le volant d'une voiture, nous dit-il, et le goulot, sous le choc, s'était cassé dans sa bouche ; il avait des lacérations de la voûte palatale, les gencives esquintées et un éclat de verre lui avait traversé la joue. Il nous montra fièrement l'étendue des dégâts, sans cesser d'éponger son visage et sa bouche avec un tampon de coton, qu'il essorait ensuite dans une serviette imbibée de sang. C'était exactement le genre de plouc cinglé qui avait donné à Hester sa haine de Sawyer Depot et l'avait poussée à vivre toute l'année dans son logement universitaire de Durham.

« Hé, vous avez entendu parler de Marilyn Monroe ? », nous demanda « le Skieur fou ».

Nous nous attendions à une histoire cochonne, voire scatologique, tant le sourire du type était malsain, l'équivalent de son trou répugnant dans la joue. Un sourire vicieux, dépravé ; notre bienheureux sursis dans la salle d'attente prenait un tour déplaisant. Nous tentâmes d'ignorer sa question, mais il répéta :

« Vous avez entendu parler de Marilyn Monroe ? »

Tout à coup, ça n'eut plus l'air d'une blague. Il allait peut-être embrayer sur les Kennedy, pensai-je.

« Non, qu'est-ce qu'il lui est arrivé ? demandai-je.

— Elle est morte », dit « le Skieur fou ».

Il prit un tel plaisir sadique à sa révélation que son sourire sembla aspirer le sang hors de sa bouche et de sa joue ; il était aussi satisfait de l'effet produit par ses paroles que du spectacle offert par l'essuyage de ses plaies sanguinolentes. Par la suite, je revis toujours son visage ensanglanté, chaque fois que j'imaginai la réaction de Larry Lish et de sa mère en apprenant la nouvelle ; avec quelle avidité, avec quelle jouissance ils avaient dû la répandre : « Vous avez entendu ? Comment, vous ne savez pas ! » L'extase de ces charognards avides de suppositions malsaines avait dû les empourprer presque autant que des trous dans les joues !

« Comment ? demandai-je au « Skieur fou ».

— Overdose, répondit-il d'un ton désappointé, comme s'il avait espéré une fin plus sanglante. C'était peut-être un accident, peut-être un suicide… »

Et peut-être la famille Kennedy, pensai-je. Cette pensée m'angoissa ; de toute façon, cet été-là, je souffrais d'une angoisse diffuse. Maintenant, il y avait une raison concrète à mon angoisse, mais je me sentais mal à l'aise : en quoi la mort de Marilyn Monroe pouvait-elle me concerner ?

« ELLE NOUS CONCERNE TOUS, me dit Owen Meany quand, ce soir-là, je lui téléphonai. ELLE ÉTAIT L'IMAGE MÊME DE NOTRE PAYS : PLUS TRÈS JEUNE MAIS PAS ENCORE VIEILLE ; UN PEU ESSOUFFLÉE, D'UNE GRANDE BEAUTÉ, PEUT-ÊTRE UN PEU BÊTE, ET PEUT-ÊTRE PLUS INTELLIGENTE QU'ELLE N'EN DONNAIT L'IMPRESSION. ET ELLE ÉTAIT À LA RECHERCHE DE QUELQUE CHOSE. JE CROIS QU'ELLE VOULAIT S'AMÉLIORER. REGARDE LES HOMMES DE SA VIE... JOE DI MAGGIO, ARTHUR MILLER, PEUT-ÊTRE LES KENNEDY... REGARDE COMME ILS PARAISSENT BONS ! REGARDE COMME ELLE ÉTAIT *DÉSIRABLE*. C'EST CE QU'ELLE ÉTAIT : DÉSIRABLE. ELLE ÉTAIT DRÔLE ET SEXY — MAIS VULNÉRABLE AVANT TOUT. ELLE N'A JAMAIS ÉTÉ TOTALEMENT HEUREUSE, ELLE ÉTAIT TOUJOURS UN PEU TROP GROSSE. EXACTEMENT À L'IMAGE DE NOTRE PAYS ! »

Il se répétait, il était monté en boucle. En arrière-plan, j'entendais Hester jouer de la guitare, comme si elle essayait de mettre ses paroles en musique.

« ET TOUS CES HOMMES, CES HOMMES CÉLÈBRES ET PUISSANTS... L'ONT-ILS VRAIMENT AIMÉE ? ONT-ILS PRIS SOIN D'ELLE ? SI ELLE A VRAIMENT ÉTÉ AVEC LES KENNEDY, ILS NE PEUVENT PAS L'AVOIR AIMÉE... ILS N'ONT FAIT QUE SE SERVIR D'ELLE, AVEC DÉSINVOLTURE, RIEN QUE POUR SE DONNER DES SENSATIONS ! ILS DISENT QU'ILS AIMENT, MAIS ILS N'EN CROIENT PAS UN MOT. ILS VEULENT AVOIR L'AIR BON, ILS VEULENT AVOIR L'AIR DE FAIRE LA *MORALE* ! MOI, J'ÉTAIS CONVAINCU QUE KENNEDY ÉTAIT UN MORALISTE, MAIS IL NOUS JOUAIT LA COMÉDIE, DANS LE RÔLE DU SÉDUCTEUR. JE LE PRENAIS POUR NOTRE *SAUVEUR*. JE PENSAIS QU'IL UTILISERAIT SON POUVOIR POUR FAIRE LE BIEN. MAIS LES GENS DISENT ET FONT N'IMPORTE QUOI RIEN QUE POUR OBTENIR LE POUVOIR ; ET QUAND ILS LE DÉTIENNENT, ILS NE S'EN SERVENT QUE POUR SE DONNER DES SENSATIONS. MARILYN MONROE A TOUJOURS

CHERCHÉ L'HOMME IDÉAL... ELLE VOULAIT PEUT-ÊTRE L'HOMME LE PLUS INTÈGRE, LE PLUS CAPABLE DE FAIRE LE BIEN. ET ELLE S'EST LAISSÉ SÉDUIRE, ENCORE ET ENCORE... ILS SE SONT MOQUÉS D'ELLE, L'ONT TROMPÉE, L'ONT MANIPULÉE. ELLE S'EST LAISSÉ UTILISER. EXACTEMENT COMME NOTRE PAYS. NOTRE PAYS EST EN QUÊTE D'UN SAUVEUR. NOTRE PAYS EST UNE PROIE RÊVÉE POUR LES HOMMES PUISSANTS QUI JOUENT LES SAUVEURS. NOUS LES PRENONS POUR DES MORALISTES, ALORS QU'ILS NE FONT QUE SE SERVIR DE NOUS. ET C'EST CE QUI VA NOUS ARRIVER, À TOI COMME À MOI, dit Owen Meany. ON VA SE SERVIR DE NOUS. »

*   *   *

Georgian Bay, le 26 juillet 1987. — Le *Toronto Star* : « Le président Reagan s'est ingénié à dissimuler les détails essentiels de son programme secret d'échange d'armements contre des otages et à le poursuivre après qu'il eut été révélé au public. » Le journal ajoutait qu'en conséquence le président « avait fait des déclarations fallacieuses sur les ventes d'armes », et ce à quatre occasions différentes !

Owen soupçonnait que dans les mouvements de protestation contre la guerre du Vietnam, l'intérêt personnel, et lui seul, motivait la plupart des protestataires ; s'ils ne craignaient pas d'être expédiés à la guerre, ils ne protesteraient pas du tout.

Regardez les États-Unis aujourd'hui. Incorporent-ils les jeunes Américains pour combattre au Nicaragua ? Non ; pas encore. Y a-t-il des masses de jeunes Américains écœurés par le comportement incohérent de l'administration Reagan ? Hum... à peine.

Je sais bien ce qu'Owen Meany aurait dit là-dessus : je sais ce qu'il *disait,* et c'est toujours valable : « LES SEULS MOYENS POUR QUE LES AMÉRICAINS *S'INTÉRESSENT* À QUELQUE CHOSE, C'EST D'AUGMENTER LEURS IMPÔTS, DE LES MOBILISER OU DE LES TUER. »

Un jour qu'Hester avait suggéré d'abolir le service militaire, Owen avait dit : « SI ON SUPPRIME LE SERVICE

MILITAIRE, LA PLUPART DES AMÉRICAINS CESSERONT TOUT BONNEMENT DE S'INTÉRESSER À CE QUE NOUS FAISONS DANS LES AUTRES PARTIES DU MONDE. »

Aujourd'hui, j'ai vu se glisser sous le hangar à bateaux un vison, petite forme mince, à peine plus grande qu'une belette, avec les mêmes mouvements gracieux. Son épaisse fourrure luisante m'a instantanément rappelé la mère de Larry Lish. Qu'a-t-elle bien pu devenir ?

Lui, je sais : journaliste coté, à New York, spécialisé dans les enquêtes. J'ai lu quelques-uns de ses articles ; ils ne sont pas mauvais — il a toujours été intelligent —, et j'ai remarqué qu'il avait acquis une qualité essentielle dans son métier — essentielle pour un journaliste qui veut se faire un nom et gagner un public. Larry Lish se montre très à cheval sur la vertu publique et privée. Larry Lish, un *moraliste,* vous imaginez !

Je me demande ce qu'est devenue sa mère. Pour peu qu'elle ait enfin trouvé le mari idéal — avant qu'il ne soit trop tard —, Mitzy Lish, elle aussi, est peut-être devenue moraliste !

* * *

A l'automne 1962, quand Owen Meany et moi nous commençâmes notre première année à l'université du New Hampshire, nous bénéficiions de privilèges supérieurs à nos condisciples moins expérimentés. Externes, puisque nous habitions à proximité, on nous autorisait à garer sur le campus nos moyens de transport, contrairement aux autres petits nouveaux. Je partageais mes soirées entre Dan et ma grand-mère, avec un avantage supplémentaire ; quand il y avait réception nocturne à l'université, je pouvais dire à Dan que je passais la nuit chez ma grand-mère, à Grand-Mère que je restais chez Dan, et ne pas rentrer du tout ! Owen, que ses parents laissaient libre, avait passé toutes ses nuits d'été chez Hester, et je m'attendais à ce qu'il continue ; mais les colocataires d'Hester étaient de retour ; si Owen passait la nuit chez elle, pas besoin de demander dans quel lit il dormait. Qu'Hester et lui « le fassent » ou

non, ils n'en connaissaient pas moins la proche intimité
qu'offrait un lit à deux places. Pourtant, une fois les classes
entamées, Owen n'alla pas dormir chez Hester plus d'une
ou deux fois par semaine.

Nous avions bien d'autres avantages sur les autres
étudiants de première année. Après les programmes sur-
chargés que nous avions endurés à l'Institut de Gravesend,
ceux de l'université nous semblaient légers en comparaison. Je bénéficiais énormément de cet état de choses, car,
ainsi qu'Owen me l'avait démontré, il me fallait plus de
temps pour faire mon travail ; on me donnait beaucoup
moins de travail qu'à l'Institut, aussi, pour la première fois,
j'avais amplement le temps de le faire. J'obtenais de
bonnes notes presque sans difficulté et, pour la première
fois — mais ça me prit deux ou trois ans —, je commençais
à me trouver intelligent ! En revanche, les faibles astreintes
de l'université produisirent l'effet contraire sur Owen
Meany.

Tout ce qu'on lui demandait, il pouvait le faire sans
même y penser, ce qui le rendit paresseux. Il prit rapidement l'habitude de se contenter de notes moyennes,
suffisantes pour conserver sa bourse de PMS ; à ma grande
surprise, ses meilleures notes concernaient les disciplines
purement PMS, le prétendu « art militaire ». Nous suivions
pratiquement les mêmes cours ; en anglais et en histoire,
j'obtenais même de meilleures notes qu'Owen. « La Voix »
ne s'intéressait plus à son style !

« JE PRATIQUE UNE ÉCRITURE MINIMALISTE », dit-il à
notre professeur de lettres, qui reprochait à Owen de ne
jamais développer ses arguments dans ses dissertations ; il
ne donnait qu'un seul exemple par argument, pas plus.
« D'ABORD, VOUS ME DITES QUE JE NE DOIS PAS ÉCRIRE EN
MAJUSCULES. MAINTENANT, VOUS VOULEZ QUE J' " ÉLA-
BORE ", QUE JE SOIS PLUS " DÉMONSTRATIF "... EST-CE
COMPATIBLE ? demanda-t-il au professeur. VOUS VOULEZ
PEUT-ÊTRE AUSSI QUE JE CHANGE DE PERSONNALITÉ ? »

Si, à l'Institut de Gravesend, « la Voix » avait convaincu
la plupart des professeurs que ses excentricités et ses
bizarreries faisaient partie, tout comme sa brillante intelli-

gence, de ses droits individuels, le corps enseignant de l'université du New Hampshire ne s'intéressait aucunement au concept de « garçon accompli » ; ces professeurs très spécialisés, d'horizons divers, ne formaient même pas une communauté, ne trouvaient pas Owen Meany particulièrement brillant, ne s'intéressaient pas à la protection de ses droits individuels et ne manifestaient aucune tolérance pour les bizarreries et excentricités. Les cours qu'ils donnaient n'avaient pas pour but de développer la personnalité des étudiants ; chacun d'entre eux s'intéressait à sa discipline particulière et ne se passionnait que pour son plan de carrière, *via* les résultats qu'il obtenait dans son domaine. Chacun pensait que nous, les étudiants, devions nous conformer à *ses* méthodes de travail et de discipline.

Owen Meany, cet individu exceptionnel, fut obligé de se fondre dans la masse. Pendant les cours, on le remarquait moins que sa camionnette rouge tomate sur le parking, où elle tranchait sur les petites cylindrées que les parents économes offraient à leurs fils ; ma grand-mère m'avait acheté une Coccinelle ; il y en avait tellement d'identiques sur le campus que je ne reconnaissais la mienne qu'à sa plaque d'immatriculation ou aux objets personnels traînant sur la banquette arrière.

L'amitié d'Hester, que nous avions d'abord considérée comme un avantage, contribua à isoler un peu plus Owen au sein de Durham. Hester avait des tas d'amis parmi les anciens. Bien qu'Owen et moi nous soyons en première année, c'était donc avec les anciens que nous sortions ; nous n'éprouvions pas le besoin de nous faire des amis dans notre promotion. Aussi, quand, leurs études achevées, Hester et ses copains quittèrent l'université, nous nous retrouvâmes sans amis.

Alors, cette sourde inquiétude qui me minait depuis l'été 1962 — quelle qu'en fût la raison — se mua en une sensation d'isolement : l'impression d'être mis de côté. Pas exactement la solitude ; la solitude viendrait plus tard. Quant à l'angoisse, on aurait pu croire que le blocus de Cuba en octobre suffisait largement à la justifier ; on aurait pu croire toute la population terrifiée, surtout dans le New

Hampshire, où les gens sont prompts à crier au loup. Mais Owen déclara, en présence d'une bande de traîne-patins, chez Hester :

« Ne craignez rien. Ce n'est qu'une péripétie mineure, un simple coup de bluff nucléaire... Rien de grave n'en sortira, vous pouvez me faire confiance, je le sais. »

Il voulait dire qu'il *savait* ce qui allait lui arriver, *à lui*, que ce n'étaient pas les missiles, les soviétiques comme les nôtres, qui auraient sa peau, bref, quoi que cela dût être, ce n'était pas pour octobre 1962.

« Comment peux-tu savoir qu'il ne va rien se passer ? », lui demanda quelqu'un.

C'était le type qui rôdait autour de l'appartement d'Hester dans l'espoir qu'Owen tomberait raide mort. Il insistait pour qu'Hester lise *Le Quatuor d'Alexandrie,* et surtout *Justine* et *Clea,* qu'il prétendait avoir lus quatre ou cinq fois. Hester n'était guère lectrice, moi je n'avais lu que *Justine.* Owen Meany avait lu les quatre romans et nous avait dit de ne pas perdre notre temps sur les trois derniers.

« Ils répètent tous plus ou moins le premier, et sont beaucoup moins bons. Un seul bouquin sur les amours exotiques, ça suffit amplement.

— Qu'est-ce que tu sais des " amours exotiques " ? », avait demandé l'amateur de Durrell.

Owen n'avait pas daigné répondre. Voyant en ce prétentieux un rival, il voulait lui scier le moral en affectant de l'ignorer. Mais le type n'en resta pas là :

« Hé ! Je te parle ! Qu'est-ce qui te rend si certain qu'il n'y aura pas la guerre ?

— Oh ! Il va y avoir une guerre, c'est sûr... mais pas tout de suite. Pas pour Cuba. Ou Khrouchtchev va retirer ses missiles de Cuba, ou Kennedy va lui offrir une compensation pour l'aider à sauver la face.

— Ce petit mec sait tout, dites donc, fit le type.

— Ne le traite pas de " petit ", intervint Hester. Il a le plus gros pénis qui existe. Et s'il y en a un plus gros, je ne veux pas le savoir.

— Pas besoin d'être vulgaire ! »

Ce fut la dernière fois qu'on vit le type qui voulait faire lire *Le Quatuor d'Alexandrie* à Hester. J'avouerai que, dans les douches du gymnase de Gravesend, après notre entraînement de basket, j'avais remarqué le gros calibre du *shtick* d'Owen ; étant donné sa taille, son pénis semblait hors de proportion, positivement *énorme*.

Mon cousin Simon, dont le *shtick* était plutôt modeste — suite peut-être aux mauvais traitements que lui avait fait subir Hester dans l'enfance —, se plaisait à dire que les petits *shticks* devenaient beaucoup, beaucoup plus grands en érection ; en revanche, les gros *shticks* grossissaient à peine en bandant. Je n'en sais rien, je l'avoue ; je n'ai pas, sur les *shticks,* de théorie aussi péremptoire et optimiste que celle de Simon. L'unique fois où j'ai vu Owen Meany en érection, il était enveloppé dans des langes et incarnait un Enfant Jésus de onze ans ; et bien que son érection fût intempestive, elle ne m'avait pas paru stupéfiante.

Quant au basket, Owen et moi nous souffrions de notre manque d'entraînement ; vers la fin de notre première année de fac, à l'été 1963 — nous avions vingt et un ans, l'âge légal pour enfin boire de l'alcool ! —, nous ne réussissions plus notre fameux coup en moins de cinq secondes ! Il nous fallut le pratiquer tout l'été, rien que pour en revenir à notre performance précédente, quatre secondes juste. Cet été-là, les bouddhistes manifestaient au Vietnam, en s'immolant par le feu. Ce fut l'été où Owen demanda : « Qu'est-ce qu'un catholique fait à la tête d'un pays de bouddhistes ? » Ce fut l'été où le président Diem vivait ses derniers instants en ce bas monde. Tout comme le président Kennedy, d'ailleurs. Et ce fut le premier été où j'allai travailler aux carrières de granit.

J'avais l'illusion de travailler pour Mr. Meany ; il le pensait aussi ; cependant, qui dirigeait réellement l'entreprise, sinon Owen Meany ? J'aurais dû le savoir depuis le début.

Il me dit :

« Mon père veut que tu débutes dans le magasin

DE MARBRERIE FUNÉRAIRE, EN CONTACT DIRECT AVEC LE PRODUIT FINI... DANS CE MÉTIER, IL EST PLUS FACILE DE COMMENCER PAR LES FINITIONS. EXTRAIRE LA PIERRE, C'EST PLUS COMPLIQUÉ. NE CROIS PAS QUE JE TE FASSE UNE FAVEUR, MAIS TRAVAILLER LE GRANIT, C'EST UN PEU COMME ÉCRIRE UN EXPOSÉ — C'EST LE PREMIER ESSAI QUI PEUT DÉCOURAGER. DANS LE MAGASIN, AVEC UN MATÉRIAU ADÉQUAT, LE FIGNOLAGE EST FACILE : ÉGALISER LA PIERRE, BISEAUTER LES LETTRES... IL SUFFIT D'ÊTRE MÉTICULEUX. C'EST DE L'APLANISSAGE ET DU POLISSAGE. TU DOIS FAIRE ÇA AVEC LENTEUR. » Il ajouta : « NE TE PRESSE PAS D'ALLER TRAVAILLER DANS LA CARRIÈRE. EN FIN DE PARCOURS, QUAND LA PIERRE EST TAILLÉE, ELLE EST PLUS MANIABLE, TU TRAVAILLES AVEC DES OUTILS MOINS LOURDS ET UNE PRODUCTION LIMITÉE. ET AU MAGASIN, CHAQUE JOURNÉE EST DIFFÉRENTE ; TU NE SAIS JAMAIS QUELLE QUANTITÉ DE BOULOT TU AURAS — LES GENS NE MEURENT PAS À DATE FIXE, ET LA PLUPART DES FAMILLES NE COMMANDENT PAS LES PIERRES TOMBALES D'AVANCE ! »

J'avais conscience qu'il prenait vraiment soin de ma sécurité ; il savait tout sur le granit ; c'était sage de m'habituer à la pierre sous sa forme déjà dégrossie, avant d'affronter des blocs gigantesques au fond d'un trou. Tous les carriers — le surveillant, le foreur, les tailleurs, les dynamiteurs, et même les manœuvres —, tous ceux qui travaillaient aux carrières avaient une marge d'erreur bien moindre que ceux qui travaillaient au magasin. J'appréciais la sollicitude d'Owen, mais je voulais me faire des muscles, et le travail au magasin était beaucoup moins physique que celui de bûcheron, que j'avais fait chez mon oncle. D'un autre côté, j'enviais le bronzage d'Owen, qui passait ses journées en plein air, sauf s'il pleuvait. Alors il venait me rejoindre au magasin. C'est lui qu'on allait chercher à la carrière quand un client venait commander une pierre tombale ; Owen tenait à s'en occuper personnellement ; quand la commande provenait d'un particulier et non d'une entreprise de pompes funèbres, quand le client était un parent ou un ami du défunt, nous préférions qu'Owen s'en occupe.

Il y excellait, respectueux du chagrin, plein de tact — et néanmoins habile commerçant. Il n'était pas simplement question de noter l'orthographe exacte du nom et de vérifier deux fois les dates de naissance et de décès ; la personnalité du défunt était discutée en profondeur, Owen cherchant avant tout à exécuter le monument le plus approprié, le plus adéquat. On prenait en considération les goûts du défunt ; la taille, la forme, la couleur de la pierre ne constituaient que l'ébauche du travail ; Owen voulait connaître aussi les goûts des affligés, ceux qui iraient souvent voir le monument. Je n'ai jamais vu un seul client mécontent du produit fini ; malheureusement pour les Établissements Meany, je ne vis jamais *beaucoup* de clients tout court.

Quand je me plaignais de la longueur de mon apprentissage en atelier, Owen me disait :

« Ne sois pas si futile. Quand tu seras dans le fond d'une carrière à te demander si ton bronzage est bien réparti ou si tes muscles sont assez saillants, c'est là que tu te prendras dix tonnes de granit sur la tête. De plus, mon père trouve que tu fais un excellent boulot sur les pierres tombales. »

Je ne pense pas que Mr. Meany ait jamais remarqué mon travail ; je ne l'aperçus au magasin qu'au mois d'août, et il sembla fort surpris de me voir ; néanmoins, il me dit ce qu'il disait toujours, chaque fois qu'il me voyait :

« Tiens ! Voilà Johnny Wheelwright ! »

En dehors des jours de pluie ou de la prise en charge personnelle d'un client, on ne voyait Owen à l'atelier que si l'exécution d'une pierre tombale inhabituelle présentait des difficultés, tant au niveau de la forme que de la gravure. Les familles typiques de Gravesend se montraient simples et butées en présence de la mort ; on nous demandait rarement des moulages élaborés, plus rarement encore des niches voûtées à dosserets, et jamais d'anges chevauchant des colonnades. Dommage, car voir Owen aux prises avec la roue diamantée était un pur régal artistique. Personne n'était aussi précis qu'Owen Meany dans le maniement de la roue diamantée.

Ce qu'on appelle « roue diamantée » est une scie circulaire sur établi, qu'on peut faire monter et descendre par un système de chevalet. La lame ronde, d'une soixantaine de centimètres de diamètre, est cloutée, ou plutôt incrustée de fines particules de diamant. Quand on abaisse la lame sur la pierre, elle s'y enfonce selon un angle préétabli par un essai sur un bloc de bois. La lame, extrêmement fine, trace un sillon net et régulier ; elle est idéale pour parfaire les sections supérieures et latérales d'une pierre tombale. Tel un scalpel, elle ne commet jamais d'erreurs, sinon celles de l'utilisateur. Elle tranche les blocs les plus coriaces avec si peu de résistance qu'elle fait un bruit bien plus doux que toute autre scie électrique, même à bois ; une roue diamantée émet une sorte de ululement plaintif. Ainsi que le disait Owen Meany, « AVEC LA ROUE DIAMANTÉE, ON A L'IMPRESSION QUE C'EST LA PIERRE TOMBALE QUI PLEURE ».

Quand on pense à tout le temps qu'il passa dans ce sinistre magasin de Water Street, entouré de tous ces noms inachevés de défunts, quoi d'étonnant qu'il ait VU son propre nom et la date de sa mort sur la tombe de Scrooge ? Rien. L'étonnant réside dans le fait qu'il n'ait pas vu de telles horreurs tous les jours ! Et quand il mettait ces drôles de lunettes de protection avant d'abaisser la roue diamantée en position de coupe, le gémissement lancinant de la lame devait lui rappeler le « cri permanent » de sa propre voix, selon les termes de Mr. McSwiney. Après un été entier passé dans ce magasin mortuaire, j'apprécierais davantage ce qui plaisait tant à Owen Meany, le calme des églises, la paix de la prière, la cadence tranquille des cantiques et des litanies — et même le rituel, simpliste et athlétique, de notre entraînement au basket.

Quant au reste de l'été 1963, pendant que les bouddhistes se transformaient en torches au Vietnam et que le temps tirait à sa fin pour le clan Kennedy, Hester avait repris son travail de serveuse dans un bistro de fruits de mer.

« Tout ça pour me payer des cours de musique ! », dit-elle.

Au moins, je pus comprendre ce qu'Owen voulait dire en parlant de Randy White :

« J'AIMERAIS LE COLLER SOUS LA ROUE DIAMANTÉE... IL NE ME FAUDRAIT QU'UNE SECONDE. JE VOUDRAIS METTRE SON *SHTICK* SOUS LA ROUE... »

A propos de *shticks,* et du mien en particulier, je passai encore un été particulièrement creux. Avec ou sans son uniforme, l'école catholique Saint Michael eut toutes les raisons d'être fière de l'infranchissable vertu de Caroline O'Day — de même que toutes les autres écoles ; avec moi, toutes les filles gardèrent leur vertu. Il m'arriva de toucher un sein nu — une seule fois et par accident — après un bain de minuit à Little Boar's Head ; je trouvais la phosphorescence de l'eau particulièrement propice à la séduction. La fille allait en classe de musique avec Hester et, pendant le retour à Durham dans la camionnette rouge, Hester se porta volontaire pour voyager sur mes genoux, tant ma cavalière semblait répugner à mon contact, après mes avances d'amateur.

« D'accord, mets-toi au milieu, c'est moi qui m'assiérai sur lui, dit Hester à sa copine. De toute façon, je l'ai déjà fait bander, et ça ne me gêne pas du tout.

— INUTILE D'ÊTRE VULGAIRE ! », lança Owen Meany.

De sorte que je fis le trajet de Little Boar's Head à Durham avec Hester sur les genoux, humilié une fois de plus par mon érection. Je me dis qu'à peine une *demi*-seconde sous la roue diamantée suffirait pour *moi ;* et si quelqu'un devait placer mon *shtick* sous la roue, ce ne serait pas une grande perte.

J'avais vingt et un ans, et j'étais encore un Joseph ; j'étais un Joseph alors, et je ne suis toujours qu'un Joseph.

* * *

Georgian Bay, le 27 juillet 1987. — Pourquoi ne pas profiter simplement de toute la nature, ici ? J'ai soudoyé un des petits Keeling pour qu'il m'emmène en bateau jusqu'au port de Pointe au Baril. Par miracle, les îliens n'avaient besoin de rien en ville : pas un œuf, pas un bout de viande, pas une savonnette, même pas d'appâts vivants. J'étais le seul à avoir besoin de quelque chose ; j'ai honte de le dire, j'avais besoin d'un journal. Ce besoin de connaître les nouvelles est d'une telle débilité ! C'est pire que n'importe quelle drogue, je suis en manque.

Le *Toronto Star* révélait que la Maison-Blanche, brimée par le Congrès et le Pentagone, avait constitué un petit groupe de forces spéciales au sein de l'armée ; de leur côté, les troupes régulières américaines bombardaient de roquettes les soldats nicaraguayens — tout cela à l'insu du Congrès et du Pentagone. Pourquoi les Américains ne sont-ils pas dégoûtés d'eux-mêmes, comme tous les autres peuples le sont ? Toute cette langue de bois pour prôner la démocratie, et tout ce comportement ouvertement antidémocratique ! Il faut absolument que je cesse de lire ces nouvelles idiotes ! Ces gros titres vont me mettre le cerveau en bouillie ; alors que, d'ici un an, la plupart d'entre eux auront été sinon oubliés, du moins dépassés. Je vis au Canada, j'ai un passeport canadien, pourquoi perdre mon temps à me soucier du comportement des Américains, alors qu'ils ne s'en soucient pas eux-mêmes ?

Je vais tenter de m'intéresser à des sujets plus universels, plus vastes, plus cosmiques ; mais je crains bien d'avoir à retomber dans l'universelle malhonnêteté gouvernementale…

Il y avait dans le *Toronto Star* une autre nouvelle, plus conforme à la vision paradisiaque de l'univers qu'on peut avoir depuis Georgian Bay. Une histoire sur les trous noirs : les savants affirment que les trous noirs peuvent engloutir la valeur de deux galaxies ! L'article évoquait la possible disparition du système solaire. Que peut-il y avoir de plus important que *ça* ?

Écoutez-moi ça : « Les trous noirs sont des concentrations de matière si denses qu'elles se sont avalées elles-mêmes. Rien, pas même la lumière, ne peut échapper à leur formidable attraction. » Vous imaginez ? Même pas la lumière ! Dieu vivant ! J'ai annoncé la nouvelle à la tribu Keeling, mais l'un des aînés — bardé de diplômes scientifiques — me répliqua, assez vertement :

« Ouais, mais les trous noirs sont tous à plus de deux millions d'années-lumière de la Terre. »

Je pensai alors : ils sont presque aussi loin de la Terre qu'Owen Meany ; et c'est à cette distance de la Terre que je voudrais être aussi.

* * *

Et où est J.F.K. aujourd'hui ? A quelle distance ?

Le 22 novembre 1963, Owen Meany et moi nous étions dans ma chambre du 80 Front Street, en train de préparer un examen de géologie. J'en voulais à Owen de m'avoir forcé à prendre l'option géologie, matière qui, dans le catalogue de l'université du New Hampshire, se dissimulait sous l'appellation gentiment écologique de « science de la Terre ». Owen m'avait induit en erreur, m'affirmant que ce cours serait un moyen facile de parfaire nos connaissances scientifiques ; il connaissait tout sur les pierres, m'avait-il assuré, et le reste du cours serait consacré aux fossiles. « CE SERA SYMPA DE TOUT SAVOIR SUR LES DINOSAURES. » Owen m'avait séduit. Résultat des courses : nous passâmes moins d'une semaine à étudier les dinosaures, et encore moins de temps à passer en revue les fossiles ; tout le reste du temps, l'horreur d'ingurgiter les horribles noms des divers âges de la Terre ! De plus, Owen s'avéra incapable de différencier le schiste métamorphique de l'intrusion ligneuse : il ne connaissait que le granit.

Ce 22 novembre 1963, je venais de confondre le Paléocène et le Pléistocène, et m'embrouillais encore plus entre les ères et les époques.

« Le Cénozoïque, c'est bien une ère ?

— ON S'EN FOUT. TU PEUX SAUTER CETTE PARTIE. ET TU PEUX FAIRE L'IMPASSE SUR LES GRANDES ÈRES COMME LE TERTIAIRE ET LE QUATERNAIRE... C'EST TROP VASTE. TU DOIS APPRENDRE DES CHOSES PLUS SPÉCIFIQUES, COMME CE QUI CARACTÉRISE UNE ÉPOQUE... PAR EXEMPLE, QUELLE ÉPOQUE SE CARACTÉRISE PAR LE TRIOMPHE DES OISEAUX ET DES MAMMIFÈRES PLACENTAIRES ?

— Bon Dieu, pourquoi t'ai-je laissé m'entraîner dans cette galère ?

« — ÉCOUTE-MOI, IL Y A DES TRUCS POUR TOUT SE MET-
TRE EN MÉMOIRE. PAR EXEMPLE, LE PLÉISTOCÈNE SE
CARACTÉRISE PAR L'APPARITION DE L'HOMME ET DES GLA-
CIERS... PENSE À UN MARCHAND D'ICE-CREAMS : VANILLE,
CITRON, PLÉ[ICE]TOCÈNE...

— On croit rêver ! fis-je, accablé.

— J'ESSAIE DE TE DONNER UN TRUC MNÉMOTECHNI-
QUE ! SI TU CONFONDS L'APPARITION DES OISEAUX ET DES
MAMMIFÈRES AVEC LA PREMIÈRE APPARITION DE
L'HOMME, TU TE GOURES DE SOIXANTE MILLIONS D'AN-
NÉES, C'EST PAS DE LA PETITE BIÈRE !

— J'aurais mieux fait de prendre une cuite à la bière que
l'option géologie ! »

Subitement, Ethel se matérialisa dans ma chambre ; nous
ne l'avions pas entendue frapper — c'était la première fois
que je voyais Ethel dans ma chambre, et ce fut la seule.

« Ta grand-mère veut que vous veniez regarder la
télévision, me dit-elle.

— IL Y A UN ENNUI AVEC LE POSTE DE TÉLÉ ?

— Il y a un ennui avec le président. »

Quand nous apprîmes ce qui était arrivé à Kennedy,
quand nous le vîmes atteint par balle, puis quand plus tard
on nous annonça sa mort, Owen Meany dit :

« SI NOUS SOMMES VRAIMENT APPARUS PENDANT LE
PLÉISTOCÈNE, JE PENSE QUE NOUS POUVONS *DISPARAÎ-
TRE*... UN MILLION D'ANNÉES POUR L'ESPÈCE HUMAINE, ÇA
SUFFIT. »

Avec la mort de Kennedy, nous assistâmes au triomphe
de la télévision ; les images de son assassinat, puis de ses
funérailles, marquèrent le début de la prédominance de la
télévision en tant que phénomène culturel ; car la télévision
atteint son plus haut niveau, sa véritable grandeur en
montrant la mort des grands de ce monde. Elle est le
témoin du massacre des héros en pleine gloire et de
tous les innocents anonymes ; c'est là qu'elle démontre
sa funeste puissance. Le sang éclaboussant les vêtements de Mrs. Kennedy ; son visage soudain décomposé
sous son voile de deuil ; les enfants privés de leur père ;
Lyndon B. Johnson prêtant serment... et aussi Bobby, le

frère cadet, semblant le prochain sur la liste des morts...

« SI BOBBY ÉTAIT LE SUIVANT SUR LA LISTE POUR MARILYN MONROE, POUR QUOI SERA-T-IL LE SUIVANT, MAINTENANT ? », demanda Owen Meany.

Quand, moins de cinq ans plus tard, Bobby Kennedy fut assassiné, Hester remarqua : « La télévision est toujours bonne pour les catastrophes » ; ce n'était qu'une version idiomatique de l'observation de ma grand-mère sur les méfaits de la télévision sur les personnes âgées : trop la regarder hâtait leur mort. Si regarder la télévision ne fait pas mourir plus vite, ça finit sûrement par rendre la mort plus attirante ; car la télévision, sans vergogne, présente la mort de façon si sentimentale et si romantique que les vivants ont l'impression, rien qu'en restant en vie, d'avoir manqué quelque chose !

Au 80 Front Street, en ce mois de novembre 1963, nous regardâmes l'assassinat du président pendant des heures ; des jours entiers, nous le vîmes se faire tuer, et re-tuer, encore et encore.

« J'AI COMPRIS QUELQUE CHOSE, dit Owen Meany. POUR PEU QU'UN CINGLÉ T'ASSASSINE, TU DEVIENS SUR-LE-CHAMP UN HÉROS... MÊME SI TU TE CONTENTAIS DE PARADER DANS UNE LIMOUSINE DÉCAPOTABLE !

— J'aimerais être assassinée par un fou ! dit ma grand-mère.

— QUE VOULEZ-VOUS DIRE, MISSUS WHEELWRIGHT ?

— Pourquoi une espèce de fou ne pourrait-elle tuer quelqu'un de vieux comme moi ? dit Grand-Mère. Je préférerais être assassinée par un fou qu'être obligée de quitter ma maison... et je sens que ça va se produire ! D'une façon ou d'une autre. Ça sera peut-être Dan, ou peut-être Martha... » Elle me désigna, accusatrice. « Ou peut-être toi. L'un de vous, ou tous en bloc, vous trouverez bien un moyen de m'obliger à partir d'ici. Vous m'enverrez dans une maison de retraite, où je serai entourée de vieux gâteux ! Et j'aimerais mieux être assassinée par un fou, je le pense de tout mon cœur ! Un jour, Ethel n'y arrivera plus... un jour, il faudra cent Ethel pour s'occuper de moi ! Un jour, lança-t-elle à Owen, tu ne voudras même plus regarder la télévision avec moi. »

Puis, se tournant vers moi : « Un jour, tu viendras me voir et je ne te reconnaîtrai pas. On devrait encourager les fous à assassiner les vieilles gens, à en débarrasser les jeunes. Quel *gâchis !* », s'écria-t-elle.

Des tas de gens disaient cela de la mort du président Kennedy, dans un autre ordre d'idée, bien sûr.

« Je vais devenir gâteuse et incontinente... » Puis ma grand-mère s'adressa directement à Owen Meany : « Tu ne préférerais pas être tué par un fou ?

— S'IL DEVAIT EN RÉSULTER QUELQUE CHOSE DE BIEN, OUI.

— Je crois qu'on a tous trop regardé la télévision, dis-je.

— Il n'y a pas de remède pour ça », conclut ma grand-mère.

Mais, après la mort de Kennedy, il m'apparut qu'il n'y avait pas de remède non plus pour Owen Meany ; il tomba dans une morosité qui lui ôta le goût de discuter avec moi ; la communication était interrompue. Je voyais souvent la camionnette rouge garée derrière la sacristie de l'église Hurd ; Owen était resté en contact avec le révérend Lewis Merrill, à qui la longue prière silencieuse pour Owen avait valu un regain de respect parmi les professeurs et élèves de l'Institut. On avait toujours « bien aimé » le pasteur Merrill, mais avant sa fameuse prière on ne lui manifestait aucun respect. Je suis sûr qu'Owen aussi lui était reconnaissant pour son attitude — même si elle n'avait pas été totalement volontaire. Après la mort de J.F.K., Owen sembla voir plus souvent le révérend Merrill ; mais il ne me dit jamais de quoi ils pouvaient bien parler. Ils parlaient peut-être de Marilyn Monroe et des Kennedy. Ils parlaient peut-être du « rêve », mais je n'avais pas encore réussi à m'en faire révéler le contenu par Owen Meany. Je lui demandai une fois :

« Qu'est-ce que c'est que ce rêve dont j'ai entendu parler ?

— JE NE SAIS PAS CE QU'ON A PU TE RACONTER. »

Aussi, peu avant le Nouvel An, je demandai à Hester si elle savait quelque chose d'un certain rêve. Hester avait bu quelques verres ; elle se préparait à sa crise annuelle de vomissement, mais on ne la prenait jamais par surprise. Elle me darda un regard soupçonneux.

« Et toi, qu'est-ce que tu en sais ?

— Je sais seulement qu'il fait un rêve... et que ça le perturbe pas mal.

— Moi aussi, ça me perturbe. Ça me réveille en sursaut, chaque fois qu'il a ce rêve. Et j'ai peur de le regarder quand il rêve ou quand son rêve vient de s'achever. Ne me demande pas ce que c'est. Tout ce que je peux te dire, c'est qu'il vaut mieux que tu ne saches rien. »

Parfois aussi, je voyais la camionnette rouge garée devant Saint Michael — pas l'école, mais à l'angle du presbytère de *l'église catholique !* J'imaginais qu'il rencontrait le père Findley : peut-être parce qu'on avait exigé d'Owen des entretiens réguliers avec le père Findley, au lieu de lui faire rembourser les dégâts commis sur la statue de Marie-Madeleine.

« Comment ça se passe, avec le père Findley ? lui demandai-je un jour.

— JE LE CROIS PLEIN DE BONNE VOLONTÉ, dit Owen prudemment. MAIS IL DEVRAIT FRANCHIR UN FOSSÉ QUE TOUTE SON ÉDUCATION, TOUT LE BOULET DE SA FOI CATHOLIQUE, LUI INTERDIT DE SAUTER. JE NE PENSE PAS QU'IL COMPRENDRA JAMAIS L'ÉNORMITÉ... L'INQUALIFIABLE OUTRAGE... »

Il s'interrompit brusquement. J'essayai de le pousser dans ses retranchements :

« Oui ? Tu disais " l'inqualifiable outrage "... Tu veux parler de celui qu'ont subi tes parents ?

— LE PÈRE FINDLEY NE PEUT MÊME PAS CONCEVOIR À QUEL POINT ON LEUR A FAIT DU MAL.

— Oh, je vois. »

J'ironisais, bien sûr. Mais ou bien mon humour lui échappa, ou bien Owen Meany n'avait aucune intention de se montrer plus explicite sur le sujet.

« Mais tu aimes bien le père Findley ?... Tu dis qu'il est plein de bonne volonté... J'imagine que tu aimes bien parler avec lui...

— Il s'avère impossible de restaurer Marie-Madeleine telle qu'elle était avant... La statue, je veux dire. Mon père connaît une entreprise qui sculpte des statues de saints en granit. Mais ses prix sont horriblement chers. Le père Findley a été très patient. Je vais lui trouver un beau bloc de granit... et un bon sculpteur, qui travaille mieux et moins cher, et qui fournira un ouvrage plus personnalisé... Tu vois, pas toujours le même geste de supplication, qui donne aux saints des allures de mendigots ! J'ai promis au père Findley de lui fabriquer un socle bien plus beau que celui qu'il a déjà, et j'essaie de le convaincre de supprimer cette ridicule niche ogivale... Si elle ne ressemble plus à un gardien devant le but, peut-être que les gosses cesseront de lui lancer des trucs, tu vois ce que je veux dire.

— Mais ça fait presque deux ans ! Je ne pensais pas que tu étais encore censé remplacer la statue ! Je ne savais pas que tu avais pris un tel engagement !

— Eh bien, il faut que quelqu'un s'en occupe. Le père Findley m'a fait une fleur... je ne veux pas que ces truands de marbriers l'arnaquent. Quelqu'un a besoin d'une statue rapidement, alors qu'est-ce qu'ils font ? Ils te font payer le prix fort, ou ils te font attendre jusqu'à perpète... Ils s'imaginent qu'ils te tiennent par les couilles... Et qui peut s'offrir du marbre, hein ? J'essaie simplement de rendre une faveur. »

Parlait-il du rêve au père Findley ? Je me le demandais. Ça m'embêtait qu'il voie quelqu'un que je ne connaissais pas et peut-être aborde avec cette personne des sujets qui m'étaient interdits. Avec Hester, ça m'ennuyait déjà ; avec le révérend Merrill, ça m'irritait franchement. Je ne le rencontrais pas très souvent — bien qu'il assistât toujours fidèlement aux répétitions des Compagnons de Gravesend —, mais chaque fois que je tombais sur lui il me regardait comme une bête curieuse (comme si Owen lui avait dit que je figurais dans son rêve, imaginais-je).

A mon humble avis, 1964 ne fut pas une année très passionnante. Le général Green remplaça le général Shoup ; Owen me tenait au courant des nouvelles militaires ; en bon élève de la préparation militaire, il mettait un point d'honneur à tout savoir de l'armée. Le président Johnson ordonna le retrait des ressortissants américains du Sud-Vietnam.

« CE N'EST PAS BON SIGNE », dit Owen Meany.

Si la plupart de ses professeurs d'université le trouvaient rien moins que brillant, il subjuguait littéralement ses professeurs d'art militaire. Ce fut l'année où l'amiral Sharp remplaça l'amiral Felt, le général Westmoreland le général Harkins, le général Wheeler le général Taylor, le général Johnson le général Wheeler... où le général Taylor remplaça Henry Cabot Lodge comme ambassadeur au Vietnam.

« IL SE PRÉPARE PAS MAL DE CHOSES », dit Owen Meany.

Ce fut l'année de la résolution du golfe du Tonkin, qui suggéra à Owen cette réflexion :

« CELA VEUT-IL DIRE QUE LE PRÉSIDENT PEUT DÉCLARER UNE GUERRE SANS LA DÉCLARER ? »

Ce fut l'année où la moyenne des notes d'Owen tomba en dessous de la mienne ; mais, en art militaire, il était sans rival.

Jusqu'à l'été 1964, qui fut sans intérêt, excepté la nouvelle statue de Marie-Madeleine, solidement scellée au superbe socle d'Owen Meany dans la cour de l'école Saint Michael, deux bonnes années après que l'attentat eut été perpétré sur la précédente.

« TU N'ES VRAIMENT PAS OBSERVATEUR, me dit Owen. LA GARDIENNE S'ÉTAIT ABSENTÉE DE SES BUTS PENDANT DEUX ANS ET TU NE T'EN ÉTAIS MÊME PAS APERÇU ! »

Ce que j'avais remarqué, c'est qu'il avait convaincu le père Findley de supprimer la niche. La voûte de pierre avait disparu, avec sa couche de peinture blanche. Le nouvelle Marie-Madeleine était gris granit, gris tombeau, couleur qu'Owen Meany qualifiait de NATURELLE. Comme l'indiquait sa couleur, son visage exprimait un décourage-

ment implicite, confus ; ses bras n'avaient plus ce geste
suppliant ; au contraire, elle plaquait ses mains jointes sur
sa poitrine menue, les doigts émergeant à peine des
manches d'une robe vague, d'où dépassaient deux petits
pieds nus et gris. Elle semblait trop modeste pour une
ancienne pécheresse et pas assez pour une sainte. Pourtant,
elle rayonnait d'une complaisance certaine ; elle semblait
dotée d'un caractère aussi agréable que celui de ma mère.

Quant au socle sur lequel Owen l'avait juchée, contrairement à l'aspect un peu rugueux de la sainte (le granit n'est
jamais aussi lisse que le marbre), il était magnifiquement
poli, exquisement biseauté ; Owen avait accompli des
merveilles avec la roue diamantée, créant l'impression que
Marie-Madeleine jaillissait de son tombeau.

« QU'EN PENSEZ-VOUS ? nous demanda Owen, à Hester
et moi. LE PÈRE FINDLEY L'AIME BEAUCOUP.

— C'est dément, complètement dément, dit Hester. De
la mort, et encore de la mort... Ça finit toujours comme ça
avec toi, Owen.

— HESTER EST D'UNE TELLE SENSIBILITÉ ! ironisa
Owen.

— Je la préfère à la précédente, hasardai-je.

— AUCUNE COMPARAISON !

— J'adore le socle, dis-je. C'est comme si... euh... tu
vois... comme si elle sortait de sa propre tombe. »

Owen approuva avec vigueur.

« TU AS L'ŒIL, TOI. C'EST EXACTEMENT L'EFFET QUE JE
DÉSIRAIS. LA SAINTETÉ, C'EST ÇA, NON ? UN SAINT DOIT
ÊTRE L'EMBLÈME DE L'IMMORTALITÉ !

— Quel tissu de conneries ! », fit Hester.

Ce n'était pas une année faste pour elle non plus ; avec
ses diplômes, elle était toujours là, dans son minable
logement, à faire la serveuse dans une gargote de fruits de
mer à Kittery ou Portsmouth. Je n'avais jamais mangé là-
bas, mais, d'après Owen, ce n'était pas mal du tout, sur le
port, d'un pittoresque un peu frelaté sur le thème maritime
(casiers à homards, ancres, bouées, nœuds de cordages
prédominaient dans le décor). Le seul ennui, c'est qu'Hester détestait les crustacés — qu'elle appelait les morpions

de l'océan —, et elle se lavait les cheveux chaque soir à grand renfort de jus de citron, tant elle avait l'impression qu'ils puaient le poisson.

Elle ne travaillait que le soir, et je pense que ses horaires tardifs étaient en partie responsables du déclin d'Owen dans ses études ; il se faisait un devoir de la ramener chez elle. Hester avait son permis et sa propre voiture — une vieille Chevy 57 ayant appartenu à Noah —, mais détestait conduire ; qu'Oncle Alfred et Tante Martha lui aient donné une voiture de seconde main y était pour beaucoup. Selon Owen, la Chevy 57 était en meilleur état que sa camionnette rouge tomate ; mais Hester savait que c'était déjà une voiture d'occasion quand les Eastman l'avaient donnée à Noah, qui l'avait refilée à Simon, lequel, après un petit accident, l'avait repassée à Hester.

Si bien que, ramenant Hester après son travail, Owen Meany rentrait rarement avec elle avant 1 heure du matin ; Hester, énervée par son boulot, ne se couchait jamais avant 2 heures ; il lui fallait d'abord se laver la tête, ce qui la réveillait complètement ; alors, elle dévidait une litanie de griefs : quelqu'un l'avait insultée ; parfois, c'était un client qui avait voulu la draguer et, n'y parvenant pas, lui avait laissé un pourboire minable. Et les autres serveuses ! « Lamentablement ignorantes », disait Hester ; de quoi elles étaient ignorantes, elle ne le disait pas ; mais elles injuriaient souvent Hester, elles aussi. Et quand Owen ne passait pas la nuit chez elle et rentrait chez lui à Gravesend, il n'était jamais couché avant 3 heures.

Hester pouvait dormir toute la matinée, mais Owen avait des cours très tôt ; l'été, il devait se trouver à la carrière à l'aube... C'est pourquoi, parfois, il avait l'air d'un vieil homme fatigué — un vieil homme *marié* fatigué. J'essayai de l'asticoter pour qu'il s'intéresse davantage à ses études, mais, de plus en plus, il parlait de l'université comme d'un endroit qu'il fallait quitter au plus vite !

« QUAND JE SORTIRAI D'ICI, JE DEVRAI FAIRE MON SER-VICE MILITAIRE, ET JE NE VEUX PAS LE FAIRE DERRIÈRE UN BUREAU ! QUI A ENVIE D'ÊTRE SOLDAT POUR S'OCCUPER DE LA PAPERASSERIE ?

— Qui a envie d'être soldat tout court ? lui répliquais-je. Tu devrais t'asseoir un peu plus souvent derrière un bureau ! A la façon dont tu fais tes études, tu pourrais aussi bien être déjà dans l'armée. Je n'arrive pas à te comprendre ! Avec toutes tes facilités, tu devrais sortir de l'université avec les plus grands honneurs....

— Parce que ça m'a beaucoup servi, de sortir de l'Institut de Gravesend avec les plus grands honneurs, hein ?

— Si tu avais choisi une autre matière principale que ton idiotie de géologie, tes études te passionneraient davantage !

— La géologie, c'est facile pour moi. Au moins, j'en connais déjà un bout sur les roches.

— Dans le temps, tu ne choisissais pas la facilité ! »

Il haussa les épaules. Vous rappelez-vous l'époque où les jeunes devenaient des « drop-out » ? Ils renonçaient, se retiraient de la société, vous vous en souvenez ? Owen Meany fut le premier que je vis ainsi renoncer. Hester, bien sûr, était une « drop-out » de naissance ; c'était peut-être elle qui avait refilé l'idée à Owen, mais je crois qu'il était plus original que cela. Il était original et obstiné.

Je l'étais aussi ; tout le monde l'est, à vingt-deux ans. Owen voulut que je reprenne mon travail au magasin d'articles funéraires pendant l'été 1964. Je lui rétorquai qu'un été m'avait suffi et que je voulais travailler à la carrière ou pas du tout.

« Mais c'est pour ton bien. C'est le meilleur boulot dans cette branche, et le plus facile.

— Disons que je ne cherche pas la facilité. Et laisse-moi décider ce qui est le mieux pour moi, tu veux ?

— A ton aise, démissionne.

— Parfait. Puisque tu le prends comme ça, je vais aller en parler à ton père.

— Ce n'est pas lui qui t'a embauché. »

Naturellement, je continuai ; mais je lui avais bien tenu tête ; je lui fis comprendre que j'avais perdu tout intérêt à notre entraînement de basket. Pendant l'été 1964, Owen Meany avait l'air d'un « drop-out » — sous bien des aspects —, mais son ardeur à s'entraîner lui était revenue. Nous fîmes un compromis ; j'appris à utiliser la roue diamantée jusqu'en août ; et en août — quand le *Maddox* et le *Turner Joy* furent coulés dans le golfe du Tonkin —, Owen me confia un travail de surveillant à la carrière. Quand il pleuvait, il me laissait travailler avec les tailleurs de pierre et, vers la fin de l'été, il me fit faire mon apprentissage de sondeur.

« L'ÉTÉ PROCHAIN, JE TE METTRAI AU MÂT DE CHARGE. ET EN AOÛT, JE T'APPRENDRAI À MANIPULER LES EXPLOSIFS... QUAND JE REVIENDRAI DE L'INSTRUCTION MILITAIRE. »

Juste avant d'attaquer notre première année d'université — et juste avant la rentrée des classes à l'Institut —, Owen Meany avait fait tomber le temps du *slam-dunk* à moins de trois secondes, au vieux gymnase de l'Institut de Gravesend.

J'émis l'hypothèse que le concierge simple d'esprit avait mal réglé le chrono, mais Owen affirma que nous avions réussi le coup en un temps record, que le chrono avait bien fonctionné, que notre succès était officiel.

« QUAND J'ÉTAIS EN L'AIR, J'AI BIEN SENTI LA DIFFÉRENCE, dit-il avec excitation. TOUT A ÉTÉ UN POIL PLUS VITE, UN RIEN PLUS SPONTANÉ.

— Maintenant, je suppose que tu vas me dire que c'est possible en moins de deux secondes ! », ironisai-je.

Il cessa un instant de dribbler.

« NE SOIS PAS RIDICULE. TROIS SECONDES, C'EST LE RECORD. »

J'en fus éberlué.

« Je croyais qu'on voulait savoir jusqu'à quelle vitesse on pouvait aller. On peut toujours aller plus vite.

— L'IDÉE, C'EST D'ÊTRE ASSEZ RAPIDE. LA QUESTION EST : POUVONS-NOUS LE FAIRE EN MOINS DE TROIS SECONDES *CHAQUE FOIS* ? C'EST ÇA L'IDÉE. »

Donc, nous poursuivîmes l'entraînement. Quand des élèves occupaient le gymnase de l'Institut, nous allions nous exercer sur le terrain de jeux de Saint Michael. Là, plus personne pour nous chronométrer, même pas de chrono sur les lieux, et Hester refusait de participer à nos exploits : elle ne voulait pas remplacer un attardé mental. Le panier rouillé et un peu ovale avait depuis longtemps perdu son filet ; le macadam du terrain, lézardé, nous empêchait de dribbler, mais nous pouvions quand même nous entraîner. Owen affirmait pouvoir SENTIR quand nous réussissions le coup en moins de trois secondes. Et bien qu'aucun concierge — demeuré ou non — ne soit là pour nous applaudir, les bonnes sœurs nous regardaient souvent, de leur cabane au bout du terrain ; parfois même, elles nous faisaient des signes auxquels répondait Owen — bien qu'il prétendît que les religieuses lui flanquaient toujours LA CHAIR DE POULE. Et toujours, Marie-Madeleine veillait sur nous ; nous pouvions sentir ses encouragements silencieux. Quand il neigeait, Owen l'époussetait avec soin. Il neigea de bonne heure, cet automne-là, bien avant Thanksgiving. Je me revois m'entraînant avec mes gants et mon bonnet de ski ; Owen Meany, lui, gardait les mains nues. Et l'après-midi, quand la nuit tombait de bonne heure, les lumières des nonnes s'allumaient avant que nous n'ayons fini. La grise Marie-Madeleine virait au noir, finissait par s'estomper dans la nuit tombante.

Une fois, alors qu'il faisait presque trop sombre pour distinguer le panier, je lui jetai un regard. Ainsi postée, juste avant l'obscurité totale, elle évoquait pour moi l'ange qu'Owen avait cru voir auprès du lit de ma mère. Je le lui dis, et il se tourna vers Marie-Madeleine, qu'il scruta intensément, tout en soufflant sur ses doigts gourds.

« NON, IL N'Y A VRAIMENT AUCUNE RESSEMBLANCE. CET ANGE ÉTAIT TRÈS AFFAIRÉ... IL BOUGEAIT, BOUGEAIT TOUT LE TEMPS, SURTOUT LES MAINS... IL SEMBLAIT TÂTONNER AVEC SES MAINS... »

C'était une révélation pour moi, l'ange tâtonneur, l'ange affairé qu'il pensait avoir vu.

« Tu ne m'avais jamais dit qu'il bougeait.

— PARFAITEMENT, IL BOUGEAIT. C'EST POUR ÇA QUE JE N'AI JAMAIS DOUTÉ DE SA PRÉSENCE. CE NE POUVAIT PAS ÊTRE LE MANNEQUIN, PUISQUE ÇA BOUGEAIT... ET

DEPUIS TOUT LE TEMPS QUE J'AI LE MANNEQUIN, IL N'A JAMAIS BOUGÉ D'UN POIL. »

Depuis quand, pensai-je, Owen Meany aurait-il été en proie au *doute* ? Et combien de fois avait-il épié le mannequin de couturière, en s'attendant à le voir bouger ?

Quand il fit noir au point de ne plus voir le panier, Marie-Madeleine disparut également. Ce que préférait Owen, c'était poursuivre l'entraînement jusqu'à ce que Marie-Madeleine disparaisse. Alors, immobile sous le panier, il me demandait :

« TU LA VOIS ENCORE ?

— Plus du tout.

— TU NE PEUX PAS LA VOIR, MAIS TU SAIS QU'ELLE EST TOUJOURS LÀ, PAS VRAI ?

— Bien sûr, qu'elle est toujours là.

— MAIS TU NE PEUX PAS LA VOIR ! ALORS COMMENT SAIS-TU QU'ELLE EST TOUJOURS LÀ ?

— Parce que je le sais, parce que je sais qu'elle n'a pu aller nulle part ! Parce que je le sais, c'est tout ! »

Et une froide journée d'automne, vers la fin novembre ou le début de décembre — Johnson avait battu Goldwater aux présidentielles ; Khrouchtchev avait été remplacé par Brejnev et Kossyguine ; cinq Américains avaient été tués lors d'une attaque Vietcong contre la base aérienne de Bien Hoa —, je fus particulièrement exaspéré par son petit jeu de cache-cache avec Marie-Madeleine.

« TU N'AS AUCUN DOUTE QU'ELLE SOIT LÀ ? me harcela-t-il.

— Pas le moindre doute !

— MAIS TU NE PEUX PAS LA VOIR ! TU POURRAIS TE TROMPER.

— Non, je ne me trompe pas ! Elle est là ! Je sais qu'elle est là ! hurlai-je.

— TU ES ABSOLUMENT SÛR QU'ELLE EST LÀ... MÊME SI TU NE PEUX PAS LA VOIR ?

— Ouiiii ! m'égosillai-je.

— EH BIEN, TU COMPRENDS CE QUE JE RESSENS AVEC DIEU, dit Owen Meany. JE NE PEUX PAS LE VOIR... MAIS JE SUIS ABSOLUMENT CERTAIN QU'IL EST LÀ ! »

* * *

Georgian Bay, le 29 juillet 1987. — Katherine m'a dit ce matin que je devrais me gendarmer pour ne plus lire les journaux. Elle a vu comment le *Globe and Mail* m'a gâché la journée — et cette île est si belle, si paisible que c'est une honte de ne pas se détendre ici, de ne pas saisir l'occasion de réfléchir plus tranquillement, plus intensément. Katherine ne veut que mon bien et je sais qu'elle a raison. Je devrais laisser tomber les nouvelles, tirer une croix dessus. De toute façon, on ne peut rien comprendre en lisant les journaux.

Si quiconque s'avisait d'enseigner les œuvres de Charles Dickens, Thomas Hardy ou Robertson Davies à mes élèves de la Bishop Strachan School avec la superficialité qu'emploient les journaux pour m'informer de la marche du monde, j'en serais horrifié. Je suis assez bon professeur de littérature pour me rendre compte que mon appréhension des mésaventures américaines, au Vietnam ou ailleurs, est totalement creuse et superficielle. Qui a jamais acquis la moindre intelligence en lisant les journaux ? Je sais que je n'ai aucune connaissance approfondie du machiavélisme américain, et pourtant je ne peux pas me passer de nouvelles ! On pourrait croire que mon expérience de la glace m'aurait profité... Oui, si j'ai de la crème glacée dans mon congélateur, je la mange ; entièrement, d'un seul coup, quelle que soit la quantité. Donc, j'ai appris à ne plus en acheter. Les journaux me font encore plus de mal que la glace ; leurs gros titres, et les articles de fond qui en découlent, sont du cholestérol à l'état pur.

La bibliothèque de l'île — pour employer un grand mot — regorge de guides spécialisés sur tous les sujets où j'ai des lacunes ; des trucs approfondis, pas des « aperçus ». Je pourrais étudier les aiguilles de pin ou apprendre à identifier les oiseaux ; pour ça, il y a même des sous-catégories : en vol, au repos, cris affamés et pépiements amoureux. C'est fascinant, du moins je le suppose. Et, vu toute l'eau qui nous entoure, je pourrais certainement consacrer plus d'une journée à pêcher avec Charlie ; je le sens déçu de mon peu d'intérêt pour la pêche. Il y a aussi Katherine, qui m'a fait remarquer que nous n'avions pas discuté de nos fois respectives depuis des lustres — ce qui, dans nos croyances, nous sépare et nous rapproche. Je parlais souvent de ça avec elle ; et avant elle avec le chanoine Campbell... Maintenant, j'ai honte de lui avouer combien de services du dimanche j'ai manqués.

Katherine a raison. Je vais essayer de renoncer aux nouvelles. Le *Globe and Mail* disait ce matin que les contras du Nicaragua avaient exécuté des prisonniers ; on attribue aux contras « vingt-deux cas majeurs de violation des droits de l'homme », et ces mêmes salopards de contras sont, pour le président Reagan, « l'équivalent moral de nos pères fondateurs » ! Pendant ce temps, le chef spirituel de l'Iran, l'ayatollah Khomeiny, a pressé les musulmans de « briser les crocs de l'Amérique dans sa bouche » ; voilà bien le genre de type à qui les Américains doivent vendre des armes, n'est-ce pas ? Le comportement des États-Unis n'a aucun sens.

Je suis d'accord avec Katherine. Un temps pour pêcher. Un temps pour observer la queue aplatie de ce petit mammifère aquatique — est-ce une loutre ou un rat musqué ? Un temps pour l'apprendre. Et là, dehors, quand l'eau de la baie tourne au vert-bleu, puis que le bleu noircit comme une contusion, qu'est-ce que j'aperçois au loin, qui plonge ? Un grèbe ou une foulque macroule ? Un temps pour regarder ; un temps pour oublier tout le reste... Et voilà qu'il est grand temps pour moi — comme le dit toujours le chanoine Mackie — d'essayer de devenir canadien !

Quand j'ai débarqué au Canada, je pensais qu'il serait facile de devenir canadien ; comme tant d'Américains imbéciles, je considérais le Canada comme une sorte de province américaine, un peu plus au nord, un peu plus froide ; comme si je m'installais dans le Maine ou le Minnesota. Quelle surprise de découvrir qu'à Toronto il faisait moins froid que dans le New Hampshire, qu'il y tombait moins de neige et que c'était moins provincial !

Encore plus surprenante fut ma découverte de la différence fondamentale des Canadiens : ils étaient polis ! Naturellement, je commençai par me justifier : « Je ne suis pas vraiment un déserteur », expliquais-je ; mais la plupart des Canadiens se moquaient de ce que je pouvais être. « Je ne suis pas venu chez vous pour échapper à l'armée », précisais-je. « Je pourrais me définir comme pacifiste », disais-je à cette époque. « Je sympathise avec les objecteurs de conscience », affirmais-je à qui voulait m'entendre, « mais je n'ai pas eu besoin de me défiler pour échapper au service militaire... ce n'est pas pour ça que je suis venu. »

La plupart des Canadiens se fichaient du comment et du pourquoi ; ils ne posaient aucune question. C'était en 1968, période où quantité de « résistants au Vietnam » affluaient au Canada ; la plupart des Canadiens se montraient compréhensifs, pensant aussi que la guerre au Vietnam était injuste et stupide. En 1968, pour se faire accepter comme immigrant, il fallait totaliser cinquante points positifs ; les élus pouvaient demander la citoyenneté canadienne, qui leur serait accordée après cinq ans de séjour. Il me fut facile d'accumuler cinquante points : bachelier ès-arts *cum laude,* maîtrise de littérature anglaise (aidé par Owen Meany, j'avais consacré mon mémoire à Thomas Hardy), plus deux ans de pratique comme enseignant. En finissant mes études universitaires, j'avais enseigné à mi-temps l'art de l'écriture à l'Institut de Gravesend, pour les classes de terminale, sur recommandation de Dan Needham et de Mr. Early.

En 1968, un Canadien sur neuf venait d'ailleurs ; et les « résistants au Vietnam » étaient plus instruits et plus qualifiés professionnellement que nombre d'immigrants. Cette année-là fut créée la prétendue « Union des exilés d'Amérique » (l'AMEX) ; comparés aux amis d'Hester — les soidisant « Students for a Democratic Society » (SDS) —, les rares types de l'AMEX que je rencontrai me parurent parfaitement insipides. J'avais l'habitude des insoumis, des mutins ; Hester, à l'époque, excellait dans les manifestations. Cette année-là, elle fut arrêtée à Chicago.

Hester se fit casser le nez lors d'une manifestation sur le
site de la convention nationale du Parti démocrate. Elle
raconta qu'un flic lui avait écrabouillé le visage contre la
porte coulissante d'un panier à salade ; Hester aurait été
très déçue de revenir intacte de Chicago... Les Américains
que je croisais à Toronto, tant « exilés » que déserteurs, se
montraient beaucoup moins virulents qu'Hester et d'autres
Américains sur leur propre territoire.

Il existait un malentendu général à propos des prétendus
déserteurs ; tous étaient politiquement modérés. Je n'en
rencontrai pas un seul ayant réellement été au Vietnam ni
même appelé à y aller. C'étaient juste des types qui ne
voulaient pas faire leur service ou des engagés volontaires
revenus sur leur décision. Fort peu me dirent qu'ils avaient
déserté pour se désolidariser d'une guerre intolérable ;
j'eus l'impression que ce n'était qu'un mensonge diplomati-
que, pour dissimuler leur simple lâcheté.

Il faut aussi détruire une légende ; contrairement à la
croyance générale, filer au Canada n'était pas la façon la
plus subtile de couper à la conscription ; il existait des
procédés bien plus simples et efficaces — je vous en
parlerai plus tard. Mais aller au Canada — soit comme
objecteur de conscience, soit comme déserteur, soit même
pour d'autres motifs plus compliqués, comme dans mon cas
— était considéré comme un vigoureux acte politique.
Vous vous en souvenez ? Vous vous souvenez à quel point
cet acte vous « engageait » ? Je me rappelle un type de
l'AMEX me disant : « La résistance par l'exil est la
décision suprême. » A quel point j'étais d'accord ! Comme
ça me semblait important de prendre « la décision
suprême » !

A dire vrai, je n'eus jamais à en souffrir. Quand j'arrivai
à Toronto en 1968, je rencontrai de jeunes Américains
paumés et inquiets ; j'étais plus âgé que la plupart, et ils ne
me parurent ni plus inquiets ni plus paumés que ceux que
j'avais vus chez nous. A la différence d'un Buzzy Thurston,
aucun n'avait précipité sa voiture contre un pilier de pont
pour éviter d'être incorporé. A la différence d'un Harry
Hoyt, aucun n'avait été tué par une vipère de Russell en

faisant la queue pour se taper une pute vietnamienne.

En outre, à ma vive surprise, les Canadiens que je fréquentais m'aimaient bien. Aidé par mes diplômes et mon expérience de pédagogue dans une école aussi prestigieuse que l'Institut de Gravesend, je fus instantanément respecté et presque aussitôt embauché. Le distinguo que je m'ingéniais à faire était une simple perte de salive ; que je ne sois ni déserteur ni objecteur de conscience n'intéressait guère les Canadiens. Ça comptait pour les Américains que je rencontrais, mais leurs réactions me déplaisaient ; que je sois au Canada par choix, que je ne sois pas un fugitif et ne sois pas obligé de vivre à Toronto, cela rendait mon acte plus important à mes yeux ; aux leurs, j'étais moins désespéré, donc moins sérieux. Il est vrai que nous, les Wheelwright, avons rarement souffert. Et contrairement à tous ces autres Américains, j'avais ma religion ; ne sous-estimons pas la religion, qui réconforte et au sein de laquelle on n'est jamais totalement isolé.

Au début de mon séjour à Toronto, j'allai postuler un emploi à l'université du Haut-Canada ; j'eus l'impression de me retrouver à l'Institut de Gravesend ! Ils n'avaient pas de poste à pourvoir en littérature anglaise, mais trouvèrent mon curriculum « plus que louable » et m'assurèrent que je n'aurais aucun mal à trouver du travail. Ils poussèrent la serviabilité jusqu'à m'expédier tout près de là, à l'église de la Grâce-sur-la-Colline, où le chanoine Campbell, me dirent-ils, aidait beaucoup les Américains.

C'était le cas. Quand le chanoine me demanda ma religion, je lui dis :

« Je pense être épiscopalien.

— Vous *pensez* ? »

Je lui expliquai que je n'avais assisté à aucun vrai service épiscopalien depuis la fameuse Nativité de 1953 ; évoquant l'église Hurd et le congrégationalisme plutôt falot du pasteur Merrill, j'ajoutai :

« J'imagine que je suis une espèce de chrétien non confessionnel.

— Eh bien, nous allons arranger ça ! », dit le chanoine Campbell.

Il me donna mon premier missel anglican, mon premier missel canadien ; c'est le *Book of Common Prayer,* dont je me sers encore. C'était aussi bête que ça : être admis dans une Église, devenir anglican. On ne peut pas dire que ce soit douloureux.

Ainsi, les premiers Canadiens que je fréquentai furent des pratiquants, des gens presque tous serviables, et bien moins paumés et inquiets que les quelques Américains rencontrés à Toronto (et que la plupart des Américains d'Amérique). Ces anglicans de l'église de la Grâce étaient conservateurs — « conservateur », une notion convenant à merveille aux Wheelwright, surtout en matière de pro-priété. Sur ces sujets, les gens de Nouvelle-Angleterre ont plus de points communs avec les Canadiens qu'avec les *New-Yorkais !* Je préférai rapidement les positions du « programme d'accueil » de Toronto aux slogans par trop abrasifs de l'Union des exilés américains. Le programme d'accueil favorisait « l'assimilation à la citoyenneté cana-dienne » et considérait les « exilés » comme « trop poli-tisés », à savoir trop activistes, trop anti-américains. L'Union des exilés américains était manifestement conta-minée par ses contacts permanents avec les déserteurs. L'objectif du programme d'accueil de Toronto était l'assi-milation *rapide* des Américains ; dans ce but, ces derniers devaient cesser de s'occuper des États-Unis.

Au début, cela me parut tellement raisonnable, telle-ment facile, aussi !

Un an après mon arrivée, l'Union des exilés américains elle-même donna des signes d'assimilation. L'acronyme AMEX ne signifia plus Union des exilés mais Union des expatriés. N'était-ce pas plus conforme au projet d'assimi-lation ? pensai-je.

Quelques anglicans me demandant ce que je pensais du point de vue du Premier ministre Pearson, selon lequel il fallait décourager les déserteurs de venir au Canada, je répondis que j'étais d'accord. Je n'avais pourtant, je l'admets, jamais rencontré un seul déserteur pur et dur. Ceux que je connaissais appartenaient à cette « catégorie de citoyens » que n'importe quel pays aurait pu accueillir sans dommage, voire apprécier. En 1969, quand il fut exposé au vingt-huitième Parlement que des déserteurs américains étaient refoulés à la frontière car ils étaient susceptibles de devenir des personnes à charge, je me gardai de dire à mes amis canadiens qu'aucun de ces déserteurs ne leur serait plus « à charge » que moi. Entre-temps, le chanoine Campbell m'avait présenté au vieux Teddybear Kilgour, lequel m'avait engagé comme professeur à la Bishop Strachan School. Nous, les Wheelwright, nous avons toujours su faire jouer nos relations.

Owen Meany n'avait pas de relations. Il ne lui fut jamais facile de s'intégrer. Qu'aurait-il dit de ce malencontreux article du *Toronto Daily Star,* que j'avais trouvé justifié au point de le coller sur la porte du réfrigérateur, le 17 décembre 1970 ? C'était une réponse à un communiqué de l'AMEX exposant les « cinq premières priorités » des expatriés américains (la cinquième étant d'« essayer de s'intégrer à la vie canadienne »). Citation du *Toronto Daily Star :* « Si les jeunes Américains que représente l'AMEX ne modifient pas l'ordre de leurs priorités et ne mettent pas en premier celle qui se trouve en cinquième position, ils risquent de susciter une hostilité et une suspicion crois-santes parmi les Canadiens. » Je partageais cette opinion, mais je me doute de ce qu'en aurait pensé Owen Meany : « C'EST EXACTEMENT CE QU'AURAIT PU DIRE UN AMÉRI-CAIN ! LA " PRIORITÉ NUMÉRO UN " POUR UN JEUNE AMÉRICAIN EST D'ESSAYER DE S'INTÉGRER À LA VIE *AMÉ-RICAINE.* CE STUPIDE CANARD DE TORONTO IGNORE-T-IL QUI SONT CES JEUNES AMÉRICAINS DÉBARQUÉS AU CANADA ? CE SONT DES AMÉRICAINS QUI ONT FUI LEUR PAYS PARCE QU'ILS NE *POUVAIENT* NI NE *VOULAIENT* S'Y INTÉGRER ! ET MAINTENANT, VOILÀ QU'ON LEUR DEMANDE DE S'INTÉGRER LÀ-BAS ! MERDE, ALORS, VOILÀ QUI EST SENSÉ ! QUELLE BRILLANTE IDÉE ! TOUT À FAIT DIGNE D'UN OSCAR DU JOURNALISME ! »

Je tins ma langue ; je ne râlais jamais contre rien — pas à cette époque. J'en avais ma claque d'avoir entendu râler Hester. Vous vous souvenez de la loi sur les mesures de guerre ? Je la bouclai ; j'étais d'accord sur tous les plans.

Les libertés civiles suspendues pour six mois, et alors ? Les perquisitions sans mandat, et alors ? Les suspects incarcérés quatre-vingt-dix jours sans avocat, et alors ? Tout ça se passait à Montréal. Même Hester, si elle s'était trouvée à Toronto à l'époque, n'aurait pas été arrêtée ! Je fermais ma gueule ; je cultivais mes amitiés canadiennes, et la plupart de mes amis pensaient que Trudeau ne pouvait se tromper, que c'était un prince. Jusqu'à mon cher chanoine Campbell qui me fit une réflexion particulièrement vaseuse : « Trudeau est notre Kennedy, à nous. » Je ne relevai même pas ; c'est quand même heureux qu'il n'ait pas dit ça à Owen Meany ; je crois savoir ce qu'il aurait répliqué : « Oh ! Vous voulez dire que Trudeau se tapait aussi Marilyn Monroe ? »

Je n'étais pas venu au Canada pour ramener ma fraise de gros malin ; d'ailleurs, le chanoine Campbell m'a affirmé que les gros malins canadiens ont tendance à s'installer aux États-Unis. Je ne voulais pas être de ces gens qui critiquent tout. Dans les années soixante-dix, il y avait beaucoup de râleurs américains à Toronto et certains se plaignaient du Canada : le Canada n'avait-il pas vendu aux États-Unis pour plus de cinq cents millions de dollars d'armement et de matériel de guerre ?

« Des dollars canadiens ou américains ? », demandais-je.

Je restais calme, je ne voulais me battre contre rien. Bref, je faisais de mon mieux pour être canadien ; je ne vitupérais ni ces foutus États-Unis par-ci, ni ces putains d'États-Unis par-là. Et quand on m'apprit qu'en 1970 le Canada encaissait par tête d'habitant plus d'argent dans les ventes d'armes internationales que n'importe quel autre pays du monde, je me contentai d'un « Vraiment ? C'est très intéressant ! »

On m'apprit que la plupart des insoumis qui retournaient aux États-Unis ne supportaient pas le *climat* du Canada ; comment pouvais-je prendre au sérieux leur révolte si un peu de froidure suffisait à les détourner de leurs engagements ?

Je répondis qu'il faisait beaucoup plus froid au New Hampshire.

Savais-je pourquoi si peu de Noirs américains étaient
venus au Canada ? me demanda quelqu'un. Et ceux qui
étaient venus n'y restaient pas, me dit un autre. C'est parce
qu'ils sont mieux traités dans le ghetto d'où ils sortent. Je
gardai le silence.

Je me sentais plus anglican que je ne m'étais jamais senti
congrégationaliste ou épiscopalien (ou même non confessionnel, si tant est que je l'eusse été). Je participais à toutes
les activités de l'Église et je devenais un bon professeur.
J'étais encore jeune, je n'avais que vingt-six ans. Bien que
n'ayant aucune petite amie quand je commençai à enseigner à toutes ces jolies adolescentes, je n'en considérai
jamais une seule sous cet angle possible ; pas une seule fois,
pas même celles qui avaient un béguin pour moi. Oui,
pendant plusieurs années, certaines me firent les yeux
doux ; plus maintenant ; c'est bien fini. Mais je me souviens
encore de ces mignonnes gamines ; quelques-unes m'invitè-
rent même à leur mariage !

Dans ces premières années, alors que le chanoine
Campbell était mon ami et mon guide, alors que je ne me
séparais jamais de mon livre de prières et de mon *Manuel
du conscrit immigrant au Canada,* je me conduisis en
Canadien bon teint.

Chaque fois que je rencontrais un type de l'AMEX, ce
qui n'était pas fréquent dans mon quartier de Forest Hill, je
ne voulais même pas discuter des États-Unis ou du
Vietnam, pour éviter d'alimenter ma colère et ma solitude.
Comme si elles avaient pu s'estomper.

Il y avait des défilés, bien sûr, et des manifestations. Je
n'y participais jamais. On ne me vit même pas au rassem-
blement de Yorkville, c'est dire ! Quand le « Riverboat [1] »
ferma ses portes, je ne pleurai pas, ne fredonnai même pas
de vieux airs de folk-song — j'en avais eu tout mon content
avec Hester. Je portais les cheveux courts, alors, comme
aujourd'hui. Je n'ai jamais porté la barbe. Tous ces
hippies, toutes ces journées de protest-songs et de « liberté

---

1. Club canadien où se produisaient les chanteurs de folk-songs
(NdÉ).

sexuelle »… C'est loin, tout ça ! Owen Meany avait sacrifié tellement plus, il avait tellement plus souffert, qu'il m'était impossible de porter le moindre intérêt aux sacrifices des autres ou à leurs prétendues souffrances héroïques.

On dit qu'il n'est pas de plus grand zèle que celui du converti ; le récent anglican que j'étais en apportait la preuve. On dit qu'il n'est pas de plus grand patriote que l'immigrant de fraîche date ; personne n'essayait plus énergiquement que moi de s'assimiler. On dit que les professeurs les plus passionnés sont les débutants ; j'enseignais sans même regarder les formes charmantes de mes élèves !

En 1967, on dénombrait 40 227 déserteurs dans l'armée américaine ; en 1970, ils étaient 89 088, et seulement 3 712 furent poursuivis cette année-là. Je me demande combien d'autres brûlèrent ou avaient déjà brûlé leur livret militaire. Qu'est-ce que j'en avais à faire ? Brûler ses papiers, filer au Canada, se faire tabasser par un flic de Chicago… rien de tout ça ne m'a jamais paru héroïque, auprès de l'engagement d'Owen Meany. En 1970, plus de 40 000 Américains avaient péri au Vietnam ; je ne crois pas qu'un seul d'entre eux aurait trouvé admirable de brûler un livret militaire, de passer au Canada ou de se faire arrêter à Chicago, fût-ce au prix d'un coup sur le nez, la belle affaire !

Et tous ces Gordon Lightfoot, Neil Young, Joni Mitchell, Ian et Sylvia ! Je connaissais déjà Bob Dylan, Joan Baez, et Hester. J'avais même entendu Hester chanter *Four Strong Winds*. Elle se défendait gentiment à la guitare ; elle avait la jolie voix de sa mère, bien que la voix de Tante Martha fût moins harmonieuse que celle de ma mère. La voix d'Hester n'était qu'agréable, mais ni puissante ni travaillée ; Hester aurait eu grandement besoin de cinq ans de leçons avec Graham McSwiney, mais elle ne croyait pas aux cours de chant. Chanter devait être instinctif, disait-elle.

« TU CHANTES COMME UNE SERINGUE », lui disait Owen.

Mais il était son premier admirateur. Quand elle s'acharnait à vouloir écrire ses chansons, je sais qu'Owen lui donnait des idées. Elle m'avoua par la suite qu'il avait écrit plusieurs chansons pour elle. A l'époque, elle affichait l'allure d'une chanteuse folk, c'est-à-dire de n'importe qui et de son contraire : un peu crasseuse, un rien blasée, plutôt ravagée. Elle donnait l'impression d'avoir beaucoup bourlingué, d'avoir dormi sur un paillasson — avec quantité d'hommes —, d'avoir des cheveux qui puaient le homard.

Je me souviens d'elle chantant *Four Strong Winds,* je m'en souviens comme si c'était hier :

> *I think I'll go out to Alberta,*
> *Weather's good there in the fall;*
> *I got some friends that I can go to workin'for* [1].

« C'EST OÙ, ALBERTA ? lui avait demandé Owen.

— Au Canada, espèce de trou du cul.

— INUTILE D'ÊTRE GROSSIÈRE. C'EST UNE BELLE CHANSON. ÇA DOIT ÊTRE TRISTE D'ALLER AU CANADA. »

On était en 1966. Il était sur le point de passer sous-lieutenant dans l'armée des États-Unis.

« Tu trouves ça triste, d'aller au Canada ! lui cria Hester. C'est moins triste que là où ils vont t'envoyer !

— JE REFUSE DE MOURIR LÀ OÙ IL FAIT FROID », avait dit Owen Meany.

Il signifiait par là qu'il croyait savoir où il mourrait : dans un endroit *chaud.* Très chaud.

* * *

Le soir de Noël 1964, deux appelés américains périrent à Saigon, sous le bombardement des cantonnements américains par les terroristes vietcongs ; huit jours plus tard, pour le Jour de l'An, Hester dégueula ; elle dégueula avec un enthousiasme si exceptionnel que cela incita Owen Meany

---

1. « Je crois que j'irai en Alberta / Les automnes sont beaux là-bas / J'y ai des amis, qui m'ouvriront les bras » (adaptation libre) *(NdT).*

à considérer ce puissant épanchement comme un signe :

« ON DIRAIT QUE L'ANNÉE SERA RUDE », observa-t-il en voyant Hester se soulager dans la roseraie.

En effet, ce fut l'année où la guerre commença pour de bon, où l'Américain moyen le plus indifférent commença à remarquer que nous avions un sérieux problème au Vietnam. En février, l'US Air Force exécuta l'opération « Flaming Dart », une prétendue « riposte aérienne ».

« Qu'est-ce que ça veut dire ? demandai-je à Owen, qui réussissait si bien en art militaire.

— ÇA VEUT DIRE QUE NOUS BOMBARDONS À MORT DES OBJECTIFS AU NORD-VIETNAM. »

En mars, l'US Air Force entama l'opération « Rolling Thunder » pour « endiguer les envois de ravitaillement vers le Sud ».

« Et ça ? Qu'est-ce que ça veut dire ?

— ÇA VEUT DIRE QUE NOUS BOMBARDONS À MORT DES OBJECTIFS AU NORD-VIETNAM. »

Ce mois-là, les premières unités combattantes américaines débarquèrent au Vietnam ; en avril, le président Johnson autorisa l'envoi de fantassins « pour des opérations offensives au Sud-Vietnam ».

« ÇA VEUT DIRE " DÉBUSQUER ET DÉTRUIRE, DÉBUSQUER ET DÉTRUIRE " », dit Owen.

En mai, l'US Navy commença l'opération « Market Time » « pour détecter et intercepter tout trafic maritime en surface dans les eaux côtières du Sud-Vietnam ». Harry Hoyt en était ; d'après sa mère, il était heureux comme un roi dans la marine.

« Mais qu'est-ce qu'ils font exactement ? demandai-je.

— ILS ARRAISONNENT, PUIS DÉTRUISENT LES BÂTIMENTS ENNEMIS. »

Suite à ses conversations avec l'un de ses professeurs d'art militaire, il en vint à déclarer :

« ÇA N'AURA PAS DE FIN. NOUS NOUS HEURTONS À DES ACTIONS DE GUÉRILLA. SOMMES-NOUS PRÉPARÉS À EFFACER DE LA CARTE UN PAYS ENTIER ? QU'ON APPELLE ÇA " DÉBUSQUER ET DÉTRUIRE " OU " ARRAISONNER ET DÉTRUIRE ", C'EST TOUJOURS DÉTRUIRE ET DÉ-

TRUIRE ! Il n'y a aucune bonne façon d'en finir. »

Je ne pus pas me faire à l'idée d'Harry Hoyt « arraison-
nant et détruisant les bâtiments ennemis » ; il était tellement débile ! Au point de ne pas savoir jouer au base-ball
dans l'équipe des gosses ! Je ne lui avais toujours pas
pardonné sa fausse manœuvre, qui avait amené la faute de
Buzzy Thurston... laquelle avait amené Owen Meany sur le
terrain. Si seulement Harry avait lancé une balle rapide,
tout se serait passé autrement. Mais c'était un traînard.

« Comment Harry Hoyt peut-il participer à la destruction de *quoi que ce soit ?* demandai-je à Owen. Il ne
pourrait pas reconnaître un navire ennemi s'il en avait un
sous le nez !

— Il ne t'est jamais venu à l'esprit que le Vietnam est rempli de types comme Harry Hoyt ? »

Le professeur d'art militaire qui avait fait impression sur
Owen et lui avait communiqué son opinion quant à l'issue
catastrophique de la guerre était un colonel d'infanterie
bourru et critique, féru d'éducation physique, convaincu
qu'Owen était trop petit pour les unités de combat. Je
pense qu'Owen ne se défonçait en art militaire que pour
persuader ce vieux dur à cuire qu'il pouvait compenser sa
petite taille par son ardeur ; des heures durant, Owen
discutait avec cette vieille noix. Il fayotait dans l'intention
d'obtenir les meilleures notes de toute sa promotion.
Sortant premier, Owen serait sûr d'être nommé chef de
section de combat, dans l'infanterie, les blindés ou l'artillerie.

« Je ne comprends pas pourquoi tu tiens tellement à une
unité combattante.

— S'il y a une guerre, et si je suis dans l'armée,
je veux *faire* la guerre ! Je ne veux pas passer
la guerre dans un bureau ! Envisage les choses
sous un autre angle : nous savons tous les deux
qu'Harry Hoyt est un idiot. Ne doit-on pas empêcher les types comme lui de se faire massacrer ?

— Oh ! C'est ça, tu veux être un héros ! Si tu étais
vraiment plus malin qu'un Harry Hoyt, tu resterais dans un
bureau ! »

Je commençais à avoir meilleure opinion du colonel qui trouvait Owen trop petit pour le casse-pipe. Il s'appelait Eiger et j'allai le voir un jour, convaincu que je rendais service à Owen.

En dépit des taches brunes sur le dos de ses mains et du bourrelet de chair brûlée de soleil émergeant de son col kaki trop serré, cet officier semblait encore capable d'exécuter soixante-quinze pompes à la demande.

« Mon colonel, je sais que vous connaissez Owen Meany », préludai-je.

Il ne répondit pas, continuant de mastiquer son chewing-gum, sans ouvrir la bouche, si bien qu'à la réflexion il ne mâchait peut-être rien du tout et se livrait à une simple musculation de sa langue.

« Je voulais que vous sachiez, monsieur, que je suis pleinement d'accord avec vous ; je ne crois pas qu'Owen Meany soit apte au combat. » Le colonel interrompit brusquement sa mastication opiniâtre. « Il n'y a pas que sa taille, ajoutai-je. Je suis son meilleur ami et je connais l'instabilité de son caractère...

— Ce sera tout, merci, rétorqua le colonel.

— Merci, monsieur. »

C'était en mai 1965 ; j'observai de près Owen, histoire de voir si le colonel avait fini par le dissuader. Quelque chose s'était sûrement produit, le colonel lui avait sûrement parlé, puisque ce printemps-là Owen cessa de fumer, brutalement, d'un coup. Puis il se mit à la course à pied. Au bout de quinze jours, il courait ses neuf kilomètres par jour ; vers la fin du mois, il courait ses quinze cents mètres en six minutes. Enfin, il se mit à la bière.

« Pourquoi de la bière ?

— TU AS DÉJÀ VU UN SOLDAT *NE PAS* BOIRE DE BIÈRE ? »

Ça venait peut-être d'une réflexion du colonel Eiger ; en buvant de la bière, Owen voulait sans doute lui prouver qu'il n'était pas une mauviette.

C'est ainsi que, quand il partit pour le camp d'entraînement, il était en pleine forme ! La course à outrance, même avec la bibine, lui faisait plus de bien que son paquet de cigarettes quotidien. Il reconnut qu'il n'aimait guère courir ; en revanche, il découvrit qu'il aimait la bière. Non qu'il bût comme un trou, je ne l'ai jamais vu ivre à cette époque, mais Hester m'apprit que la bière lui adoucissait plutôt le caractère.

« Rien ne pourrait le rendre vraiment tendre, me dit-elle, mais crois-moi, la bière, ça aide. »

Ça me parut tout drôle de travailler aux carrières sans Owen.

« JE NE SERAI PARTI QUE SIX SEMAINES, ET EN OUTRE ÇA ME RASSURE DE SAVOIR QUE TU T'OCCUPERAS DU MAGASIN. SI QUELQU'UN MEURT, TU AS LA TECHNIQUE POUR GRAVER LA PIERRE TOMBALE. JE TE FAIS CONFIANCE.

— Bonne chance ! lui dis-je.

— NE T'ATTENDS PAS À CE QUE JE T'ÉCRIVE... LÀ-BAS ÇA VA ÊTRE L'ENTRAÎNEMENT INTENSIF. D'ABORD, JE DOIS ÊTRE LE MEILLEUR DANS TROIS DOMAINES : ÉTUDES CLASSIQUES, COMMANDEMENT ET FORME PHYSIQUE. SINCÈREMENT, DANS CETTE CATÉGORIE, IL N'Y A QUE LE PARCOURS DU COMBATTANT QUI M'INQUIÈTE... ON M'A DIT QU'IL Y AVAIT UN MUR DE QUATRE MÈTRES... ÇA RISQUE D'ÊTRE UN PEU HAUT POUR MOI. »

Hester chantonnait, refusant de participer à quelque conversation que ce fût sur l'entraînement militaire ; elle affirma que, si elle entendait encore Owen réciter une fois de plus la liste de ses corps d'armée favoris, elle allait vomir. Je n'oublierai jamais ce que chantait Hester : une chanson *canadienne* — au fil des années, j'ai bien dû l'entendre une centaine de fois. Je sais qu'elle me donnera toujours la chair de poule.

Si vous étiez de ce monde durant les années soixante, je suis certain que vous la connaissez aussi, cette chanson que je sais par cœur :

> *Four strong winds that blow lonely,*
> *Seven seas that run high,*
> *All those things that don't change come what may.*
> *But our good times are all gone,*

And I'm bound for movin' on,
I'll look for you if I'm ever back this way [1].

* * *

Ils l'envoyèrent à Fort Knox, ou peut-être Fort Bragg, j'ai oublié ; un jour, j'ai demandé à Hester à quel endroit on avait expédié Owen pour son entraînement.

« Tout ce que je sais, c'est qu'il aurait dû filer ! Il aurait dû aller au Canada », dit Hester.

Combien de fois ai-je pu penser ça ! Il y a des jours où je me surprends à le chercher, où je m'attends à le voir. Une fois, dans Winston Churchill Park, une bande de gosses jouaient en chahutant, et je vis quelqu'un de sa taille, à proximité de cette joyeuse pagaille ; il avait l'air très intéressé, certainement tenté de participer à ces activités, mais se retenait, ou attendait du moins le moment propice pour prendre les choses en main.

Mais Owen n'alla pas au Canada ; il partit pour Fort Knox, ou Fort Bragg, où il échoua dans le parcours du combattant. Il était le meilleur en études classiques ; il avait les plus fortes notes en commandement — quelque sens que l'armée américaine puisse donner à ce mot —, mais il avait eu raison pour le mur ; trop haut pour lui ; il ne parvint pas à le franchir. Comme on dit dans l'armée, « il ne réussit pas à négocier l'obstacle ». Cet unique échec lui coûta sa première place, et sa désignation de « chef de section de combat » fut donc remise en question.

« Mais pourtant, tu es un sauteur extraordinaire ! lui dis-je. Tu aurais très bien pu le sauter, ce mur ! Tu aurais pu attraper le faîte, puis te hisser par-dessus, non ?

— J'AI PAS PU *ATTEINDRE* LE SOMMET DU MUR ! JE SAUTE TRÈS BIEN, MAIS JE NE MESURE QU'UN MÈTRE CIN-QUANTE-DEUX DE MERDE ! C'EST PAS COMME S'EXERCER

---

1. « Quatre grands vents, chacun pour soi soufflant / Sept mers, déchaînées souvent / Toutes choses immuables, quoi qu'il arrive / Mais sont parties nos douces années / Ma route il me faut continuer / Si jamais je reviens un jour, je te retrouverai » (adaptation libre) *(NdT)*.

AU *SLAM-DUNK !*... JE N'AI PAS LE DROIT DE ME FAIRE
SOULEVER PAR UN AUTRE !

— Je regrette pour toi, dis-je. Mais il te reste encore
toute une année d'université. D'ici là, tu as le temps
d'amadouer le colonel Eiger, non ? Je parie que tu pourras
le convaincre de te donner ce que tu veux.

— JE SUIS LE NUMÉRO DEUX, TU NE COMPRENDS PAS ?
C'EST DANS LE RÈGLEMENT. LE COLONEL EIGER M'A À LA
BONNE, MAIS IL EST CONVAINCU QUE JE NE SUIS PAS
APTE ! »

Cet échec le désemparait à tel point que je ne le pressai
pas de m'enseigner la manipulation des explosifs. Je me
sentais coupable d'avoir parlé au colonel Eiger, tant Owen
était effondré, mais j'étais quand même satisfait de le
savoir hors de danger.

A l'automne 1965, quand nous regagnâmes Durham
pour notre dernière année, les manifestations se multi-
pliaient contre la politique américaine au Vietnam ; en
octobre, il y en eut dans trente ou quarante villes d'Amérique, et je pense qu'Hester participa à une bonne moitié
d'entre elles. Je doutai de leur efficacité, ce qui était bien
dans ma nature. Crier son désaccord me semblait plus
honnête que pactiser, même de loin, avec la politique
américaine. Mais je considérais Hester et la plupart de ses
copains comme des perdants et des bouffons. Hester
commençait déjà à se proclamer « socialiste ».

— OH ! EXCUSE-MOI, JE TE PRENAIS POUR UNE *SER-
VEUSE !* EST-CE QUE TU PARTAGES TOUS TES POURBOIRES
AVEC TES COLLÈGUES ?

— Va te faire mettre, Owen. Même si je me disais
républicaine, je serais encore plus logique que toi ! »

Je fus obligé de l'approuver. Au bas mot, Owen agissait
de façon incohérente en se démenant pour aller se battre ;
lui qui avait toujours débusqué la connerie avec tant de
perspicacité, pourquoi voulait-il tant aller au Vietnam ?
D'autant que la guerre et les manifs n'en étaient qu'à leurs
débuts, n'importe qui pouvait s'en rendre compte.

Pour Noël, le président Johnson suspendit l'opération
« Rolling Thunder » : interruption des bombardements du

Nord-Vietnam « pour amorcer un traité de paix ». A qui pensait-il faire croire ça ?

« BON POUR LA TÉLÉVISION ! », dit Owen Meany.

Alors, pourquoi voulait-il aller là-bas ? Était-il prêt à aller n'importe où, pour devenir un héros coûte que coûte ?

Durant l'automne, il apprit qu'on allait le muter à l'état-major général, ce qui ne faisait nullement son affaire, l'état-major n'étant pas une arme combattante. Il contestait cette décision, prétendait que ce genre d'erreur administrative était monnaie courante.

« JE PENSE QUE LE COLONEL EIGER EST DE MON CÔTÉ. JUSQU'À NOUVEL ORDRE, JE M'ATTENDS TOUJOURS À ÊTRE APPELÉ DANS UNE UNITÉ DE COMBAT. »

Le 31 décembre 1965, au moment où Hester procédait à sa manifestation habituelle dans la roseraie du 80 Front Street, 636 soldats US seulement avaient été tués au combat ; ce n'était qu'un début. J'imagine que ce nombre n'incluait pas Harry Hoyt, lequel n'avait pas précisément été tué « au combat ». Ce n'avait été pour Harry Hoyt qu'une faute de jeu supplémentaire ; une morsure de serpent en attendant de tirer son coup, une morsure de serpent en pissant contre un arbre.

« PAUVRE HARRY. ENCORE UN COUP RATÉ ! dit Owen Meany.

— Sa pauvre mère ! dit ma grand-mère, émue au point de ressortir sa théorie sur la mort. J'aimerais mieux être assassinée par un fou que mordue par un serpent. »

C'est pourquoi, à Gravesend, notre première image de la mort au Vietnam ne fut pas associée à celle du traditionnel soldat vietcong, sandales, pyjama noir et abat-jour de paille sur la tête, armé du fusil d'assaut soviétique AK-47, calibre 7,62, rafale ou coup par coup. Mais plutôt, après consultation de l'*Encyclopédie Wharton des serpents venimeux* (qui nous avait procuré tant de cauchemars quand nous étions enfants), celle de la vipère de Russell. L'ennemi, c'était elle. Qu'il était donc tentant de ramener l'hécatombe vietnamienne à l'image d'un simple serpent !

Quant à la mère d'Harry Hoyt, elle se persuada que *nous* étions notre propre ennemi. Moins d'un mois plus tard —

alors que l'opération « Rolling Thunder » avait repris de
plus belle sur le Nord-Vietnam, Mrs. Hoyt se mit à semer la
zizanie au bureau de recrutement de Gravesend, dont elle
utilisa le panneau d'affichage pour annoncer qu'elle donnait à domicile des conseils sur les manières d'échapper à
l'armée. Elle parvint à poser des affichettes partout sur le
campus et jusque dans l'université de Durham ! Hester
m'apprit que Mrs. Hoyt avait rassemblé plus d'adeptes
parmi les étudiants de l'université qu'à l'Institut de Gravesend. Les étudiants d'université, plus âgés, étaient plus
proches de l'incorporation que les élèves des écoles secondaires.

En 1966, deux millions d'Américains bénéficiaient de
prétendus sursis pour études les protégeant de la conscription. En l'espace d'un an, ce statut serait modifié, afin
d'exclure du sursis les étudiants titulaires d'une licence ;
mais les étudiants en deuxième année de troisième cycle
pourraient conserver leur sursis. Je tomberais exactement
entre deux chaises. Quand on annulerait les sursis pour les
licenciés, je ne serais qu'en première année de troisième
cycle, donc adieu le sursis. On me ferait passer une visite
médicale à mon bureau de recrutement local et j'avais tout
lieu de penser qu'on me déclarerait bon pour le service
actif ; je me retrouverais en tête de liste...

Telle était la situation à laquelle Mrs. Hoyt voulait nous
préparer ; dès février 1966, elle commença à endoctriner
qui voulait l'entendre ; elle prit contact avec tous les
anciens condisciples de son fils à Gravesend.

« Johnny Wheelwright, écoute-moi ! », me lança-t-elle
au téléphone.

Elle me faisait un peu peur. Ma grand-mère elle-même
trouvait que Mrs. Hoyt aurait dû se conduire « d'une
manière plus convenable pour une femme en deuil », mais
Mrs. Hoyt était excitée comme une puce. Elle avait fait une
vraie conférence à Owen quand elle était venue choisir la
pierre tombale pour Harry !

« Je ne veux pas de croix. Après ce que Dieu a fait à mon
fils !

— BIEN, MA'AME.

« — Et je ne veux pas l'une de ces pierres qui ont l'air d'une marche d'escalier. C'est bien des militaires, ça, d'avoir des tombes sur lesquelles on peut marcher !

— JE COMPRENDS. »

Puis elle embraya sur ses « obligations » à la préparation militaire supérieure, lui suggérant de manœuvrer au plus près pour obtenir un emploi de bureau, s'il connaissait son propre intérêt.

« Et pas un emploi de bureau à *Saigon !* Refuse de participer à ce *génocide !* Tu as envie de tirer sur des femmes et des enfants sans défense ?

— NON, MA'AME. »

A moi, elle dit :

« Ils vont t'empêcher de poursuivre ton doctorat de lettres ! La langue anglaise, ils s'en foutent ! C'est à peine s'ils la parlent !

— Oui, ma'ame, dis-je.

— Tu ne pourras pas te planquer à la fac, crois-moi, ça ne marchera pas. Et à moins que tu n'aies une malformation physique, un handicap, tu finiras par crever dans une rizière ! N'as-tu aucune maladie chronique, aucune infirmité ?

— Pas que je sache, ma'ame.

— Eh bien, tu as intérêt à trouver quelque chose ! Je connais quelqu'un, un psychothérapeute, qui pourra te donner des conseils, te faire passer pour fou. Mais c'est très risqué, et tu dois commencer dès maintenant ; il te faudra du temps pour mettre une histoire au point, si tu veux convaincre les militaires que tu es cinglé. Ça ne suffit pas, de te soûler à mort et de te barbouiller la tête de crotte de chien la veille de la visite. Si tu ne te fabriques pas des symptômes convaincants, tu ne pourras pas les abuser. »

Pourtant, c'est ce qu'essaya Buzzy Thurston, et ça marcha. Ça marcha même trop bien. L'élaboration de son mensonge ne lui prit que quinze jours, mais, dans ce court laps de temps, il parvint à s'introduire dans le corps tellement de drogue et d'alcool qu'il finit par s'accoutumer définitivement à ces excès. Pour Mrs. Hoyt, Buzzy deviendrait une victime de la guerre, tout autant que son Harry !

Buzzy finirait par se tuer en essayant de ne pas se faire tuer
au Vietnam...

« As-tu songé aux " Volontaires de la paix " ? », me
demanda Mrs. Hoyt.

Elle avait incité un jeune homme — qui étudiait également
la littérature anglaise — à s'inscrire aux Volontaires
de la paix et on l'avait muté en Tanzanie comme professeur
d'anglais. Par malheur, la Chine communiste avait expédié
plus de quatre cents « conseillers » en Tanzanie à l'été
1965, et les Volontaires de la paix avaient dû se retirer en
quatrième vitesse.

« Mais penses-y, m'enjoignit Mrs. Hoyt. Même la Tanzanie, c'est mieux que le Vietnam ! »

Je lui promis d'y réfléchir, mais je pensais avoir tout mon
temps. Imaginez : vous êtes en dernière année d'université,
vous êtes puceau, on vient vous sommer de choisir entre le
Vietnam et la Tanzanie. Vous y croyez ?

« Tu ferais mieux d'y croire », me conseilla Hester.

C'est cette année-là, en février 1966, que la commission
sénatoriale des Affaires étrangères commença ses séances
télévisées sur la guerre. Ma grand-mère me dit :

« Tu ferais bien d'aller voir Mrs. Hoyt. Je n'ai pas envie
qu'un de mes petits-fils se trouve mêlé à ce gâchis.

— Écoute-moi, John, me dit Dan Needham. Ce n'est
pas le moment de suivre l'exemple d'Owen Meany. Cette
fois, il commet une grave erreur. »

J'avouai à Dan que je craignais d'avoir sapé les chances
d'Owen d'intégrer une unité combattante en disant au
colonel Eiger qu'il avait un caractère instable et en
abondant dans son sens. Je dis à Dan que je me sentais
coupable d'avoir agi derrière le dos d'Owen.

« Tu n'as pas à te sentir coupable d'avoir tenté de lui
sauver la vie ! », répliqua Dan.

Hester fut du même avis quand je lui fis le même aveu.

« Comment peux-tu penser avoir trahi Owen ? Si tu
l'aimes, tu ne peux pas approuver sa décision ! Il est cinglé !
Si l'armée le déclare inapte au combat, eh bien, moi, je
remercierai à genoux cette putain d'armée ! »

Mais tout le monde commençait à me sembler cinglé. Ma

grand-mère ne faisait que grommeler devant la télévision nuit et jour. Elle commençait à oublier les choses et les gens — sauf si elle les avait vus sur le petit écran —, et le plus consternant, c'est qu'elle se souvenait de tout ce qu'elle voyait à la télévision avec une précision photographique ! Jusqu'à Dan Needham qui me semblait cinglé, de se passionner encore pour le théâtre amateur et d'être essentiellement préoccupé par la question du rôle qui conviendrait le mieux à Mr. Fish dans *Le Chant de Noël* ! Et bien que je n'aie nulle estime pour la Compagnie du gaz, qui avait licencié Mrs. Hoyt, je trouvais Mrs. Hoyt cinglée comme les autres. Quant aux patriotes locaux, arrêtés alors qu'ils fichaient le feu au garage et à la voiture de Mrs. Hoyt, ils étaient encore plus cinglés qu'elle. Et le recteur Wiggin ? Et Barbara, sa femme ? Ils avaient toujours été cinglés ; voilà que maintenant ils clamaient que Dieu soutenait nos troupes au Vietnam — insinuant par là que *ne pas* soutenir notre armée était un acte non seulement antiaméricain, mais impie ! Bien que le révérend Lewis Merrill fût, avec Dan Needham, le principal porte-parole des pacifistes à l'Institut de Gravesend, même lui me paraissait cinglé ; tous ses grands discours pour la paix n'avaient aucune influence sur Owen Meany ; alors...

Quant à Owen, il était le roi des cinglés. Je suppose qu'il disputait avec Hester une sempiternelle partie de bras de fer, mais du moment qu'Owen faisait des pieds et des mains pour aller à la castagne, nul doute dans mon esprit qu'il fût le plus cinglé de tous.

« Pourquoi tiens-tu tellement à être un héros ?

— Tu ne peux pas comprendre.

— Non, je ne comprends pas. »

C'était au printemps 1966, notre dernière année d'études ; j'avais déjà été admis à l'université du New Hampshire, et, du moins pour l'année à venir, je n'avais pas de souci à me faire, conservant mon sursis 2-S. Owen avait déjà rempli sa demande d'affectation, « le rêve de ma vie », comme il disait. Il s'y était porté volontaire pour le service à l'étranger, spécifiant le Vietnam et l'arme : infanterie, blindés ou artillerie, par ordre de préférence.

Toutefois, c'était sans trop d'illusions ; sorti numéro deux de son stage préparatoire de PMS, l'armée n'avait aucune obligation de ratifier son choix. Il admettait que personne, pas même le colonel Eiger, ne lui avait doré la pilule.

« L'ARMÉE NOUS DONNE L'ILLUSION D'UN CHOIX — LE MÊME CHOIX POUR TOUT LE MONDE ! »

Gardant l'espoir d'être changé d'affectation, il nous serinait toutes les spécialités offertes par un état-major tutélaire : RANGERS, AÉROPORTÉS, COMMANDOS... Quand il nous sortit qu'il souhaitait aller dans les PARACHUTISTES ou les BATAILLONS DE CHOC, Hester se mit à vomir.

« Mais pourquoi vouloir y aller en général ? lui criai-je.

— JE SAIS QUE JE *DOIS* Y ALLER. CE N'EST PAS UNE QUESTION DE *VOULOIR*.

— Attends, je veux être sûr d'avoir bien compris, lui dis-je. Tu " sais " que tu vas *où ?*

— AU VIETNAM.

— Je vois.

— Non, tu ne vois pas, intervint Hester. Demande-lui *comment* il sait qu'il ira au Vietnam.

— Comment le sais-tu, Owen ? »

Mais je croyais le savoir : c'était son fameux rêve, et j'en eus la chair de poule.

Nous étions assis, Owen et moi, sur les rudes chaises de bois dans la cuisine d'Hester infestée de cafards. Hester confectionnait une sauce tomate ; elle n'avait rien d'un grand chef, et la cuisine conservait l'odeur acide d'oignons laissée par ses précédentes sauces tomate. Dans une cocotte en fonte, elle faisait revenir un oignon émincé dans une mauvaise huile d'olive ; puis, elle y versait une boîte de tomates. Elle ajoutait ensuite eau, basilic, origan, sel, poivre de Cayenne et, les jours fastes, un os de côtelette de porc ou d'agneau, ou de côte de bœuf. Elle laissait réduire cette ragougnasse jusqu'à ce qu'elle prenne une consistance pâteuse. Elle plaquait ce magma sur des spaghettis archi-cuits. Parfois, elle nous faisait la surprise d'une salade trop vinaigrée, baignant dans la même huile que celle dont elle s'était servie pour l'oignon.

Quelquefois, après ces festins, nous écoutions de la

musique sur le divan du séjour, ou Hester nous chantait quelque chose. Mais le divan n'était plus très accueillant ; Hester avait recueilli un chien perdu, lequel, pour lui montrer sa reconnaissance, avait déposé toute une colonie de puces sur les coussins. Telle était la vie quotidienne que nous reprochions à Owen de vouloir quitter.

« JE NE VEUX PAS ÊTRE UN HÉROS. JE N'AI AUCUNE ENVIE D'EN DEVENIR UN... MAIS JE SAIS QUE JE SUIS DESTINÉ À ÊTRE UN HÉROS.

— Comment peux-tu le savoir ?

— Dis-lui donc comment tu le sais, espèce de trou du cul ! vitupéra Hester.

— IL Y A DES CHOSES QU'ON SAIT... SUR NOTRE DEVOIR, SUR NOTRE DESTIN, SUR NOTRE FATALITÉ... ON SAIT QUE DIEU VEUT QUE NOUS FASSIONS CERTAINES CHOSES...

— Dieu veut que tu ailles au Vietnam ? »

Hester sortit en courant de la cuisine pour aller s'enfermer dans la salle de bains ; elle ouvrit les robinets en grand, criant :

« Je refuse d'entendre une fois de plus toutes tes conneries, Owen ! Je t'avais prévenu ! »

Owen alla baisser la flamme sous la sauce tomate ; on entendait Hester vomir dans la salle de bains.

« C'est le rêve, n'est-ce pas ? » Il touilla la sauce, comme s'il savait ce qu'il faisait. « C'est le pasteur Merrill qui t'a dit que Dieu voulait que tu ailles au Vietnam ? Le père Findley, peut-être ?

— ILS DISENT QUE CE N'EST QU'UN RÊVE.

— C'est aussi mon avis. Je ne sais pas de quoi il retourne, mais ce n'est qu'un rêve de toute façon.

— MAIS TOI, TU N'AS PAS LA FOI, LE PROBLÈME EST DIFFÉRENT ! »

Dans la salle de bains, c'était comme au Premier de l'An. La sauce tomate frémissait.

Owen Meany manifestait parfois un calme que je n'aimais guère ; quand ça lui arrivait pendant notre entraînement, j'évitais de le toucher ; j'étais mal à l'aise en lui passant le ballon et, quand je devais poser les mains sur lui, pour le soulever, j'avais l'impression de tenir une créature

irréelle, n'ayant d'humain que l'apparence. Je n'aurais été
qu'à moitié surpris de le voir pivoter en l'air pour me
mordre ou poursuivre son envol vers le ciel.

« Ce n'est qu'un rêve, répétai-je.

— CE N'EST PAS TON RÊVE, C'EST LE MIEN.

— Ne fais pas la coquette, ne t'amuse pas avec moi.

— PARCE QUE TU CROIS QUE JE M'AMUSE ? TU CROIS
QUE C'EST POUR M'AMUSER QUE JE VEUX ALLER DANS UNE
UNITÉ DE COMBAT ? »

Je revins à la case « départ » :

« Dans ce rêve, tu te conduis en héros ?

— JE SAUVE DES ENFANTS, DES TAS D'ENFANTS. »

Je crus avoir mal entendu :

« Des enfants ?

— DANS MON RÊVE, CE NE SONT PAS DES SOLDATS. CE
SONT DES GOSSES.

— Des petits Vietnamiens ?

— EH OUI ! C'EST POUR ÇA QUE JE SAIS OÙ JE SUIS... CE
SONT BIEN DES GOSSES VIETNAMIENS, ET JE LES SAUVE. TU
NE PENSES QUAND MÊME PAS QUE J'IRAIS DANS CE MER-
DIER POUR SAUVER DES *SOLDATS !*

— Owen, tout ça est puéril. Tu ne penses pas sérieusement que tout ce qui te passe par la tête signifie quelque
chose ! Chaque fois que tu rêves, tu ne peux pas *croire* que
c'est la vérité !

— CE N'EST PAS EXACTEMENT ÇA, LA FOI, dit-il, l'œil
rivé sur la sauce tomate. JE NE CROIS PAS TOUT CE QUI ME
PASSE PAR LA TÊTE !... MA FOI EST UN PEU PLUS SÉLEC-
TIVE. »

Et les rêves, est-ce qu'ils sont sélectifs ? Owen monta la
flamme sous la casserole d'eau destinée aux pâtes, comme
si la fréquence des haut-le-cœur d'Hester dans la salle de
bains lui indiquait qu'elle aurait bientôt recouvré son
appétit. Puis il partit dans la chambre d'Hester feuilleter
son journal. Il ne me le montra pas ; ayant trouvé le
passage qu'il cherchait, il se mit à me le lire. J'ignorais qu'il
s'agissait d'une version corrigée. Le mot « rêve » n'y
figurait jamais, comme si ce n'était pas un rêve qu'il
décrivait, mais un épisode bien plus réel qu'une simple

vision onirique, quelque chose qu'il aurait vu de ses propres yeux, comme le témoin d'un accident ; il gardait un certain recul, pourtant, et le ton qui émanait de ces lignes était moins pressant que celui qui caractérisait les articles du *Caveau ;* j'avais l'impression d'entendre la voix neutre, détachée, d'un commentateur de documentaire, voire d'un ecclésiastique lisant un passage de la Bible.

« " Je n'entends jamais l'explosion. Ce que j'entends, ce sont les répercussions d'une explosion. J'ai un bourdonnement d'oreilles, et ces bruits aigus, comme les crachotements et cliquetis d'un moteur en train de refroidir ; le ciel dégringole par morceaux, et des éclats blancs — du papier ou du plâtre — flottent comme de la neige. Il y a aussi comme des étincelles d'argent, peut-être des éclats de verre. Il y a de la fumée, et une odeur de brûlé ; pas de flamme, mais tout est en combustion.

" Nous sommes tous couchés par terre. Je sais que les enfants sont intacts, car ils se relèvent l'un après l'autre. L'explosion doit avoir été très forte, puisque plusieurs enfants se bouchent les oreilles ; quelques oreilles saignent. Les enfants ne parlent pas anglais, mais leurs voix sont les premiers sons humains après l'explosion. Les plus petits pleurent, et les plus grands essaient de les consoler de leur mieux... Ils leur parlent, ils ne font que balbutier, mais c'est rassurant.

" A leur façon de me regarder, je comprends deux choses. Je sais que je les ai sauvés — j'ignore comment — et je sais qu'ils ont peur pour moi. Mais je ne peux pas *me* voir... Je ne sais pas ce que j'ai. L'expression des gosses me dit que je suis dans un drôle d'état.

" Soudain, les bonnes sœurs sont là ; les *pingouins* m'examinent... L'une d'elles se penche sur moi. Je n'entends pas ce que je lui dis, mais elle semble me comprendre, elle parle sans doute anglais. Ce n'est que lorsqu'elle me prend dans ses bras que je

DÉCOUVRE TOUT CE SANG… SA GUIMPE EST IMBIBÉE DE SANG. PENDANT QUE JE LA REGARDE, LA GUIMPE CONTINUE D'ÊTRE ÉCLABOUSSÉE DE SANG, SON VISAGE AUSSI, MAIS ELLE N'A PAS PEUR. LES VISAGES D'ENFANTS QUI ME REGARDENT SONT TERRIFIÉS, MAIS LA SŒUR DEMEURE TRÈS CALME.

" CE SANG, C'EST LE MIEN, BIEN SÛR… ELLE EST COUVERTE DE MON SANG… MAIS ELLE GARDE SON CALME. QUAND JE LA VOIS S'APPRÊTER À FAIRE LE SIGNE DE LA CROIX, JE LÈVE LE BRAS POUR L'EN EMPÊCHER, MAIS JE NE PEUX PAS… C'EST COMME SI JE N'AVAIS PLUS DE BRAS… LA SŒUR ME SOURIT. UNE FOIS QU'ELLE M'A BÉNI, JE LES QUITTE TOUS… JE M'EN VAIS, SIMPLEMENT. ILS RESTENT EXACTEMENT OÙ ILS ÉTAIENT, À ME REGARDER ; MAIS JE NE SUIS PLUS VRAIMENT LÀ. JE SUIS AU-DESSUS DE MOI, EN TRAIN DE ME REGARDER AUSSI. J'AI L'IMPRESSION DE ME REVOIR EN PETIT JÉSUS… TU TE RAPPELLES CES ESPÈCES DE LANGES FLOTTANTS, RIDICULES ? C'EST DE ÇA QUE J'AI L'AIR QUAND JE PRENDS CONGÉ DE MOI.

" MAINTENANT, TOUS LES GENS RAPETISSENT… MOI, LES BONNES SŒURS, LES ENFANTS AUSSI. JE SUIS TRÈS LOIN AU-DESSUS D'EUX, MAIS ILS NE LÈVENT PAS LES YEUX ; ILS CONTINUENT DE REGARDER CE QUI *ÉTAIT* MOI. PUIS TRÈS VITE JE SUIS PLUS HAUT QUE TOUT ; LES PALMIERS SONT TRÈS GRANDS ET RIGIDES, MAIS JE SUIS PLUS HAUT QU'EUX. CES PALMIERS, CE CIEL SONT SPLENDIDES, MAIS IL FAIT TERRIBLEMENT CHAUD… UNE CHALEUR COMME JE N'EN AI JAMAIS CONNU… JE SAIS QUE JE NE SUIS PAS AU NEW HAMPSHIRE. " »

Je ne dis rien ; il alla ranger son journal dans la chambre d'Hester, revint touiller la sauce tomate, souleva le couvercle de la casserole pour voir si l'eau bouillait. Puis il alla frapper à la porte de la salle de bains, où régnait le silence.

« J'arrive dans une minute », fit la voix d'Hester.

Owen regagna la cuisine, s'assit en face de moi.

« Ce n'est jamais qu'un rêve », lui dis-je.

Croisant les doigts, il me regarda avec flegme. Je me rappelai le jour où, alors que nous nagions dans la carrière, il avait subrepticement dénoué la corde de sécurité. Je me rappelai sa violente colère, parce que nous n'avions pas plongé aussitôt à sa recherche. « VOUS M'AVEZ LAISSÉ ME NOYER ! », avait-il crié. « VOUS N'AVEZ RIEN FAIT ! VOUS M'AVEZ REGARDÉ ME NOYER ! JE SUIS DÉJÀ MORT ! », nous avait-il dit. « N'OUBLIEZ JAMAIS : VOUS M'AVEZ LAISSÉ MOURIR ! »

« Owen, vu tes sentiments exacerbés pour les catholiques, il est normal que tu aies rêvé qu'une bonne sœur soit ton ange de la Mort. » Il examina ses mains croisées sur la table ; on entendait la baignoire se vider. Je répétai : « Ce n'est qu'un rêve. »

Il haussa les épaules, avec l'expression apitoyée que je lui avais déjà vue quand le Flying Yankee était passé au-dessus de nos têtes et que j'avais parlé de coïncidence. Hester sortit de la salle de bains, enveloppée dans une serviette jaune clair, ses vêtements sur les bras. Elle gagna sa chambre sans nous adresser un regard, ferma la porte, et nous pûmes l'entendre maltraiter les tiroirs et les cintres, avec sa brutalité habituelle.

« Owen, repris-je, tu as beaucoup de personnalité, mais ce rêve est un stéréotype, complètement stupide. Tu pars à l'armée, il y a une guerre au Vietnam… Pourquoi aurais-tu rêvé de sauver des enfants *américains* ? Et bien sûr que tu as vu des palmiers ! Tu t'attendais à des igloos, ou quoi ? »

Hester sortit de la chambre en se séchant énergiquement les cheveux. Elle s'était changée mais ses vêtements étaient identiques à ceux qu'elle portait auparavant ; seule la couleur de son pull et de son jean différait ; là se bornait son souci d'élégance, du noir remplaçait le bleu et *vice versa*.

« Owen, fis-je, tu ne crois pas vraiment que Dieu veut que tu ailles au Vietnam dans l'unique but de sauver les personnages d'un cauchemar ? »

Il restait de marbre, se contentant de regarder ses mains.

« C'est ce qu'il croit dur comme fer ! lança Hester. Tu as mis le doigt dessus. »

Elle tordit étroitement la serviette éponge humide pour en faire ce que nous appelions une « queue de rat » et la fit claquer tout près du visage d'Owen, qui n'eut pas un frémissement de cil.

« C'est bien ça, hein ? Petit trou du cul ! », cria-t-elle.

Elle fit de nouveau claquer la serviette, puis, la déroulant, bondit sur lui et lui en entoura la tête, en hurlant :

« Tu crois que c'est *Dieu* qui veut t'envoyer là-bas, hein ? »

Elle le poussa hors de sa chaise, lui emprisonnant la tête dans la serviette, le jeta sur le sol et se coucha sur lui pour le clouer sur place. Elle se mit à lui flanquer des coups de sa main libre. Il donna des coups de pied, tenta de la saisir aux cheveux, mais Hester pesait une bonne demi-douzaine de kilos de plus que lui et lui tapait dessus de toutes ses forces. Quand je vis du sang imbiber la serviette jaune, je ceinturai Hester et tentai de lui faire lâcher prise.

Ce ne fut pas simple ; je dus lui faire une prise au cou et commencer de l'étrangler avant qu'elle ne cesse de le frapper. Alors elle se retourna contre moi ; son hystérie décuplait ses forces ; elle voulut m'arracher la tête, mais Owen lui encercla les chevilles avec la serviette ; c'était son tour de prendre ma défense. Il saignait du nez, et sa lèvre inférieure, fendue et gonflée, pissait le sang. Mais à nous deux nous parvînmes à la maîtriser. Owen se coucha sur ses jambes ; je m'agenouillai sur ses omoplates et maintins ses bras le long de son corps ; ça lui laissait la tête libre, qu'elle agita en tous sens pour tenter de me mordre ; voyant qu'elle n'y parvenait pas, elle se mit à se frapper le visage sur le carrelage, jusqu'à ce que son nez saigne.

« Tu ne m'aimes pas, Owen ! gémit-elle. Si tu m'aimais, tu ne partirais pas... pas pour tous les putains d'enfants du monde ! Tu ne partirais pas si tu m'aimais ! »

Nous restâmes assis sur elle jusqu'à ce qu'elle cesse de se cogner le nez sur le sol et fonde en larmes. Owen me dit :

« Tu ferais mieux de partir.

— Non, c'est toi qui vas partir, Owen, lui dit Hester. Tu vas me débarrasser le plancher, et tout de suite ! »

Alors il alla récupérer son journal dans la chambre et nous partîmes ensemble. Au volant de ma voiture, dans la tiède nuit de printemps, je suivis la camionnette rouge jusqu'à la côte ; je savais où il allait. Je savais qu'il voulait aller s'asseoir sur la jetée de Rye Harbor, cette jetée faite de débris de granit en provenance de la carrière paternelle, sur laquelle il avait le droit implicite de s'asseoir. De cette jetée, on avait une vue superbe sur le petit port ; au printemps, il y avait peu de bateaux à l'amarre, beaucoup moins qu'en plein été, notre période favorite pour venir à cet endroit.

Mais l'été ne ressemblerait pas aux autres. Comme j'avais un emploi d'enseignant à l'Institut de Gravesend, à la rentrée, je ne travaillerais pas pendant les vacances. Même un poste à mi-temps à l'Institut suffirait à payer mes études supérieures ; il me rapporterait plus que tout un été à la Carrière Meany.

En outre, ma grand-mère m'avait donné un peu d'argent et Owen serait à l'armée. Il s'était accordé un mois de liberté entre la fin des examens et ses débuts comme sous-lieutenant. Nous avions envisagé de faire un petit voyage ensemble. Sauf pour sa période d'entraîne-ment — à Fort Knox ou à Fort Bragg ? —, Owen n'était jamais sorti de Nouvelle-Angleterre ; moi non plus, à la réflexion.

« Vous devriez aller au Canada, nous avait dit Hester. Et vous feriez bien d'y *rester !* »

L'eau salée clapotait contre la jetée ; des flaques d'eau emplissaient les anfractuosités des rochers. Owen baigna son visage tuméfié dans l'une de ces cuvettes ; son nez ne saignait plus, mais sa lèvre était salement amochée, sans parler de l'arcade sourcilière. Il avait les deux yeux au beurre noir, dont un plus noir que l'autre et si gonflé qu'il se réduisait à une fente.

« Si tu crois que le Vietnam est dangereux, tu ne sais pas ce que c'est de vivre avec Hester ! »

Ouais, mais comment vivre avec un garçon aussi exaspé-rant et savoir ce qu'il croyait savoir sans avoir envie de lui taper dessus de temps à autre ?... Nous restâmes sur la jetée jusqu'à la première attaque des moustiques, à la nuit noire. Je lui demandai s'il avait faim. Il toucha sa lèvre inférieure, qui saignait encore :

« JE NE PENSE PAS QUE JE POURRAI MANGER QUOI QUE CE SOIT, MAIS JE T'ACCOMPAGNE. »

Dans une des baraques du front de mer, j'engloutis une montagne de praires frites et Owen but une bière — à l'aide d'une paille. La serveuse nous connaissait, c'était une étudiante ; elle dit à Owen :

« Tu devrais te faire poser des agrafes avant que ta lèvre ne parte en lambeaux. »

Owen dans sa camionnette et moi en Volkswagen, nous filâmes aux urgences de l'hôpital de Gravesend. C'était une nuit plutôt calme, ni de week-end, ni d'été, si bien que nous n'eûmes pas à attendre. Il y eut une prise de bec quand on lui demanda comment il paierait les soins.

« ET SI JE N'AVAIS PAS LES MOYENS, VOUS ME LAISSERIEZ REPARTIR SANS SOINS ? »

J'appris avec surprise qu'il n'avait aucune assurance maladie. Son père n'en avait jamais souscrit et Owen avait négligé de cotiser en tant qu'étudiant. Je finis par dire d'envoyer la facture à ma grand-mère ; tout le monde connaissait Harriet Wheelwright, même la standardiste des urgences ; après un coup de fil à ma grand-mère, tout fut réglé.

« QUEL PAYS ! dit Owen Meany pendant qu'un jeune interne nerveux — et étranger — lui posait quatre agrafes. AU MOINS, DANS L'ARMÉE, JE SERAI SOIGNÉ À L'ŒIL ! » Owen ajouta qu'il avait honte de coûter de l'argent à ma grand-mère : « ELLE A DÉJÀ BEAUCOUP TROP FAIT POUR MOI ! »

Mais au 80 Front Street surgit un tout autre problème.

« Miséricorde ! s'écria ma grand-mère. Owen, tu t'es *battu ?*

— UNE SIMPLE CHUTE DANS L'ESCALIER.

— Ne t'avise pas de me mentir, Owen Meany !

— J'AI ÉTÉ AGRESSÉ PAR DES VOYOUS À HAMPTON BEACH.

— Arrête tes mensonges ! »

Visiblement, Owen hésitait à avouer à ma grand-mère que sa petite-fille lui avait cassé la figure ; ses vomissements mis à part, Hester s'était toujours montrée plutôt douce et

soumise devant Grand-Mère, à qui Owen ne souhaitait pas
gâcher ses illusions. Il finit par me désigner :

« C'EST LUI QUI M'A FAIT ÇA.

— Miséricorde ! Tu devrais avoir honte ! me dit-elle.

— Je ne l'ai pas fait exprès, on se battait pour rire.

— IL FAISAIT NOIR, IL M'A COGNÉ PAR MALADRESSE.

— Tu devrais quand même avoir honte, John.

— Oui, Grand-Mère. »

Cette petite comédie sembla réconforter Owen. Ma
grand-mère, aux petits soins pour lui, ordonna à Ethel de
lui confectionner au mixer une nourriture roborative :
banane, pamplemousse, glace à la vanille, levure de bière.

« Quelque chose que ce pauvre garçon puisse avaler avec
une paille, dit ma prévenante aïeule.

— VOUS POUVEZ LAISSER TOMBER LA LEVURE DE
BIÈRE. »

Ma grand-mère une fois couchée, nous nous installâmes
devant la télévision, et Owen se mit à me charrier sur ma
réputation toute neuve de bagarreur. A « La Dernière
Séance », le film avait bien vingt ans d'âge : *Soirs de
Miami*, avec Betty Grable. Décor et musique évoquaient
pour moi cet endroit appelé « L'Orangeraie » où ma mère
avait chanté sous le nom de « la Dame en rouge ». Je n'en
saurais probablement jamais davantage sur le sujet, pensai-
je.

« Tu te rappelles la pièce que tu avais l'intention
d'écrire ? Sur le night-club... sur " la Dame en rouge " ?

— ÉVIDEMMENT, JE M'EN SOUVIENS. TU N'AS PAS
VOULU QUE JE L'ÉCRIVE.

— Je pensais que tu l'aurais écrite tout de même.

— JE L'AI COMMENCÉE — À PLUSIEURS REPRISES.
C'ÉTAIT PLUS DUR QUE JE NE PENSAIS, D'INVENTER UNE
HISTOIRE. »

Dans *Soirs de Miami* jouaient aussi Carole Landis et Don
Ameche, vous vous souvenez d'eux ? C'est l'histoire d'une
chasse aux maris en Floride. Seul le scintillement du tube
cathodique éclairait le visage d'Owen. Il me dit :

« IL FAUT APPRENDRE LA PERSÉVÉRANCE... SI ON TIENT
À QUELQUE CHOSE, IL FAUT ALLER JUSQU'AU BOUT, JUS-

QU'AU FOND DE LA QUESTION. JE PARIE QUE TU N'AS MÊME PAS OUVERT UN ANNUAIRE DE BOSTON POUR Y CHERCHER UN BUSTER FREEBODY.

— C'est un pseudonyme.

— C'EST LE SEUL NOM QUE NOUS CONNAISSIONS.

— Eh bien, je n'ai pas cherché.

— AH! TU VOIS!... EH BIEN, IL Y A PLUSIEURS FREEBODY, MAIS AUCUN BUSTER.

— Et Buster est probablement un surnom, dis-je, soudain intéressé.

— AUCUN DES FREEBODY QUE J'AI APPELÉS N'AVAIT ENTENDU PARLER D'UN " BUSTER ", ET LA MAISON DE RETRAITE REFUSE DE DONNER LES NOMS DE SES PENSIONNAIRES... EST-CE QUE TU SAIS POURQUOI?

— Pourquoi?

— PARCE QUE DES CRIMINELS POURRAIENT DÉDUIRE DE CES NOMS QUELLES PERSONNES NE VIVENT PLUS CHEZ ELLES. SI LE MÊME NOM FIGURE ENCORE DANS L'ANNUAIRE — ET SI LA MAISON OU L'APPARTEMENT N'EST PAS RÉOCCUPÉ —, ALORS LES CRIMINELS SAVENT QU'ILS PEUVENT ALLER LE CAMBRIOLER SANS RISQUE : LA MAISON EST VIDE! VOILÀ POURQUOI LES MAISONS DE RETRAITE NE COMMUNIQUENT JAMAIS LES NOMS DE LEURS PENSIONNAIRES, INTÉRESSANT, N'EST-CE PAS? SI C'EST VRAI...

— Tu t'es démené.

— ET L'ANNUAIRE DES PROFESSIONS... TOUTES LES BOÎTES QUI PROPOSENT DES " DÎNERS EN MUSIQUE "... DANS AUCUNE ON N'A JAMAIS ENTENDU PARLER D'UN BIG BLACK BUSTER FREEBODY! ÇA S'EST PASSÉ IL Y A SI LONGTEMPS, BUSTER FREEBODY DOIT ÊTRE MORT.

— Je n'aimerais pas payer ta note de téléphone.

— JE ME SUIS SERVI DE CELUI D'HESTER.

— Ça m'étonne qu'elle ne t'ait pas cassé la gueule pour ça.

— NE T'INQUIÈTE PAS, ELLE L'A FAIT. » Il détourna son visage de la lueur du petit écran.

« J'AI PAS VOULU LUI DIRE POURQUOI J'AVAIS TANT TÉLÉPHONÉ, ET ELLE A CRU QUE J'AVAIS UNE AUTRE PETITE AMIE.

— Tu ne ferais pas mal de prendre une autre petite amie ! », fis-je non sans ironie.

Il haussa les épaules :

« ELLE NE PASSE PAS SON TEMPS À ME TABASSER. »

Que pouvais-je dire de plus, moi qui n'avais aucune femme dans ma vie ?

« On ferait mieux de parler de notre voyage. On a un mois devant nous... Où as-tu envie d'aller ?

— DANS UN ENDROIT CHAUD, dit Owen Meany.

— En juin, il fait chaud partout.

— J'AIMERAIS ALLER LÀ OÙ IL Y A DES PALMIERS. »

Pendant un moment, nous regardâmes *Soirs de Miami* en silence.

« Pourquoi pas la Floride ? suggérai-je.

— IMPOSSIBLE AVEC LA CAMIONNETTE. ELLE N'ARRIVE-RAIT JAMAIS JUSQU'EN FLORIDE.

— On pourrait prendre ma Volkswagen. Avec la Cocci-nelle, on pourrait aller jusqu'en Californie sans problème.

— OÙ DORMIRIONS-NOUS ? JE NE PEUX PAS M'OFFRIR L'HÔTEL.

— Grand-Mère nous avancerait l'argent.

— J'AI PRIS SUFFISAMMENT DE SOUS À TA GRAND-MÈRE.

— Alors moi, je pourrais te prêter l'argent.

— C'EST LE MÊME ARGENT.

— On pourrait emmener une tente et des sacs de couchage. On pourrait même dormir à la belle étoile.

— J'Y AI DÉJÀ RÉFLÉCHI. SI ON EMPORTE TOUT UN MATÉRIEL DE CAMPING, IL FAUDRA PRENDRE LA CAMION-NETTE... MAIS ELLE NOUS LÂCHERA, SUR UNE AUSSI LON-GUE DISTANCE. »

Y avait-il une seule chose à laquelle Owen Meany n'ait pas réfléchi avant moi ? me demandai-je.

« ON N'A PAS BESOIN D'ALLER LÀ OÙ IL Y A DES PAL-MIERS — C'ÉTAIT JUSTE UNE IDÉE COMME ÇA », dit Owen.

Nous n'étions pas d'humeur à regarder *Soirs de Miami ;* une comédie sur la chasse aux maris requiert un certain état d'esprit. Owen alla chercher sa torche électrique dans la camionnette ; puis, à pied, nous remontâmes Front Street vers Linden Street, au-delà de l'école secondaire, en direction du cimetière. La nuit était encore tiède, pas vraiment obscure. Pour une tombe, celle de ma mère était du genre coquet. Grand-Mère y avait planté une bordure de tulipes, narcisses et crocus, de sorte qu'il y avait toujours des couleurs vives ; on reconnaissait les doigts verts de ma grand-mère dans le massif de rosiers bien taillés grimpant au treillis qui semblait servir de dosseret à la pierre tombale. Owen promena le faisceau de sa lampe sur les angles biseautés de la dalle ; ce n'était pas du travail fignolé — ce que faisait Owen avec la roue diamantée était beaucoup mieux. Mais je savais fort bien qu'Owen était trop jeune à l'époque pour sculpter la tombe de ma mère...

« MON PÈRE N'A JAMAIS ÉTÉ UN AS DE LA ROUE DIAMANTÉE », remarqua Owen.

Dan Needham avait posé tout récemment un bouquet de fleurs des champs sur la tombe, mais il ne dissimulait qu'en partie l'inscription — le nom de ma mère et les dates appropriées.

« Si elle vivait encore, elle aurait quarante-trois ans...

— ELLE SERAIT TOUJOURS AUSSI BELLE ! », dit Owen Meany.

En revenant par Linden Street, il me vint l'idée que nous pourrions « descendre dans l'Est », comme on dit dans le New Hampshire, à savoir longer la côte du Maine jusqu'en Nouvelle-Écosse.

« Est-ce que la camionnette tiendrait le coup jusqu'en Nouvelle-Écosse ? demandai-je à Owen. Suppose que nous prenions notre temps pour suivre la côte, sans se presser, sans se soucier du moment où on arriverait en Nouvelle-Écosse, ni même d'y arriver. Tu penses que la camionnette supporterait la distance ?

— J'Y AI DÉJÀ RÉFLÉCHI... OUI, JE CROIS QUE C'EST FAISABLE, À CONDITION DE NE PAS VOULOIR TENIR UNE TROP GROSSE MOYENNE. AVEC LA CAMIONNETTE, ON POURRAIT FACILEMENT TRIMBALLER TOUT LE MATÉRIEL DE CAMPING... ON POURRAIT MÊME EMPORTER LA TENTE, AU CAS OÙ IL PLEUVRAIT...

— Ce serait amusant ! Je ne connais pas la Nouvelle-Écosse... et je ne suis jamais allé très loin dans le Maine. »

Dans Front Street, nous fîmes une halte pour caresser un chat en vadrouille.

« J'AI AUSSI PENSÉ À SAWYER DEPOT, dit Owen Meany.

— Pourquoi ça ?

— PARCE QUE JE N'Y SUIS JAMAIS ALLÉ, TU SAIS.

— Sawyer Depot, ça n'a rien de très passionnant », dis-je avec prudence.

Je n'avais pas l'impression que ma tante Martha et mon oncle Alfred accueilleraient Owen à bras ouverts ; et, vu ce qui venait de se passer avec Hester, je me demandais quel attrait Owen pouvait encore trouver à Sawyer Depot.

« JE VOUDRAIS VOIR À QUOI ÇA RESSEMBLE, J'EN AI TELLEMENT ENTENDU PARLER ! MÊME SI LES EASTMAN NE VEULENT PAS ME VOIR, TU POURRAIS QUAND MÊME ME MONTRER LOVELESS LAKE, LE HANGAR À BATEAUX... LES MONTAGNES OÙ VOUS ALLIEZ SKIER... ET AUSSI FIRE-WATER !

— Le chien ? Il est mort depuis des lustres ! »

Cette nouvelle sembla l'étonner. L'allée du 80 Front Street était transformée en parking. Outre l'antique Cadillac de Grand-Mère, ma Coccinelle et la camionnette rouge, on trouvait, en bout de piste, la Chevy 57 d'Hester.

Partie sans doute à la recherche d'Owen et ayant identifié la camionnette dans le jardin, elle devait attendre Owen dans la maison. Nous la trouvâmes endormie sur le divan, veillée par la lumière blafarde de la télévision ; elle avait changé de chaîne ; sans doute n'était-elle pas non plus d'humeur à regarder *Soirs de Miami*. Elle s'était endormie devant *Jamais deux sans toi...*

« HESTER DÉTESTE ESTHER WILLIAMS, SAUF QUAND ELLE NAGE SOUS L'EAU. »

Owen s'assit auprès d'Hester, lui caressa les cheveux, puis la joue. J'essayai une autre chaîne ; désormais, il y avait plusieurs « Dernières Séances ». *Soirs de Miami* était fini, remplacé par un autre film de « La Toute Dernière Séance » : *Opération dans le Pacifique,* avec John Wayne.

« HESTER DÉTESTE JOHN WAYNE », dit Owen, ce qui réveilla Hester.

Au fond d'un sous-marin, John Wayne luttait contre les Japonais pendant la Seconde Guerre mondiale.

« Je refuse de regarder un film de guerre », dit Hester. Allumant le lampadaire posé auprès du divan, elle examina de tout près les agrafes dans la lèvre inférieure d'Owen. « Ils t'en ont mis combien ?

— QUATRE. »

Elle l'embrassa très doucement sur la lèvre supérieure, le bout du nez et les coins de la bouche, attentive à ne pas toucher les agrafes. Elle lui chuchota :

« Je te demande pardon ; je t'aime.

— TOUT VA BIEN. »

Je sautai d'une chaîne à l'autre et finis par trouver un film intéressant, un « Sherlock Holmes » avec Basil Rathbone : *Terreur dans la nuit.*

« Je n'arrive pas à me rappeler si je l'ai vu ou non, fit Hester.

— Moi, je l'ai vu, mais je ne me souviens de rien.

— C'EST CELUI OÙ ON VOLE LES BIJOUX DANS UN TRAIN... C'EST UN DES MEILLEURS. »

Owen se lova contre Hester sur le divan ; il posa sa tête sur sa poitrine et elle l'entoura de ses bras. Un instant après, il s'endormit.

« Tu veux bien baisser le son ? », me souffla Hester.

Je la regardai, pour savoir si le volume lui convenait : elle pleurait. Je lui dis :

« Je vais me coucher. Sherlock Holmes, je l'ai vu des centaines de fois...

— On reste encore un moment. Dors bien.

— Il veut aller à Sawyer Depot, lui dis-je.

— Je sais. »

Je demeurai éveillé un long moment. Quand j'entendis leurs voix dans l'allée, je me levai et allai dans la chambre vide de ma mère, d'où je pourrais les voir par la fenêtre. En mémoire de ma mère, qui avait tant détesté l'obscurité, on ne fermait jamais les rideaux dans sa chambre. L'aube approchait ; Hester et Owen discutaient de leur retour à Durham.

« Je te suivrai en voiture.

— NON, C'EST MOI QUI TE SUIVRAI. »

Puis vint la remise des diplômes à l'université du New Hampshire ; j'obtins mon BA[1] de littérature anglaise, avec mention. Owen eut, sans mention, le sien. Sous-lieutenant Paul O. Meany, Jr., licencié en géologie. Il ne fut pas affecté dans une unité de combat ; il reçut l'ordre de se présenter dans l'Indiana, à Fort Benjamin Harrison, pour y entreprendre un stage de huit à dix semaines à l'administration de l'état-major général ; ensuite, l'armée l'enverrait dans une antenne des transmissions en Arizona. Bien qu'on puisse l'affecter par la suite n'importe où, même à Saigon, on le cantonnait dans un *emploi de bureau*.

« D'HABITUDE, UN SOUS-LIEUTENANT DEVIENT AUTOMATIQUEMENT CHEF D'UNE SECTION DE COMBAT ! », renâcla Owen Meany.

Hester et moi dûmes dissimuler notre soulagement. Même au Vietnam, l'état-major général comptait proportionnellement très peu de pertes humaines. Mais nous savions qu'il ne baisserait pas les bras ; il continuerait inlassablement à réclamer une nouvelle affectation, d'autant que le colonel Eiger, disait-il, lui avait communiqué le téléphone d'une haute personnalité du Pentagone, un général censé superviser les dossiers personnels des nouveaux officiers. Hester et moi nous avions appris à ne jamais mésestimer le talent d'Owen à manipuler les gens.

Mais, dans l'immédiat, nous le pensions à l'abri et je croyais l'armée américaine moins facile à manœuvrer que les acteurs d'une crèche vivante de Noël.

« En quoi ça consiste exactement, l'état-major général ? », lui demandai-je, sournois.

Il se refusa à toute discussion :

« CE N'EST QU'UNE AFFECTATION PROVISOIRE. »

Dan et moi nous fûmes obligés d'en rire ; c'était drôle de le savoir en train de subir des cours d'administration en Indiana, après s'être imaginé sautant d'un hélicoptère et se frayant un passage dans la jungle, avec une machette et un

---

1. BA : *Bachelor of Arts*, équivalant à « licencié ès lettres » *(NdT)*.

M-16. Owen était furieux mais pas vaincu ; irascible mais confiant.

Un soir que je traversais le campus de l'Institut de Gravesend, je vis la camionnette rouge tomate à l'arrêt dans l'allée circulaire d'où la malheureuse Coccinelle du Dr. Dolder s'était envolée vers son destin historique. Les phares éclairaient la pelouse devant le bâtiment principal ; elle était remplie de chaises. Des rangées et des rangées de chaises et aussi des bancs en provenance de la grande salle étaient disposés sur la totalité de l'espace. De quoi faire asseoir cinq cents personnes. C'était l'époque où l'Institut tout entier priait pour qu'il fasse beau ; on avait disposé ces sièges pour la cérémonie annuelle de fin d'études. Si par malheur il pleuvait, aucun autre endroit n'était suffisamment vaste pour contenir les spectateurs, à part le gymnase. La grande salle elle-même était trop petite.

L'année de mon diplôme — celle où Owen aurait dû recevoir le sien et aurait dû faire fonction de « valedictor » —, la cérémonie s'était déroulée en plein air...

Dans la cabine de la camionnette, Hester, seule, me fit signe de monter auprès d'elle.

« Où est-il ? », lui demandai-je.

Du menton, elle me désigna le faisceau des phares. Loin au-delà de toutes ces rangées de chaises et de bancs se trouvait une estrade de fortune, drapée de la bannière de l'Institut et garnie de chaises pour les dignitaires et les orateurs ; en son centre un podium, sur lequel se dressait Owen Meany, qui regardait par-dessus les centaines de sièges vides, quelque peu aveuglé par les phares de la camionnette ; mais cette lumière lui était nécessaire pour lire son discours de « valedictor », ce qu'il était en train de faire.

« Il veut que personne ne l'entende ; il tient juste à le prononcer », m'expliqua Hester.

Quand il nous rejoignit dans la cabine du camion, je lui dis :

« J'aurais bien aimé écouter ton discours. Tu ne veux pas nous le lire ?

— C'EST UNE AFFAIRE CLASSÉE... C'EST TOUJOURS LA MÊME VIEILLE HISTOIRE. »

Ensuite, nous partîmes pour le pays du Nord — Sawyer Depot et Loveless Lake. Avec la camionnette ; sans Hester. Je ne suis pas certain qu'elle aurait aimé venir. Elle avait fait l'effort de téléphoner à ses parents ; Oncle Alfred et Tante Martha furent comme toujours ravis de ma visite et se montrèrent polis — sinon chaleureux — avec Owen Meany. Nous passâmes la première nuit de notre voyage chez les Eastman. Je dormis dans le lit de Noah, qui effectuait son service civil dans les Volontaires de la paix ; je crois qu'il enseignait la sylviculture ou l'exploitation forestière aux Nigerians ; selon l'oncle Alfred, l'Afrique était « la bouée pour sauver Noah » du Vietnam.

Cet été-là, c'est Simon qui faisait marcher la scierie ; des années durant, Simon s'était si souvent esquinté les genoux en skiant que ses rotules pourries lui avaient servi de bouée pour le sauver de la guerre. Il était réformé définitivement, déclaré inapte au service actif.

« Ce bon vieil Oncle Sam ne voudra jamais de moi... sauf si nous sommes envahis par les Martiens ! », dit Simon.

Owen avait qualifié son affectation à l'état-major de TEMPORAIRE. L'étape en Arizona aussi serait TEMPORAIRE, selon lui. Oncle Alfred respectait entièrement le désir d'Owen d'aller au Vietnam, mais au cours de notre dîner, préparé avec soin, Tante Martha mit en cause la « moralité » de la guerre.

« JE M'INTERROGE AUSSI LÀ-DESSUS, dit Owen Meany. MAIS JE CROIS QU'ON DOIT VOIR LES CHOSES SUR PLACE POUR AVOIR UNE CERTITUDE. JE SUIS TENTÉ DE PARTAGER L'OPINION DE KENNEDY SUR LE PROBLÈME VIETNAMIEN... QU'IL A DONNÉE EN 1963. RAPPELEZ-VOUS LES PAROLES DU PRÉSIDENT À L'ÉPOQUE : " NOUS POUVONS LES AIDER, NOUS POUVONS LEUR FOURNIR DU MATÉRIEL, NOUS POU- VONS LEUR ENVOYER DES CONSEILLERS, MAIS C'EST À EUX, AU PEUPLE DU VIETNAM, DE GAGNER LEUR GUERRE. " CE POINT DE VUE EST ENCORE VALABLE... ET IL EST ÉVIDENT POUR NOUS QUE LE PEUPLE DU VIETNAM N'EST PAS EN TRAIN DE GAGNER SA GUERRE. C'EST NOUS QUI ESSAYONS DE LA GAGNER À SA PLACE.

« Mais supposons un instant que nous croyions en ces objectifs annoncés par l'administration Johnson... et que nous les soutenions. Nous sommes d'accord pour résister à l'invasion communiste du Sud-Vietnam — qu'elle soit le fait des Nord-Vietnamiens ou du Vietcong. Nous soutenons l'idée de l'autodétermination du Sud-Vietnam... et nous voulons la paix en Asie du Sud-Est. Si ce sont nos véritables objectifs, pourquoi nous livrer à cette escalade dans la guerre ?

« Il ne semble pas qu'à Saigon le gouvernement puisse se débrouiller sans nous... Est-ce que les Sud-Vietnamiens eux-mêmes aiment la junte militaire du maréchal Ky ? Il est évident qu'Hanoi et le Vietcong ne vont pas négocier un règlement pacifique alors qu'ils sont convaincus de gagner la guerre ! Les États-Unis ont toutes les bonnes raisons de laisser suffisamment de troupes au Sud-Vietnam pour dissuader Hanoi et le Vietcong de leur possible victoire. Mais à quoi ça nous sert-il de bombarder le Nord ?

« Si nous pensions vraiment ce que nous disons — que nous voulons que le Sud-Vietnam se gouverne lui-même —, nous devrions protéger le Sud-Vietnam de toute attaque, or voilà que nous attaquons le pays tout entier avec nos bombardiers ! C'est ça, protéger un pays ? Le réduire en cendres ?

« Je pense que tout le problème est là, conclut Owen Meany, mais j'aimerais me rendre compte par moi-même. »

Mon oncle resta sans voix. Ma tante dit :

« Oui, je comprends. »

Tous deux étaient impressionnés. Je compris qu'Owen n'avait autant insisté pour venir à Sawyer Depot que pour avoir la possibilité d'impressionner les parents d'Hester. Je connaissais déjà sa thèse sur le Vietnam ; elle n'avait rien de très original, et je crois qu'il s'était inspiré d'une déclaration d'Arthur Schlesinger, Jr., mais il ressortait ces idées avec une conviction extraordinaire. Je trouvai dom-

mage qu'Hester fasse aussi peu d'efforts pour impressionner ses parents et fût si peu impressionnée par eux.

A l'heure du coucher, j'entendis Owen bavarder avec
Tante Martha. Elle l'avait installé dans la chambre d'Hester, et Owen voulait tout savoir sur ses animaux en
peluche, ses poupées et bibelots.

« QUEL ÂGE AVAIT-ELLE QUAND ELLE JOUAIT AVEC CET
OURS ? J'IMAGINE QUE CELUI-LÀ REMONTE À L'ÉPOQUE DU
CHIEN FIREWATER ? »

Quand je me mis au lit, Simon me dit d'un ton
admiratif :

« Owen n'a pas changé, toujours aussi bizarre ! Il n'y en
a pas deux comme lui, quel type ! »

Je m'endormis en me rappelant la première apparition
d'Owen à mes cousins, le jour où, dans le grenier du
80 Front Street, nous nous acharnions sur la machine à coudre et qu'Owen avait surgi, de la lumière plein les oreilles.
Il nous avait donné l'impression d'un ange descendu
sur terre, d'un dieu miniature mais imbu de son importance, envoyé pour juger nos péchés.

Le matin, Owen voulut que nous installions notre camp à
Loveless Lake. Simon nous conseilla d'utiliser le hangar à
bateaux comme base. Il nous promit de nous emmener
faire du ski nautique quand il rentrerait de la scierie ; la
nuit, nous pouvions dormir dans le hangar, doté de
confortables lits pliants et de moustiquaires aux fenêtres. Il
y avait aussi des lampes à kérosène, des cabinets à
proximité, de l'eau à la pompe, un réchaud à propane et
des casseroles pour faire bouillir l'eau avant de la boire —
car à l'époque on pouvait encore se baigner et se savonner
dans le lac !

C'était plus confortable que dormir sous la tente ; en
outre, je me sentais plus détendu loin d'Oncle Alfred et de
Tante Martha — et des efforts d'Owen pour les séduire. Au
bord du lac, on nous fichait une paix royale ; Simon
n'apparaissait qu'en fin de journée pour une partie de ski
nautique ; comme il avait une petite amie régulière, il ne
s'attardait jamais la nuit. On dressait un barbecue sur
l'embarcadère, on attrapait des perches et des poissons-

lunes depuis la jetée, et des bars avec le canot. Au crépuscule, nous nous prélassions sur la rive jusqu'au raid des moustiques. Puis, à l'abri dans le hangar, à la lueur des lampes, nous lisions et bavardions.

J'essayais de lire *Parade's End*[1] que je venais de commencer. Les jeunes licenciés ès lettres ont de sérieuses ambitions de lecture, mais finissent rarement les livres qu'ils entament ; je ne devais pas achever *Parade's End* avant ma quarantième année — quand je fus tenté de le reprendre. Owen lisait un manuel militaire : *Survie, Évasion et Fuite.*

« JE T'EN LIRAI DES PASSAGES SI TU ME LIS DES PASSAGES DU TIEN.

— D'accord.

— " LA SURVIE EST ESSENTIELLEMENT UNE QUESTION DE VOLONTÉ. "

— Ça m'a l'air raisonnable.

— MAIS ÉCOUTE-MOI ÇA : " COMPORTEMENT AVEC LES INDIGÈNES ". »

Je ne pus m'empêcher de penser que les seuls indigènes auxquels aurait affaire Owen seraient les habitants de l'Indiana et de l'Arizona.

« " RESPECTEZ LEURS BIENS PRIVÉS, PARTICULIÈREMENT LEURS FEMMES. "

— Tu me charries ! C'est pas dans le bouquin.

— ÉCOUTE-MOI ÇA ! " ÉVITEZ TOUT CONTACT PHYSIQUE, MAIS SANS EN AVOIR L'AIR. " »

Ça nous fit hurler de rire, mais je ne lui dis pas que c'étaient plutôt les indigènes de l'Arizona et de l'Indiana qui suscitaient mon hilarité !

« TU VEUX SAVOIR COMMENT PRENDRE SOIN DE TES PIEDS ?

— Pas vraiment.

— QUE PENSES-TU DES " PRÉCAUTIONS CONTRE LES PIQÛRES DE MOUSTIQUES : ÉTALEZ DE LA BOUE SUR VOTRE VISAGE, SURTOUT AVANT D'ALLER VOUS COUCHER ". »

---

1. Trilogie de l'écrivain américain Ford Madox Ford *(NdÉ)*.

Ça nous fit tire-bouchonner un bon moment.

« AH, VOILÀ UN PASSAGE SUR L'ALIMENTATION : " NE BUVEZ PAS D'URINE. "

— On dirait que ça s'adresse à des enfants !

— LES SOLDATS, C'EST LA MÊME CHOSE !

— Quel monde d'abrutis !

— VOILÀ QUELQUES BONS CONSEILS POUR DESCENDRE D'UN TRAIN EN MARCHE : " AVANT DE SAUTER, ASSUREZ-VOUS QUE C'EST DU BON CÔTÉ DE LA VOIE, SINON VOUS POURRIEZ VOUS FAIRE HAPPER PAR UN AUTRE TRAIN ROULANT EN SENS INVERSE. "

— Sans blague !

— ÉCOUTE ÇA, ÉCOUTE : " LES BUISSONS DE STRYCH-NINE POUSSENT À L'ÉTAT SAUVAGE SOUS LES TROPIQUES. LEURS BAIES APPÉTISSANTES, BLANCHES ET JAUNES, SONT TRÈS RÉPANDUES EN ASIE DU SUD-EST. CES FRUITS ONT UNE PULPE EXTRÊMEMENT AMÈRE, ET LES GRAINES REN-FERMENT UN POISON FOUDROYANT. " » J'évitai de remar-quer qu'on avait peu de chances d'en rencontrer en Indiana ou en Arizona. « ET VOILÀ UN PETIT CHEF-D'ŒUVRE DANS LA SÉRIE " SANS BLAGUE ! ", dit Owen. ÇA TRAITE DE LA TECHNIQUE D'ÉVASION QUAND ON IGNORE SI ON SE TROUVE EN TERRITOIRE AMI OU ENNEMI : " IL EST DIFFI-CILE DE DISTINGUER LES REBELLES DES ALLIÉS. " »

Cette fois, je ne pus m'en empêcher :

« J'espère que tu ne te trouveras pas dans cette situation en Indiana ou en Arizona.

— LIS-MOI UN PASSAGE DE *TON* LIVRE », me dit-il en refermant son manuel.

Je lui parlai de la fille de Mrs. Satterthwaite, laquelle avait quitté son mari et son enfant pour suivre un autre homme, et qui, maintenant, voulait que son mari la reprenne, tout en le détestant et en souhaitant son mal-heur. Un ami de la famille — un prêtre — confie à Mrs. Satterthwaite sa crainte que sa fille n'ait à subir à son tour l'infidélité de son mari. Le prêtre prédit que la fille va « détruire son foyer » et que « le monde retentira de ses méfaits ». Voici la scène que je lus à Owen :

« " Voulez-vous dire, demanda Mrs. Satterthwaite, que

Sylvia serait capable d'un acte aussi grossier ? — Comme toute femme qui a torturé un homme pendant des années, puis qui le perd brutalement, répondit le prêtre. Plus elle s'est fait une habitude de le torturer, plus elle répugne à le perdre. ˮ

— QUEL MONDE D'ABRUTIS ! ˮ, dit Owen Meany.

Sur Loveless Lake, on voyait davantage de canots à moteur que de palmipèdes ; même en pleine nuit, on entendait plus de vrombissements que de cris d'animaux. Nous décidâmes donc de filer vers le nord, par Dixville Notch, jusqu'à Lake Francis, là où c'était vraiment sauvage, nous avait dit Simon. En effet, notre étape à Lake Francis, l'un des lacs les plus au nord du New Hampshire, fut toute différente, mais ni Owen ni moi n'étions des campeurs aguerris. A Lake Francis, les cris funèbres des plongeons nous terrifièrent, de même que l'obscurité sépulcrale de ces rives désertes la nuit. Il y avait tellement de raffut nocturne — insectes, oiseaux, créatures diverses — que nous ne pûmes fermer l'œil. Un matin, vous vîmes un élan.

« RENTRONS CHEZ NOUS AVANT DE TOMBER SUR UN OURS, dit Owen Meany. DE PLUS, IL FAUT QUE JE PASSE QUELQUES JOURS AVEC HESTER. »

Mais en quittant Lake Francis, il dirigea la camionnette vers le nord — en direction du Québec.

« ON EST TOUT PRÈS DU CANADA, JE VEUX VOIR À QUOI ÇA RESSEMBLE. »

Sur cette frontière-là, il n'y a pas grand-chose à voir, rien que la forêt sur des kilomètres et un chemin étroit abîmé par les intempéries, noirâtre et crevassé, incrusté de feuilles mortes. Le poste frontière n'était qu'une cabane ; la barrière semblait aussi fragile et banale qu'un passage à niveau. Les douaniers canadiens ne nous prêtèrent aucune attention, bien que nous ayons arrêté le camion tout près de la frontière, faisant face au territoire américain ; nous abaissâmes le hayon arrière et nous nous assîmes un moment, face au Canada. Ce ne fut qu'au bout d'une demi-heure que l'un des douaniers canadiens fit quelques pas dans notre direction, puis s'immobilisa pour nous examiner à son tour.

Aucun véhicule ne franchit la frontière, ni dans un sens ni dans l'autre, et les hauts sapins de part et d'autre ne présentaient pas la moindre différence quelle que fût leur nationalité.

« JE SUIS SÛR QU'IL FAIT BON VIVRE DANS CE PAYS-LÀ », dit Owen Meany pendant notre retour à Gravesend.

* * *

On donna une petite fête pour son départ, au 80 Front Street ; Hester et Grand-Mère étaient un peu tristes, mais l'ambiance générale fut plutôt gaie. Notre historien, Dan Needham, nous fit un long discours assez confus sur l'origine du nom de Fort Benjamin Harrison, baptisé selon lui en l'honneur du père — ou du petit-fils — de William Henry Harrison, neuvième président des États-Unis ; Dan nous proposa une interprétation tout aussi douteuse de l'origine de « hoosier », surnom que l'on donne aux natifs de l'Indiana — mais personne n'en fut plus avancé. Puis nous enfermâmes Owen Meany dans le noir à l'intérieur du passage secret, pendant que Mr. Fish déclamait, d'une voix beaucoup trop emphatique, une tirade du *Jules César* de Shakespeare qu'Owen affectionnait :

« " Les poltrons meurent plusieurs fois avant de mourir ; le vaillant ne connaît qu'une seule mort. "

— JE SAIS ! JE SAIS ! OUVREZ LA PORTE ! cria Owen Meany.

— " De toutes les merveilles dont j'ai ouï dire, poursuivit Mr. Fish, la plus étrange est que les hommes craignent la mort ; sachant que la mort, cette fin nécessaire, vient à son heure. "

— D'ACCORD. D'ACCORD ! JE N'AI PAS PEUR DU TOUT... MAIS C'EST PLEIN DE TOILES D'ARAIGNÉE LÀ-DEDANS ! »

Peut-être inspiré par l'obscurité, il insista pour qu'Hester et moi nous l'accompagnions dans le grenier. Il voulait que nous entrions avec lui dans la penderie de Grand-Père ; mais cette fois, ce n'était pas pour jouer à l'armadillo, nous n'avions pas de torche électrique et ne courions pas le danger qu'Hester nous empoigne le *shtick*. Owen avait simplement envie que nous restions un moment ensemble dans le noir.

« Pourquoi faisons-nous ça ? demanda Hester.

— CHUT ! TENONS-NOUS LA MAIN, FORMONS UN CERCLE ! », commanda-t-il.

Nous obéîmes ; la main d'Hester était beaucoup plus grande que celle d'Owen.

« Et alors ? fit Hester.

— CHUT ! »

Ça sentait la naphtaline ; les vieux vêtements frémissaient les uns contre les autres ; les antiques parapluies, depuis longtemps mangés par la rouille, ne devaient plus pouvoir s'ouvrir, et les bords des vieux chapeaux étaient si desséchés qu'ils se seraient brisés si quiconque avait tenté de leur redonner forme.

« N'AYEZ PAS PEUR », nous dit Owen Meany.

C'était tout ce qu'il avait à nous dire avant de partir pour l'Indiana.

Plusieurs semaines s'écoulèrent avant que nous ayons de ses nouvelles, Hester et moi ; je pense qu'il était pas mal occupé au Fort Benjamin Harrison. Je rencontrais parfois Hester le soir, sur la promenade de Hampton Beach, généralement accompagnée d'un garçon, rarement le même, et qu'elle ne prenait jamais la peine de me présenter.

« Tu as des nouvelles ? lui demandais-je.

— Toujours rien, et toi ? »

Quand nous en eûmes, ce fut ensemble ; ses premières lettres ne disaient rien d'extraordinaire ; il semblait plus proche de l'ennui que de l'allégresse. Hester et moi, nous dépensâmes probablement plus d'énergie à commenter ses premières lettres qu'il n'en avait mis à les écrire.

Un commandant l'avait pris à la bonne ; Owen disait que ses anciens articles dans *Le Caveau* lui avaient fait meilleure réputation dans l'armée que tout son entraînement militaire. Hester reconnut avec moi qu'Owen semblait déprimé. De son travail, il disait simplement : « IL FAUT REMPLIR UN TAS DE PAPERASSES TOUS LES JOURS. »

A compter du deuxième mois, ses missives se firent plus

guillerettes. Il se montrait plus optimiste quant à sa future affectation ; il avait entendu dire du bien de Fort Huachuca, en Arizona. Tous les gens de Fort Benjamin Harrison l'assuraient que Fort Huachuca était un endroit sympathique ; il serait affecté à l'état-major des transmissions, où le colonel qui le dirigeait était réputé « coulant » question mutations ; il avait déjà aidé plusieurs de ses jeunes officiers dans leurs demandes de transfert.

Quand je retournai à l'université à l'automne 1966, je cherchais toujours un logement à Durham, ou à Newmarket, entre Durham et Gravesend. Je cherchais mollement, mais je devais admettre qu'Owen avait raison ; à vingt-quatre ans, j'étais trop vieux pour vivre encore avec mon beau-père ou ma grand-mère.

« Viens donc t'installer chez moi, me dit Hester. Tu auras ta propre chambre », ajouta-t-elle sans nécessité.

Quand ses deux précédentes colocataires l'avaient quittée après leur diplôme, elle n'en avait remplacé qu'une ; après tout, la plupart du temps Owen était là, et c'était mieux ainsi. Quand la dernière colocataire était partie se marier, Hester n'avait pas cherché à la remplacer. Ma première inquiétude, pour partager l'appartement d'Hester, était qu'Owen pût ne pas être d'accord.

« C'est lui qui en a eu l'idée, me dit Hester. Il ne t'en a pas parlé dans ses lettres ? »

La lettre arriva peu après son installation à Fort Huachuca :

« SI HESTER EST TOUJOURS SEULE, POURQUOI N'HABITERAIS-TU PAS CHEZ ELLE ? COMME ÇA, JE POURRAIS VOUS TÉLÉPHONER À TOUS LES DEUX — EN PCV ! — AU MÊME NUMÉRO.

« J'AIMERAIS QUE TU VOIES FORT HUACHUCA ! TRENTE MILLE HECTARES DE PRAIRIE, À QUINZE CENTS MÈTRES D'ALTITUDE. TOUT EST OCRE ET BRUN, SAUF LES MONTAGNES AU LOIN, TOUR À TOUR BLEUES, POURPRES ET ROSES. IL Y A UN GRAND LAC POISSONNEUX JUSTE DERRIÈRE LE MESS DES OFFICIERS ! ICI, IL Y A PRESQUE VINGT MILLE GRIVETONS, MAIS LE FORT EST TELLEMENT ÉTENDU QU'ON NE S'EN REND MÊME PAS COMPTE... L'ENTRÉE DU

FORT EST À DIX KILOMÈTRES DU TERRAIN D'AVIATION ET À DOUZE DES BARAQUEMENTS DU QUARTIER GÉNÉRAL, ET DE LÀ, ON PEUT ENCORE PARCOURIR DIX KILOMÈTRES VERS L'EST. JE COMPTE ME METTRE AU TENNIS... JE PEUX PRENDRE DES LEÇONS DE PILOTAGE, SI J'EN AI ENVIE ! ET ON N'EST QU'À TRENTE-DEUX KILOMÈTRES DE MEXICO ! ÇA N'A RIEN D'UN DÉSERT, MAIS ON TROUVE DES CACTUS CANDÉLABRES ET DES FIGUIERS DE BARBARIE, ET AUSSI DES SANGLIERS QU'ON APPELLE DES *JAVELINAS,* ET DES COYOTES. ET TU SAIS QUELLE EST LA NOURRITURE PRÉFÉ-RÉE DES COYOTES ? LES CHATS DOMESTIQUES !

« FORT HUACHUCA EST LA BASE MILITAIRE QUI POS-SÈDE LE PLUS DE CHEVAUX. TOUS CES CHEVAUX, L'ARCHI-TECTURE FIN DE SIÈCLE DES VIEILLES MAISONS, LES BARA-QUES EN BOIS ET LES TERRAINS DE MANŒUVRE — VES-TIGES DES GUERRES CONTRE LES INDIENS — DONNENT L'IMPRESSION DE PLONGER DANS LE PASSÉ. ET BIEN QUE TOUT ÇA SOIT IMMENSE, C'EST QUAND MÊME ISOLÉ ; JE M'IMAGINE VIVRE DANS LE PASSÉ.

« QUAND IL PLEUT, LES BUISSONS DE FLEURS DU DÉSERT EMBAUMENT ; MAIS LA PLUPART DU TEMPS, IL FAIT BEAU ET CHAUD — PAS UNE CHALEUR MOITE, L'AIR EST PLUS SEC QUE PARTOUT AILLEURS. MAIS — *NE T'INQUIÈTE PAS* — IL N'Y A PAS DE PALMIERS ! »

J'emménageai donc chez Hester. Je m'aperçus rapide-ment que je l'avais mal jugée, en la taxant de souillon. Elle n'était négligée que sur elle ; elle gardait très propres ses chambres d'hôtes, allant même jusqu'à ranger mes vête-ments et mes livres quand je les laissais traîner dans les parties communes. Les cafards dans la cuisine ne pouvaient être imputés à sa crasse et, bien qu'elle parût fréquenter pas mal de types, je n'en vis jamais un seul passer la nuit dans l'appartement. Il lui arrivait souvent de rentrer tard, mais elle rentrait toujours. Je ne lui demandai jamais si elle restait « fidèle » à Owen Meany, voulant lui laisser le bénéfice du doute. En outre, qui pouvait savoir ce que faisait Owen de son côté ?

De ses lettres, nous comprenions qu'il tapait beaucoup à la machine ; il jouait au tennis, ce que nous trouvions hautement improbable, et avait même pris plusieurs leçons de pilotage, ce qui nous paraissait tout à fait invraisemblable. Il se plaignait que sa chambre au quartier des officiers célibataires — identique aux chambres individuelles d'étudiants — manquât d'aération, mais il fallait bien qu'il se plaigne de quelque chose.

Il nous confia qu'il « léchait les bottes » du commandant en chef, un certain général de division nommé LaHoad :

« On l'appelle " LaToad "[1], écrivait Owen, mais c'est un brave type, et j'aurais pu tomber plus mal que me retrouver son aide de camp — je le travaille au corps pour qu'il me pistonne.

« C'est bien l'armée : quand je me présente à l'état-major des transmissions, ils me disent qu'il y a eu une erreur, qu'ils m'ont versé dans la section de surveillance ! Je signe les décharges, j'assiste aux réunions des officiers — J'ai servi de greffier pour la dernière. Mon travail le plus dangereux est celui de veilleur de nuit ; je trimballe une torche électrique et un radio-émetteur. Ça me prend deux heures pour vérifier que toutes les serrures sont bien fermées et les portes intactes, celles des entrepôts, des magasins, des cuisines, des garages et des soutes à munitions. J'ai eu le temps d'apprendre par cœur toutes les consignes d'urgence du manuel des officiers — " En cas d'attaque nucléaire, procédez comme suit... ", etc.

« Les bons jours, le général LaHoad me confie le bar pendant ses réceptions — à sa dernière sauterie, j'ai dû apporter des verres à son évaporée de femme *toute la nuit !* Pas réussi à la soûler, mais elle a apprécié mon service. Elle me trouve " mignon ", tu vois le genre ! Je pense que si je deviens l'aide de camp de LaHoad — si je tiens le coup —, il appuiera ma demande de transfert. Quel choc ce serait pour le bureau du personnel ! Je leur manquerais drôlement ! Aujourd'hui, j'ai

---

1. *Toad* signifie « crapaud » en anglais *(NdÉ)*.

SIGNÉ LA PERMISSION D'UN AUMÔNIER ET AIDÉ UNE MÈRE HYSTÉRIQUE À RETROUVER SON FILS, UN VILAIN QUI N'AVAIT PAS ÉCRIT DEPUIS LONGTEMPS À SA FAMILLE...

« A PROPOS DE FAMILLE, J'AURAI DIX JOURS DE PERMISSION POUR NOËL. »

Nous l'attendîmes avec impatience, Hester et moi. En octobre, le président Johnson alla inspecter les troupes au Vietnam, mais aucune nouvelle d'Owen Meany concernant son éventuel changement d'affectation. Tout ce qu'il nous en dit fut : « L'ÉLÉMENT ESSENTIEL, C'EST LE GÉNÉRAL LaHOAD. JE LUI CARESSE LE DOS... ATTENDONS LA SUITE. »

Vers décembre, il nous informa qu'il avait envoyé une nouvelle demande à Washington, pour son transfert au Vietnam ; chacune de ses nouvelles demandes devait passer par la voie hiérarchique, laquelle comprenait le général LaHoad. En décembre, le général de division affecta Owen au bureau d'assistance aux familles des tués. Apparemment, Owen avait fait une impression considérable sur une famille dans le chagrin, laquelle avait des relations au Pentagone ; par la voie hiérarchique, le général avait reçu une lettre personnelle de recommandation ; le bureau d'assistance avait toutes raisons d'être fier, son sous-lieutenant Paul O. Meany, Jr., ayant été d'un grand réconfort aux parents d'un sous-officier d'infanterie tué au Vietnam. Owen les avait émus aux larmes en lisant la citation à l'ordre de la Silver Star du défunt. Le général de division LaHoad avait félicité Owen personnellement.

A Fort Huachuca, le bureau des tués se composait du sous-lieutenant Paul O. Meany, Jr., et d'un sergent d'état-major d'une trentaine d'années, « UN SOLDAT DE CARRIÈRE RONCHONNOT », selon Owen ; mais ledit scrogneugneu était l'époux d'une Italienne dont les spaghettis, « GASTRONOMIQUES COMPARÉS À CEUX D'HESTER », rendaient la fréquentation du sergent presque agréable. Les deux responsables du bureau des tués étaient assistés d'« UN SEM-5 DE VINGT-TROIS ANS ET D'UN SEM-4 DE VINGT-DEUX ».

« Il pourrait aussi bien parler d'insectes, pour ce que j'y

connais! fulmina Hester. Qu'est-ce que c'est que ces putains de SEM-5 et de SEM-4? Comment veut-il qu'on sache de quoi il parle? »

Je lui précisai qu'il s'agissait de « secrétaires d'état-major » de niveau 4 et 5, puis j'écrivis à Owen :

« Quel est le travail exact d'un officier d'assistance? »

Sur les murs du bureau des tués, me dit Owen, étaient accrochées des cartes de l'Arizona et du Vietnam, et la liste des soldats de l'Arizona, prisonniers de guerre ou portés disparus, avec les coordonnées de leurs familles. Quand la dépouille d'un natif de l'Arizona était expédiée du Vietnam, on allait la récupérer en Californie pour l'escorter jusqu'à sa famille. Le corps, expliquait Owen, devait être escorté par un militaire d'un grade égal ou supérieur ; ainsi la dépouille d'un simple soldat pouvait être escortée par un sergent ; un sous-lieutenant escorterait le corps d'un autre sous-lieutenant, ou, disons, d'un sous-officier d'active.

« Hester! m'écriai-je. Il livre des cadavres! C'est lui qui ramène les tués à leurs familles!

— C'est tout à fait dans ses cordes! fit Hester. Ce domaine lui est déjà familier. »

Ce qui était dans mes cordes, à moi, c'était la lecture ; mes ambitions n'allaient pas plus loin que le choix de mes livres. J'aimais poursuivre mes études de lettres ; j'aimais aussi mon premier boulot d'enseignant... mais je manquais totalement d'audace. La simple pensée de convoyer des cadavres me donnait la chair de poule!

Dans son journal, il écrivait : « LE BUREAU DES TUÉS SE TROUVE DANS LA PARTIE DU SERVICE LA PLUS ANCIENNE, CONSTRUITE APRÈS L'EXPÉDITION DE BLACK JACK PERSHING CONTRE PANCHO VILLA... UNE VIEILLE BÂTISSE ORNÉE DE STUCS, AVEC LES PLAFONDS QUI S'ÉCAILLENT. AU MUR, IL Y A UN POSTER OÙ FIGURENT TOUTES LES DÉCORATIONS QU'ON PEUT GAGNER DANS L'ARMÉE. A LA POINTE FEUTRE, ON ÉCRIT SUR DES PANNEAUX DE PLASTIQUE LES NOMS DES MORTS DE LA SEMAINE, EN FACE DES PRISONNIERS DE GUERRE. MON TITRE EXACT DANS L'ARMÉE EST " OFFICIER D'ASSISTANCE AUX FAMILLES DES TUÉS ", AUTREMENT DIT CROQUE-MORT. »

« Bon Dieu ! Raconte-moi tout ! lui dis-je lors de sa permission de Noël.

— QUEL EFFET ÇA TE FAIT, D'ÊTRE ENSEIGNANT ? », me répliqua-t-il. Puis il demanda à Hester : « TU ES CONTENTE DE TON COLOCATAIRE ? »

Il était hâlé, en pleine forme, sans doute à cause du tennis ; il ne portait qu'une seule décoration.

« ILS LA DONNENT À TOUT LE MONDE. »

Sur la manche gauche, un écusson indiquait son arme, et sur chaque épaulette un galon doré révélait son grade de sous-lieutenant ; les pointes de col portaient l'insigne US et l'écusson d'argent rayé de rouge et de bleu précisant sa spécialité, l'état-major général. Autre ornement : le nom MEANY figurait sur son uniforme.

« QUANT À L'ÉCUSSON " SERVICE À L'ÉTRANGER ", JE N'Y CROIS PLUS TELLEMENT », fit-il humblement.

Hester et moi ne pouvions le quitter des yeux. Elle lui demanda :

« On les met vraiment dans des sacs en plastique... les cadavres ?

— Est-ce que tu dois vérifier le contenu des sacs ? demandai-je.

— Il y en a qui sont en petits morceaux ? demanda Hester.

— Je pense que ça a dû te dissuader de vouloir partir te battre ! lui dis-je.

— Comment les familles réagissent-elles ? Et les veuves ? Tu leur dis quoi, aux veuves ? », demanda Hester.

Sous ce bombardement de questions, il demeura terriblement calme, nous donnant l'impression de ne pas avoir quitté l'école — ce qui était le cas, bien sûr. Il nous dit d'un ton uni :

« IL FAUT ALLER LES RÉCEPTIONNER EN CALIFORNIE. JE VAIS D'ABORD PAR AVION JUSQU'À TUCSON, PUIS JE PRENDS UN VOL POUR OAKLAND — C'EST À LA BASE D'OAKLAND QU'ON ME REMET LES INSTRUCTIONS DE PRISE EN CHARGE.

— Qu'est-ce que c'est que ça, bon Dieu ? », fit Hester.

Owen ignora l'interruption.

« QUELQUEFOIS, JE REVIENS DE SAN FRANCISCO PAR AVION. DE TOUTE FAÇON, JE VAIS VÉRIFIER LE CONTENEUR DANS LA ZONE DES BAGAGES... ENVIRON DEUX HEURES AVANT LE RETOUR.

— Tu vérifies le sac en plastique ? demandai-je.

— C'EST UN CONTENEUR EN CONTRE-PLAQUÉ. LE CORPS, *EMBAUMÉ,* EST DANS UN CERCUEIL EN ACIER. EN CALIFORNIE, JE VÉRIFIE SIMPLEMENT QUE LE CONTENEUR EST INTACT.

— Pourquoi ? fis-je.

— A CAUSE DES FUITES. »

Hester semblait près de vomir.

« IL Y A UNE ÉTIQUETTE SUR LE CONTENEUR — JE VÉRIFIE QU'ELLE CONCORDE BIEN AVEC LE BORDEREAU TAC...

— TAC ? Qu'est-ce que c'est encore ? demandai-je.

— TUÉ AU COMBAT.

— J'aurais dû m'en douter.

— UNE FOIS ARRIVÉ EN ARIZONA, AUX POMPES FUNÈBRES, C'EST LÀ QUE JE VÉRIFIE L'ÉTAT DU CORPS.

— Je ne veux pas en savoir davantage, dit Hester.

— D'ACCORD », fit-il en haussant les épaules.

Nous allâmes nous exercer un peu au gymnase de l'Institut, sans Hester, ce qui me permit de poursuivre mon interrogatoire.

« GÉNÉRALEMENT, ON DISCUTE AVEC L'ENTREPRENEUR DES POMPES FUNÈBRES POUR SAVOIR SI LE CORPS EST PRÉSENTABLE OU PAS, AFIN QUE LA FAMILLE PUISSE LE VOIR OU NON... PARFOIS, LA FAMILLE VEUT QUE JE RESTE. LES GENS ONT L'IMPRESSION QUE JE FAIS PARTIE DE LA FAMILLE. A D'AUTRES MOMENTS, JE SENS QU'IL EST PRÉFÉRABLE DE NE PAS M'IMPOSER. POUR TOUT ÇA, IL FAUT IMPROVISER LE MOMENT VENU. ENSUITE, IL Y A LA REMISE DU DRAPEAU AMÉRICAIN ; GÉNÉRALEMENT, ON DONNE LE DRAPEAU À LA MÈRE, OU À L'ÉPOUSE SI LE TYPE ÉTAIT MARIÉ. C'EST LÀ QUE JE FAIS MON PETIT DISCOURS.

— Qu'est-ce que tu dis ? »

Il faisait rebondir le ballon de basket, secouant presque

imperceptiblement la tête au rythme du dribble, les yeux ne quittant pas l'anneau du panier.

« " C'EST MON PRIVILÈGE DE VOUS REMETTRE LE DRA-PEAU DE NOTRE PAYS, EXPRESSION DE NOTRE GRATITUDE POUR L'HÉROÏQUE SACRIFICE DE VOTRE FILS À LA PATRIE " — NATURELLEMENT, JE DIS " DE VOTRE MARI " SI JE M'ADRESSE À LA VEUVE.

— Comme il se doit. »

Il me passa le ballon et demanda :

« PRÊT ? »

Il se dirigeait déjà vers moi, se préparant déjà à bondir, voyant déjà le ballon dans le filet, quand je lui renvoyai le ballon.

Ces jours et ces nuits furent trop courts ; nous tentâmes de nous rappeler le nom du porte-parole gouvernemental qui avait dit que l'opération « Rolling Thunder » « resser-rait son étau sur Hanoi », à quoi Owen avait répliqué : « JE CROIS QU'HANOI SERA À LA HAUTEUR. »

Selon Dean Rusk et le département d'État, nous étions en train de « gagner une guerre d'usure », et Owen avait dit : « CE N'EST PAS LE GENRE DE GUERRE QUE NOUS PUISSIONS GAGNER. »

Il avait révisé certaines de ses opinions sur notre politique au Vietnam. Quelques vétérans de la guerre, rencontrés à Fort Huachuca, l'avaient convaincu que le maréchal Ky avait connu une réelle popularité, mais qu'à présent le Vietcong faisait des adeptes parmi les paysans du Sud-Vietnam, car nos troupes s'étaient retirées des régions peuplées et perdaient leur temps à pourchasser les Nord-Vietnamiens à travers jungles et montagnes. Owen voulait savoir pourquoi nos troupes ne s'étaient pas retirées dans ces régions peuplées pour y attendre l'assaut des Nord-Vietnamiens et du Vietcong. Puisque nous « protégions » le Sud-Vietnam, pourquoi ne pas nous mêler à la popula-tion et la protéger ?

D'un autre côté, on s'y perdait car nombre de vétérans du Vietnam qu'Owen avait rencontrés pensaient que nous devrions davantage « mettre le paquet » partout ailleurs, bombarder encore plus le Nord-Vietnam, miner les ports et débarquer au nord de la zone démilitarisée pour couper tout convoi d'approvisionnement destiné à l'armée nord-vietnamienne, bref, se battre pour gagner ! Il n'y avait aucun moyen de savoir vraiment ce qu'il fallait faire sans aller y voir, dit Owen, mais il demeurait convaincu qu'une guerre conventionnelle contre le Nord-Vietnam était une stupidité. Nous aurions dû rester au Sud-Vietnam et protéger les Sud-Vietnamiens contre toute agression, jusqu'à ce que le Sud-Vietnam constitue une armée et surtout un gouvernement suffisamment forts et populaires pour pouvoir le défendre eux-mêmes.

« Alors, les Sud-Vietnamiens seraient capables de riposter et d'attaquer le Nord-Vietnam sans l'aide de personne ? C'est bien ça que tu veux dire ? lui demanda Hester. Tu es à peu près aussi malin que L.B.J. ! »

Hester se refusait à prononcer « le président Johnson ». De ce dernier, Owen dit :

« On n'a jamais eu de pire président... Impossible de trouver pire... sauf si on élit McNamara ! »

Hester lui parla du Mouvement pour la paix.

« Quel Mouvement pour la paix ?... Ah ! Tu veux sans doute parler du " Mouvement-pour-échapper-au-service " ? C'est le seul mouvement que je connaisse. »

Comme la guerre elle-même, nos discussions ne menaient nulle part. Je quittai l'appartement, pour leur laisser quelques nuits en tête à tête ; j'ignore s'ils apprécièrent mon intention. Je passai quelques soirées agréables avec Dan et Grand-Mère.

J'avais réussi à convaincre Grand-Mère d'aller avec moi par le train passer les fêtes de Noël à Sawyer Depot ; Grand-Mère avait décrété, auparavant, qu'elle ne prendrait plus jamais le train. Il fut convenu avec Dan qu'il nous rejoindrait, après l'ultime représentation du *Chant de Noël*. De plus, Oncle Alfred et Tante Martha avaient convaincu Hester d'emmener Owen à Sawyer Depot pour Noël, c'est dire à quel point il les avait favorablement impressionnés ! Hester affectait toujours de mépriser ces coûteuses réunions de famille, et je pense que c'est pour faire plaisir à Owen qu'elle finit par accepter.

Puis tous ces beaux projets s'écroulèrent. Nul n'avait encore remarqué à quel point le trafic ferroviaire s'était dégradé ; il s'avéra impossible d'aller par le train de Gravesend à Sawyer Depot ! Le chef de gare dit même à Dan que, le soir de Noël, il était impossible de se rendre où que ce soit par le train... Aussi, une fois de plus, nous en revînmes à nos célébrations séparées. La veille de Noël, Owen et moi nous nous entraînions au gymnase et il me dit qu'il passerait un Noël tranquille avec ses parents ; quant à moi, je tiendrais compagnie à Dan et à ma grand-mère. D'après Owen, Hester avait accepté sur un coup de tête une invitation dans UN ENDROIT AU SOLEIL.

« TU DEVRAIS PENSER À ADHÉRER AU MOUVEMENT POUR LA PAIX, MON VIEUX. » Ce « mon vieux », il l'avait attrapé à Fort Huachuca. « A CE QU'ON M'A DIT, C'EST UN BON MOYEN DE TIRER UN COUP. TU PRENDS L'AIR MALHEU- REUX... OU EN COLÈRE, ÇA AIDE AUSSI, ET TU RACONTES QUE TU ES " CONTRE LA GUERRE " — COMME S'IL Y AVAIT DES GENS " POUR " ! — ET TU FAIS COMME SI TOUT ÇA T'ANGOISSAIT PROFONDÉMENT... EN UN RIEN DE TEMPS, TOUTES LES FILLES SE BATTRONT POUR ENTRER DANS TON LIT, JE T'EN FICHE MON BILLET ! »

Le ballon passait de l'un à l'autre, puis dans le filet ; je n'en reviens toujours pas de la rapidité que nous attei- gnions. Zip ! Il m'envoyait le ballon, demandait : « PRÊT ? », et zip ! je le lui renvoyais, m'apprêtant à le soulever. C'était automatique ; presque aussi vite qu'il avait saisi le ballon, il était là, dans mes bras, prenant son essor. Il ne prenait plus la peine de chronométrer. Nous étions tout le temps en dessous des trois secondes fatidi- ques, nous n'avions plus le moindre doute là-dessus, et très souvent nous battions notre record.

« Combien de cadavres y a-t-il par semaine ? lui deman- dai-je.

— EN ARIZONA ? JE DIRAIS DEUX EN MOYENNE, PAR- FOIS TROIS PAR SEMAINE. CERTAINES SEMAINES, ZÉRO. QUELQUEFOIS, UN SEUL. MAIS JE DIRAIS QUE LA MOITIÉ DE NOS PERTES N'ONT RIEN À VOIR AVEC LE VIETNAM... IL

FAUT COMPTER LES ACCIDENTS D'AUTO, ET QUELQUES SUICIDES.

— Quel pourcentage de ces pertes ne sont pas... comment dis-tu ça?... " présentables "?

— NE PENSE PAS AUX MORTS, CE N'EST PAS TON PROBLÈME — TON PROBLÈME, C'EST QU'IL TE RESTE DE MOINS EN MOINS DE TEMPS. QU'EST-CE QUE TU VAS FAIRE, QUAND TU PERDRAS TON SURSIS D'ÉTUDIANT? TU AS UN PLAN? SAIS-TU SEULEMENT CE QUE TU AS ENVIE DE FAIRE — À CONDITION QUE TU PUISSES FAIRE QUELQUE CHOSE? JE NE TE VOIS PAS HEUREUX DANS L'ARMÉE... JE SAIS QUE TU NE VEUX PAS ALLER AU VIETNAM, MAIS JE NE TE VOIS PAS NON PLUS PARMI LES VOLONTAIRES DE LA PAIX. ES-TU PRÊT À FILER AU CANADA? TU N'EN DONNES GUÈRE L'IMPRESSION, À MOI TOUT AU MOINS! TU N'AS MÊME PAS L'AIR D'UN VRAI PACIFISTE. TU ME PARAIS CAPABLE D'ADHÉRER AU PRÉTENDU " MOUVEMENT POUR LA PAIX " SANS ARRIVER À TIRER UN COUP! JE NE TE VOIS PAS DU TOUT FRAYER AVEC CES CONNARDS DE CONTESTATAIRES — JE NE T'IMAGINE POUVANT FRAYER AVEC PERSONNE, D'AILLEURS! CE QUE JE VEUX TE FAIRE COMPRENDRE, C'EST QUE LE MOMENT EST VENU POUR TOI DE PRENDRE UNE *DÉCISION!* IL VA TE FALLOIR TROUVER UN PEU DE COURAGE.

— Je veux continuer mes études. Je veux devenir professeur. Pour l'instant, je ne suis qu'un *lecteur.*

— TU DIS ÇA COMME SI TU EN AVAIS HONTE. LIRE, C'EST UN DON.

— C'est toi qui m'as appris.

— PEU IMPORTE. C'EST UN DON, ET SI TU AIMES QUELQUE CHOSE, IL FAUT LE PRÉSERVER — SI TU AS LA CHANCE DE TROUVER LE MODE DE VIE QUE TU AIMES, TU DOIS TROUVER LE COURAGE DE LE VIVRE.

— Pourquoi me faudrait-il du courage?

— TU VAS EN AVOIR BESOIN. QUAND TU SERAS CONVOQUÉ POUR LE CONSEIL DE RÉVISION, C'EST ALORS QU'IL TE FAUDRA DU COURAGE. APRÈS LA VISITE MÉDICALE, QUAND TU SERAS DÉCLARÉ " BON POUR LE SERVICE ARMÉ ", IL SERA TROP TARD POUR CHANGER D'AVIS. UNE FOIS QU'ILS T'AURONT CLASSÉ " BON POUR LE CASSE-

PIPE ", PLUS QUESTION DE FAIRE MACHINE ARRIÈRE. TU AS
INTÉRÊT À BIEN RÉFLÉCHIR MAINTENANT, MON VIEUX »,
dit Owen Meany.

Il regagna Fort Huachuca avant le Nouvel An. Hester ne
se montra pas, où qu'elle fût, et je passai le réveillon tout
seul, Grand-Mère se trouvant trop vieille pour saluer la
nouvelle année. Je ne picolai pas trop, juste assez. Je
regrettai l'absence d'Hester dans la roseraie, cette nuit-là.
Encore une tradition qui se perdait. Sans Hester, sans
Owen, je me sentais misérable.

Au Vietnam, il y avait plus de 385 000 Américains, et
presque 7 000 y avaient laissé leur peau ; c'était bien le
moins que je boive un coup à leur mémoire, non ?

Quand Hester revint de son PAYS ENSOLEILLÉ, j'évitai
de m'étonner sur son absence de bronzage. Il y eut d'autres
défilés, d'autres manifestations ; elle ne me demanda
jamais de l'y accompagner. Aucun autre garçon ne fut
autorisé à dormir avec elle dans notre appartement ; quand
nous parlions d'Owen, c'était pour dire à quel point nous
l'aimions.

« Tu penses tellement à lui et tellement à moi, me dit
Hester, que je me demande si tu trouveras un jour
l'occasion de baiser.

— Je pourrais toujours m'engager dans le Mouvement
pour la paix. Je prendrais l'air malheureux, ou en colère, ça
aide aussi, et je dirais que je suis contre la guerre... Je
ferais comme si tout ça m'angoissait profondément, et crac,
je baiserais tant que ça peut ! »

Hester ne daigna même pas sourire.

« Celle-là, je l'ai déjà entendue quelque part », dit-elle.

J'écrivis à Owen que j'avais pris Thomas Hardy comme
sujet de maîtrise, et je ne pense pas que ça le surprit. Je lui
dis que j'avais aussi beaucoup réfléchi à son conseil :
rassembler mon courage pour faire face à la situation,
quand je ne serais plus sursitaire. Quelle décision prendre ?
J'étais incapable d'imaginer une solution satisfaisante et me
demandais quelle sorte de COURAGE il pensait que je
devrais trouver. Je ne voulais pas aller au Vietnam, mais ne
savais que faire pour éviter d'y aller...

« Tu me dis toujours que je manque de foi, écrivais-je à Owen. Eh bien, tu vois, c'est ça qui me rend aussi indécis. J'attends que les événements surviennent, car je ne pense pas pouvoir les modifier d'aucune façon. Tu connais le poème de Hardy, *Destin,* je sais que tu le connais. Tu te rappelles : " Pourquoi la joie cache-t-elle la mort / Pourquoi l'espoir se fane-t-il ? / L'épais hasard obscurcit le soleil / Le temps du bonheur engendre la souffrance /… D'aveugles juges m'ont déjà condamné… " Tu comprends ce que ça veut dire : toi, tu crois en Dieu, et moi en l'épais hasard ; je crois en la chance, en la malchance. Tu piges ? A quoi ça me servira de prendre une quelconque décision ? D'avoir du courage ? Puisque tout arrivera quand même, sans qu'on n'y puisse rien changer ? »

Owen me répondit :

« NE SOIS PAS AUSSI CYNIQUE. RIEN N'ARRIVE PAR HASARD. TU NE CROIS PAS QU'UNE *DÉCISION* DE TA PART PUISSE CHANGER L'ORDRE DES CHOSES ? ALORS, LAISSE-MOI T'EXPLIQUER COMMENT ÇA SE PASSE AVEC LES CADAVRES, ET DIS-TOI QUE TU AS DE LA CHANCE, DIS-TOI QUE TU N'IRAS JAMAIS AU VIETNAM, DIS-TOI QUE TU NE SERAS JAMAIS OBLIGÉ DE FAIRE CE QUE JE FAIS ! — JE DOIS DIRE AUX AUTRES COMMENT CHARGER LE CORPS DANS L'AVION ET COMMENT LE DÉCHARGER, JE DOIS M'ASSURER QUE LA TÊTE EST PLUS HAUTE QUE LES PIEDS, PARCE QUE CE N'EST PAS JOLI-JOLI QUAND LES FLUIDES CORPORELS S'ÉCOULENT PAR LES ORIFICES — À CONDITION QU'IL Y AIT DES ORIFICES…

« ENSUITE, IL Y A LE CROQUE-MORT LOCAL. IL NE CONNAÎT GÉNÉRALEMENT PAS LE MORT. À SUPPOSER QUE LE CADAVRE SOIT ENTIER, À SUPPOSER QU'IL N'AIT PAS BRÛLÉ, QU'IL AIT ENCORE SON NEZ, DES TRAITS RECONNAISSABLES… PERSONNE NE SAIT À QUOI IL RESSEMBLAIT *AVANT,* ET LÀ-BAS, AU VIETNAM, LES SECTIONS DES DISPARUS NE SONT PAS RÉPUTÉES POUR LEURS IDENTIFICATIONS EXACTES ET MINUTIEUSES ! LA FAMILLE SERA-T-ELLE CONVAINCUE QUE C'EST VRAIMENT *LE SIEN* ? MAIS QUAND JE DIS À LA FAMILLE QUE LE CORPS N'EST PAS *PRÉSENTABLE,* N'EST-CE PAS ENCORE PIRE, POUR CES PAUVRES GENS,

D'*IMAGINER* L'HORRIBLE CHOSE QUI SE TROUVE SOUS LE
COUVERCLE DE LA BOÎTE ? ALORS, QUAND JE DIS : " NON,
IL VAUT MIEUX QUE VOUS NE REGARDIEZ PAS LE CORPS ",
JE ME SENS EN MÊME TEMPS OBLIGÉ DE DIRE : " ÉCOUTEZ,
CE N'EST PAS SI AFFREUX QUE ÇA. " ET SI JE LES LAISSE
REGARDER, MOI JE NE VEUX PAS ÊTRE LÀ. C'EST UNE
DÉCISION TRÈS PÉNIBLE À PRENDRE. TOI AUSSI, TU AS UNE
DÉCISION PÉNIBLE À PRENDRE — MAIS PAS SI PÉNIBLE QUE
ÇA ! ET TU N'AS PLUS BEAUCOUP DE TEMPS... »

Au printemps 1967, quand je reçus la convocation pour
la visite médicale, je n'avais toujours pas compris ce
qu'avait voulu dire Owen Meany.

« Tu ferais bien de lui téléphoner, me dit Hester, pour
qu'il éclaire ta lanterne. Et vite ! »

« NE T'INQUIÈTE PAS, me dit-il. NE TE PRÉSENTE PAS À
LA VISITE. NE FAIS RIEN DU TOUT ! TU AS ENCORE UN PEU
DE TEMPS. JE VAIS DEMANDER UNE PERMISSION, J'ARRIVE
DÈS QUE POSSIBLE. TU DOIS SIMPLEMENT SAVOIR CE QUE
TU VEUX. TU VEUX ALLER AU VIETNAM ?

— Non.

— TU VEUX PASSER LE RESTE DE TA VIE EN EXIL, À
RUMINER CE QUE TON PAYS T'A FAIT ?

— Présenté de cette façon, non.

— PARFAIT. J'ARRIVE. ET N'AIE PAS PEUR, ÇA NE
DEMANDE QU'UN PEU DE COURAGE », dit Owen Meany.

« Qu'est-ce qui ne demande " qu'un peu de courage " ? », me demanda Hester.

Un dimanche de mai, il m'appela depuis le magasin de
pierres tombales ; l'aviation US venait de bombarder une
centrale électrique à Hanoi, et Hester rentrait tout juste
d'une gigantesque marche de protestation à New York.

« Qu'est-ce que tu fabriques au magasin ? »

Il me dit qu'il donnait un coup de main à son père,
débordé par des commandes urgentes, et me demanda de
venir le rejoindre.

« On ne pourrait pas se voir dans un endroit plus gai,
boire une bière ?

— IL Y A PLEIN DE BIÈRES ICI ! »

Ce fut étrange de le retrouver un dimanche dans ce local

sinistre, où il était seul. Il portait un tablier curieusement propre et ses lunettes protectrices pendaient sur sa poitrine. Une odeur inhabituelle rôdait dans l'atelier, peut-être celle de la bière qu'il buvait. Il m'en ouvrit une boîte.

« N'AIE PAS PEUR, me dit-il.

— Je n'ai vraiment pas peur, mais je ne sais toujours pas ce que je dois faire.

— JE SAIS, JE SAIS. »

Il posa une main sur mon épaule. La roue diamantée avait un aspect différent.

« Tu as remplacé la scie circulaire ?

— SEULEMENT LA LAME. ELLE EST NEUVE. »

Je ne l'avais jamais vue briller autant ; les incrustations de diamant projetaient mille feux.

« NON SEULEMENT LA LAME EST NEUVE, MAIS JE L'AI FAIT BOUILLIR ET JE L'AI DÉSINFECTÉE À L'ALCOOL. »

C'était ça, la drôle d'odeur : l'alcool. Le cube de bois sur l'établi de la scie semblait neuf, lui aussi, le billot, comme nous l'appelions ; on n'y voyait pas une seule entaille.

« JE L'AI TREMPÉ DANS L'ALCOOL ET FAIT FLAMBER AUSSI. »

J'ai toujours eu des réactions lentes, en parfait lecteur que je suis ! Ce n'est qu'en assimilant l'odeur d'alcool à celle d'un hôpital que je compris quel genre de petit courage il attendait de moi. A côté de la roue diamantée, tout au bout de l'établi, Owen avait disposé les pansements stériles et un tourniquet.

« NATURELLEMENT, LA DÉCISION T'APPARTIENT, me dit-il.

— Naturellement.

— LE RÈGLEMENT DE L'ARMÉE STIPULE QU'UN INDI-VIDU NE PEUT ÊTRE RECONNU PHYSIQUEMENT APTE AU SERVICE ACTIF EN CAS D'ABSENCE DE LA PREMIÈRE JOIN-TURE D'UN DES POUCES, OU DES DEUX PREMIÈRES JOIN-TURES DE L'INDEX, DU MÉDIUS OU DE L'ANNULAIRE. JE SAIS QUE DEUX JOINTURES, C'EST BEAUCOUP, MAIS TU N'AS PAS ENVIE DE PERDRE UN POUCE.

— Non, je n'ai pas envie.

— TU COMPRENDS QUE LE MÉDIUS OU L'ANNULAIRE, C'EST UN PEU PLUS DIFFICILE POUR MOI ; JE DEVRAIS PLUTÔT DIRE QUE J'AURAI MOINS DE *PRÉCISION* AVEC LA ROUE DIAMANTÉE, AVEC UN MÉDIUS OU UN ANNULAIRE. JE VEUX TE GARANTIR QU'IL N'Y AURA PAS DE FAUSSE MANŒUVRE, ET CETTE PROMESSE SERA PLUS FACILE À TENIR S'IL S'AGIT D'UN INDEX.

— Je te comprends.

— LE RÈGLEMENT DE L'ARMÉE NE SPÉCIFIE PAS SI LE SUJET DOIT ÊTRE DROITIER OU GAUCHER... MAIS TOI, TU ES BIEN DROITIER, N'EST-CE PAS ?

— Oui.

— ALORS JE PENSE QUE CE DOIT ÊTRE L'INDEX DROIT, POUR PLUS DE SÛRETÉ. TU COMPRENDS, C'EST LE DOIGT AVEC LEQUEL ON PRESSE LA DÉTENTE D'UNE ARME, OFFICIELLEMENT. »

Je me sentis glacé. S'approchant de l'établi, il me montra comment poser la main sur le billot — mais sans toucher le bois ; s'il l'avait touché, il aurait craint d'y déposer des microbes. Serrant le poing, il entoura son pouce des trois derniers doigts, laissant seul l'index tendu.

« COMME ÇA, me dit-il. TU DOIS PROTÉGER LE PLUS POSSIBLE TES AUTRES DOIGTS. »

Sous le regard d'Owen Meany, j'étais incapable du moindre mouvement, de la moindre parole.

« TU DEVRAIS BOIRE UNE AUTRE BIÈRE. TU POURRAS CONTINUER À LIRE AVEC TES AUTRES DOIGTS — TU PEUX TOURNER LES PAGES AVEC N'IMPORTE QUEL DOIGT. »

Il sentait que j'étais prêt à me dégonfler.

« C'EST COMME TOUT LE RESTE... C'EST COMME POUR CHERCHER TON PÈRE. IL FAUT DES COUILLES. ET DE LA FOI, ajouta-t-il. LA FOI EST D'UN GRAND SECOURS. MAIS DANS TON CAS, MIEUX VAUT T'EN TENIR À TES COUILLES. TU SAIS, J'AI BEAUCOUP RÉFLÉCHI, POUR TON PÈRE... TU TE RAPPELLES LA PRÉTENDUE " FILIÈRE DE LA LUXURE " ? TON PÈRE, QUEL QU'IL SOIT, DOIT AVOIR EU LE MÊME PROBLÈME. C'EST QUELQUE CHOSE EN TOI QUE TU N'AIMES PAS. ÉCOUTE-MOI BIEN, JE SUIS SÛR QUE TON PÈRE ÉTAIT COMME ÇA ; IL DEVAIT AVOIR PEUR DE QUELQUE CHOSE EN

LUI. MAIS JE SUIS SÛR QUE TA MÈRE, ELLE, N'A JAMAIS EU PEUR. DE RIEN. »

Déjà incapable de bouger ou de parler, je n'arrivais même plus à déglutir.

« SI TU NE VEUX PAS UNE AUTRE BIÈRE, ESSAIE AU MOINS DE FINIR CELLE-LÀ ! »

Je me forçai à l'achever. Il me désigna l'évier.

« VA TE LAVER LES MAINS. FROTTE-TOI BIEN, ET ENSUITE FRICTIONNE-TOI À L'ALCOOL. »

Je fis ce qu'on me disait.

« TOUT VA TRÈS BIEN SE PASSER, reprit-il. JE TE DÉPOSE-RAI À L'HÔPITAL EN CINQ MINUTES, DIX MINUTES MAXI-MUM ! QUEL EST TON GROUPE SANGUIN ? »

Je secouai la tête, je ne connaissais pas mon groupe sanguin. Il éclata de rire.

« MOI, JE LE CONNAIS ! TU OUBLIES TOUT ! TU ES DU MÊME GROUPE QUE MOI ! SI BESOIN EST, JE TE DONNERAI MON SANG. »

J'étais paralysé devant l'évier.

« JE N'AVAIS PAS L'INTENTION DE TE LE DIRE — JE NE VOULAIS PAS T'INQUIÉTER —, MAIS TU ES DANS MON RÊVE. JE NE COMPRENDS PAS POURQUOI, MAIS TU Y ES. CHAQUE FOIS, TU Y ES.

— Dans ton rêve ? fis-je.

— JE SAIS QUE TU PENSES QUE " CE N'EST QU'UN RÊVE ", JE SAIS, JE SAIS... MAIS ÇA ME TURLUPINE QUE TU EN FASSES PARTIE. ALORS J'IMAGINE QUE SI TU NE VAS PAS AU VIETNAM, *TU NE POURRAS PLUS* ÊTRE DANS CE RÊVE.

— Owen, tu es complètement fou. »

Il haussa les épaules, puis me sourit.

« LA DÉCISION T'APPARTIENT. A TOI DE JOUER. »

Je m'arrachai à l'évier, approchai de l'établi ; la roue diamantée brillait trop, je ne pus supporter sa vue. Je posai le doigt sur le bloc de bois. Owen déclencha le moteur de la scie.

« NE REGARDE NI LA LAME NI TON DOIGT. REGARDE-MOI BIEN EN FACE. »

Quand il assujettit ses lunettes protectrices, je fermai les yeux.

« Ne ferme pas les yeux. Ça risque de t'étourdir. Regarde-moi bien. Le seul danger, c'est que tu bouges, alors ne bouge pas. Ce sera fini avant que tu sentes quoi que ce soit.

— Je ne pourrai pas, dis-je.

— N'aie pas peur. Tu peux si tu veux — si tu crois que tu peux ! »

Les verres de ses lunettes étaient parfaitement propres ; au travers, ses yeux étaient très clairs.

« Tu es mon ami, je t'aime, me dit Owen. Rien de fâcheux ne va t'arriver... Aie confiance en moi. »

Quand il fit descendre la roue diamantée dans ses rainures, j'essayai de chasser son vrombissement de mon esprit. Avant d'éprouver quoi que ce soit, je vis le sang éclabousser les verres des lunettes protectrices, au travers desquels les yeux d'Owen ne cillèrent pas, tant il était expert à manier son outil.

« Considère ça comme un petit cadeau de ma part », dit Owen Meany.

9

Le tir

Chaque fois que j'entends parler avec nostalgie des « sixties », j'éprouve le syndrome d'Hester, j'ai envie de vomir. Je me rappelle ces funestes imbéciles qui disaient — après le massacre de 2 800 civils à Hué en 1968 — que le Vietcong et les Nord-Vietnamiens nous étaient moralement supérieurs. Je me rappelle un type de mon âge, me demandant avec une terrifiante absence d'humour si je ne pensais pas que notre génération se prenait trop au sérieux et si ce n'était pas seulement la marijuana qui accroissait notre lucidité...

« Lucidité à l'égard de quoi ? », aurait demandé Owen Meany.

Je me rappelle l'agressivité des soi-disant « flower children »... oui, car l'obstination, pour la cause pacifiste ou toute autre, est *agressive*. Et toutes ces théories mystiques et vaseuses, comme de parler aux plantes ! Et, mis à part les Beatles et Owen Meany, pas la plus infinitésimale trace de dérision...

Voilà pourquoi Hester échoua dans sa carrière d'auteur et de chanteuse : une totale absence d'humour. C'est peut-être la raison pour laquelle elle est actuellement si populaire ; grâce à l'évolution de ces musiques, du folk au rock, grâce aussi à l'aide visuelle de ces consternants vidéo-clips — accumulations inconsistantes d'images conventionnelles dont toutes les télévisions du monde nous abreuvent jusqu'à l'overdose —, l'humour n'est plus indispensable. Le nom que s'est choisi Hester, seul, évoque la dérision qui lui fut jadis familière, lors de sa liaison avec Owen Meany. Quand elle chantait du folk, c'était sous son nom d'Hester

Eastman ; une illustre inconnue ; un ratage complet. Mais en rockeuse mûre, en adepte de la forme la plus grossière et primitive du rock, elle est devenue Hester la Mégère ! Une star.

« Qui aurait pu croire ça ? dit Simon. " Hester la Mégère ", son nom est dans toutes les bouches, dans tous les putains de canards. Cette salope devrait me donner un pourcentage, parce que, ce nom, c'est moi qui l'ai inventé ! »

Le fait d'être le cousin germain d'Hester la Mégère me confère un certain lustre auprès de mes jeunes élèves de la Bishop Strachan School, plutôt enclines à me considérer comme une vieille baderne bourrue, un vieux célibataire maniaque, aux cheveux courts, abonné au velours côtelé et au tweed, dont l'unique excentricité, outre ses opinions politiques, consiste à tapoter le fourneau de sa pipe avec le moignon de son index. Et pourquoi pas ? Mon doigt sectionné est parfaitement adapté à ça ; nous autres mutilés devons savoir tirer parti de nos handicaps.

Quand Hester donne un concert à Toronto, mes étudiantes, qui comptent parmi ses admiratrices les plus frénétiques, m'assaillent toujours pour obtenir des billets gratuits ; elles savent que je peux aller jusqu'à douze, parfois plus. Et le fait d'assister aux galas exceptionnels d'Hester en compagnie d'aussi séduisantes jeunes personnes me permet d'infiltrer en douce la horde de délirants épouvantails qui se rue à ces concerts ; le fait que j'assiste à ses prestations avec de jolies filles me donne aussi un peu de prestige à ses yeux.

« Je suis contente de voir qu'il y a de l'espoir pour toi », me dit-elle invariablement, quand mes étudiantes envahissent sa loge en désordre, paralysées d'admiration à sa vue, dans son débraillé typiquement obscène.

« Ce sont seulement mes *élèves !* fais-je savoir à Hester.

— Que ça ne t'arrête pas ! », me réplique-t-elle. Puis, à l'adresse de mes élèves, elle ajoute toujours : « Si vous recherchez du sexe sans danger, essayez donc avec *lui !* » Elle laisse tomber sa lourde patte sur mon épaule : « Il est encore vierge, vous savez. Donc, sécurité absolue ! »

Elles gloussent et pouffent à cette plaisanterie. Car elles sont convaincues que c'en est une, et du genre de celles qu'elles pouvaient attendre d'Hester la Mégère. Pas une seconde elles n'envisagent qu'Hester puisse dire la vérité.

Hester le sait bien, que je suis puceau. J'ignore pourquoi elle juge ma situation intolérable. Après tant d'années humiliantes où j'ai cherché à perdre ma virginité — à laquelle personne d'autre que moi n'a jamais semblé s'intéresser au point de vouloir m'en débarrasser —, j'ai fini par décréter que mon pucelage n'avait de valeur que si je le conservais. Je ne pense pas être un « homosexuel non pratiquant », quoi que cela puisse vouloir dire. Tout ce qui m'est arrivé m'a simplement *désexué*. Je n'ai plus la moindre envie de passer à l'acte.

Hester aussi, à sa manière, est restée une sorte de vierge. Owen Meany fut le seul amour de sa vie ; après lui, elle ne s'est jamais autorisé la moindre liaison sérieuse.

Elle dit :

« De temps en temps, j'aime bien m'envoyer un jeune garçon. C'est dans le sens de l'époque, tu vois : je suis une adepte du " sexe sans risque " ; donc, je préfère les puceaux. De plus, ces jeunots ne s'aviseraient jamais de me mentir ! Et ils sont faciles à larguer ; en plus, ils sont reconnaissants ! Que peut-il y avoir de meilleur ? »

C'est comme ça qu'elle me parle. Je me force à répondre à son sourire pervers.

Hester la Mégère ! Je possède tous ses albums, mais pas de tourne-disque ; j'ai aussi toutes ses cassettes, mais pas de lecteur, même pas dans ma voiture. D'ailleurs, je n'ai pas de voiture non plus. Je peux compter sur mes élèves pour m'informer des nouveaux clips d'Hester : « Monsieur Wheelwright ! Avez-vous vu *Il pilote sans les mains ?* » Je frissonne à cette idée. Mais quand même, je les vois tous ; on ne peut pas échapper à ces sacrés clips, et ceux d'Hester sont archicélèbres. Jusqu'à la révérende Katherine Keeling qui est mordue ! Elle prétend que ce sont ses enfants qui les regardent, et elle veut rester en contact direct avec toutes les atrocités qu'ils ont à l'esprit.

Les vidéo-clips d'Hester sont parmi les plus hideux. Sa

voix est devenue plus forte, sinon plus belle ; sa musique d'accompagnement regorge de guitares électriques et de synthétiseurs, qui accentuent ses intonations nasillardes ; on dirait les cris d'une femme violée au fond d'un tonneau métallique. L'illustration visuelle se compose d'un mélange de positions sexuelles avec de jeunes garçons anonymes, entrecoupées d'images documentaires en noir et blanc de la guerre du Vietnam. Victimes du napalm, mères étreignant les cadavres de leurs enfants, hélicoptères s'envolant, atterrissant, explosant, s'écrasant au sein d'une bataille monstrueuse, hôpitaux de campagne, innombrables GI accablés — et Hester en personne, dans des chambres d'hôtel différentes et toutes semblables, dans lesquelles un jeune éphèbe penaud ôte ou remet ses vêtements.

La tranche d'âge de cet éphèbe, surtout les filles, trouve Hester la Mégère aussi humaine que profonde. « Ce n'est pas simplement sa voix ou sa musique, vous voyez, c'est tout son... comment dire ?... son *engagement !* », m'a dit une de mes étudiantes ; une violente nausée m'a pris à la gorge. « Ce ne sont pas seulement ses paroles, c'est tout son... *témoignage !* », m'a dit une autre.

Et toutes ces jeunes filles intelligentes et cultivées appartiennent à des familles de la bonne bourgeoisie !

Je ne chercherai pas à nier qu'Hester ait été profondément meurtrie par ce qui est arrivé à Owen Meany ; elle pense, je le sais, qu'elle a été plus meurtrie que moi, et je me garderai d'en discuter avec elle. Nous avons tous deux été meurtris par ce qui est arrivé à Owen, à quoi servirait de savoir lequel des deux l'a été *le plus* ? Mais quelle atroce ironie, qu'Hester la Mégère ait transformé sa blessure en millions de dollars et en célébrité ! Que, de la souffrance d'Owen et de la sienne, Hester ait tiré un amalgame de sexe et de haine auquel des adolescentes qui n'ont jamais souffert puissent « s'identifier » !

Qu'est-ce qu'Owen Meany aurait pensé de tout ça ? J'en suis réduit à imaginer sa critique d'un des vidéo-clips d'Hester la Mégère :

« HESTER, À LA VUE DE CET INFÂME FATRAS, QUI POURRAIT SE DOUTER QUE TU ES SOCIALISTE ET DIPLÔMÉE DU

CONSERVATOIRE DE MUSIQUE ? EN VOYANT ET EN ENTEN-
DANT CES ÉRUCTATIONS DE MALADE MENTALE, ON EST
TENTÉ DE CROIRE QUE TU N'AS AUCUNE OREILLE ET QUE
TU N'UTILISES QUE TON EXPÉRIENCE DE SERVEUSE DE
MOULES ! »

Et qu'aurait pensé Owen des crucifix ? Hester la Mégère
raffole des crucifix, peut-être pour s'en moquer, des
crucifix de toutes sortes, de toutes tailles, en colliers, en
boucles d'oreilles ; il lui est même arrivé d'en porter un
dans le nez : elle a fait percer sa narine droite ! Un
journaliste lui a un jour demandé :

« Vous êtes catholique ?

— Vous rigolez ? », lui répliqua-t-elle.

Le maître ès lettres que je suis est obligé de reconnaître
qu'Hester a le génie des titres, sinon celui de la musique : *Il
pilote sans les mains ; Parti pour l'Arizona ; Plus d'église,
plus de pays, plus rien ; Rien qu'un autre héros mort ; Je ne
suis pas un corps sans âme ; Tu ne me verras pas à ton
enterrement ; La Vie après toi ; Pourquoi les garçons me
désirent ; Ta voix me fait vibrer ; N'oubliez pas 68.*

Je dois l'admettre, les titres d'Hester sont faciles à
retenir et elle a, tout autant que moi, le droit d'interpréter
à sa manière le silence qu'Owen Meany a laissé derrière lui.
Encore que je doive utiliser le mot « silence » avec
précaution ; car, personnellement, Owen ne m'a pas totalement laissé sans nouvelles. Il m'en a même donné deux
fois ; je veux dire qu'en deux occasions il m'en a donné
après son départ.

Pas plus tard qu'en août dernier, il m'a donné de ses
nouvelles, mais toujours à sa manière, c'est-à-dire en
laissant place à diverses interprétations et hypothèses.

C'était tard dans la nuit, au 80 Front Street, et j'avoue
que mes sensations étaient amoindries ; Dan Needham et
moi nous profitions de nos vacances ; nous buvions trop.
Nous évoquions les mesures prises d'un commun accord,
des années auparavant, pour permettre à Grand-Mère de
continuer à vivre dans sa maison le plus longtemps possible ; nous nous remémorions les incidents qui avaient fini
par nous décider à la confier à la maison de retraite de

Gravesend. Ça nous pesait de le faire, mais elle ne nous
laissa pas le choix ; elle rendait Ethel folle, comme toutes
les autres domestiques ou gardes-malades que nous lui
avions procurées. Après le départ d'Owen Meany, aucun
interlocuteur ne trouva grâce aux yeux d'Harriet Wheelwright.

Depuis toujours, ses produits d'épicerie lui étaient livrés
par les frères Poggio, Dominic et l'autre, mort depuis, dont
le prénom m'échappe. Vint le moment où les Poggio
cessèrent toute livraison à domicile. Par pur dévouement
pour ma grand-mère, sa plus ancienne cliente encore en vie
et la seule qui eût jamais payé ses factures rubis sur l'ongle,
Dominic Poggio accepta de continuer ses livraisons au
80 Front Street. Grand-Mère fut-elle reconnaissante à
Dominic pour sa serviabilité ? Que nenni. Oubliant que
les Poggio ne livraient à personne d'autre, elle trouva cela
normal. Harriet Wheelwright avait toujours eu l'habitude
des traitements de faveur. Elle ne se contentait pas d'être
ingrate ; elle se plaignait ! Elle téléphonait presque chaque
jour à Dominic Poggio et lui reprochait vertement le fait
que son service de livraison partait en quenouille. Tout
d'abord, les livreurs étaient « de parfaits étrangers » (ce
qui était faux, Dominic Poggio employait ses petits-
enfants ; mais ma grand-mère oubliait simplement qui ils
étaient et qu'ils livraient chez elle depuis des années). De
plus, elle accusait ces « parfaits étrangers » de lui *faire
peur ;* ma grand-mère détestait les arrivées inopinées,
rappelait-elle au malheureux Dominic.

Les Poggio ne pouvaient-ils lui passer un coup de fil pour
l'avertir de ces livraisons effrayantes ? De la sorte, elle
serait prévenue de l'arrivée de ces « parfaits étrangers ».

Dominic accepta. C'était un brave homme, qui vénérait
ma grand-mère ; il se disait aussi probablement qu'elle ne
tarderait pas à mourir, ce qui le débarrasserait de la
corvée.

Il avait tort. Grand-Mère s'accrochait à l'existence.
Quand les Poggio l'appelaient pour lui dire que les garçons
de courses étaient en route, elle les remerciait affablement,
raccrochait l'appareil et se hâtait d'oublier que quelqu'un

allait venir. Quand les livreurs l'avaient « effrayée », elle appelait Dominic, furieuse :

« Si vous vous obstinez à m'envoyer de parfaits étrangers, ayez au moins l'élémentaire politesse de m'en avertir !

— Oui, Missus Wheelwright », disait l'obligeant Dominic.

Puis il téléphonait à Dan pour se plaindre ; il m'appela même plusieurs fois — à Toronto !

« Votre grand-mère m'inquiète, John. »

A cette époque, Grand-Mère avait perdu tous ses cheveux. Elle avait une commode remplie de perruques et houspillait Ethel — et nombre de ses remplaçantes — parce que ses perruques étaient mal rangées dans leurs tiroirs ou que personne n'arrivait à les assujettir convenablement sur sa tête chauve. Grand-Mère manifestait un tel ressentiment envers Ethel — et ses inaptes remplaçantes — qu'elle se mit à mijoter, avec une fourberie machiavélique, un plan pour détruire le moral de ses domestiques, qu'elle jugeait d'une lamentable incapacité. Les pauvres femmes ne faisaient pas le poids. Grand-Mère cachait ses perruques pour qu'elles ne puissent pas les trouver ; puis elle les engueulait pour avoir égaré ses ornements les plus indispensables !

« Vous vous attendez peut-être à ce que je sorte dans le monde comme un vieux monstre gâteux et chauve échappé d'un cirque ?

— Missus Wheelwright, où avez-vous mis vos perruques ? demandaient les infortunées.

— M'accuseriez-vous de vouloir délibérément ressembler à la victime démente d'une catastrophe nucléaire ? J'aimerais mieux être assassinée par un fou criminel que m'exhiber sans cheveux ! »

On acheta de nouvelles perruques ; on en retrouva par hasard beaucoup d'anciennes. Quand Grand-Mère en avait assez d'une perruque, elle allait s'en défaire dans la roseraie, en la noyant dans la vasque pour les oiseaux.

Et, comme les Poggio s'acharnaient à lui faire peur en lui envoyant de « parfaits étrangers », Harriet Wheelwright se mit à leur faire peur à son tour. Elle bondissait pour leur ouvrir la porte, bousculant Ethel ou sa remplaçante au passage, et accueillait les livreurs épouvantés en s'arrachant la perruque et en poussant des cris perçants.

Les pauvres petits-fils de Dominic Poggio ! Comme ils se battaient entre eux pour *ne pas* aller livrer les produits d'épicerie au 80 Front Street !

Ce fut après le quatrième ou cinquième incident de ce genre que Dan me téléphona à Toronto :

« C'est au sujet de ta grand-mère. Tu sais à quel point je l'aime, mais je crois que le moment est venu. »

Des années plus tard, ces souvenirs nous faisaient encore rire, Dan et moi. Il était très tard et, comme d'habitude, nous avions trop bu.

« Tu sais quoi ? me dit Dan. Tous ces vieux pots de confiture et je ne sais quoi, toutes ces saloperies qu'elle *conservait,* ils sont restés sur les étagères, dans le passage secret !

— Tu plaisantes !

— Va donc voir par toi-même ! », me dit-il.

Il tenta de se lever de son fauteuil pour aller inventorier avec moi les trésors du passage secret, mais perdit l'équilibre dans son effort et retomba dans son siège en s'excusant.

« Vas-y voir ! », fit-il en retenant un rot.

J'éprouvai des difficultés à ouvrir la porte dérobée, qui n'avait pas été utilisée depuis des années. En fourrageant dans la serrure, je fis tomber plusieurs bouquins des rayons de la bibliothèque. Germaine n'avait pas été plus dégourdie que moi, le jour où Lydia était morte et qu'elle avait cherché refuge dans le passage secret contre l'Ombre de la Mort.

La porte s'ouvrit d'un coup. Il faisait noir dans le passage secret, je distinguai pourtant la débandade des araignées. Leurs toiles étaient denses. Quand j'avais piégé Owen dans ce passage secret, il avait hurlé que quelque chose d'humide le léchait ; il n'avait pas songé à une toile d'araignée, convaincu que c'était QUELQUE CHOSE AVEC UNE LANGUE. Je me rappelai aussi le moment où nous l'avions enfermé là-dedans, le soir précédant son départ, pendant que Mr. Fish déclamait du Shakespeare : « Les poltrons meurent plusieurs fois avant de mourir ; le vaillant ne connaît qu'une seule mort », et ainsi de suite. Je me rappelai aussi comment Owen et moi nous avions terrorisé Germaine au même endroit et la pauvre Lydia...

Quantité de vieux souvenirs se cachaient parmi les toiles d'araignée du passage secret ; je cherchai en vain le commutateur électrique. Je ne voulais pas toucher aux formes sombres sur les étagères sans savoir ce que c'était.

Alors, Dan Needham claqua la porte derrière moi.

« Ne fais pas l'imbécile, Dan ! », criai-je.

Je l'entendis se tordre de rire. Je tâtonnai dans l'obscurité. Ma main rencontra une étagère qui me servit de repère en direction de la porte. Je traversai plusieurs toiles d'araignée ; je pensais que le bouton électrique était situé près de la porte. C'est alors que ma main se posa sur une chose atroce, élastique, *vivante !* J'imaginai un nid de rats nouveau-nés ! Sautant en arrière, je poussai un cri d'angoisse.

Ma main venait de retrouver l'une des perruques cachées par ma grand-mère, mais je ne le savais pas encore. J'avais reculé trop loin, à l'extrême bord de l'escalier de la cave ; je sentis que je perdais l'équilibre et commençais à tomber. L'espace d'une fraction de seconde, j'eus la vision de Dan découvrant mon cadavre sur la terre battue en bas des marches. A cet instant, une petite main ferme (ce qui pouvait ressembler à une petite main ferme) guida ma propre main jusqu'au bouton électrique ; une petite main ferme, ou tout comme, me *retint* à cet instant où, chancelant, j'allais basculer dans l'escalier. Et sa voix — la voix d'Owen sans aucun doute — dit :

« N'aie pas peur. Rien de fâcheux ne peut t'arriver. »

Je criai à nouveau.

Quand Dan Needham ouvrit la porte, ce fut à son tour de pousser un cri :

« Tes cheveux ! »

Quand je me regardai dans une glace, je crus, à voir mon crâne comme saupoudré de farine, que c'étaient des toiles d'araignée. Mais, après m'être brossé, je constatai que mes

cheveux avaient blanchi à la racine. Ça se passait en août ;
depuis, mes cheveux sont entièrement blancs. Ils avaient
tendance à grisonner, malgré mon jeune âge ; mes étudiantes disent que mes cheveux blancs me donnent l'air
distingué, que ça m'embellit.

Le lendemain de ce soir où Owen Meany me « parla »,
Dan Needham me dit :

« C'est normal, on avait trop bu... surtout toi.

— Surtout moi ! Elle est bonne, celle-là !

— Reconnais-le. Écoute : je ne me suis jamais moqué
de ta foi ! Et je n'ironiserai jamais sur tes croyances
religieuses, tu le sais. Mais tu ne me feras jamais croire que
la *vraie* main d'Owen Meany t'a empêché de dégringoler
l'escalier ! Tu ne me convaincras jamais que la *vraie* voix
d'Owen Meany t'a parlé dans le passage secret !

— Dan, je te comprends très bien. Je ne suis ni
évangéliste ni propagandiste de la foi. Ai-je déjà fait du
prosélytisme à ton égard ? Si je voulais prêcher la bonne
parole, je serais prêtre ou je fonderais une secte, tu ne
penses pas ?

— Je voudrais bien te croire », fit Dan.

Mais il ne cessait d'examiner les racines blanchies de mes
cheveux...

Un peu plus tard, il me dit :

« Tu t'es senti empoigné... tu t'es senti tiré en avant,
comme par une véritable main...

— Je reconnais que j'étais soûl. »

Encore un peu plus tard, Dan me dit :

« C'était *sa* voix ?... Tu es sûr que ce n'est pas la mienne
que tu as entendue ? C'était vraiment *sa* voix ?

— Tu as déjà entendu des voix qu'on aurait pu confondre avec la *sienne* ? rétorquai-je avec humeur.

— Eh bien, nous étions soûls tous les deux, n'est-ce
pas ? En tout cas, c'est ma version », dit Dan Needham.

*   *   *

Je vis à peine passer l'été 1967. Mon doigt cicatrisait.
Owen Meany était monté en grade ; quand nous le rever-

rions, ses barres d'épaulette seraient argentées et il serait lieutenant. Il m'aiderait aussi à commencer mon mémoire de maîtrise sur Thomas Hardy ; j'avais toujours autant de difficultés à démarrer les choses et, d'après Owen, encore plus de mal à les mener à bien.

« Tu n'as qu'à t'y plonger d'un seul coup, m'écrivit-il. Considère Hardy comme un homme qui aurait pu être religieux, un homme tellement près de croire en Dieu que, quand il rejeta Dieu, ça le rendit terriblement amer et frustré. Il croit en une destinée très proche de Dieu — le Dieu vengeur, celui du Jugement dernier. Hardy déteste toutes les institutions : l'Église — plus que la foi —, et certainement le mariage (en tant qu'institution), et l'éducation. Les gens sont impuissants devant leur destin, victimes de leur époque, des émotions qui les détruisent et des institutions qui les écrasent.

« Ne vois-tu pas que cette vision d'un univers cruel ressemble à la foi religieuse ? Hardy croyait dans les humbles, les vulnérables, les déshérités. Croire en Dieu ou croire que tout peut avoir des conséquences tragiques... Dans les deux cas, tu te prives de tout détachement philosophique, de tout libre arbitre. Ne considère pas Hardy comme intelligent ; ne confonds jamais la foi avec quoi que ce soit d'intellectuel, si peu que ce soit.

« Plonge ! Fais le premier saut ! Moi, je commencerais par utiliser son journal intime, ses notes — là-dedans, il ne mâche pas ses mots. Même au tout début... Pendant son voyage en France, en 1882, il écrivait : " En découvrant, voilà plusieurs années, que je vivais dans un monde où rien ne tient, réellement, ses promesses initiales, je me suis fort peu soucié de théories. Je me contente de l'expérience au jour le jour. " Tu pourrais appliquer cette observation à tous ses romans ! Voilà pourquoi je le considère comme " presque religieux "... Ce n'était pas un grand penseur, mais un grand sensitif !

« Pour commencer, prends une de ses observations brutes et mets-la en parallèle avec l'une de
ses observations les plus littéraires, par exemple
celle-ci sur le métier d'écrivain : " Une histoire
doit être suffisamment exceptionnelle pour justifier qu'on la raconte. Nous, les conteurs, nous
sommes tous comme le vieux marin de Coleridge ;
nous ne devons prendre la parole que pour raconter autre chose que la vie quotidienne de l'individu moyen. "

« Tu piges ? C'est facile. Tu exposes ses critères en
matière d'histoires " exceptionnelles ", tu les rap-
proches de sa conviction que " rien ne tient ses
promesses initiales ", et voilà ta thèse ! Et en plus,
c'est *la sienne* ! Tu n'as plus qu'à accumuler les
exemples... Personnellement, je commencerais par
les extraits les plus pessimistes — prends n'importe
quoi dans *Jude l'obscur*. Pourquoi pas cette petite
prière que Jude prononçait le soir, quand il était
enfant ?

> " Apprends-moi à vivre, que je puisse
> ne pas craindre la tombe plus que mon lit.
> Apprends-moi à mourir... "

« Quoi de plus simple ? », écrivait Owen Meany.
Voilà comment, après m'avoir coupé un doigt et permis
de poursuivre mes études, il commença à ma place ma
thèse de doctorat.

* * *

A Gravesend, où je m'efforçais d'aller chaque année au
mois d'août, les élèves de l'école d'été se battaient avec
Euripide ; je dis à Dan que je trouvais son choix aussi
étrange que cruel. Pour des étudiants de l'âge de mes
élèves de la Bishop Strachan School, passer sept semaines
d'été à apprendre *Médée* et *Les Troyennes* devait représen-

ter le comble de l'ennui et ça risquait bel et bien de dégoûter ces jeunes gens du théâtre.

« Que devais-je faire ? me dit Dan. Sur les vingt-cinq élèves de l'école d'été, il n'y a que cinq garçons ! »

En effet, ces jeunes mâles semblaient passablement surmenés ; l'un d'eux, tout blême, jouait Créon dans une pièce et Poséidon dans l'autre... Toutes les filles passaient du chœur des Corinthiennes au chœur des Troyennes, comme si leurs stridences étaient interchangeables. Je pris en pitié la plaintive interprète d'Hécube ; outre la tristesse qu'exprimait son personnage, elle devait rester en scène pendant toute la durée des *Troyennes.* Malgré ça, Dan la réintroduisit dans la distribution de *Médée,* lui donnant un rôle lugubre, mais à peu près muet, dans le chœur des Corinthiennes ; toutefois, il lui laissa un solo à la fin de la tragédie ; il la tenait pour sa meilleure interprète et voulait donner plus d'importance aux dernières répliques du chœur.

« " Toutes choses que font les dieux sont au-delà de notre jugement, psalmodia la douloureuse soliste. Ce que nous pensions ne se produit pas, et Dieu réalise ce à quoi nous n'avions pas pensé. " »

C'est bien vrai. Owen Meany lui-même en serait convenu.

J'envie parfois à Dan sa capacité d'enseigner *sur scène.* Car le théâtre est un verre grossissant, surtout pour les jeunes, à qui leur faible expérience de la vie ne permet pas de juger les élans théâtraux ; ils n'ont guère confiance dans le verbe non plus, ne l'utilisant pas suffisamment. Le théâtre, affirme Dan, améliore chez ces jeunes gens l'expérience et la pratique du langage qui leur font défaut. A leur âge, ils sont peu sensibles à la dérision ou à l'esprit ; l'esprit les dépasse, les déroute ; ils pensent que c'est une sorte de snobisme, une façon de jouer avec les mots, ces mots dont ils se servent encore maladroitement. L'esprit est plus facile à reconnaître sur scène que dans un livre. Mes élèves ne décèlent jamais l'esprit dans ce qu'elles lisent, ou bien elles en doutent ; sur scène, même un comédien amateur peut le transmettre aux spectateurs.

C'est en août que je peux parler métier avec Dan. Quand nous nous voyons pour Noël, que nous allons ensemble à Sawyer Depot, il y a trop à faire, à voir, et nous ne sommes jamais seuls ensemble. En août, c'est le contraire. Dès que les pièces dans le cadre des cours d'été sont jouées, nous prenons, Dan et moi, quelques jours de vacances ensemble ; ça signifie généralement que nous restons à Gravesend, sans nous aventurer au-delà d'une journée à la plage de Little Boar's Head. Nous passons nos soirées au 80 Front Street, à bavarder ; depuis que Dan s'est installé dans la maison, la télévision a disparu. Quand Grand-Mère est partie en retraite, elle a emporté son téléviseur ; quand elle est morte, elle nous a légué la maison, à Dan et à moi.

C'est une maison bien grande et bien vide pour un homme qui n'a jamais envisagé de se remarier ; mais elle contient presque autant de souvenirs pour Dan que pour moi. Bien que je sois ravi d'y séjourner, même l'insidieuse nostalgie que dégage le 80 Front Street ne pourrait m'inciter à rentrer aux États-Unis. Voilà un sujet — mon retour — que Dan remet sur le tapis chaque été, en août, un soir, quand il lui semble à nouveau évident que j'aime l'atmosphère de la maison, autant que sa compagnie amicale.

« Il y a plus qu'assez de place ici pour une paire de vieux garçons comme nous, me dit-il. Et, avec tes années d'expérience à la Bishop Strachan School, il ne fait aucun doute que le département de littérature de l'Institut de Gravesend t'ouvrirait grand les bras, surtout avec ta brochette de diplômes et la recommandation que te fournirait ta directrice ! Tu n'as qu'un mot à dire. »

J'élude le sujet, non tant par politesse que par affection pour Dan.

Cette année-là, quand il recommença son manège, je me contentai de lui dire :

« C'est extrêmement difficile — sans le secours de la scène — d'enseigner l'esprit aux adolescents. Je suis désespéré de voir arriver un nouvel automne et de devoir recommencer à m'échiner pour que mes élèves entrevoient le second degré dans *Les Hauts de Hurlevent*. Elles ne voient que l'histoire d'amour entre Catherine et Heathcliff ; l'histoire, c'est tout ce qui les intéresse !

— John, mon cher John, me dit Dan Needham. Ça fait vingt ans qu'il est mort. Tu peux pardonner. Pardonne, oublie, et reviens à la maison.

— Il y a un passage au commencement... Elles passent tout le temps à côté ! Je pense à la description que Lockwood fait de Joseph ; je la leur ai serinée si longtemps que je la connais par cœur : " Il me regardait avec une telle aigreur que je conjecturai charitablement qu'il devait avoir besoin de l'aide divine pour digérer son dîner... " Je leur lis ça à haute voix, mais ça leur passe par-dessus la tête ; pas un embryon de sourire ! Et ce n'est pas seulement l'humour d'Emily Brontë qui les dépasse. Même chose avec les contemporains. Est-ce que Mordecai Richler est trop ardu pour des filles de première ? Ça m'en a tout l'air. Oh, si, elles trouvent *L'Apprentissage de Duddy Kravitz* « amusant », mais elles en ratent la moitié ! Tu connais cette description du lieu de villégiature des bourgeois juifs ? Elles sautent toujours les descriptions ; je te jure, elles trouvent que ça n'a pas d'intérêt. Elles veulent du dialogue, de l'action... mais une *description*, il y a trop à lire ! " A vrai dire, il restait quelques poches de résistance chez les gentils. Aucun des deux hôtels qui étaient encore entre leurs mains n'admettait les juifs, mais cela, tout comme l'Empire britannique se cramponnant à la côte de Malabar, était moins gênant que gentiment provocateur. " Chaque année, j'observe leurs réactions pendant ma lecture ; pas un cil ne bouge !

— John, reprit patiemment Dan, ne revenons pas sur le passé. Owen lui-même ne serait plus en colère, plus maintenant. Penses-tu qu'Owen Meany aurait rendu le pays entier responsable de ce qui lui est arrivé ? C'était de la folie ; c'est toujours de la folie pure.

— Comment enseignes-tu la folie au théâtre ? Avec *Hamlet*, j'imagine, pour commencer. Je donne *Hamlet* à mes gamines, mais elles doivent se contenter de lire la pièce et n'ont pas l'occasion de la voir sur scène. Et *Crime et*

Châtiment ! Même mes filles de terminale se bagarrent avec le roman dit " psychologique ". La " tristesse concentrée " de Raskolnikov est entièrement à leur niveau, mais elles ne voient pas comment fonctionne la psychologie de Dostoïevski jusque dans les plus simples descriptions ; une fois encore, ce sont les descriptions qu'elles sautent. La logeuse de Raskolnikov, par exemple : " Son visage semblait couvert d'une huile épaisse, comme le mécanisme d'une serrure. " Quel visage idéal, pour une logeuse, non ? " N'est-ce pas merveilleux ? ", leur dis-je, et elles me regardent comme si j'étais encore plus cinglé que Raskolnikov. »

Il arrive à Dan Needham de me regarder de la même façon. Comment peut-il croire que je puisse « pardonner et oublier » ? Il y aurait trop à oublier. Quand nous nous plaignons que nos élèves n'ont pas le sens de l'histoire, ce qui nous met en colère c'est ce qu'ils oublient ! Des années durant, j'ai tenté d'oublier que je ne connaissais pas l'identité de mon père ; je n'avais pas envie de savoir qui il était, Owen l'avait bien compris. Combien de fois, par exemple, ai-je rappelé le vieux professeur de chant de ma mère, Graham McSwiney ? Combien de fois l'ai-je appelé pour lui demander s'il avait trouvé les coordonnées de Buster Freebody ou s'il lui était revenu un nouveau détail sur ma mère ? Une seule — je ne lui ai téléphoné qu'une seule fois. Graham McSwiney m'a dit de cesser de chercher qui était mon père ; exactement ce que je voulais entendre.

« Buster Freebody ? me répondit-il. S'il est encore de ce monde et si vous arrivez à le trouver, il doit être si vieux qu'il ne se souviendrait même pas de votre mère ! A plus forte raison de son amant ! »

McSwiney était beaucoup plus intéressé par Owen Meany et sa drôle de voix :

« Il devrait voir un spécialiste ; il n'y a aucune raison d'avoir une voix comme la sienne. »

Il y en avait une, de raison. Quand je la connus, je n'ai pas rappelé Mr. McSwiney pour la lui révéler ; l'explication ne lui aurait pas paru suffisamment scientifique. J'essayai d'en parler à Hester, mais Hester préférait ne rien savoir.

« Je serais capable de te croire, me dit-elle, alors je t'en prie, épargne-moi ça. »

Quant à la *nécessité* de la voix d'Owen et de tout ce qui lui arriva, je n'en parlai qu'à Dan et au révérend Lewis Merrill :

« Je pense que c'est possible, dit Dan. Des choses plus extraordinaires se sont produites, bien qu'aucun exemple ne me revienne en mémoire. L'important, c'est que *toi* tu y croies, et je ne te refuserai jamais le droit de croire ce que tu veux.

— Mais toi, tu y crois ?

— Eh bien... je *te* crois », dit Dan.

« Comment pouvez-vous refuser d'y croire ? demandai-je au pasteur Merrill. Surtout vous, un homme de foi ! Vous, au moins, vous devriez y croire !

— Y croire... Je veux dire, croire tout ça... dit le révérend Merrill, ça exige plus de foi que je n'en possède.

— Mais vous !... Regardez-moi. Je n'ai jamais été croyant, avant que ça arrive. Si moi je peux le croire, pourquoi pas vous ? »

Le pasteur se mit à bégayer :

« C'est p-p-plus facile pour toi de tout accepter en bloc. T-t-tu n'es p-p-pas passé par des alternatives de foi et de doute ; c'est p-p-plus facile pour toi, répéta-t-il. Quelque chose vient te frapper comme un m-m-miracle, et tu y crois. Pour moi, ce n'est pas aussi s-s-simple !

— Mais puisque c'est un miracle ! criai-je. Il vous a raconté ce rêve, je le sais ! Et vous étiez présent, quand il a vu son nom et la date de sa mort sur la tombe de Scrooge ! Vous y étiez ! Comment pouvez-vous nier qu'il *savait* ? Il savait ! Il savait tout ! Si vous n'appelez pas ça un miracle, qu'est-ce qu'il vous faut !

— Tu as assisté à ce que tu appelles un m-m-miracle, et maintenant tu es p-p-prêt à croire à n'importe quoi ! Mais les miracles ne suscitent pas la foi... Un v-v-véritable miracle ne fait pas jaillir la foi du sol ; il faut déjà avoir la foi pour croire aux véritables miracles. Je crois qu'Owen avait des dons extraordinaires, oui, des dons ! Il était formidablement sûr de lui. Nul doute qu'il ait été soumis à des visions très perturbantes et il était terriblement émotif. Quant à avaliser ce qu'il croyait avoir vu !... Il existe bien d'autres exemples de *p-p-prémonitions,* mais on ne peut pas forcément les attribuer à *Dieu !* Regarde-toi ; tu n'avais jamais cru en D-D-Dieu, tu t'en es vanté, et voilà maintenant que tu attribues à la m-m-main de Dieu tout ce qui a pu arriver à Owen M-M-Meany ! »

* * *

Pendant ce même mois d'août, au 80 Front Street, un chien m'éveilla. Du tréfonds de mon sommeil, je le pris d'abord pour Sagamore, puis pour mon chien — j'ai eu un chien à Toronto —, puis, enfin réveillé et revenu au temps présent, je me rappelai que Sagamore était mort, tout comme mon chien. J'aimais bien me promener avec mon chien le long de Churchill Park ; je devrais peut-être en prendre un autre.

Ce chien étrange continuait d'aboyer, au-dehors, dans Front Street. Sortant du lit, je refis le trajet familier jusqu'à la chambre de ma mère, où il fait toujours un peu clair, car les rideaux ne sont jamais tirés. Dan occupe l'ancienne chambre de ma grand-mère, la chambre de maître du 80 Front Street.

Je regardai par la fenêtre de ma mère, sans apercevoir le chien. J'entrai alors dans « l'alcôve », le recoin que nous appelions ainsi du temps de mon grand-père et qui était devenu la salle de jeux des enfants, la pièce où ma mère écoutait le vieux Victrola, accompagnant à l'unisson les chansons de Sinatra et de l'orchestre de Tommy Dorsey. C'était sur le divan de l'alcôve qu'Hester s'était un jour vautrée, pendant que Noah, Simon et moi nous passions en vain la maison au peigne fin pour retrouver Owen Meany. Nous n'avions jamais su où elle l'avait caché, où il s'était laissé cacher. Je m'étendis sur ce vieux divan pour mieux évoquer tout cet insouciant passé. J'ai dû m'y endormir ; c'était le divan hautement historique sur lequel ma mère — comment oublier ça ? — m'avait soufflé à l'oreille : « Mon petit caprice ! »

Quand je me réveillai, ma main droite avait glissé sous l'un des épais coussins ; mon poignet reposait sur un objet rigide, que je pris pour une carte à jouer, mais, quand je l'eus extrait de sa cachette, je découvris une relique de la vieille collection d'Owen Meany : une photo de base-ball toute cornée. Hank Bauer ! Vous vous souvenez de lui ? La carte remontait à 1950, quand Bauer, âgé de vingt-huit ans, jouait sa deuxième saison comme champ extérieur pour les Yankees ; mais il semblait plus âgé, peut-être des suites de la guerre. Il avait abandonné le base-ball lors de la Seconde Guerre mondiale, puis avait repris sa carrière. Bien que peu amateur de base-ball, je me remémorais néanmoins sa réputation de joueur solide et sérieux — à la vérité, son visage légèrement las, buriné, reflétait son éthique profes-sionnelle. Aucune suffisance dans son sourire ouvert ; il ne cachait pas ses yeux ; sous la visière de sa casquette, bien relevée, se révélait un front pensif et ridé. Sur ces vieilles photos, on rehaussait un tantinet les couleurs ; son hâle était trop vif, le ciel trop bleu, les nuages d'un blanc trop uniforme. Ces nuages pommelés et l'éclat du ciel turquoise constituaient pour Hank Bauer un arrière-plan totalement irréel. On avait l'impression que, dans sa tenue rayée de blanc, il montait aux cieux, aussitôt après sa mort.

Je devinai aussitôt où Hester avait caché Owen Meany : sous les coussins du divan — et sous elle ! Il y était resté tout le temps qu'avait duré notre recherche, ce qui expliquait son aspect chiffonné et échevelé quand il nous avait rejoints. La photo d'Hank Bauer devait avoir glissé de sa poche. C'était ce genre de découverte — sans parler de la voix d'Owen me parlant dans le passage secret, ni de sa main (ou quelque chose d'approchant) m'empêchant de tomber — qui me rendait parfois la maison effrayante.

Je sais que Grand-Mère, près de sa fin, avait elle aussi peur de cette grande maison. « Trop de fantômes ! », murmurait-elle. Je crois que, finalement, elle fut soulagée de ne pas « être assassinée par un fou », éventualité qu'elle avait un jour trouvée préférable à celle de devoir quitter le 80 Front Street. Quand elle dut partir, elle le fit presque tranquillement, avec une sorte de philosophie : « Le temps est venu de m'en aller, avait-elle dit. Il y a trop de fantômes ! »

A la maison de retraite de Gravesend, elle avait décliné rapidement et sans souffrances. Elle commença par oublier l'existence d'Owen, puis la mienne ; rien ne parvint même à lui rappeler ma mère — sauf mon habile imitation de la voix d'Owen. Cette voix ravivait sa mémoire, réveillait ses souvenirs, presque chaque fois. Elle mourut dans son sommeil, quinze jours à peine avant son centième anniversaire. Elle n'avait jamais aimé tout ce qui attirait par trop l'attention et elle affectionnait l'expression « glorieuse et modeste comme la violette ».

Je l'imagine en train d'envisager son centième anniversaire ; la célébration familiale prévue pour ce considérable événement aurait sûrement tué Grand-Mère — elle devait s'en douter. Tante Martha avait déjà alerté le « Today Show » ; comme vous le savez peut-être, ce show télévisé souhaite rituellement un bon anniversaire à tous les centenaires des États-Unis, à condition d'en être informé. Tante Martha le leur fit dûment savoir. Harriet Wheelwright aurait cent ans pour Halloween ! Ma grand-mère détestait Halloween ! C'était l'un de ses contentieux avec Dieu, qu'il l'ait fait naître précisément ce jour honni. Cette fête avait été inventée, selon elle, pour susciter la chienlit dans les classes populaires, une journée où elles avaient le droit de maltraiter les nantis, et la maison de ma grand-mère était toujours une cible parfaite, pour Halloween. Le 80 Front Street était enguirlandé de papier toilette, les fenêtres du garage passées au blanc d'Espagne, les lanternes de l'allée peintes en rouge, et, une fois même, quelqu'un introduisit plus de la moitié d'une lamproie dans la boîte aux lettres. Owen avait toujours soupçonné Mr. Morrison, le « facteur de discorde ».

Dès son arrivée à la maison de retraite, Grand-Mère considéra que la télécommande du téléviseur était l'invention du diable ; c'était la victoire finale de la télévision, dit-elle, capable de détruire le cerveau sans même permettre de se lever de son siège. C'est Dan qui la trouva morte, en lui rendant visite un soir. Il passait chaque soir à la maison de retraite et lui apportait tous les dimanches matin le journal dont il lui donnait lecture.

Le soir de sa mort, Dan la trouva assise dans son lit ; elle semblait s'être endormie en regardant la télévision, la télécommande dans la main de telle façon que les chaînes ne cessaient de changer. Elle n'était pas endormie, mais morte, et son pouce refroidi s'était crispé sur le bouton servant à changer de chaîne... à la recherche d'un programme acceptable...

Si seulement Owen Meany avait pu avoir une mort aussi paisible !

* * *

Toronto, le 17 septembre 1987. — Froid et pluvieux, un vrai temps d'école, un vrai temps d'église. Ces rites familiers, de l'école et de l'église, constituent mon plus grand réconfort. Mais la Bishop Strachan School vient d'engager une femme dans le département de littérature ; j'aurais pu dire, dès son entretien préliminaire en juin dernier, qu'il faudrait de la patience pour la supporter. Une femme qui donne une signification nouvelle à cette première phrase d'*Orgueil et Préjugés,* par quoi commence le trimestre pour mes filles de troisième : « C'est une vérité universellement reconnue qu'un homme seul, en possession d'une grosse fortune, doive être en quête d'une épouse. »

J'ignore si je corresponds à la notion de « grosse fortune » dont parle Jane Austen, mais ma grand-mère m'a généreusement pourvu.

Ma nouvelle collègue s'appelle Eleanor Pribst et j'aimerais lire ce qu'une Jane Austen aurait pu dire d'elle. Je serais encore plus heureux de pouvoir dire de Ms. [1] Pribst que je suis content de la connaître. Mais il me faut endurer sa présence ; je lui survivrai, en fin de compte. Elle se

---

1. Ms., abréviation préconisée par les mouvements féministes, afin de remplacer « Miss » ou « Mrs. », considérées comme des discriminations phallocrates *(NdT)*.

montre tour à tour stupide et agressive, et, dans ces deux cas de figure, elle est volontairement insupportable ; un vrai grenadier poméranien.

Quand elle rit, ça me rappelle une phrase merveilleuse de Margaret Atwood dans *Faire surface :* « Je ris, et le bruit ressemble à celui d'un animal qui meurt : une souris ? un oiseau ? » Quand Eleanor Pribst rit, je jurerais entendre le couinement dernier d'un rat ou d'un vautour. Au conseil des professeurs, où j'ai une fois de plus proposé d'enseigner *Le Chat et la Souris* de Günter Grass à mes étudiantes de terminale, Ms. Pribst est montée sur ses grands chevaux :

« Pourquoi voulez-vous faire étudier ce livre répugnant à des jeunes filles ? C'est un livre phallocrate ! La scène de la masturbation est une véritable insulte aux femmes ! »

Puis elle se plaignit de me voir « monopoliser » Margaret Atwood et Alice Munro dans mon cours de littérature canadienne ; rien n'empêchait Ms. Pribst d'enseigner Atwood et Munro dans un de ses cours, mais elle avait décidé de chercher l'incident. Un homme enseignait les œuvres de ces deux romancières, « il les utilisait » afin que les femmes professeurs ne puissent le faire. Je la situe très bien. C'est une de ces femmes qui vous expliquent que, si vous enseignez un auteur canadien dans un cours de littérature canadienne, vous ostracisez les Canadiens, en ne les enseignant pas dans la littérature générale ! Et, si vous les « utilisez » en littérature générale, elle vous dira que vous leur ôtez leur identité canadienne ; elle dira que vous êtes condescendant avec les Canadiens. Tout ça parce que je suis américain et qu'elle déteste les Américains, c'est évident ; tout comme le fait que je suis célibataire, que je vive seul et ne me sois pas répandu à ses pieds en lui demandant de « sortir » (comme elles disent) avec moi ! C'est une de ces bêcheuses, prête à vous rembarrer si vous lui demandez de « sortir », et qui, si vous ne le faites pas, essaiera de vous le faire payer encore plus cher.

Elle me rappelle une New-Yorkaise, il y a quelques années, qui ressemblait tant à Mitzy Lish. Elle avait amené sa fille à la Bishop Strachan School pour un examen d'entrée ; la mère tenait à voir un membre du département d'anglais — pour s'assurer, avait-elle dit à la directrice, que nous avions une « approche ouverte » de la littérature. Cette femme bouillonnait d'idées contradictoires sur le sexe. En premier lieu, elle tenait à voir sa fille dans une école canadienne (« une école à l'ancienne ») car elle voulait « épargner » à sa fille les périls d'une adolescence à New York. Toutes les institutions de Nouvelle-Angleterre, disait-elle, étaient remplies de New-Yorkais, et il était dommage qu'une jeune fille ne puisse profiter des valeurs et vertus d'une civilisation plus saine et plus sûre.

D'un autre côté, elle appartenait à cette race de New-Yorkais qui préféreraient mourir que passer une minute loin de New York ; elle considérait le reste du monde comme un immense poteau de tortures, où des personnes aux goûts raffinés et évolués, dans son genre, se verraient fouettées au nom de valeurs et de vertus obsolètes, jusqu'à périr d'ennui.

« Entre nous, me chuchota-t-elle, qu'est-ce qu'une personne évoluée peut bien faire ici ? »

Elle voulait parler de Toronto dans son ensemble, du Canada en bloc... de tout ce pays de sauvages, en un mot. Pourtant, elle tenait absolument à y exiler sa fille, de crainte que celle-ci ne soit victime de la contagion qui avait fait de sa mère une prisonnière de New York !

Elle voulait surtout savoir combien d'auteurs canadiens figuraient à nos programmes ; comme elle n'en avait lu aucun, elle les soupçonnait du plus grand esprit de clocher. Je n'ai jamais vu sa fille, qui pouvait être charmante. Probablement angoissée à l'idée d'avoir le mal du pays, mais sûrement charmante. Sa mère ne l'inscrivit jamais, bien que sa candidature ait été acceptée. La mère avait dû venir au Canada sur un coup de tête — ce que je peux comprendre mieux que personne ! Peut-être la mère avait-elle renoncé à inscrire sa fille, redoutant les privations qu'elle (la mère) pourrait endurer quand elle rendrait visite à son enfant dans ce pays de sauvages.

Là-dessus, j'ai ma petite idée. J'avais tapé dans l'œil de la mère ! Ça faisait un bon moment que ça ne m'était pas arrivé ; je commençais à croire ce danger définitivement derrière moi, mais cette mère me dit à brûle-pourpoint :

« Qu'est-ce qu'on peut faire ici, pour s'amuser ? Peut-être aimeriez-vous me le montrer ? »

L'école s'était arrangée pour que la gamine passe la nuit dans l'une des résidences scolaires, où elle pourrait faire connaissance avec les autres élèves et avec d'autres Américaines. Et la mère me demandait si j'étais libre pour « une soirée en ville » !

« Je suis divorcée », s'empressa-t-elle d'ajouter.

C'était inutile. Je m'en doutais bien, qu'elle était divorcée ! Mais tout de même !

Eh bien, je n'aurai pas l'outrecuidance de prétendre savoir échapper élégamment à ce genre d'invites impudentes ; je manque de pratique. J'ai dû me conduire en parfait ballot et donner à cette femme un frappant exemple du provincialisme qu'elle s'attendait à rencontrer hors de New York.

Quoi qu'il en soit, notre entrevue se termina très mal. Cette femme avait eu, selon elle, le courage de s'offrir à moi ; que je n'aie pas eu celui d'accepter son magnifique cadeau me désignait comme la quintessence du mufle et du couard. M'ayant fait l'honneur de ses charmes, elle se sentit autorisée à me faire éprouver la force de son courroux. Elle dit à Katherine Keeling que notre programme littéraire était « encore plus provincial » qu'elle ne l'avait craint. Mais croyez-m'en, ce qu'elle jugeait le plus provincial, c'était moi, qui n'avais pas assez de jugeote pour reconnaître une bonne affaire quand on me la mettait sous le nez !

Et voilà que maintenant, dans mon propre département d'anglais, je dois supporter une femme au tempérament sans doute similaire, une femme dont le caractère épineux baigne dans un bocal d'incohérence sexuelle... Eleanor Pribst !

Elle m'a même reproché d'avoir choisi *Tempest-Tost*, insinuant que je n'avais pas saisi la qualité supérieure de *Fifth Business*. Naturellement, j'ai fait étudier ces deux romans, et bien d'autres œuvres de Robertson Davies, avec plaisir — pardon, avec le plus grand plaisir. Je lui dis que j'avais eu la chance d'avoir enseigné *Tempest-Tost* par le passé.

« Les étudiantes s'identifient totalement à ces comédiens amateurs. Elles trouvent toutes les intrigues de cette troupe théâtrale de province non seulement très drôles mais très familières. »

Mais Ms. Pribst voulut savoir si je connaissais Kingston, Ontario ; je savais au moins que la ville fictive de Salterton dissimule Kingston, lui dis-je, mais personnellement je n'y avais jamais mis les pieds.

« Jamais ! s'exclama-t-elle. Alors c'est comme ça que les Américains enseignent la lit-can !

— Je n'aime pas le terme " lit-can ", dis-je à Ms. Pribst. Nous n'appelons pas la littérature américaine la " lit-am ", et je ne vois aucune raison de ratatiner la littérature de quelque pays que ce soit en une abréviation aussi cavalièrement péjorative. De plus, je considère Mr. Davies comme un écrivain immense, de classe internationale, c'est pourquoi j'ai choisi de ne pas enseigner le " canadianisme " de ses livres, mais leur valeur universelle. »

Sur quoi, ce fut la guerre au couteau. Elle critiqua mon choix — pour les étudiantes — de *Tragédie birmane,* d'Orwell. Par ordre qualitatif, c'était *1984* ou *La Ferme des animaux ; Tragédie birmane,* pour elle, n'en était qu'un piètre substitut.

« Orwell est Orwell, dis-je, et *Tragédie birmane* est un excellent roman. »

Mais Ms. Pribst — diplômée de Queens, dans l'État de New York, d'où sa profonde connaissance de Kingston, Ontario ! — est en train de pondre une thèse de doctorat sur le thème de « politique et fiction romanesque ». N'était-ce pas sur *Hardy* que j'avais écrit la mienne ? demanda-t-elle, laissant entendre « seulement Hardy », et n'était-ce pas un mémoire de maîtrise ?

Du coup, je demandai à ma vieille amie Katherine Keeling :

« Pensez-vous que Dieu n'a créé Eleanor Pribst que pour m'éprouver ?

— Vous êtes mauvaise langue, me dit Katherine. Ne soyez donc pas acerbe, vous non plus ! »

Quand j'ai envie d'être « acerbe », je montre le doigt — ou, plutôt, je montre ce qui manque, je ne peux pas montrer tout le doigt. Je vais garder le coup du doigt coupé pour ma prochaine rencontre avec Ms. Pribst. Je suis redevable de tant de choses à Owen Meany ; non seulement il m'a évité le Vietnam, mais il m'a fourni l'outil d'enseignant idéal, de quoi attirer parfaitement l'attention chaque fois que la classe a tendance à somnoler. Il me suffit de lever la main et de pointer l'index. C'est l'absence d'index qui donne à ce geste une importance exceptionnelle, qui focalise l'attention générale. Ça fonctionne aussi en réunion de professeurs.

« Ne braque pas *ce truc* sur moi ! », aimait dire Hester.

Or ce n'était pas « ce truc » mais cette absence de truc qui la mettait mal à l'aise ! L'amputation était très nette — exécutée de main de maître. Le bout du moignon n'a rien de grotesque, de déformé ou de répugnant. La seule chose gênante chez moi, c'est ce qui manque. Il manque Owen Meany.

*   *   *

Ce fut après qu'Owen m'eut coupé le doigt — en cette fin d'été 1967, où il passait à Gravesend quelques jours de permission — qu'Hester lui dit qu'elle n'irait pas à son enterrement ; elle s'y refusait absolument.

« Je t'épouserai, je te suivrai en Arizona... J'irai partout où tu iras, Owen. Tu ne me vois pas en épouse de militaire, dans une base de l'armée ? Tu nous vois fréquenter un autre couple de jeunes mariés — quand tu ne seras pas en train d'escorter une de tes viandes froides ! On m'appellera Hester Fort Huachuca ! Je pourrai être enceinte de toi, si tu veux. Tu veux des bébés, Owen ? Je t'en ferai ! s'écria Hester. Je pourrais faire n'importe quoi pour toi, et tu le sais. Mais je n'irai jamais à ton putain d'enterrement ! »

Elle devait tenir parole ; Hester brillait par son absence à l'enterrement d'Owen ; l'église Hurd était bondée, mais pas d'Hester dans la foule. Il ne lui avait jamais demandé de l'épouser ; il ne l'avait jamais emmenée en Arizona ni nulle part. Il m'avait dit :

« CE NE SERAIT PAS JUSTE... JE VEUX DIRE QUE CE NE SERAIT PAS JUSTE *POUR ELLE.* »

A l'automne 1967, Owen Meany conclut un accord avec le général LaHoad : il ne devint pas son aide de camp ; LaHoad était trop fier des félicitations qui pleuvaient sur Owen dans ses fonctions d'officier d'escorte ; le général allait être transféré dans dix-huit mois ; si Owen restait à Fort Huachuca, en tant que meilleur officier d'escorte, LaHoad lui promettait « une bonne place au Vietnam ». Dix-huit mois d'attente, c'était long, mais le premier lieutenant Meany sentait que ça valait la peine. « Ne sait-il pas qu'au Vietnam il n'y a aucune bonne place ? », renâclait Hester.

C'était en octobre ; nous nous trouvions à Washington parmi 50 000 autres manifestants contre la guerre. Rassemblés en face du Lincoln Memorial, nous marchâmes sur le Pentagone, où nous nous heurtâmes à des barrages de policiers et d'officiers fédéraux ; il y avait des flics jusque sur le toit du Pentagone. Hester portait une pancarte :

> *Soutenez les GI.*
> *Rendez-nous nos garçons !*

Je ne portais rien, encore un peu gêné par mon doigt manquant. Le tissu cicatriciel était encore tout frais, si bien qu'au moindre effort le moignon s'injectait de sang. J'essayais de me convaincre que je prenais part à la manifestation ; mais, c'était triste, je m'y sentais étranger, j'avais l'impression d'être en dehors de tout. J'étais réformé définitif ; je ne serais obligé ni d'aller à la guerre ni d'aller au Canada. En coupant simplement les deux premières phalanges de mon index droit, Owen Meany avait réussi à me couper complètement de ma génération.

« S'il était à moitié aussi malin qu'il le pense, me dit Hester pendant que nous approchions du Pentagone, il se serait coupé un doigt en même temps que le tien... il aurait

dû s'en couper plusieurs! Toi, il t'a sauvé, hein? Pourquoi
n'a-t-il pas eu l'idée de se sauver lui-même? »

A Washington, je vis des tas d'Américains sincèrement
consternés par ce que leur pays faisait au Vietnam; je vis
aussi quantité d'autres Américains imperturbablement
attachés à une notion puérile d'héroïsme, à savoir le leur.
Ils pensaient que provoquer un affrontement avec des
policiers et des militaires non seulement les élèverait au
statut de héros, mais démontrerait — du moins en avaient-
ils l'illusion — la corruption du système politique et social
auquel ils étaient fièrement convaincus de s'opposer. Ce
seraient les mêmes qui, quelques années plus tard, attri-
bueraient au « mouvement » antiguerre le retrait des forces
armées US du Vietnam. Moi, je vis tout autre chose. Je vis
que la sincérité naïve de la plupart de ces manifestants
n'aboutirait qu'à durcir l'attitude des fous qui *approuvaient*
la guerre. C'est pourquoi les propos tenus par Ronald
Reagan deux ans plus tard, en 1969, sont tellement
risibles : selon lui, les protestataires « apportent aide et
réconfort à l'ennemi ». En réalité, les protestataires ont fait
bien pis ; ils ont conforté les imbéciles qui avalisaient la
guerre — ils ont prolongé la guerre. Voilà ce que je vis à
Washington. Je ramenai mon doigt mutilé chez nous, dans
le New Hampshire, laissant Hester se faire arrêter sans
moi ; elle était en bonne compagnie, il y eut des arresta-
tions en masse, en octobre, à Washington.

Fin 1967, il y eut des troubles en Californie, des troubles
à New York ; et 500 000 militaires au Vietnam. Plus de
16 000 Américains y avaient déjà laissé leur peau. C'est
alors que le général Westmoreland eut cette phrase historique : « Nous avons atteint ce point crucial où la fin est en
vue. » « QUELLE FIN ? », avait demandé Owen. Mais la
guerre ne finirait pas assez tôt pour qu'Owen soit sauvé.

On le mit dans une boîte, comme les autres ; la boîte fut
enveloppée dans le drapeau américain, avec sa médaille
épinglée dessus. Comme tout officier en service actif, il eut
droit aux grandes funérailles militaires, avec honneurs,
escorte d'officiers, sonneries de trompette — tout le bazar.
Il aurait pu être enterré à Arlington, mais ses parents

voulurent qu'il reste à Gravesend. A cause de sa décoration, et parce que son acte d'héroïsme était à la une de tous les journaux du New Hampshire, ce mufle de révérend Dudley Wiggin tenait à un office épiscopalien ; ardent supporter de la guerre du Vietnam, le recteur Wiggin voulait absolument que la cérémonie eût lieu à l'église du Christ.

Je convainquis les Meany de choisir l'église Hurd et de laisser le révérend Lewis Merrill procéder au service funèbre. Mr. Meany en voulait toujours à l'Institut d'avoir renvoyé Owen, mais je lui fis admettre qu'Owen « se retournerait dans sa tombe » si l'affreux Wiggin menait le deuil.

« Owen les détestait, lui et sa femme, dis-je à Mr. et Mrs. Meany. En revanche, il avait des rapports privilégiés avec le pasteur Merrill. »

C'était l'été 1968 ; j'en avais marre d'entendre des Blancs seriner que *Soul on Ice* avait changé leur vie — je parie qu'Eldridge Cleaver en avait aussi marre que moi, et Hester menaçait de vomir si elle entendait encore une seule fois la chanson *Mrs. Robinson*. Précédemment, au printemps, le même mois avait vu l'assassinat de Martin Luther King et la première de *Hair* à Broadway ; l'été 1968 souffrit de ce qui deviendrait monnaie courante : un mélange de meurtre et de dérisoire.

Il faisait une chaleur accablante dans la maison calfeutrée des Meany — calfeutrée, m'avait-on dit, à cause de l'allergie de Mrs. Meany à la poussière de granit. Elle était assise, avec son éternel regard absent, dirigé — comme presque toujours — vers les cendres mortes de la cheminée, sur le manteau de laquelle des figurines éclopées entouraient le berceau vide de la crèche. Mr. Meany donna un coup de sa botte boueuse dans l'un des chenets.

« Ils nous ont donné cinquante mille dollars ! », dit-il.

Mrs. Meany hocha la tête, ou en donna l'impression.

« Où le gouvernement trouve-t-il tout cet argent ? », me demanda Mr. Meany.

Je secouai la tête, mais je savais que l'argent sortait de nos poches.

« Je connais les hymnes préférées d'Owen, dis-je. Je sais que le pasteur Merrill fera une belle prière.

— Toutes ces prières, à Owen, ça lui fait une belle jambe ! », fit Mr. Meany en donnant un coup de pied au chenet.

Un peu plus tard, j'allai m'asseoir sur le lit, dans la chambre d'Owen. Le mannequin de ma mère, précédemment dépourvu de bras comme de tête, possédait maintenant des bras. Ceux de la statue mutilée de Marie-Madeleine, qu'Owen y avait bizarrement attachés. Ces bras blanchis à la chaux pendaient, disproportionnés, sur le mannequin de ma mère, et je supposai que ces bras trop longs devaient, dans l'esprit d'Owen, symboliser l'affection que lui avait portée ma mère. Près de moi, un paquetage que les Meany n'avaient pas ouvert.

« Vous me permettez de déballer ses affaires ? demandai-je aux Meany.

— Je serai heureux que tu le fasses », me dit son père.

Ils me laissèrent seul. Plus tard, Mr. Meany revint pour me dire :

« Si tu as envie de quelque chose lui ayant appartenu, prends-le. Je sais qu'il l'aurait voulu. »

Dans le sac, il y avait son journal et ses chers *Commentaires de saint Thomas d'Aquin* dans une édition de poche dépenaillée. Je pris les deux, ainsi que sa bible. C'était pénible d'inspecter ses affaires. Je fus surpris qu'il n'ait jamais déballé toutes ses photos de base-ball, qu'il m'avait données symboliquement et que je lui avais restituées ; je fus surpris de voir à quel point les griffes de mon armadillo s'étaient racornies, au point d'en être grotesques ; elles avaient constitué un tel trésor, et à présent, outre leur laideur, elles me semblaient bien plus petites que dans mon souvenir. Mais ce qui me surprit le plus, ce fut de ne pas retrouver la balle de base-ball.

« Elle n'est pas là, fit Mr. Meany qui m'observait depuis la porte. Tu peux fouiller partout, tu ne la trouveras pas. Elle n'a jamais été ici — je le sais, depuis des années que je la cherche !

— J'avais pourtant l'impression...

— Moi aussi. »

La balle, la prétendue « arme du crime », le prétendu « instrument de la mort », n'avait jamais été dans la chambre d'Owen !

Je lus le passage le plus abondamment souligné par Owen dans son Thomas d'Aquin : « Démonstration de l'existence de Dieu par le mouvement. » Je le lus et le relus, assis sur le propre lit d'Owen Meany :

« Puisque tout ce qui bouge fonctionne sous l'effet d'un premier élément moteur, s'il n'y avait pas de premier moteur, toutes choses en mouvement ne seraient que des instruments. Bien sûr, si une infinité de moteurs et de choses en mouvement était possible, sans moteur initial, cette infinité de moteurs et de choses en mouvement serait des instruments. Il est donc ridicule, même pour des ignorants, de supposer que des instruments puissent bouger sans élément moteur. Cela équivaudrait à supposer que, pour construire une boîte ou un lit, il suffit de mettre au travail une hache ou une scie sans charpentier pour les manier. Donc, il doit exister un premier moteur à toute chose — que nous appelons Dieu. »

Le lit bougea ; Mr. Meany venait de s'asseoir auprès de moi. Sans me regarder, de sa grosse main de travailleur manuel, il recouvrit la mienne, sans manifester le moindre dégoût à toucher mon moignon. Il me dit :

« Tu sais qu'il n'était pas... comme tout le monde.

— Il était complètement à part.

— Je veux dire qu'il n'était pas normal... il est né... différent », dit Mr. Meany.

Sauf la fois où elle m'avait dit être désolée pour ma pauvre mère, je n'avais jamais entendu parler Mrs. Meany ; le son de cette voix si peu familière et le fait qu'elle parlât depuis sa place, dans la pièce voisine, me procurèrent un choc.

« Assez ! », cria-t-elle.

Mr. Meany serra un peu plus fort ma main et reprit :

« Il n'est pas né de façon naturelle. Il est né comme l'Enfant Jésus, voilà ce que je veux dire... Moi et sa mère, nous n'avions jamais fait *la chose*...

— Assez ! cria Mrs. Meany.

— Elle a conçu un enfant... comme l'Enfant Jésus.

— Il ne te croira pas ! Personne ne te croit jamais ! lança Mrs. Meany.

— Vous voulez dire qu'Owen est né par conception virginale ? »

Sans me regarder, il secoua vigoureusement la tête.

« Oui, elle était vierge ! Parfaitement !

— Ils ne te croiront jamais, jamais, jamais, jamais ! cria Mrs. Meany.

— Calme-toi ! lui cria-t-il.

— Aucun, euh, *accident* n'a pu se produire ? demandai-je.

— Je t'ai dit que nous ne l'avions jamais fait ! fit-il avec rudesse.

— Tais-toi ! », lança Mrs. Meany, avec moins de conviction.

Elle était complètement folle, bien sûr. Elle pouvait être mentalement arriérée. Peut-être n'avait-elle pas su *comment* « ça se faisait », ni même si elle l'avait fait, et quand. Elle pouvait aussi avoir menti, tout le temps ; peut-être son cerveau malade l'empêchait-il de se rappeler de quelle façon elle était tombée enceinte !

« Vous croyez réellement... commençai-je.

— C'est la vérité ! » Il m'écrasa la main, à m'en faire mal. « Ne sois pas comme tous ces sales prêtres ! Ils croient à l'autre histoire, mais pas à celle-là ! Ils enseignent tous l'autre histoire, mais ils nous disent que la nôtre, c'est pire que tous les *péchés* ! Owen n'était pas un péché !

— Bien sûr que non », dis-je doucement.

J'aurais voulu tuer Mr. Meany... pour son ignorance ! J'aurais voulu faire griller cette folle dans sa cheminée !

« Je suis allé dans toutes ces églises... Salauds de catholiques ! rugit-il. Moi, je ne connaissais que le granit... »

Il n'en connaît toujours pas plus, pensai-je.

« Quand j'étais gamin, je travaillais dans les carrières, à Concord, tous les étés. Quand j'ai rencontré la femme, quand elle a... conçu Owen... il n'y a pas eu un seul prêtre

catholique à Concord qui ait voulu nous *écouter*! C'était
un outrage à la religion... voilà ce qu'ils lui ont dit, à la
femme.

— Assez, dit calmement Mrs. Meany.

— Nous sommes partis à Barre — y avait du bon granit,
là-haut. Je voudrais bien en avoir d'aussi bon ici ! Mais à
l'église catholique de Barre, ç'a été pareil... Ils nous ont dit
que nous blasphémions la Bible, que nous essayions de
fonder notre propre religion, je ne sais quoi... »

Bien sûr, ils s'étaient forgé leur religion à eux ; c'étaient
des monstres de superstition, dupes de toutes les singeries
que les évangélistes de la télévision appellent des « miracles ».

« Vous avez raconté ça à Owen ? »

Je les savais assez stupides pour ça.

« Assez! », lança à nouveau Mrs. Meany.

Sa voix avait toujours le même ton, comme si elle
transmettait un message préenregistré.

« Oui, quand nous l'avons jugé assez vieux pour comprendre. »

Je fermai les yeux.

« Quel âge avait-il ?

— Il devait avoir dix ou onze ans... c'est à peu près à
l'époque où il a lancé cette balle. »

Ça concordait. J'imaginais qu'à cet âge la révélation de
sa « conception virginale » avait dû bouleverser Owen
Meany — véritable enfant divin, misère ! J'imaginai les
dégâts, les ravages que cela avait produits sur lui ! Il avait
été manipulé, utilisé aussi cruellement par l'obscurantisme
que par quelque force supérieure ! J'avais vu à quoi Dieu
l'avait utilisé ; je voyais à présent combien l'ignorance de
ces gens l'avait manœuvré.

MANIPULÉ, c'est le mot exact qu'il avait employé pour le
Christ, quand Barb Wiggin avait prétendu que le Christ
avait eu de la chance, quand son mari avait dit que le
Christ, en fin de compte, avait été sauvé. Dieu avait peut-
être manipulé Owen, mais certainement moins que ses
parents, dans leur colossale stupidité !

Je pensais avoir pris tout ce que je voulais, mais

Mr. Meany s'étonna que je n'emporte pas aussi le mannequin de couturière.

« Je pensais que tout ce qu'il gardait avait son importance », me dit-il.

Je concevais mal à quoi pouvaient bien servir la triste
robe rouge de ma mère, son mannequin ou les bras de
Marie-Madeleine, et je le leur dis, un peu plus sèchement
que je ne l'aurais voulu. Mais quelle importance, les Meany
étaient imperméables à des subtilités comme le ton d'une
phrase. Je dis au revoir à Mrs. Meany, qui ne me répondit
pas plus qu'elle ne me regarda, les yeux toujours fixés sur
l'âtre, vers un point imaginaire situé sous les cendres froides
ou au centre de la Terre. Je la *haïssais*. Elle constituait un
argument vivant en faveur de la stérilisation obligatoire.

Dans le chemin défoncé, Mr. Meany me dit :

« J'ai quelque chose à te montrer, au magasin funéraire. »

Il alla mettre en marche la camionnette, dans laquelle il
me suivrait jusqu'au magasin. En montant dans ma voiture,
j'entendis une dernière fois Mrs. Meany crier, du sein de la
maison hermétique :

« Assez ! »

Je n'avais pas remis les pieds au magasin depuis qu'Owen
m'avait chirurgicalement réformé. Lors de sa permission de
Noël — son dernier Noël —, Owen avait passé presque
tout son temps au magasin et à l'atelier, pour mettre à jour
les commandes que son père avait oubliées, ou sabotées. Il
m'avait plusieurs fois invité à aller boire une bière avec lui,
mais j'avais refusé ; je m'habituais à peine à l'absence de
mon index droit et craignais de tourner de l'œil en voyant la
roue diamantée.

Cette permission de Noël fut pour lui très calme. Trois
ou quatre jours de suite, nous nous entraînâmes au basket,
bien que je fusse handicapé dans mes mouvements, mais je
pouvais toujours attraper le ballon et le lui renvoyer. Mon
doigt ne me faisait pas souffrir, ce qui remplissait d'aise
Owen, et j'aurais trouvé mesquin de me plaindre à lui des
difficultés que j'éprouvais pour écrire, manger et taper à la
machine.

Un Noël assez triste pour lui ; Owen vit très peu Hester, dont le refus d'assister à son enterrement l'avait peiné. Tout ce qui se passa après Noël contribua encore à espacer leurs relations, Hester devenant encore plus radicale dans ses positions contre la guerre. Ça avait commencé au début de l'année, en janvier, quand McCarthy avait annoncé sa candidature à la présidence. « Qui croit-il abuser ? avait demandé Hester. Il a autant de talent comme candidat que comme poète ! » Puis, en février, Nixon avait annoncé à son tour sa candidature. « Il court au casse-pipe ! », avait-elle dit. Et, le même mois, il y eut le taux le plus haut d'Américains tués au Vietnam : 543 victimes en une semaine ! Hester avait envoyé à Owen une lettre sarcastique : « Tu dois tremper jusqu'au cul dans les cadavres, même en Arizona ! » Puis, en mars, Bobby Kennedy annonça sa candidature à la présidence du Parti démocrate ; le même mois, le président Johnson dit qu'il ne chercherait pas à se faire réélire. Hester considéra sa démission comme une victoire du Mouvement pour la paix ; un mois plus tard, quand Humphrey se porta candidat, Owen Meany écrivit à Hester : « BEAU TRIOMPHE POUR LE SOI-DISANT " MOUVEMENT POUR LA PAIX ". ATTENDONS LA SUITE ! »

Il savait parfaitement ce qu'il faisait ; il essayait d'aider Hester à se détacher de lui avant sa mort. Hester ne pouvait pas savoir qu'elle l'avait vu pour la dernière fois, mais il savait, lui, qu'il ne la reverrait jamais.

Voilà à quoi je pensais en allant au magasin funéraire avec cet abruti de Mr. Meany.

La pierre tombale était d'une grandeur inhabituelle, mais d'une totale simplicité.

PREMIER LIEUTENANT PAUL O. MEANY, JR.

En dessous du nom, les dates exactes de sa naissance et de sa mort, et, sous les dates, la brève inscription latine signifiant « éternellement » :

IN AETERNUM

C'était abominable que Mr. Meany ait tenu à me montrer ça, mais je m'obligeai à examiner la pierre. Le

Le tir

610

lettrage était celui qu'Owen préférait, le polissage et le biseautage de la pierre d'une finesse exceptionnelle. Je savais, tant par Owen que par la relative grossièreté de la tombe de ma mère, que Mr. Meany était rigoureusement incapable d'une telle habileté. Il ne pouvait pas davantage connaître le latin — où excellait Owen. J'éprouvai un picotement dans mon moignon en disant à Mr. Meany :

« Vous avez fait un travail remarquable avec la roue diamantée.

— Ce n'est pas mon travail, c'est *le sien !* Il a fait ça pendant sa dernière permission. Il avait recouvert la pierre d'une bâche, en m'interdisant de la regarder tant qu'il serait en vie... »

Je regardai la pierre de plus près.

« Alors, vous avez seulement ajouté la... la date... la date de sa mort ? »

Mais je tremblais de tous mes membres, connaissant déjà la réponse.

« J'ai *rien* ajouté, dit Mr. Meany. La date, il la connaissait. Je pensais que tu étais au courant. »

Évidemment, j'étais au courant, j'avais déjà lu son journal, pour m'assurer qu'il avait toujours connu la date *exacte* de sa mort. Mais la voir si profondément gravée sur la pierre tombale m'ôtait définitivement ce qui pouvait me rester de doute. Sa dernière permission remontait à Noël 1967 ; il avait achevé sa propre tombe plus de six mois avant sa mort !

« A condition d'ajouter foi aux dires de Mr. Meany, déclara le révérend Lewis Merrill quand je lui en parlai. Comme tu dis, cet homme est un monstre de superstition — quant à la mère, c'est une demeurée. Qu'ils aient pu croire à la conception virginale d'Owen est proprement monstrueux ! Mais qu'ils le lui aient dit, alors qu'il était si jeune et si impressionnable, c'est un outrage beaucoup plus " inqualifiable " que tout ce qu'avaient pu endurer les Meany de la part de l'Église catholique. Parles-en donc au père Findley !

— Owen vous en a-t-il parlé ?

— Tout le temps, dit le pasteur Merrill avec un geste

agaçant pour couper court. Il m'en a parlé, il en a parlé au père Findley — pourquoi crois-tu que Findley a passé l'éponge pour la destruction de sa statue ? Le père Findley connaissait le monceau d'insanités dont ces monstrueux parents avaient nourri Owen des années durant !

— Mais vous, qu'en avez-vous dit à Owen ?

— Certainement pas que je le prenais pour un nouveau Christ !

— J'imagine. Mais *lui,* qu'en disait-il ? »

Les sourcils froncés, le révérend Lewis Merrill se mit à bégayer :

« Owen M-M-Meany ne se prenait pas vraiment pour J-J-Jésus, mais il me disait que, si j-j-je pouvais croire à une conception v-v-virginale, pourquoi pas à deux ?

— C'est bien de lui.

— Owen c-c-croyait qu'il y avait un but dans t-t-tout ce qui lui arrivait... Que D-D-Dieu voulait que l'histoire de sa v-v-vie constitue un exemple... Que Dieu l'avait choisi...

— Et ça, vous le croyez ?

— Ma foi... Je crois... » S'interrompant, il reprit : « De toute évidence, Owen Meany était d-d-doué de p-p-pouvoirs *prémonitoires*... On sait que des gens peuvent avoir des v-v-visions de l'avenir. »

J'étais furieux d'entendre le révérend Merrill me ressortir au sujet d'Owen les doutes qu'il avait souvent exprimés à propos de Dieu ; Mr. Merrill était en train de faire d'Owen un sujet de spéculations métaphysiques, un problème intellectuel, et je le lui dis.

« Tu voudrais qu'on considère Owen et ce qui lui est arrivé comme un *m-m-miracle ?*

— Eh bien, c'est miraculeux, non ? Reconnaissez au moins que c'est *extraordinaire !*

— Tu t'exprimes comme un converti, dit Mr. Merrill avec condescendance. Je ne voudrais pas que tu confondes ton ch-ch-chagrin avec une authentique *foi* religieuse...

— Vous ne m'avez pas l'air de croire tant que ça !

— En Owen Meany ?

— Pas seulement en Owen. Vous ne me semblez guère croire en Dieu, ni à ce qu'on appelle les miracles. Vous répétez tout le temps que " le doute n'est pas le contraire de la foi ", mais il me semble que, chez vous, c'est le doute qui a pris le dessus, et je crois qu'Owen pensait la même chose de vous.

— Oui, c'est vrai... c'est bien ce qu'il pensait de m-m-moi », dit le révérend Merrill.

Nous restâmes une grande heure, peut-être deux, sans parler, dans le bureau de la sacristie ; la nuit était tombée, mais Mr. Merrill ne fit pas un geste pour allumer la lampe.

« Que comptez-vous dire sur lui, pendant le service funèbre ? », demandai-je finalement.

Dans la pénombre, je ne pouvais voir son expression, mais il était assis derrière son vieux bureau avec une telle roideur que j'eus le sentiment qu'il ne se croyait pas capable de remplir sa mission. « Je VEUX QUE VOUS DISIEZ UNE PRIÈRE POUR MOI », lui avait dit Owen Meany. Pourquoi cette prière avait-elle été si difficile pour le révérend ? « C'EST VOTRE MÉTIER, N'EST-CE PAS ? », lui avait demandé Owen. Pourquoi Mr. Merrill avait-il paru trop frappé pour accepter ? N'était-ce pas en effet son TRAVAIL non seulement de prier pour Owen Meany alors, maintenant et *toujours,* mais aussi, à l'église Hurd, pour l'enterrement d'Owen, de porter témoignage qu'Owen avait vécu conscient de sa mission divine, comme s'il accomplissait les ordres du Seigneur ; et qu'il croie ou non à ce que croyait Owen, n'était-ce pas toujours son TRAVAIL de dire quel fidèle serviteur de Dieu Owen avait été ?

Assis dans l'obscurité du bureau, je pensai que la religion, pour le pasteur Merrill, n'était qu'une profession. Il ressassait toujours les mêmes vieilles histoires, avec les mêmes personnages ; il prêchait toujours les mêmes vieilles vertus, les mêmes vieilles valeurs ; et il commentait toujours les mêmes vieux miracles, sans y croire. Son esprit se fermait devant l'éventualité d'une nouvelle histoire ; il n'y avait pas de place dans son cœur pour un nouveau personnage d'élu ou pour un nouveau « miracle ». Owen Meany avait admis la nécessité de sa mort si elle devait sauver les autres de la bêtise et de la haine qui le détruisaient. Sous cet aspect, il était bel et bien un héros.

Dans l'ombre du bureau, il me sembla sentir la présence toute proche d'Owen Meany.

Le révérend Lewis Merrill alluma enfin la lampe ; il avait l'air de se réveiller en sursaut en plein milieu d'un cauchemar. Quand il voulut parler, son bégaiement lui coinça à tel point les mots dans la gorge qu'il porta les deux mains à sa bouche, comme pour en arracher des paroles. Mais rien ne sortit ; il semblait sur le point d'étouffer. Sa bouche s'ouvrit, mais aucun son n'en sortit. Ses ongles griffant la surface du bureau, il tâtonna jusqu'à saisir les poignées des tiroirs latéraux.

Quand le révérend Merrill parla, ce ne fut pas avec sa propre voix, mais dans le fausset même, le « cri permanent » d'Owen Meany. C'était la bouche de Mr. Merrill qui formait les mots, mais c'était la voix d'Owen Meany qui s'adressait à moi :

« REGARDE DANS LE TROISIÈME TIROIR, DU CÔTÉ DROIT. »

Alors la main droite du révérend Merrill tomba sur la poignée du troisième tiroir, la tirant si brutalement que le tiroir fut entièrement arraché de son habitacle... et la balle de base-ball se mit à rouler sur le froid carrelage de la sacristie. Rien qu'à l'expression du pasteur Merrill, je sus avec certitude de quelle balle il s'agissait.

« Père ? dis-je.

— Pardonne-moi, mon *f-f-fils* », dit le révérend Lewis Merrill.

Ce fut la première fois qu'Owen Meany se fit entendre, *après* sa mort.

L'autre fois, ce fut ce jour d'été où — comme pour me confirmer que rien de fâcheux ne pourrait m'arriver — il m'empêcha de tomber dans l'escalier du passage secret. Et j'ai la certitude que je l'entendrai encore, de temps en temps. C'est typique d'Owen, cet excès de précautions ; il devrait savoir que je n'ai pas besoin de l'entendre pour sentir sa présence. Comme la statue remplaçante de Marie-Madeleine, invisible dans l'obscurité mais pourtant présente, qui lui avait servi à m'expliquer sa foi en Dieu, je sais qu'Owen est là, même si je ne le vois pas.

Owen m'avait promis que Dieu me révélerait qui était mon père, et j'avais toujours cru que ce serait *Owen* qui me le dirait, le mystère de ma naissance l'ayant toujours beaucoup plus passionné que moi. Aussi ne suis-je pas surpris que Dieu, ayant enfin décidé de me dire qui était mon père, ait pour cela emprunté la *voix* d'Owen.

« REGARDE DANS LE TROISIÈME TIROIR, DU CÔTÉ DROIT », me dit Dieu.

Et il y avait la balle lancée par Owen Meany ; et il y avait mon pitoyable père, me demandant de lui pardonner.

L'impression primordiale que je tire de ces vingt dernières années, c'est que notre civilisation va à la rencontre d'une succession de retombées, d'une infinité de conclusions désastreuses et frustrantes. La révélation, profondément désagréable et frustrante, que mon père était le révérend Lewis Merrill — sans parler de la mort d'Owen Meany — n'est qu'un infime exemple du désenchantement universel.

A la déception de découvrir mon misérable père s'ajouta son refus d'admettre qu'Owen Meany — par-delà le tombeau — avait réussi à me le désigner. Encore un miracle que mon père refusait de croire. Ç'avait été un moment fascinant ; j'étais, de mon propre aveu, expert à imiter la voix d'Owen. De plus, Mr. Merrill avait toujours brûlé de me dire qui il était, mais le courage lui en avait toujours manqué ; peut-être n'avait-il trouvé ce courage qu'en utilisant une autre voix que la sienne. Il avait toujours voulu aussi me montrer la balle, « pour se confesser », admit-il.

Le révérend Merrill avait depuis si longtemps perdu la foi, perdu ce minimum d'élévation de pensée permettant de croire, qu'il n'était plus capable d'accepter un petit miracle évident, qui venait de se produire non seulement sous ses yeux mais par sa voix et par sa main — laquelle, mue par une force étrangère, avait arraché le troisième tiroir du bureau ! J'avais en face de moi un ministre confirmé de l'Église congrégationaliste, un pasteur, un porte-parole de Dieu, me soutenant que le miracle de la *voix* retentissant dans la sacristie — sans parler de l'apparition de la pièce à conviction — n'était pas tant l'effet du pouvoir de Dieu que celui de la force du subconscient ; en deux mots, le révérend Merrill pensait que nous avions tous deux été les jouets de nos « motivations subconscientes ». Dans mon cas, en imitant la voix d'Owen pour faire croire qu'elle sortait de Mr. Merrill ; dans le sien, en avouant qu'il était mon père.

« Vous êtes un prêtre ou un psychiatre ? », lui demandai-je.

Bouleversé comme il l'était, j'aurais aussi bien pu parler avec le Dr. Dolder !

Comme pour la plupart des choses de ces vingt dernières années, la situation empira. Le révérend Merrill me confessa que sa foi avait totalement disparu ; il l'avait perdue à la mort de ma mère. C'est alors que Dieu avait cessé de lui parler, et le révérend Merrill n'avait plus envie qu'il lui parle. Mon-père-le-révérend était assis dans une travée lors de ce match de minimes et, quand il vit ma mère, insouciante, longer la ligne de troisième base, quand elle l'aperçut dans les rangs clairsemés du public et lui adressa un grand signe, le dos tourné au coussin de but — à ce moment, me dit mon père, il avait demandé à Dieu que ma mère tombe raide morte !

Il m'assura avec véhémence qu'il ne le pensait pas vraiment — ce n'avait été qu'une pensée fugitive. Le plus souvent, il souhaitait qu'ils puissent rester amis et que sa simple vue ne l'emplisse plus de dégoût pour le péché qu'il avait commis. En voyant ses épaules dénudées, sur le terrain de sport, il se haït, honteux d'être encore attiré par elle. Alors, elle l'avait aperçu et, sans honte, sans le moindre atome de culpabilité, lui avait fait signe. Il s'était senti si coupable qu'il avait souhaité sa mort. Le premier lancer à Owen Meany était hors jeu et il laissa passer la balle. Ma mère avait quitté l'église de mon père, mais elle était toujours à l'aise avec lui quand elle le rencontrait ; toujours amicale, elle lui parlait, lui faisait bonjour de la main. Ça le torturait de se rappeler les moindres détails de son corps — ce petit creux de l'aisselle nue, si visible quand elle lui fit signe. Le deuxième tir faillit frapper Owen

Meany, qui se jeta dans la poussière pour l'éviter. Mon père croyait que rien, même les souvenirs les plus cruels, ne pouvait affecter ma mère. Elle l'apercevait : elle lui adressait un geste d'amitié... Oh, si tu pouvais mourir ! pensa-t-il.

C'est à cet instant précis qu'il avait prié. Puis Owen Meany frappa le dernier coup. Voilà ce que produit sur nous une religion égocentrique ; nous l'utilisons pour servir nos intérêts personnels. Comment le révérend Merrill avait-il pu dire, comme moi, que les Meany étaient des « monstres de superstition » alors qu'il était persuadé que Dieu avait écouté sa prière le jour du match et ne l'avait plus écouté par la suite ? Parce qu'il avait souhaité la mort de ma mère, il pensait que Dieu l'avait puni, pour lui apprendre à ne pas jouer inconsidérément avec la prière ! C'est pourquoi il lui avait été si difficile de prier pour Owen Meany, au point de nous inviter à offrir à Owen nos prières silencieuses, ce qui lui évitait de prier lui-même. Et cet homme osait traiter Mr. et Mrs. Meany de superstitieux ! Regardez autour de vous ; voyez combien de nos incomparables leaders prétendent savoir ce que Dieu veut. Ce n'est pas Dieu qui déraille, mais les bons apôtres qui affirment croire en lui afin de mener le monde à sa perte en son nom !

Pourquoi avait-il, si abruptement, prié pour que ma mère meure ? Vieille histoire, usée jusqu'à la corde. Je fus bougrement désappointé d'apprendre que la « liaison secrète » de ma mère avait été plus pathétique que romantique. Maman, après tout, n'était qu'une très jeune femme dans une ville rustaude et provinciale. Quand elle avait commencé de chanter à « L'Orangeraie », elle avait réclamé l'avis sincère de son conseiller spirituel, ne voulant s'engager dans aucune entreprise immorale ; elle lui avait demandé de venir assister à son tour de chant. Sa vue l'impressionna plus que son talent ; dans cette tenue de scène, cette insolite robe rouge, le révérend Merrill ne reconnut pas la gamine qu'il avait si longtemps dirigée dans la chorale. Je suppose que cette séduction fut involontaire, car ma mère était réellement innocente, et je mettrai à l'actif du révérend Merrill qu'il dut sincèrement en tomber amoureux ; après tout, il n'avait pas grande expérience de l'amour. Par la suite, l'évidence qu'il n'avait nulle intention d'abandonner sa femme et ses enfants — lesquels étaient déjà malheureux et continuent de l'être ! — avait dû le bourreler de honte et de remords.

Je sais que ma mère s'accommoda très bien de la situation ; avec quelle tendresse m'appela-t-elle son « petit caprice » ! Bref, Tabitha Wheelwright tira un trait sur Lewis Merrill et se dévoua totalement à la tâche de bien élever son enfant illégitime. Ses intentions furent toujours saines, jamais troubles ; je ne pense pas qu'elle se sentit coupable en aucune façon. Mais le révérend Merrill, lui, était homme à se vautrer dans la culpabilité ; il ne pouvait plus s'accrocher qu'à ses remords, surtout après avoir compris qu'il n'aurait jamais le courage d'abandonner sa misérable famille pour ma mère. Il continua, bien sûr, à se torturer, en continuant d'aimer ma mère. Je suppose que son « amour » pour elle l'emplissait d'autant de doute que sa foi chancelante, ouverte aux interprétations les plus vagues et les plus irréalistes. Ma mère jouissait d'une plus grande santé morale ; quand il lui dit qu'il ne quitterait pas sa famille, elle le chassa simplement de son esprit et continua sa carrière de chanteuse.

Incapable de réagir spontanément à une situation réelle, le révérend Merrill était capable de réfléchir, inlassablement ; il en vint à envisager la mort de ma mère, y pensa, y réfléchit encore jusqu'à l'obsession. Quand elle rencontra Dan Needham et qu'ils se fiancèrent, il crut voir la fin de ses conjectures ; quand elle épousa Dan, il crut voir la fin des mortifications qu'il avait pris l'habitude de s'infliger. Plus il macérait, plus elle s'illuminait ! Qu'elle lui ait adressé un signe et un sourire une fraction de seconde avant sa mort, c'était trop pour lui ! Lui que son remords d'avoir « péché » avec ma mère avait presque rapproché de Dieu !

Après avoir eu l'extraordinaire privilège d'assister au miracle d'Owen Meany, cet homme aigri ne trouva pas de meilleure réaction que de gémir dans mon giron pour sa foi perdue ; cette foi ridiculement subjective et fragile, si

facilement mise en déroute par son doute de commande !
Quelle larve, ce pasteur Merrill ! J'étais d'autant plus fier
de ma mère qu'elle avait eu le bon sens de le laisser
tomber.

Quoi d'étonnant que l'idée de prendre la parole sur la
tombe d'Owen Meany représente un calvaire pour ce
pauvre pasteur Merrill ! Comment un homme comme lui
pourrait-il parler d'un Owen Meany ? Il trouvait ses parents
« monstrueux », lui qui avait prié pour que ma mère meure
et avait eu la fatuité de croire que Dieu l'avait écouté puis
de dire que Dieu l'avait puni en ne l'écoutant plus ! Comme
si le révérend étriqué avait simultanément le pouvoir de se
faire entendre de Dieu et de s'attirer sa colère ! Poussant
l'hypocrisie jusqu'à m'approuver quand j'avais traité les
Meany de « monstres de superstition » !

Dans ce coin de sacristie où nous étions censés nous
recueillir avant l'enterrement d'Owen, je dis — avec
beaucoup d'ironie — à mon père :

« Comme j'aimerais vous aider à retrouver votre foi ! »

Puis je le laissai là — à se demander sans doute si
recouvrer sa foi était possible. Je n'avais jamais été dans
une telle fureur ; c'est alors que, me rappelant comment
Owen Meany avait essayé de me préparer à la cruelle
déception que serait pour moi la découverte de mon père,
je me sentis « enclin à faire le mal ».

*   *   *

Toronto, le 27 septembre 1987. — Temps nuageux, qui
promet de la pluie avant ce soir. Katherine dit que tout ce
qui me reste de chrétien, c'est mon manque d'indulgence ;
c'est vrai, et il faut y ajouter un constant besoin de
vengeance. J'étais assis à l'église de la Grâce-sur-la-
Colline, absolument seul dans l'avare lumière, aussi nuageux que le temps. Histoire d'envenimer les choses, les
Blue Jays de Toronto disputent la demi-finale du cham-
pionnat ; si les Blue Jays sont sélectionnés pour la Coupe
du monde, toute la ville ne parlera que de *base-ball* !

Il y a des jours comme ça, où j'éprouve le besoin de relire à l'envi le 37e Psaume :

Trêve à la colère, renonce au courroux,
Ne t'échauffe pas, ne sois pas enclin à faire le mal.

J'ai eu une dure semaine, à la Bishop Strachan School. A chaque rentrée scolaire, j'exige toujours trop de mes élèves ; ensuite, je suis bêtement déçu de leurs faibles résultats — et de mon attitude. Je les ai traitées avec trop d'ironie. C'est parce que ma nouvelle collègue — Ms. Pribst, pour ne pas la nommer — m'incite vraiment à faire le mal !

Cette semaine, je lisais à mes filles une histoire de fantômes de Robertson Davies, *Le spectre qui disparaissait peu à peu.* Au milieu de cette nouvelle que j'adore, je me mis à penser : qu'est-ce que des filles de cet âge peuvent bien savoir des milieux universitaires que l'auteur s'amuse à ridiculiser ? Les élèves m'écoutaient, somnolentes ou feignant l'attention dans le meilleur des cas. Je leur en voulus, donc je lus très mal, ne rendant pas justice au texte ; puis je m'en voulus d'avoir choisi cette histoire-là sans tenir compte de l'âge et de l'inexpérience de mon public. Dieu, quelle sale situation !

C'est dans ce récit que Davies écrit : « L'esprit d'un étudiant, c'est du champagne — du champagne canadien. » C'est d'une drôlerie sans prix, comme aurait dit ma grand-mère ; je compte balancer ça à Eleanor Pribst la prochaine fois qu'elle essaiera de la ramener avec son humour. D'abord, je planterai le moignon de mon index droit dans ma narine droite, pour lui donner l'impression que j'ai enfoncé les deux premières jointures si profond dans mon nez que le bout du doigt s'est logé entre mes yeux ; ayant par cette mimique mobilisé son attention, je lui dédierai alors cette précieuse citation sur l'humour des étudiants.

A la Grâce-sur-la-Colline, j'ai baissé la tête, essayant d'évacuer ma colère. S'attarder dans une église après le service dominical est encore le meilleur moyen d'y être tranquille.

Cette semaine, j'endoctrinais mes élèves de littérature sur le sujet des « débuts fracassants ». Je leur disais que, si les livres inscrits au programme commençaient aussi paresseusement que leurs dissertations, personne n'arriverait à les lire jusqu'au bout. Je prenais pour exemple le livre de Timothy Findley, *Famous Last Words,* dont le début provoque un choc : le père emmène son fils de douze ans sur le toit de l'Arlington Hotel pour lui faire admirer la vue de Boston, Cambridge, Harvard et la Charles River, puis se jette dans le vide pour s'écraser quinze étages plus bas sous les yeux de son fils ; vous voyez la scène. Ce début rivalise avec le premier chapitre du *Maire de Casterbridge,* dans lequel Michael Henchard, ivre mort, perd sa femme et sa fille sur un pari ; vous voyez le genre. Hardy savait ce qu'il faisait pour accrocher le lecteur. Il savait, chaque fois.

Je démontrai à mes mollasses étudiantes que leurs exposés ne commençaient généralement qu'après quatre ou cinq pages de languissants préambules. S'il leur fallait quatre ou cinq pages pour trouver le bon début, ne pensaient-elles pas qu'elles pourraient relire leur travail et couper les pâteuses inutilités ?

O, jeunes gens, jeunes gens, qu'avez-vous fait de votre humour ? Je pleure à l'idée de leur enseigner Trollope ; elles pleurent à l'idée de le lire ! Je vénère particulièrement les joyeusetés des *Chroniques de Barchester,* mais faire découvrir Trollope à cette génération de la télévision, c'est donner des perles aux cochons ! Leurs hanches, leurs têtes et même leurs cœurs sont remués par ces sempiternels vidéo-clips, et le début du chapitre IV ne leur arrache même pas un gloussement.

« De la parenté du révérend Slope, je ne peux dire grand-chose. J'ai entendu certifier qu'il descend en droite ligne de l'éminent médecin qui présida à la naissance de Mr. T. Shandy et que dans ses jeunes années il avait ajouté un *e* à son nom pour des raisons d'euphonie, comme nombre de grands hommes l'avaient fait avant lui[1]. »

_____

1. Pour apprécier le jeu de mots, il faut savoir qu'en anglais *slop* — sans *e* final — signifie « eau sale » *(NdT)*.

Même pas un gloussement ! Mais comme leurs petits cœurs palpitent et bondissent, comme leurs têtes se balancent, les yeux si révulsés qu'ils semblent avoir disparu au fond de leurs orbites, comme leurs mignons derrières s'affolent en entendant chanter Hester la Mégère ! Ne parlons même pas de la mélasse musicale qui l'accompagne dans ses clips.

Vous comprenez pourquoi j'avais le besoin physique de m'attarder, tout seul, dans l'église de la Grâce.

Cette semaine, je lisais à mes élèves *Les Lunes de Jupiter* au cours de « lit-can », comme dirait Ms. Pribst. Pendant ma lecture, je me sentis un peu gêné car l'une de mes élèves, Yvonne Hewlett, se trouvait dans une situation identique à celle du narrateur dans cette superbe nouvelle d'Alice Munro : son père était à l'hôpital, avant une délicate opération à cœur ouvert. Je ne me rappelai le père d'Yvonne Hewlett qu'une fois ma lecture commencée ; il était trop tard pour m'arrêter ou modifier l'histoire au fil du récit. En outre, ce n'est pas une histoire cruelle, elle est émouvante, quoique guère rassurante pour des enfants de cardiaques. De toute façon, que pouvais-je y faire ? Yvonne Hewlett avait manqué la classe, quelque temps auparavant, la semaine où son père avait eu une attaque ; elle avait l'air épuisée, à bout de nerfs, dès la toute première ligne de l'histoire : « J'ai trouvé mon père dans le service de cardiologie... »

Comment avais-je pu me montrer à ce point inconscient ? J'avais envie d'interrompre ma lecture, de dire à Yvonne Hewlett que tout s'arrangeait à la fin — bien que je ne pusse rien lui promettre de semblable dans le cas de son père. Dieu ! Quelle triste situation ! Et, soudain, je compris que je tenais de mon père — je suis le digne fils de mon indigne père, pensai-je. Alors, je regrettai tout le mal que je lui avais fait ; d'accord, ça s'est plutôt bien terminé — il s'avéra même que je lui avais rendu service. Mais ce que je lui avais fait n'avait nullement pour but de lui rendre service...

Quand je l'abandonnai dans la sacristie, se demandant ce qu'il pourrait bien dire à l'enterrement d'Owen, j'emportai la balle de base-ball. Avant d'aller voir Dan Needham, je laissai la balle dans la boîte à gants de ma voiture. Je bouillonnais d'une telle rage que je ne savais quelle attitude adopter : tout raconter à Dan ou me taire ?

Alors je demandai à Dan Needham — qu'aucune foi religieuse n'embarrassait — pourquoi il avait insisté pour que ma mère et moi changions de confession, quittions les congrégationalistes pour les épiscopaliens.

« Que veux-tu dire ? me demanda Dan. C'était votre idée à tous les deux, pas la mienne !

— C'est-à-dire ?

— Ta mère m'a dit que tous tes amis appartenaient à l'Église épiscopalienne, à commencer par Owen, et que tu lui avais demandé de changer d'Église pour aller au même catéchisme que tes copains ! Elle m'a dit que tu n'avais pas d'amis congrégationalistes.

— Maman t'a dit ça ? A moi, elle a dit que nous deviendrions épiscopaliens pour appartenir à la même confession que toi.

— Moi ? Je suis presbytérien, fit Dan. Mais ça ou autre chose...

— Alors, elle nous a menti, à tous les deux. »

Haussant les épaules, il me demanda :

« Quel âge avais-tu à l'époque ? Huit ou neuf ans, peut-être dix. Tu as pu ne pas très bien comprendre ce qu'elle t'a dit. »

Je réfléchis un moment, sans le regarder ; je dis enfin :

« Vous êtes restés fiancés très longtemps avant de vous marier. Environ quatre ans, si ma mémoire est bonne.

— C'est exact, quatre ans, fit Dan, circonspect.

— Pourquoi avoir tant attendu avant de vous marier ? Vous étiez très amoureux, n'est-ce pas ? »

Dan parcourut du regard les étagères de livres dissimulant l'entrée du passage secret.

« Ton père... ton père voulait qu'elle attende.

— Pourquoi ?

— Pour qu'elle soit bien sûre. Sûre de m'aimer vraiment.

— En quoi ça pouvait bien le regarder ? m'écriai-je.

— C'est exactement ce que j'ai dit à ta mère ; que ça ne le regardait pas que ta mère soit sûre de m'aimer ! Évidemment qu'elle était sûre de m'aimer, et moi aussi !

— Pourquoi lui a-t-elle obéi ?

— A cause de toi. Elle voulait qu'il jure de ne jamais te dire qu'il était ton père. Et lui ne voulait le lui jurer que si elle attendait longtemps pour m'épouser. Il fallait que nous attendions son feu vert ! Ça a pris quatre ans !

— J'ai toujours eu la conviction que Maman m'aurait tout dit, si elle avait vécu. Je pensais qu'elle attendait que je sois assez grand pour tout m'expliquer.

— Elle n'a jamais eu l'intention de t'en parler. Elle a toujours été formelle sur ce point : toi et moi, nous ne devions *jamais* savoir. J'ai accepté ça d'elle et tu l'aurais accepté aussi. C'est ton père qui n'a rien voulu savoir... pendant quatre ans !

— Mais, après la mort de Maman, il aurait pu tout me dire. Qui aurait su qu'il avait rompu son serment ? J'aurais été le seul à le savoir et je n'aurais jamais su qu'il lui avait promis quoi que ce soit. Il faut croire que ça ne l'*intéressait* pas de se faire connaître de son fils !

— C'est un homme qui sait tenir une promesse, dit Dan. J'ai souvent pensé qu'il était jaloux de moi... qu'il voulait l'obliger à attendre toutes ces années dans l'espoir que je me lasserais d'elle, ou elle de moi. Je croyais qu'il essayait de nous séparer... Mais maintenant je pense qu'il voulait sincèrement qu'elle se conduise bien à mon égard ; la promesse de ne jamais essayer d'entrer en contact avec toi a dû lui être très difficile.

— Tu étais au courant de " la Dame en rouge ", de " L'Orangeraie ", de tout le reste ?

— C'était leur seul moyen de se voir, de se parler. Je n'en sais pas davantage ; je ne te demanderai pas comment tu as pu savoir ça.

— Sais-tu qui est Black Buster Freebody ?

— Un vieux pianiste noir. Ta mère l'aimait beaucoup. Je me souviens de lui parce que la dernière fois que nous avons voyagé ensemble, avant sa mort, c'était pour aller aux obsèques de Buster Freebody. »

Ainsi, Dan Needham prenait mon père pour un homme de parole. Je me demandai combien d'hommes de ce calibre nous pouvions connaître ! Il me sembla inutile d'ôter à Dan ses illusions sur la loyauté de mon père. Je ne vis pas davantage l'utilité de lui révéler son identité, qui ne me faisait ni chaud ni froid et n'aurait rien apporté à Dan. Quelle importance aurait pour lui le fait de savoir que le révérend Lewis Merrill, qui assistait au match, avait prié Dieu pour que ma mère meure et eu l'orgueil de croire que Dieu l'avait exaucé ? Dan n'avait aucun besoin de savoir tout ça. Et ma mère n'avait voulu quitter l'Église congrégationaliste que pour rompre tout contact avec Mr. Merrill. Mon père n'était ni courageux ni honorable ; il avait pourtant essayé de l'être une fois. Il avait peur, mais il avait osé — à sa manière — prier en public pour Owen Meany et s'en était plutôt bien tiré.

Que croyait-il qu'il en eût résulté, s'il m'avait avoué être mon père ? Qu'était-il advenu de ses propres enfants, n'ayant en guise de père qu'un homme bourrelé de remords et privé de l'usage même de la prière ? Je pensai soudain que *moi* j'avais un moyen de lui réapprendre à prier, à croire. Cette idée me vint après mon entretien avec Dan, en pensant aux enfants tristes de cet homme détruit ; celui dont les cheveux ras permettaient difficilement de le confondre avec une fille ; l'aîné, ce bon à rien qui profanait les cimetières ; le plus petit qui rampait sous les banquettes — je ne me rappelais même pas son sexe.

Si Mr. Merrill refusait de croire au miracle d'Owen Meany, si Mr. Merrill croyait que Dieu le punissait par son silence, moi je pouvais donner à Mr. Merrill le besoin de croire à quelque chose. Puisque ni Dieu ni Owen Meany n'étaient capables de raviver la foi du pasteur Merrill, moi je connaissais un « miracle » en lequel mon père serait susceptible de croire !

* * *

Quand je quittai la sacristie, y abandonnant le pasteur Merrill à son triste sort, il était environ 10 heures du soir ;

une demi-heure plus tard, après mon entrevue avec Dan, je repassai devant l'église Hurd, à l'angle de Front Street et Tan Lane. Lewis Merrill s'y trouvait encore, on voyait de la lumière dans la sacristie, et aussi dans le chœur, par les vitraux multicolores. C'est dans ce périmètre sacré entourant l'autel que, sans aucun doute, mon père élaborait son discours d'adieu à Owen Meany.

« Tout ce qu'il gardait servait à quelque chose », avait dit Mr. Meany à propos du mannequin en robe rouge de ma mère. Le pauvre fou ne croyait pas si bien dire.

La route de Maiden Hill était obscure, à part quelques balises clignotantes indiquant des travaux et des catadioptres signalant les piles dangereuses du pont contre lequel s'était fracassé Buzzy Thurston. L'accident avait pas mal esquinté le soubassement et on avait dû refaire la route, labourée par la carcasse de la Plymouth.

Il y avait la lumière habituelle dans la cuisine des Meany, cette lampe qu'ils laissaient toujours allumée pour Owen et n'avaient jamais éteinte. Mr. Meany fut long à m'ouvrir la porte. Je ne l'avais encore jamais vu en pyjama ; il avait l'air d'un enfant monté en graine ou d'un clown déguisé en enfant.

« Tiens ! Voilà Johnny Wheelwright, dit-il par automatisme.

— Je suis venu chercher le mannequin.

— Bien sûr, fit-il avec amabilité, je me doutais que tu le voudrais. »

Il n'était pas lourd, mais j'eus du mal à le faire entrer dans ma Coccinelle, car il ne se pliait pas. Ça me rappela Owen, momifié dans ses langes d'Enfant Jésus, couché tout raide sur ses parents après la fameuse Nativité et aussi notre escapade à la plage avec le mannequin, sur le plateau arrière du gros camion.

« Tu peux prendre la camionnette, ce sera plus simple », proposa Mr. Meany.

Ce ne fut pas nécessaire. Avec l'aide de Mr. Meany, je parvins à insérer le mannequin dans la Volkswagen. Il me fallut détacher les bras, nus et blafards, de la statue de Marie-Madeleine, qu'Owen avait arrimés par un astucieux réseau de fil de fer. Le mannequin, dépourvu de pieds, comportait un trépied prolongé d'une tige de fer fichée dans ses œuvres vives. En baissant la vitre côté passager, tout se passa bien ; hanches juvéniles, taille fine, poitrine opulente et petites épaules carrées s'encastrèrent de justesse sur la banquette arrière. Si le mannequin avait possédé une tête, il n'aurait pas pu tenir.

« Merci, dis-je à Mr. Meany.

— Y a pas de quoi », dit-il.

Je rangeai la voiture dans Tan Lane, suffisamment loin de l'église Hurd et du feu orange clignotant au-dessus du carrefour de Front Street. Je fourrai la balle dans ma poche ; je pris le mannequin sous un bras, les longs bras pâles de Marie-Madeleine sous l'autre. Je reconstituai ma mère dans le parterre de fleurs, faiblement éclairé par la lumière traversant les vitraux de l'église. La lumière brillait toujours dans la sacristie, mais le pasteur Merrill répétait ses prières pour Owen dans le chœur de la vieille église ; je l'entendais par moments jouer quelques notes sur l'orgue. De son époque de chef de chorale à l'église congrégationaliste, Mr. Merrill avait conservé un bon petit toucher d'amateur. Je reconnaissais les hymnes qu'il jouait, probablement pour se mettre dans une ambiance de prière.

Il joua *Honneur au roi des Cieux,* puis il essaya *Le fils de Dieu part au combat.*

Je choisis, pour y planter le mannequin, un parterre de pourpiers, dont les feuilles charnues, proches du sol, cacheraient le piédestal, et dont les petites fleurs — la plupart s'étaient closes pour la nuit — ne jureraient pas avec la robe rouge vermillon. La robe recouvrait complètement l'armature métallique du mannequin et la tige de fer noir supportant le tout était invisible dans cette pénombre savante, comme si ma mère n'avait pas les pieds posés sur le sol, mais avait choisi de flotter au-dessus des plates-bandes fleuries. Je fis un aller-retour entre le parterre et la porte de la sacristie, pour vérifier l'aspect du mannequin à cette distance, faisant pivoter le corps de ma mère de sorte que son inoubliable silhouette fût reconnaissable sur-le-champ. J'admirai avec quelle précision la lumière tamisée par le vitrail l'éclairait. Il y en avait juste assez pour faire ressortir le rouge soyeux de sa robe, mais pas assez pour qu'on remarque aussitôt que la tête manquait. Il ne lui manquait que la tête et les pieds, qui semblaient occultés par les ombres nocturnes. Depuis la porte de la sacristie, la silhouette de ma mère paraissait à la fois vivante et fantomatique ; « la Dame en rouge » semblait prête à chanter. La lueur du clignotant, au carrefour de Tan Lane et Front Street, rehaussait le tableau ; et même les phares des rares voitures en circulation étaient suffisamment lointains pour ajouter à l'équivoque de la silhouette au milieu des pourpiers.

J'exerçai une ou deux pressions sur la balle ; je n'en avais plus touché une depuis ma dernière partie en minimes. Ma prise manquait un peu de sûreté ; il faut avoir son index au complet pour bien lancer une balle de base-ball, mais je ne m'inquiétais pas trop. J'attendis que le bruit de l'orgue s'interrompe ; à l'instant où la musique cessa, je lançai la balle, en y mettant toute ma force, à travers l'un des vitraux du chœur. Elle perça un petit trou bien net dans le verre dépoli, et un pinceau de lumière blanche — tel le faisceau d'une torche électrique — tomba sur les feuilles d'un grand orme, derrière lequel je me dissimulai pour guetter le pasteur Merrill.

Il lui fallut un moment pour découvrir ce qui venait de traverser l'un des vitraux consacrés du chœur. Je suppose que la balle devait avoir roulé derrière les tuyaux de l'orgue, peut-être même sous la chaire.

J'entendis mon père crier :

« Johnny ! »

La porte menant de l'église à la sacristie s'ouvrit, se referma.

« Johnny... Je sais que tu m'en veux, mais tout ça est infantile ! »

J'entendis ses pas dans le corridor aux patères qui prolongeait la sacristie. Il ouvrit à la volée la porte de la sacristie, la balle dans la main droite, clignant des yeux dans la lumière orange du carrefour. Il appela encore :

« Johnny ! »

Il fit un pas en avant ; il regarda à gauche, en direction du campus ; il regarda à droite vers Front Street ; puis son regard se posa sur les parterres fleuris éclairés par les vitraux du chœur. Alors, le révérend Lewis Merrill, tombant à genoux, écrasa la balle contre sa poitrine.

« Tabby ! », exhala-t-il.

Il lâcha la balle, qui se mit à rouler sur le trottoir de Front Street.

« Dieu, pardonne-moi ! dit-il. Tabby... Je ne lui ai rien dit ! Je te l'avais juré, j'ai tenu mon serment... Ce n'était pas *moi* ! », cria mon père.

Sa tête oscilla en tous sens — il n'osait pas la regarder — et il finit par couvrir ses yeux de ses mains. Il s'abattit sur le côté, la tête touchant la bordure de buis du chemin, et ramena ses genoux contre sa poitrine, comme s'il avait très froid ou voulait rentrer dans le ventre de sa mère. Cachant obstinément ses yeux, il gémit :

« Tabby... je t'en supplie, pardonne-moi ! »

Après quoi, il commença à dévider des balbutiements incohérents ; sa voix n'était plus qu'un murmure ; il était secoué de mouvements convulsifs, de véritables spasmes qui le clouaient au sol. Le son de sa voix, ses tremblements m'assurèrent qu'il n'était pas mort et, je l'avoue, je fus un peu déçu que l'apparition brutale de ma mère ne l'ait pas tué sur le coup. Je saisis le mannequin de couturière, le fourrai sous mon bras ; l'un des bras blafards de Marie-Madeleine se décrocha et je le pris sous mon autre bras. Ramassant la balle sur le trottoir, je l'empochai, me demandant si mon père pouvait percevoir mes mouvements, car il se repliait encore plus en position fœtale et obturait davantage ses yeux, comme s'il pensait que ma mère s'approchait de lui. Peut-être ces immenses bras blancs l'avaient-ils terrifié outre mesure, comme si la Mort en personne avait démesurément allongé le rayon d'action de ma mère, pour lui permettre de mieux empoigner le pasteur Merrill.

Je fourrai le mannequin et les bras de la statue dans la Volkswagen et filai jusqu'à la jetée de Rye Harbor. J'y arrivai à minuit. Je lançai la balle dans le port, aussi loin que possible ; cela fit un plouf dérisoire, qui ne réveilla même pas les mouettes. Je laissai glisser également les bras pesants de Marie-Madeleine dans l'eau sombre ; le bruit fut plus accentué, mais le clapotis du ressac et les chocs des bateaux à l'amarre avaient conditionné les oiseaux marins à ne pas s'émouvoir d'un éclaboussement supplémentaire.

Je longeai alors le pied de la jetée, portant le mannequin en robe rouge. Je pataugeai, entrant dans l'océan à l'extrémité de la jetée ; j'eus rapidement de l'eau jusqu'à la poitrine et dus me replier sur l'un des blocs de soubassement, pour jeter le plus loin possible le mannequin dans l'océan. Je voulais être sûr que le mannequin tomberait dans le chenal, qui était très profond. Je serrai un instant le mannequin contre mon visage, mais le parfum que cette robe rouge avait pu conserver s'était dilué depuis bien longtemps. Je lançai alors le mannequin dans le chenal.

L'espace d'un moment, il flotta de façon inquiétante, soutenu par une couche d'air logée dans sa partie creuse. Il se retourna à la surface de l'eau, comme s'il cherchait une position pour son dernier sommeil. Je vis le buste splendide de ma mère émerger — « DE PLUS BEAUX NICHONS QUE TOUTES LES AUTRES MÈRES », avait dit Owen Meany. Le mannequin pivota de nouveau, tandis que s'en échappaient des bulles d'air, et « la Dame en rouge » s'enfonça dans le chenal, au large de la jetée de Rye Harbor, où Owen Meany était convaincu d'avoir le droit de s'asseoir pour regarder la mer.

Je vis se lever le soleil, grosse bille brillante sur la masse grise de l'Atlantique. Je regagnai l'appartement que je partageais avec Hester à Durham, pris une douche et me préparai pour les funérailles d'Owen. J'ignorais où était Hester, et je m'en fichais ; je connaissais sa décision. La dernière fois que j'avais vu Hester, c'était au 80 Front Street ; nous avions regardé avec ma grand-mère l'assassinat de Bobby Kennedy à Los Angeles, l'avions revu des dizaines de fois et Hester avait dit : « La télévision rend bien les catastrophes. »

Owen ne m'avait jamais parlé de l'assassinat de Bobby Kennedy ; il s'était produit en juin 1968, au moment où le temps pressait pour Owen Meany. Il était trop préoccupé par sa mort prochaine pour commenter celle de Bobby Kennedy.

Il était encore tôt dans la matinée et j'avais si peu d'affaires personnelles chez Hester que ce fut rapide à empaqueter ; essentiellement des livres. Owen avait laissé quelques-uns de ses livres chez Hester et j'en pris un, *Réflexions sur les Psaumes,* de C. S. Lewis. Owen y avait souligné un passage : « J'écris pour des ignorants sur des sujets que j'ignore. » Mes sacs bouclés, je laissai à Hester un chèque pour le dernier trimestre de loyer ; comme il me restait du temps à tuer, je lus des extraits du journal d'Owen, les passages les plus décousus, les notes hâtives lui servant d'aide-mémoire, comme des listes de commissions. J'appris que le nom de Fort Huachuca provenait d'un mot signifiant « montagne des vents ». Il y avait plusieurs pages de vocabulaire vietnamien, essentiellement consacrées aux expressions de commandement. Deux d'entre elles revenaient plusieurs fois, soulignées et en version phonétique. « *NAM SOON* = COUCHEZ-VOUS ! *DOONG SA* = N'AYEZ PAS PEUR ! »

Je relus et relus ce passage à voix haute, jusqu'à prononcer les mots correctement. Je découvris un dessin au crayon représentant un phénix, cet oiseau fabuleux censé s'immoler lui-même sur un bûcher puis renaître de ses cendres. Sous le dessin, Owen avait écrit : « SYMBOLE DE L'IDÉALISME OU DE L'ESPOIR RENAISSANT — OU EMBLÈME DE L'IMMORTALITÉ. » Ailleurs, dans un coin de marge, sans aucun rapport avec le contenu de la page, il avait griffonné : « TROISIÈME TIROIR, DU CÔTÉ DROIT. » Cette note n'était pas soulignée, rien n'indiquait que ce fût un message à moi destiné, mais il faisait sans doute allusion au jour où, assis dans la sacristie au bureau du pasteur Merrill, il nous avait parlé, à Dan et à moi, en ouvrant et fermant les tiroirs sans jamais avoir l'air d'en regarder le contenu.

Il y avait vu la balle, bien sûr, et appris du même coup l'identité de mon père, mais la foi d'Owen était illimitée ; il était persuadé que c'était à Dieu de me dire qui était mon père. Il avait donc trouvé inutile de me le dire lui-même. En outre, il savait que cette révélation me décevrait.

En feuilletant, je tombai sur un passage qui m'était consacré :

« LA CHOSE LA PLUS DIFFICILE QUE J'AIE JAMAIS FAITE, CE FUT DE COUPER LE DOIGT DE MON MEILLEUR AMI ! MAIS, QUAND TOUT SERA FINI, MON MEILLEUR AMI POURRA SE DÉTACHER DU PASSÉ. IL POURRA COMMENCER UNE NOUVELLE VIE. JOHN DEVRAIT PARTIR POUR LE CANADA. JE SUIS SÛR QUE C'EST UN PAYS OÙ IL FAIT BON VIVRE... NOTRE PAYS EST MORALEMENT EXSANGUE. »

Ensuite, je courus à la fin du journal et relus les dernières phrases :

« LE JOUR EST VENU !... " CELUI QUI CROIT EN MOI, BIEN QU'IL SOIT MORT, VIVRA ; ET CELUI QUI VIT ET CROIT EN MOI NE MOURRA JAMAIS ! " »

Je fermai alors le cahier d'Owen Meany et l'emballai avec le reste de mes affaires. Grand-Mère était une lève-tôt ; il y avait au 80 Front Street quelques photos d'elle et de ma mère que je tenais à emporter, avec le reste de ma garde-robe. J'avais envie de prendre le petit déjeuner avec Grand-Mère dans la roseraie ; il restait encore du temps avant l'enterrement d'Owen, largement assez pour dire à Grand-Mère que je partais, et où.

Je passai à Waterhouse Hall faire part de mes projets à Dan Needham ; de plus, Dan possédait quelque chose que je voulais emporter ; il n'y verrait nulle objection, il s'y était si souvent meurtri les orteils depuis tant d'années ! Je voulais l'arrêt de porte en granit, le cadeau de mariage qu'Owen avait façonné pour Dan et ma mère, à l'inscription si finement gravée « JUILLET 1952 », au polissage et au biseautage si parfaitement fignolés ; un curieux souvenir, mais ç'avait été l'un des premiers essais d'Owen avec la roue diamantée, et je le voulais. Dan me dit qu'il comprenait tout et qu'il m'aimait. Je lui répondis :

« Tu es le meilleur père qu'un garçon ait jamais eu... et le seul père que j'aurais voulu avoir. »

Puis vint le moment des funérailles d'Owen.

* * *

Notre vieux chef de police de Gravesend, Ben Pike, était planté à l'entrée monumentale de l'église Hurd, comme s'il s'apprêtait à fouiller tous les arrivants pour trouver enfin « l'arme du crime », « l'instrument de la mort » si long-temps cherché ; j'eus la tentation de dire à ce sagouin où il pourrait trouver cette saloperie de balle. Le gros Mr. Chickering était là, toujours au regret d'avoir laissé Owen Meany me remplacer sur le terrain, d'avoir dit : « Renvoie la balle, gamin ! » Les Thurston — les parents de Buzzy — étaient venus aussi, bien que catholiques et ayant récemment porté en terre leur propre fils. Et le prêtre catholique, le père Findley. Tout comme Mrs. Hoyt, en dépit de la façon hostile dont la ville l'avait traitée, pour ses « activités anti-américaines ». En revanche, on ne voyait ni le recteur Wiggin ni Barb, sa femme ; après avoir tout fait pour récupérer le service funèbre à l'église du Christ, nul doute qu'ils ne fussent ulcérés de se voir supplantés. Le capitaine Wiggin, l'ex-pilote fou, avait proclamé partout qu'il était l'homme idéal pour les obsè-ques en grande pompe d'un héros.

La garde nationale du New Hampshire avait délégué un détachement, qui servirait de garde d'honneur à Owen. Ce dernier m'avait jadis expliqué qu'ils se faisaient payer pour ça, ils touchaient une journée de solde. L'officier d'escorte d'Owen, jeune lieutenant à la mine angoissée, faisait le salut militaire bien plus souvent que nécessaire ; c'étaient ses débuts au service des disparus. Le prétendu officier d'assistance aux familles n'était autre que l'ancien profes-seur d'art militaire de l'université du New Hampshire ; le colonel Eiger me salua avec la plus grande solennité sur les marches de l'église :

« Nous nous étions trompés sur votre jeune ami.

— Oui, monsieur.

— Il a amplement prouvé qu'il était apte au combat, dit le colonel Eiger.

— Oui, monsieur. »

Le colonel posa brièvement sur mon épaule sa main tavelée ; puis, choisissant un côté du portail à doubles battants, il se planta au garde-à-vous, comme pour rivaliser d'autorité avec le chef Ben Pike.

La garde d'honneur, gants et guêtres blancs, pénétra dans la nef au pas cadencé et se disposa en deux lignes de chaque côté du cercueil recouvert d'un drapeau sur lequel, épinglée, la médaille d'Owen réfléchissait le rayon de soleil filtrant par le trou du vitrail. Dans la pénombre familière, cet insolite faisceau de lumière crue semblait jaillir de la médaille elle-même. Comme si l'éclat de la médaille avait percé cet orifice, à la recherche d'Owen Meany quelque part dans le ciel.

Un soldat rigide, court sur pattes, que le colonel Eiger avait présenté comme un sergent-major, chuchota quelque chose à la garde d'honneur, figée dans un impeccable « reposez armes », puis jeta un regard anxieux au colonel Eiger et au jeune lieutenant qui faisait ses premières armes en public. Le colonel Eiger murmura quelque chose au lieutenant.

Les assistants toussaient, s'agitaient sur les vieux bancs sonores. L'orgue enchaînait les hymnes funèbres, tandis que les retardataires prenaient place. Bien que Mr. Early et Dan Needham fissent partie des appariteurs, la plupart de ceux-ci étaient des ouvriers de la carrière ; je reconnus un foreur et un artificier ; j'adressai un signe à un surveillant et aux tailleurs de pierre, ainsi qu'au grutier. Tous ces hommes semblaient taillés dans le granit, dont la solidité peut supporter une pression d'une tonne et demie au centimètre carré. Comme la lave, le granit est, au départ, de la roche en fusion, mais qui ne remonte pas à la surface de la terre et se durcit dans le sous-sol ; ce durcissement lent constitue d'énormes blocs de cristaux.

Seuls Mr. et Mrs. Meany occupaient le premier rang des bancs centraux. Ils étaient assis, raides et immobiles, tels des menhirs jaillis du sol, les yeux fixés sur la médaille lançant mille feux dans le rai de soleil. D'un regard intense, ils fixaient le cercueil de leur fils avec une terreur respectueuse, comme ce jour de 1953 où le Petit Jésus les avait

chassés de la crèche de Noël. L'attitude anxieuse des
Meany me fit penser qu'ils devaient se rappeler les
reproches d'Owen. « QU'EST-CE QUE VOUS ÊTES VENUS
FAIRE ICI ? leur avait crié l'Enfant Jésus courroucé. VOUS
N'AVEZ RIEN À FAIRE ICI ! VOTRE PRÉSENCE ICI EST SACRI-
LÈGE ! »

Je pensais exactement la même chose pour l'enterrement
d'Owen : que la présence de ses parents était sacrilège.
Leur attention hypnotisée par la médaille épinglée sur le
drapeau américain exprimait leur crainte de voir Owen
jaillir de son cercueil, comme jadis de la paille, pour les
stigmatiser encore. N'avaient-ils pas persuadé un petit
gamin de dix ou onze ans qu'il était né d'une vierge, comme
l'Enfant Jésus ?

Pendant ce service funèbre, je me surpris à prier pour
qu'Owen sorte bel et bien de sa boîte et crie à ses pauvres
parents : « VOUS N'AVEZ RIEN À FAIRE ICI ! » Mais Owen
Meany s'abstint de toute intervention.

Mr. Fish semblait très frêle ; assis auprès de ma grand-
mère au second rang du milieu, lui aussi fixait des yeux la
médaille étincelant sur le cercueil, comme s'il espérait pour
Owen un ultime lever de rideau ; comme s'il ne parvenait
pas à croire que, dans cette représentation-là, on n'ait pas
donné de rôle parlant à Owen Meany.

Mon oncle Alfred et ma tante Martha partageaient aussi
le banc de ma grand-mère ; aucun d'entre nous n'avait fait
allusion à l'absence d'Hester ; même Simon avait réussi à
tenir sa langue. Les Eastman parlaient plus volontiers de
l'absence de Noah, qui était toujours en Afrique, à
enseigner la sylviculture aux Nigerians. Je ne suis pas près
d'oublier la réflexion de Simon quand je lui appris que je
partais pour le Canada :

« Le Canada ! Ce pays va devenir un gros problème, face
aux exploitations forestières du Nord-Est. Tu vas voir ! Ces
Canadiens vont exporter leur bois à bien meilleur prix que
le nôtre ! »

Cher vieux Simon, si totalement dépourvu de fibre
politique ; il était convaincu que j'allais au Canada pour
couper des arbres.

Je reconnus le prélude du *Messie* de Haendel : « Je sais
que mon Rédempteur est ressuscité. » Je reconnus également un petit type bedonnant assis de l'autre côté de
l'allée, qui regardait fixement dans ma direction. C'est
quand il se mit à scruter le plafond voûté de l'église que
j'identifiai le gros Harold Crosby, l'ancien ange annonciateur qui avait oublié son rôle et qu'on avait abandonné
dans les cintres de l'église du Christ lors de la Nativité de
1953. Je lui adressai un signe de tête, auquel il répondit par
un sourire larmoyant ; j'avais entendu dire que Mrs. Hoyt
lui avait fait obtenir une réforme définitive pour troubles
mentaux.

Je ne reconnus pas tout d'abord notre maîtresse de
catéchisme, Mrs. Walker, dans ses austères vêtements
noirs. Il me manquait sa voix — « Owen Meany, descen-
dez, retournez à votre place ! » — pour retrouver notre
tortionnaire, assez stupide pour croire qu'Owen Meany
était monté tout seul dans les airs.

Les Dowling étaient là ; ils n'avaient pas saisi, pour une
fois, l'occasion d'afficher leur sexualité ambivalente. Ils
n'avaient jamais eu d'enfants — ce qui était probablement
un bien. Larry O'Day, le marchand de Chevrolet, était là
aussi ; c'est lui qui avait interprété Bob Cratchit dans *Le
Chant de Noël*, la fameuse année où Owen Meany avait
joué le spectre du Noël futur. Sa piquante fille, Caroline
O'Day, l'accompagnait, flanquée de son amie de toujours,
Maureen Early, laquelle avait par deux fois mouillé sa
culotte en regardant Owen Meany montrer son avenir
à Scrooge. C'était Caroline qui avait si souvent repoussé
mes avances, tantôt dans, tantôt sans son uniforme scolaire. Jusqu'à Mr. Kenmore, le boucher de la grande surface
A & P, qui était là, avec sa femme et leur fils Donny, de
véritables mordus qui n'avaient jamais raté un seul match
de minimes. C'est vrai, ils étaient tous venus, même
Mr. Morrison, le « facteur de discorde » ; même lui ! Et
encore le nouveau proviseur de l'Institut de Gravesend ; il
n'avait jamais vu Owen Meany, mais devait lui être
reconnaissant ; il n'aurait jamais été nommé proviseur si
Owen Meany n'avait perdu une bataille mais gagné sa

guerre contre Randy White. Et, si le vieil Archie Thorndike avait été encore vivant, il serait venu aussi, je le sais.

Les Brinker-Smith étaient absents ; je suis sûr qu'ils
seraient venus s'ils n'avaient regagné l'Angleterre. Leur
opposition à la guerre du Vietnam était telle qu'ils avaient
refusé que leurs jumeaux soient américains. Où qu'ils
fussent, je souhaitais qu'ils continuent de s'aimer aussi
passionnément qu'autrefois, dans toutes les chambres,
dans tous les lits de Waterhouse Hall.

Et notre vieux complice, le concierge simple d'esprit du
gymnase, qui nous avait si consciencieusement chronomé-
trés pendant nos exploits, témoin privilégié de notre
premier record en moins de trois secondes. Lui aussi était
venu rendre un dernier hommage au petit maître du *slam-
dunk* !

Un nuage passa, obturant le trou du vitrail ; la médaille
d'or d'Owen perdit un peu de son éclat. De sa main
tremblante, ma grand-mère prit la mienne quand nous nous
levâmes pour nous joindre à l'oraison, écrasant involontai-
rement le moignon de mon doigt amputé. Quand le colonel
Eiger et le jeune lieutenant, dans l'allée centrale, s'appro-
chèrent du cercueil, la garde d'honneur présenta les armes.
Nous chantâmes le même cantique que le jour où Owen
avait exhibé une Marie-Madeleine sans tête ni bras sur le
podium de la grande salle.

> Le Fils de Dieu part au combat
> Ga-gner une couronne.
> Suivons sa bannière au pas,
> Que nul ne l'abandonne !
> Plus de chagrin, de douleur !
> Fi-ères nos voix résonnent
> A la gloire du Seigneur
> Vers les cieux qui fris-sonnent.

Dans le missel, à la suite de « Service funèbre », il y a
une note à l'usage des épiscopaliens. Cette note est
particulièrement sensée : « La liturgie pour les défunts est

la même que pour Pâques. Elle signifie la résurrection. Puisque Jésus a ressuscité d'entre les morts, nous ressusciterons aussi. La liturgie, donc, doit manifester la joie... » La note s'achève ainsi : « Cette expression de joie, néanmoins, ne rend pas la douleur humaine antichrétienne. » Ainsi nous chantâmes de tout notre cœur pour Owen Meany, conscients que l'allégresse du service des morts ne nous interdisait nullement d'éprouver du chagrin. L'hymne achevée tant bien que mal, nous nous assîmes et vîmes que le révérend Lewis Merrill était déjà en chaire.

« " Je suis la résurrection et la vie ", dit le Seigneur », commença mon père.

Sa voix, remplie d'une assurance et d'une confiance nouvelles, frappa les fidèles, qui lui prêtèrent leur entière attention. Je savais ce qui avait changé en lui : il avait retrouvé sa foi perdue et s'exprimait avec une conviction absolue ; en outre, il ne bégayait plus.

En lisant le livre de prières, il gesticulait des deux bras, comme un nageur s'entraînant à la brasse coulée, les doigts de sa main droite s'étendant jusqu'au dard de soleil qui traversait le vitrail brisé et projetant des ombres sur la médaille d'Owen.

« " L'Esprit de Dieu est sur moi, car le Seigneur m'a chargé d'apporter la bonne nouvelle aux affligés ", nous lut le pasteur Merrill. " Il m'a envoyé consoler ceux qui pleurent. " »

Mr. Merrill ne doutait pas ; son doute s'était évanoui pour toujours ! C'est à peine s'il prenait le temps de respirer.

« " Réconforter ceux qui se lamentent ! " », clama-t-il.

Mais Mr. Merrill ne s'en tint pas là ; il devait penser qu'Isaïe seul ne parviendrait pas à nous réconforter, aussi passa-t-il aux Lamentations, dont il nous lut :

« " Dieu est bon pour qui se fie à lui, pour l'âme qui le cherche. " »

Et, comme si cet extrait ne pouvait suffire à assouvir notre soif de réconfort, le pasteur Merrill lut plus avant :

« " Car le Seigneur ne rejette pas les humains pour toujours ; s'il a affligé, il prend pitié selon sa grande bonté ;

car ce n'est pas de bon cœur qu'il humilie et afflige les fils de l'homme. " »

Les doigts pâles de mon père entraient et sortaient de la cascade lumineuse tels de petits vairons, ce qui faisait clignoter la médaille d'Owen comme la balise d'un phare. Puis le pasteur Merrill nous exhorta à l'aide de ce psaume bien connu :

« " Ils crient, Dieu écoute, de toutes leurs angoisses il les délivre. Proche est Dieu des cœurs brisés, il sauve les esprits abattus. " »

Il passa ensuite au Nouveau Testament, préludant par ce petit morceau de bravoure de l'Épître aux Romains :

« " J'estime en effet que les souffrances du temps présent ne sont pas à comparer à la gloire qui doit se révéler en nous. " »

Lewis Merrill ne pouvait plus s'arrêter ; Owen Meany nous manquait tellement, nous avions mal pour lui, et le pasteur Merrill ne se tairait que lorsque nous serions pleinement rassurés sur son sort. Mon père se lança à fond de train dans la 1re Épître aux Corinthiens :

« " Mais en fait, le Christ est ressuscité d'entre les morts, prémices de ceux qui se sont endormis. Car la mort étant venue par un homme, c'est par un homme aussi que vient la résurrection des morts " », déclama mon père.

Ma grand-mère ne lâchait pas mon doigt amputé ; le visage de Simon ruisselait de larmes ; pourtant, Mr. Merrill ne s'arrêtait pas, nous projetant dans la 2e Épître aux Corinthiens :

« " C'est pourquoi nous ne faiblissons pas. Au contraire, même si notre homme extérieur s'en va en ruine, notre homme intérieur se renouvelle de jour en jour. Car la légère tribulation d'un instant nous prépare, jusqu'à l'excès, une masse éternelle de gloire, à nous qui ne regardons pas aux choses visibles mais aux invisibles ; les choses visibles en effet n'ont qu'un temps, les invisibles sont éternelles ", nous dit le pasteur Merrill. " Ainsi donc, toujours pleins de hardiesse, et sachant que demeurer dans ce corps c'est vivre en exil loin du Seigneur, car nous cheminons dans la foi, non dans la claire vision. Nous sommes donc pleins de hardiesse et préférons quitter ce corps pour aller demeurer auprès du Seigneur. Aussi bien, que nous demeurions dans ce corps ou que nous le quittions, avons-nous à cœur de lui plaire. " »

Il nous octroya un autre psaume, puis demanda aux fidèles de se lever pendant qu'il nous lisait l'Évangile selon saint Jean :

« " Je suis le bon berger. Le bon berger donne sa vie pour ses brebis " », énonça le pasteur Merrill.

Nous tous, les affligés, baissâmes la tête comme des moutons. Quand nous nous fûmes rassis, Mr. Merrill s'exclama :

« Ô Seigneur ! Comme nous regrettons Owen Meany ! »

Puis il nous lut le passage sur le miracle, tiré de l'Évangile selon saint Marc :

« " En rejoignant les disciples, ils virent une foule nombreuse qui les entourait et des scribes qui discutaient avec eux. Et, aussitôt qu'elle l'aperçut, toute la foule fut très surprise et ils accoururent pour le saluer. Et il leur demanda : 'De quoi disputiez-vous avec eux ?' Quelqu'un de la foule lui dit : 'Maître, je t'ai apporté mon fils qui a un esprit muet. Quand il le saisit, il le jette à terre, et il écume, grince des dents et devient raide. Et j'ai dit à tes disciples de l'expulser et ils n'en ont pas été capables. — Engeance incrédule, leur répondit-il, jusques à quand serai-je auprès de vous ? Jusques à quand vous supporterai-je ? Apportez-le-moi.' Et ils le lui apportèrent. Sitôt qu'il vit Jésus, l'esprit secoua violemment l'enfant qui tomba à terre et il s'y roulait en écumant. Et Jésus demanda au père : 'Combien de temps y a-t-il que cela lui arrive ? — Depuis son enfance, dit-il. Et souvent il l'a jeté soit dans le feu, soit dans l'eau pour le faire périr. Mais, si tu peux quelque chose, viens à notre aide, par pitié pour nous. — Si tu peux !... reprit Jésus. Tout est possible à celui qui croit.' Aussitôt le père de l'enfant de s'écrier : 'Je crois ! Viens en aide à mon peu de foi !' Jésus, voyant qu'une foule affluait, menaça l'esprit impur en lui disant : 'Esprit muet et sourd, je te l'ordonne, sors de lui et n'y rentre plus.' Après avoir crié et l'avoir violemment secoué, il sortit et l'enfant devint comme mort, si bien que la plupart disaient : 'Il a trépassé !' Mais Jésus, le prenant par la main, le releva et il se tint debout. Quand il fut rentré à la maison, ses disciples lui demandaient dans le privé : 'Pourquoi nous autres, n'avons-nous pu l'expulser ?' Il leur dit : 'Cette espèce-là ne peut sortir que par la prière.' " »

Cette lecture achevée, le pasteur Merrill leva son visage vers nous et cria :

« Je crois ! Viens en aide à mon peu de foi ! Owen Meany est venu en aide à mon peu de foi ! Owen n'est pas seulement un héros pour les États-Unis. Il a été *mon* héros. Il a été *notre* héros, autrefois, aujourd'hui, toujours il restera notre héros. Et il nous manquera toujours.

« Chaque fois que je me sens certain de l'existence de Dieu, je ne sais exprimer quelle différence cela fait, qu'Il existe. Je pense que croire en Dieu — ce qui est mon cas — soulève plus de questions que cela n'apporte de réponses. C'est pourquoi, dans mes moments de foi les plus intenses, je suis rempli de questions essentielles que j'aimerais poser à Dieu... des questions d'ordre critique, du genre " Comment *peut*-Il, comment *pourrait*-Il, comment *osez*-Vous ? "

« Par exemple, j'aimerais demander à Dieu de nous *rendre* Owen Meany », dit Mr. Merrill. Comme il ouvrait grand les bras, les doigts de sa dextre s'en revinrent jouer dans le rayon de soleil. Il s'écria avec ferveur : « Ô Seigneur !... Rends-le-nous ! Rends-le-nous ! »

Dans l'église Hurd, un silence total s'établit, dans l'attente de ce que Dieu allait faire. J'entendis une larme de ma grand-mère s'écraser sur le cuir de son missel.

« Je t'en supplie, Seigneur, rends-nous Owen Meany », reprit le pasteur Merril qui, n'obtenant nulle réponse, ajouta : « Ô Dieu ! Je ne cesserai de te le demander ! »

Il replongea dans le livre de prières ; un usage aussi scrupuleux du livre de prières était inhabituel pour un congrégationaliste, surtout dans une église non confessionnelle, mais mon père respectait la confession épiscopalienne d'Owen.

En quittant la chaire, Lewis Merrill emporta le livre, s'approcha du cercueil, si près de la médaille que le rayon de soleil se posa sur le missel. Puis, faisant face à la dépouille d'Owen, il leva le livre et dit :

« Prions. Entre tes mains, ô Sauveur miséricordieux, nous remettons ton serviteur Owen Meany. Reconnais, nous t'en implorons, un agneau de ton troupeau, un pécheur dans ta rédemption. Fais-lui place au sein de ton pardon, au cœur de la paix éternelle, et dans la glorieuse compagnie des saints dans ta lumière... »

Tandis qu'il priait, la lumière en provenance du vitrail percé jouait toujours avec la médaille et le livre de prières.

« Amen », dit le révérend Merrill.

Il fit alors signe au colonel Eiger et au petit lieutenant apeuré ; marchant en cadence jusqu'au cercueil, ils en ôtèrent le drapeau américain et le plièrent au carré ; la médaille, solidement épinglée, se balança, mais sans tomber. Puis les deux officiers marchèrent hiératiquement l'un vers l'autre, continuant à plier le drapeau, en forme de triangle isocèle, de sorte que la médaille fût exactement au centre. Puis le colonel Eiger abandonna le paquet aux mains du lieutenant, qui n'en menait pas large. Le colonel Eiger salua solennellement drapeau et médaille. Le jeune homme exécuta un demi-tour si brusque que je sentis ma grand-mère sursauter contre moi. Le lieutenant murmura quelques mots indistincts à Mr. et Mrs. Meany, qui semblèrent fort surpris de se voir adresser la parole. Il parlait de la médaille :

« ... pour acte de bravoure, mettant volontairement sa vie en péril... »

Ici, le jeune lieutenant s'éclaircit la gorge et on put mieux comprendre ce qu'il disait. S'adressant directement à Mrs. Meany, il lui tendit le drapeau et la médaille, en disant un peu trop fort :

« Missus Meany, j'ai le privilège de vous remettre le drapeau de notre pays en expression de notre gratitude pour l'héroïque sacrifice de votre fils à la patrie. »

On crut un instant qu'elle ne voulait pas prendre le drapeau ; elle ne semblait pas comprendre qu'il lui était destiné. C'est Mr. Meany qui dut s'en emparer, de crainte qu'elle ne le laisse tomber. Ils étaient restés assis, pétrifiés.

Puis l'orgue éclata, surprenant ma grand-mère, qui tressaillit une fois de plus, et le révérend Merrill nous fit signe d'entonner l'hymne finale, celle-là même qu'il avait choisie pour l'enterrement de ma mère :

Hon-neur au roi des Cieux, le Seigneur sur son trône ;
Que notre hymne d'a-mour jusques-à lui résonne.
Éveille-toi, mon âme. Célèbre celui qui mourut pour toi
De toute éter-ni-té, il restera ton roi.

Entre-temps, la garde d'honneur avait soulevé le petit cercueil gris d'Owen et commençait de remonter l'allée avec lui ; la dépouille fut ainsi portée hors de l'église, le temps d'en arriver au troisième verset de l'hymne, celui qui importait tellement pour Owen Meany :

HON-NEUR AU DIEU DE VIE, QUI SOR-TIT DE SA TOMBE
POUR SAU-VER LES PÉCHEURS DE L'ULTIME HÉ-CATOMBE ;
CHANTONS SA GLOIRE IMMENSE — À TRAVERS NOS CITÉS
HON-NEUR AU ROI DES CIEUX, AU CHRIST RESSUS-CITÉ !

Sur la mise en terre, pas grand-chose à ajouter. Il régnait une chaleur moite et, depuis le cimetière, au bout de Linden Street, nous pouvions encore entendre les gosses jouer au base-ball sur le terrain de l'école — leurs rires, leurs disputes, les claquements secs des battes contre la balle nous parvenaient, alors que, nous pressant autour de la fosse, nous suivions les paroles du révérend Merrill :
« Dans l'espoir certain de sa résurrection dans la vie éternelle par Notre Seigneur Jésus-Christ, nous te recommandons, ô Dieu tout-puissant, notre frère Owen... »
Si j'écoutais avec une attention particulière, c'est parce que je savais que j'écoutais le pasteur Merrill pour la dernière fois ; que pourrait-il jamais me dire de plus ? Maintenant qu'il avait retrouvé sa foi perdue, quel besoin avait-il d'un fils perdu ? Et quel besoin avais-je de *lui* ? Je tenais la main de Dan, qui soutenait ma grand-mère.
« ... " la terre à la terre, les cendres aux cendres, la poussière à la poussière " ... », disait le pasteur Merrill.

Je pensais que mon père était en toc ; il avait assisté de ses propres yeux au miracle d'Owen Meany et n'y avait pas cru ; et voilà que, maintenant, il croyait *tout,* non pas à cause d'Owen Meany, mais parce que je lui avais fait une farce grossière ! Je l'avais abusé avec un mannequin de couturière ; Owen Meany avait été un véritable miracle, mais la foi de mon père avait été ravivée par la vision d'une *marionnette,* que le pauvre imbécile avait prise pour ma mère, ressortie de sa tombe en son honneur !

« LES VOIES DE DIEU SONT IMPÉNÉTRABLES ! », aurait raillé Owen Meany.

« Que le Seigneur lui accorde son soutien et lui donne la paix », conclut Lewis Merrill pendant que des poignées de terre tombaient sur le petit cercueil gris.

Puis le petit sergent-major aux cheveux ras entama la sonnerie aux morts.

Elle vint à ma rencontre à la sortie du cimetière. Elle avait l'air d'une fermière ou d'une femme vivant au grand air ; elle pouvait avoir mon âge, mais paraissait beaucoup plus. Je ne la reconnus pas tout de suite. Trois enfants l'accompagnaient ; elle tenait dans ses bras le plus petit, un garçon boudeur trop lourd pour être porté bien longtemps. Des deux fillettes, l'une s'accrochait à sa robe noire fanée et y essuyait son nez morveux ; l'autre, l'aînée, qui pouvait avoir sept ou huit ans, traînait derrière, me regardant avec une timidité pataude difficile à supporter ; elle était plutôt mignonne, très blonde, mais tentait de dissimuler, sur son front, une marque de naissance violacée presque aussi grande qu'une photo de passeport, en tirant par-dessus une mèche de cheveux. J'examinai le visage las, aux yeux rougis, de cette femme qui luttait contre les larmes.

« Tu te rappelles comment nous jouions à le soulever ? », me demanda-t-elle.

Alors, je la reconnus : Mary Beth Baird, notre copine de catéchisme, celle qu'Owen avait choisie pour le rôle de la Vierge Marie. « MARY BETH BAIRD N'A ENCORE JAMAIS ÉTÉ MARIE, avait dit Owen. ÇA FERAIT UNE MARY-MARIE. »

J'avais entendu dire que, enceinte, elle avait quitté l'école pour épouser le garçon, rejeton d'une riche famille d'exploitants de produits laitiers ; à présent, elle vivait dans une ferme à Stratham, du produit de ses vaches. Je ne l'avais jamais revue depuis cette atterrante Nativité de 1953 où, outre ses envahissants efforts pour être la digne mère de l'Enfant Jésus, elle avait confectionné ces ahurissants déguisements de bovidés, aux cornes molles qui faisaient ressembler les vaches à des rennes éclopés. J'imagine qu'à l'époque elle n'avait aucune expérience des vaches ; à présent, elle en possédait des troupeaux entiers !

« Il était si facile à porter ! reprit-elle. Il était tellement *léger,* il ne pesait pratiquement rien ! Comment pouvait-il être si léger ? »

Je fus incapable de lui répondre. J'avais perdu ma voix. J'imagine aujourd'hui que je ne voulais pas entendre ma voix ; la seule voix que je voulais entendre était celle d'Owen. Et c'est quand Mary Beth Baird vint me parler que je compris qu'Owen Meany s'en était allé pour de bon.

*   *   *

Il n'y a pas grand-chose à ajouter sur mon arrivée au Canada. Comme Owen et moi nous l'avions découvert, il n'y a presque rien à voir, à la frontière du New Hampshire et du Québec, rien que des kilomètres de forêts, et cette petite route défoncée par les rigueurs hivernales. Le poste-frontière, autrement dit le bureau des douanes, qui dans mon souvenir n'était qu'une cabane, était en réalité un peu plus grand ; la barrière ouverte, comme celle d'un passage à niveau, était différente elle aussi. Je me souvenais avec acuité de m'être assis avec Owen sur le hayon de la camionnette rouge pour examiner les deux côtés de la frontière, puis je me demandai si tout ce que j'avais fait avec Owen Meany était bien réel. Peut-être Owen avait-il modifié jusqu'à ma perception des choses ?

Quoi qu'il en soit, je franchis la frontière sans difficulté. Un officier des douanes canadiennes me questionna sur l'arrêt de porte en granit, « JUILLET 1952 », et sembla surpris d'apprendre que c'était un cadeau de mariage. Il me demanda aussi si j'étais déserteur, bien qu'à vingt-six ans j'aie dû lui sembler trop vieux pour fuir l'armée ; mais on avait incorporé pendant plus d'un an des gens plus âgés que moi. Pour toute réponse, je lui montrai mon doigt manquant, ajoutant : « La guerre ne me concerne pas. »

Il me laissa entrer au Canada sans plus de formalités. J'aurais pu aboutir à Montréal, mais trop de gens s'y montrèrent vaches avec moi parce que je ne parlais pas le français. J'arrivai à Ottawa sous la pluie ; sans descendre de voiture, je poursuivis jusqu'à Toronto. Je n'avais jamais vu de lac plus vaste que le lac Ontario ; comme je craignais que la vision de l'Atlantique ne me manque — depuis la jetée de Rye Harbor —, celle d'un lac presque aussi grand en apparence m'attira.

Plus grand-chose d'autre ne m'est arrivé depuis. Je suis professeur et grenouille de bénitier. Ces deux dévotions ne procurent pas une vie follement excitante, mais ma vie, telle que je l'ai choisie, ne doit pas être excitante ; ma vie, c'est une liste de lectures. Je ne m'en plains pas ; j'ai connu suffisamment de sensations fortes. Owen Meany m'a procuré des sensations fortes pour toute une vie.

Quelle avait dû être sa déception de découvrir que mon père était à ce point incolore ! Lewis Merrill était tellement insipide, transparent ! Comment me souvenir de l'avoir aperçu dans les travées du stade ? Seul Mr. Merrill pouvait avoir échappé à mon attention. Chaque fois que, parmi le public assistant aux représentations des Compagnons de Gravesend dans lequel il se trouvait toujours, j'avais cherché à identifier mon père, je ne l'avais pas vu. Non seulement il n'émergeait pas de mes minutieux inventaires, mais on ne le voyait même pas !

Quelle fut ma déception de découvrir que mon père n'était qu'un autre Joseph ! Je n'avais jamais osé l'avouer à Owen, mais il m'était arrivé de rêver que mon père, c'était J. F. Kennedy ! Ma mère n'était-elle pas aussi belle que Marilyn Monroe ? Comme j'ai été déçu de voir mon père pareil à moi !

Même chose en ce qui concerne ma foi ; je suis devenu le

fils de mon père — le même genre de croyant qu'il avait
été. Une période de doute et, sitôt après, la foi — tour à
tour confiant et désespéré. Pour toutes les fois où le
désespoir me submerge, le chanoine Campbell m'a
enseigné un petit truc. Je dois me poser cette question :
« Quelles sont les personnes encore en vie que j'aime
profondément ? » Excellente question, capable de me
ramener à la vie. En ce moment, j'aime Dan Needham et la
révérende Katherine Keeling ; je sais que je les aime, car je
me fais du souci à leur sujet ; Dan devrait perdre un peu de
poids, Katherine en regagner un peu ! Ce que j'éprouve
pour Hester n'est pas exactement de l'amour ; je l'admire,
c'est une survivante beaucoup plus héroïque que je ne l'ai
jamais été, et sa forme de survie est merveilleuse. Et puis il
y a ces liens familiaux assez distants qui peuvent passer
pour de l'amour ; je pense à Noah, Simon, Tante Martha,
Oncle Alfred. Je m'arrange pour aller les voir chaque Noël.

Mon père ? Je n'ai pour lui aucune haine ; je pense très
peu à lui et ne l'ai jamais revu depuis les obsèques d'Owen
Meany. Je sais par Dan qu'il est devenu un prédicateur
vedette, ayant perdu toute trace de bégaiement. Il m'arrive
d'envier Lewis Merrill ; j'aimerais qu'on me fasse ce que je
lui ai fait pour lui communiquer une foi inébranlable. Bien
que je croie savoir ce que sont les vrais miracles, ma foi en
Dieu me trouble, me dérange bien plus qu'autrefois mon
scepticisme ; douter me semble plus difficile que croire,
mais croire suscite tant de questions sans réponses !

Comment Owen Meany avait-il pu savoir ce qu'il
« savait » ? Ce n'est pas une réponse que de croire aux
hasards et aux coïncidences ; mais, croire en Dieu, est-ce
vraiment une *meilleure* réponse ? Si Dieu était à l'origine de
ce que « savait » Owen, quelle horrible question cela
implique : Comment Dieu a-t-il permis que *ça* arrive à
Owen Meany ?

Observez les gens qui se disent croyants ; essayez de
savoir ce qu'ils entendent par là — essayez de vous assurer
qu'ils savent bien ce qu'ils veulent dire par là !

J'étais au Canada depuis plus d'un an quand les Églises
de Gravesend — et l'église Hurd, sur les instances de Lewis

Merrill — organisèrent un « Moratoire pour le Vietnam ».
Un jour d'octobre, toutes les cloches des églises sonnèrent
à 6 heures du matin — ça a dû en emmerder, des gens ! —
et des cérémonies religieuses se déroulèrent à partir de
7 heures. Après ces services, une parade commença,
depuis le kiosque à musique, remontant Front Street pour
se rassembler sur le campus de Gravesend, devant le
bâtiment principal de l'Institut ; s'ensuivirent une manifestation pacifique, comme on dit, et quelques discours
pacifistes conventionnels. Comme il fallait s'y attendre, le
journal local, la *Gazette de Gravesend,* minimisa l'événement, se bornant à dire qu'une manifestation contre la
circulation anarchique sur les autoroutes aurait été mieux
inspirée et plus utile ; en revanche, *Le Caveau,* journal de
l'Institut, déclara qu'il était « grand temps » que l'école et
la ville combinent leurs efforts pour combattre la sale
guerre. La *Gazette* estima le nombre des manifestants à
moins de quatre cents personnes « et presque autant de
chiens ». *Le Caveau* certifia que la foule dépassait les six
cents « citoyens de bonne volonté ». Quand le défilé
déboucha dans Front Street, juste au-dessus du vieil hôtel
de ville où les Compagnons de Gravesend avaient si
souvent diverti leurs contemporains, un ancien commandant de l'American Legion descendit du trottoir pour agiter
un drapeau nord-vietnamien sous le nez d'un jeune joueur
de tuba de la fanfare de l'Institut.

Dan me dit que cet énergumène n'était autre que
Mr. Morrison, plus que jamais « facteur de discorde ».

« J'aimerais savoir comment cet imbécile s'est procuré
un drapeau nord-vietnamien », dit ma grand-mère.

C'est ainsi que, parsemées de pittoresques petits riens,
les années ont aussi défilé dans Front Street et continuent
leur bonhomme de chemin.

* * *

Owen Meany m'apprit à tenir un journal ; mais mon
journal reflète une existence sans accrocs, alors que le sien

était à l'image de sa vie : extraordinaire. Voici un extrait typique de mon journal :

« Toronto, le 17 novembre 1970. — La serre de la Bishop Strachan School a brûlé aujourd'hui, ce qui a contraint professeurs et élèves à évacuer les locaux. »

Voyons un peu ; je note aussi dans mon journal les jours où, à la prière du matin, les filles chantent *Fils de Dieu*. J'ai aussi inscrit dans mon journal l'épisode où le journaliste d'un magazine de rock essaya de m'extorquer une interview improvisée au moment où je cherchais une place pour la prière du matin. Un jeune type chevelu, agressif, en caftan écarlate, peu soucieux de la curiosité qu'il suscitait parmi les étudiantes, et ligoté dans les innombrables courroies et fils de son encombrant magnétophone. Il était là, sans s'être fait inviter ni annoncer, me plantant un micro dans le nez et me demandant, en ma qualité d'intime d'Hester la Mégère, si j'étais d'accord pour faire remonter le début de son succès à sa rencontre avec « Janet la Planète ».

« Je vous demande pardon ? », fis-je.

Autour de moi, des flots de filles nous regardaient en pouffant. Ce reporter s'intéressait aux « influences » qu'aurait subies Hester ; il effectuait une enquête sur les débuts d'Hester et avait son idée sur les fameuses influences, mais voulait me l'entendre confirmer. Je lui dis que j'ignorais totalement qui pouvait être cette foutue Janet la Planète, mais que, s'il voulait savoir qui avait influencé Hester, il devait commencer par Owen Meany. Il ignorait ce nom, me demanda comment il s'épelait. Il était éberlué, lui qui croyait connaître tout le monde !

« Et cette personne aurait eu de l'influence sur elle dans ses premières années ? »

Je lui affirmai que l'influence d'Owen sur Hester avait été l'une des toutes premières.

Voyons un peu : quoi d'autre ? La mort de Mrs. Meany, peu après celle d'Owen ; j'en ai pris note. Et il y a eu ce printemps où je suis allé à Gravesend pour l'enterrement de Grand-Mère ; ça se passait à la vieille église congrégationaliste, qu'elle avait fréquentée toute sa vie ; pour le service funèbre, le pasteur Merrill était remplacé par son successeur. Il restait encore de la neige, ce printemps-là, une vieille neige dure et grise. J'étais en train d'ouvrir des bières pour Dan et moi dans la cuisine du 80 Front Street, quand je regardai par hasard la roseraie desséchée et aperçus Mr. Meany ! Plus gris que la neige, mettant ses pas dans des empreintes gelées, il approchait lentement de la maison. Je crus à une apparition, le désignai sans mot dire, et Dan dit :

« Ce n'est que ce pauvre vieux Mr. Meany. »

Les Établissements Meany étaient morts et enterrés ; les carrières abandonnées étaient à vendre, depuis des années. Mr. Meany avait trouvé un emploi à mi-temps, il relevait les compteurs électriques. Il surgissait une fois par mois dans la roseraie, où se trouvait le compteur extérieur de la maison.

Je n'avais aucune envie de lui parler, mais l'observai à travers la fenêtre. Je lui avais envoyé un mot de condoléances en apprenant la mort de sa femme — et les circonstances de cette mort — mais il ne m'avait jamais répondu ; je ne m'y attendais pas, d'ailleurs.

Mrs. Meany avait pris feu. Elle s'était assise trop près de l'âtre, une braise avait roulé, une étincelle jailli, enflammant le drapeau américain dont elle avait l'habitude de s'envelopper comme d'un châle. Bien que ses brûlures n'aient pas semblé trop graves sur le moment, elle mourut à l'hôpital, à la suite d'obscures complications.

Quand je vis Mr. Meany relever le compteur du 80 Front Street, je pus constater que la médaille d'Owen n'avait pas souffert de l'incendie, car Mr. Meany la portait. Il ne la quittait jamais, me dit Dan. Le ruban masquant l'épingle au-dessus de la médaille avait fané, rayures rouges et blanches sur chevron bleu, et l'or de la médaille brillait beaucoup moins que lors du service funèbre ; les ailes déployées de l'aigle américain n'en restaient pas moins visibles.

Chaque fois que j'évoque la médaille d'Owen Meany, je me rappelle un extrait du journal intime de Thomas Hardy en 1882 ; c'est Owen qui m'avait montré ce passage sur le fait de « Vivre dans un monde où rien ne tient ses promesses ». Ça me revient chaque fois que je vois un compteur électrique.

Voyons un peu ; il n'y a pas grand-chose d'autre, presque rien à ajouter. Si, toutefois : il me fallut des années pour oser me souvenir de la mort d'Owen Meany — et, après m'être forcé à me rappeler tous les détails, je ne pus jamais oublier les circonstances de sa mort ; je n'oublierai jamais. Je suis condamné à tout me rappeler...

* * *

Je n'avais jamais beaucoup participé aux célébrations de la fête nationale à Gravesend ; mais la ville était fidèlement patriote et l'Independence Day ne risquait pas d'y passer inaperçu. La parade se rassemblait au kiosque à musique, en plein centre de la ville, et défilait pratiquement sur toute la longueur de Front Street, au vacarme maximal des fanfares, des aboiements de chiens et des enfants suivant à bicyclette. Ce chahut atteignait son apogée à mi-parcours, précisément devant le 80 Front Street, où ma grand-mère avait l'habitude d'observer ce chambard depuis le seuil de sa porte. Grand-Mère éprouvait des sentiments mitigés à l'égard du 4 Juillet ; suffisamment patriote pour sortir de la maison et agiter un petit drapeau américain — guère plus grand que la paume de sa main — mais réticente quant au boucan ; elle réprimandait vertement les gosses qui passaient à vélo sur sa pelouse et criait aux chiens de cesser leurs aboiements stupides.

Je regardais souvent passer le défilé, moi aussi ; mais, après la mort de ma mère, Owen et moi nous ne suivîmes plus jamais la parade à bicyclette, car la destination de la fanfare et des suiveurs était le cimetière de Lindon Street. Du 80 Front Street, nous entendions les salves saluant les héros disparus ; c'était l'habitude à Gravesend de conclure le défilé du 4 Juillet par des salves viriles et répétées sur des tombes par trop délaissées tout le reste de l'année.

Ce ne fut guère différent le 4 juillet 1968, si ce n'est qu'Owen Meany se trouvait en Arizona, assistant ou participant à une parade à Fort Huachuca. Je ne savais pas ce qu'il faisait. Nous nous étions, Dan Needham et moi, régalés d'un petit déjeuner tardif avec ma grand-mère et nous avions apporté notre café sur le seuil de la porte pour attendre le défilé ; la musique se rapprochait ; au son, le défilé passait devant le bâtiment principal de l'Institut, rameutant badauds, cyclistes et chiens. Dan et moi nous nous assîmes sur une marche, ma grand-mère préféra rester debout ; s'asseoir sur une marche de perron n'eût pas été digne d'Harriet Wheelwright, vu son grand âge et sa position sociale.

Si je pensais à quelque chose — si je pensais tout court —, je devais me dire que ma vie était devenue celle d'un type qui, assis sur son derrière, regardait passer les cortèges. Cet été-là, je ne travaillais pas ; je ne travaillerais pas davantage en automne. Ma maîtrise en main, je m'étais inscrit pour un doctorat à l'université du Massachusetts ; je ne savais pas très bien ce que je voulais étudier, je ne savais même pas si je louerais une chambre ou un appartement à Amherst, mais je m'étais programmé pour achever mes études là-bas. Ça ne me préoccupait pas le moins du monde. Je voulais accumuler le plus de diplômes possible, mais n'envisageais pas de me mettre à enseigner avant au moins un an, même pas dans les petites classes, même pas à mi-temps. Comme Grand-Mère subventionnait mes études, cela contribuait à m'ancrer dans ma carrière de spectateur de cortèges. Je ne faisais rien, n'ayant besoin de rien faire.

Hester se trouvait dans le même bateau. Le soir de ce 4 Juillet, assis sur le talus herbu de la route touristique, nous regardâmes le feu d'artifice tiré sur la Squamscott. Gravesend possédait une société d'artificiers et, à chaque fête nationale, ses membres tiraient un grand feu d'artifice sur les quais d'aviron de l'Institut. Nos concitoyens s'étageaient tout au long de la route de Swasey, dominant la rivière, et les bombes d'exploser dans le ciel, les fusées d'éclater et de siffler en retombant dans l'eau polluée. Il y avait bien eu, récemment, une petite manifestation écologiste ; on avait dit que les feux d'artifice dérangeaient les oiseaux aquatiques qui couvaient à cette période dans les marais proches. Mais, dans un conflit entre hérons et patriotes, les hérons ont généralement le dessous ; le bombardement eut lieu, comme prévu, embrasant le ciel nocturne et assourdissant les spectateurs ravis.

Parfois, un vif éclair de magnésium se répandait, comme un liquide inconnu, sur la surface obscure de la Squamscott, la transformant en un miroir où se reflétaient en silhouette les bâtiments commerciaux de la ville et les immenses structures des vieilles filatures — une cité onirique, créée, l'espace d'un instant, par les explosions. Les innombrables fenêtres vides des usines de textile réfléchissaient cette lumière, et ces immenses bâtiments vides suggéraient une industrie autonome au point de fonctionner sans la moindre présence humaine.

« Si Owen ne m'épouse pas, je ne me marierai jamais, me dit Hester entre un éclair et une explosion. S'il ne me fait pas d'enfants, je n'aurai jamais d'enfants. »

L'un des experts en bombardements sur le quai n'était autre que Mr. Meany, ce vieux dynamiteur. Une sorte d'étoile explosa en mille éclats au-dessus de la rivière sombre.

« On dirait une éjaculation », fit Hester, morose.

Je n'étais pas suffisamment expert en ce domaine pour contredire le symbolisme d'Hester ; des fusées porteuses de sperme, ça me semblait tiré par les cheveux, mais qu'est-ce que j'en savais, au fond ?

Hester était de si sombre humeur que je ne voulus pas dormir chez elle à Durham. Cette nuit d'été n'était pas extraordinaire, au moins y avait-il de la brise. Je rentrai au 80 Front Street et regardai le journal télévisé de 11 heures avec Grand-Mère ; elle s'était depuis peu entichée d'une chaîne locale ringarde, dont le journal faisait ses choux gras des accidents du week-end et des faits divers les plus sanglants, mais ne parlait jamais de la guerre au Vietnam ; ils faisaient tout un fromage, avec beaucoup de faux « intérêt humain », d'un sale gamin qui avait aveuglé un malheureux chien avec un pétard.

« Miséricorde divine ! », dit Grand-Mère.

Quand elle partit se coucher, je mis « La Dernière Séance » ; une chaîne passait un film d'horreur, *Le Monstre des temps perdus*, un vieux favori d'Owen ; une autre projetait *Mother Is a Freshman*, dans lequel Loretta Young est une jeune veuve qui s'inscrit à l'université avec sa fille. Mais, sur une troisième chaîne, on donnait mon film préféré, *Un Américain à Paris*. J'aurais pu regarder danser Gene Kelly toute la nuit ; entre les chansons et les danses, je revenais sur la chaîne où le monstre préhistorique écrabouillait Manhattan, ou j'allais chercher une autre bière à la cuisine.

J'étais dans la cuisine quand le téléphone sonna ; il était minuit passé, et Owen respectait à ce point le sommeil de ma grand-mère qu'il n'appelait jamais à une heure où il aurait pu la réveiller. D'abord, je crus que le décalage horaire, en Arizona, l'avait induit en erreur ; je savais qu'il aurait d'abord appelé Hester à Durham et Dan à Waterhouse Hall avant de me trouver chez ma grand-mère, et j'étais sûr qu'Hester ou Dan, ou les deux, lui auraient dit qu'il était très tard.

« J'ESPÈRE QUE JE N'AI PAS RÉVEILLÉ TA GRAND-MÈRE, dit-il.

— Le téléphone n'a sonné qu'une fois ; je suis dans la cuisine. Qu'est-ce qui se passe ?

— TU LUI FERAS MES EXCUSES, DEMAIN MATIN... DIS-LUI BIEN QUE JE SUIS DÉSOLÉ... MAIS C'EST POUR UNE URGENCE, EN QUELQUE SORTE.

— Quoi donc ?

— IL Y A EU ERREUR SUR UN CADAVRE EN CALIFORNIE — ON CROYAIT QU'IL S'ÉTAIT PERDU AU VIETNAM, MAIS IL A REFAIT SURFACE À OAKLAND. ÇA ARRIVE CHAQUE FOIS QU'IL Y A DES JOURS FÉRIÉS... QUELQU'UN SE TROMPE À L'AIGUILLAGE ! C'EST BIEN L'ARMÉE ! BREF, ILS ME DONNENT DEUX HEURES POUR BOUCLER MON SAC ET HOP ! JE ME RETROUVE EN CALIFORNIE. JE SUIS CENSÉ CHANGER D'AVION À TUCSON, OÙ J'AI UNE CORRESPONDANCE SUR UN VOL COMMERCIAL POUR OAKLAND À LA PREMIÈRE HEURE DEMAIN MATIN. ILS M'ONT RETENU UNE PLACE POUR LE JOUR SUIVANT SUR UN VOL SAN FRANCISCO-

PHOENIX. JE DOIS CONVOYER LE CORPS À PHOENIX — LE
TYPE EST UN ADJUDANT, UN PILOTE D'HÉLICOPTÈRE. ÇA
VEUT GÉNÉRALEMENT DIRE QU'IL S'EST ÉCRASÉ ET A
ENTIÈREMENT BRÛLÉ. QUAND TU ENTENDS " HÉLICOP-
TÈRE ", TU COMMANDES UN CERCUEIL FERMÉ. »

Je ne voyais toujours pas où il voulait en venir, jusqu'au
moment où il me demanda :

« TU PEUX ME REJOINDRE À PHOENIX ?

— Te rejoindre à Phoenix ? Pourquoi ?

— POURQUOI PAS ? TU N'AS PAS D'AUTRES PROJETS,
NON ?

— Eh bien, non, admis-je.

— TU PEUX TE PAYER LE VOYAGE, NON ?

— Eh bien, oui. »

Alors il me donna toutes les informations ; il savait
exactement à quelle heure mon avion décollait de Boston,
quand il atterrissait à Phoenix ; j'arriverais un peu avant
que son zinc n'arrive de San Francisco avec le corps, mais
je n'aurais pas à attendre longtemps. Je l'accueillerais à sa
descente, après quoi nous ne nous quitterions plus ; il nous
avait déjà retenu une chambre dans un motel.

« AVEC AIR CONDITIONNÉ, TÉLÉVISION, GRANDE PIS-
CINE. ON VA S'EN PAYER UNE TRANCHE ! », m'assura-t-il.

Une fois de plus, il avait tout combiné.

L'enterrement prévu était tout chamboulé, puisque le
corps avait deux jours de retard. La famille de l'adjudant
— des gens venus de Modesto et Yuma — était bloquée à
Phoenix depuis une éternité ou presque. L'arrangement
avec les pompes funèbres locales avait été conclu, puis
reporté, repris, puis repoussé de nouveau ; Owen connaissait déjà le croque-mort et le prêtre qui travaillait avec lui :

« CE SONT DEUX VRAIS CHACALS ; POUR EUX, LA MORT
N'EST QU'UNE FAÇON DE GAGNER DE L'ARGENT ET, AU
MOINDRE CONTRETEMPS, ILS RÂLENT CONTRE L'ARMÉE ET
RENDENT LES CHOSES ENCORE PLUS PÉNIBLES POUR LA
PAUVRE FAMILLE ! »

Apparemment, ladite famille avait organisé une espèce
de veillée-pique-nique, qui en était à son troisième jour.
Owen avait la conviction qu'il n'aurait qu'à remettre le

corps au salon mortuaire ; l'officier d'assistance aux familles, un commandant professeur de PMS à l'université d'État de l'Arizona auquel Owen avait déjà eu affaire, l'avait averti que la famille en voulait tellement à l'armée qu'elle refuserait probablement toute escorte militaire pour les « funérailles ».

« On ne peut jamais savoir, me dit Owen. On va quand même rester dans les parages, on va improviser — de toute façon, ça me rapportera deux jours de liberté. Chaque fois qu'un merdier comme ça se produit, je n'ai aucun problème pour prendre quelques jours de permission. Je dois seulement notifier à mes supérieurs que je reste aux environs de Phoenix " à la demande de la famille ", c'est mon prétexte, et parfois c'est vrai — la plupart du temps, la famille exige que je reste. L'essentiel, c'est que je vais avoir plein de temps libre et qu'on pourra rester ensemble. Comme je te l'ai dit, le motel a une piscine superbe et, s'il ne fait pas trop chaud, on pourra jouer au tennis...

— Je ne joue pas au tennis.

— On n'est pas forcés de jouer au tennis. »

Ça me paraissait un bien long voyage pour deux jours seulement. Je me dis aussi que les formalités concernant l'escorte du cadavre restaient un peu dans le vague. Mais Owen prenait tellement à cœur nos retrouvailles à Phoenix et paraissait si pressant, bien plus que d'habitude — ma présence lui ferait sans doute du bien ; nous ne nous étions plus vus depuis Noël. Après tout, je ne connaissais pas l'Arizona et, je l'admets, j'étais curieux de savoir comment se déroulait ce transfert de corps. Il ne me vint pas à l'idée que juillet n'était pas la période idéale pour visiter Phoenix — mais que n'ignorais-je pas !

« Ça marche, faisons comme ça, ça risque d'être sympa.

— Tu es mon meilleur ami », dit Owen Meany d'une voix moins ferme que d'habitude.

J'attribuai ça au téléphone ; mauvaise liaison.

* * *

Ce fut le jour où l'on décréta crime fédéral la profanation du drapeau américain. Owen Meany passa la nuit du 5 juillet 1968 à Oakland, Californie, où il coucha au quartier des officiers célibataires ; le matin du 6 juillet, il quitta la caserne d'Oakland, après avoir noté dans son journal : « LES ENGAGÉS VOLONTAIRES POUR L'ASIE DOIVENT FAIRE LA QUEUE À UNE PORTE NUMÉROTÉE POUR Y RECEVOIR LEURS PAQUETAGES DE CAMPAGNE ET LEURS TENUES DE CAMOUFLAGE. ON OFFRE UN BON DÎNER AUX RECRUES AVANT DE LES METTRE DANS L'AVION POUR LE VIETNAM. J'AI TROP SOUVENT VU CET ENDROIT : PASSERELLES ROULANTES, GRUES, HANGARS AUX TOITS DE TÔLE, AVEC DES MOUETTES QUI PLANENT TOUT AUTOUR — ET TOUTES CES NOUVELLES RECRUES SUR LE DÉPART, ET LES CADAVRES QUI REVIENNENT... TANT DE CADAVRES... EST-CE QUE LES RECRUES CONNAISSENT LE CONTENU DE CES CAISSES EN CONTRE-PLAQUÉ ? »

Owen nota dans son journal qu'on lui avait confié, comme d'habitude, la boîte en carton triangulaire contenant le drapeau réglementairement plié à l'avance. « QUI RÈGLE TOUS CES DÉTAILS ? EST-CE QUE LE TYPE QUI FABRIQUE LES BOÎTES SAIT À QUOI ELLES SERVENT ? » On lui remit les formulaires habituels de décès et l'indispensable brassard noir ; il avait dit au sergent-fourrier qu'il avait laissé tomber le sien dans l'urinoir, afin de s'en faire donner un deuxième à mon intention, de sorte que je puisse l'accompagner en ayant l'air ACCEPTABLEMENT OFFICIEL. A l'heure où mon avion décolla de Boston, Owen Meany identifiait un conteneur de contre-plaqué dans la zone de bagages de l'aéroport de San Francisco.

Pendant le survol de Phoenix, ce qu'on remarque d'abord, c'est le néant. Le paysage lunaire, brun chocolat, parsemé de vastes taches vertes — les terrains de golf et autres zones irriguées. Grâce à mes études de géologie, je savais que tout ce qui s'étendait en dessous de moi avait autrefois été le fond d'un océan peu profond ; au crépuscule, en descendant sur Phoenix, les ombres des rochers prenaient des teintes pourpres de mers tropicales, avec des buissons couleur d'aigue-marine, au point que je m'imaginai que l'océan était revenu en mon honneur. A la vérité, Phoenix ressemblait toujours à un bras de mer, saccagé par les verts et les bleus artificiels des piscines. A vingt ou trente kilomètres de distance, les contreforts déchiquetés de montagnes brunes étaient recouverts de cireux dépôts calcaires ; pour un habitant de Nouvelle-Angleterre, on les aurait dits couronnés de neige sale. Mais il faisait trop chaud pour de la neige.

Bien que, à l'approche du soir, le soleil ait perdu de son intensité, la chaleur sèche miroitait au-dessus de la piste ; en dépit de la brise, la chaleur persistait, une chaleur de haut fourneau. Après la chaleur, je remarquai les palmiers, de magnifiques palmiers géants.

L'avion d'Owen, avec le cadavre, avait du retard.

J'attendis, parmi des hommes en chemisettes indiennes, huaraches et bottes de cow-boys ; les femmes, des plus minces aux plus grosses, semblaient ravies de s'exhiber, dans leurs shorts plus que réduits et leurs bustiers, leurs sandales à semelle de caoutchouc claquant sur le sol de l'aéroport, qu'on désignait sous l'appellation optimiste de Sky Harbor, le « Port-du-Ciel ». Les hommes comme les femmes semblaient affectionner les bijoux locaux, en argent et turquoise.

Il y avait une salle de jeux électroniques ; un jeune soldat tanné secouait un flipper avec une sorte d'obstination haineuse. Les premières toilettes pour hommes que je trouvai étaient fermées, avec une affichette « Momentanément hors d'usage » au papier si jauni qu'elle devait être là depuis un sacré moment. A la fin d'une quête qui me fit parcourir les degrés hautement variables de l'air conditionné, je finis par découvrir des toilettes de fortune, étiquetées « Toilettes provisoires pour hommes ».

Au premier abord, je ne fus pas certain d'être chez les hommes ; c'était une salle en sous-sol, presque obscure, avec en son centre un énorme évier industriel ; je me demandai s'il s'agissait d'un urinoir pour géant. Mais le véritable urinoir se dissimulait derrière une barricade de balais et de seaux. Un unique cabinet était dressé dans un coin, en contre-plaqué si frais que son odeur de menuiserie

parvenait à combattre la répugnante odeur du désinfectant.
Il y avait un long miroir, qu'on n'avait pas daigné accrocher, appuyé contre une cloison. C'étaient les toilettes pour
hommes les plus provisoires qu'on ait pu imaginer. Ce
pitoyable local, dans une vie antérieure, avait dû servir de
resserre à matériel, mais, vu l'immensité de l'évier, je
n'arrivais pas à imaginer ce qu'on avait bien pu y laver ou y
rincer ; un plafond très haut dominait ce petit espace de
façon absurde ; on aurait dit une pièce tout en longueur
qu'une explosion ou un tremblement de terre aurait mise
debout sur un côté. L'unique lucarne, exiguë, touchait
presque le plafond, comme si la pièce était si profondément
enterrée qu'il avait fallu mettre l'imposte à cette hauteur
pour capter la lumière du jour — dont fort peu réussissait à
atteindre le sol lointain. C'était une ouverture du style
fenêtre à deux battants, pourvue d'un rebord de ciment
assez large pour qu'un homme puisse s'y tenir assis —
accroupi, pour que sa tête et ses épaules ne s'enfoncent pas
dans le plafond. Ce rebord de fenêtre se trouvait très loin
du sol, à trois mètres ou plus. Cette fenêtre hors de portée
ne pouvait s'ouvrir et se fermer qu'à l'aide d'un crochet à
long manche — si toutefois il arrivait qu'on l'ouvre ou
qu'on la ferme, tant elle donnait l'impression de n'avoir
jamais été nettoyée.

Je pissai dans le petit urinoir étroit, après avoir déplacé
un seau et un balai ; je tapotai le fragile contre-plaqué du
cabinet « provisoire », me demandant, vu l'état improvisé
de l'installation, si on avait pris la peine d'adapter une
plomberie à l'urinoir et au cabinet. L'impressionnant évier
était si crasseux que je n'osai en toucher les robinets ; je
renonçai à me laver les mains. D'ailleurs, il n'y avait pas de
serviette. Joli et accueillant Port-du-Ciel, me dis-je en
sortant, élaborant déjà dans ma tête une lettre de réclama-
tion à la compagnie. Il ne me vint jamais à l'esprit qu'il pût
exister des toilettes parfaitement propres et fonctionnelles
dans un autre coin de l'aéroport ; il y en avait peut-être.
Peut-être étais-je tombé sur de vieilles toilettes « réservées
au personnel ».

Je me promenai dans la fraîcheur intermittente de

l'aéroport ; par curiosité, je m'aventurai à l'extérieur, histoire d'éprouver cette chaleur suffocante, inconnue au New Hampshire. La brise persistante devait provenir du désert ; je n'avais jamais rencontré ce genre de vent jusqu'alors et n'en retrouvai jamais l'équivalent par la suite — souffle sec et brûlant, qui faisait voler et claquer les chemisettes indiennes lâches comme des drapeaux.

C'est dans ce vent chaud, au bord des pistes de l'aéroport, que j'aperçus la famille de l'adjudant défunt, attendant aussi l'arrivée de l'avion d'Owen Meany. En bon Wheelwright, c'est-à-dire en snob de la Nouvelle-Angleterre, je m'imaginais la population de Phoenix en grande partie constituée de mormons, de baptistes et de républicains ; mais les proches de l'adjudant ne correspondaient pas au schéma. Le plus bizarre, dans cette famille, c'est que ses membres hétéroclites ne semblaient aucunement parents les uns des autres. Ils étaient bien une demi-douzaine, plantés dans le vent du désert autour d'un corbillard gris métallisé ; bien qu'ils fussent groupés, ils ne formaient pas un portrait de famille, évoquant plutôt les employés d'un quelconque magasin hâtivement rassemblés.

Un officier en grande tenue s'ajoutait à ces pauvres gens ; il ne pouvait s'agir que du commandant que connaissait Owen, le professeur de PMS, un homme compact à l'air soigné, dont l'énergie bouillonnante me rappela Randy White ; il portait des lunettes de soleil, genre pilote. Difficile de lui donner un âge (trente ans ? quarante-cinq ?) à cause de sa puissance musculaire et aussi de sa coupe de cheveux, une brosse si courte qu'on ne pouvait dire si ses cheveux étaient très blonds ou très gris.

J'essayai d'étiqueter les autres. J'identifiai d'abord l'entrepreneur des pompes funèbres — le croque-mort ou son délégué —, longue figure maigre de papier mâché, chemise blanche empesée à col pointu — le seul dans cet étrange groupe à porter complet noir et cravate. Il y avait ensuite un gros homme en uniforme de chauffeur, un peu à l'écart, qui fumait cigarette sur cigarette. La famille elle-même était impénétrable, si ce n'est que tous partageaient la même colère, à des stades différents. Le moins atteint semblait un homme voûté à l'air léthargique, chemise à manches courtes et cravate-cordon, que je pensai être le père ; un individu imperméable à toute émotion. En revanche, sa femme — la mère présumée du défunt — ne pouvait rester en place ; ses mains allaient de ses vêtements à ses cheveux, coiffés en volumineuse choucroute, aussi poisseuse d'aspect qu'une montagne de barbe-à-papa. Se détachant sur le paysage désertique, cette chevelure rose ressemblait à un second soleil couchant. Peut-être était-ce la fatigue de cette longue veillée-pique-nique qui avait ravagé son visage et lui avait fait perdre le contrôle de ses mains. De temps à autre, elle serrait les poings et lançait des paroles vengeresses que le bruit du vent, à cette distance, m'empêchait d'entendre, mais qui produisaient un effet immédiat sur le garçon et la fille que j'estimai être ses rejetons survivants.

A chaque éclat de la mère, la fille tressaillait comme s'il lui était directement adressé, ce que je ne pensais pas, à moins que, simultanément à ses malédictions, la mère fouettât la fille d'une cravache invisible pour moi. A chaque cri, la fille se contractait ; une fois ou deux, elle se boucha les oreilles. Elle portait une robe de coton gaufrée trop petite, que le vent plaquait sur elle par instants, et je vis qu'elle était enceinte, bien qu'elle parût à peine en âge de l'être et ne fût accompagnée d'aucun homme à qui attribuer l'enfant à venir. Le garçon auprès d'elle était sûrement son frère — le plus jeune frère de l'adjudant disparu et de la fille enceinte.

Grand, dégingandé, le visage osseux, il faisait un peu peur si on évoquait la masse qu'il allait devenir. Je lui donnai au plus quatorze ou quinze ans, mais sous sa minceur on distinguait une ossature énorme ; ses mains et sa tête étaient d'une taille si exagérée qu'il aurait pu engraisser de quarante kilos sans avoir l'air disproportionné. Avec ce surplus, il eût été immense et terrifiant ; il me faisait penser à un homme qui aurait récemment perdu ces quarante kilos et pouvait les reprendre en une nuit.

Ce garçon trop grand pour son âge dominait tous les

autres. Ses bras s'agitaient dans le vent comme les feuilles des palmiers bordant l'entrée du Port-du-Ciel de Phoenix, et sa fureur était la plus manifeste, comme un monstre ayant toute la place voulue (dans son corps) pour se développer. Quand sa mère lui parla, il rejeta la tête en arrière et cracha, un long jet marron. Je fus choqué de voir qu'à son âge ses parents le laissaient chiquer ! Puis il fixa sa mère droit dans les yeux, l'obligeant à se détourner de lui, les mains toujours agitées.

Le garçon portait — me sembla-t-il à cette distance — une sorte de salopette graisseuse, à la ceinture de laquelle pendaient des outils ressemblant à ceux d'un mécano ou d'un réparateur de téléphone ; peut-être avait-il un job après l'école et n'avait-il pas eu le temps de se changer pour venir accueillir le corps de son frère.

Si c'était le comité d'accueil représentatif de la famille du défunt, je tremblais d'imaginer les membres les moins présentables de la tribu, qui continuaient de bâfrer à la veillée-pique-nique. Rien qu'à regarder ceux-là, je n'aurais pas voulu faire le travail d'Owen Meany pour un million de dollars.

Aucun ne semblait savoir de quel côté arriverait l'avion ; je me fiai à l'officier et au croque-mort, les deux seuls à regarder dans la même direction ; je savais qu'ils n'en étaient pas à leur coup d'essai. Je suivis donc leurs regards. Le soleil avait disparu, mais des traînées rouge vermillon coloriaient le ciel immense et, à travers l'une d'elles, je distinguai l'avion d'Owen — comme si, où qu'aille Owen Meany, il fallait qu'une lumière céleste l'accompagne.

* * *

Pendant tout le trajet de San Francisco à Phoenix, Owen avait écrit dans son journal, remplissant des pages et des pages — il savait qu'il ne lui restait guère de temps.

« J'EN SAIS TELLEMENT, écrivait-il, MAIS JE NE SAIS PAS TOUT. SEUL DIEU SAIT TOUT. LE MOMENT N'EST PAS VENU POUR MOI D'ALLER AU VIETNAM. JE CROYAIS SAVOIR QUE J'IRAIS. JE CROYAIS AUSSI SAVOIR LA DATE. MAIS, SI J'AI

RAISON POUR LA DATE, J'AI TORT POUR LE VIETNAM. ET, SI J'AI RAISON POUR LE VIETNAM, ALORS J'AI TORT POUR LA DATE. IL EST POSSIBLE QUE TOUT ÇA NE SOIT VRAIMENT QU'UN *RÊVE* — MAIS ÇA SEMBLE TELLEMENT *RÉEL* ! C'EST LA *DATE* QUI SEMBLAIT LA PLUS RÉELLE, MAIS JE NE SAIS PAS — JE NE SAIS PLUS.

« JE N'AI PAS PEUR, MAIS JE SUIS TRÈS TENDU. D'ABORD, JE N'AIMAIS PAS SAVOIR... MAINTENANT, JE N'AIME PAS *NE PAS* SAVOIR ! DIEU JOUE AVEC MES NERFS. »

Il y en avait bien davantage, dans le désordre ; il ne s'y retrouvait pas. Il m'avait coupé un doigt pour m'éviter le Vietnam, ayant voulu me chasser *physiquement* de son rêve. Mais, bien qu'il m'ait préservé de la guerre, il ressortait de son journal que j'étais demeuré dans son rêve. Il pouvait me sauver du Vietnam, me couper le doigt, mais pas me chasser de son rêve, ce qui le perturbait énormément. S'il devait mourir, ce serait en ma présence, il ne savait pas pourquoi. Or, s'il m'avait coupé un doigt pour me sauver la vie, il était contradictoire qu'il m'eût fait venir en Arizona. Mais, Dieu lui ayant promis que rien de fâcheux ne pouvait m'arriver, Owen Meany se cramponnait à cette promesse.

« PEUT-ÊTRE N'EST-CE VRAIMENT QU'UN RÊVE ! répétait-il. CETTE DATE N'EST PEUT-ÊTRE QUE LE FRUIT DE MON IMAGINATION ! MAIS ELLE ÉTAIT GRAVÉE DANS LA PIERRE... ELLE *EST* GRAVÉE DANS LA PIERRE ! » Évidemment, puisque c'était lui-même qui l'avait gravée sur sa pierre tombale. A présent, il était troublé, il était moins sûr de lui. « COMMENT POURRAIT-IL Y AVOIR DES ENFANTS VIETNAMIENS EN ARIZONA ? », se demandait Owen. Plus loin, il interrogeait Dieu directement : « MON DIEU... SI JE NE *DOIS PAS* SAUVER TOUS CES ENFANTS, POURQUOI M'AS-TU MIS CETTE IDÉE EN TÊTE ? » Plus loin, il ajoutait : « JE DOIS FAIRE CONFIANCE AU SEIGNEUR. »

Juste avant l'atterrissage à Phoenix, il griffonna hâtivement : « M'Y VOICI ENCORE — AU-DESSUS DE TOUT. LES PALMIERS, HAUTS ET DROITS — ET MOI SURVOLANT LES PALMIERS. LE CIEL ET LES PALMIERS SONT SI BEAUX... »

Il fut le premier sur la passerelle, son uniforme amidonné

défiant la chaleur, son brassard noir avalisant sa mission, son sac kaki dans une main, dans l'autre la boîte en carton triangulaire. Il alla directement vers la soute à bagages de l'avion ; je le vis donner des ordres aux hommes d'équipe et au machiniste du chariot élévateur. Je sais qu'il leur recommandait de garder la tête du mort plus haute que les pieds, afin que nul fluide ne s'écoule par les orifices. Owen exécuta le salut militaire lorsque la boîte de contre-plaqué fut descendue de la soute. Quand la caisse fut équilibrée sur la fourche du Fenwick, Owen sauta sur l'une des branches du support et parcourut ainsi la courte distance entre la piste d'atterrissage et le corbillard, semblable à la figure de proue d'un bateau.

Je traversai la piste en direction des membres de la famille, qui n'avaient pas bougé ; seuls leurs yeux avaient suivi l'approche d'Owen Meany et de la caisse. Ils restèrent immobiles, tétanisés dans leur colère ; seul l'officier s'avança pour accueillir Owen ; le chauffeur ouvrit la porte arrière de la longue limousine gris métallisé ; le croque-mort redevint l'onctueux émissaire de la mort, la mouche du coche empressée dont il tenait le rôle.

Owen sauta en souplesse de la fourche élévatrice ; lâchant son sac sur la piste, il déchira la boîte en carton. Avec l'aide du commandant, il déploya le drapeau — opération difficile dans ce vent violent. Soudain, on alluma les projecteurs sur la piste, et le drapeau frémissant se détacha avec netteté sur le ciel obscur ; après bien des efforts, Owen et l'officier réussirent à disposer le drapeau sur la caisse. Une fois le tout glissé dans le corbillard, le drapeau s'immobilisa et la famille, tel un gros animal disgracieux, s'approcha du véhicule et d'Owen Meany.

Je remarquai alors que le jeune géant ne portait pas une salopette, mais une tenue de camouflage, dont j'avais de loin pris les motifs pour des taches de graisse. Le treillis semblait authentique, mais cet adolescent n'avait manifestement pas l'âge de faire son service ; d'ailleurs, son uniforme était hautement fantaisiste, puisqu'il portait de vieilles baskets montantes crasseuses ; de plus, sa tignasse embroussaillée lui descendant aux épaules n'avait rien de réglementaire. Il ne portait pas une ceinture à outils, mais une cartouchière, à première vue bien garnie de ce qui semblait être de vraies balles ; des diverses agrafes et mousquetons accrochés à la ceinture pendaient de drôles de trucs... n'ayant rien à voir avec des outils de mécano ou de réparateur de lignes téléphoniques. L'immense jeunot trimballait tout un équipement guerrier qui semblait opérationnel, un poignard, une machette et une baïonnette, dont le fourreau ne provenait pas des stocks militaires, vert fluo et agrémenté d'un crâne et de tibias entrecroisés du plus bel effet.

La fille enceinte que j'avais prise pour la sœur du monstre de foire ne pouvait avoir plus de seize ou dix-sept ans ; elle se mit à pleurer, puis, serrant le poing, se mordit la grosse phalange de l'index, pour retenir ses larmes.

« Enculés ! », cria la mère.

Le type léthargique qui paraissait être son mari croisait et décroisait ses bras adipeux ; alors, comme conditionné par la voix de sa mère, le spectre en tenue de camouflage rejeta la tête en arrière et expédia un nouveau jet de salive brunâtre.

« Arrête de cracher, tu veux ? lui fit la fille enceinte.

— Va te faire mettre ! », rétorqua-t-il.

L'homme était moins léthargique qu'il n'en avait l'air. Il administra au gamin un solide direct du droit, qui l'atteignit en plein sur la mâchoire, l'envoyant se répandre sur le sol, non loin du sac d'Owen.

« Ne parle pas sur ce ton à ta sœur », dit l'homme.

Sans bouger, l'adolescent siffla :

« Je t'emmerde ! C'est pas ma sœur ! C'est rien que ma demi-sœur, d'abord ! »

La mère intervint :

« Ne parle pas à ton père sur ce ton !

— C'est pas mon père, espèce de salope !

— Ne traite pas ta mère de salope ! », dit l'homme.

Quand il s'approcha du garçon allongé, dans l'intention de lui flanquer un coup de pied, le gamin se remit en vacillant sur ses pieds, saisissant d'une main la machette, de l'autre la baïonnette. Il cria au couple :

« Vous êtes deux dégueulasses ! »

Comme sa demi-sœur se remettait à geindre, il balança un nouveau crachat de jus de tabac dans sa direction, la manquant de peu.

Alors Owen Meany s'adressa à lui :

« J'AIME BIEN CET ÉTUI DE BAÏONNETTE. C'EST VOUS QUI L'AVEZ FABRIQUÉ ? »

Comme je l'avais souvent constaté, l'effet produit sur des inconnus par la voix d'Owen Meany fut spectaculaire. La fille enceinte ravala ses larmes ; le père — qui n'était pas celui du géant — s'éloigna d'Owen, plus effrayé par « la Voix » que par toutes les machettes du monde ; la mère tapota fébrilement sa choucroute gluante de laque, comme si la présence d'Owen lui rendait un souci de coquetterie. Le sommet de la casquette d'Owen atteignait à peine la poitrine du grand galapiat, qui lui demanda :

« Qui vous êtes, vous, la demi-portion ?

— C'est l'officier d'assistance, dit le commandant. Le lieutenant Meany.

— J'veux qu'ça soit lui qui me le dise ! fit l'autre sans quitter Owen des yeux.

— JE SUIS LE LIEUTENANT MEANY, dit Owen en tendant la main à l'adolescent. COMMENT VOUS APPELEZ-VOUS ? »

Pour serrer la main d'Owen, l'autre aurait dû lâcher une de ses armes et semblait hésiter à le faire. Il ne prit pas la peine de se présenter et demanda :

« Qu'est-ce qui ne va pas, avec vot' voix ?

— RIEN. ET QU'EST-CE QUI NE VA PAS AVEC VOUS ? VOUS VOUS DÉGUISEZ POUR JOUER AU PETIT SOLDAT, ET VOUS NE SAVEZ PAS COMMENT VOUS ADRESSER À UN OFFICIER ? »

Comme toutes les brutes, le gamin respectait ceux qui le rudoyaient.

« Si, monsieur, dit-il sournoisement.

— RANGEZ-MOI CES ARMES, dit Owen Meany. EST-CE VOTRE FRÈRE QUE JE VIENS DE RAPATRIER ?

— Oui, monsieur.

— JE SUIS DÉSOLÉ QUE VOTRE FRÈRE SOIT MORT. NE POUVEZ-VOUS LUI TÉMOIGNER UN PEU DE RESPECT ?

— Oui, monsieur », fit le garçon, dompté.

Cherchant une façon de témoigner UN PEU DE RESPECT à son frère mort, il se mit à fixer d'un œil torve un coin du drapeau qui, proche de la porte ouverte du corbillard, claquait au vent.

Ensuite, Owen Meany fit le tour de la famille, serrant des mains, exprimant ses regrets ; des sentiments divers se succédèrent sur le visage de la mère, contradictoirement tentée de lui faire du charme et de le tuer. Le père apathique me sembla le plus désagréablement affecté par l'anormale petitesse d'Owen ; le visage terreux de cet homme hésitait entre colère et stupeur animale. La fille enceinte fut paralysée de timidité quand Owen lui adressa la parole.

« JE SUIS DÉSOLÉ POUR VOTRE FRÈRE. »

Il lui arrivait au menton.

« Mon *demi*-frère, murmura-t-elle. Mais je l'aimais quand même beaucoup. »

Son autre demi-frère — bien vivant, hélas ! — se retenait manifestement de cracher de nouveau. Voilà donc une famille coupée en deux, pensai-je, ou plutôt les débris d'une famille.

Dans la voiture du commandant, où Owen et moi nous pûmes enfin nous retrouver, nous étreindre, nous taper dans le dos, celui-ci nous fit l'historique de cette famille.

« Ce sont des déchets d'humanité, bien sûr, des dégénérés », nous dit-il.

Il s'appelait Rawls et aurait pu faire carrière à Hollywood. En gros plan, je lui donnais la cinquantaine mais il n'avait que trente-sept ans. Il avait été fait officier sur le champ de bataille durant les derniers jours de la guerre de Corée et avait poursuivi son service actif comme commandant d'un bataillon d'infanterie au Vietnam. Le commandant Rawls, engagé en 1949, à l'âge de dix-huit ans, avait servi l'armée pendant dix-neuf ans, combattu dans deux guerres ; on l'avait torpillé pour sa promotion de lieutenant-colonel et, au moment où tous les bons officiers d'active étaient à Washington ou au Vietnam, il avait échoué, à deux doigts de la retraite, comme professeur de préparation militaire.

Si le commandant Rawls avait gagné ses galons sur le champ de bataille, il y avait aussi amassé une bonne dose de cynisme ; il s'exprimait par phrases sonores, hachées comme des rafales de mitraillette.

« Ils doivent tous baiser les uns avec les autres. Ça ne m'étonnerait pas le moins du monde. Le frangin est un véritable débile — il rôde toute la journée dans l'aéroport, à regarder les avions, à parler aux soldats. Il voudrait être plus vieux pour aller au " Nam ". Le seul de la famille à être encore plus cinglé, c'est celui qui est mort ! C'était son troisième séjour au Vietnam. Vous l'auriez vu pendant ses permissions ! Cette tribu de sauvages vit dans un camp de caravaning et l'adjudant passait tout son temps à reluquer au télescope par les fenêtres de ses voisins. Vous voyez ce que je veux dire, comme s'il les visait avec un fusil à lunette ! S'il n'était pas retourné au " Nam ", il aurait fini en cabane.

« Les deux frères sont les fils d'un autre type, pas de ce clown. Un type qui est mort. Celui que vous avez vu, c'est le père de cette malheureuse gamine ; je ne sais pas qui l'a carambolée, mais je peux vous dire que ça s'est passé en famille ! Je parierais sur le mort, je crois qu'il l'avait prise aussi dans le collimateur, vous voyez ce que je veux dire. Peut-être bien que les deux frangins l'ont ramonée. Encore qu'à mon avis le plus jeune est trop abruti pour l'avoir raide. Le seul truc qui le fasse bander, c'est l'envie de tuer des gens !

« Quant à la mère, elle ne plane pas, elle est complètement sur orbite ! Attendez de voir leur veillée mortuaire ! Attendez de voir le reste de la famille ! Je vais vous dire une bonne chose : ils n'auraient jamais dû réexpédier le frère du " Nam ", même pas dans une caisse. Ce qu'ils auraient dû faire, c'est expédier *toute la famille* là-bas ! C'était peut-être la seule façon de gagner cette putain de guerre, si vous voyez ce que je veux dire ! »

Nous suivions le corbillard gris métallisé, que le chauffeur pilotait sans se presser, sur une route qu'on appelait le

« Canyon noir ». Puis on tourna dans une route bosselée judicieusement baptisée « Camelback [1] Road ». Les palmiers s'agitaient au-dessus de nous ; sur un périmètre d'herbe pelée, dans un faubourg, on voyait de vieilles gens avachis dans des fauteuils métalliques — malgré la chaleur nocturne, tous ces vieux étaient couverts de lainages et nous adressèrent des saluts. Ils devaient être gâteux.

Owen Meany m'avait présenté au commandant Rawls en ces termes :

« COMMANDANT RAWLS, VOICI MON MEILLEUR AMI, JOHN WHEELWRIGHT. IL A FAIT TOUT LE VOYAGE DEPUIS LE NEW HAMPSHIRE.

— C'est mieux que de venir du Vietnam. Ravi de vous connaître, John », avait dit le commandant Rawls.

Il avait la main broyeuse et pilotait sa voiture comme si tous les autres conducteurs étaient ses ennemis personnels.

« Attendez d'avoir vu l'entreprise de pompes funèbres ! me dit-il.

— C'EST UNE SORTE DE BAZAR DE LA MORT ! »

Cette réflexion d'Owen eut le don de faire rire le commandant Rawls, qui ajouta :

« Avec un croque-mort de bazar !

— ILS ONT UNE CHAPELLE AVEC DES CROIX DÉMONTABLES, m'informa Owen. ILS PEUVENT CHANGER LES ORNEMENTS SUIVANT LA RELIGION DE LA FAMILLE. ILS ONT UN CRUCIFIX AVEC UN CHRIST GRANDEUR NATURE POUR LES CATHOLIQUES. ILS ONT UN CRUCIFIX EN BOIS PLEIN POUR LES PROTESTANTS. ILS ONT MÊME UNE CROIX FANTAISIE, SERTIE DE FAUSSES PIERRES PRÉCIEUSES, POUR LES INDÉCIS.

— Qu'appelles-tu des indécis ?

— C'est ce que nous avons sur les bras en ce moment, intervint le commandant Rawls. Ils se disent " baptistes " mais ce sont de foutus indécis. Meany, vous vous rappelez ce trou du cul de prédicateur ?

— VOUS VOULEZ PARLER DU BAPTISTE QU'ILS FONT VENIR ? ET COMMENT, QUE JE M'EN SOUVIENS !

---

1. Dos de chameau *(NdÉ)*.

— Attendez un peu de voir sa tronche ! me dit le commandant.

— Je brûle d'impatience. »

Owen me fit enfiler le brassard noir qu'il avait apporté pour moi.

« NE T'INQUIÈTE PAS, me dit-il, NOUS ALLONS AVOIR PLEIN DE TEMPS LIBRE.

— Eh, les gars, vous voulez des nanas ? nous demanda le commandant Rawls. Je connais quelques gamines bien chaudes.

— JE SAIS, fit Owen, MAIS C'EST INUTILE, MERCI. ON VA SEULEMENT TRAÎNER À DROITE ET À GAUCHE.

— Je vous indiquerai où sont les sex-shops, proposa Rawls.

— NON, MERCI. NOUS VOULONS SEULEMENT NOUS REPOSER.

— Hé, vous ne seriez pas un petit couple de pédés, par hasard ? demanda le commandant en s'étouffant de rire.

— ÇA SE POURRAIT », répliqua Owen.

Ravi, le commandant Rawls eut une nouvelle quinte de rire.

« Votre copain est le plus marrant petit baiseur de toute l'armée », me dit le commandant.

C'était en effet une sorte de bazar mortuaire, d'aspect parfaitement incongru pour une telle activité. Le parloir mortuaire, dans le plus pur style de l'hacienda mexicaine, et sa chapelle aux croix interchangeables faisaient partie d'un vaste ensemble en forme de L de bâtiments communicants crépis de rose et de blanc. Immédiatement contigu à l'entreprise de pompes funèbres, on trouvait un marchand de glaces ; adjacente à la chapelle, une boutique où l'on vendait des animaux, avec des serpents vivants dans la vitrine.

« Rien d'étonnant que notre adjudant se soit trouvé mieux au Vietnam que dans ce trou », dit le commandant Rawls.

Avant que l'onctueux croque-mort n'ait pu demander qui j'étais et à quel titre j'étais autorisé à assister à l'ouverture du cercueil, Owen Meany me présenta :

« Voici monsieur Wheelwright — notre expert en cadavres. C'est une activité top-secret, et je dois vous demander de ne pas créer de problème.

— Oh, non ! Jamais ! », s'exclama le type.

Manifestement, il n'était pas du genre à vouloir créer de problème ni à poser des questions oiseuses. Roulant des yeux, le commandant Rawls dissimula un rire sous une quinte de toux. Un couloir moquetté menait à une salle empestant les produits chimiques, où deux assistants rigolards dévissaient les écrous du cercueil provisoire. Un troisième aide appuyait au fur et à mesure les panneaux de contre-plaqué contre le mur. Il achevait de déguster un cornet de glace, aussi ses mains collaient-elles au bois. Il fallut se mettre à quatre pour soulever le lourd cercueil métallique débarrassé de son enveloppe, sur le chariot élévateur. Le commandant Rawls dévissa quatre écrous semblables à ceux qu'on voit aux roues des voitures de sport.

Soulevant le couvercle, Owen Meany regarda à l'intérieur. Au bout d'un moment, il se tourna vers Rawls :

« C'est bien lui ? »

Le commandant Rawls examina un bon bout de temps l'intérieur du conteneur. Le croque-mort attendait patiemment son tour. Finalement, Rawls se retourna et dit :

« Je *pense* que c'est lui. Enfin, ça lui ressemble assez. »

Le croque-mort s'approcha du cercueil, mais Owen l'arrêta :

« Je vous en prie, monsieur Wheelwright d'abord ! »

— Oh, oui, bien sûr », dit l'homme en reculant. Je l'entendis chuchoter à ses aides : « C'est une affaire de services secrets. Ne pas créer de problème, hein ! »

Les trois assistants, y compris celui qui n'avait toujours pas fini sa glace, échangèrent des regards entendus.

« Quelle est la cause de la mort ? demanda le croque-mort au commandant Rawls.

— C'est précisément le motif de notre enquête ! lui jeta Owen. Pas un mot là-dessus !

— Oh ! Oui, évidemment ! », fit le croque-mort imbécile.

De nouveau, le commandant s'offrit une pinte de bon sang et toussa.

J'essayai de ne pas regarder de trop près le cadavre de l'adjudant. Je m'attendais tellement à une vision inhumaine que je fus d'abord énormément soulagé ; presque rien ne semblait anormal dans cet homme — un soldat entier, dans son uniforme kaki d'aviateur, galons et écussons au grand complet. On l'avait maquillé pour lui donner bonne mine ; seule la peau de son visage semblait un peu trop tirée sur l'ossature proéminente. Ses cheveux étaient un peu bizarres, on eût dit une perruque mal finie. Ensuite, certains détails me mirent mal à l'aise : les oreilles, noires et plissées comme des pruneaux, comme si ses écouteurs avaient cramé tandis qu'il tentait d'appeler la base ; les yeux entourés de cercles noirs parfaits, comme ceux d'un rat musqué ; je compris que ses lunettes de pilote avaient fondu sur son visage et que la raideur de la peau provenait d'une enflure ; son visage entier n'était qu'une boursouflure comme si la chaleur abominable à laquelle il avait été exposé avait émané de l'intérieur de sa propre tête !

Je ne me sentais pas très bien, mais plus honteux que nauséeux ; je me trouvais indécent, d'envahir ainsi l'intimité d'un mort... comme l'amateur de sensations fortes s'empressant d'observer les victimes d'un accident d'auto, puis regrettant d'avoir entrevu des cheveux ensanglantés. Owen Meany savait que j'étais incapable de prononcer un mot. Il me demanda :

« C'EST BIEN À ÇA QUE VOUS VOUS ATTENDIEZ ? »

Hochant la tête, je m'éloignai, aussitôt remplacé par le croque-mort.

« Oh ! Vraiment, ils auraient pu se donner un peu plus de mal ! », lança-t-il d'un air important. S'emparant d'un chiffon, il essuya un peu de liquide qui coulait au coin de la bouche. Il reprit : « Je suis contre les cercueils ouverts, dans tous les cas. Ce dernier regard sur le mort est tellement pénible pour les survivants, ça leur fend le cœur.

— Je ne pense pas que ce type suscite le chagrin de quiconque », fit le commandant Rawls.

Quant à moi, je pensais que l'adjudant avait pourtant

brisé au moins un cœur, celui de son frère cadet. Et pas uniquement le cœur ; la tête aussi en avait pris un coup.

Nous allâmes, Owen et moi, acheter des glaces à la boutique voisine, pendant que le commandant Rawls et le croque-mort discutaient de ce « connard de curé ». Nous étions samedi. Comme le lendemain c'était dimanche, le service ne pourrait se dérouler à l'église baptiste ; ça empiéterait sur les cérémonies dominicales. Mais il y avait un ministre baptiste qui viendrait cachetonner au parloir mortuaire, dans la chapelle à géométrie variable.

« C'est un itinérant, parce qu'il est trop débile pour avoir une église à lui ! disait le commandant Rawls, accusant le prêtre et l'entrepreneur des pompes funèbres d'avoir monté un fructueux racket pour dépouiller davantage les familles.

— LE COMMANDANT RAWLS NE PEUT PAS SENTIR CE FAMEUX BAPTISTE, m'expliqua Owen.

— Ça coûte aussi de l'argent dans une église, se justifiait le croque-mort. Toute peine mérite salaire ! »

Une fois dans la voiture, Rawls nous dit :

« Aucun des membres de cette foutue famille n'a jamais mis les pieds dans une église, je vous en fiche mon billet ! Ce salopard de nécrophage, c'est lui qui a convaincu la famille qu'ils devaient être baptistes. Il a dû leur dire qu'ils étaient obligés d'annoncer une religion, et il leur a proposé ça pour faire gagner du fric à son putain de copain. Ah, ils feront une belle paire en enfer !

— POUR CE GENRE DE CÉRÉMONIE, LES CATHOLIQUES SONT LES MEILLEURS, dit Owen.

— Ces cons de cathos ! fit Rawls.

— NON, ILS ONT VRAIMENT LA TECHNIQUE. ILS ONT LA SOLENNITÉ ADÉQUATE, LES MEILLEURS RITUELS ET UN RYTHME EXCELLENT. »

Je fus éberlué d'entendre Owen vanter les catholiques ; il parlait avec une totale conviction. Ce que voyant, le commandant renonça à la discussion :

« Personne ne peut faire " bien " cette sorte de chose, voilà mon avis.

— JE N'AI PAS DIT QUE LES CATHOLIQUES LE FAISAIENT

" BIEN ", MONSIEUR. J'AI DIT QU'ILS LE FAISAIENT MIEUX QUE LES AUTRES. »

Je lui demandai quel était le liquide qui suintait de la bouche du mort.

« C'est seulement du phénol, fit le commandant Rawls.

— OU, SI TU PRÉFÈRES, DE L'ACIDE PHÉNIQUE.

— Moi, j'appelle ça du phénol », fit Rawls.

Puis je leur demandai comment le pilote était mort.

« Comme il a vécu : stupidement. Il faisait le plein de carburant à son hélicoptère, et il a dû s'embrouiller les pinceaux, comme un connard qu'il était.

— CARBURANT TROP ENRICHI EN OCTANE — ET PUIS ÇA SUFFIT, dit Owen.

— Les gars, je suis pressé de vous montrer cette " veillée-pique-nique " ! », dit le commandant Rawls.

C'est là que nous allions, manifestement, à la veillée-pique-nique, qui en était à son troisième jour de beuverie. Le commandant klaxonnait à l'intention de tout conducteur assez impudent pour croiser notre route et pourtant tout le monde nous laissait le passage.

« Regardez-moi cet abruti ! », lança le commandant Rawls.

Nous traversions le Phoenix nocturne. Owen Meany me tapota la main :

« NE T'INQUIÈTE PAS, NOUS NE FERONS QU'UNE APPARITION À LA VEILLÉE, ON N'EST PAS OBLIGÉS D'Y RESTER LONGTEMPS.

— Vous n'aurez pas le temps d'en profiter ! dit Rawls d'un ton excité. Moi, je vous le dis, tous ces braves gens sont sur le point de s'entre-tuer ! C'est dans ce genre de réunions que les tueurs en série puisent leur inspiration. »

Le commandant Rawls avait exagéré. La tribu n'habitait pas une caravane mais une maison préfabriquée d'un étage, à la façade recouverte d'aluminium turquoise ; à part cet audacieux coloris, elle ne se distinguait pas des autres bâtisses de ce lotissement pour économiquement faibles. Les alentours s'agrémentaient de nombreuses carcasses de voitures ; on voyait davantage d'automobiles sur cales, sans roues ni moteurs, que de véhicules en état de marche.

Comme toutes ces maisons étaient construites de matériaux bon marché, sans isolation thermique, et que les habitants n'avaient ni l'intention ni les moyens d'y installer l'air conditionné, ce lotissement pullulait d'activités de plein air généralement pratiquées en intérieur. On avait sorti les téléviseurs, les tables et chaises pliantes ; on buvait, jouait aux cartes, ce qui donnait à ce faubourg populeux une vague apparence de terrasse de café miteux. Devant chaque pâté de maisons, on faisait griller de la viande et du maïs sur des barbecues ; la fumée du charbon de bois, l'odeur de la graisse donnaient au visiteur l'impression que cette partie de la ville se relevait à peine d'un bombardement qui aurait chassé les habitants de chez eux, avec leurs biens les plus précieux. On voyait aussi des personnes âgées dans des hamacs.

Dans la nuit, on entendait des portes claquer, des chats se battre ou s'accoupler sans relâche ; des hordes de chiens traînaient en aboyant autour des barbecues et, de temps à autre, un éclair de chaleur cisaillait l'obscurité, silhouettant l'entrelacs compliqué des antennes de télévision au-dessus des maisons basses, comme une gigantesque toile d'araignée menaçant l'infime humanité souffrante.

« Moi, je vous le dis, le seul obstacle à la criminalité dans cette zone, c'est qu'il y a trop de témoins ! », nous dit le commandant Rawls.

Des tentes — pour les enfants — remplissaient la minuscule cour derrière la maison de l'adjudant défunt. On y trouvait aussi deux bagnoles sur des cales d'aggloméré, dans lesquelles devaient dormir les plus petits gosses pendant la veillée-pique-nique ; sur cales, il y avait aussi un bateau, un canot de course rouge pompier à l'étrave décorée d'une baguette d'acier étincelant. Il devait être plus confortable d'y dormir que dans la maison turquoise, où des têtes d'enfants et d'adultes s'encastraient dans toutes les ouvertures, regardant au-dehors.

On avait ôté l'un des deux moteurs du hors-bord pour l'accrocher au rebord d'un immense tonneau métallique rempli d'eau, dans laquelle le bruyant engin tournait en pétaradant ; une bonne demi-douzaine d'hommes entouraient ce gaspillage d'essence et d'huile, contemplant les hélices qui battaient l'eau à l'intérieur du tonneau. Les hommes regardaient ce spectacle avec un tel respect que nous nous attendions presque, le commandant, Owen et moi, à voir le tonneau prendre brusquement son envol — ou du moins se mettre en mouvement.

Par le truchement d'un long prolongateur, on avait disposé à la place d'honneur un téléviseur sur l'herbe pelée ; un groupe d'hommes regardait une partie de base-ball, il fallait s'y attendre. Où donc étaient les femmes ? Agglutinées en petits groupes, selon leurs affinités d'âge, de mariage, de divorce, de grossesse, la plupart se tenaient dans la maison étouffante, où la température de haut fourneau semblait les avoir desséchées, telles les crudités racornies disposées dans des soucoupes, qui en étaient à leur troisième journée d'exposition dans cet air fétide.

Toujours à l'intérieur, un évier était rempli de glaçons, parmi lesquels on aurait vainement cherché une bière fraîche. La mère, avec sa choucroute poisseuse de cheveux roses, s'appuyait contre la porte du réfrigérateur, comme pour le protéger d'une brusque attaque ; de temps en temps, elle secouait sa cendre de cigarette dans ce qu'elle prenait peut-être pour un cendrier : un petit bol de cacahuètes artistiquement mélangées avec des céréales.

« Tiens, voilà cette putain d'armée ! », fit-elle en nous voyant.

Elle sifflait du bourbon dans un verre à pied décoré d'un volatile ressemblant vaguement à un faisan, une grouse ou une caille.

Il n'était pas indispensable de me présenter — ce qu'essayèrent pourtant à plusieurs reprises Owen et le commandant Rawls. Les gens ne se connaissaient pas tous entre eux, de toute façon. On ne pouvait pas plus distinguer la famille des voisins qu'attribuer les innombrables enfants à tel ou tel autre. Les parents venus de Yuma et Modesto — ceux qui, selon toute apparence, s'étaient vu attribuer les tentes dans la cour et les carcasses de voitures — se fondaient tout bonnement dans la foule.

Le père — celui qui avait frappé son beau-fils à

l'aéroport — était ivre mort dans une chambre ; par la porte ouverte, on le voyait répandu au pied du lit, sur lequel quatre ou cinq petits gamins regardaient un autre téléviseur, fascinés par un film policier qui n'avait pas grand-chose à leur apprendre question délinquance.

« Si vous trouvez une femme qui vous plaît, moi je vous offre l'hôtel ! me dit Rawls. C'est la troisième nuit que je viens, et, je vous le dis, y a pas une seule nana ici que vous oseriez sauter, même avec des pincettes. La mieux que j'ai vue, c'est la frangine enceinte. Alors, imaginez ! »

Consciencieusement, j'imaginai : la sœur enceinte était la seule à faire effort d'amabilité ; particulièrement à l'intention d'Owen.

« C'est un sale boulot que vous avez, lui dit-elle.

— C'EST MOINS DUR QUE D'ÊTRE AU VIETNAM. »

La sœur enceinte avait aussi un sale boulot, pensais-je ; elle semblait dans la perpétuelle hantise de se faire taper dessus par sa mère et son père, de se faire violer par ce dernier, ou de se faire violer *et* taper dessus par son demi-frère — ou toute autre combinaison de ces divers éléments. Owen lui dit :

« JE SUIS INQUIET POUR VOTRE FRÈRE. JE VEUX DIRE VOTRE DEMI-FRÈRE, LE GRAND GARÇON. IL FAUT QUE JE LUI PARLE. OÙ EST-IL ?

D'abord, elle sembla trop effrayée pour répondre, puis elle finit par dire :

« Je sais que vous devez remettre le drapeau à ma mère pendant l'enterrement. Elle m'a dit ce qu'elle allait faire. Elle a l'intention de vous cracher dessus. Et je la connais, elle en est capable ! Elle va vous cracher en pleine figure !

— CE SONT DES CHOSES QUI ARRIVENT, dit Owen. ALORS, OÙ EST-IL, VOTRE DEMI-FRÈRE — COMMENT S'AP-PELLE-T-IL ?

— Si ce fumier n'était pas mort au Vietnam, il se serait fait descendre ici, de toute façon. C'est ce que j'ai toujours dit ! », fit la fille enceinte.

Comme prise en faute, elle regarda, craintive, autour d'elle, si personne de la famille ne l'avait entendue.

« NE VOUS INQUIÉTEZ PAS POUR L'ENTERREMENT, coupa

Owen. Où est ce grand garçon ? Quel est son prénom ? »

La fille désigna d'un doigt prudent une porte close de
l'autre côté de la minuscule entrée.

« Lui dites pas ce que je vous ai dit, chuchota-t-elle.

— Dites-moi son prénom ! »

De nouveau, elle jeta un regard furtif alentour ; il y avait
une tache de moutarde sur le devant de sa robe froissée.

« Dick. »

Elle s'éloigna, laissant Owen frapper à la porte.

« Faites gaffe, Meany, dit le commandant Rawls. Ce mec
est dangereux, la police a l'œil sur lui. »

Owen frappa un peu plus fort à la porte.

« Allez vous faire foutre ! cria Dick de l'intérieur.

— Vous parlez à un *officier* !

— Allez vous faire foutre, *monsieur* !

— Je préfère ça, dit Owen. Qu'est-ce que vous
fichez là-dedans ? Vous vous branlez ? »

Le commandant Rawls nous fit nous écarter de la porte
au moment où Dick l'ouvrit. Il portait un nouveau pantalon
de camouflage ; pieds et poitrine nus, il avait noirci son
visage avec du cirage, comme si, une fois tous les ivrognes
endormis, il comptait partir en action de commando dans la
jungle du voisinage, et il avait dessiné des cercles noirs
autour de ses tétons — comme deux cibles en pleine
poitrine.

« Entrez », dit-il en reculant dans sa chambre où —
aucun doute là-dessus — il rêvait de bouffer du Viet.

La pièce empestait la marijuana ; Dick tira sur un reste
de joint minuscule qu'il tenait avec des pinces à épiler, sans
nous offrir la dernière bouffée. L'adjudant pilote d'hélicoptère s'appelait Frank Jarvits, mais Dick préférait le désigner du surnom que lui avaient donné les autres casseurs de
« Congs », là-bas au « Nam », et qui était « Risque-Tout ».
Dick nous montra fièrement tous les souvenirs que Risque-
Tout avait rapatriés de là-bas : plusieurs baïonnettes, des
machettes, une collection de sangsues sous plexiglas et un
casque à la jugulaire pourrie, sur lequel le nom du
propriétaire, Risque-Tout, était écrit avec du sang séché. Il

y avait un fusil d'assaut AK-47, que Dick démonta sous nos yeux : chargeur, percuteur, culasse, crosse, canon et ainsi de suite ; puis il remonta en quelques secondes cette arme de fabrication soviétique. Ses yeux glauques eurent un éclair de triomphe, quêtant notre approbation ; il venait de nous montrer comment Risque-Tout s'y était pris pour ramener cette arme chez lui, en pièces détachées. Il y avait aussi deux grenades Chicom[1], en forme de bouteilles de soda, dentelées sur la partie évasée, détonateur à l'emplacement du goulot.

« Elles pètent pas aussi bien que les nôtres, mais si on est pris avec, on risque la prison, à ce que m'a dit Risque-Tout. » Il regarda tristement les deux grenades chinoises, en soupesa une. « Saloperie de merde communiste, dit-il. Mais je suis sûr qu'un de ces quatre tu serviras à quelque chose ! »

Il nous montra comment son frère avait ligaturé au ruban adhésif les détonateurs, puis avait dissimulé la première dans une trousse de rasage et l'autre dans une botte de ranger.

« Tout ça est venu en bagage accompagné », nous expliqua-t-il.

Selon toute apparence, nombre de « potes » avaient aidé à importer, morceau par morceau, le fusil d'assaut AK-47.

« C'est comme ça qu'on fait », dit-il d'un air sagace.

Sa tête se balançait, rythmant l'air que la marie-jeanne lui inspirait.

« C'est devenu duraille après 70, à cause du trafic de drogue. On inspectait davantage les bagages des permissionnaires, vous voyez ? »

Des guirlandes de cartouchières et d'équipements dépareillés décoraient les murs de la chambre. Ce gamin dégingandé vivait dans l'attente de l'âge légal pour tuer.

« Comment ça s' fait qu' vous soyez pas au Nam ? demanda Dick à Owen. Z'êtes trop bas du cul ou quoi ? »

---

1. Chicom : en provenance de la Chine communiste *(NdT)*.

Owen préféra l'ignorer, mais le commandant Rawls intervint :

« Le lieutenant Meany a demandé son transfert au Vietnam. Il attend son ordre de mission.

— Et vous ? Vous êtes planqué, vous aussi ? lui demanda Dick.

— Vous êtes planqué... *monsieur !* », dit Owen Meany.

Fermant les yeux, Dick sourit : il rêva, ou plana, pendant quelques secondes, puis dit au commandant Rawls :

« Comment ça s' fait qu' vous soyez pas là-bas, *monsieur ?*

— J'y suis déjà allé, fit Rawls.

— Et pourquoi que vous y retournez pas... *monsieur ?*

— J'ai un meilleur poste ici.

— Ouais, c'est toujours les mêmes qui se tapent les sales boulots, hein ?

— Quel boulot croyez-vous avoir quand vous serez dans l'armée ? lui demanda Owen. Avec votre attitude, vous n'irez pas au Vietnam. Vous n'irez pas à la guerre, vous irez en *prison !* Il ne faut pas être bien malin pour aller à la guerre, mais il faut être plus malin que *vous !* »

Les yeux mi-clos, le gamin sourit de nouveau, cyniquement, tandis que sa tête se balançait. Le commandant Rawls s'empara d'un crayon et en tapota la crosse du fusil d'assaut, ce qui ramena provisoirement Dick à la vie.

« Vous avez intérêt à ne pas apporter ce joujou à l'aéroport, mon vieux. Pas plus ce fusil que ces grenades ! »

Comme l'autre refermait les yeux, le commandant lui donna des coups de crayon sur le front. Les yeux du garçon battirent, avec une expression de haine fugitive, qui disparut comme une bouffée de fumée. Rawls reprit :

« Je ne suis même pas certain que ces baïonnettes et ces machettes soient *autorisées,* vous me comprenez bien ? Vous avez bougrement intérêt à les laisser dans leurs fourreaux !

— Eh, des fois, y a des flics qui me les confisquent, mais ils me les rendent toujours », fit Dick.

J'aurais pu compter ses côtes et les muscles de son torse. Voyant que je le regardais, il demanda :

« Qui c'est, ce mec en civil ?

— IL APPARTIENT AUX SERVICES SECRETS », dit Owen.

Dick sembla impressionné, mais comme la haine, ce sentiment s'évapora aussitôt. Il me demanda :

« Vous portez un flingue ?

— PAS DANS CE SERVICE-LÀ », dit Owen.

Dick fit la moue ; pour lui, le flingue était l'attribut essentiel du véritable agent secret.

« DÉSOLÉ POUR VOTRE FRÈRE, dit Owen pendant que nous sortions.

— On se reverra à l'enterrement, dit le commandant Rawls.

— J'irai pas à cet enterrement de merde ! cracha Dick. Et fermez la porte, monsieur Service Secret ! »

Je fermai la porte. Le commandant Rawls posa la main sur l'épaule d'Owen :

« C'était une tentative louable, Meany. Mais croyez-moi, ce môme est irrécupérable. Personne ne pourra le sauver.

— CE N'EST PAS À NOUS DE JUGER, MONSIEUR, QUI PEUT ÊTRE SAUVÉ OU NON, CE N'EST PAS DE NOTRE RESSORT. »

Rawls se tourna vers moi :

« Je vais vous dire un truc : Owen est un type beaucoup trop bien pour ce monde pourri. »

Quand nous quittâmes la maison turquoise, la fille enceinte tentait de ranimer sa mère, écroulée sur le carrelage de la cuisine. Le commandant Rawls consulta sa montre :

« Elle est exactement dans les temps. Comme hier soir, comme la nuit d'avant. Je vais vous dire un truc, les pique-niques ne sont plus ce qu'ils étaient. Surtout les veillées-pique-niques !

— QU'EST-CE QUI NE TOURNE PAS ROND DANS CE PAYS ? demanda Owen Meany. NOUS DEVRIONS TOUS RESTER ICI

À NOUS OCCUPER DE CES GENS-LÀ. AU LIEU DE ÇA, NOUS LES EXPÉDIONS AU VIETNAM ! »

Le commandant Rawls nous déposa à notre motel — un endroit coquet bien que modeste, du type hacienda —, où une piscine éclairée par le fond donnait l'impression désagréable que tous les baigneurs étaient obèses. Par bonheur, les baigneurs étaient rares ; après que le commandant Rawls se fut invité à un dîner tardif — et qu'il eut consenti à rentrer chez lui —, nous fûmes enfin seuls, Owen et moi. Assis dans le petit bain, de l'eau à mi-poitrine, nous bûmes de grandes quantités de bière en contemplant cet immense ciel de western.

« QUELQUEFOIS, JE SOUHAITE ÊTRE UNE ÉTOILE, dit Owen. TU CONNAIS CETTE CHANSON IDIOTE : " FAIS UN VŒU SUR UNE ÉTOILE / ELLE T'EXAUCERA... " JE DÉTESTE CETTE CHANSON, dit-il. JE NE VEUX PAS FAIRE UN VŒU EN VOYANT UNE ÉTOILE, JE VOUDRAIS ÊTRE UNE ÉTOILE. MAIS IL N'Y A PAS DE CHANSON LÀ-DESSUS ! »

D'après mes estimations, au moment où il tint ces propos, il en était à sa sixième ou septième bière.

Le commandant Rawls nous appela à une heure fort matinale :

« Ne venez surtout pas à ce foutu enterrement. La famille est déchaînée. Ils ne veulent voir aucun militaire, ils nous disent que notre drapeau américain, nous pouvons... enfin, ils n'en veulent pas.

— C'EST OK POUR MOI, dit Owen Meany.

— Alors, les gars, vous pouvez vous rendormir.

— ÇA ME CONVIENT AUSSI ! »

Ainsi, je n'eus pas l'occasion de voir le fameux « connard de prêtre », dit également « le Baptiste baladeur ».

Par la suite, le commandant Rawls me raconta que la mère avait craché sur l'officiant *et* sur le croque-mort. Sans doute regrettait-elle d'avoir raté l'occasion de cracher aussi sur Owen et le drapeau américain.

C'était le dimanche 7 juillet 1968.

Après le coup de fil du commandant, je me rendormis ; mais Owen écrivit dans son journal :

« QU'EST-CE QUI NE VA PAS DANS CE PAYS ? IL Y RÈGNE

UN ABSURDE " ESPRIT DE REVANCHE "… UNE VÉRITABLE
FOLIE SADIQUE. »

Il alluma la télévision, sans le son ; quand je me réveillai,
bien plus tard, il écrivait toujours dans son cahier, un œil
sur l'un de ces évangélistes stars, qui s'égosillait à la
muette.

« C'EST BIEN MEILLEUR QUAND ON N'ENTEND PAS CE
QU'ILS DISENT. »

Il écrivit dans son journal :

« CE PAYS EST-IL SI IMMENSE QU'IL FAILLE TOUT SIMPLI-
FIER À L'EXCÈS ? LA GUERRE, PAR EXEMPLE : OU NOUS
AVONS POUR STRATÉGIE DE " LA GAGNER À TOUT PRIX "
— CE QUI FAIT DE NOUS DES CRIMINELS AUX YEUX DU
MONDE —, OU ALORS NOUS MOURONS SANS ESPOIR DE
GAGNER. VOYONS CE QUE NOUS APPELONS LA " POLITIQUE
ÉTRANGÈRE " : NOTRE " POLITIQUE " N'EST QU'UN
EUPHÉMISME POUR " RELATIONS PUBLIQUES ", ET NOS
RELATIONS PUBLIQUES VONT DE MAL EN PIS. NOUS NOUS
FAISONS BATTRE ET NOUS SOMMES DE MAUVAIS PERDANTS.

« PRENONS LA RELIGION : BRANCHEZ LA TÉLÉVISION
SUR N'IMPORTE QUELLE CHAÎNE LE DIMANCHE MATIN !
REGARDEZ LES CHORALES DES PAUVRES ET DES INCULTES
— ET CES ABOMINABLES PRÉDICATEURS, QUI VENDENT DU
JÉSUS COMME DES HOT-DOGS. UN DE CES JOURS, IL Y AURA
UN ÉVANGÉLISTE À LA MAISON-BLANCHE ; UN DE CES
JOURS, IL Y AURA UN CARDINAL À LA COUR SUPRÊME. UN
DE CES JOURS, UNE ÉPIDÉMIE NOUS TOMBERA DESSUS — JE
SUIS PRÊT À PARIER SUR UNE VIRULENTE MALADIE
SEXUELLE — ET QUE NOUS DIRONT ALORS NOS INCOMPA-
RABLES LEADERS POLITIQUES, NOS CHEFS D'ÉTAT, NOS
PRINCES DE L'ÉGLISE ? QUE NOUS DIRONT-ILS ? COMMENT
NOUS AIDERONT-ILS ? SOYEZ ASSURÉS QU'ILS NE NOUS
GUÉRIRONT PAS ! MAIS COMMENT NOUS RÉCONFORTE-
RONT-ILS ? OUVREZ SIMPLEMENT LA TÉLÉVISION ET ÉCOU-
TEZ CE QUE NOS INCOMPARABLES LEADERS POLITIQUES,
CHEFS D'ÉTAT ET PRINCES DE L'ÉGLISE VONT NOUS DIRE ;
ILS DIRONT : " ON VOUS AVAIT PRÉVENUS ! " ILS DIRONT :
" VOUS ÊTES PUNIS POUR AVOIR FORNIQUÉ À DROITE ET À
GAUCHE, ON VOUS L'AVAIT DIT, DE NE PAS LE FAIRE HORS

DU MARIAGE ! " PERSONNE NE VOIT DONC OÙ CES DÉBILES VONT NOUS CONDUIRE ? CES BONS APÔTRES FANATIQUES N'ONT RIEN DE RELIGIEUX ! LEUR CONFORT INTELLECTUEL N'A RIEN À VOIR AVEC LA MORALE !

« VOILÀ VERS QUOI ON CONDUIT CE PAYS — ON LE CONDUIT VERS LA SIMPLIFICATION À OUTRANCE. VOUS VOULEZ VOIR LE PRÉSIDENT DU FUTUR ? BRANCHEZ N'IMPORTE QUELLE CHAÎNE N'IMPORTE QUEL DIMANCHE MATIN. REGARDEZ L'UN DE CES BATELEURS DE LA FOI : C'EST LUI, LE VOILÀ, LE NOUVEAU PRÉSIDENT ! ET VOUS VOULEZ CONNAÎTRE L'ARCHÉTYPE DE TOUS CES GOSSES QUI SERONT ENGLOUTIS DANS LES FAILLES DE CETTE SOCIÉTÉ DE MERDE FLASQUE QUI EST LA NÔTRE ? JE VIENS DE LE RENCONTRER ; C'EST UN ADOLESCENT DE QUINZE ANS, GRAND, DÉGINGANDÉ, IL S'APPELLE DICK, ET IL FAIT PEUR... CE QUI NE VA PAS DANS SA TÊTE, IL LE PARTAGE AVEC L'ÉVANGÉLISTE DE LA TÉLÉ — NOTRE PROCHAIN PRÉSIDENT. ET CE QUI NE VA PAS DANS LEURS TÊTES, À TOUS LES DEUX, C'EST QU'ILS ONT L'IMPLACABLE CERTI-TUDE D'AVOIR *RAISON !* ET C'EST ÇA QUI FAIT PEUR ! L'AVENIR, JE LE SAIS, EST EFFRAYANT. »

C'est alors que je m'éveillai et le vis s'interrompre d'écrire. Il regardait le prédicateur sur le petit écran, toujours sans le son ; il blablatait tant et plus, agitant les bras ; derrière lui, toute une chorale d'hommes et de femmes en robes écarlates... Ils ne chantaient pas, se balançaient rythmiquement d'avant en arrière ; ils sou-riaient ; à leurs lèvres étroitement closes, on pouvait supposer qu'ils vocalisaient à bouche fermée ou qu'une quelconque drogue les avait mis en transe, à moins que le discours de l'évangéliste ne les ait hypnotisés.

« Owen, qu'est-ce que tu fais ? », lui demandai-je.

C'est là qu'il me répondit :

« C'EST BIEN MEILLEUR QUAND ON N'ENTEND PAS CE QU'ILS DISENT. »

Je commandai un énorme petit déjeuner ; jamais encore on ne nous avait servis dans une chambre d'hôtel ! Tandis que je prenais ma douche, il écrivit encore un peu dans son journal.

« Il ne sait pas pourquoi il est ici et je n'ose pas le lui dire, écrivit Owen. Moi-même, je ne sais pas pourquoi il est là — je sais simplement qu'il doit y être... et je n'en suis même pas sûr ! Je ne sais plus ! Tout ça n'a aucun sens ! Où est le Vietnam, là-dedans ? Où sont ces pauvres enfants ? N'était-ce vraiment qu'un affreux cauchemar ? Serais-je tout bonnement cinglé ? Demain sera-t-il un jour comme les autres ? »

« Alors, lui dis-je en déjeunant, qu'as-tu envie de faire aujourd'hui ? »

Il me sourit :

« Peu importe ce que nous ferons. Essayons d'avoir du bon temps. »

A la réception, nous demandâmes où nous pourrions jouer au basket-ball ; Owen avait envie de s'entraîner au tir, bien sûr, et je pensais que, par cette chaleur accablante, un gymnase serait un excellent endroit frais pour y passer quelques heures. Nous savions que le commandant Rawls pourrait nous faciliter l'accès à toutes les salles de sport de l'Arizona, mais nous n'avions pas envie de passer la journée avec lui ; nous ne voulions pas non plus louer une voiture et partir à la recherche d'un gymnase hypothétique. Le réceptionniste nous dit :

« Dans le coin, on ne joue qu'au golf et au tennis.

— Tant pis, dit Owen. De toute façon, on s'est bien assez entraînés à ce tir stupide. »

Nous envisageâmes une promenade à pied, mais je dis que la chaleur nous tuerait. Alors, nous nous offrîmes un bon déjeuner dans le patio, au bord de la piscine ; entre les plats, nous faisions trempette et, le repas achevé, nous nous mîmes au frais dans la piscine, en buvant de la bière. Nous avions tout l'endroit pratiquement pour nous seuls ; les serveurs et le barman ne cessaient de nous examiner, comme si nous étions fous ou tombions d'une autre planète.

« Où sont les autres clients ? demanda Owen au barman.

— En cette période de l'année, on n'a jamais grand

monde. Et vous, les affaires marchent ? Vous travaillez dans quelle branche ?

— JE SUIS DANS LES POMPES FUNÈBRES », dit Owen Meany.

Puis, assis dans la piscine, nous plaisantâmes sur le commerce des morts, qui ne connaissait jamais de morte-saison.

L'après-midi avançait, Owen commença à jouer à ce que nous appelions « LE JEU DU SOUVENIR ».

« TU TE RAPPELLES LA PREMIÈRE FOIS OÙ TU AS VU MR. FISH ? »

Impossible de m'en souvenir. J'avais l'impression que Mr. Fish avait toujours été là.

« JE VOIS CE QUE TU VEUX DIRE. TU TE RAPPELLES COMMENT ÉTAIT HABILLÉE TA MÈRE POUR L'ENTERRE-MENT DE SAGAMORE ? » Je ne sus que répondre. « SON SWEATER NOIR DÉCOLLETÉ EN V, ET CE PANTALON DE FLANELLE GRISE... OU PEUT-ÊTRE UNE LONGUE JUPE GRISE.

— Je ne crois pas qu'elle ait eu une jupe grise.

— TU DOIS AVOIR RAISON. TU TE RAPPELLES LE VIEUX VESTON SPORT DE DAN ? ON AURAIT DIT UN PLAT DE CAROTTES RÂPÉES !

— Assorti à ses cheveux !

— C'EST BIEN CELUI-LÀ !

— Est-ce que tu te rappelles les déguisements de vaches de Mary Beth Baird ?

— IL Y AVAIT UN PROGRÈS PAR RAPPORT AUX TOURTE-RELLES ! TU TE RAPPELLES CES MONSTRES DE TOURTE-RELLES ?

— Tu te rappelles quand Barb Wiggin t'a fait bander ?

— JE ME RAPPELLE QUAND GERMAINE T'A FAIT BAN-DER, TOI !

— Tu te rappelles la première fois que tu as bandé ? »

Nous restâmes un moment silencieux. J'imaginais comment Hester m'avait procuré ma première érection mais je ne voulais pas le dire à Owen ; j'imaginais aussi que c'était ma mère qui avait fait bander Owen pour la première fois et que c'était la raison de son silence. Il finit par dire :

« J'AI LA MÊME IMPRESSION QUE TOI POUR MR. FISH. JE CROIS QUE J'AI TOUJOURS BANDÉ.

— Tu te rappelles Amanda Dowling?

— NE ME FILE PAS LA CHAIR DE POULE! TU TE RAPPELLES LE JEU AVEC L'ARMADILLO?

— Et comment! Tu te rappelles quand Maureen Early a mouillé sa culotte?

— ELLE L'A MOUILLÉE DEUX FOIS! TU TE RAPPELLES TA GRAND-MÈRE POUSSANT DES CLAMEURS DE BANSHEE?

— Ça, je ne l'oublierai jamais. Tu te rappelles lorsque tu as dénoué la corde, au cours de la baignade à la carrière, et que tu t'es caché?

— VOUS M'AVEZ LAISSÉ ME NOYER. VOUS M'AVEZ LAISSÉ MOURIR », dit-il.

Nous prîmes notre dîner au bord de la piscine; nous bûmes de la bière dans la piscine jusque bien après minuit, c'est alors que le barman nous informa qu'il ne pouvait plus nous servir.

« Vous n'êtes pas censés boire pendant que vous êtes dans le bassin, de toute façon. Vous risquez de vous noyer. Et il faut que je ferme le bar.

— C'EST PARTOUT COMME DANS L'ARMÉE : RÈGLEMENT, RÈGLEMENT, RÈGLEMENT. »

Alors nous emportâmes dans notre chambre un pack de six bières et un seau de glaçons; nous regardâmes « La Dernière Séance », puis « La Toute Dernière Séance », en essayant de nous remémorer tous les films que nous avions vus. J'étais tellement soûl que je ne me rappelai même pas ceux que nous venions de voir à la télévision. Owen Meany était tellement soûl qu'il s'endormit dans la baignoire; il était allé s'y plonger pour avoir l'impression d'être encore assis dans la piscine. Mais de là il ne pouvait regarder le film et insista que je le lui raconte.

« Elle est en train d'embrasser sa photo, lui criai-je.

— LAQUELLE EMBRASSE LA PHOTO? LA BLONDE? LA PHOTO DE QUI? »

Je continuai de lui décrire le film, puis je l'entendis qui ronflait. Je le sortis de la baignoire — il était si léger, un vrai poids plume. Je le séchai sans qu'il se réveille. Il parlait dans son sommeil d'ivrogne.

« JE SAIS QUE TU ES LÀ POUR QUELQUE CHOSE », dit-il.

Quand je le fourrai dans son lit, il entrouvrit les yeux :

« O MON DIEU — POURQUOI MA VOIX NE CHANGE-T-ELLE PAS ? POURQUOI M'AS-TU DONNÉ CETTE VOIX ? IL DOIT Y AVOIR UNE RAISON... » Refermant les yeux, il dit encore : « WATAHANTOWET. »

Je me mis au lit, éteignis la lumière et dis :

« Bonne nuit, Owen.

— N'AIE PAS PEUR. RIEN DE FÂCHEUX NE VA T'ARRIVER, dit Owen Meany. TON PÈRE N'EST PAS UN SI MAUVAIS TYPE. »

Je me réveillai avec une terrible gueule de bois ; Owen était déjà réveillé, il écrivait dans son journal. Pour la dernière fois. Il écrivait :

« LE JOUR EST ARRIVÉ !... " CELUI QUI CROIT EN MOI, MÊME S'IL EST MORT, VIVRA ; ET CELUI QUI VIT ET CROIT EN MOI NE MOURRA JAMAIS. " »

C'était le lundi 8 juillet 1968 — la date qu'il avait lue sur la tombe de Scrooge.

* * *

Le commandant Rawls vint nous prendre au motel pour nous conduire à l'aéroport, autrement dit le Port-du-Ciel. Rawls ne me semblait pas dans son assiette ; il desserrait à peine les dents et se contenta de grommeler qu'il avait passé une « mauvaise soirée » ; mais Owen m'avait prévenu de son côté cyclothymique.

« CE N'EST PAS LE MAUVAIS CHEVAL, MAIS IL SAIT QU'IL A LAISSÉ PASSER SA CHANCE. IL EST DE LA VIEILLE ÉCOLE, LES CULOTTES DE PEAU, TU VOIS ? IL PRÉTEND N'AVOIR AUCUNE INSTRUCTION, MAIS IL LIT TOUT LE TEMPS ; IL NE VA MÊME PAS AU CINÉMA. ET IL NE PARLE JAMAIS DU VIETNAM, SAUF POUR RÂLER CONTRE L'ARMÉE, QUI L'A MAL PRÉPARÉ À TUER DES FEMMES ET DES ENFANTS OU À SE FAIRE TUER PAR EUX. JE NE SAIS PAS POURQUOI IL N'A PAS ÉTÉ PROMU LIEUTENANT-COLONEL ; IL A PRESQUE

ACHEVÉ SES VINGT ANS D'ARMÉE, ET IL N'EST QUE COM-
MANDANT. PAS MÊME QUARANTE ANS ET DÉJÀ LA
RETRAITE EN VUE, IL A DES EXCUSES POUR ÊTRE AIGRI. »

Le commandant Rawls était furieux parce que nous
allions beaucoup trop tôt à l'aéroport ; mon vol pour
Boston ne partirait pas avant deux heures. Owen n'avait
pas de réservation pour Tucson, mais il y avait des vols
fréquents de Phoenix à Tucson et Owen attendrait que je
sois parti pour prendre son avion.

« Pour glander, il y a des endroits plus amusants que ce
putain d'aéroport, grommela le commandant Rawls.

— VOUS N'ÊTES PAS OBLIGÉ DE GLANDER AVEC NOUS,
MONSIEUR », dit Owen Meany.

Mais Rawls n'avait pas envie de rester seul ; bien que
d'humeur peu loquace, il voulait quand même de la
compagnie ; enfin, il ne savait pas trop ce qu'il voulait. Il
alla dans la salle de jeux et embaucha quelques jeunes
recrues pour jouer au flipper avec lui. Quand ils découvri-
rent qu'il était allé au Vietnam, les jeunes gens l'assaillirent
de questions, n'obtenant que cette réponse :

« C'est une guerre de merde, et vous êtes des trous du
cul de vouloir y aller. » Rawls désigna Owen aux recrues :
« Vous avez envie d'aller au Vietnam ? Eh bien allez un
peu lui parler, à ce petit lieutenant. Encore un trouduc qui
brûle d'aller là-bas. »

La plupart de ces nouvelles recrues partaient pour Fort
Huachuca ; elles avaient la boule à zéro et on distinguait sur
leurs crânes des estafilades au rasoir ; bon nombre d'entre
elles, après quelques semaines d'entraînement, seraient
sans doute expédiées au Vietnam.

« On dirait des *bébés*, dis-je à Owen.

— CE SONT DES BÉBÉS QUI FONT LA GUERRE ! », dit
Owen Meany. Il dit aux recrues qu'elles se plairaient bien à
Fort Huachuca : « IL Y A TOUT LE TEMPS DU SOLEIL ET IL
FAIT MOINS CHAUD QU'ICI. »

Il ne cessait de consulter sa montre.

« Nous avons tout notre temps », lui dis-je.

Il me sourit, de son bon vieux sourire empreint de pitié et
de dédain.

Quelques avions atterrirent ; d'autres décollèrent. Un groupe de soldats embarquait pour Fort Huachuca ; l'un d'eux s'adressa à Owen Meany :

« Vous ne venez pas avec nous, monsieur ?

— PLUS TARD. ON SE VERRA LÀ-BAS. »

De nouvelles recrues se pointèrent et le commandant Rawls en fit un véritable massacre : au flipper, il ne craignait personne.

Je me plaignis de l'aggravation de ma gueule de bois ; celle d'Owen devait être au moins égale à la mienne, sinon pire, mais j'imagine à présent qu'il devait la savourer ; il savait que c'était sa dernière gueule de bois. Puis des doutes l'assaillaient, il devait alors penser qu'il ne savait rien, absolument rien de ce qui pouvait lui arriver. Il était assis auprès de moi et je pouvais le voir changer d'humeur, de la nervosité à la déprime, de l'angoisse à la gaieté. J'attribuai ça à la gueule de bois. Mais à un moment il avait dû se dire : « ÇA SE PRODUIRA PEUT-ÊTRE DANS L'AVION. » Puis aussitôt après il avait dû penser : « IL N'Y A PAS D'ENFANTS. JE NE VAIS MÊME PAS AU VIETNAM — JE PEUX ENCORE M'EN TIRER. »

Il me dit à brûle-pourpoint :

« PAS BESOIN D'ÊTRE UN GÉNIE POUR COUILLONNER L'ARMÉE. »

Je ne comprenais pas ce qu'il voulait dire, mais je répondis :

« Je suppose que non. »

L'instant d'après, il devait avoir pensé : « CE N'ÉTAIT QU'UN RÊVE IDIOT ! QUI PEUT CONNAÎTRE LES DESSEINS DE DIEU ? JE FERAIS BIEN DE CONSULTER UN PSYCHIATRE ! »

Puis il se levait, faisait quelques pas ; il cherchait les enfants du regard ; il se demandait d'où viendrait sa mort. Il ne cessait de regarder l'heure.

Quand on annonça mon vol pour Boston, d'ici une demi-heure, Owen souriait d'une oreille à l'autre.

« IL SE POURRAIT QUE CETTE JOURNÉE SOIT LA PLUS BELLE DE MA VIE, dit-il. PEUT-ÊTRE RIEN NE SE PRODUIRA-T-IL, EN FIN DE COMPTE !

— Je crois que tu es encore soûl. Attends que la gueule de bois arrive. »

Un avion venait d'atterrir, en provenance de la côte Ouest, et roulait vers nous sur la piste. J'entendis Owen Meany hoqueter de surprise et je suivis son regard pour voir ce qui avait provoqué sa réaction.

« Qu'est-ce qui te prend ? lui demandai-je. Ce ne sont que des pingouins ! »

Les bonnes sœurs — il y en avait deux — accueillaient quelqu'un à la descente de l'avion de la côte Ouest, postées à la porte de débarquement. Les premières personnes à sortir de l'avion furent deux autres sœurs. Les religieuses échangèrent de grands signes. Suivant de près les nonnes, les enfants émergèrent de l'avion, alors Owen Meany dit :

« LES VOILÀ ! »

Malgré la distance, je constatai que c'étaient de petits Asiatiques ; l'une des sœurs accompagnatrices était orientale, elle aussi. Il y avait une douzaine de gosses ; deux d'entre eux étant trop petits pour marcher, chacune des sœurs en prit un dans ses bras. Il y avait des garçons et des filles, de cinq à six ans, en moyenne, mais deux pouvaient avoir douze ou treize ans. C'étaient de petits réfugiés, des orphelins vietnamiens.

Nombre d'unités militaires subventionnaient des orphelinats au Vietnam ; beaucoup d'hommes consacraient du temps à aider ces enfants et à leur procurer des cadeaux ou de la nourriture. Il n'existait pas encore de programme gouvernemental officiel pour recueillir ces enfants de la guerre — du moins avant la chute de Saigon en avril 1975 —, mais certaines communautés religieuses furent actives au Vietnam pendant toute la durée de la guerre.

Le Secours catholique, par exemple ; des équipes du Secours catholique s'engagèrent à faire sortir des orphelins du Vietnam et à leur trouver des familles d'accueil aux États-Unis, et ce dès le milieu des années soixante. A leur arrivée aux États-Unis, les enfants étaient pris en charge par des assistantes sociales dépendant de l'archevêché ou de l'évêché de la ville d'accueil. Les luthériens se montraient également fort efficaces dans le placement de ces orphelins.

Ceux qu'Owen Meany et moi nous venions de découvrir à Phoenix étaient accompagnés par des sœurs du Secours catholique et seraient confiés à des religieuses du diocèse de Phoenix, qui leur trouveraient de nouvelles familles en Arizona. Nous devinions, Owen et moi, l'anxiété des enfants.

Ce n'était pas la chaleur qui devait les affecter — ils devaient en avoir subi une semblable à l'endroit d'où ils venaient, mais l'immensité du désert, du paysage lunaire et du ciel ne pouvait que les abasourdir. Ils se tenaient par la main pour ne pas se perdre, serrant les religieuses de tout près. L'un des plus petits garçons pleurait.

Quand ils entrèrent dans les bâtiments de l'aéroport, ils furent instantanément transis par l'air conditionné ; se blottissant les uns contre les autres, ils se frictionnèrent les bras, nus sous leurs chemisettes. Le petit qui pleurait tentait de s'envelopper dans le vêtement d'une des sœurs. Tous s'agitaient confusément et, depuis la salle de jeux, les jeunes recrues au crâne tondu les examinaient avec curiosité. Les gamins regardaient aussi les soldats, mais ils étaient habitués aux uniformes, bien sûr. Dans les regards croisés des enfants et des recrues se lisaient des sentiments mitigés.

Owen Meany semblait monté sur ressorts. L'une des religieuses s'adressa à lui :

« Officier ?

— Oui, ma'ame — en quoi puis-je vous aider ? dit-il aussitôt.

— Les petits garçons ont besoin d'aller aux toilettes, dit la sœur. » La plus jeune nonne pouffa. L'autre reprit : « Nous pouvons emmener les filles aux toilettes, mais ce serait aimable à vous d'accompagner les garçons dans les leurs.

— Bien sûr, ma'ame. Je serai ravi d'aider ces enfants.

— Attends d'avoir vu les soi-disant " toilettes pour hommes " », lui dis-je.

Je montrai le chemin. Owen s'occupa des gosses. Il y avait sept garçons, y compris le plus petit, que portait la religieuse vietnamienne. L'enfant avait cessé de pleurer dès qu'il avait vu Owen Meany. Tous les enfants l'examinaient de près ; ils avaient déjà vu d'innombrables soldats, mais aucun qui fût presque aussi petit qu'eux ! Ils ne le quittaient jamais des yeux.

Notre cortège dépassa la salle de jeux ; le commandant Rawls malmenait furieusement un flipper ; il nous tournait le dos et ne nous vit pas. A l'embouchure d'un couloir où j'étais déjà passé et qui ne menait nulle part, nous passâmes devant Dick Jarvits, l'adolescent dégingandé, le frère fanatique de l'adjudant mort, qui se tenait dans une zone d'ombre.

Il portait sa tenue de camouflage, à laquelle il avait assujetti une ou deux cartouchières supplémentaires. Bien qu'il fît sombre dans ce couloir, il portait le type de lunettes de soleil qu'avait dû porter son frère, celles qui avaient fondu sur ses yeux quand l'hélicoptère avait pris feu. A cause de ses lunettes noires, je n'aurais su dire si Dick nous avait remarqués, avec les gosses ; mais sa bouche s'arrondit brusquement, comme s'il était surpris de ce qu'il venait de voir.

Les prétendues « toilettes provisoires pour hommes » étaient dans l'état exact où je les avais laissées. Le même amoncellement de balais et de seaux, le même miroir décroché et appuyé au mur. L'immense évier mystérieux sema la confusion parmi les enfants ; l'un d'eux s'apprêta à pisser dedans, mais je lui indiquai du doigt l'emplacement de l'urinoir encombré. Comme l'un des gosses s'apprêtait à pisser dans un seau, je lui désignai le cabinet de fortune dans le box en contre-plaqué. En parfait soldat, Owen Meany se posta sous l'unique fenêtre, afin de surveiller la porte. De temps en temps, il jetait un regard au-dessus de lui, comme pour évaluer la distance séparant du sol cette fenêtre à battants placée sous le plafond. Sous cette imposte, Owen semblait encore plus petit, car elle se trouvait à plus de trois mètres de hauteur, le dominant de très loin.

Dans le couloir, de l'autre côté de la porte, la religieuse attendait ses ouailles.

J'aidai un des gamins à ouvrir sa braguette, il semblait ignorer le fonctionnement d'une fermeture à glissière. Tous ces gosses piaillaient en vietnamien ; la petite pièce haute de plafond — semblable à un cercueil vertical — retentissait de leurs voix aiguës.

J'ai déjà dit à quel point j'ai l'esprit lent ; ce ne fut qu'en entendant ces petites voix criardes que je me rappelai le rêve d'Owen.

Je le regardai observer la porte, les bras pendant le long du corps.

« Qu'est-ce qui ne va pas ? lui demandai-je.

— RESTE À CÔTÉ DE MOI », dit-il.

Je me dirigeais vers lui quand la porte s'ouvrit à la volée sur Dick Jarvits, presque aussi haut et étroit que la pièce ; il tenait, prudemment, à deux mains, une grenade Chicom.

« SALUT, DICK, fit Owen Meany.

— Sale petit avorton ! », lança Dick.

L'un des enfants hurla ; ils avaient tous déjà vu des tenues de camouflage ; celui qui criait avait déjà vu des grenades Chicom. Deux ou trois enfants se mirent à crier.

« *DOONG SA,* leur dit Owen Meany. N'AYEZ PAS PEUR. *DOONG SA, DOONG SA !* », répéta-t-il.

Plus que de l'entendre parler dans leur langue, ce fut sa *voix* qui força les enfants à l'écouter. Cette voix était semblable à leurs voix. Ce fut pourquoi ils lui firent confiance, pourquoi ils lui obéirent. « *DOONG SA* », leur avait-il dit, et ils cessèrent de crier.

« Les chiottes, c'est bien l'endroit où tu peux crever ! fit Dick à Owen. Avec tous ces petits *niacs*, toutes ces *merdes jaunes !*

— *NAM SOON,* lança Owen aux enfants. *NAM SOON ! COUCHEZ-VOUS !* » Même le tout-petit comprit ce qu'il disait. « COUCHEZ-VOUS ! *NAM SOON ! NAM SOON !* »

Tous se jetèrent sur le sol, se couvrirent les oreilles et fermèrent les yeux.

« MAINTENANT, JE SAIS POURQUOI MA VOIX N'A JAMAIS CHANGÉ, me dit Owen. TU COMPRENDS POURQUOI ?

— Oui.

— Nous aurons exactement quatre secondes »,
me dit-il calmement.

Puis il s'adressa au fou furieux qui, venant de dégoupiller
sa grenade, la lançait dans ma direction :

« Tu n'iras jamais au Vietnam, Dick !

— Réfléchis en vitesse, monsieur Intelligence de
Merde ! », me dit Dick.

J'attrapai la grenade, moins facile à agripper qu'un
ballon de basket — mais j'y parvins. Je regardai Owen, qui
courait déjà vers moi.

« Prêt ? », fit-il.

Je lui passai la grenade Chicom et ouvris les bras pour
l'attraper. Il sauta, léger, entre mes mains : je le soulevai,
aussi facilement que je l'avais toujours soulevé.

Ne m'étais-je pas entraîné, toute ma vie, à soulever
Owen Meany ?

La religieuse restée derrière la porte pour attendre les
enfants n'avait pas aimé l'aspect de Dick et avait couru
chercher les autres soldats. Ce fut le commandant Rawls
qui empoigna Dick, au moment où il s'enfuyait des toilettes
provisoires pour hommes.

« Qu'est-ce que t'as fait, gueule de con ? », lui cria-t-il.

Dick avait tiré sa baïonnette. Le commandant Rawls
arracha la machette de la ceinture de Dick et lui brisa net la
gorge, en lui assenant un coup du côté émoussé. J'avais eu
la sensation que les yeux bizarrement bleu-vert du commandant exprimaient plus d'amertume que de colère ;
c'était peut-être l'effet des verres de contact, mais, quoi
qu'il en soit, Rawls n'avait pas été décoré sur le champ de
bataille en Corée pour rien. Il pouvait n'être pas préparé à
tuer un malheureux garçon de quinze ans, mais n'entendait
pas non plus se laisser tuer par un tel déchet humain, qui —
comme Rawls l'avait dit à Owen — était impossible à
sauver, du moins sur cette Terre.

Quand Owen Meany me dit : « Prêt ? », j'étais persuadé qu'il ne nous restait que deux secondes à vivre. Mais
il sauta avec un tel élan dans mes bras — quand je le
soulevai, il bondit encore plus haut que d'habitude — qu'il

ne prenait aucun risque. Il monta droit et haut, me tournant le dos, et, au lieu de simplement poser la grenade sur le rebord de la fenêtre, il empoigna le rebord à deux mains, coinçant la grenade contre le rebord avec sa poitrine, puis la maintenant de ses avant-bras resserrés. Il voulait être certain que la grenade ne puisse rouler du rebord et retomber dans la pièce. Il parvint néanmoins, en se contorsionnant, à s'abriter la tête sous l'avancée du rebord ; sa tête entière, grâce à Dieu. Il resta ainsi suspendu moins d'une seconde.

Puis la grenade explosa, dans un fracas assourdissant, semblable à la foudre qui tombe trop près de vous. S'ensuivit une violente projection de fragments — cette fragmentation se répartit en éclats d'égale grosseur (ce que m'expliqua par la suite le commandant Rawls), mais le rebord de ciment évita que la plupart des éclats ne tombent sur les enfants et moi. Ce qui ricocha sur nous, ce furent des éclats du plafond, une grêle brûlante, coupante, crépitant comme une décharge de chevrotines, rebondissant tout autour du local, nous aspergeant de bouts de plâtre et de ciment. La fenêtre avait été soufflée ; une puanteur acide et brûlante se répandit instantanément. Le commandant Rawls, qui venait de tuer Dick, ouvrit la porte à la volée et y bloqua un manche à balai pour la maintenir ouverte. Nous avions besoin d'air. Les gosses se tenaient les oreilles et hurlaient ; du sang jaillissait des oreilles de certains d'entre eux et je pris alors conscience du fait que mes oreilles saignaient aussi et que j'étais devenu complètement sourd. A leur expression, je voyais que les enfants criaient et que le commandant Rawls tentait de me faire comprendre quelque chose.

Que veut-il que je fasse ? me demandai-je, de la douleur plein les oreilles. Puis je vis les religieuses s'affairer parmi les enfants ; tous les enfants remuaient, Dieu merci ; ils faisaient plus que bouger, ils s'attrapaient les uns les autres, s'accrochaient aux robes des sœurs, puis désignaient le plafond éclaté de la pièce en forme de cercueil et le grand trou noir fumant qui remplaçait la fenêtre.

Le commandant Rawls me secouait par les épaules ; je

m'efforçai de lire sur ses lèvres, puisque je ne pouvais pas l'entendre.

Les gosses regardaient tout autour d'eux, désignant tel ou tel point de la pièce. Je commençai à les imiter. Les religieuses aussi regardaient en tous sens. Puis mes tympans se dégagèrent, donnant naissance à un vacarme déchirant, comme si mes oreilles entendaient avec retard les échos de l'explosion. Puis j'identifiai les piaillements enfantins et les vociférations du commandant Rawls qui me secouait toujours :

« Où est-il ? Où est Owen ? »

Je levai les yeux vers le trou noir, où je l'avais vu accroché quelques secondes plus tôt. L'un des gosses était penché sur le vaste évier ; une religieuse vint y regarder aussi ; elle se signa aussitôt et je m'approchai avec Rawls pour lui venir en aide.

Mais elle n'avait pas besoin de notre aide ; Owen était si léger qu'elle put facilement le soulever. Elle le tira hors de l'évier, comme elle en aurait extrait un des enfants ; puis elle ne sut plus quoi faire de lui. Une autre sœur s'agenouilla parmi les gravats ; prenant appui sur les hanches, elle se pencha en arrière et déploya sa robe entre ses jambes pour que l'autre nonne puisse y déposer le petit corps d'Owen. Les deux autres religieuses tentèrent de calmer les enfants, de les éloigner de ce spectacle, mais les enfants entourèrent Owen ; tous pleuraient.

« *DOONG SA*, N'AYEZ PAS PEUR », leur dit-il, et ils cessèrent de pleurer.

Otant sa cravate, le commandant Rawls s'évertua à appliquer un tourniquet, au-dessus du coude, à l'un des bras d'Owen. Détachant la cravate d'Owen, j'essayai de faire de même pour l'autre bras. Owen n'avait plus de bras, tous deux sectionnés en dessous des coudes, aux deux tiers des avant-bras ; il n'avait pas commencé à saigner trop abondamment ; pas encore. J'appris plus tard par un médecin que, au tout début, les artères de ses bras s'étaient tétanisées ; il saignait, mais moins qu'on aurait pu s'y attendre à la suite d'une aussi violente amputation. Les lambeaux de chair qui pendaient des tronçons étaient aussi translucides et fragiles que des fils de la vierge — aussi fins et ouvragés que de la dentelle ancienne. Il ne portait aucune autre blessure.

Puis ses bras saignèrent plus fort ; plus nous serrions nos tourniquets, plus ça saignait.

« Allez chercher quelqu'un, dit le commandant aux sœurs.

— Maintenant je comprends pourquoi tu devais être là, me dit Owen. Tu comprends pourquoi ?

— Oui.

— Tu te rappelles tout notre entraînement ?

— Je me rappelle. »

Owen tenta de lever les mains, essayant de m'atteindre, de me toucher. C'est alors qu'il comprit qu'il n'avait plus de bras. Cette découverte ne sembla pas le surprendre.

« Tu te rappelles Watahantowet ?

— Je me rappelle. »

Puis il sourit au « pingouin » qui essayait de lui rendre la position confortable ; sa guimpe était imbibée du sang d'Owen et elle l'avait entouré de sa robe, autant qu'il lui était possible, car il était secoué de frissons.

« " Celui qui vit et croit en moi ne mourra jamais " », lui dit Owen.

La sœur, de la tête, approuva ; puis elle fit sur lui le signe de la croix.

Alors Owen sourit au commandant Rawls et lui demanda :

« S'il vous plaît, arrangez-vous pour qu'on me donne une médaille… »

Le commandant opina, tout en serrant plus fort son tourniquet.

Il n'y eut qu'un seul bref moment où Owen parut effrayé ; une expression plus sombre et plus profonde que la douleur déforma son visage et il dit à la religieuse qui le tenait :

« J'ai terriblement froid, ma sœur. Pouvez-vous faire quelque chose ? »

Et cet effroi fugitif disparut ; il sourit à nouveau, de son vieux sourire exaspérant. Puis son regard se porta sur moi.

« Tu as beau rapetisser, je te vois encore ! », dit
Owen Meany.

Alors il nous quitta ; il partit. A son expression presque
joyeuse, je sus qu'il était au moins aussi haut que les plus
hauts palmiers.

Le commandant Rawls veilla à ce qu'Owen fût décoré.
On m'interrogea en tant que témoin oculaire, mais le
commandant Rawls mit tout son entregent à accélérer les
formalités dans la fameuse voie hiérarchique. On attribua à
Owen Meany la médaille militaire, « pour acte d'héroïsme
ayant volontairement mis sa vie en péril dans des conditions extérieures à un conflit armé ». Si l'on en croit le
commandant Rawls, la médaille militaire vient au-dessus
de l'étoile de bronze, mais au-dessous de la légion du
mérite. Naturellement, savoir la cote exacte de cette
décoration m'importait assez peu, mais Rawls était en droit
de penser que cette médaille avait de l'importance pour
Owen Meany.

Le commandant Rawls n'assista pas aux funérailles
d'Owen. Quand je lui parlai au téléphone, il s'excusa de ne
pas faire le voyage jusqu'au New Hampshire ; mais je
l'excusai volontiers, je pouvais comprendre ce qu'il ressen-
tait. Il avait eu largement sa dose de cercueils drapés, vu
suffisamment de héros morts. Le commandant Rawls
n'apprit jamais tout ce qu'avait *su* Owen ; le commandant
savait seulement qu'Owen avait été un héros — il ignorait
qu'Owen Meany avait aussi été un miracle.

* * *

Il y a une prière que je dis essentiellement pour Owen.
Une des petites prières qu'il avait dites pour ma mère, la
nuit où Hester et moi nous l'avions trouvé dans le
cimetière ; il avait apporté sa torche électrique, sachant que
ma mère avait horreur du noir.

« " Que les archanges te conduisent au para-
dis " », avait-il dit sur la tombe de ma mère ; c'est cette
prière que je prononce à son intention ; je sais qu'il l'aimait
bien.

Je dis toujours des prières pour Owen Meany.

J'essaie souvent d'imaginer ce que j'aurais pu répondre à Mary Beth Baird, quand elle m'avait parlé à l'enterrement d'Owen. Si j'avais pu parler, si je n'avais pas perdu ma voix, que lui aurais-je dit ? Comment aurais-je *pu* lui répondre ? Pauvre Mary Beth Baird, que j'avais abandonnée sans un mot, en plein cimetière.

« Tu te rappelles comment nous jouions à le soulever ? m'avait-elle demandé. Il était si facile à porter ! Il était tellement *léger,* il ne pesait pratiquement rien ! Comment pouvait-il être si léger ? », m'avait demandé l'ex-Vierge Marie.

J'aurais pu lui dire que ce n'était qu'une illusion de croire qu'Owen « ne pesait pratiquement rien ». Nous n'étions que des enfants — nous ne *sommes* que des enfants —, aurais-je pu lui dire. Qu'avons-nous jamais su d'Owen ? Que savions-nous vraiment ? Nous pensions que tout était un jeu — que nous inventions les événements au fur et à mesure. Enfants, nous avions l'impression que tout était pour de rire — sans intention méchante, sans faire vraiment mal.

Quand nous tenions Owen au-dessus de nos têtes, quand nous nous le passions de l'un à l'autre — sans le moindre effort —, nous croyions qu'il ne pesait rien du tout. Nous ignorions que d'autres forces participaient à notre jeu. Je sais aujourd'hui que ces forces contribuaient à nous faire croire qu'Owen ne pesait rien ; c'étaient les forces que notre scepticisme nous empêchait d'admettre, les forces en lesquelles nous négligions de croire — et elles soulevaient aussi Owen Meany, nous l'arrachant des mains.

Je ne cesserai jamais de te le demander : O Dieu, par pitié, rends-le-nous !

Table

COMPOSITION : IMPRIMERIE BUSSIÈRE À SAINT-AMAND (CHER)
IMPRESSION : IMPRIMERIE BRODARD ET TAUPIN À LA FLÈCHE
DÉPÔT LÉGAL JUIN 1991. N° 13307 (1072E-5)